EM

Née en Écosse, mais élevée en Afrique du Sud, Emma Fraser a suivi une formation d'infirmière dans les îles occidentales d'Écosse avant de poursuivre des études de littérature anglaise à l'université. *Quand soufflera le vent de l'aube* est son premier roman traduit en français.

QUAND SOUFFLERA
LE VENT DE L'AUBE

EMMA FRASER

QUAND SOUFFLERA
LE VENT DE L'AUBE

roman

Traduit de l'anglais par Abel Gerschenfeld,
Dominique Haas et Odile Demange

Robert
LAFFONT

Titre original :
WHEN THE DAWN BREAKS

Pocket, une marque d'Univers Poche,
est un éditeur qui s'engage pour la préservation
de son environnement et qui utilise du papier fabriqué
à partir de bois provenant de forêts gérées
de manière responsable.

Le Code de la propriété intellectuelle n'autorisant, aux termes de l'article L. 122-5, 2° et 3° a, d'une part, que les « copies ou reproductions strictement réservées à l'usage privé du copiste et non destinées à une utilisation collective » et, d'autre part, que les analyses et les courtes citations dans un but d'exemple et d'illustration, « toute représentation ou reproduction intégrale ou partielle faite sans le consentement de l'auteur ou de ses ayants droit ou ayants cause est illicite » (art. L. 122-4).
Cette représentation ou reproduction, par quelque procédé que ce soit, constituerait donc une contrefaçon, sanctionnée par les articles L. 335-2 et suivants du Code de la propriété intellectuelle.

© Emma Fraser 2013.
© Éditions Robert Laffont, S.A., Paris, 2015
pour la traduction française

ISBN : 978-2-266-27562-0

Dépôt légal : mai 2018

À la mémoire de mes parents, Anne et George,
et de mon frère, Peter
Gus am bris an là, agus an teich na sgàilean.

Serbie, hiver 1915

Jessie et Isabel se tenaient devant la tombe creusée à la hâte, la tête inclinée.

Jessie cligna des yeux pour chasser la neige qui s'accrochait à ses paupières et regarda autour d'elle. Le sol était jonché de cadavres, à perte de vue, sans compter les milliers de corps qu'elles ne pouvaient voir, ceux qu'elles avaient laissés derrière elles, tués non par les balles, le shrapnel ou la maladie, mais par le froid et la faim.

Une femme gisait non loin d'elles, serrant toujours entre ses bras le corps de son enfant. Sous son fichu agité par le vent on apercevait son visage qui avait dû être beau et qui s'était désormais métamorphosé en un masque au rictus horrible.

Adossé à un arbre, un soldat statufié par la mort agrippait sa gamelle en fer-blanc comme s'il s'était agi d'un bol de bouillon chaud.

Un fantassin s'écarta de la colonne et se fraya un chemin dans la neige, laissant dans son sillage une traînée de petits trous noirs. Il se dirigea vers la mère et l'enfant et, l'espace d'un instant, Jessie se dit qu'il voulait leur donner une sépulture. Mais c'était en réalité le fichu de la femme qui l'intéressait et qu'il enroula autour de son col. Trop épuisée pour protester, elle le regarda s'attaquer ensuite au soldat mort, qu'il dépouilla lestement de sa gabardine et de ses godillots.

Pour rejoindre la colonne, l'homme était obligé de passer devant elles. Comme pris de remords, il s'arrêta et tendit le fichu à Jessie : « Tenez, c'est pour vous. »

Celle-ci le saisit de ses doigts engourdis par le froid, comme si elle avait voulu préserver le peu de chaleur humaine qui s'y accrochait encore. Le soldat les salua vaguement en portant un doigt à la visière de sa casquette et s'en retourna vers la cohorte au regard éteint qui avançait sur la route.

À l'est, le grondement de l'artillerie bulgare se faisait menaçant. Quelques heures à peine les séparaient des troupes allemandes et autrichiennes qui arriveraient par le nord.

Leur seul espoir était de s'enfuir vers le sud, en empruntant l'étroit sentier qui cheminait à travers les collines du Monténégro : des centaines de kilomètres de boue et de neige avec, pour seule perspective, une mort presque certaine à l'arrivée.

Jessie avait les pieds gelés. La nuit dernière, elle avait bien tenté de dégivrer ses bottes en les maintenant au-dessus du feu mais, une heure à peine après les avoir enfilées, elles étaient de nouveau raidies par le froid. Les chaussures d'Isabel, elle le savait, n'étaient guère en meilleur état.

« Il faut que nous partions d'ici, insista Isabel. Un jour, nous reviendrons et nous nous occuperons de sa tombe, mais pour l'instant il n'y a rien à faire. Plus nous nous attardons, plus nous risquons d'être rattrapées par les Allemands. Il nous faut profiter de la lumière du jour pour avancer. »

Jessie poussa un soupir. Elle avait raison. Pour survivre, il ne fallait pas cesser d'avancer.

Isabel tendit à Jessie la sacoche contenant ce qu'il leur restait de vivres, et ramassa sa trousse de médecin.

Elles avaient été trois, pensa Jessie, et aujourd'hui elles n'étaient plus que deux. Seules au monde, liées par un secret qui, même si elles en réchappaient, leur faisait courir un grand péril.

Jessie mit la sacoche sur son épaule et leva le regard vers le ciel noir chargé de neige. « Seigneur, ayez pitié de nous », murmura-t-elle.

Première partie

Skye, 1903-1908

1

Skye, été 1903

Jessie MacCorquodale leva les yeux à l'instant précis où la maîtresse d'école, Mlle Stuart, entrait dans la classe et frappait un grand coup de règle sur son bureau. Les enfants se précipitèrent à leur place en étouffant leurs rires et le silence finit par s'installer. Mlle Stuart avait beau être jeune, elle n'en était pas moins sévère et bien des enfants, dont Jessie, avaient déjà eu droit à un coup de martinet sur la main.

Mlle Stuart était accompagnée. À côté d'elle se tenait un grand brin de fille avec de longues tresses blondes et des yeux marron assortis au col couleur chocolat d'un tailleur beige pâle bien ajusté. Elle serrait dans les mains un chapeau à bord étroit cintré d'un bandeau rouge cerise. Elle devait avoir deux ou trois ans de plus que Jessie, et encore, mais elle portait déjà des bas. Ses hautes bottines à boutons étaient fraîchement cirées et, à en juger par ce que Jessie pouvait en apercevoir, plutôt en bon état. Jessie posa un pied par-dessus l'autre pour tenter de cacher le bout de son gros orteil, que sa botte droite usée laissait entrevoir. Sa robe couleur gadoue avait appartenu à une de ses cousines et sa mère l'avait reprisée tant et tant de fois qu'on cherchait aujourd'hui le tissu d'origine. Elle passa une main dans sa chevelure récalcitrante, dont les boucles refusaient de rester en place. Pour la première fois de sa vie, elle eut honte de son apparence.

« Isabel se joindra à nous pour les dernières semaines du trimestre, annonça Mlle Stuart. Je compte sur vous pour lui faire bon accueil. Isabel est la fille du Dr MacKenzie. »

La fille du médecin ? M'man leur avait dit qu'un certain Dr MacKenzie avait remplacé le Dr Munro, qui venait de quitter Skye pour Glasgow. Selon m'man, le Dr Munro était un véritable fléau.

« Le Dr MacKenzie est rentré depuis peu au pays, après avoir pris part à la guerre des Boers, poursuivit Mlle Stuart. Qui peut me dire où s'est déroulée la guerre des Boers ? »

Jessie, dont l'admiration pour la jeune fille augmentait à chaque instant qui passait, leva aussitôt la main. Le père d'Isabel avait fait la guerre ! Comme son papa ! Sauf que, bon, la guerre de papa l'avait opposé au père du comte de Glendale et qu'il avait fini en prison en compagnie des autres martyrs. M'man lui avait expliqué qu'en général il n'y avait pas de quoi être fier quand votre papa se retrouvait en prison – comme par exemple le papa des McPhee, qui avait passé deux nuits au trou à Portree parce qu'il avait trop bu – mais que Jessie pouvait être fière de son père parce qu'il avait été emprisonné pour une « juste et noble cause ».

Mlle Stuart demanda à Archie de répondre alors qu'il n'avait même pas levé la main, et évidemment Archie connaissait la réponse. Ce n'était pas juste. Son frère avait trois ans de plus qu'elle et il était forcément plus instruit. Ils n'auraient pas dû se trouver dans la même classe mais, comme une seule personne était en charge de faire cours à soixante-dix enfants – deux personnes, en fait, si on comptait le principal, M. MacIntyre –, il n'y avait pas le choix.

Mlle Stuart se tourna vers Isabel :

« Trouve-toi une place, mon enfant. Je suis sûre que tu auras appris le nom de tout le monde en un rien de temps. » Elle prit ensuite un air grave et déclara : « Isabel ne comprend pas le gaélique. Vous aurez donc l'obligeance de bien vouloir lui parler en anglais. »

Jessie adressa un grand sourire à Isabel et se dit qu'elle choisirait peut-être de s'asseoir à côté d'elle. Sa voisine habituelle, Fiona, n'était pas là. En fait, la moitié de la classe était absente. Comme c'était une belle journée, beaucoup d'enfants aidaient leurs parents à rentrer les foins. L'école n'affichait complet que lorsqu'il faisait vraiment mauvais, quand le vent et la pluie se déchaînaient sur la lande. Mais son papa ne demanderait jamais à Jessie de rater l'école. Il déclarait toujours qu'il refusait de voir ses enfants devenir les esclaves de cette terre qui le saignait à blanc. Et le seul moyen d'y échapper, c'était d'aller à l'école. Jessie avait la ferme intention de travailler dur pour décrocher la bourse qui lui permettrait de suivre les cours de l'école secondaire de Portree. Archie-le-futé avait déjà obtenu la sienne : dès l'automne suivant, il rejoindrait Inverness pour y préparer son certificat de fin d'études.

Jessie ferma les yeux et pria intérieurement. *S'il Vous plaît, s'il Vous plaît, faites qu'elle s'assoie à côté de moi !*

Elle entendit un bruissement de tissu et en rouvrant les yeux elle découvrit qu'Isabel s'était installée au premier rang. Dieu ne l'avait pas entendue. Ce n'était peut-être pas bien de demander des choses si égoïstes à Dieu. Bien fait pour elle : papa disait toujours qu'il ne fallait prier que pour autrui.

Une senteur d'orange lui parvint du premier rang. Isabel ressemblait à l'héroïne d'un de ces romans à deux sous que la maman de Flora lui passait de temps à autre, mais en mieux, forcément. Et elle avait de la poitrine ! Jessie inspectait constamment sa poitrine aussi plate que celle d'un garçonnet en se demandant quand ses seins se mettraient enfin à pousser et s'ils deviendraient aussi gros que ceux de m'man. Cela dit, certaines des femmes que m'man aidait à accoucher avaient des seins encore plus gros, tellement gros qu'ils leur arrivaient presque au nombril. La faute à trop d'enfants, expliquait m'man.

Mlle Stuart avait posé sur son bureau la baguette qui lui avait servi à montrer sur la carte l'endroit où se trouvait l'Afrique du Sud et s'apprêtait à commencer la leçon.

On entendit de nouveau des bruissements, cependant que chacun effaçait son ardoise. Flora McPhee, qui était assise à gauche de la nouvelle, pile devant Mlle Stuart, afin que celle-ci puisse l'avoir à l'œil, humecta son chiffon en crachant dessus. Jessie espérait qu'Isabel n'avait rien vu. Ils n'étaient pas tous comme les McPhee. Comme disait m'man, les MacCorquodale n'ont peut-être pas beaucoup d'argent, mais ce n'est pas une raison pour ne pas se laver et se conduire n'importe comment.

Elle fut soulagée lorsque Mlle Stuart sonna l'heure de la récréation. Jessie avait faim depuis un bon moment – le porridge et l'œuf dur qu'elle avait avalés après avoir trait Daisy étaient déjà un lointain souvenir.

Les enfants se précipitèrent dehors et Jessie courut jusqu'aux toilettes pour y arriver avant les grands. Ils y passaient des heures et quand ils avaient fini ça sentait horriblement mauvais. Le temps pour elle de faire ses besoins et de se laver les mains sous le robinet dans la cour, tout le monde avait déjà rejoint le terrain de jeux. Comme d'habitude, Archie avait organisé un match de football. Cette façon qu'il avait de faire comme si elle n'existait pas dès qu'il se trouvait en compagnie de ses amis l'irritait profondément. À la maison, il n'était pas du tout comme ça.

Elle chercha Isabel au milieu du tohu-bohu assourdissant et joyeux et l'aperçut assise sur une pierre, droite comme un I, les genoux et les jambes serrés, qui s'apprêtait à sortir son déjeuner d'un sac en papier kraft. Flora McPhee, qui n'était pas à sa place habituelle derrière le mur, à l'abri des regards de Mlle Stuart et de M. MacIntyre, dit quelque chose en gaélique à ses amies et elles se mirent toutes à ricaner en désignant Isabel du doigt.

« Non mais, pour qui elle se prend, avec ses manières ? lança Flora haut et fort, en anglais cette fois. Elle pense valoir mieux que nous parce qu'elle est la fille du docteur ? »

Le cœur de Jessie bondit dans sa poitrine. Flora McPhee était une brute, mais si on lui tenait tête elle faisait machine arrière. Isabel ne l'avait pas entendue, concentrée sur le contenu du paquet posé sur ses genoux.

Flora et sa bande se rapprochèrent et finirent par se planter devant la nouvelle. Isabel leva la tête et les dévisagea sans broncher.

« Qu'est-ce que tu as de bon, là-dedans ? » demanda Flora en retroussant les lèvres, ce qui lui donnait un air ridicule.

Isabel sourit poliment et tendit le paquet. « Des scones au fromage. Notre cuisinière m'en a préparé beaucoup trop. Vous en voulez ? »

Jessie serra les dents. Elle n'aurait pas dû évoquer la cuisinière. Pour sûr, ça allait énerver Flora. Agnes, sa grande sœur, avait postulé pour une place de femme de chambre au château de Dunvegan, mais elle n'avait pas été engagée. Les seuls à se montrer surpris avaient été les McPhee, qui n'arrêtaient pas de dire que leur fille aurait bientôt une bonne place, à vie. La réputation des McPhee était exécrable : ils auraient pourtant dû se douter que la Grande Maison se renseignerait auprès du pasteur et que celui-ci ne risquait pas de dire du bien d'eux ; les McPhee étaient une des deux familles à ne jamais assister à la messe du dimanche – ce qui était bien plus grave que passer deux nuits en prison, selon papa. M. McPhee détestait papa depuis que celui-ci lui avait dit d'arrêter de battre sa femme, la maman de Flora.

Jessie hésita : que devait-elle faire ? Si elle intervenait, ne risquait-elle pas d'aggraver les choses ? Flora pouvait se braquer, histoire de ne pas perdre la face devant ses amies. Jessie regarda autour d'elle, dans l'espoir que Mlle Stuart ou M. MacIntyre ne seraient pas loin. Peine perdue. Elle regarda ensuite vers son frère qui, tout en dribblant adroitement, jeta un œil à sa sœur, puis dans la direction où celle-ci avait regardé. Il arrêta la course du ballon, s'immobilisa et plissa les yeux.

Flora, tournée vers sa prochaine victime, ne remarqua pas qu'Archie l'observait. Elle attrapa le scone que lui tendait Isabel et le brisa en deux. Elle en offrit un bout à ses amies, qui secouèrent la tête de dégoût. Puis elle enfourna un morceau dans sa bouche, fit une grimace théâtrale et le recracha. Elle jeta le reste par terre, où le gâteau fut aussitôt attrapé par une mouette, qui s'envola avec sa prise dans le bec.

Les choses en seraient peut-être restées là si Isabel ne s'était pas mise debout. Elle était bien plus grande que Flora, trapue et musclée à force de ramasser la tourbe, et qui devait lever la tête pour la regarder.

« Partager mon repas avec toi ne me pose aucun problème, dit Isabel. Mais je n'aime pas qu'on jette la nourriture. »

Sa voix s'éleva au-dessus du terrain de jeu. Tout le monde s'interrompit pour voir ce qui se passait.

« Et moi, ça m'est bien égal, que ça te plaise ou non », répondit Flora. Elle fit un pas vers Isabel mais la nouvelle, bien sotte ou bien courageuse, ne broncha pas. Elle toisa Flora comme s'il elle n'était qu'un bout de crottin accroché à ses belles chaussures. Les choses allaient se gâter, cela ne faisait aucun doute.

« Fiche-lui la paix. » Archie avait parlé sans élever la voix.

Jessie, totalement obnubilée par l'affrontement entre Isabel et Flora, ne s'était pas rendu compte de la présence de son frère. Elle poussa un soupir de soulagement. Archie était là. Il n'y aurait pas de problème.

Il avait un an de plus que Flora mais était à peine plus grand qu'elle et bien plus maigre. Toutefois, elle savait qu'il valait mieux ne pas se frotter à lui. Un jour, l'année dernière, il avait précipité Flora dans le ruisseau pour avoir frappé Jessie – sans doute parce que Jessie avait remarqué que Flora regardait Archie avec cet air bêta qu'ont les filles pour les garçons, en particulier son frère, sitôt que leurs poitrines se mettent à pousser. M'man prétendait qu'Archie n'aurait que l'embarras du choix le jour où il serait temps pour lui de se marier – il avait fière allure, et du cran, comme son père, et avec une bonne éducation il ferait son chemin dans le monde. Jessie ne trouvait pas son frère particulièrement beau garçon. Il avait la même grande bouche et la même chevelure noire ébouriffée qu'elle, et il était trop maigre. En plus ses mains et ses pieds avaient l'air trop grands par rapport au reste de son corps, mais m'man disait que ce n'était qu'une question de temps, qu'il deviendrait bientôt un homme. Il avait un beau sourire, il est vrai, et ses yeux étaient d'un bleu plus intense et plus beau que les siens – du bleu cobalt, comme disait l'étiquette d'un des tubes presque vides de la boîte d'aquarelle qu'elle avait trouvée un jour sur la lande.

« Je t'ai dit de la laisser tranquille, Flora », répéta doucement Archie, en gaélique, cette fois.

Flora le regarda droit dans les yeux et rougit de la tête aux pieds. Elle était jolie, sous la saleté, avec ses cheveux noirs comme le jais et ses yeux bleu pâle. Archie aurait peut-être même pu lui faire la cour si elle n'avait pas été si crasseuse – et aussi méchante.

Elle releva la tête d'un air de défi :

« C'était pour rire, Archie, il n'y a pas de mal.

— Eh bien, va rire ailleurs », lui répondit-il.

Flora marmonna quelque chose à l'intention d'Isabel puis s'éloigna, suivie de ses amies.

Archie sourit à Isabel et s'adressa à elle, mais Jessie ne parvint pas à entendre ce qu'il lui disait. Le visage jusque-là plutôt banal, assez quelconque, d'Isabel rayonna subitement de beauté, et Jessie sentit son cœur se serrer. Pourquoi ne ressemblait-elle pas à Isabel ? Pourquoi avait-elle hérité de la chevelure bouclée et capricieuse de sa mère qui s'envolait en tous sens au moindre coup de vent, c'est-à-dire pratiquement tout le temps ? Pourquoi n'avait-elle pas les yeux marron d'Isabel, une couleur originale dans ce patelin où tout le monde ou presque avait les yeux bleus ? Mais, surtout, pourquoi n'avait-elle pas son sourire, qui lui aurait valu le genre de regard qu'Archie lui adressait à cet instant précis ?

2

Isabel se recroquevilla sur le rebord de la fenêtre de sa chambre et s'abîma dans la contemplation du château de Dunvegan, de l'autre côté de l'eau. Un rayon de soleil perça les nuages et le château baigna soudain dans une lumière dorée, magique. Il faudrait qu'elle demande à papa qui habitait le château. Il s'y trouvait peut-être une fille de son âge, comme l'héroïne de *La Fiancée de Lammermoor*, le roman de Walter Scott. Une fille dont elle pourrait devenir l'amie. Papa avait beau l'assurer du contraire, elle n'imaginait pas devenir l'amie d'une des filles du village. Celle qui avait jeté son gâteau par terre était tout bonnement effrayante. Dieu merci, après l'été elle retrouverait une école convenable, à Édimbourg.

L'île de Skye était un drôle d'endroit et elle n'était pas du tout sûre de s'y plaire. Le seul point positif, c'est qu'elle vivait à nouveau avec son père. Il l'intimidait encore un peu, même s'il lui avait terriblement manqué après son départ pour l'Afrique du Sud, où il avait soigné les blessés. Il avait été absent trois longues années et elle avait failli ne pas le reconnaître à son retour, six mois plus tôt. C'était bien lui pourtant, avec des tempes grisonnantes désormais. Dans son souvenir, son père était grand, marchait toujours d'un pas décidé et avait un beau sourire, alors que l'homme qui était rentré apparaissait tassé et, même s'il continuait de rire et de la taquiner, il avait l'air triste. Et il boitait. À cause d'un coup d'épée reçu à la jambe, lui avait-il expliqué. Il avait aussi été blessé à la poitrine et avait parfois du mal à respirer, et l'air bien peu sain d'Édimbourg n'arrangeait pas les choses. C'est la raison pour laquelle ils avaient décidé de s'installer à Skye. Papa affirmait que l'air y était très pur.

Sa mère n'était pas contente d'avoir eu à quitter Édimbourg. Avant leur départ, Isabel l'avait surprise en train de déclarer à son père qu'il n'avait pas le droit de l'arracher à ses amitiés et à son travail. Isabel ne savait pas bien en quoi consistait son « travail », peut-être faisait-elle référence aux interminables réunions auxquelles elle assistait. Mais papa avait mis le holà. Il avait répondu à maman que, en tant que chef de famille, c'était à lui qu'il revenait de prendre les décisions. Andrew resterait à Édimbourg, où il poursuivrait sa scolarité, et il serait accueilli par la famille de George, leur grand frère à elle et Andrew. Quant à maman et Isabel, leur place était à ses côtés ici, à Skye.

« Enfin, William ! Vous n'avez tout de même pas l'intention d'inscrire Isabel à l'école du village ? Y avez-vous vraiment réfléchi ? Vous semblez oublier que votre fille est l'arrière-petite-fille d'une comtesse !

— Non, je ne l'oublie pas, ma chère, comment le pourrais-je, d'ailleurs ? avait sèchement riposté papa. Mais il reste à peine quelques semaines de classe avant l'été. À l'automne, Isabel rentrera à Édimbourg pour y achever sa scolarité. En attendant, je tiens à ce qu'elle soit présente à mes côtés. » Sa déclaration fut ponctuée par un bruit de papier froissé, le bruit d'un journal que papa tenait en main.

« Vous l'avez bien gâtée pendant mon absence, Clara. Si elle tient toujours à devenir infirmière, il lui sera, croyez-moi, très utile d'observer de près comment vit le commun des mortels. C'est de gens comme eux qu'elle aura à prendre soin – pas des comtesses et des dames. »

Isabel, si elle sentait au ton de sa voix que son père disait cela sans aucune méchanceté, n'en était pas moins outrée. Comment cela, gâtée ? Et elle connaissait plein de gens ordinaires, leurs domestiques, par exemple.

« J'ai l'impression que notre fille s'imagine qu'être infirmière consiste à poser des compresses sur des fronts fiévreux », ajouta son père.

Isabel sentit le rouge lui monter aux joues. Elle savait très bien que le métier d'infirmière ne se réduisait pas à cela ! Elle avait lu ce qu'on racontait sur Florence Nightingale. Papa, lui, ne savait rien d'elle !

« William, je ne laisserai jamais ma fille devenir infirmière !

— Je ne pense pas que vous ayez beaucoup de souci à vous faire à son sujet, mais notre fille a également du caractère, et il serait probablement maladroit de le lui interdire. »

Cela n'avait fait qu'accroître sa détermination. Elle leur montrerait. Ils allaient comprendre qu'elle n'était pas du genre à se laisser dissuader.

Peu après cette conversation, ils avaient plié bagage, fermé la maison et pris le train jusqu'à Kyle, sur le

Lochalsh, avant d'embarquer à bord d'un petit bateau qui les avait emmenés à Skye. Il faisait presque nuit lorsqu'ils avaient débarqué, et la première impression ressentie par Isabel fut celle d'un air pur et iodé avec une légère fragrance de fumée.

Après avoir passé la nuit dans une auberge, ils étaient repartis le lendemain, en calèche. Le brouillard s'était levé, et la mer et les lochs étincelaient au soleil de part et d'autre du chemin. Devant eux, les lignes de crête se détachaient sur le ciel comme l'échine d'animaux préhistoriques. Ils traversèrent plusieurs villages où des gens affairés réparaient des corbeilles en osier ou transportaient sur leur dos de grands paniers remplis de terre noire. De petites embarcations, certaines voiles au vent, cabotaient le long de la côte.

Alors que leur calèche caracolait à l'ombre des montagnes, papa leur désigna un endroit sur leur gauche :

« Certains étangs, dans ce coin-là, sont habités par des fées. Un de ces jours, Isabel, nous viendrons pique-niquer pour leur rendre visite.

— Ne vous moquez pas de moi, papa. J'ai presque quatorze ans et je sais bien que les fées n'existent pas. » Parfois il la traitait comme si elle était encore une petite fille.

« On ne saurait être sûr de rien, Isabel. » Les yeux de son père pétillaient de malice. « Ici, beaucoup de gens croient qu'il existe des choses qu'on ne peut pas voir. »

Bien des heures plus tard, la calèche tourna dans un chemin bordé d'arbres. Isabel tendit le cou, impatiente de voir à quoi ressemblait leur nouvelle maison, mais celle-ci était cachée par un bois de frênes, de chênes et de bouleaux, et il fallut plusieurs minutes encore avant qu'elle la découvrît.

La maison en pierre tachetée de lichen se dressait à l'extrémité d'un promontoire rocheux encerclé par la mer. D'où elle se trouvait, Isabel aurait pu lancer une pierre dans les flots.

La carriole finit par s'immobiliser et, tandis que les domestiques se mettaient en rang pour les saluer, papa s'empressa de descendre pour aider maman, qui inspectait sa nouvelle demeure d'un regard désapprobateur.

C'était une grande bâtisse, beaucoup plus grande que leur maison d'Édimbourg – mais beaucoup moins belle également. Au rez-de-chaussée se trouvaient plusieurs salons et une pièce, près du hall d'entrée, où l'on pouvait apercevoir un bureau et une table en métal longue et étroite.

« Mon futur cabinet. Les patients pourront attendre dans l'entrée », dit son père.

Maman grimaça comme si elle avait mordu dans un citron, mais ne fit pas de commentaire.

À l'étage, il y avait sept chambres à coucher, une pour chacun d'eux, et une pour Andrew lorsqu'il leur rendrait visite. Une autre chambre servirait de boudoir à maman, et les deux restantes, expliqua-t-elle, seraient des chambres d'ami. « Si tant est qu'un ami veuille nous rendre visite dans ce trou perdu », ajouta-t-elle, mais tout bas pour que papa ne l'entende pas.

Depuis, une semaine était passée et Isabel en avait déjà assez de rester dans sa chambre après l'école, à lire, lire et encore lire. Le cri strident d'une mouette lui parvint de l'extérieur, elle jeta son livre par terre et quitta la pièce.

Sans demander l'autorisation de sa mère, qui ne la lui aurait sans doute pas accordée, Isabel sortit de la maison, s'engagea dans un sentier étroit derrière l'étable et se lança à l'assaut de la colline. Il eût certes été plus simple d'emprunter le chemin de terre battue mais on aurait alors pu la voir. Le risque que maman vienne discuter avec des villageois était mince, mais quelqu'un aurait pu raconter à son père qu'on l'avait vue se promener toute seule, et cela ne lui aurait sans doute pas fait plaisir. Il lui avait clairement signifié qu'elle ne devait pas s'éloigner de la maison car les parages des falaises étaient dangereux, surtout par temps de brume. Papa et maman s'inquiétaient trop. Le soleil étincelait, il n'y avait presque aucun nuage et la visibilité était parfaite.

Progressivement, le sentier se couvrit de fougères et elle eut de plus en plus de mal à trouver son chemin. Profitant de plusieurs surplombs, elle fut surprise, en se penchant, de découvrir la mer en contrebas. Vers l'intérieur des terres, on apercevait de petites fermes lovées dans les collines. De temps à autre une maison se dérobait à son regard, seule la fumée d'une cheminée trahissait encore sa présence, puis elle surgissait à nouveau comme par un coup de baguette magique d'une de ces fées auxquelles croyaient les habitants de la région. Lorsqu'elle perdait de vue telle ou telle maisonnette, le choc du métal contre le métal, le bruit sourd d'une hache coupant du bois, des voix de femmes couvertes, de loin en loin, par les cris des enfants, avaient quelque chose de rassurant.

Soudain, elle avisa quelqu'un sur le sentier, venant à sa rencontre.

Dès qu'il approcha, elle le reconnut. C'était Archie, le garçon qui était dans sa classe. Il portait la même veste en laine reprisée aux coudes et un pantalon troué aux genoux et retenu par un bout de ficelle. Il n'avait pas de chaussures et ses pieds étaient sales, maculés de tourbe et d'herbe. Pour autant, rien dans sa démarche ne donnait à penser qu'il avait honte de son apparence, bien au contraire : à en juger par l'assurance qu'il dégageait, il aurait aussi bien pu porter tenue de soirée, frac, chemise empesée et nœud papillon blanc.

Il tenait un fusil dans une main et dans l'autre, par les oreilles, les lapins qu'il avait chassés. Isabel ne lui avait pas reparlé depuis l'incident avec Flora McPhee, à l'école, mais elle avait remarqué qu'il l'observait pendant les cours et à la récréation, qu'elle passait le plus souvent à lire. Il sourit en la voyant.

« Bonjour ! lança-t-il. Qu'est-ce que vous faites là ? »

Elle aimait son accent chantonnant et sa voix. Il détachait chaque mot à la manière d'un objet délicat.

« Je me promène », lui répondit-elle.

Il haussa un sourcil.

« Toute seule ? »

Mais de quoi se mêlait-il ?

« Pourquoi pas ? Vous, vous êtes bien seul !

— Mais moi je connais ces collines comme ma poche, répliqua-t-il. On peut se retrouver prisonnier d'une tourbière ou chuter du haut de la falaise comme un rien, si on ne fait pas attention. Je croyais que les jeunes filles distinguées n'avaient pas le droit de sortir sans chaperon ? »

Il avait lâché cela avec un petit sourire en coin, qui eut le don d'irriter Isabel.

« Je vais où bon me semble, prétendit-elle en mentant. Voulez-vous bien me laisser passer, à présent ? »

Au lieu de suivre son chemin, Archie fit demi-tour et lui emboîta le pas.

« Je ferais bien de vous accompagner. »

Elle faillit lui intimer l'ordre de la laisser tranquille, mais son attitude, sa manière si naturelle de laisser entendre qu'ils n'étaient pas si différents que ça l'un de l'autre, lui donnait envie d'en savoir plus.

« Vous aimez Skye ? demanda-t-il en suivant d'un regard mauvais l'envol d'un corbeau.

— Je préfère Édimbourg. »

Archie poussa un léger soupir.

« Je ne comprends pas qu'on puisse préférer un autre endroit à Skye.

— J'en conclus que vous connaissez Édimbourg. »

Il devint subitement sérieux.

« Non, mais mon père si, et j'irai peut-être un jour. Après Inverness.

— Inverness ?

— J'ai obtenu une bourse pour y passer mon diplôme de fin d'études. Après, je ferai ce que je veux. Je pourrai aller où ça me chantera. »

On sentait au ton de sa voix qu'il n'était pas peu fier.

« Vous ne souhaitez pas vivre ici ? Je croyais que vous aimiez Skye plus que tout au monde ?

— Ici ? Pouah ! Pour faire le métayer, travailler jour et nuit et gagner à peine de quoi manger, pas même de quoi s'acheter des vêtements décents ? Très peu pour moi ni pour ma sœur Jessie, merci. Elle aussi, elle obtiendra sa bourse. Elle veut devenir infirmière – et elle y parviendra, si elle arrête de rêvasser.

— Moi aussi, je veux devenir infirmière », répondit Isabel.

Mais elle se trouvait moins intéressante, à présent qu'elle savait que la jeune sœur d'Archie avait la même idée.

« Mais je commencerai par aller d'abord à l'université. »

L'idée lui était venue à l'instant même. Elle ne voulait surtout pas qu'Archie puisse penser qu'elle ne serait qu'une infirmière comme les autres.

Il sourit discrètement.

« Les filles ne sont pas admises à l'université !

— Si elles le veulent vraiment, si.

— Et si leur père a les moyens. »

Il avait dit cela sans animosité, il avait même l'air plutôt admiratif.

« Mon père dit qu'il faut avoir de l'ambition – qu'on n'obtient rien dans la vie si on ne cherche pas à améliorer son sort. J'aimerais aller à l'université, ajouta-t-il avec une pointe de regret dans la voix, mais nous n'en aurons jamais les moyens. Il faudrait que je travaille longtemps pour mettre l'argent de côté. »

Tout en parlant, ils étaient arrivés au sommet d'une colline, et Archie lui désigna une combe en contrebas.

« C'est Galtrigill, dit-il un jetant un regard de côté à Isabel. Ou du moins ce qu'il en reste. »

À la différence des autres hameaux, l'endroit était désert et les maisons, qui n'avaient plus de toit, n'étaient plus que des ruines au milieu des orties.

« Qu'est-il arrivé ? demanda Isabel. Où sont passés les gens ? »

Archie grimaça.

« Le comte de Glendale les a expulsés il y a une quarantaine d'années.

— Expulsés ? Comment ça ?

— Pour récupérer la terre et y mettre des moutons.

— Des moutons ?

— Le prix de la laine avait explosé, et il y avait plus d'argent à gagner grâce à l'élevage des moutons qu'avec le métayage. »

Archie s'assit sur un rocher et posa soigneusement son fusil et ses lapins à ses pieds.

« C'était en 1884. Il a voulu interdire aux métayers d'utiliser les pâturages pour leur bétail. Mon père et d'autres s'y sont opposés. Ils ont fini en prison à Édimbourg. Je n'étais pas encore né, mais on s'en souvient par ici. »

Archie sourit en prononçant ces derniers mots.

Son père avait été emprisonné, et ça n'avait même pas l'air de le rendre honteux... ! Décidément, ce garçon était bien étrange.

« On les appelle les martyrs de Glendale, poursuivit-il. Mon père est connu dans toute l'île. Un jour, je serai plus connu que lui. »

Isabel s'installa à côté d'un buisson de bruyère. Ce garçon déguenillé et déchaussé semblait bien capable de faire tout ce qu'il se proposait d'accomplir. Avec une moue de dégoût, elle désigna du doigt les lapins à ses pieds.

« Pourquoi les avez-vous tués ?

— Pour les manger, pardi !

— Mais ce sont de pauvres bébés ! »

Archie afficha un sourire amusé.

« Plus ils sont jeunes, meilleurs ils sont. Il n'y a pas de mal à tuer pour se nourrir, à condition d'agir vite et bien. »

Il sauta sur ses pieds et lui tendit la main.

« Venez, je vais vous montrer comment on peut se procurer à peu de frais le meilleur repas qui soit. La mer descend, c'est le moment ou jamais, suivez-moi. »

Elle ignora la main qu'il lui tendait et se leva. Archie se dirigea vers la falaise à grandes enjambées sans se retourner pour voir si elle le suivait.

Elle finit par lui emboîter le pas, par curiosité. Il s'arrêta au bord du chemin et l'attendit. La falaise plongeait à pic vers une petite baie au fond de laquelle une langue de sable blanc dessinait un croissant. Un sentiment de vertige s'empara d'elle.

« Il y a plein de moules entre les rochers, expliqua Archie en ôtant sa veste, qu'il jeta sur un buisson de fougères violettes.

— Et comment comptez-vous descendre ? À tire-d'aile ?

— Le long de la paroi. Je l'ai fait des milliers de fois. Faites exactement comme moi et tout se passera bien. »

Le soleil lui chauffait le dos et elle commençait à ne plus supporter sa robe à manches longues en cotonnade. Elle rêvait de sentir un peu d'eau fraîche sur sa peau mais, par-dessus tout, elle ne voulait pas qu'Archie s'imagine qu'elle avait peur, alors que son cœur battait la chamade.

« Mais si ça vous fait peur... »

Ses yeux étaient bleus comme l'eau du loch.

« Vous avez le droit, vous êtes une fille, après tout. Jessie, elle, m'accompagne souvent.

— Ça ne me fait pas peur, rétorqua Isabel. Je suis capable de faire tout ce que font les garçons, mais il n'est pas convenable pour une jeune fille comme moi d'escalader des falaises. »

Cette fois, il sourit de toutes ses dents.

« Comme vous voudrez. »

Il passa la corde qui retenait les lapins autour de son cou et la sangle du fusil en bandoulière. Il partit en sifflotant vers le bord de la falaise avant de disparaître. Isabel ne savait pas quoi faire. Elle finit par s'asseoir, défit les lacets de ses bottines et ôta ses bas épais. Ses jupons la gêneraient certainement ; elle les coinça sous l'élastique de sa culotte, à hauteur du genou. Si maman la voyait, elle aurait des vapeurs. Elle prit son courage à deux mains et suivit Archie.

Elle se demandait encore comment elle avait fait pour parvenir jusqu'en bas sans encombre, mais elle y était arrivée.

Elle se retourna, s'attendant à trouver un Archie admiratif ; il était occupé à tirer vers la plage un petit bateau bleu à rames attaché à une corde. Devant elle s'ouvrait une petite baie sablonneuse et, sur sa gauche, un chemin assez large montait en pente douce.

« On aurait pu passer par là ! » s'exclama Isabel.

Archie semblait trouver cela drôle.

« C'est sûr.

— Pourquoi ne me l'avez-vous pas dit ? On aurait pu tomber, j'aurais pu me faire mal.

— Moi, tomber ? De toute façon je vous avais à l'œil, vous ne couriez aucun risque. »

Isabel bouillonnait en son for intérieur. Il les avait mis inutilement en danger.

« Et puis ça aurait été moins amusant, poursuivit Archie tout en continuant à tirer sur la corde. Tenez-moi ça pendant que je récupère vos bottines. »

S'efforçant de dissimuler sa contrariété, Isabel fit ce qu'il lui demandait. Archie emprunta l'autre chemin pour remonter chercher ses affaires en haut de la falaise. Avait-il voulu la mettre à l'épreuve ? Si c'était le cas, elle avait été à la hauteur.

Il revint, lui tendit ses bottines et ses bas et reprit la corde.

« On pêchera les moules une autre fois. M'man veut du saumon pour dîner et c'est le moment idéal.

— D'accord, je viens avec vous. »

Elle n'avait pas risqué sa vie pour rentrer bredouille à la maison.

« Si vous le voulez, mais il faut faire vite, il y a de l'orage dans l'air. »

Elle leva les yeux. Quelques nuages se détachaient sur le fond bleu, bien que le ciel fût plutôt dégagé.

« Pourquoi dites-vous cela ?

— Le vent sent la pluie.

— Quelle idée farfelue ! »

Dans un murmure moqueur, elle ajouta :

« Ce sont les fées qui vous l'ont dit ? »

Archie lui jeta un regard noir.

« Je vous interdis de vous moquer de moi ! »

Elle regretta aussitôt ses paroles : c'était plutôt à elle de donner des gages de bonnes manières.

« Je vous prie de m'excuser. Si vous dites que l'orage approche, c'est certainement vrai. »

Avait-il entendu ses excuses ? En tout cas il n'en laissa rien paraître, tira le bateau jusqu'à la rive et l'aida à monter à bord. C'était une embarcation sans voile, avec seulement deux rames et deux bancs pour s'asseoir. Isabel s'installa à l'arrière.

Le bateau s'éloigna de la rive et Isabel laissa traîner sa main dans l'eau.

« Vous aimez l'école ?

— J'aime apprendre, répondit Archie. Sauf la poésie – ça, c'est pour les filles.

— Mais la poésie, c'est merveilleux ! J'en lis pour le plaisir. J'aime par-dessus tout Tennyson : *Voici que s'endort le pétale pourpre...*

— *Voici que s'endort le pétale pourpre...*, répéta-t-il en singeant son intonation. Ça ne veut rien dire ! Rien du tout ! À quoi ça sert d'apprendre des choses qui ne veulent rien dire ?

— Je me moque de ce que cela peut bien vouloir dire. J'aime la musique des mots. »

Les coups de rame d'Archie étaient précis, réguliers.

« J'ai lu Tennyson. Le seul poème que j'aime c'est "La charge de la brigade légère". Au moins, ça parle de quelque chose de concret ! »

Isabel se redressa et posa ses coudes sur ses genoux.

« Ah bon ? Et de quoi cela parle-t-il, selon vous ?

— Du devoir. De l'honneur. Du courage. De choses qui comptent pour les hommes.

— Elles comptent aussi pour les femmes ! s'emporta Isabel. Je déteste ce poème. Il parle de l'action sans souci des conséquences – comment on gâche sa vie pour une cause perdue d'avance. »

Archie la regarda d'un air intrigué.

« Vous vous posez trop de questions. Parfois, il faut agir parce c'est la seule chose à faire. Un homme a son honneur – et il doit être prêt à donner sa vie pour lui. Sinon, ce n'est pas un homme. »

Elle croisa les bras sur sa poitrine et lui lança un regard agacé. Qu'est-ce qu'un simple paysan comme lui savait de l'honneur et du devoir ? Et aussitôt, elle le vit, prenant sa défense face à Flora McPhee. Il s'était conduit en vrai gentleman, ce jour-là. Et elle se demanda si elle-même se conduisait comme une dame.

Archie eut l'air surpris.

« Vous ne supportez pas qu'on ne soit pas d'accord avec vous. »

Elle rougit. Honneur, honneur, il n'avait que ce mot à la bouche, mais il serait sans doute capable de la jeter par-dessus bord et de la laisser se débrouiller seule pour rejoindre la plage.

Il rama en silence pendant un moment, puis releva les rames.

« J'ai posé un filet ici, hier. »

Il se leva et le bateau tangua. Isabel cria :

« Vous allez nous faire chavirer !

— Vous n'allez quand même pas m'apprendre à manœuvrer un bateau ! »

Il tira sur le filet.

« C'est lourd, donnez-moi un coup de main. »

Isabel avança précautionneusement sur le bateau ballotté par la houle et se plaça à ses côtés.

« Essayez de ne pas tomber à l'eau. Je ne pourrai peut-être pas vous sortir de là. Qui sait, je n'aurai peut-être pas *envie* de vous sortir de là. »

Il avait prononcé la deuxième phrase entre ses dents, mais Isabel décida de l'ignorer. Ils tirèrent ensemble sur le filet et finirent par le hisser hors de l'eau. Comme Archie l'avait prévu, il grouillait de poissons.

« Un dernier effort, on y est presque. »

Le cordage trempé auquel s'accrochaient des reliefs visqueux d'algues lui entaillait les mains, mais elle s'arc-bouta et tira de toutes ses forces. Archie était plus fort qu'il n'en avait l'air : le filet retomba à l'intérieur de l'esquif. Quant à Isabel, elle glissa, perdit pied et chuta lourdement au fond du bateau.

« Je suis trempée », annonça-t-elle, mortifiée.

Elle estimait peut-être mériter des remerciements pour ses efforts ou au moins quelques mots de consolation pour sa chute, mais Archie n'en fit rien. Il se contenta de lui adresser un petit sourire.

« Ne vous inquiétez pas, vous aurez séché en un rien de temps. »

Elle retourna s'asseoir à l'arrière du bateau et considéra avec dégoût les poissons dans le filet.

Archie lui tendit un gros bâton.

« Aidez-moi à les assommer.

— Quoi ? Il n'en est pas question ! Les pauvres bêtes. »

Il la regarda, incrédule.

« C'est juste des poissons ! Ils ne sentent rien ! »

Il leva son bâton et l'abattit. L'un des poissons gigota, puis s'immobilisa. Isabel fit la grimace.

« Je ne peux pas faire ça. »

Elle regrettait à présent de l'avoir accompagné.

« Je croyais que vous vouliez être infirmière ?

— C'est vrai, et alors ?

— Alors vous devriez vous habituer à abréger les souffrances.

— J'ai l'intention de soigner les gens, pas de les tuer. »

Le garçon sourit de toutes ses dents.

« D'accord, je m'occupe de tuer les poissons. Vous n'aurez qu'à les vider. »

Elle frissonna intérieurement. Vider un poisson ? Quelle idée ! C'était la cuisinière qui faisait ça.

« Qu'est-ce que vous attendez ? lui lança-t-il, comme elle si elle avait refusé d'obéir à un ordre.

— Je ne sais pas vider un poisson. »

Archie avait l'air exaspéré.

« Bon, eh bien, je vous montrerai dès que nous serons à terre. Une femme doit savoir vider un poisson. »

Les femmes qu'il connaissait, peut-être. Pas elle, en tout cas.

Archie étudia le ciel, où des nuages sombres s'amoncelaient à présent.

« L'orage arrive. »

À l'instant précis où il prononçait ces mots, des gouttes de pluie apparurent et le bateau tangua de plus belle sous l'effet de la houle qui forcissait. Entre l'odeur de poisson et la mer démontée, Isabel sentit son estomac protester.

« Pouvons-nous rentrer, s'il vous plaît ? »

Il jeta un coup d'œil dans sa direction, et son regard perdit de sa sévérité.

« Ça n'a pas l'air d'aller, dites donc. Je vais ramer jusqu'au ponton à côté de chez vous. Vous irez plus vite qu'à pied.

— À côté de chez nous ?

— Oui. Vous voyez votre maison, là-bas ? »

Il pointa le doigt en direction de la côte.

En effet, ils ne se trouvaient qu'à quelques encablures de Borreraig House. Par la mer, Galtrigill, c'était la porte à côté. Sur la gauche, à peine visible derrière un bosquet, Isabel découvrit un petit bâtiment en brique qu'elle n'avait pas encore remarqué, avec un court ponton sur le devant.

« Qu'est-ce que c'est que cet endroit ? demanda-t-elle à Archie, qui ramait dans sa direction.

— Vous ne le savez pas ? C'est la remise à bateaux de votre maison. C'est là que les femmes se changent pour aller nager. »

Il eut un petit sourire supérieur.

« Comme ça, personne ne peut les voir en maillot de bain.

— Je sais ce qu'est une remise à bateaux », protesta Isabel.

Il doit penser que je suis complètement ignorante.

Archie amarra le bateau au ponton au moment où l'orage commençait à redoubler de violence. Ils laissèrent les poissons à bord et se précipitèrent vers la remise.

Celle-ci ne comptait que deux fauteuils défoncés, une petite table et trois chaises en bois, dont l'une n'avait que trois pieds. Les poutres et les meubles étaient recouverts de toiles d'araignées. Il y avait également une cheminée et l'endroit empestait le moisi. En tout cas, ils étaient à l'abri et de toute façon elle n'aurait pas pu inviter Archie dans la maison.

Isabel frissonna, et Archie fronça les sourcils.

« Vous devriez rentrer vous changer, vos vêtements sont trempés.

— Je vous assure que ça va. »

Elle n'avait aucune envie de rentrer. Ce garçon avait sans doute des défauts, mais au moins elle ne s'ennuyait pas en sa compagnie.

« Dans ce cas... »

Archie prit l'une des chaises et la posa devant elle.

« Asseyez-vous pendant que j'allume le feu. »

Il sortit l'espace d'un instant et revint presque aussitôt avec des brindilles et des morceaux de tourbe. Il tira une boîte d'allumettes d'une poche et bientôt un feu flambait dans la cheminée.

« Savez-vous allumer un feu ? » lui demanda-t-il.

Elle secoua la tête et Archie prit un air amusé.

« Vous savez faire quoi, exactement ? »

Elle leva fièrement le menton.

« Je joue du piano, je brode – et tout un tas d'autres choses. »

Mais elle avait beau chercher, rien d'autre ne lui venait à l'esprit. Il sourit, et Isabel n'aima pas trop la manière dont il semblait la prendre de haut. Elle lui tendit la main.

« Je vous souhaite une excellente journée. Ma mère est sûrement en train de me chercher en ce moment même. Je dois vous laisser. »

Il saisit sa main entre ses doigts calleux et s'inclina légèrement :

« Bien sûr, mademoiselle MacKenzie. Je suis à votre entière disposition, au cas où vous souhaiteriez faire une nouvelle partie de pêche. »

3

Le lendemain matin, le père d'Isabel s'apprêtait à sortir au moment où elle descendit prendre son petit déjeuner. Il était en train de donner ses instructions à Seonag, leur femme de chambre :

« Vous direz à Mme MacKenzie que j'ai été appelé au chevet d'un patient. Je ne sais pas quand je serai de retour.

— Oh, mon papa, pourrais-je vous accompagner ? »

Comme il hésitait, elle abattit sa carte maîtresse :

« Vous m'avez atrocement manqué après que vous êtes parti. Je vous en supplie, laissez-moi venir avec vous – je vous tiendrai compagnie.

— Je ne pense pas que ta mère serait d'accord, Isabel.

— Mais puisque je veux devenir infirmière, cela me sera forcément utile, n'est-ce pas ? Je sais que ni maman ni vous ne pensez que je suis faite pour ce métier, cela vous permettra de voir que vous vous trompez.

— Tu écoutes aux portes, maintenant, Isabel ?

— Enfin, mon papa, quelle idée ! »

Elle s'efforça d'avoir l'air sincèrement indignée. Si les gens parlaient fort et laissaient les portes ouvertes, ils devaient s'attendre à ce qu'on entende ce qu'ils disaient.

« J'ai entendu par hasard que vous en parliez. »

Son père lui posa une main sur l'épaule.

« Parfois, je crois que j'aimerais mieux que tu fasses preuve d'un peu moins de vivacité d'esprit... »

Quelqu'un d'autre qu'elle aurait pu le penser fâché contre Isabel, mais au pétillement de son regard celle-ci comprit qu'il était plutôt amusé par cet échange.

« Très bien, tu peux venir avec moi. Nous verrons bien ce qu'il restera ensuite de ton souhait de devenir infirmière. »

Dehors, le mari de la cuisinière, M. MacDonald, avait attelé le cheval au cabriolet. Son père aida Isabel à monter, s'installa à côté d'elle et lui demanda de prendre sa sacoche.

Lorsqu'ils furent parvenus au sommet de la colline, le hameau de Borreraig s'offrit à leur regard.

« Les maisons sont si petites, papa. On dirait des maisons de fées. Ils n'auraient pas pu les faire un peu plus grandes ? »

Son père prit un air sérieux.

« Les gens d'ici ne sont pas riches, Isabel. Du moins en termes d'argent. Ils n'ont qu'un petit lopin de terre sur lequel ils vivent et travaillent. Ils construisent eux-mêmes leurs maisons avec ce qu'ils trouvent et les couvrent de chaume et de tourbe. Elles sont peut-être petites, mais elles sont bien isolées et conservent la chaleur. Tout le monde n'a pas ta chance, tu sais. »

Isabel rougit. Elle détestait quand il la sermonnait.

Deux gamins interrompirent leurs jeux et se mirent à courir à côté du cabriolet, en riant et en les désignant timidement du doigt. Ils avaient beau être en haillons et pieds nus, ils donnaient cependant l'impression de bien s'amuser. Isabel leur sourit et les salua de la main tout en les enviant un peu au fond d'elle-même. Elle comptait bien montrer par là à son père qu'elle était tout à fait capable de se conduire comme il convenait avec des gens moins bien lotis qu'elle.

En approchant d'un groupe de maisons, le Dr MacKenzie tira sur les rênes et le cabriolet s'arrêta. Un soc de charrue rouillé gisait près d'une porte. Un enfant était assis dessus et jouait à faire semblant de conduire une charrette. Jouxtant chaque maison, on pouvait voir un tas de tourbe bien rangé et un empilement de paniers. Plusieurs enfants assistaient à l'arrivée des inconnus, bouche bée. On aurait dit que c'était la première fois qu'ils voyaient d'autres êtres humains que ceux du village.

Un garçon d'une dizaine d'années se précipita vers eux et immobilisa le cheval pendant que son père aidait Isabel à descendre. Il regarda sa fille droit dans les yeux, avec un profond sérieux :

« Ma chérie, écoute-moi bien. Si je te demande de m'attendre dehors, tu sortiras sans discuter. C'est bien compris ? »

Le garçon, qu'Isabel connaissait de l'école, attacha le cheval à un poteau :

« Ma maman vous attend, monsieur. »

La maison n'avait qu'une seule fenêtre, si petite qu'elle laissait à peine filtrer la lumière. La pénombre était accentuée par la fumée âcre produite par la tourbe qui brûlait dans le foyer. Isabel avait du mal à s'imaginer qu'un endroit pareil puisse être habité.

Ses yeux s'adaptèrent peu à peu à l'obscurité et elle parvint à distinguer des formes. Une femme portant une longue jupe grise et une blouse serrée, un fichu à carreaux sur la tête, vint vers veux et prononça quelques mots en gaélique.

Le garçon qui avait attaché le cheval vint aussitôt prendre place à ses côtés.

« Ma mère ne parle pas anglais, expliqua-t-il. Elle vous remercie d'être venu. »

Papa sourit fugacement et hocha la tête en direction de la femme, en guise de salut.

« Comment t'appelles-tu, mon garçon ?
— Alasdair Beag, monsieur.
— Pourrais-tu me dire, Alasdair Beag, où se trouve le malade ? »

Il posa sa sacoche sur une table en bois brut. Alasdair écarta un fin rideau et dévoila un lit encastré dans un des murs, sur lequel était allongé un garçon d'une douzaine d'années.

« C'est Ian, mon frère. On gardait les moutons, et un bélier lui a donné un coup de corne. Sa jambe était toute tordue, alors je suis vite parti chercher du secours. Nous l'avons ramené sur une charrette, il n'a pas arrêté de hurler pendant le trajet. »

Alasdair avait l'air aussi effrayé et sonné que son frère, et tout aussi pâle. Ian lui lança un regard furieux.

« Ce n'est pas vrai, je n'ai pas crié !
— Demande à ta mère d'allumer une lampe, veux-tu ? ordonna le docteur à Alasdair, et approche-la de moi, j'y verrai plus clair ainsi. Mes yeux ne sont plus ce qu'ils étaient. »

Isabel le savait, son père s'efforçait d'être courtois : il n'avait aucun problème de vue. Cela dit, force était de constater qu'on n'y voyait pas grand-chose, dans cette pénombre. Elle se retint de tousser. La fumée lui raclait la gorge, mais elle ne voulait surtout pas fournir à son père un prétexte pour lui dire de sortir.

La mère alluma une lampe à huile et la passa à son fils cadet, qui la lui tint au-dessus du lit. Isabel se rapprocha discrètement de son père et fut bientôt à ses côtés. Quelque chose de blanc sortait de la jambe d'Ian.

Le visage de son père resta impassible.

« Il s'est fracturé le tibia – c'est un des os de la jambe –, qui a percé la peau. »

Alasdair traduisit rapidement et attendit la réponse de sa mère.

« Elle veut savoir si vous pouvez réparer sa jambe, déclara-t-il.

— Je vais faire de mon mieux. »

La femme s'adressa de nouveau à Alasdair. Son angoisse se lisait dans les plis de son front, elle se frottait nerveusement les mains. Alasdair l'écouta jusqu'au bout, puis traduisit :

« Ma mère dit qu'elle n'a pas d'argent. Mais elle peut vous donner une poule et des patates de notre potager.

— Dis-lui que cela me convient, répondit le docteur. Je raffole du poulet grillé. »

La femme sourit alors timidement, l'air soulagée.

Le Dr MacKenzie se tourna vers sa fille :

« Apporte-moi ma sacoche, s'il te plaît. Je dois d'abord réduire la fracture, puis je vais immobiliser la jambe. Ça va lui faire un peu mal, je vais lui donner quelque chose pour l'aider à supporter la douleur. »

Il se lava ensuite les mains avec du savon au crésol à l'odeur puissante dans une cuvette en émail que la mère avait remplie d'eau prélevée dans une bouilloire. Puis il déballa son matériel et le disposa sur un tissu blanc propre.

« Le plus important, c'est de faire très attention à la propreté, dit-il en se tournant brièvement vers Isabel. Une fracture ouverte s'infecte facilement, il faut éviter cela à tout prix. »

Il sortit un thermomètre de sa sacoche et le secoua.

« À première vue, je ne pense pas qu'il ait de la fièvre. Retiens qu'un médecin doit se servir de ses yeux autant que de ses instruments. »

Il sourit à sa fille.

« Et une infirmière aussi. »

Elle aimait cette manière qu'il avait de tout lui expliquer comme si elle était vraiment son assistante.

Il plaça le thermomètre sous la langue d'Ian. Puis il prépara un mélange de produits, qu'il aspira dans une seringue.

« La morphine est un produit rare et cher, expliqua-t-il. Si Ian était un adulte, je réduirais peut-être la fracture sans lui en donner. Alasdair, tu peux m'aider ? »

Isabel s'avança alors :

« Moi je peux vous aider, papa. »

Il eut l'air surpris.

« Cela ne te fait pas peur ?

— Non, papa. »

En fait, elle avait un peu peur, et cet endroit avec ses étranges odeurs la mettait mal à l'aise, mais elle voulait absolument aider son père à soigner la jambe du garçon.

Il enfonça l'aiguille dans le bras d'Ian et injecta le liquide.

« Bientôt, tu vas avoir envie de dormir et ta jambe te fera moins mal. »

Isabel était impressionnée par le calme de son père. Toutes les tensions que l'on lisait sur son visage depuis son retour d'Afrique semblaient s'être évanouies. On aurait dit que travailler lui procurait un bonheur intense. Un bonheur que rien ni personne d'autre ne pouvait lui apporter, songea-t-elle avec regret.

Le produit administré au garçon semblait faire effet : son regard se perdait dans le vide et sa bouche s'entrouvrait légèrement. Le Dr MacKenzie retira le thermomètre et vérifia sa température.

« Parfait. Pas de fièvre, donc pas d'infection *a priori*, ce qui ne signifie pas que des bactéries ne sont pas présentes à l'intérieur de la plaie. Il faudra que nous le surveillions de près pendant quelques jours. »

Isabel fut ravie de l'entendre dire « nous », comme si elle faisait vraiment équipe avec lui.

« La première chose à faire, c'est réduire la fracture, c'est-à-dire redresser l'os qui s'est cassé. Alasdair, peux-tu tenir ton frère par les épaules ? Il faut l'empêcher de bouger.

— Et moi, papa ? demanda Isabel.

— Tu tiendras sa cuisse très fort. Vraiment fort. Et ne lâche pas tant que je ne te le dis pas. »

Il laissa à chacun le temps de se préparer, puis tira si fort sur la jambe d'Ian qu'Isabel pensa qu'elle allait lui rester dans la main. Ian gémit, et Alasdair grimaça.

Très vite, la jambe fut redressée. Ensuite, il nettoya la plaie avec un produit provenant d'un de ses flacons, puis il plaça du coton imbibé du même produit par-dessus.

« La plupart du temps, on doit recoudre la plaie, mais pas dans ce cas. Je vais lui poser une attelle et lui faire un pansement. »

Tout en parlant, il travaillait avec des gestes précis, élégants. Aucune hésitation n'avait sa place dans ses mouvements, comme si ses mains avaient su d'instinct ce qu'il convenait de faire. Lorsqu'il eut terminé, un sourire de satisfaction illumina son visage.

« On ne peut rien faire de plus à présent, sinon laisser la nature suivre son cours. Je vais montrer à sa mère comment changer le pansement et nettoyer la plaie, et je reviendrai le voir dans un ou deux jours. Alasdair, peux-tu expliquer cela à ta mère ? Si Ian montre le moindre signe d'infection – si son visage devient rouge, s'il se met à transpirer et à vouloir se débarrasser de ses couvertures –, il faut m'appeler immédiatement : c'est bien compris ? Ta mère ne doit pas toucher la jambe d'Ian sans s'être lavé les mains, et elle ne doit utiliser aucun de ses remèdes habituels.

— Je le lui dis, acquiesça Alasdair. Elle vous remercie, et demande que Dieu vous bénisse. Elle voudrait savoir si une tasse de thé vous ferait plaisir en attendant que je ramène votre poule et vos patates.

— Non, merci, je suis attendu chez un autre patient », répondit-il au grand soulagement d'Isabel. Maintenant qu'ils avaient fini de s'occuper de la jambe d'Ian, elle ne souhaitait pas rester une minute de plus dans cette pièce. Son père entreprit de ranger ses affaires dans sa sacoche.

« Dis à ta mère que je prendrai le thé la prochaine fois, si j'ai le temps, lorsque je reviendrai voir Ian. »

Dès qu'ils furent remontés dans le cabriolet avec la poule et les patates dans un sac à l'arrière, Isabel se tourna vers son père et s'exclama :

« Oh, papa, c'était merveilleux !

— Ah bon ? Et qu'est-ce qui était si merveilleux ?

— Vous avez soigné la jambe de ce garçon. Il avait mal et vous l'avez soulagé. Voilà pourquoi je veux devenir infirmière. Moi aussi, j'aimerais pouvoir faire cela. »

Son père sourit :

« Les infirmières ne soignent pas les fractures, Isabel. Il faut être médecin pour ça. Et je ne suis pas sûr que tu trouverais les choses aussi merveilleuses si ce garçon devait venir à mourir, par exemple. Il est loin d'être tiré d'affaire, ma chérie.

— Il ne va pas mourir ! Ne dites pas cela, papa. Les gens ne meurent pas à cause d'une jambe cassée.

— Si sa jambe s'infecte et que l'infection atteint le sang, aucun moyen de l'arrêter, à moins de... »

Il s'interrompit brusquement.

« À moins de quoi, papa ? »

Il afficha un soudain air las.

« Rien, rien. Parlons plutôt de notre prochaine patiente. La comtesse de Glendale se plaint de douleurs à l'estomac depuis une semaine. Je pense qu'elle ne mange pas assez de légumes. Comme tu vas pouvoir le constater, le métier de médecin est loin d'être toujours palpitant. »

Isabel était intriguée par le nom que son père venait de prononcer. Le comte de Glendale n'était-il pas ce propriétaire terrien qui avait fait jeter en prison le père d'Archie ? Où habitait-il ?

« Ils ont loué le château de Dunvegan, expliqua son père, en attendant que les travaux de rénovation de leur résidence de Glendale soient achevés.

— La comtesse a-t-elle des enfants ?

— C'est ce que j'ai cru comprendre, mais je ne sais pas quel âge ils ont ni si tu auras l'occasion de les rencontrer. J'ai aperçu le comte une ou deux fois à Édimbourg – les Glendale possèdent une maison sur Charlotte Square, en plus de leur propriété ici, et une autre résidence à Londres – mais je ne les connais pas vraiment. Je crois savoir qu'ils ne restent jamais très longtemps à Skye. »

Isabel était déçue. Elle ne risquait sans doute pas de faire connaissance avec une jeune fille de son âge, seule comme elle et à la recherche d'une amie.

Son père s'arrêta un moment sur le bas-côté pour laisser passer un troupeau de vaches conduit par un garçon, et une idée prit naissance dans l'esprit de la jeune fille. Pourquoi ne pas devenir médecin, plutôt qu'infirmière ? Elle voulait faire des choses qui la passionneraient, réduire des fractures et opérer des gens. Papa n'arrêtait pas de dire qu'elle était intelligente. Elle irait à l'université et y étudierait la médecine. C'était tellement évident qu'elle se demandait comment elle n'y avait pas pensé plus tôt.

« Papa, je viens de prendre une décision. Je ne veux pas être infirmière, je veux être médecin, comme vous. »

Son père éclata de rire.

« Ma chérie, c'est extrêmement difficile pour une femme de devenir médecin !

— Pourquoi donc ? Les filles sont aussi intelligentes que les garçons. Et n'y a-t-il pas déjà des femmes médecins ? J'ai lu dans le journal qu'à Édimbourg il y a une faculté de médecine réservée aux femmes. »

À présent, son père la dévisageait d'un air interrogatif.

« Je n'y avais jamais pensé mais, au fond, cela te conviendrait peut-être mieux que le métier d'infirmière.

— Alors, tu crois que je pourrais devenir médecin ?
— Ce n'est pas impossible. »

Il lui caressa la joue du dos de la main.

« Je ne sais pas comment ta mère réagira à cette idée. Je suppose qu'elle ne la verra pas d'un bon œil. Pour elle, ce qui compte, c'est surtout que tu fasses un beau mariage.

— Mais je n'ai aucune envie de me marier, papa ! »

Il rit de bon cœur, comme s'il s'agissait là d'une plaisanterie.

« Beaucoup de femmes ne rêvent que de se marier et de fonder une famille. Tu changeras peut-être d'avis, plus tard, quand tu auras grandi. »

Isabel savait qu'elle ne changerait pas d'avis. Un jour elle serait médecin. Cela ne faisait aucun doute.

Le cabriolet s'arrêta devant l'entrée du château, et un garçon de ferme s'empressa de saisir les rênes du cheval. Isabel embrassa les lieux du regard sans perdre une miette du spectacle qui s'offrait à elle. Certaines fenêtres du château étaient barricadées, ce qui donnait à l'endroit des allures de ruine gothique. Elle frissonna de plaisir.

Un valet les conduisit en haut de l'escalier, les fit entrer dans un vaste salon, les annonça puis se retira. À l'autre bout de la pièce, près de la cheminée, se tenait une femme au teint pâle avec un nez proéminent. Isabel songea à ces aigles marins qui faisaient des cercles au-dessus de Borreraig House.

« Docteur MacKenzie, comme c'est aimable à vous d'être venu. »

Elle avait une voix puissante, et son accent avait des intonations anglaises parfaitement maîtrisées.

« Je vous prie de bien vouloir m'excuser si je ne me lève pas. Mais qui est cette jeune personne qui vous accompagne ?

— Comtesse, permettez-moi de vous présenter ma fille, Isabel. »

Isabel esquissa une révérence.

D'une main, à laquelle scintillaient des diamants, la comtesse leur fit signe d'approcher.

« Je vous en prie, asseyez-vous. »

Lorsqu'ils furent installés, lady Glendale poursuivit :

« Êtes-vous content de votre travail ici, docteur MacKenzie ? J'espère que vous n'êtes pas trop débordé.

— Pas assez à mon goût – du moins pour l'instant, répondit-il en souriant.

— Et votre femme ? Se plaît-elle à Skye ? D'où est-elle originaire ?

— Mme MacKenzie vient d'Édimbourg. Vous connaissez peut-être son père, le colonel MacLean ? »

Lady Glendale fronça les sourcils.

« Le propriétaire de la distillerie ?

— Lui-même. Vous le connaissez ?

— Pas vraiment. Nous n'avons pas pour habitude de fréquenter les commerçants », répondit lady Glendale en pinçant légèrement le nez.

Maintenant elle ressemble à un corbeau, se dit Isabel.

« Ma femme est la fille de lady Olivia MacLean, dont la mère était la comtesse d'Arbroath », expliqua son père après un bref silence.

Le visage de la comtesse s'éclaira :

« Bien sûr ! Dans ce cas, je me dois d'inviter Mme MacKenzie à prendre le thé. Je me ferai un plaisir de lui présenter certaines de mes connaissances qui se trouvent ici en villégiature. »

Isabel avait bien compris qu'il ne s'agissait assurément pas d'épouses de métayers.

La comtesse fit tinter la clochette posée sur une petite table à côté d'elle. Presque aussitôt un serviteur fit son apparition.

« Burton, pouvez-vous nous apporter du thé ?

— Y a-t-il un endroit où Isabel pourrait m'attendre pendant que nous discutons ? demanda le Dr MacKenzie.

— Mon fils aîné, lord Maxwell, lui tiendra volontiers compagnie. Il passe l'été avec nous. Mes autres enfants, eux, se trouvent à Londres. Burton, pouvez-vous accompagner l'enfant auprès de lord Maxwell et lui demander de bien vouloir s'occuper d'elle en attendant que le docteur et moi-même ayons fini ? »

Isabel se leva. Elle aurait préféré mille fois explorer seule le château, mais elle pouvait difficilement s'opposer à ce qui, de toute évidence, était un ordre. Elle suivit le serviteur et sortit du salon.

Burton s'arrêta dans le couloir et lui indiqua une chaise de la main.

« Si vous voulez bien patienter ici, mademoiselle. Je m'empresse de dire à lord Maxwell que vous l'attendez. »

Isabel s'assit mais, dès que Burton fut parti, elle se leva et ouvrit la porte qui se trouvait immédiatement à sa droite. Non, la curiosité n'était pas un vilain défaut.

Elle découvrit une immense salle à manger aux murs tapissés de portraits. Pénétrant plus avant dans la pièce, elle s'arrêta devant le tableau d'un homme vêtu d'un tartan rouge, affublé d'une perruque blanche.

« *L'Homme en rouge*, lut-elle à haute voix. Le vingt-deuxième lord de Dunvegan.

— Il a l'air ridicule, vous ne trouvez pas ? » lança une voix derrière elle.

Elle découvrit en se retournant un garçon d'environ seize ans. Il était beau comme Isabel aurait voulu l'être : traits fins et regard déterminé. La seule chose qui détonnait dans ce visage par ailleurs parfait, c'était sa bouche. Elle était petite, si petite qu'on pouvait se demander comment il faisait pour sourire.

Il esquissa une révérence.

« J'ai cru comprendre que je devais vous tenir compagnie en attendant que votre père ait fini de s'entretenir avec ma mère. Je me présente, lord Charles Maxwell. »

En sa présence, Isabel se sentit subitement gauche.

« Isabel MacKenzie », répondit-elle.

Elle désigna le tableau du doigt.

« Pourquoi est-il habillé de la sorte ? »

Il se rapprocha d'elle.

« Je me suis aussi posé la question, et j'ai donc cherché à le savoir. À ce qu'on raconte, il s'agit là du propriétaire du château à l'époque où sir Walter Scott y a séjourné. Tous les chefs de clan devaient se réunir à Édimbourg et sir Walter l'aurait persuadé qu'il devait s'y rendre en tartan. Je crois qu'il plaisantait, mais le lord l'a apparemment pris pour argent comptant.

— Sir Walter Scott ? Le romancier ? Il a séjourné ici ? »

Isabel avait du mal à en croire ses oreilles. Scott s'était peut-être inspiré de ce château pour le Roc du Loup... C'était absolument merveilleux !

Charles haussa les sourcils.

« Vous avez lu sir Walter ?

— Je suis en train de lire *La Fiancée de Lammermoor*. J'ai presque terminé. C'est merveilleux – mais je trouve que Lucy manque un peu de force de caractère.

— Les livres m'ennuient, répondit Charles. Je préfère de loin le cheval et la chasse. »

Un faible sourire éclaira son visage.

« Je peux vous faire voir un cachot, si cela vous dit. »

Un vrai cachot ? Il fallait absolument qu'elle voie ça ! Elle s'efforça de maîtriser au mieux sa voix pour ne rien laisser paraître de son excitation. Mais, à en juger par la manière dont les yeux de Charles se plissèrent, il n'était pas dupe.

« C'est par ici », dit-il, en la conduisant à l'autre bout de la pièce, où il ouvrit une porte.

Isabel le suivit le long de ce qui devait être un couloir réservé aux domestiques, qui débouchait sur une petite pièce dallée de pierres. Au centre, un trou, recouvert par une grille. Elle était si lourde que Charles ahana en la déplaçant. Le trou était creusé sur environ cinq mètres, et ses parois avaient été polies par le temps. Le fond n'excédait pas plus d'un mètre carré.

« Comment faisait-on pour en sortir ? » demanda Isabel.

Charles s'approcha si près d'elle qu'elle sentit son haleine sur sa nuque. Il éclata de rire.

« L'idée, c'était précisément de ne pas pouvoir en sortir. Du moins, pas vivant. »

Soudain, il l'attrapa par la taille.

« Je peux vous aider à y descendre, proposa-t-il d'un ton moqueur, si vous souhaitez voir de plus près. D'un autre côté, une fois en bas, je ne suis pas sûr de pouvoir vous aider à remonter. »

Elle n'appréciait pas du tout le ton de sa voix. Se libérant de son emprise, elle s'écarta et le fusilla du regard.

« Ce n'est pas du tout drôle. Je voudrais que vous me conduisiez à un endroit où je puisse attendre mon père à présent. »

Son cœur battait dans sa poitrine tandis que Charles la détaillait d'un air amusé. Elle connaissait cette expression : c'était celle d'un chat s'apprêtant à bondir sur un oiseau. Elle redressa la tête et le regarda droit dans les yeux.

« Très bien, chère mademoiselle fille du docteur. Je vous laisse partir. De toute façon, j'en ai assez de jouer au guide. »

Sur le chemin du retour, Isabel demeura silencieuse. Maintenant qu'elle l'avait vu de près, le château de

Dunvegan ne l'intéressait pas. Elle n'avait rien dit à son père au sujet de Charles. Qu'aurait-elle pu lui en dire, de toute façon ? Qu'il l'avait taquinée et menacée de la jeter dans un cachot ? Papa aurait probablement ri. C'est qu'il n'avait pas vu le regard de Charles. Il lui avait donné l'impression d'être prêt à la précipiter dans le cachot et de l'y laisser croupir.

Skye était décidément un endroit étrange. Vraiment étrange.

4

Le reste de l'été passa rapidement. Lorsque Isabel n'était pas avec son père, pour l'assister à l'occasion d'une opération ou l'accompagner lors de ses visites à domicile, elle retrouvait Archie. Elle avait demandé à Seonag de l'aider à nettoyer la remise à bateaux et M. MacDonald avait réparé les fauteuils cassés. Puis elle l'avait décorée avec quelques coussins pris dans sa chambre et un tapis trouvé au grenier. La remise à bateaux était alors devenue son endroit préféré, celui où elle se réfugiait pour lire. Personne à part Archie ne venait l'y déranger.

Archie avait beau ne ressembler à aucune autre de ses connaissances, il était pourtant celui avec qui elle se sentait le plus à l'aise, son père mis à part. Il se moquait tout le temps d'elle, surtout de ses manières élégantes de citadine, mais elle avait fini par s'y habituer et ne s'en offusquait plus.

Parfois, lorsque le temps était mauvais, ils se retrouvaient dans la remise et elle lui lisait des passages de *La Fiancée de Lammermoor*, mais il s'emportait invariablement contre ces « âneries sentimentales », comme il disait, et insistait pour qu'ils choisissent une activité davantage à son goût.

Il lui avait appris à pêcher, à allumer un feu ; un jour même, il avait voulu lui montrer comment attraper un lapin. Bien évidemment, elle avait refusé. Il y avait certaines choses qu'elle ne ferait jamais – même si elle aurait pu en ressortir grandie à ses yeux.

Bientôt, trop tôt à son goût, arriva le moment de rentrer à Édimbourg, où elle fréquenterait l'école pour jeunes filles de Mlle Gray. Peu après son départ, Archie prendrait à son tour le chemin d'Inverness pour entrer au lycée.

Ses malles étaient prêtes, sa tenue de voyage posée sur le lit. Maman l'accompagnerait à Édimbourg et resterait là-bas une semaine ou deux pour voir ses garçons et aider Isabel à s'installer. À la veille de ce long voyage, elle venait de se retirer dans sa chambre pour se reposer. Le père d'Isabel, lui, était en visite chez un malade.

Isabel enfila son manteau, sortit de la maison et se dirigea vers la remise à bateaux. L'hiver semblait déjà là et une pluie glaciale fouettait la lande, ployant les branches des arbres et masquant les collines.

Elle venait à peine d'allumer un feu, un petit feu de rien du tout, lorsque Archie apparut dans l'encadrement de la porte.

« Vous appelez ça un feu ? lança-t-il en guise de salutation. Il ne réchaufferait même pas une famille de mulots. »

Il s'accroupit près du foyer, ajouta quelques morceaux de tourbe et souffla jusqu'au moment où ils s'enflammèrent brusquement.

« Donc, vous partez demain ? dit-il une fois le feu ranimé.

— Oui, mes affaires sont prêtes. »

Il s'installa dans le fauteuil qui était devenu le sien à présent et étira ses jambes devant lui.

« Vous pensez revenir l'été prochain ?

— Papa veut que je revienne dès que possible, mais je ne pense pas pouvoir avant Noël ou Pâques. Et vous ?

— Moi aussi, je reviendrai dès que je le pourrai. Et cet été à coup sûr. Il y a trop à faire chez nous pour que mon père puisse se passer de moi. »

Archie lui manquerait presque autant que son père et sa mère, s'avoua-t-elle. Elle se leva et saisit sur le rebord de la cheminée un livre qu'elle avait apporté avec elle, puis le lui tendit :

« Tenez.

— Qu'est-ce que c'est ?

— C'est un recueil de poèmes de Yeats. Vous prétendez que vous n'aimez pas la poésie, mais je suis bien décidée à vous faire changer d'avis. J'ai pensé que vous trouveriez peut-être dans ce volume un poème qui vous plairait. »

Elle lui adressa un sourire discret.

« Qui aura peut-être un sens à vos yeux...

— Vous ne me ferez pas changer d'avis. Vous le savez bien. »

Il glissa le livre dans la poche intérieure de sa veste usée jusqu'à la corde.

« Merci. Je le lirai lorsque je serai à Inverness. »

Il fouilla les poches de son pantalon et en ressortit tout un bric-à-brac : un bout de corde, un mouchoir froissé et un emballage de bonbon. Puis il se mit à rougir.

« Comme vous le voyez, je n'ai rien à vous proposer en échange.

— Ce n'est pas grave. Vous n'êtes pas obligé de me faire un cadeau parce que je vous en ai fait un.

— Si, ce n'est pas bien. »

Ses yeux luisaient et elle se rendit compte qu'elle l'avait offensé. Elle se tritura nerveusement les doigts.

« Est-ce que je vous verrai l'été prochain ? demanda-t-elle.

— Si Édimbourg ne vous a pas complètement gâtée. »

Elle le regarda en penchant la tête un peu de côté.

« Vous dites les choses les plus étranges qui soient. On n'oublie pas un ami.

— Peut-être bien que si. On verra bien. »

Il était toujours vexé. Ce n'est pas l'idée qu'elle s'était faite de leurs adieux, mais elle ne savait pas comment remédier à la situation.

« Je dois y aller. Maman se demande sûrement où je suis passée. »

Elle se dressa sur la pointe des pieds et déposa un baiser sur sa joue. Il devint encore plus rouge et frotta l'endroit où ses lèvres avaient effleuré sa peau.

« Dans ce cas, filez, ajouta-t-il en évitant ses yeux. J'éteindrai le feu en partant. »

Cette nuit-là, elle eut du mal à trouver le sommeil, elle regrettait que leurs dernières minutes passées ensemble l'aient mis mal à l'aise. Il était trop orgueilleux, décida-t-elle, et elle n'y pouvait pas grand-chose.

Le lendemain matin, elle se rendit dans la remise à bateaux pour vérifier qu'elle n'avait rien oublié et elle trouva, posée devant la porte, une rose sauvage soigneusement débarrassée de ses piquants.

5
Skye, été 1904

La vie à Édimbourg ne fut pas du goût d'Isabel. Elle aimait bien les cours, mais les filles ne parlaient que de choses sans intérêt : les thés auxquels elles étaient invitées, les bals auxquels elles comptaient se rendre, la dernière mode et leurs futurs maris. Elle se surprit à compter les jours avant les vacances d'été.

Puis elle rentra enfin à Skye et, dès qu'elle en eut l'opportunité, elle descendit jusqu'à la remise, curieuse de savoir si Archie reviendrait. Il était de retour à Skye ; elle l'avait aperçu de loin, arpentant la lande, depuis le cabriolet qui la conduisait avec son père chez un enfant souffrant d'un mal de gorge. Papa lui avait promis qu'elle pourrait l'aider au cabinet et l'accompagner dans ses visites – du moins tant qu'il n'y aurait pas de risque infectieux.

Dès qu'elle eut allumé le feu, ce qui lui prit bien plus de temps qu'il n'aurait dû, Archie fit son apparition.

« Vous avez vu ? déclara-t-elle en montrant son feu.

— Et vous avez fait ça toute seule ?... Sans l'aide de personne ? »

Elle attrapa un coussin et le lui lança à la figure.

« Vous savez bien que je n'ai pas besoin qu'on m'explique les choses plus d'une fois – disons deux, à la rigueur ! »

Il rit et lui lança le coussin à son tour, et il fut clair dès cet instant pour elle que tout se passerait bien entre eux.

Ils parlèrent de ce qu'ils avaient fait à l'école au cours de l'année, puis Archie fouilla dans sa poche et en tira le recueil de poèmes qu'elle lui avait offert l'été précédent.

« Je vous ai rapporté votre livre.

— C'était un cadeau. Pour vous. Vous êtes censé le garder. »

Elle se demandait si elle devait lui parler de la rose mais décida finalement de ne rien lui en dire ; cela pourrait l'embarrasser.

« L'avez-vous lu ?

— Oui. »

Elle ne put s'empêcher de remarquer qu'il avait les mains propres, même s'il demeurait encore un peu de crasse sous ses ongles. En tout cas, depuis Inverness, il semblait avoir pris l'habitude de se chausser.

Il la regarda bien en face tandis qu'elle l'inspectait et lui dit, avec un sourire ironique :

« Suis-je assez bien mis pour vous, milady ?

— Cela fera l'affaire.

— En tout cas, je n'ai pas changé d'avis : la poésie, c'est pour les filles ! »

Elle tendit la main.

« Rendez-moi le livre. Comment pouvez-vous prétendre à une bonne éducation si vous êtes incapable d'apprécier la poésie ?

— Je préfère les sciences et les mathématiques. Au moins ça veut dire quelque chose. Et puis ça me sera utile pour me débrouiller dans ce monde. Vous devriez faire de même si vous voulez être médecin. Les poèmes n'aident pas les gens à guérir.

— Bien au contraire, la poésie aide les gens, tous les gens, à comprendre le monde.

— Encore faut-il qu'ils puissent s'acheter des livres. La plupart des personnes que je connais s'estiment déjà heureuses quand elles possèdent une bible.

— Le médecin aide le corps à guérir, mais la poésie soigne l'esprit. Prenez ce poème, par exemple. Comment ne pas sentir son âme s'élever après avoir lu ces lignes ? »

Il se pencha en avant, posa les coudes sur ses genoux et son menton dans ses mains.

« Dans ce cas, faites-en-moi la lecture. Et prouvez-le.

— Très bien, je vais vous lire un poème qui me fait penser à nous. »

Elle chercha la page, lui jeta un coup d'œil et lut :

Lorsque tu seras vieille, grise, et de sommeil emplie,
Aux portes du sommeil, près du feu, prends ce livre
Et lis sans te hâter et rêve à la douceur
Qu'avaient tes yeux jadis, dans leurs ombres pro-
[fondes...

Elle leva les yeux. Il la dévorait du regard avec une expression des plus étranges. Un sentiment inconnu prit naissance dans sa poitrine. C'était comme si son cœur était serré dans un étau.

« Continuez, ne vous arrêtez pas », lui dit-il, et il s'étira sans la quitter du regard. Elle prit une profonde inspiration :

Combien d'hommes ont aimé ta grâce heureuse,
Et combien ta beauté, d'un amour vrai ou faux,
Mais un seul a vraiment aimé ton âme voyageuse
Ainsi que les chagrins sur ton visage qui change.

Elle referma le livre et le posa sur un bras de son fauteuil. La faible lumière du feu ne suffisait pas à éclairer la pièce et, dans la pénombre, elle ne pouvait distinguer ce qu'exprimaient les traits d'Archie.

« *Et combien ta beauté d'un amour vrai ou faux...*, répéta-t-il, comme pour lui-même. Je me demande si c'est vrai de vous. »

Elle rit.

« J'aimerai toujours sincèrement, bien évidemment, lorsque le moment sera venu. Tout comme vous-même, j'en suis sûre. »

Puis elle le regarda par en dessous.

« Je parie que bien des filles du village sont déjà à vos pieds. »

À son grand étonnement, il marmonna quelque chose qui ressemblait à un juron et se leva d'un bond.

« Vous racontez n'importe quoi, Isabel. Vous ne savez rien de l'amour. »

Elle se leva à son tour.

« J'en sais au moins autant que vous.

— Ça m'étonnerait vraiment ! » répondit-il sèchement.

Il se rapprocha d'elle et plaça ses mains sur ses épaules.

« Prenez garde, Isabel. Vous êtes bien jeune. Vous n'êtes pas aussi avertie que vous le pensez.

— Vous n'avez qu'un an de plus que moi !... »

Que voulait-il dire ? Pour masquer son trouble, elle se tourna vers la cheminée et y jeta quelques morceaux de tourbe. Elle ne le voyait pas, mais elle sentait son regard posé sur elle.

Il régnait un silence pesant à présent, et on n'entendait plus que le crépitement des flammes. Une éternité sembla s'écouler avant qu'Archie parle à nouveau :

« Je suis désolé. Je dois partir, j'ai des choses à faire. »

Lorsqu'elle se retourna, il n'était plus là.

Isabel eut peur que leur dispute ne l'éloigne d'elle, elle fut toutefois ravie de constater qu'il n'en était rien. Comme lors de l'été précédent, elle le voyait dès qu'elle avait un moment de libre, mais ce n'était pas possible tous les jours car Archie devait aider ses parents et parce qu'elle accompagnait presque toujours son père lors de ses visites.

Les habitants de l'île s'étaient désormais habitués à voir le docteur escorté de sa fille, et lorsqu'il était absent et que des gens cherchaient après lui ou lui téléphonaient, il n'était pas rare qu'ils exposent à Isabel les maux dont ils souffraient. Elle apprit à poser les bonnes questions. Depuis combien de temps êtes-vous malade ? Toussez-vous ? Crachez-vous du sang ? Votre enfant a-t-il de la fièvre ? Parfois elle leur demandait de passer au cabinet et lorsqu'elle ne savait pas quelle réponse leur apporter, elle leur disait que son père les rappellerait dès son retour. Il était content d'elle. Les informations qu'elle recueillait lui permettaient de savoir quelles étaient les priorités.

Quand elle n'était pas au côté de son père, elle retrouvait Archie. Il lui racontait tout ce qu'il avait appris au lycée, et leurs discussions sur des sujets aussi variés que les théories de Darwin ou les livres qu'ils avaient lus pouvaient durer des heures.

Elle finit par accepter qu'ils pouvaient ne pas être d'accord – mieux encore, elle appréciait à présent leurs joutes intellectuelles. Personne à l'école ne lui tenait tête comme lui. Un jour, elle s'en ouvrit à lui :

« À mon école, les filles prétendent que ce n'est pas féminin d'être cultivée et de savoir des choses.

— Qu'est-ce que ça peut vous faire, ce qu'elles pensent ? lui répondit-il. L'important, c'est d'être fidèle à soi-même et de se moquer du qu'en-dira-t-on. »

En vérité, elle se fichait bien de ce que les autres pensaient d'elle – hormis son père et sa mère, bien évidemment.

Archie lui expliqua un jour en quoi consistaient les *ceilidhs*, ces veillées communales où l'on se retrouvait pour échanger nouvelles et cancans avant de chanter et danser. De temps à autre, le son des voix, accompagnées de violons et d'accordéons, franchissait les collines pour parvenir jusqu'à Borreraig House. Elle aurait voulu s'y joindre, mais Archie ne le lui avait jamais proposé. D'ailleurs, même s'il l'avait fait, on pouvait compter sur maman pour le lui interdire.

Archie était son meilleur ami. Son seul véritable ami. Il lui arrivait de ne pas bien comprendre ses sautes d'humeur, mais il n'y avait rien d'étonnant à cela.

6

Skye, été 1906

La vie chez son frère George, à Édimbourg, s'était très vite révélée étouffante. Il était encore plus strict que leur mère : Isabel n'avait le droit de sortir qu'en sa compagnie ou celle de son épouse, Gertrude, et seulement pour assister à une pièce de théâtre ou, le week-end, participer à un dîner d'un ennui mortel chez l'un de leurs amis. Dieu merci, Gertrude trouvait Isabel trop jeune pour lui demander de lui tenir compagnie après dîner et elle profitait de ces soirées aussi longues que vides pour lire tous les ouvrages de médecine qui lui tombaient sous la main. Elle avait bien l'intention d'en apprendre le plus possible sur le sujet avant même de commencer ses études.

Elle fut heureuse de retrouver Skye, mais elle se demandait si Archie serait là. L'été précédent, à sa grande déception, il était resté à Inverness. Peut-être ferait-il de même cette année.

Le premier jour de beau temps, elle partit à sa recherche. Elle fut ravie de le trouver au sommet de la colline près de Galtrigill, en train de mâchouiller une tige de trèfle, assis sur une pierre.

Il portait un pantalon en laine – sans le moindre trou, remarqua-t-elle – et une chemise blanche dont les manches étaient retroussées jusqu'aux coudes. Il arborait aussi une fine moustache. Étrangement, elle fut troublée par sa prestance. Depuis leur dernière rencontre, il était devenu un homme.

« Isabel ! On m'a dit que vous étiez de retour !

— À mon avis, dit-elle en plaisantant, la nouvelle a été connue sitôt que j'ai posé le pied sur l'île. »

Ils échangèrent un sourire. Au fil des années, Isabel avait fini par se rendre compte que rien de ce qui se passait sur Skye n'échappait à ses habitants.

« J'étais au courant avant même votre départ d'Édimbourg. Le Dr MacKenzie a dit à ma mère qu'il vous attendait. Il l'a aussi informée qu'à la fin de l'été vous rejoindriez une école de bonnes manières en Suisse. »

Isabel fit la moue.

« Oui. J'ai l'impression d'être une sorte de broderie inachevée. D'un autre côté, cela me permettra d'améliorer mon français et mon allemand. Ma mère dit que toutes les femmes, même celles qui ont l'intention de devenir médecin, doivent parler couramment au moins une langue étrangère. »

Un silence gêné s'installa entre eux, comme s'ils devaient réapprendre à communiquer.

« Et vous, comment vont vos parents ? Et Jessie ? demanda-t-elle.

— Ma mère se porte bien, et Jessie, comme prévu, a obtenu sa bourse, mais... »

Une ombre passa sur ses yeux d'un bleu si profond.

« Elle ne lui servira à rien. Mon père va mal, et Jessie devra rester à la maison pour aider maman à s'occuper de lui. »

Ils avaient souvent discuté du rêve de Jessie de devenir infirmière et Isabel savait qu'il lui fallait au moins une année d'étude supplémentaire et son certificat pour qu'un hôpital accepte de la prendre en formation.

« Je suis désolée pour Jessie. Il n'y a vraiment rien à faire ?

— Pas pour le moment. Peut-être dans un an ou deux.

— Et vous ? Vous n'êtes pas venu l'été dernier.

— J'ai travaillé comme auxiliaire dans une école pendant l'été tout en révisant mon certificat de fin d'études. »

Il la regarda.

« Ça y est, je l'ai obtenu. »

Isabel fronça les sourcils.

« Je croyais que vous vouliez devenir instituteur lorsque vous auriez terminé vos études ? »

Archie secoua la tête.

« Comme je vous le disais, papa ne va pas bien, et on a besoin de moi à la ferme.

— Mon père l'a examiné ?

— Oui, et tout paraît normal. La prison a peut-être affaibli ses poumons. »

Il y eut à nouveau un long silence. Un aigle miaula comme un chat au-dessus de leurs têtes. Le soleil réchauffait le visage d'Isabel, et le vent d'est apportait une odeur de tourbe brûlée. La première bouffée avait suffi à lui donner l'impression d'être de retour chez elle.

« Mme MacDonald m'a assuré que votre père était toujours très admiré par ici pour avoir tenu tête au comte de Glendale. Vous ne m'avez pas tout dit lorsque nous en avons parlé. Racontez-moi ce qui s'est réellement passé. »

Archie se leva.

« Marchons un peu, j'en ai assez d'être assis. »

Il n'avait pas vraiment changé au fond, songea *in petto* Isabel. C'était toujours le même Archie, vif, impulsif.

« Il n'y a pas grand-chose de plus à raconter, expliqua-t-il à Isabel qui marchait à présent à ses côtés. Vers 1880, un certain nombre de grands propriétaires ont décidé de se débarrasser de leurs métayers pour mettre des moutons à leur place. Ils disaient que les moutons leur rapporteraient davantage que le loyer de la terre. »

Il fit la moue.

« C'était probablement vrai, d'ailleurs. Il est très dur de gagner sa vie en tant que métayer, quand en plus il vous faut payer un loyer. »

D'un geste du bras, il balaya le paysage.

« Ils nous ont même interdit de ramasser les brandes dont nous nous servons pour couvrir nos toits et remplir nos matelas. Comme vous pouvez le voir, il y en a plein partout.

— Mais c'est affreux !

— Ils voulaient nous expulser et récupérer leurs terres. C'est devenu encore plus difficile de gagner sa vie, et la plupart des métayers de Skye se sont trouvés dans l'incapacité de payer leur loyer, lequel n'arrêtait pas d'augmenter. Vous avez vu dans quelles conditions nous vivons. Nous ne possédons vraiment pas grand-chose. Dès qu'un métayer essayait d'améliorer son sort, par exemple en ajoutant une pièce à sa maison, on augmentait son loyer.

— Ça leur était donc égal que les métayers ne puissent pas payer... ?

— La plupart des propriétaires ne viennent jamais sur l'île. Et ceux qui vivent ici dans leurs belles maisons laissent aux régisseurs le soin de gérer leurs affaires. À mon avis, nous sommes le cadet de leurs soucis. »

Elle comprenait l'amertume qui perçait dans sa voix.

« Un jour, le régisseur du comte a voulu nous interdire de faire paître le bétail sur les pâturages communaux – qui par ailleurs ne servaient à rien. Les hommes de Glendale ont refusé d'obéir. Ils se sont réunis, ce qui était illégal, et ont décidé de passer outre l'interdiction. Notre ferme ne se trouve pas à Glendale, mais mon père avait compris que ce qui se passait là-bas arriverait aussi ici un jour, alors il s'est joint au mouvement. Papa voulait qu'on sache que personne ne le ferait partir de chez lui. À l'époque, maman était enceinte de mon frère.

— Vous ne m'avez jamais dit que vous aviez un frère.

— Il est mort. »

Elle lui prit la main.

« Je suis désolée.

— Ça s'est passé il y a longtemps. Avant que je vienne au monde.

— Je voudrais que vous me parliez encore de votre père, dit Isabel, mais cela vous ennuierait-il qu'on s'arrête ? J'ai du mal à vous écouter en marchant tout en évitant les bouses de vache. »

Archie ôta sa veste avec un geste de grand seigneur et l'étala sur l'herbe. L'air sentait le trèfle et le foin fraîchement coupé, et sur les collines la bruyère dessinait des motifs colorés.

« Où en étais-je ? reprit Archie en regardant du côté de la mer. Ah oui... Ensuite, la police a débarqué sur l'île. Ils voulaient arrêter ceux qui avaient participé à la réunion, mais mon père et quatre autres métayers ont décidé d'en assumer seuls la responsabilité. Les policiers sont repartis à bord de leur bateau après que les hommes leur ont assuré qu'ils se rendraient de leur propre chef à Édimbourg. »

Archie avait un véritable don de conteur, songea Isabel. Elle pouvait presque visualiser la scène : la réunion, les hommes en kilt (elle ne savait pas s'ils portaient vraiment le kilt, mais elle aimait bien cette idée), les femmes s'agrippant désespérément à leurs maris. Mais peut-être se tenaient-elles à leur côté, droites et fières. Elle se remémora la scène d'ouverture de *La Fiancée de Lammermoor,* quand les hommes dégainent leurs épées à l'acier brillant pour empêcher que les funérailles du père d'Edgar soient perturbées. Isabel avait lu le livre plusieurs fois et n'aimait pas vraiment Lucy, l'héroïne, qui était trop soumise à son goût. Edgar, en revanche, était devenu son idéal de héros romantique. Elle trouvait d'ailleurs un petit côté Edgar à Archie, en moins ombrageux. Mais ces sentiments pour Archie n'avaient *rien* à voir avec ceux de Lucy pour Edgar.

« Les hommes ont été condamnés à deux mois de prison pour sédition, poursuivit Archie, et ont été enfermés à la prison de Carlton. Au début, on les traitait comme des prisonniers de droit commun, mais on a fini par leur accorder de dormir dans de vrais lits au lieu des châlits auxquels avaient droit les autres. »

Il esquissa un sourire.

« Vu que les métayers avaient l'habitude de dormir sur du dur, les châlits ne les gênaient pas vraiment, mais on leur a aussi accordé le droit de faire du feu et de lire les journaux, et l'hôtel qui faisait face à la prison leur apportait des repas chauds. Ils étaient traités comme de véritables héros, ce qui irritait profondément le gouvernement. Quand ils ont été libérés, presque toute la population de l'île en état de marcher est venue les accueillir à Portree, à leur descente de bateau.

— Et ensuite, que s'est-il passé ?

— Le gouvernement a nommé une commission d'enquête. Puis une loi garantissant aux métayers la jouissance de leurs terres a été votée. On ne pourrait plus jamais nous expulser. Il s'agit d'une grande victoire, et mon père y a participé. »

Sa voix se fit plus forte pour marteler :

« Cela ne change rien au fait que nous n'avons pas le droit de vote et subsistons difficilement sur cette terre, mais au moins nous avons maintenant des droits dont on ne peut plus nous dépouiller. On ne verra plus jamais des familles chassées du seul endroit au monde qu'elles connaissent, on ne rasera plus les maisons, on ne jettera plus les gens à fond de cale et on ne les expédiera plus vers des terres lointaines étrangères que nombre ne verront même pas car ils mourront avant de les avoir atteintes. »

Un sourire vaguement amusé se dessina sur ses lèvres.

« Vous m'entendez parler ? Jessie dit que je devrais faire de la politique. Comment pourrais-je, alors que je n'ai même pas le droit de vote ?

— J'enrage, dit Isabel, de penser que seules certaines personnes ont le droit de vote. Tout le monde, y compris les femmes, devrait pouvoir donner son avis sur la conduite des affaires de notre pays. Ou au moins les personnes de plus de vingt et un ans. »

Archie lança au loin la tige de trèfle qu'il avait tenue entre ses lèvres

« Les hommes, en tout cas, c'est sûr.

— Vous pensez que les femmes ne devraient pas voter ?

— Ce n'est pas ce que j'ai dit. Je voulais dire que, si des hommes comme mon père avaient le droit de vote, les choses changeraient. Et les femmes n'auraient donc pas besoin de voter, puisque les hommes s'occuperaient d'elles. »

Isabel décida de ne pas relever la remarque.

« Et en quoi les choses changeraient-elles ?

— Nous serions tous égaux. Fini, la nécessité de travailler pour de riches ignorants qui ne savent rien de la terre qu'ils détiennent. On pourrait essayer d'améliorer notre sort, se battre pour de meilleurs salaires, des conditions de vie décentes. On pourrait créer des entreprises, gagner de l'argent, même faire de la politique. Pourquoi n'aurions-nous pas le droit de faire tout ce qu'eux font ? »

Il marqua une brève pause.

« Il faut que ça change. »

En l'écoutant parler, Isabel avait honte, comme si elle aussi était responsable. Mais les femmes avaient encore moins de pouvoir que les hommes. Tout ce qu'elle pouvait espérer, c'était de pouvoir choisir elle-même ce que serait son avenir.

« À Édimbourg, j'ai vu les suffragettes sur Prince Street. Il y en avait des centaines – et des milliers de femmes sur les trottoirs. Une de leurs chefs montait à cheval comme un homme, elle portait un uniforme, comme un soldat. Elle était éblouissante. Les suffragettes disent qu'elles manifesteront tant que les femmes n'auront pas obtenu le droit de vote. Nous ne sommes peut-être pas si différents que ça, Archie. Ni vous ni moi ne pouvons faire ce que nous voulons. Pour le moment, du moins. »

Elle lui sourit et eut envie de dissiper le voile qui assombrissait son regard.

« Quoi qu'il arrive, nous resterons toujours amis, n'est-ce pas ? »

Il se ferma à nouveau.

« Ça m'étonnerait. Vous deviendrez médecin, vous aurez une belle clientèle, et moi... »

Il arracha une touffe d'herbe et la jeta en l'air.

« Qui sait ? Je deviendrai peut-être riche. Mais il y a une chose dont je suis sûr ! Je ne serai jamais métayer. »

Ils ne dirent plus rien pendant un bon moment, se contentant d'écouter le fracas des vagues sur les rochers. Archie finit par rompre le silence :

« Un jour je partirai en Amérique. On dit que là-bas n'importe qui peut faire fortune, pour peu qu'il soit prêt à se donner du mal. »

Il fixa le lointain, comme s'il voyait déjà, par-delà l'horizon, sa nouvelle vie.

L'Amérique ? L'idée de le voir partir si loin attrista Isabel. Pour elle, il faisait partie de Skye, et penser qu'il ne serait peut-être plus là quand elle reviendrait l'irritait au plus haut point.

« Et la ferme ? » demanda-t-elle.

Il la regarda fixement avant de s'allonger de tout son long sur le côté, le bras replié, la tête posée sur la main.

« Papa se rétablira, et maman se débrouillera. Dès que j'aurai gagné de l'argent, je le leur enverrai. Ils n'auront plus besoin de travailler si dur, peut-être même que Jessie pourra retourner à l'école.

— On dirait que vous avez tout prévu. »

Son cœur se serrait à l'idée de le voir partir, mais il avait raison de penser à l'avenir. Archie refusait de se contenter de ce que l'île avait à offrir. Elle était triste en songeant que son frère était mort. Si la même chose arrivait à Andrew, elle ne le supporterait pas.

Il arracha une autre brindille et s'en servit pour chatouiller Isabel sous le menton.

« C'est mieux, je préfère vous voir sourire.

— Je me demandais comment je réagirais si mon frère mourait. Qu'est-il arrivé au vôtre ?

— Maman m'a dit qu'une fièvre l'avait tué. Mais on n'a jamais su exactement de quoi il était mort. Elle continue de fleurir sa tombe. Il est enterré derrière la maison. »

Il secoua la tête.

« Par ici, il n'y a pas une famille qui n'ait un frère, une sœur ou les deux enterrés sur ses terres. »

De nouveau Isabel fut prise d'un sentiment soudain

de remords, comme si elle se sentait personnellement responsable des souffrances de gens comme Archie et sa famille. Son père à elle ne s'était jamais conduit comme ces propriétaires terriens avec leurs métayers. Il traitait tout le monde avec gentillesse et courtoisie, même les plus démunis.

« Maman dit que mon frère est parti vers un monde meilleur, poursuivit Archie. Elle pense que nous nous retrouverons tous dans l'après-vie. »

Il prononça quelques mots en gaélique.

« Qu'avez-vous dit ?

— C'est un verset de la Bible, tiré du Cantique des cantiques : *Quand soufflera le vent de l'aube et que les ombres fuiront.* Il est gravé sur la plupart des tombes par ici. Vous ne le connaissez pas ?

— Je ne crois pas. Mais je l'aime beaucoup.

— Pourquoi donc ? »

Il la regardait avec une concentration intense, comme si sa réponse était d'une importance capitale.

Elle réfléchit un instant. Elle voulait lui dire exactement ce que ces mots lui inspiraient.

« Cela nous promet bien davantage qu'une simple vie après la mort. La douleur peut paraître insurmontable, insupportable, mais tout cela prendra fin. Aussi sûr que l'aube succède toujours à la nuit la plus noire, le bonheur est assuré après le malheur. »

Elle reprit son souffle. Où avait-elle été chercher tout cela ? Qu'allait penser d'elle Archie ?

À en juger par le plissement de ses yeux, il avait l'air d'apprécier sa réponse.

« Vous vous y connaissez en poésie, mais vous ne connaissez pas la Bible. Pas si cultivée que ça, en fait, dit-il sur un ton taquin.

— Ce n'est pas parce qu'on connaît un verset de la Bible qu'on connaît la Bible. »

Il se pencha vers elle.

« Détrompez-vous. Je connais le Cantique des cantiques par cœur. J'ai dû apprendre un des livres de la Bible par cœur, et comme c'était le plus court...

— Récitez-le-moi, dans ce cas. »

Il eut l'air surpris.

« Pas question. C'est indécent. Quand je m'en suis rendu compte, j'ai décidé d'apprendre par cœur un autre livre de la Bible.

— Indécent et dans la Bible ? »

Elle rit aux éclats.

« Vous vous êtes démasqué, imposteur ! »

Un sourire apparut lentement sur son visage.

« Je vous aurai prévenue. Vous êtes prête ? »

Elle acquiesça, et il poursuivit :

« *Que tes pieds sont beaux dans leurs sandales, fille de prince ! Les contours de tes hanches sont comme des joyaux, œuvre des mains d'un artiste.* »

Elle se sentit rougir. Il avait raison. C'était osé.

L'espace qui les séparait sembla frémir. Il la regardait fixement, et Isabel soutenait son regard. Elle remarqua pour la première fois qu'il n'était pas bleu ciel comme elle le croyait, mais qu'il était strié d'un bleu plus profond qui lui rappelait la couleur changeante de la mer. Il la dévisageait comme s'il fouillait le tréfonds de son âme et son cœur se mit à battre plus vite.

Il reprit, d'une voix plus grave :

« *Ton cou est comme une tour d'ivoire ; tes yeux sont comme les étangs d'Hesbon.* »

Il tendit la main et lui caressa doucement la joue. Sa peau était brûlante sous ses doigts. Elle remarqua que son bras était recouvert de fins poils noirs.

« *Je vous adjure, filles de Jérusalem, ne réveillez pas mon amour avant qu'il ne le veuille.* »

Elle aurait dû s'éloigner de lui, mais son corps refusait de lui obéir.

« J'aime votre bouche », lui dit-il doucement. Elle sentit son pouce suivre le contour de ses lèvres, et une sensation inconnue prit naissance au creux de son ventre.

« Vous êtes-vous déjà demandé à quoi ressemblait un baiser ? » lui demanda-t-il.

Elle secoua la tête, incapable d'émettre le moindre son. Elle avait du mal à respirer.

Il prit son visage entre ses mains.

« Voulez-vous le savoir ? »

Elle s'était déjà posé la question, bien sûr. Mais seuls les couples mariés avaient le droit de s'embrasser.

Il l'attira vers lui et elle fut incapable de résister. Au début, ses lèvres étaient douces, à peine un effleurement sur les siennes. Le souffle coupé, elle entrouvrit légèrement les lèvres et – « Oh ! » – sa langue vint doucement buter contre ses dents.

C'était agréable. C'était bon, ce goût de mer et de vent.

Elle se pencha vers lui et pressa ses lèvres contre les siennes. Il s'assit, l'enveloppa dans ses bras, et la laissa enfoncer sa tête dans les replis de sa chemise. Il avait une odeur marine, musquée, masculine et elle pouvait sentir les muscles de son torse. Il lui passait les mains dans les cheveux en susurrant :

« *Mo ghaoil*, tu es si belle ! »

Effrayée par les sensations inhabituelles qui traversaient son corps, elle recula et se leva d'un bond. Elle jeta un regard inquiet alentour, au cas où quelqu'un les aurait aperçus, mais à son grand soulagement elle ne découvrit que des moutons qui broutaient l'herbe paisiblement.

« Je ferais mieux de partir. Maman doit se demander où je suis passée. »

Il la toisa, les yeux mi-clos.

« Un jour, lorsque tu seras devenue une femme, peut-être auras-tu le courage de faire tes propres choix. »

Elle prit un air de défi et le fusilla du regard.

« Je fais déjà mes propres choix, Archibald MacCorquodale. Vous n'auriez pas dû m'embrasser. »

Ses yeux étaient comme deux puits où la braise et la glace se mêlaient.

« Tu as répondu à mon baiser avec bien plus d'ardeur qu'un homme n'aurait pu l'espérer. »

Ses joues étaient en feu.

« Archibald MacCorquodale, si vous avez l'intention de tenter de m'embrasser à nouveau, nous ferions mieux de ne pas nous revoir, répondit-elle sèchement. Ce serait inconvenant. »

Et elle partit à toutes jambes avec sur ses lèvres le goût des siennes.

Ce baiser bouleversa radicalement leurs rapports. Elle ne pouvait plus le considérer comme un simple ami, alors qu'ils ne pourraient jamais être autre chose que cela. Elle avait beau tenir à lui, il était fils de métayer et il était impossible qu'ils vivent un jour ensemble. Pas *comme ça*.

Et quand bien même cela aurait été possible, elle avait fait le choix de devenir médecin, et il n'y avait de place pour rien d'autre dans sa vie.

À compter de ce jour, elle évita les collines et la remise à bateaux et pendant le reste de l'été tint compagnie à sa mère dans son salon lorsque son père n'avait pas besoin d'elle. Archie lui manquait terriblement et elle rêvait de retrouver leur camaraderie passée, mais rien ne serait jamais plus pareil. Son cœur avait été réduit en cendres, sans qu'elle comprenne bien pourquoi.

7

Skye, août 1908

La vie était finie pour Jessie. Son père était mort. Elle avait beau n'avoir que seize ans, elle n'avait plus rien à en attendre. Bien sûr, il y avait sa mère et Archie, mais elle passerait le restant de ses jours à Skye alors que son unique désir était de partir s'établir ailleurs pour y travailler comme infirmière. À présent elle n'avait plus le choix.

Avec la fourche que son père avait fabriquée de ses propres mains, Jessie ramassa le reste de foin coupé et le jeta dans la charrette. Son dos lui faisait mal, elle posa ses mains sur ses hanches pour le soulager, mais sa journée de travail était loin d'être achevée.

Son père était mort plus de six mois auparavant, et il lui manquait toujours cruellement. Il n'avait pas été le seul à succomber à l'épidémie de typhus qui avait frappé Skye l'hiver précédent. Rien qu'au village, Peggy Ban avait perdu deux de ses enfants et la meilleure amie de Jessie, Fiona, sa propre mère. Après la mort de son père, toute trace de vie avait disparu des yeux de maman. La seule bonne nouvelle, c'était qu'Archie avait dû rentrer à la maison et ne repartirait pas.

Il n'était plus le même. Ses rêves d'exil s'étaient volatilisés et l'Amérique ne faisait plus partie de leurs conversations. Sans l'argent que leur père tirait de la pêche, il ne restait même plus de quoi manger, une fois payé le métayage. Archie avait repris le fardeau. Il lui arrivait de partir en mer plusieurs jours de suite et Jessie se chargeait alors des travaux de la ferme en plus de ses propres tâches.

Mais cela ne l'affectait pas outre mesure. Ce qui la minait, c'était de ne plus pouvoir croire en ses rêves. Elle avait certes obtenu une bourse, mais cet argent ne suffirait pas pour lui permettre de vivre et d'aller à l'école à Inverness.

Ce n'était pas bien de penser ça. Papa était mort. Ce n'était pas bien de penser que sa disparition avait mis fin à ses rêves, mais quoi ? Elle ne pourrait jamais devenir infirmière sans un minimum d'éducation.

Même Flora McPhee avait obtenu ce dont elle rêvait. À la surprise générale, elle avait réussi à se faire engager comme femme de chambre au château de Dunvegan. Le comte et la comtesse y résidaient toujours, alors que les travaux de rénovation de leur propriété de Glendale étaient achevés depuis un moment. Les gens disaient que lady Glendale avait pris goût à la vie de château.

Laquelle semblait également convenir à Flora. Elle était devenue une jeune fille plantureuse et toutes les filles du village enviaient sa poitrine opulente. Elle se lavait à présent et, les rares fois où elle revenait au village pour voir sa mère, elle était presque belle dans la robe que la comtesse ou sa fille, lady Dorothea, avaient dû lui donner.

Toutefois, l'heure de gloire de Flora fut de courte durée. Elle tomba en effet enceinte et la nouvelle, une fois colportée, fit scandale. Elle eut beau prétendre que lord Maxwell était la cause de ses malheurs, personne ne la crut. L'idée qu'un gentleman de son niveau cède à la tentation d'une vulgaire soubrette était inconcevable. Flora se donnait toujours plus d'importance qu'elle n'en avait en réalité. Lorsqu'elle ne put plus dissimuler sa grossesse, elle fut congédiée et dut quitter le château pour rentrer chez elle. Quelques jours plus tard, on l'aperçut au village, arborant un coquard.

Dès qu'Archie apprit que Lachie McPhee, le père de Flora, était retombé dans ses anciens travers, il lui rendit visite et lui affirma que s'il levait encore une fois la main sur une femme, il mettrait un point d'honneur à le jeter du haut de la falaise. Jessie croyait Archie capable de mettre sa menace à exécution. Il avait un sacré tempérament.

Jessie saisit les rênes du cheval et se mit en route vers la grange. Après avoir déchargé le foin, elle détela la bête, la brossa et l'abreuva. Lorsqu'elle s'en retourna enfin vers la maison, la nuit tombait.

En dépit de la lumière fournie par le feu et les lampes à huile, il lui fallut un moment pour s'adapter à la pénombre. Sa mère était seule, assise dans son fauteuil devant le foyer, ses mains d'ordinaire toujours occupées posées sur ses genoux, à regarder dans le vide. Jessie s'inquiéta :

« Maman ? Qu'y a-t-il ? Tu ne te sens pas bien ? »

Dernièrement, les cheveux de sa mère avaient blanchi. Elle avait aussi maigri, et à présent elle courbait l'échine en marchant. Sa mère avait vieilli d'un coup, et cela tourmentait Jessie. Que ferait-elle si Dieu la rappelait à son tour à Lui ?

« Tout va bien, *mo luaidh*, je suis un peu fatiguée, c'est tout. »

Jessie s'agenouilla à côté d'elle.

« Veux-tu que je te prépare un lait de poule ? Ou que je réchauffe un peu de porridge ? »

Sa mère secoua la tête.

« Je n'ai pas faim. Où est ton frère ?

— Je ne sais pas, m'man. »

Sa mère lissa les plis de sa robe.

« J'aurais tant voulu qu'il puisse rester à Inverness, lâcha-t-elle dans un soupir. Ce n'est pas juste, qu'il ait dû revenir. »

Et moi, c'est peut-être juste ce qui m'arrive ? aurait voulu hurler Jessie. Mais elle garda ses pensées pour elle. Cela n'aurait servi à rien.

On entendit des pas dehors et Archie entra. Il mesurait plus d'un mètre quatre-vingts à présent et devait se pencher pour ne pas se cogner contre le chambranle de la porte. Il se débarrassa de sa veste détrempée et la mit à sécher devant le feu. Il ignora le fauteuil vide à côté de sa mère, qui avait été celui de son père, et s'installa sur le rebord de la fenêtre.

« Elle est revenue, dit-il en tirant sur ses bottes.

— Qui ça ? demanda Jessie.

— La fille du docteur, Isabel. Je les ai croisés sur la route de Dunvegan.

— Vous avez parlé ? »

Un sourire prit forme sur les lèvres d'Archie mais son regard demeura renfrogné.

« Elle m'a fait signe de la main, ils étaient en voiture.

— Archie, murmura leur mère, le temps où toi et Isabel MacKenzie étiez amis, c'est du passé. C'est une jeune femme à présent, et toi tu es un homme. Les choses ne peuvent plus être comme avant, ça ne serait pas bien. »

Archie redressa la tête.

« Qu'est-ce qui n'est pas bien ?... Tu dis ça parce que c'est une femme ou parce que c'est la fille du docteur et que moi je ne suis qu'un métayer ?

— Oh, Archie, ne me dis pas que tu as des vues sur elle... ! »

Jessie ajouta, sarcastiquement :

« Toi et la fille du docteur ? Estime-toi heureux qu'elle t'adresse encore un signe de la main, maintenant qu'elle est rentrée de Suisse avec toutes ses belles manières. »

Archie se rembrunit.

« Je ne te permets pas, Jessie. Tu ne la connais pas. Elle se donne peut-être des airs supérieurs avec les autres, mais avec moi ce n'est pas pareil. Elle sait que j'ai de l'ambition, que je ne resterai pas toute ma vie métayer. »

C'était donc ça. Archie était amoureux d'elle. Au début, quand Isabel venait à Skye, ils passaient beaucoup de temps ensemble. Dès qu'il avait fini de s'occuper de la ferme, il filait, parfois sans prendre son fusil ni sa canne à pêche. Un jour, Jessie l'avait suivi à distance, curieuse de savoir où il se rendait. Son frère avait retrouvé la fille du docteur, et ils s'étaient promenés. Isabel n'avait pas arrêté de parler. De temps à autre, Archie hochait la tête et partait à rire comme si ce qu'elle venait de dire était la chose la plus spirituelle au monde. Pourtant, la dernière fois qu'Isabel était venue sur l'île, Archie était revenu d'une de ses escapades l'air contrarié. Jessie avait conclu que la fille du docteur en avait sans doute assez de lui. Pauvre Archie. S'il avait cru pouvoir la séduire, c'était un imbécile.

« De toute façon, j'ai bien l'intention de partir en Amérique dès que je pourrai, poursuivit-il.

— Tu ne veux tout de même pas partir en Amérique et nous laisser m'man et moi !

— Dès que j'aurai fait mon trou, vous me rejoindrez !

— Je ne compte aller nulle part, déclara doucement leur mère. C'est ici que votre père et votre frère sont enterrés. Pas question de les abandonner. »

Archie prit un air résigné et, lorsqu'il se força à sourire, Jessie comprit qu'il faisait un effort pour sa mère. Il la tira de son fauteuil, mit ses mains autour de sa taille et la souleva en l'air, ce qui la fit rire.

« Dans ce cas, il faudra bien que je reste ici, n'est-ce pas ?

— De quoi avait-elle l'air, Isabel ? lui demanda Jessie.

— Elle était... élégante. Mais différente. Tu auras sans doute bientôt l'occasion d'en juger par toi-même, je suppose. »

Dès qu'Isabel était à Skye, elle aidait son père, au cabinet ou à l'occasion de ses déplacements chez les malades. Plus d'une fois, Jessie et sa mère l'avaient croisée en compagnie du Dr MacKenzie. Tout le monde savait que bientôt elle rejoindrait Édimbourg pour entreprendre des études de médecine. Jessie l'enviait terriblement.

« Oui, j'aurai sans doute bientôt l'occasion de l'apercevoir », dit-elle.

À moins qu'Isabel ne décide qu'il n'était plus convenable d'accompagner son père chez les villageois, leurs chemins se croiseraient fatalement.

8

« Sais-tu que le comte et la comtesse de Glendale ont accepté que tu fasses tes débuts en société lors du bal qu'ils organisent bientôt ? lança la mère d'Isabel, visiblement ravie.

— Est-ce vraiment indispensable, maman ? » répondit Isabel, en se laissant choir sur le sofa, à ses côtés.

Toutes ces histoires de bal des débutantes n'avaient aucun intérêt. Elle n'avait pas l'intention de se marier, du moins pas avant d'avoir terminé ses études et obtenu son diplôme de médecine.

« Je t'en supplie, Isabel, ne te tiens pas comme un sac de pommes de terre ! Mais qu'as-tu donc appris en Suisse ? Dès que tu reviens sur cette île, tu perds tout sens des convenances.

— Je vous prie de m'excuser, maman. »

Isabel se redressa et remit sa jupe en ordre. Elle adressa un sourire à sa mère.

« C'est mieux, comme ça ?

— À peine. Tu es toute décoiffée, t'en es-tu seulement rendu compte ?

— Ce n'est pas bien grave, maman. N'êtes-vous pas contente de me revoir ? »

Sa mère lui tapota la main.

« Bien sûr que si, ma chérie. Tu sais combien vous me manquez tous. Si seulement Andrew pouvait être là, lui aussi. »

Andrew, le plus jeune des frères d'Isabel, aurait dû se joindre à eux, mais il avait été invité à faire un tour d'Europe par la famille d'un de ses amis avant de reprendre ses études à Cambridge, une fois l'été achevé. Isabel espérait qu'il trouverait tout de même le temps de venir à Skye, ou au moins à Édimbourg, avant la rentrée. Elle l'avait très peu vu ces dernières années.

« Il ne pouvait pas manquer une telle opportunité, maman. Comme j'aimerais être à sa place – voir Florence, Rome ! »

En vérité, une de ses amies l'avait, elle aussi, conviée à l'accompagner en Italie mais elle avait décliné l'invitation. Elle n'aurait plus l'occasion de passer l'été à Skye avant longtemps et l'île lui manquait – tout comme ses parents. Elle ne leur en avait donc rien dit car sa mère aurait insisté pour qu'elle accepte.

« Et en admettant qu'il soit absolument indispensable que je fasse mes débuts dans le monde, pourquoi ne pas organiser cela ici, à Borreraig House ? N'y a-t-il pas assez de place ? Combien de personnes compteriez-vous inviter ? »

Une ombre passa sur le visage de sa mère, mais elle esquissa aussitôt un petit sourire.

« Nous serions à l'étroit ici, même si les invités qui viendront de Londres et d'Édimbourg seront assez peu nombreux. En outre, la comtesse m'a affirmé que rien ne lui ferait plus plaisir que d'accueillir tes débuts. »

Isabel ouvrit la bouche pour protester à nouveau, mais sa mère leva la main.

« Je sais, ce ne sera pas un véritable bal des débutantes, comme on pourrait en organiser à Londres ou à Édimbourg mais, grâce aux relations de lady Glendale, ce sera tout de même très bien.

— Vous savez que je me fiche éperdument qu'on organise pour moi un vrai bal, maman, mais puisque cela vous fait plaisir, je vous prie de remercier la comtesse de ma part. »

Sa mère la fixa de ses yeux bleu clair.

« Juste une chose. Je te supplie d'éviter d'évoquer ta passion pour la médecine. Ce n'est ni poli ni intéressant comme sujet de conversation. Trouve quelque chose de plus convenable.

— Je ferai comme bon vous semblera, maman. Je ne parlerai que de la dernière mode, même si je ne sais pas faire la différence entre la soie et la mousseline. J'espère que cela vous agréera.

— Épargne-moi tes sarcasmes, Isabel, veux-tu ? C'est tout à fait déplacé. Mais, puisque tu évoques la mode, sache que nous devons faire confectionner de nouvelles robes pour l'événement. Je me demande bien à qui nous pourrions confier cela, sur cette île où il n'y a pas un couturier digne de ce nom à des lieues à la ronde. »

Laissant sa mère à ses soucis vestimentaires, Isabel monta dans sa chambre pour prendre un bain et se changer. Elle se demandait si elle reverrait Archie. Elle pensait souvent au baiser qu'ils avaient échangé quand elle avait seize ans, et cela lui provoquait toujours des bouffées de chaleur et éveillait en elle des sensations étranges. Mais ce baiser avait gâché leur amitié. Elle avait beau n'avoir eu que seize ans, elle savait très bien qu'Archie ne pouvait espérer être autre chose qu'un ami pour elle. C'était il y avait deux ans et sans doute avait-il compris entre-temps que l'amitié qu'elle pouvait lui offrir n'était pas cette chose impossible dont il rêvait.

Tandis que sa femme de chambre l'aidait à se déshabiller, Isabel poussa un soupir. Il valait peut-être mieux éviter de revoir Archie pendant son séjour. Qu'auraient-ils bien pu avoir encore en commun, maintenant qu'ils étaient devenus des adultes ?

Le soir du bal, Isabel et ses parents se mirent en route pour le château de Dunvegan. Ces deux dernières semaines, son père avait dû s'absenter de l'île et elle s'était retrouvée confinée à la maison, avec sa mère pour seule compagnie. Elle avait même fini par souhaiter que la date du bal arrive au plus vite, surtout après s'être regardée dans la glace en tenue de soirée. La robe en soie couleur ivoire que sa mère lui avait fait confectionner était en parfaite harmonie avec son teint et, même si elle regrettait de ne pas avoir davantage de formes, son corset ajusté et sa jupe plutôt courte, comme c'était alors la mode, mettaient en valeur son physique un peu androgyne. Ses cheveux étaient retenus en chignon, et quelques mèches s'en échappaient pour retomber sur son visage. Elle était coiffée du diadème serti de rubis que ses parents lui avaient offert pour son anniversaire. Isabel en était certaine, elle ne déparerait pas les invités du château.

Son père avait acquis un des tout derniers modèles d'automobile et avait insisté pour la conduire lui-même. Isabel, assise à son côté, s'agrippait à la poignée de la portière pour ne pas perdre l'équilibre quand les nids-de-poule faisaient tanguer la voiture. Sa mère, assise sur la banquette arrière, gardait les yeux fermés. Son père avait expliqué à Isabel que MacDonald avait catégoriquement refusé de s'approcher du véhicule et qu'il avait donc dû apprendre tout seul à conduire. Lui qui était d'une douceur exquise avec ses patients donnait des coups de volant à droite et à gauche comme s'il cherchait à maîtriser un cheval trop fougueux.

« Vous devriez m'apprendre à conduire, suggéra Isabel après que la voiture s'était retrouvée pratiquement sur deux roues et s'était enfoncée dans une ornière que son père n'avait pas vue.

— Je ne crois pas que ce soit une bonne idée, répondit-il. Il faut beaucoup de force dans les bras pour maîtriser pareille bête. »

Il en irait autrement s'il parvenait à éviter les trous, songea Isabel. Elle apprendrait toute seule lorsqu'il serait occupé à autre chose. Cela ne devait pas être sorcier. En attendant, elle observerait attentivement comment il s'y prenait.

Au moins le toit de l'automobile les préservait-il de la pluie battante. Elle avait faibli un peu depuis une heure, mais à présent une brume épaisse, mêlée à la fumée qui s'échappait des cheminées des fermes, empêchait de voir la mer et ces falaises qui lui manquaient tellement quand elle était loin de Skye.

La voiture s'engagea enfin dans la longue allée qui conduisait au château de Dunvegan. Il n'y avait pas d'électricité au château, pas plus qu'ailleurs sur Skye, et il était illuminé de l'intérieur comme par mille flammes. Isabel frissonna d'excitation.

Le majordome les débarrassa de leurs fourrures et manteaux, puis il les conduisit jusqu'à la salle de bal, où la foule se pressait déjà.

Dès qu'elle les aperçut, la comtesse vint à leur rencontre et embrassa sa mère sur la joue.

« Ma chère Clara, vous êtes resplendissante. Quant à vous, Isabel, vous avez bien grandi depuis la dernière fois que je vous ai vue. Vous voilà devenue une vraie jeune dame. »

Pourquoi les gens disaient-ils toujours cela ? Ils pensaient sans doute que les gens rapetissaient en vieillissant. Au fond, c'était peut-être le cas. Elle avait bien conscience que son père se rabougrissait avec le temps. Elle se rongeait les sangs à son sujet. L'air de Skye avait beau être vivifiant, sa toux ne faisait qu'empirer au fil des ans, son teint était pâle et ses joues de plus en plus creuses. Il devrait se reposer. Même les médecins avaient besoin de repos.

Maman, en revanche, rayonnait. Elle portait une robe, spécialement confectionnée à Londres pour l'occasion, qui soulignait sa taille encore menue et son cou gracile. Ses yeux brillaient d'une excitation contenue dont seuls Isabel et son père pouvaient se rendre compte. Sa mère était passée maître dans l'art d'afficher cet air alangui et vaguement ennuyé que les femmes de son rang semblaient considérer de rigueur en société.

« Ma chère Henrietta, vous êtes fort aimable de nous avoir invités. Lord Glendale se porte-t-il bien ? demanda-t-elle.

— Il est très occupé comme toujours. Il a été retenu à Londres, hélas. Mais Charles, mon fils aîné, est ici, ainsi que ma fille Dorothea. Son frère jumeau, Simon, et notre petit dernier, Richard, sont quant à eux en Angleterre. »

Elle chercha du regard autour d'elle comme si ses enfants allaient surgir par magie à ses côtés.

« Rassurez-vous, il y a d'autres jeunes gens, Isabel, et je ne pense pas que vous aurez l'occasion de vous ennuyer.

— Je m'ennuie rarement, lady Glendale, répondit Isabel.

— Ennui ? Quel mot mortel ! »

Un homme s'approcha de lady Glendale, et Isabel le reconnut aussitôt : c'était Charles.

Tandis qu'il présentait ses hommages à ses parents, Isabel le détailla à la dérobée. Il était encore plus beau que lors de leur première rencontre, un peu plus grand aussi ; il devait à présent dépasser son père d'une bonne quinzaine de centimètres. Ses cheveux blonds étaient taillés court, pas aussi court cependant que l'exigeait la mode du moment. Isabel pensa qu'il cherchait à se donner un air, une allure insouciante. À la différence des autres jeunes gens, il était rasé de près et ses lèvres fines arboraient un sourire sardonique.

Il se pencha sur sa main, et elle sentit la discrète pression de ses lèvres à travers son gant de soirée en soie.

« Comment allez-vous, mademoiselle MacKenzie ? »

Il la dévorait du regard à cet instant. Elle lut de l'admiration dans son expression, et son cœur chavira.

« Nous avons déjà été présentés, il me semble.

— En effet, vous avez même menacé de me jeter dans un cachot, lord Maxwell, répondit-elle en souriant, soulagée de constater que sa voix n'avait pas trahi ses émotions.

— Je m'en souviens, et ce n'était pas très courtois de ma part, mais vous devez me promettre de me pardonner. »

Il jeta un rapide coup d'œil en direction de sa mère, qui présentait les parents d'Isabel à un homme à la moustache imposante, puis se pencha vers elle et chuchota :

« Si j'avais su que vous deviendriez aussi ravissante, je n'aurais jamais pris le risque de vous fâcher de la sorte. »

Elle se sentit rougir et, pour la première fois de sa vie, aucune repartie ne lui vint à l'esprit. Elle était belle, vraiment ? Les hommes disaient cela à tout bout de champ, non ? Comment savoir ? Les seuls hommes qu'elle connaissait, c'était son père, ses frères – et Archie –, qui ne pouvaient être considérés comme des soupirants.

Elle détourna le visage pour cacher sa gêne et se dirigea vers le portrait d'une femme au sourire espiègle qui tenait un enfant par la main.

« Cet endroit est charmant, et cette femme vraiment très belle. S'agit-il d'un de vos ancêtres ? »

Dès qu'elle les eut prononcées, elle regretta ces paroles. Elle aurait pu aussi bien lui dire tout de go qu'elle le trouvait beau. Le sous-entendu n'avait pas échappé à son interlocuteur, qui sourit.

« Il s'agit de l'épouse d'un des seigneurs du lieu, une des beautés de son temps, mais elle avait... Elle avait... Comment dire ?... »

Il baissa à nouveau la voix.

« Elle avait un sacré tempérament. »

Il écarquilla les yeux comme un acteur et elle ne put s'empêcher de rire.

« Cela me la rend sympathique. J'avoue éprouver quelque affinité pour les femmes qui ne se plient pas aux conventions.

— Dans ce cas, vous devez vous-même faire preuve d'une certaine indépendance d'esprit, répondit-il. Moi aussi, je préfère les personnes qui sortent des sentiers battus. C'est fatigant de devoir toujours faire ce que l'on attend de vous, ne trouvez-vous pas ?

— Si. »

Elle voulait l'impressionner par sa sophistication. Elle voulait lui en remontrer.

« La société est trop corsetée, étouffante presque. Trop de gens pensent que les femmes sont juste bonnes à être admirées et épousées.

— Vous n'êtes pas d'accord ?

— Je refuse de me soumettre aux règles. Je suivrai ma propre voie.

— Et quelle est cette voie ? »

Elle s'apprêtait à lui répondre quand un bruissement de soierie se fit entendre. Quelqu'un venait se joindre à eux.

« À propos de femmes qui se moquent des conventions, vous a-t-on présentée à ma sœur, Dorothea ? »

Charles était bel homme, mais sa sœur était d'une splendeur à couper le souffle. Ses cheveux roux semblaient attirer toute la lumière des chandeliers. Elle portait une robe vert émeraude parfaitement assortie à son teint et le décolleté de son corset constellé de perles – légèrement plus échancré qu'il n'aurait dû dans la bonne société – laissait deviner la rondeur d'une paire de seins laiteux. Elle avait une belle bouche, un nez droit et ses yeux bleu-vert pétillaient de malice.

« Ne croyez jamais un mot de ce que raconte mon frère. »

Elle rit et lui tendit la main.

« Vous devez être mademoiselle MacKenzie, en l'honneur de qui nous organisons ce bal. Ravie de vous rencontrer enfin. Je ne regrette qu'une chose : avoir tant tardé à faire votre connaissance. Je ne viens pas souvent à Skye. »

Elle baissa la voix.

« Je m'y ennuie un peu, pas vous ? »

Isabel faillit répondre qu'elle était du même avis. L'échange n'en aurait été que plus plaisant. Mais que diable ! Depuis quand se souciait-elle de plaire ?

« Édimbourg a son charme, certes, mais je me sens chez moi ici, à Skye. »

Dorothea haussa un sourcil parfaitement dessiné et sourit.

« Les bals et l'opéra ne vous manquent donc pas ? Édimbourg me plaît moins que Londres, mais au moins on peut s'y divertir. Ici, à part dîner chez les uns et les autres et monter à cheval, il n'y a pas grand-chose à faire. N'aimez-vous pas vous distraire, mademoiselle MacKenzie ? On m'a dit que vous projetiez de devenir médecin ? J'avoue que j'ai eu du mal à le croire : vous devez être très intelligente. »

Isabel était de plus en plus mal à l'aise. Mais elle refusait de se laisser traiter par cette femme comme une sorte d'excentrique vaguement fleur bleue.

« J'ai le goût des études, répondit-elle un peu sèchement. Autant que vous le goût des bals, je suppose.

— Je vous en supplie, mademoiselle MacKenzie, répondit Dorothea, ne le prenez pas mal. Je vous admire sincèrement. Il m'arrive de regretter de ne pas avoir une passion moi aussi, mais la vérité, c'est que je trouve les passions épuisantes.

— Ma sœur s'ennuie pour un rien, intervint Charles. Ce qui l'amuse un jour ne l'amuse plus le lendemain. »

Isabel n'aimait pas le ton moqueur de la voix de Charles, mais cela n'avait pas l'air de gêner Dorothea.

« Vous voudrez bien m'excuser, mademoiselle MacKenzie. J'ai d'autres invités à saluer. Peut-être accepterez-vous que nous déjeunions ensemble un de ces jours ? Cela me ferait très plaisir de pouvoir faire plus ample connaissance. »

Le pétillement des yeux de Dorothea laissa penser à Isabel qu'elle ne s'ennuierait pas en sa compagnie.

« Hélas, je dois rentrer sous peu à Édimbourg pour reprendre mes études, répondit-elle.

— Dans ce cas, nous nous verrons là-bas. Mes parents ont une résidence à Charlotte Square, et nous y séjournons souvent durant l'hiver. »

Elle sourit à nouveau et laissa Isabel en compagnie de Charles.

« Je croyais que le château appartenait aux MacLeod, mais votre sœur ressemble tellement à la femme du portrait qu'il y a forcément un lien de parenté avec votre famille, non ? »

Charles fit semblant de regarder autour de lui comme pour vérifier que personne n'écoutait, puis il lui chuchota à l'oreille :

« Nous préférons rester discrets sur ce sujet mais, puisque vous tenez à tout savoir, la femme du portrait dont vous parlez a divorcé du seigneur. Puis elle a eu un enfant – ma grand-mère maternelle. On prétend que cet enfant était le fruit d'une relation avec un membre de la famille royale. Ma mère n'arrive pas à décider si elle préférerait que cela fût vrai ou faux. »

Isabel se mit à rire, mais avant d'avoir pu lui répondre elle sentit une main la saisir par le coude et lorsqu'elle se retourna elle découvrit son père.

« Mon enfant, nous ne devons pas accaparer lord Maxwell. Je pense que d'autres invités réclament sûrement son attention. »

Son père parlait sur un ton plaisant, mais elle perçut une tension sous-jacente qui lui fit comprendre qu'il n'était pas heureux de la surprendre en compagnie de Charles. Elle se demanda pourquoi. Ils n'étaient pas en tête à tête, après tout.

« Vous voudrez bien nous excuser, cher monsieur ? dit son père avant de la conduire par le bras jusqu'à l'autre bout de la salle de bal. Que dirais-tu d'un peu de limonade, ma chérie ?

— Avec plaisir, papa. »

Elle était perplexe.

« Si je vous ai déplu, j'en suis désolée. »

Il fit signe à un des domestiques qui tenait un plateau.

« Tu n'as rien fait de mal, mais tu es encore bien jeune, dit-il. Il y a certaines choses que tu ne peux pas encore savoir, mais je préfère que tu ne fréquentes pas Charles Maxwell.

— J'aurai bientôt dix-neuf ans, papa. À mon âge, beaucoup de femmes sont déjà mariées. »

Ils prirent chacun un verre sur le plateau et attendirent que le serviteur s'éloigne.

« Mais, ma chérie, tu ne cesses de me répéter toi-même que tu n'as aucunement l'intention de te marier... À moins que tu n'aies changé d'avis au sujet de tes études de médecine ?

— Je ne changerai jamais d'avis à ce propos, papa. Je me marierai peut-être un jour, mais ce jour est encore bien loin. Je n'arrive même pas à l'imaginer.

— Je suis ravi de te l'entendre dire. Pour ma part, je ne suis pas encore prêt à confier ma fille à un autre homme – et je ne sais pas si je le serai un jour. »

Elle lui serra le bras.

« Mon cher, très cher papa. Vous auriez beau essayer, vous ne vous débarrasserez jamais de moi. Ne le savez-vous pas ? »

La suite de la soirée s'écoula sans qu'Isabel sentît le temps passer. On dansa successivement des valses et des danses écossaises, et elle ne fut jamais en manque de cavalier. En général, elle préférait la vivacité des danses locales à la cadence plus solennelle de la valse mais, lorsque Charles l'invita et saisit sa main dans la sienne, il lui fit découvrir un autre univers. Jusqu'à ce jour elle avait dansé surtout avec les filles de son école en Suisse, dont les paumes étaient douces et les tailles fines, quand la main de Charles était ferme et son corps dur et viril. Il avait une autre odeur également : son eau de Cologne était légèrement musquée, mais Isabel trouva cela au moins aussi séduisant que les parfums féminins.

Ils tournoyaient de concert et le cœur d'Isabel battait fort dans sa poitrine. Charles murmura :

« Il y a une partie de chasse, demain. Vous joindrez-vous à nous ?

— Je n'ai aucune envie d'assister au massacre d'animaux innocents, répondit-elle.

— Pas même des oiseaux ?

— Je n'ai aucune envie de voir le moindre animal se faire tuer pour un passe-temps. »

Il la fit virevolter et l'image des autres invités devint floue tout à coup.

« Si je ne puis vous convaincre de venir chasser avec moi, puis-je vous rendre visite, à vous et votre mère ? »

Elle hésita. Son père lui avait clairement fait savoir qu'il ne voulait pas qu'elle fréquente Charles, tout fils de comte qu'il fût. En même temps, n'était-il pas temps qu'il comprenne qu'elle était grande et pouvait décider par elle-même ? Mais inviter Charles à la maison, ce serait s'opposer de manière frontale aux souhaits de son père.

« Je fais des promenades à pied presque tous les jours. Si nous devions nous rencontrer par hasard... »

Elle haussa les épaules, terrifiée par sa propre audace.

Il la fixa du regard.

« Je n'ai pas l'habitude de me promener à pied, mais il m'arrive de visiter les propriétés de mon père à cheval. Par chance, elles ne se trouvent pas bien loin de chez vous – je m'y trouverai peut-être lundi prochain.

— Si je devais vous rencontrer, je ne vous ignorerais point. »

Le quatuor à cordes fit résonner les derniers accords de la valse. Il était presque minuit et les invités repartiraient bientôt. Charles lâcha sa main et fit une révérence.

« J'espère avoir l'occasion de vous revoir, dit-il. Bientôt. »

9

« Dépêche-toi, Jessie, c'est son premier, et ça va prendre du temps, même si sa mère dit que ça a commencé ce matin. »

Le bébé de Flora arrivait un peu plus tôt que prévu. Jessie se trouvait à l'autre bout de la métairie quand sa mère l'avait appelée en sifflant.

« Vas-y sans moi, m'man, je te rejoindrai dès que j'en aurai fini ici. »

Après son départ, Jessie avait préparé une assiette de mouton froid et de patates qu'Archie trouverait en rentrant des champs et l'avait recouverte d'un torchon pour empêcher les mouches de s'y poser. Elle avait disposé une tranche de pudding de la veille sur une autre assiette, et l'avait protégée de la même manière. Puis elle avait mis son châle et était sortie. Le vent soufflait fort.

Les McPhee habitaient une chaumière traditionnelle, une des rares qui restaient sur l'île. À la différence de la majorité des maisons, dont la leur, celle-ci n'avait pas de fenêtres et disposait d'un simple trou dans le toit pour évacuer la fumée. C'était moins efficace qu'une cheminée et la maison était tellement emplie de fumée qu'on n'y voyait guère, même avec des lampes à huile.

Le vent était si fort que la pluie tombait presque à l'horizontale, mais cela n'avait pas empêché Mme Mac-Corquodale de demander à tous les autres de sortir, et Jessie se dit qu'ils avaient dû trouver refuge dans la grange. Ils auraient froid et seraient trempés, mais il n'y avait pas de place à l'intérieur avec Flora, sa mère, la mère de Jessie et maintenant Jessie elle-même. Le père de Flora, lui, n'était pas là. Pendant les accouchements, les hommes préféraient le plus souvent ne pas rester dans les parages.

Flora jurait entre ses dents :

« Je ne veux pas de ce bébé, débarrassez-m'en !

— Toutes les femmes disent ça au moment d'accoucher, lui répondit tranquillement la mère de Jessie. Quand tu l'auras dans les bras, ça ne sera plus pareil.

— Ça m'étonnerait, grogna Flora sans desserrer les dents.

— Ne t'agite pas comme ça. Tu vas avoir besoin de toutes tes forces. »

La mère de Jessie se pencha au-dessus du lit et, comme sa fille l'avait vue faire tant de fois, elle explora de ses mains expertes le ventre de Flora pour voir où se trouvait le bébé.

« Il ne va pas tarder, Flora. Écarte les jambes que je jette un petit coup d'œil. »

Lorsque sa mère releva la tête, Jessie comprit à son regard que quelque chose n'allait pas.

« Reste tranquille une petite seconde, tu veux bien, Flora ? »

Elle s'éloigna du lit et fit signe à la mère.

« Jean, il faut appeler le docteur.

— Que se passe-t-il, m'man ? » demanda Jessie.

Elle avait souvent vu sa mère aider des bébés à venir au monde, mais jamais elle n'avait lu une telle frayeur dans son regard.

« Le placenta se trouve devant le bébé. »

Le cœur de Jessie fit un bond. Elle savait que dans ce cas, des hémorragies massives, très difficiles à maîtriser, pouvaient se produire. Sa mère lui avait expliqué que les mères et leur nouveau-né en mouraient le plus souvent.

« Qu'est-ce que ça veut dire... ? hurla la mère de Flora.

— Ça veut dire qu'elle a besoin d'un docteur pour accoucher, je ne peux rien faire pour elle, répondit la mère de Jessie d'une voix calme. Il faut aller chercher le docteur tout de suite.

— Le docteur ? Mais je n'ai pas de quoi payer le docteur !

— On verra après, Jean. Il viendra, que tu aies de quoi le payer ou pas. Peux-tu envoyer quelqu'un le chercher ?

— Hector va s'en charger.

— Dis-lui de courir le plus vite possible. Il faut dire au docteur de venir tout de suite. Tu peux lui demander ça ? »

Jean appela son fils et un garçon débraillé à la mine triste se précipita dans la maison. Sa mère lui lança quelques paroles brèves et sèches, puis le poussa dehors sans grand ménagement.

Flora se tordait de douleur, mais ses lèvres demeuraient serrées comme si elle avait décidé de ne rien montrer de sa souffrance à Jessie. Jean s'assit à côté de sa fille, sur le lit, et lui appliqua une compresse sur le front.

« Il n'y a vraiment rien à faire, m'man ? chuchota Jessie.

— Flora saigne énormément. Tout ce que l'on peut faire, c'est la soulager de notre mieux en attendant le docteur. Elle veut se lever mais je le lui ai interdit. Une fois n'est pas coutume, je ne vais rien faire qui puisse accélérer l'accouchement.

— Combien de temps entre les contractions ?

— Trois minutes, et elles sont de plus en plus fortes. Si le docteur n'arrive pas bientôt... » Elle secoua la tête. « Je ne sais pas combien de temps je pourrai continuer à faire ça, Jessie. Je n'ai plus la force. »

Jessie s'efforça de respirer lentement pour ne pas se laisser gagner par la panique qu'elle sentait monter en elle. Elle n'aimait pas Flora, mais elle ne lui souhaitait aucun mal. Elle n'avait jamais vu quelqu'un mourir et se demandait comment elle réagirait si cela venait à se produire.

Jean avait mis une casserole d'eau à chauffer sur la cuisinière. Jessie trouva une bassine et la remplit. Elle se lava soigneusement les mains, en frottant vigoureusement avec le savon au crésol que sa mère avait toujours sur elle, puis s'essuya avec une serviette propre qu'elle avait également apportée. Jessie savait qu'en ce moment sa mère avait plus besoin d'elle que jamais et que, si le docteur n'arrivait pas bientôt, elles devraient faire pour le mieux.

À l'instant précis où elle reposa la serviette, la porte s'ouvrit et le docteur entra, escorté par une bourrasque de pluie. Isabel l'accompagnait. Jessie ne l'avait pas revue depuis son dernier séjour à Skye et elle fut frappée par son changement d'apparence. La petite fille qui arpentait la lande était devenue une jeune femme aux cheveux tirés en chignon portant une longue robe de soie bleu marine. Jessie la trouvait encore plus impressionnante qu'autrefois.

Le docteur se débarrassa de son manteau et le posa sur une chaise.

« Peut-on avoir un peu plus de lumière ?

— Dieu merci, vous avez pu venir, remercia Jean. Je vais allumer une autre lampe.

— Occupe-toi plutôt des enfants, Jean, suggéra doucement la mère de Jessie. Pourquoi ne vous installez-vous pas chez nous, en attendant ? Tu pourras leur faire à manger. Archie vous raccompagnera plus tard. »

Jessie avait compris que sa mère voulait éloigner la mère de Flora en prévision de ce qui pourrait advenir.

Jean hésita, puis chuchota quelque chose à sa fille et sortit de la maison.

« Eh bien, madame MacCorquodale, expliquez-moi donc ce qui se passe », demanda le docteur.

Jessie appréciait le respect dont le docteur témoignait toujours envers sa mère.

« Le placenta se trouve devant le bébé, dit-elle. Lorsque je m'en suis rendu compte, je ne l'ai plus touchée.

— *Placenta prævia* », ajouta Jessie, en citant le terme savant.

Elle ne pouvait jamais s'empêcher de faire valoir ses connaissances, surtout en présence du père d'Isabel.

« Bravo, Jessie ! »

Le docteur la gratifia d'un sourire, puis se tourna vers sa mère.

« Vous avez bien fait. On fait souvent plus de mal qu'autre chose en croyant bien faire. Isabel, que peux-tu me dire de ce qu'il convient de faire en pareil cas ? »

Tout en parlant, il retroussa ses manches et se lava les mains dans la bassine d'eau chaude que Jessie avait placée à côté de lui.

« Si la mère saigne beaucoup, il peut être difficile, sinon impossible, de faire cesser l'hémorragie. J'ai lu que le seul moyen de faire venir le bébé au monde est de pratiquer une incision, répondit Jessie sans qu'Isabel ait eu le temps de dire un mot.

— C'est exact, Jessie. »

Le Dr MacKenzie fit à nouveau part de son approbation en hochant la tête, puis se pencha pour examiner la patiente.

Flora souffrait tellement que Jessie se demanda si elle avait entendu un seul mot de leur conversation. Elle priait que non.

« Écarte les jambes, Flora, et laisse le docteur t'examiner », ordonna sa mère en l'aidant à écarter les genoux.

Jessie saisit une lampe et la tint au-dessus d'eux pour permettre au docteur de voir. Elle sentit le parfum d'Isabel qui regardait par-dessus son épaule. Le Dr MacKenzie se redressa et plaça une main sur le ventre de Flora.

« Elle contracte toutes les deux minutes », dit la mère de Jessie.

Le docteur hocha la tête.

« Une césarienne est impérative et il faudra malheureusement la pratiquer ici. J'aurai besoin de votre aide. Madame MacCorquodale, pouvez-vous préparer tout ce qu'il faut pour accueillir le bébé ? Des serviettes chaudes et tout le nécessaire. Jessie, tu m'aideras pour l'anesthésie. Ne t'inquiète pas, je te guiderai pas à pas – c'est assez simple en fait. Isabel, tu me serviras d'assistante.

— Très bien, papa.

— Je ne peux pas l'opérer sur ce lit. Nous allons l'installer sur la table de la cuisine, j'aurai besoin de beaucoup de lumière. Nous aurons aussi besoin d'autant d'eau bouillie que possible, madame Mac-Corquodale. »

Chacun se mit au travail en silence. Jessie dégagea la table et la lava rapidement à l'aide d'eau bouillante et de savon au crésol. Le docteur prit dans sa sacoche quelque chose qui ressemblait à un grand flacon de parfum et en aspergea la table. Une forte odeur, pas déplaisante, d'antiseptique envahit la pièce. Isabel trouva une caisse et la posa sur quelques briques faisant office de table pour les instruments de son père, puis s'assura qu'elle était à la bonne hauteur et ne se renverserait pas. La mère de Jessie fit bouillir autant d'eau que possible et remplit plusieurs bassines tout en parlant à Flora d'une voix douce.

Une fois qu'ils furent tous prêts, le Dr MacKenzie expliqua à Flora comment il allait procéder.

« Où est maman ? demanda Flora, pour la première fois, l'air apeurée. Je veux voir ma maman.

— Elle va bientôt revenir, tenta de la tranquilliser la mère de Jessie. Ne t'inquiète pas, nous allons nous occuper de toi. En un rien de temps, tu tiendras ton bébé dans tes bras.

— Je me moque du bébé, je vous l'ai déjà dit, je veux ma maman ! »

Flora se mit à geindre :

« Je n'aurais jamais dû laisser Charles Maxwell s'approcher de moi. Tout ça parce qu'il est fils de comte. Il disait qu'il m'aimait bien, mais dès que je lui ai dit pour le bébé il m'a fait renvoyer. »

Les mots sortaient par rafales, entre deux gémissements de douleur.

« Il a dit que j'avais dû faire ça avec quelqu'un d'autre. Mais il sait que ce n'est pas vrai. Pourquoi a-t-il fait ça ? Je le déteste ! »

La rumeur disait donc vrai. Quelle pauvre sotte ! Comment avait-elle pu se laisser séduire de la sorte ? Comment avait-elle pu s'imaginer qu'elle avait une chance d'épouser un homme d'un rang si supérieur au sien ?

Jessie entendit un petit cri derrière elle. Elle se retourna et vit Isabel qui écarquillait les yeux, la main sur la bouche. Ne savait-elle donc pas que les femmes se laissaient séduire par des hommes qui n'étaient pas leurs époux ? C'était pourtant fréquent. Eh bien, elle aurait l'occasion d'apprendre tout ça quand elle serait médecin !

Le docteur tendit à Jessie une sorte de masque.

« Tu placeras ça sur la bouche de Flora. Flora, je vais te donner quelque chose pour t'endormir. Essaye de ne pas résister. Respire profondément. »

Jessie exécuta ses instructions. Une fois l'appareil en place, le docteur enfila des gants en caoutchouc, aspira quelques gouttes d'un liquide dans un flacon avec un compte-gouttes et laissa lentement tomber le contenu sur le masque.

« Jessie, il faut que tu surveilles Flora attentivement. Observe bien le mouvement de sa poitrine. Si tu remarques le moindre changement, préviens-moi tout de suite. »

Jessie acquiesça de la tête.

« Je vais inciser l'abdomen de Flora depuis le nombril jusqu'à l'os pelvien. Puis j'inciserai l'utérus. Ensuite, j'utiliserai des écarteurs pour séparer les muscles. Isabel, tu tiendras les écarteurs pendant que j'extrairai le bébé. Madame MacCorquodale, pouvez-vous vous tenir prête à saisir le bébé dès qu'il sera dans mes mains ? Emmitouflez-le et vérifiez qu'il respire bien. »

Il leva la tête et les regarda chacune dans les yeux à tour de rôle.

« Des questions ? Vous êtes prêtes ? »

Jessie avait la bouche trop sèche pour répondre et se contenta de faire signe de la tête. Elle jeta un coup d'œil vers Isabel, dont seul le regard trahissait l'excitation.

Lorsque la respiration de Flora se fit plus profonde, le Dr MacKenzie saisit le bistouri.

« Isabel, lorsqu'on décide d'ouvrir, il faut y aller franchement. »

Il pratiqua une incision. Fascinée, Jessie vit la peau de l'abdomen de Flora se fendre et une couche de graisse couleur beurre apparaître. Il incisa à nouveau, plus lentement et précisément, cette fois.

« La chose la plus importante, poursuivit-il, c'est d'appliquer juste la bonne pression. Si on n'appuie pas assez fort, il faudra recommencer, ce qui n'est pas bon. Si on appuie trop fort, on risque de blesser le bébé. »

Dès qu'il eut ouvert l'abdomen, il plaça les écarteurs des deux côtés de la plaie. Il fit signe à Isabel qui saisit les instruments sans hésiter, exactement comme il le lui avait montré. Le Dr MacKenzie plongea ses mains à l'intérieur, il y eut une sorte de gargouillement et le bébé fit son apparition. Il le tendit à la mère de Jessie, qui s'en saisit aussitôt. Jessie surveillait Flora, dont la poitrine se levait et s'abaissait régulièrement. Tout avait l'air de bien se passer.

Lorsque le docteur eut retiré le placenta, il reprit les écarteurs des mains d'Isabel, les enleva et les déposa dans une bassine.

Isabel coupa le cordon ombilical, prit un morceau de catgut que lui tendait son père et s'en servit pour suturer le cordon.

Un hurlement de protestation jaillit du petit paquet dans les bras de Mme MacCorquodale, et le regard de Jessie croisa celui d'Isabel. Elles échangèrent un sourire. Jessie trouvait chaque fois aussi incroyable que le bébé, qui quelques instants plus tôt était encore dans le ventre de sa mère, se mette à crier à tue-tête comme un crève-la-faim.

Le Dr MacKenzie referma l'incision. Pendant qu'il s'activait, Flora commença à gémir.

« Je crois qu'elle est en train de se réveiller, dit Jessie.

— J'ai besoin d'une minute. Donne-lui une autre goutte d'éther, Jessie, mais une seule, attention. »

Jessie fit ce qu'on lui avait demandé, et Flora glissa à nouveau dans l'inconscience.

Lorsque le docteur eut fini de recoudre Flora, il imbiba un morceau de coton du produit dont il s'était servi pour désinfecter la table et le plaça sur la cicatrice. Puis pansa la cicatrice au moyen d'une bande. Lorsqu'il eut fini, il se redressa et s'étira. Flora marmonna quelque chose et se passa la main sur le visage.

« Tu peux retirer le masque à présent, Jessie, dit le Dr MacKenzie. Moins l'anesthésie dure, mieux c'est. Je lui donnerai du laudanum avant de partir. »

Il enleva ses gants et les jeta dans la bassine à côté des écarteurs.

« Pourrais-tu laver tout ça à l'eau bouillante, Jessie ? Je les laverai à nouveau en rentrant au cabinet, mais je ne mets jamais rien de sale dans ma sacoche. S'il y a une leçon que tu dois retenir, c'est celle-là : ce sont surtout les infections qui tuent les malades. »

Jessie et Isabel l'aidèrent à transporter Flora jusqu'à son lit. Elle était réveillée à présent, mais elle avait le regard dans le vide. La mère de Jessie posa le bébé à côté d'elle et se détourna subitement, prise d'une quinte de toux.

« Depuis combien de temps toussez-vous comme cela, madame MacCorquodale ? lui demanda le Dr MacKenzie.

— Depuis déjà un bon bout de temps, répondit Jessie à sa place. Je lui ai demandé de vous voir, mais elle refuse.

— Asseyez-vous là et laissez-moi vous ausculter, comme ça vous n'aurez pas à vous déplacer jusqu'au cabinet. »

Jessie se retourna pour leur laisser un peu d'intimité et entreprit de laver les gants du docteur tandis qu'Isabel nettoyait la table. Jessie ne pouvait s'empêcher d'admirer la fille du docteur. C'était peut-être une dame, mais elle n'avait pas peur de se salir les mains.

« C'est vrai que vous allez étudier la médecine ? lui demanda-t-elle. Je ne pensais pas qu'une femme pouvait devenir médecin.

— Ce n'est pas facile, répondit Isabel, mais j'y suis bien décidée, oui. »

Elle redressa la tête.

« Rien ne peut m'arrêter lorsque j'ai décidé quelque chose. Le pays compte déjà plusieurs femmes médecins.

— Moi, je voulais devenir infirmière », confia Jessie.

Après avoir aidé le docteur à sauver la vie de Flora et de son bébé – car c'est ce qu'il avait fait aussi sûr que le soleil se levait chaque jour –, elle n'en avait que plus envie. Elle était fière de l'avoir aidé. Jessie regarda par-dessus son épaule. Flora était réveillée et observait son bébé avec des sentiments mêlés de dégoût et de fierté.

« Archie me l'avait dit. Vous avez changé d'avis ? » demanda Isabel.

Jessie poussa un soupir.

« Non. Je devais aller à Portree après l'été. J'ai une bourse, mais ce n'est pas assez. Il faut en plus payer le logement et la nourriture. Archie a dit qu'il essaierait de m'aider. Après avoir fini l'école, il espérait trouver un travail mieux payé que sur l'île, mais papa est mort et il a dû rester pour aider m'man à tenir la ferme. Nous gagnons à peine de quoi manger. »

Soudain, elle se rendit compte qu'elle en avait trop dit. Elle s'était laissée aller, à cause de ce qu'elles venaient de vivre. Archie lui en voudrait d'avoir évoqué leurs problèmes d'argent en public – et encore plus devant Isabel, qui devait se moquer pas mal des problèmes des métayers.

« Combien vous faudrait-il ? » demanda Isabel.

Jessie se figea sur place. Elle ne faisait pas l'aumône, si c'est ce qu'Isabel s'imaginait.

« De quoi payer le logement et la nourriture. Si j'avais un travail après l'école, je pourrais gagner cet argent. Je suis prête à faire n'importe quel travail, ça m'est égal, frotter les parquets, nettoyer les écuries, ça ne me dérange pas.

— J'ai une idée, lança Isabel. Je peux peut-être vous aider. »

Elle s'adressa à son père.

« Papa, vous ne trouvez pas que Jessie ferait une excellente infirmière ? »

Le Dr MacKenzie se retourna. La mère de Jessie reboutonnait sa blouse et, l'espace d'un instant, Jessie lut sur le visage du docteur une expression d'accablement qui lui glaça le sang. Mais qui fut aussitôt remplacée par un grand sourire.

« Qui ne ferait pas quoi ? demanda-t-il.

— Je vous demandais si vous ne trouviez pas que Jessie ferait une infirmière formidable. N'est-il pas vrai qu'on manque de bonnes infirmières à Édimbourg ?

— En effet, mais si vous pensez à l'hôpital royal, les candidates doivent avoir leur certificat de fin d'études. L'avez-vous obtenu, Jessie ?

— Non, monsieur, mais je voudrais.

— Nous pouvons l'aider à l'obtenir, n'est-ce pas, papa ?
— En tout cas nous allons essayer, répondit-il en souriant, je dois juste réfléchir à la meilleure manière de s'y prendre. »

10

Deux jours après l'accouchement de Flora, Charles rendit visite à Isabel. Il se trouvait que ce jour-là, sa mère déjeunait avec lady Glendale au château.

« Tu diras à lord Maxwell que je suis indisposée et ne puis le recevoir », ordonna Isabel à sa femme de chambre.

À présent, elle savait pourquoi son père ne voulait pas qu'elle fréquente Charles : c'était le père du bébé de Flora. Isabel aurait peut-être pu le lui pardonner, mais qu'il ait refusé de reconnaître l'enfant et soit resté les bras croisés pendant qu'on mettait Flora à la porte alors qu'il était aussi fautif qu'elle, c'était inexcusable. Elle ne voulait plus entendre parler de lui.

Au cours des semaines suivantes, il avait encore tenté de la revoir à deux ou trois reprises, mais s'était heurté à la même réponse : Isabel n'était pas disponible. Comme ses parents étaient absents chaque fois qu'il venait frapper à la porte, Isabel avait fini par penser qu'il entrait là un calcul de sa part. Et cela ne le rendait que plus détestable encore à ses yeux.

Heureusement, c'en serait bientôt fini de ses attentions malvenues. Dans quelques jours, Isabel rentrerait à Édimbourg pour se préparer à ses études de médecine. Mais avant son départ elle devait s'occuper de quelque chose. Elle avait des nouvelles pour Jessie et était impatiente de voir la tête qu'elle ferait lorsqu'elle lui annoncerait ce qu'elle avait arrangé pour elle.

« Mon père a-t-il déjeuné ? demanda Isabel à Seonag, la femme de chambre, pendant qu'elle l'aidait à enfiler son manteau.

— Mme MacDonald dit qu'il a à peine goûté son bouillon de poule. Il est avec votre mère en ce moment. »

Son père était alité depuis quelques jours et Isabel s'inquiétait. Mais, lorsqu'elle lui avait demandé s'il fallait faire venir le médecin de Portree qui le remplaçait pendant ses absences, il lui avait dit de ne pas raconter des bêtises.

« C'est un simple rhume, mon enfant. Après quelques jours de repos, je serai à nouveau sur pied. »

Isabel n'aimait pas son air congestionné ni les efforts qu'il semblait devoir faire pour respirer, mais son père était médecin après tout. Il savait mieux que quiconque s'il avait besoin ou non de faire appel à son confrère de Portree. Toutefois, si les choses ne s'arrangeaient pas un peu, elle prendrait sur elle le soir même d'appeler le médecin.

Elle était toujours soucieuse en arrivant chez les MacCorquodale. Jessie lui ouvrit et lui sourit d'un air surpris. Isabel se demanda si elle était consciente de la beauté que ses cheveux noirs bouclés et ses yeux vifs, lumineux, qui ressemblaient tant à ceux de son frère, lui conféraient.

« Mademoiselle MacKenzie ! Entrez, je vous en prie. »

Isabel ne s'était jamais rendue chez Archie jusque-là et elle découvrit l'endroit avec curiosité. La maison comptait deux pièces : une chambre à coucher et la cuisine, avec son foyer ouvert et des fauteuils en bois de chaque côté. Mme MacCorquodale était installée sur l'un d'eux et filait de la laine sur un rouet. Elle remarqua aussi un rideau, derrière lequel devait se trouver un lit encastré dans le mur. Les seuls autres meubles étaient une grande armoire ouvragée contre un mur et une table, au centre de la pièce. Mêlé à l'odeur de tourbe brûlée, on percevait l'arôme délicieux du pain en train de cuire et en effet il y avait quantité de scones et de miches de pain disposés sur la table.

C'est Jessie qui avait dû les préparer car elle gardait des traces de farine sur le front. Elle portait son tablier par-dessus une robe usée mais propre. Archie n'était pas là et Isabel en fut un peu déçue, mais il était rare de trouver un homme à la maison en pleine journée.

Mme MacCorquodale posa sa laine par terre et se leva.

« Mademoiselle MacKenzie, quel bon vent vous amène ? Votre père a-t-il besoin de mon aide ?

— Non, non, il est au lit, malade, répondit Isabel. Le docteur de Portree le remplace depuis quelques jours. »

Jessie et sa mère échangèrent un regard.

« Rien de grave, j'espère, dit Jessie.

— Non, je ne le pense pas. »

Isabel lui tendit le paquet qu'elle tenait à la main.

« Mon père m'a demandé de vous donner ceci, Jessie. C'est un de ses manuels de médecine. Il dit que vous pouvez le garder aussi longtemps que vous le voudrez. »

Jessie se saisit du paquet et entreprit de le déballer.

« Vous le remercierez de ma part ! Voulez-vous prendre une tasse de thé ? »

Elle lui indiqua le fauteuil en bois en face de celui de sa mère.

« Merci », dit Isabel, qui resta sans bouger, comme si elle hésitait avant d'annoncer quelque chose.

Il y eut un bref silence un peu tendu.

« Je prends le bateau lundi, finit-elle par lâcher, mais avant de partir je voulais vous dire quelque chose. J'ai parlé avec mon père de l'éducation de Jessie, madame MacCorquodale. Il connaît une famille à Inverness. Le père est instituteur et ils ont cinq enfants qui vont tous à l'école. Il se dit prêt à accueillir Jessie si elle veut bien s'occuper des enfants lorsqu'ils ne sont pas en classe. »

L'espoir qui se lisait dans les yeux de Jessie faisait presque mal à voir.

« Jessie partagerait sa chambre avec une des femmes de chambre. Elle serait logée, nourrie et blanchie et recevrait un petit pécule pour ses besoins quotidiens. Elle aurait le temps de suivre les cours à l'école.

— Je pourrais aller à l'école ? Passer mes examens ?

— Et lorsque vous l'aurez fait, vous pourrez commencer votre formation.

— Ma formation d'infirmière ? »

Les yeux de Jessie s'étaient mis à briller.

« Absolument ! Qu'en dites-vous ? »

Isabel avait du mal à cacher sa satisfaction. Elle avait tout organisé ! Tout prévu ! Jessie se leva d'un bond, se dirigea vers sa mère et s'agenouilla à côté d'elle.

« Qu'en penses-tu, m'man ? Je peux ? Je m'en voudrais de te laisser, maintenant que papa n'est plus là. »

Mme MacCorquodale fronça les sourcils.

« Ne t'inquiète pas pour moi, ma petite. Archie me tiendra compagnie, et je suis encore parfaitement capable de m'occuper de ma maison. Si je n'en fais pas davantage, c'est parce que tu m'en empêches ! »

Son regard s'assombrit subitement.

« C'est ton père qui serait heureux de savoir que tu vas recevoir une bonne éducation.

— Tu es vraiment d'accord, m'man ? Je ne partirai qu'un an, deux au plus, et je mettrai tout mon argent de côté pour revenir te voir. »

Jessie se tourna vers Isabel.

« Ça veut dire que je vais vraiment devenir infirmière ?

— Ce n'est pas tout, répondit Isabel. Mon père dit que si vous réussissez bien vos examens, et il ne doute pas un instant que ce sera le cas, il vous recommandera à la surveillante-chef de l'hôpital royal d'Édimbourg, pour qu'elle vous recrute en tant que stagiaire. Vous ne serez pas très bien payée et le travail sera difficile, mais vous serez logée avec les autres infirmières et recevrez une formation de tout premier ordre. »

Un sourire immense éclaira le visage de Jessie.

« Le travail ne me fait pas peur. Je serais prête à tout pour me former dans l'un de mes meilleurs hôpitaux du pays, sinon du monde ! Je travaillerais jour et nuit si on me le demandait. »

Isabel éclata de rire.

« Je ne pense pas que ce sera nécessaire, et de toute façon vous devrez d'abord aller à l'école pendant une année ou deux, mais les choses me semblent très bien engagées ! »

Elle se leva en même temps que la mère de Jessie. Elle saisit ses deux mains dans les siennes. Elle avait une sacrée poigne.

« Merci, merci, et remerciez le Dr MacKenzie, s'il vous plaît. Nous n'oublierons jamais sa gentillesse. Si notre famille peut aider la vôtre en quoi que ce soit, n'hésitez pas à nous le demander.

— Archie est-il dans les parages ? » demanda Isabel aussi nonchalamment que possible, tandis que Jessie l'aidait à enfiler son manteau.

Elle voulait lui annoncer personnellement ce qu'elle avait obtenu pour Jessie. Fier comme il était, elle craignait qu'il dise non.

« Il est sur la lande, avec les moutons, il les change de pâturage, répondit Jessie, peut-être du côté de Galtrigill.

— Dans ce cas, je vais voir si j'arrive à le trouver. »

Elle s'arrêta sur le pas de la porte.

« Au cas où je ne le trouverais pas, pouvez-vous lui dire au revoir de ma part et lui dire que tous mes vœux l'accompagnent ?

— Bien sûr, répondit Jessie avec un sourire malicieux. Mais je pense qu'il préférerait l'entendre de votre bouche. »

Après le départ d'Isabel, Jessie n'arrivait plus à tenir en place tant elle était excitée. Son rêve semblait sur le point de se réaliser : elle serait infirmière ! Et pas n'importe quelle infirmière... Une infirmière de l'hôpital royal d'Édimbourg !

Elle saisit un panier de linge sale et se dit que tant qu'à faire elle ferait mieux de s'occuper de la lessive. Tout en frottant, elle tirait des plans sur la comète.

En triant le linge, un mouchoir taché de sang tomba sur le sol.

Jessie le ramassa et prit un air soucieux. C'était un mouchoir de sa mère. Elle le reconnaissait aux initiales qu'elle avait elle-même brodées avec difficulté sur un des coins, l'année dernière, pour son anniversaire.

M'man avait pris un panier et s'apprêtait à sortir cueillir les plantes avec lesquelles elle préparerait la teinture pour la laine qu'elle venait de filer. Elle toussa et jeta un regard inquiet à Jessie.

La vérité la frappa comme un coup de poing à l'estomac.

M'man toussait depuis si longtemps et avait perdu tellement de poids que ses bras ressemblaient à des ailes de poulet. Ses joues étaient creusées et son teint cireux.

Elle savait maintenant ce que voulait dire le regard qu'elle avait surpris sur le visage du Dr MacKenzie le jour de l'accouchement de Flora McPhee.

Jessie avait vu suffisamment de gens atteints de tuberculose pour comprendre que sa mère était malade. Comment avait-elle pu ne pas s'en apercevoir ? Elle était tellement préoccupée par elle-même qu'elle n'avait même pas vu que sa mère était gravement atteinte. Quel type d'infirmière serait-elle si elle n'était pas capable de prêter attention aux siens ?

« Et si je nous préparais une bonne tasse de thé, m'man ? »

Sa mère, surprise, secoua la tête.

« Je n'ai pas le temps, Jessie. J'ai beaucoup à faire. » Elle sourit. « Attends de voir la réaction d'Archie lorsqu'on lui dira que tu vas devenir infirmière ! »

Jessie sentit son cœur se serrer. Elle savait à présent qu'elle ne partirait pas.

« M'man, assieds-toi s'il te plaît. »

Comme si elle savait ce qui l'attendait, la mère de Jessie ne protesta pas. Elle s'assit sur son fauteuil et ferma les yeux. Jessie mit la bouilloire sur le feu et attendit que l'eau frémisse. Elle posa deux tasses sur la table et beurra légèrement un scone pour sa mère. Lorsque l'eau se mit à bouillir, elle remplit la théière et la plaça à son tour sur la cuisinière pour laisser infuser. Elle ne faisait que retarder le moment où elle poserait la question inéluctable, et elle le savait.

Finalement, elle versa le thé et plaça le scone sur une assiette. Jessie n'avait plus de prétexte à sa disposition pour ne pas poser la question dont elle connaissait déjà la réponse.

« M'man, ton thé est prêt. »

Elle toucha l'épaule de sa mère, qui ouvrit les yeux. Pendant un bref instant, elle eut l'air égarée, comme si elle ne savait plus qui elle était. Puis son regard s'éclaira.

« Tu es une bonne fille, Jessie. Je ne sais pas si je te l'ai déjà dit...

— Tu n'as pas besoin de me le dire, m'man. »

Jessie sentit sa gorge se nouer.

Sa mère saisit son bras de sa main libre :

« Promets-moi que tu deviendras infirmière, coûte que coûte. Je suis désolée, *mo bheag*, qu'on n'ait pas pu t'envoyer à l'école. Ton père et moi, on voulait que tu deviennes quelqu'un. Et Archie aussi. »

Elle sourit tristement.

« Mais je suis fière de vous. De vous deux. Je veux que tu le saches. »

Elle posa la tasse et l'assiette sur la table à côté de son fauteuil comme si elle n'avait ni force ni appétit.

Si Jessie avait encore espoir que sa mère ne fût pas malade, celui-ci s'évanouit avec ces paroles. Sa mère n'était pas une sentimentale, et elle ne lui aurait jamais parlé de la sorte à moins – et en prendre conscience lui fit mal – à moins de savoir qu'elle n'en avait plus pour très longtemps.

« M'man, je sais, finit-elle par lâcher.

— Tu sais quoi, ma chérie ?

— Je sais que tu es malade. »

Incapable de se retenir plus longtemps, Jessie poussa un cri de désespoir, se jeta aux pieds de sa mère et enfouit sa tête dans ses jupons.

« Ne meurs pas, m'man, je t'en supplie, ne meurs pas. »

Sa mère lui caressa les cheveux comme elle le faisait lorsqu'elle était petite. Elle attendit que sa fille cesse de pleurer, et lui parla doucement :

« Jessie, je n'ai pas peur de mourir. J'ai été très heureuse. J'ai su ce qu'être aimée par un homme bon veut dire. J'ai deux enfants qui sont ma fierté, et j'ai obéi aux desseins du Seigneur en donnant naissance à des enfants. J'ai eu plus de chance que bien des gens. Bien sûr, je ne veux pas vous quitter, toi et ton frère, et j'espère que je vivrai le plus longtemps possible, mais lorsque je mourrai, je retrouverai papa et je serai avec Dieu. Comment cela pourrait-il m'attrister ? »

Jessie releva la tête et la regarda.

« Tu pourrais aller dans un sanatorium, m'man. Quand on a la tuberculose, c'est gratuit. Archie et moi on s'occupera de la ferme, et toi tu te soigneras. »

Sa mère prit un mouchoir dans sa poche et lui essuya ses larmes. Elle sourit paisiblement.

« *A ghraidh*, je ne vais pas guérir. C'est trop tard pour les sanatoriums et tout ça. Crois-moi. Et je ne veux pas m'éloigner de ma maison ni des tombes de ton frère et de ton père. Tout ce que j'ai connu, tout ce que j'ai aimé, se trouve ici.

— Je vais le dire à Archie, il t'obligera. »

Elle sentit sa mère se crisper.

« Je t'interdis de lui dire quoi que ce soit !

— Pourquoi ? C'est lui, l'homme de la famille, maintenant. Il a le droit de savoir que tu es malade.

— À quoi bon, Jessie ? Ça ne ferait que l'inquiéter alors que l'issue est déjà certaine. C'est le travail des femmes, supporter les soucis et les épargner aux hommes. »

Elle tendit sa main et saisit Jessie par le menton pour l'obliger à la regarder droit dans les yeux.

« Promets-moi, sur l'âme de ton père, que tu ne diras rien à Archie. C'est la seule chose que je souhaite. Ça – et que tu deviennes infirmière. »

Jessie savait qu'elle ne pourrait pas refuser cela à sa mère. Sa m'man restait sa m'man, et elle ne lui avait jamais désobéi. Ce n'est pas aujourd'hui qu'elle allait commencer.

« Je te le promets. »

Elle essuya ses larmes et se leva.

« Mais je ne peux plus partir, m'man. Je ne peux pas. »

Elle prit la tasse et l'assiette avec le scone que sa mère n'avait pas touché.

« Le seul travail d'infirmière qui m'attend se trouve ici : m'occuper de toi. »

Jessie eut un pincement au cœur en voyant une larme glisser sur la joue de sa mère. M'man prit la vaisselle de ses mains.

« Tu deviendras infirmière, c'est décidé. J'ai vécu ma vie et je ne vais pas te laisser gâcher la tienne. Pas maintenant, alors que tu es sur le point d'accomplir ton rêve. »

Jessie s'efforça de sourire.

« Il sera toujours temps de devenir infirmière, m'man, lorsque tu seras rétablie.

— Non, Jessie ! fit sa mère, qui commençait à s'énerver. Tu dois le faire. Archie m'aidera à la ferme et nos voisins veilleront sur moi. Je peux encore vivre pendant de longues années, tu le sais bien. »

Elle prit à nouveau le visage de Jessie dans ses mains.

« Ma chérie, si tu restes ici, tu ne feras que m'attrister. C'est ce que tu veux ? »

Ses yeux ne lâchaient pas ceux de Jessie.

« Au moins, finis ta formation à Inverness.

— Je te promets que je trouverai le moyen de devenir infirmière, m'man, ne te fais pas de souci », répondit Jessie fermement.

C'était vrai, d'une manière ou d'une autre, elle y arriverait.

L'inquiétude sembla s'estomper dans le regard de sa mère. Elle lâcha le visage de Jessie et ramassa son panier.

« Très bien. Maintenant, assez parlé, ma fille. On a du travail. »

11

Le vent avait faibli lorsque Isabel partit de chez les MacCorquodale. Elle avait aimé voir le visage de Jessie lorsqu'elle lui avait appris la nouvelle.

Elle avala sa salive. Le fourmillement dans sa gorge qui était apparu le matin s'aggravait et elle commençait à avoir mal à la tête. Et elle avait chaud, comme un début de fièvre. Peut-être avait-elle attrapé le rhume de papa ? Elle priait que non. Rien ne devait s'opposer à son départ pour Édimbourg le lendemain.

Elle traversa la route et suivit le chemin vers la falaise. En haut de la colline, le vent était plus fort, les vagues se fracassaient contre les rochers et l'écume lui mouillait le visage.

Quand, après une montée, elle aperçut enfin Archie, son cœur fit un bond dans sa poitrine. Il lui avait vraiment manqué.

Il examinait le sabot d'une brebis, il était si concentré qu'il ne l'entendit pas approcher.

« Bonjour, Archie », lança-t-elle.

Il releva la tête et, l'espace d'un instant, elle reconnut le pétillement familier qui éclairait son regard dès qu'il l'apercevait.

« Mademoiselle MacKenzie, comment allez-vous ? »

Et il se remit au travail. Son ton formel lui fit l'effet d'une douche froide.

« Mademoiselle MacKenzie ? Nous sommes toujours amis, non ? »

Il reposa la patte de l'animal, qui s'enfuit aussitôt en bêlant de frayeur.

« Ah bon... pourtant vous n'avez pas beaucoup cherché à me voir ces dernières semaines. »

Son regard était sombre.

« Je ne pouvais pas, Archie. Quand je n'aidais pas papa, je n'ai pas réussi à tromper sa surveillance. »

Il la détailla de la tête aux pieds.

« Bien sûr, vous êtes une femme à présent, une femme qui occupe sa place dans une société régie par des règles et des conventions. »

Elle n'aimait pas le ton de reproche qui pointait dans sa voix. Elle allait partir, et elle voulait emporter avec elle son regard d'avant. Chaleureux.

« Je viens de passer chez vous, dit-elle. J'avais de bonnes nouvelles pour Jessie, et je voulais les lui annoncer en personne.

— De quoi s'agissait-il ?

— Mon père lui a trouvé un endroit où vivre à Inverness, elle pourra profiter de sa bourse. Elle devra travailler en échange, mais Jessie m'a dit que cela ne lui posait pas de problème. Si tout se passe bien, mon père a promis de la recommander à la surveillante-chef de l'hôpital royal d'Édimbourg. »

Comme elle s'y attendait, Archie ne se montra pas reconnaissant mais furieux.

« Nous n'avons pas besoin de votre charité, Isabel. C'est mon devoir de m'occuper de ma famille et j'économise pour que Jessie aille à l'école sans dépendre de qui que ce soit ni qu'elle ait à devoir travailler comme domestique.

— Mais il vous faudra longtemps pour mettre de côté de quoi envoyer Jessie à l'école. »

Dès qu'elle eut prononcé ces mots, elle comprit son erreur. Archie et sa satanée fierté...

Son visage s'assombrit encore davantage.

« Vous comprenez ce que je veux dire ? Les amis ne font pas la charité comme on donne des bonbons à un enfant.

— Vous vous trompez, Archie. Les amis s'aident entre eux. Ce n'est pas de la charité. Et Jessie est trop intelligente pour passer le restant de ses jours à travailler dans une ferme. Elle doit devenir infirmière et travailler dans un hôpital. »

Archie semblait sur le point d'exploser.

« Donc, selon vous, seuls les idiots et les ignorants sont destinés à travailler la terre ? C'est ce que vous voulez dire ? Dans ce cas, vous ne devez avoir que mépris pour l'homme dont vous prétendez être l'amie !

— Ce n'est absolument pas ce que je voulais dire, Archie ! Je sais que si la situation était différente, vous pourriez devenir ce que vous souhaitez être. Vous vous souvenez quand nous disions que vous pourriez faire de la politique ?

— Nous étions des enfants.

— Ce n'était pourtant pas faux, si ? Les gens du village sollicitent votre avis. Vous faites partie du conseil de la paroisse. Où que vous alliez, Archie, vous serez destiné à diriger. Un jour, vous découvrirez votre véritable vocation. »

Le visage d'Archie s'apaisa et il arbora un sourire triste.

« Vous avez toujours été une idéaliste, Isabel. C'est à cause de tous ces poèmes et romans romantiques que vous lisez. »

Ses paroles ne réussirent pas à la blesser. Elle était heureuse de retrouver l'Archie qu'elle connaissait.

« Je pars lundi, dit-elle.

— C'est ce que j'ai entendu dire. »

Ils se regardèrent pendant un bon moment. Isabel pensait qu'elle ne reverrait jamais Archie, et son cœur était détruit. Elle fut épouvantée de sentir ses yeux se remplir de larmes.

Archie sortit un mouchoir de sa poche et les essuya doucement.

« Ne pleure pas, *mo ghaoil*. »

Elle prit sa main et la serra contre sa joue.

Le temps s'arrêta. Il la saisit par la taille et la pressa contre lui. Sa respiration était haletante, elle leva son visage vers le sien, et soudain ses lèvres furent sur les siennes. Une vague de chaleur la submergea et elle se serra contre lui.

Archie délia doucement ses bras, qu'elle avait enroulés autour de son cou, et la repoussa doucement.

« Je savais que mon Isabel ne pouvait pas avoir disparu. Mais les baisers ne me suffisent plus. Je veux te faire la cour comme il se doit. Comme un gentleman fait la cour à une dame. »

Lui faire la cour ? C'était impensable. C'était une chose d'être l'amie d'un fils de métayer, mais de là à s'imaginer que...

« Mais, Archie, tu sais que c'est impossible, dit-elle.

— Pourquoi donc ? Tu tiens à moi et je tiens à toi. Tu es peut-être la fille du médecin et je ne suis peut-être qu'un métayer, mais les choses peuvent changer, comme tu l'as toi-même dit.

— Je suis navrée, répondit-elle sèchement en se reprenant. Je ne sais pas ce que vous réserve l'avenir, mais je sais où me conduit le mien. Je ne peux pas penser à vous dans ces termes. »

Son visage prit un air grave qu'elle ne lui connaissait pas.

« Ne me prends pas pour un imbécile, Isabel. »

Le cœur d'Isabel battait à tout rompre.

« Ce n'est pas mon intention !

— Tu refuses que je te fasse la cour, et pourtant tu m'embrasses. Est-ce ainsi que se conduit une dame ? Si tel est le cas, alors la plus misérable des femmes de cette île se conduit davantage en dame que toi. »

Son regard chargé de reproches la fit rougir. C'est vrai, elle s'était mal conduite, mais cela ne l'autorisait pas à lui parler comme à une petite fille mal élevée. C'était humiliant. Elle redressa la tête.

« Je m'en excuse. J'ai eu tort. Je voulais simplement vous dire adieu. »

Le soleil se cacha derrière les nuages, et les yeux d'Archie brillèrent dans la lumière mourante.

« Mens-toi, si tu le veux, mais ne me mens pas. Ton baiser n'avait rien d'un baiser amical. »

Il lui sourit doucement.

« Un jour tu reviendras à moi, Isabel. Et nous serons égaux. »

Elle fut ébranlée par son assurance. Mais il avait tort. Cela aurait signifié qu'elle n'avait pu réaliser son rêve, et cela, elle ne le permettrait jamais.

« Nous serons toujours amis, répondit-elle sans une trace d'émotion dans la voix. Mais juste amis. »

Il soutint son regard. Puis il fit une courbette ironique.

« Je reste à votre service, mademoiselle MacKenzie. Si vous avez besoin de moi, vous savez où me trouver. »

Il la regarda longuement, une dernière fois.

« Vous feriez mieux de partir, à présent. »

Le visage toujours brûlant de honte, Isabel se dirigea vers le hameau en ruine car elle voulait réfléchir avant de rentrer chez elle. Était-ce vraiment sa faute si Archie avait si mal interprété un simple baiser ? Elle n'arrivait pas à faire taire la voix intérieure qui lui disait qu'il ne s'agissait pas d'un simple baiser. Elle s'était serrée contre lui. Et ce n'était pas la première fois qu'il l'avait embrassée. Son visage était de plus en plus brûlant. Comment lui reprocher de vouloir lui faire la cour après s'être si honteusement conduite ? Mais, tout de même, un paysan ! Un homme qui était à peine capable de subvenir aux besoins de sa famille !... Pensait-il vraiment qu'elle échangerait sa passion pour la médecine contre une vie sur cette île ? Dans sa petite maison, avec sa sœur et sa vieille mère ? Pensait-il vraiment qu'elle l'attendrait le temps qu'il lui faudrait pour gagner de quoi s'occuper d'elle ? Elle ferma les yeux et imagina la mine horrifiée de sa mère si elle lui avait présenté Archie comme son prétendant. Mais elle était consciente de l'avoir blessé, et elle s'en voulait.

Elle était presque parvenue à Galtrigill lorsqu'elle entendit un cheval au galop derrière elle. Elle se retourna et protégea ses yeux de sa main pour mieux y voir. Un cavalier, qu'elle ne parvenait pas à distinguer, fondait sur elle. Elle fut consternée en découvrant qu'il s'agissait de Charles Maxwell. Elle n'avait aucune envie de lui parler, surtout pas dans l'état où elle se trouvait. Mais il n'y avait nul endroit où se cacher et de toute façon, à en juger par la direction que suivait son cheval, il l'avait déjà repérée.

Elle continua de marcher vers la falaise et pénétra dans un petit bois par un sentier très étroit protégé par la végétation où un homme à cheval aurait eu du mal à s'engager, se dit-elle. Peut-être Charles ne la suivrait-il pas ?

Mais il semblait bel et bien déterminé à lui parler. Elle entendit ses pas étouffés dans son dos et en se retournant le vit se diriger vers elle à pied, tenant son cheval par la bride.

« Ma très chère mademoiselle MacKenzie, quelle chance de vous trouver ici ! » l'apostropha-t-il en souriant.

Sa mine faisait peur : il était ébouriffé et portait un coquard sous l'œil gauche.

A présent, elle n'avait d'autre choix que de rentrer à la maison. Si on les apercevait, on pourrait penser qu'ils avaient eu un rendez-vous galant et elle n'avait nullement l'intention de voir son nom associé au sien. Isabel frissonna.

Elle fit demi-tour.

« Je m'apprêtais à rentrer chez moi », répondit-elle.

Il lui barra la route, ce qui l'irrita. Elle lui avait signifié on ne peut plus clairement, dans la limite qu'imposaient les bonnes manières, que ses soins assidus à la poursuivre n'étaient pas les bienvenus.

« Parlons un peu, voulez-vous bien ? » dit-il.

Elle recula d'un pas. Sentait-il l'alcool ? On n'était pourtant qu'au début de l'après-midi.

« J'ai l'impression que vous m'évitez. »

Il bafouillait et son regard était vitreux.

« Ce qui ne vous empêche pas d'embrasser le fils d'un métayer. »

Le cœur d'Isabel s'emballa. Il les avait vus s'embrasser. Et alors ? En quoi cela le regardait-il ?

« Je vous prie de bien vouloir me laisser passer, lord Maxwell.

— Lord Maxwell ? Vous voilà bien protocolaire à présent. Vous l'étiez moins lors du bal, si je me souviens bien.

— Si j'ai fait quoi que ce soit qui ait pu vous laisser penser que vos avances étaient opportunes, vous devez m'en excuser. Mettez cela sur le compte de ma naïveté. Je vous souhaite une excellente journée. »

Elle avança pour l'obliger à s'écarter, mais il ne lui céda pas le passage. Elle essaya de le contourner. Il l'attrapa par le bras et l'attira vers lui.

« Un simple baiser, dit-il. Je parie une livre que vous prendrez plus de plaisir à m'embrasser moi qu'un paysan. Un baiser et je vous laisse passer. »

Furieuse, elle le repoussa.

« Je n'ai pas l'intention de vous embrasser. Je vous demande de me laisser passer, faute de quoi je serai contrainte de parler à mon père de votre manque de manières et lui-même estimera sans doute de son devoir d'en parler à lord Glendale. »

Un sourire diabolique barra ses lèvres.

« Vous pensez que mon père s'offusquera parce que j'aurai volé un baiser à la fille du médecin – surtout quand je lui expliquerai qu'elle avait également embrassé un de ses métayers ? Vous vous donnez beaucoup d'importance.

— Dans ce cas, je me verrai aussi dans l'obligation de lui apprendre que vous êtes le père du fils de Flora McPhee. Je n'imagine pas que lord ou lady Glendale seront heureux d'apprendre que leur fils a sali le nom de leur famille en fuyant ses responsabilités. »

On aurait pu entendre son cœur cogner contre sa poitrine mais sa voix était calme. Les brutes dans son genre cherchaient toujours à tirer parti de la peur des autres.

Il plissa les yeux, puis rejeta sa tête en arrière et rit aux éclats.

« Mon père est un homme du monde. Dès lors que je n'ai rien promis à cette fille – ce qui est le cas – et aussi longtemps que je continuerai à assumer mes devoirs de fils aîné et héritier du titre, il se montrera satisfait. »

Derrière la façade d'assurance, elle crut toutefois percevoir comme une hésitation.

Soudain, il se jeta sur elle, la saisit par les bras et l'attira vers lui. Son cœur était sur le point d'exploser. Mais c'est autre chose qui lui fit vraiment peur, une chose à laquelle elle était confrontée pour la première fois. Sa résistance n'avait fait qu'exciter Charles Maxwell.

Sa main s'immisça entre ses jambes. Ce geste la choqua à un point tel que, l'espace d'un instant, elle demeura sans réaction.

« Que faites-vous ? Laissez-moi partir tout de suite ! »

Elle essaya de le frapper mais il était trop fort. Pourquoi avait-elle choisi ce chemin où personne ne pouvait les voir ? Il pressa sa bouche contre la sienne et força sa langue entre ses dents. Elle eut un haut-le-cœur chargé de bile.

Elle le mordit à la lèvre et il poussa un cri de douleur avant de reculer. Puis il la gifla du revers de la main. Fort. Sa tête fut projetée en arrière. Personne ne l'avait jamais frappée. Mais elle refusait de se laisser faire. Elle ne lui donnerait pas ce qu'il voulait sans se battre. Plutôt mourir.

Il saisit son bras d'une main et de l'autre retroussa sa jupe jusqu'à la taille. Puis il plongea sa main dans sa culotte et glissa ses doigts entre ses jambes. Elle poussa un cri de douleur. Elle le frappa au visage, mais ses efforts ne faisaient que l'exciter encore plus. Il se servit d'une de ses jambes pour la faire basculer en arrière, et la chute lui coupa le peu de souffle qui lui restait. La tête lui tournait. Les mains de Charles essayaient de défaire le nœud qui retenait sa culotte. Doux Seigneur, il allait la violer.

Elle chercha un objet sur le sol de sa main libre et ses doigts tombèrent sur ce qu'elle espérait : une pierre.

Isabel fit semblant d'abandonner toute résistance, ce qui provoqua l'effet escompté : il sourit et relâcha son emprise. Elle savait qu'elle n'avait pas droit à l'erreur : elle le frappa de toutes ses forces. Il lâcha prise et porta ses mains à sa tête.

« Garce ! »

Rassemblant l'énergie qui lui restait, elle le repoussa et se libéra du poids de son corps.

Puis, sans regarder en arrière, elle souleva sa jupe et s'enfuit en courant.

12

Jessie fut réveillée par des cris. D'abord, elle pensa qu'elle avait rêvé. Il y avait eu une tempête pendant la nuit, le vent hurlait et on aurait dit que des fantômes se jetaient contre les vitres et les portes.

Mais elle ne rêvait pas, et ce n'était pas le vent qu'elle entendait.

« Non, Archie, non ! »

C'était sa mère.

Jessie resta dans son lit et s'efforça de comprendre ce qu'ils disaient, mais elle n'entendait que le son de la voix d'Archie : il parlait tout bas.

Elle repoussa les couvertures et frissonna lorsque ses pieds nus touchèrent le sol glacé. Elle s'enveloppa les épaules de son châle et pénétra dans l'autre pièce. Sa mère implorait Archie du regard, ses joues couvertes de larmes.

« Qu'y a-t-il ? demanda Jessie. Que se passe-t-il ? »

Sa mère s'essuya le visage à son tablier. *Dieu qu'elle est maigre*, se dit Jessie. *Comment ai-je pu mettre si longtemps à m'en apercevoir ?*

« Ton frère s'en va.

— Tu t'en vas ? demanda Jessie. Où ? Pourquoi ? »
Elle s'approcha et le regarda de près. Il avait un bleu sur le côté du visage.

« Que s'est-il passé ? Tu t'es blessé ? »

Il porta une main à son visage et Jessie put voir que les articulations de ses doigts étaient à vif. Son cœur s'emballa. Il s'était passé quelque chose de grave – elle en était sûre.

« Archie, m'man, dites-moi ce qui se passe ! »

Archie regarda sa mère et secoua légèrement la tête. Il prit les mains de Jessie dans les siennes et les serra fort.

« Tout va bien, dit-il, j'ai trébuché et je me suis blessé contre une pierre. »

La marque sur son visage ne ressemblait pas du tout à une blessure due à une chute sur une pierre. On aurait plutôt dit la trace d'une branche fine.

« Tu pars ?

— Je n'ai pas le choix, Jessie. »

Il jeta un coup d'œil vers sa mère, dont le regard était dur comme une pierre.

« Il n'y a rien pour moi ici. Plus maintenant. Jeudi, un bateau quitte Glasgow pour l'Amérique. Si je prends le bateau à Dunvegan demain matin, je pourrai embarquer. Mais je dois partir tout de suite. »

Depuis combien de temps Archie préparait-il son coup ? Pourquoi n'avait-il rien dit jusque-là ? S'il s'en allait, Jessie ne pourrait même pas aller à l'école à Portree. M'man ne pouvait pas rester seule.

« Mais tu m'as promis ! hurla Jessie. Tu as promis que tu resterais pour que je puisse aller à l'école !

— Je sais, Jessie, je l'ai promis, et un jour je te revaudrai ça, mais il faut absolument que je parte. »

Il la prit par la main et la fit s'asseoir dans un des fauteuils.

« Tu sais que j'ai toujours voulu aller en Amérique. John le forgeron a un billet pour le bateau de jeudi qu'avait acheté son frère, celui qui est mort du typhus. Il me l'a vendu. Si j'attends, il pourrait se passer des mois avant qu'une nouvelle chance se présente.

— Mais...

— Je vous enverrai de l'argent dès que je le pourrai. Et dès que je serai installé je vous ferai venir, m'man et toi. Tu comprends, Jessie, c'est une chance pour nous tous !

— Je ne veux pas aller en Amérique et m'man non plus. Je veux aller à l'école, puis à Édimbourg et devenir infirmière.

— Tu pourras devenir infirmière aux États-Unis. Ils en ont certainement aussi besoin là-bas. »

Leur mère se leva et commença à prendre les affaires d'Archie dans un des tiroirs de la commode. Elle examina avec soin son bon pull-over avant de le glisser dans un sac en papier.

« M'man ! Dis-lui de ne pas partir ! » hurla Jessie.

Si Archie savait que m'man était malade, il ne pourrait pas partir.

« Dis-lui que tu es...

— Jessie ! »

Son nom claqua comme un coup de fouet par-dessus le vacarme de la tempête.

« *Eisd !* Ça suffit ! »

La voix de sa mère se radoucit mais, dans la faible lumière de la lampe à huile, Jessie pouvait lire la douleur dans son regard.

« Il doit partir, poursuivit-elle. Il a raison. Il n'y a rien pour lui ici, à part travailler chaque heure que Dieu nous donne sans réussir à gagner de quoi manger. »

Jessie n'en croyait pas ses oreilles. Elle savait qu'Archie voulait partir en Amérique, mais il avait accepté d'attendre qu'elle termine sa formation. Pourquoi se reniait-il ? Cela avait-il quelque chose à voir avec Isabel ? Avait-il décidé qu'il ne supporterait pas de rester ici maintenant qu'elle partait pour de bon ? Ou bien espérait-il que, s'il gagnait assez d'argent, il aurait sa chance ? Si c'était ça, il se trompait. Il aurait beau gagner autant d'argent qu'il voudrait, il ne pourrait jamais l'épouser. Le monde était ainsi fait, et ce n'est pas parce qu'on n'était pas d'accord que ça changeait quoi que ce soit. Elle devait le lui faire comprendre.

« Ça a à voir avec la fille du médecin ? »

Archie sursauta et plissa les yeux.

« Pourquoi tu me demandes ça ?

— Parce que je ne suis pas idiote. J'ai vu comment tu la regardes. Tu pars dans l'espoir de faire fortune pour pouvoir l'épouser ? C'est ça ? »

Archie parut soulagé.

« Jessie, tu crois vraiment que je ne sais pas qu'Isabel n'est pas pour moi ? Du moins, pas pour l'instant ? Mais tu as raison sur un point. En Amérique, on ne juge pas les gens d'après leurs origines mais d'après ce qu'ils font. C'est une des raisons pour lesquelles je dois partir.

— Une des raisons ? »

Elle étouffa un sanglot. Comment pouvait-il ne pas voir qu'elle avait besoin de lui ?

Archie serra les lèvres, comme s'il avait trop parlé.

M'man s'avança et posa une main sur l'épaule de Jessie.

« Laisse-le partir, Jessie. C'est mieux comme ça. »

Jessie regarda sa mère, puis Archie. Ils avaient décidé. Comment osait-il lui faire cela ? Lui parti, elle devrait rester à la ferme. M'man ne pourrait jamais s'en occuper toute seule.

« Je te hais, Archie MacCorquodale, hurla-t-elle. J'espère ne plus jamais te revoir. »

Elle passa son châle par-dessus sa tête et sortit en courant de la maison.

Lorsqu'elle revint, il n'était plus là.

Deux jours plus tard, un policier venu de Portree se présenta à la porte. Il cherchait Archie. Mme MacCorquodale avait de la farine jusqu'aux coudes et Jessie balayait le sol.

« J'aimerais parler à votre fils », déclara le policier.

Son air grave fit peur à Jessie. Elle jeta un œil à sa mère, qui avait d'abord blêmi mais s'était ensuite consciencieusement essuyé les mains avec un torchon.

« Il n'est pas là. »

Le policier, un homme d'une quarantaine d'années portant une moustache grisonnante, fronça les sourcils.

« Dans ce cas, je vais l'attendre.

— Je ne pense pas qu'il sera de retour avant un bon moment. »

M'man plaça la bouilloire au milieu du poêle.

« Voulez-vous une tasse de thé ? Vous venez de loin. »

Le policier secoua la tête.

« Quand reviendra-t-il ?

— Je suis incapable de vous le dire.

— Pourquoi recherchez-vous mon frère ? demanda Jessie qui avait posé le balai et fait un pas en avant. Il est accusé de quelque chose ?

— Vous avez sans doute entendu dire que le fils de lord Glendale a disparu ?

— Oui, répondit m'man en se retournant pour placer la bouilloire sur le feu. Et alors ? »

On racontait partout qu'il était parti à cheval et n'était jamais rentré. On avait même obligé tous les hommes du village à laisser tomber sur-le-champ leurs activités pour organiser une battue. D'après la rumeur, lord Maxwell se terrait pour boire quelque part... Ce n'était pas la première fois qu'il disparaissait durant plusieurs jours : tôt ou tard, il refaisait toujours surface.

« On a vu votre fils se battre avec lord Maxwell le jour de sa disparition. »

Le sang de Jessie se glaça dans ses veines : elle se souvenait de la marque sur son visage et de ses blessures aux mains. Doux Jésus, Archie avait-il blessé lord Maxwell ? Était-ce la véritable raison de son départ ? Elle jeta un coup d'œil en direction de sa mère, qui s'affairait toujours avec la bouilloire. Lorsqu'elle se retourna vers le policier, son visage était blanc comme un linge.

« Qui est cette personne qui prétend avoir vu mon fils se battre avec lord Maxwell ? » demanda-t-elle.

Le policier se redressa et se gonfla d'importance, comme un cygne mâle étend ses ailes. Il croisa les bras et la regarda durement.

« C'est moi qui pose les questions, ici.

— Ce ne serait pas Lachie McPhee, par hasard ? » insista la mère de Jessie.

Le policier consulta son carnet et cligna des yeux.

« À supposer que ce soit lui, qu'est-ce que ça peut bien faire ?

— Lachie McPhee a quelques raisons de ne pas particulièrement aimer mon fils.

— Si quelqu'un s'est battu avec lord Maxwell, c'est plutôt de son côté qu'il faut chercher, dit Jessie. Il se bat avec tout le monde, et sa fille, Flora...

— Ça suffit, Jessie. »

Le policier fit comme s'il n'avait pas entendu et continua de regarder sa mère.

« Il est écrit ici que c'est Flora McPhee qui a vu votre fils en train de se battre avec lord Maxwell. C'est du moins ce que nous a raconté son père. Mais quand nous l'avons interrogée, elle a nié avoir dit quoi que ce soit. Elle a prétendu que son père buvait et racontait n'importe quoi. Et elle n'est pas la seule à le dire.

— Si Flora dit qu'elle n'a rien vu, vous devriez peut-être la croire.

— On serait tentés de la croire, si on avait retrouvé lord Maxwell. Interroger votre fils nous permettrait d'éclaircir cette histoire. S'il n'a rien à se reprocher, il ne devrait pas avoir peur de se montrer. Je vous le demande à nouveau : où est-il ? »

La mère de Jessie regarda sa fille et se frotta les mains.

« Je ne sais vraiment pas.

— Est-il sur la lande, à la pêche ? Dites-moi où il se trouve et j'irai le chercher. »

M'man respira un grand coup.

« Il est parti à Glasgow, finit-elle par lâcher. Nous nous sommes disputés. Vous savez comment les choses se passent parfois entre un fils et sa mère. C'était une dispute pour une broutille – je ne sais même plus quoi. Je pense qu'il sera de retour d'ici une ou deux semaines, lorsqu'il se sera calmé. »

Rien n'aurait pu choquer davantage Jessie que d'apprendre que son frère était recherché parce qu'il avait peut-être quelque chose à voir avec la disparition de lord Maxwell, mais elle n'aurait jamais imaginé que sa mère pouvait mentir avec un tel aplomb – sous le regard de Dieu. Pourquoi ne pas leur dire tout simplement qu'il était parti chercher du travail en Amérique ? Il n'était pas le premier, et ne serait sûrement pas le dernier à le faire.

« À quel sujet vous êtes-vous disputés ? demanda le policier.

— Je... »

De toute évidence, m'man avait du mal à inventer un autre mensonge. Jessie intervint aussitôt :

« Il a dit qu'il voulait trouver du travail ailleurs. Il a dit qu'il en avait assez de se saigner aux quatre veines pour rien. »

Elle s'efforça de sourire.

« Vous êtes d'ici, monsieur, vous savez combien la vie peut être dure sur Skye. On ne voulait pas qu'il parte. C'est difficile pour un homme de gagner sa vie, mais pour deux femmes, c'est encore pire. On s'est disputés, comme ma mère l'a dit, mais Archie est quand même parti. Il reviendra bientôt, j'en suis sûre. »

Jessie pria en silence, en espérant que Dieu lui pardonnerait.

Le policier n'avait pas l'air convaincu.

« Madame MacCorquodale, si vous savez où se trouve Archie, ça serait dans votre intérêt à tous de me le dire. Pour l'instant, nous voulons simplement lui poser quelques questions. Mais si je suis obligé de lancer un avis de recherche, les choses risquent de se gâter pour lui.

— Dès que nous saurons où il se trouve, nous vous en tiendrons informé, dit Jessie. Il ne restera pas longtemps sans donner de nouvelles. »

La mère de Jessie mit ses mains sur ses hanches et releva la tête.

« Mon Archie est un homme bien. Dieu m'en est témoin, je jure qu'il ne ferait jamais de mal à personne.

— Dans ce cas, il n'a rien à craindre. »

Le policier n'avait pas l'air sûr de la conduite à tenir. Comme si, ne pouvant escorter Archie jusqu'à la prison de Portree, il ne savait plus quelle attitude adopter.

« Ça sera tout pour le moment mais, si vous avez des nouvelles de votre fils, vous devez en informer le poste de police à Portree. S'il se cache quelque part, nous le saurons tôt ou tard, et ça voudra dire qu'il a quelque chose à se reprocher. En attendant, je vous souhaite une bonne journée. »

Après son départ, sa mère s'écroula dans un fauteuil. Jessie lui versa de l'eau et attendit tandis qu'elle buvait son verre et reprenait des couleurs.

« Pourquoi ne lui as-tu pas dit qu'il était parti en Amérique, m'man ? Pourquoi as-tu menti en disant qu'il était à Glasgow ?

— Parce que si je leur avais dit qu'il était parti en Amérique, ils n'auraient pas eu de mal à découvrir sur quel bateau il devait embarquer et ils l'auraient attendu. Et ils ne l'auraient sans doute pas laissé partir.

— Tu ne penses pas qu'il a quelque chose à voir avec cette histoire ? Pas Archie, hein, m'man ? »

Elle secoua la tête.

« Ce que je sais, c'est qu'il n'a fait de mal à personne.

— Alors, il faut qu'il revienne pour blanchir son honneur. Sinon, ils vont penser qu'il est coupable et il ne pourra jamais plus rentrer à la maison.

— Si on découvre que lord Maxwell est mort, quelqu'un devra en porter la responsabilité. Je ne peux pas courir le risque de voir mon fils accusé d'un crime qu'il n'a pas commis. »

Jessie savait que sa mère avait raison.

« Je savais que son amitié avec la fille du docteur ne donnerait jamais rien de bon », marmonna sa mère.

Un frisson parcourut l'échine de Jessie. Lord Maxwell se trouvait à Galtrigill en même temps qu'Archie et Isabel. Elle savait qu'Archie était amoureux de la fille du médecin. Et une des domestiques de Borreraig House avait raconté que lord Maxwell avait rendu visite à Isabel et qu'elle avait refusé de le recevoir. Et pas qu'une fois. S'était-il battu avec Archie à propos d'Isabel ?

« Que veux-tu dire par là, m'man ? Que sais-tu que tu ne me dis pas ? »

Sa mère eut l'air surprise, presque comme si elle avait oublié que Jessie se trouvait dans la pièce.

« Rien, rien, je ne voulais rien dire. »

Jessie s'accroupit à côté d'elle.

« Je t'en supplie, m'man, si tu sais quelque chose, tu dois me le dire. Est-ce qu'Archie est mêlé à la disparition de lord Maxwell ? Est-ce la véritable raison de son départ ?

— Je ne te dirai rien d'autre que ce j'ai dit au policier. Archie est un homme bon, et tu le sais bien. Laisse-moi tranquille, Jessie. »

À en juger par ses mâchoires crispées, Jessie devina que sa mère ne lui dirait rien d'autre. Elle avait pris sa décision.

« Je sors un moment, m'man, je reviens de suite. »

Elle prit son châle accroché derrière la porte et l'enroula autour de ses épaules. Il fallait qu'elle parle à Isabel avant son départ.

Jessie emprunta le chemin de terre qui conduisait à Borreraig House, sans bien savoir ce qu'elle demanderait à Isabel une fois là-bas. La seule chose qu'elle savait, c'est qu'elle devait lui parler – elle devait lui demander si elle avait rencontré Archie ou lord Maxwell ce jour-là. Les avait-elle vus se battre ? Elle pouvait peut-être témoigner en faveur d'Archie, dire au policier qu'il était avec elle cet après-midi-là ?

En fait, elle ne voyait pas bien où elle voulait en venir en se rendant chez Isabel, mais elle ne pouvait pas rester les bras croisés, à se demander jusqu'à la fin de ses jours ce qui s'était passé.

Borreraig House apparut derrière la petite colline qui interdisait de la voir depuis le chemin, et le calme inquiétant qui y régnait la fit trembler de la tête aux pieds. Un corbeau croassa, son cri résonna dans l'air immobile, elle sentit un battement d'ailes et une tache noire apparut au-dessus de sa tête. Tous les rideaux étaient tirés, alors qu'il faisait encore jour. C'était un signe de deuil. Tout le monde savait que les corbeaux étaient un présage de mort, et le Dr MacKenzie était malade.

Elle fit le tour de la maison et frappa à la porte de la cuisine, un coup bref, et pénétra à l'intérieur sans attendre qu'on l'y invite.

Chrissie MacDonald, la cuisinière des MacKenzie, pétrissait de la pâte, le visage couvert de larmes, tandis que Seonag nettoyait l'argenterie, assise à la grande table. Elle aussi avait pleuré. Elles regardèrent Jessie d'un air inexpressif.

« Il s'agit du docteur ? demanda-t-elle de but en blanc.

— *Ochone ! Ochone !* Il nous a quittés ce matin, répondit Chrissie.

— Oh, non ! M. MacKenzie était un excellent médecin, et un homme bon. »

Chrissie poussa un grand soupir.

« On ne sait pas où donner de la tête, tant il y a de choses à faire. Les gens vont vouloir présenter leurs condoléances et on va devoir fermer la maison. »

Elle regarda Jessie et lui demanda :

« Qu'est-ce qui t'amène ?

— Je dois parler à Mlle MacKenzie. C'est très important. »

La cuisinière s'essuya les mains sur son tablier et regarda Jessie d'un air incrédule.

« Tu ne peux pas parler à Mlle Isabel. Elle aussi a attrapé la scarlatine. La pauvre ne sait pas encore que son père est mort, et Dieu seul sait si elle s'en sortira. » Seonag sanglota. « Mais elle est forte, alors que son papa ne l'était pas. »

Chrissie posa une main sur l'épaule de Seonag.

« Assez pleuré comme ça, ma fille. Monte à l'étage pour voir si la maîtresse a besoin de quelque chose. »

Seonag partit, après s'être essuyé les yeux avec son tablier.

Jessie se demandait ce qu'elle devait faire. Archie était parti, lord Maxwell avait disparu, le docteur était mort et Isabel était malade : comment le monde pouvait-il se retrouver à ce point chamboulé en trois jours à peine ?

« Je ne sais pas ce que tu veux demander à Mlle Isabel, mais ça devra attendre, poursuivit Chrissie. Dès qu'elle sera en état de voyager, ils partiront pour Édimbourg. Le docteur doit être enterré là-bas. » Elle renifla. « À ce qu'il paraît, notre île n'est pas assez bien pour madame. Si tu veux mon avis, le docteur aurait aimé reposer ici, entouré des gens qui l'aimaient. »

Cela ne servirait à rien d'insister. Isabel, même si elle n'avait pas été malade, n'aurait pas été en état de répondre à ses questions.

« Peux-tu transmettre mes condoléances à la famille ? Dis-leur que je prierai pour eux. »

Chrissie acquiesça.

« Tu peux compter sur moi. Tu ferais mieux de partir à présent. »

Jessie remit son châle sur sa tête. Elle ne pouvait pas parler à Isabel en ce moment, mais dès qu'elle irait mieux elle reviendrait. Elle finirait bien par connaître la vérité.

13

C'était comme si on avait placé un poids sur ses paupières. Isabel sentait battre son cœur, ses muscles étaient tétanisés par la peur. Quelqu'un la pourchassait. Elle ne savait ni qui ni pourquoi, mais elle savait que si elle n'ouvrait pas les yeux il la rattraperait. Elle mobilisa toute son énergie et se força à ouvrir lentement les yeux.

Elle était alitée, dans sa chambre, et il faisait noir. Quelle heure était-il ?

Le souvenir de Charles et de ses mains sur son corps lui revint brutalement. C'était lui qui la poursuivait. Il avait essayé de la violer. Elle avait couru pour chercher refuge auprès de son père. Papa ! Il fallait qu'elle lui parle. Il fallait qu'elle lui raconte ce qui s'était passé.

« Papa ? »

Sa gorge était sèche et les mots qui sortaient de sa bouche ressemblaient plutôt à des croassements. Elle essaya à nouveau ; sa voix était plus assurée cette fois :

« Papa ? »

Une figure se détacha sur le fauteuil, à côté de son lit, et se pencha vers elle. Isabel sentit un parfum de violette.

« Maman ? »

Le visage de sa mère apparut devant ses yeux. Ses traits étaient pâles et tirés, et ses yeux emplis de larmes. Savait-elle ce qui s'était passé ?

« Chut, ma chérie. N'essaye pas de parler. Tu as été très malade et tu as besoin de repos. »

Elle avait été malade ? Elle porta une main à sa gorge. Elle avait très mal en avalant. Elle se rappela s'être sentie fiévreuse sur la lande. De la fièvre et des vertiges.

Sa mère posa le bord d'une tasse contre ses lèvres.

« Bois un peu, ma chérie. »

Isabel réussit à avaler, mais il lui fallut tellement d'efforts pour tourner la tête qu'elle se laissa retomber lourdement sur l'oreiller, épuisée. Où était son père ? Pourquoi n'était-il pas là ?

« Où est papa ? demanda-t-elle. Je veux voir papa. »

L'angoisse l'étreignit subitement. Et Charles ? Avait-il raconté partout qu'elle l'avait embrassé, alors qu'il l'avait forcée ? Savait-on qu'il lui avait passé les mains partout sur le corps ?

« Papa n'est pas là, dit maman d'une voix tremblante. Tu dois dormir à présent, Isabel. Nous parlerons quand tu auras repris des forces. »

Isabel voulut se lever pour chercher son père, mais son corps refusa de lui obéir. Pourquoi n'était-il pas là ? Était-il fâché contre elle ? Savait-il ce qui était arrivé ? Lui en voulait-il ? Elle n'aurait jamais dû se promener seule. Pas à dix-huit ans. Il avait raison d'être fâché. Elle enfonça la tête dans ses oreillers. Elle dormirait un peu, et ensuite elle lui parlerait.

Lorsqu'elle se réveilla à nouveau, il faisait toujours noir et son père n'était toujours pas là. Mais Seonag était dans la pièce et s'occupait du feu.

« Quelle heure est-il ? demanda Isabel.

— Il est quatre heures, mademoiselle. »

Seonag délaissa le feu et s'approcha du lit.

« Je vais chercher votre maman. Elle m'a demandé de l'appeler quand vous vous réveilleriez. »

Seonag évitait volontairement son regard. Comme maman, on aurait dit qu'elle avait pleuré. Tout le monde était-il donc au courant de la honte dont elle était l'objet ?

« Ne la réveillez pas. On est en pleine nuit, laissez-la dormir.

— Oh, mademoiselle, il est quatre heures de l'après-midi. Votre mère est dans le salon. Elle... »

La voix de Seonag se brisa.

Rien n'avait de sens. Pourquoi cette obscurité ?

« Ouvre les rideaux, Seonag, et appelle ma mère », lui ordonna Isabel avec difficulté.

Papa devait être en visite. C'était la seule explication possible à son absence. À moins que... Son cœur s'emballa à nouveau lorsque le souvenir de Charles, de ses mains sur son corps, poussant, forçant le passage dans sa culotte lui revint à l'esprit. Peut-être son père ne supportait-il plus de la voir ? Il fallait qu'elle lui explique ce qui s'était passé. Elle avait commis une terrible erreur mais Charles n'avait pas le droit de la traiter comme il l'avait fait, comme si elle n'était rien. Moins que rien.

« Je n'ai pas l'autorisation de tirer les rideaux, mademoiselle. »

Seonag s'éloignait d'elle comme si elle non plus ne supportait pas d'être en sa présence.

« Je vais aller chercher madame. »

Elle se précipita hors de la chambre avant qu'Isabel ait pu dire quoi que ce soit.

Confuse, Isabel écarta ses lourdes couvertures. Il faisait trop chaud. Elle avait besoin d'air. Elle essaya de se lever, mais ses jambes refusèrent de la porter et sa tête se mit à tourner. Elle fut obligée de se rasseoir au bord du lit.

La porte s'ouvrit et sa mère entra dans la chambre, suivie par Seonag. Sa mère était vêtue de noir. Le cœur d'Isabel faillit s'arrêter. Habits noirs, fenêtres fermées, rideaux tirés... Oh, mon Dieu, non ! Tout lui revenait à présent, papa était malade.

« Maman... »

Elle ne put finir sa phrase. Elle ne voulait pas entendre ce que sa mère dirait. Elle se couvrit le visage avec les mains.

« S'il te plaît, maman, ne me dis rien. »

Sa mère s'assit à côté d'elle sur le bord du lit et écarta doucement ses mains. Elle prit Isabel par les épaules et l'obligea à la regarder. Seonag, juste derrière elle, se frottait nerveusement les mains.

« Ma chère fille, il faut être forte. »

Isabel secoua la tête.

« Non, maman, soupira-t-elle. Dis-moi que ce n'est pas vrai...

— Ton papa était très malade, ma chérie, il avait la scarlatine. Tout comme toi. »

Sa mère se tenait droite, seul un léger frémissement des lèvres trahissait sa détresse. Isabel se concentra sur son visage, comme pour contrer les mots qui allaient suivre, inévitablement.

« Je suis désolée, Isabel. Papa nous a quittés hier. Nous n'avons rien pu faire.

— Papa est mort ? Comment est-ce possible ?

— Dès que tu auras repris des forces, nous partirons pour Édimbourg. Les funérailles sont prévues la semaine prochaine.

— Combien de temps ai-je été malade, maman ?

— Trois jours. »

Trois jours ! La dernière chose dont elle se souvenait, c'était sa fuite devant Charles, sa course, puis son arrivée à la maison, où elle s'était effondrée.

« Nous ne savions pas si tu allais en réchapper. Mais tu es forte, alors que papa était affaibli par la guerre. Dieu merci, tu as survécu. »

Isabel ne savait pas si sa survie était une bénédiction ou une malédiction.

Sa mère se leva et arrangea les plis de sa robe.

« Je vais dire à Mme MacDonald que tu es réveillée et de t'apporter un peu de soupe. »

Isabel avait l'impression que sa tête allait exploser. Seonag s'approcha et la serra dans ses bras.

« Allons, mademoiselle, vous venez de subir un choc terrible. Vous êtes encore malade. Vous devez vous remettre au lit. »

À bout de forces, incapable de résister, Isabel laissa Seonag glisser ses jambes sous les couvertures.

« Oh, mademoiselle, je suis vraiment désolée pour votre papa. Nous le sommes tous. Au village, cinq personnes sont mortes de la fièvre. La nièce de

Mme MacDonald est tombée malade, mais elle va mieux à présent. Et puis il y a eu toute cette autre histoire ! Mademoiselle, vous n'imaginez pas ce qu'ont été ces derniers jours ! Mon grand-père dit que quelqu'un a dû faire quelque chose qui a déplu aux fées pour que tous ces malheurs s'abattent sur nous. »

Mais Isabel ne l'écoutait pas. Elle ne faisait que penser à son papa chéri, qui ne serait plus jamais là pour discuter avec elle. La seule personne à qui elle aurait pu se confier était morte. La voix de sa mère retentit dans le couloir :

« Seonag ! Je pensais vous avoir dit qu'il ne fallait pas déranger Mlle Isabel avec ces histoires. Allez lui chercher sa soupe, allez ! Ensuite, vous commencerez à préparer ses bagages, s'il vous plaît.

— J'aimerais rester seule un moment, dit Isabel à sa mère, lorsque Seonag fut partie.

— Tu dois avoir quelqu'un à tes côtés, protesta celle-ci.

— Je t'en prie, maman. Juste un moment. Ensuite je dormirai. »

Sa mère hésita. Puis elle tapota gauchement la main de sa fille.

« Sonne les domestiques si tu as besoin de moi. Je ne serai pas loin.

— Merci, maman. »

Isabel resta allongée, dans la chambre silencieuse. Papa était mort en pensant qu'elle était une bonne fille, et c'était un soulagement. Il ne saurait jamais rien de sa honte. Elle lui devait d'être forte. Elle était une femme à présent, plus une enfant. À partir d'aujourd'hui, elle prendrait seule ses décisions. Et oublierait ce que Charles avait voulu lui faire subir.

Elle ne devait plus avoir qu'un seul but : faire en sorte que son papa fût fier de sa fille.

14

Skye, hiver 1908

Le cercueil de sa mère était si petit et léger qu'il avait suffi de quatre hommes au lieu de six pour le porter. Une fois Archie parti, ce qu'il restait de sa mère depuis la mort de son père s'était lentement évaporé. Sa respiration était devenue de plus en plus laborieuse jusqu'au moment où elle était devenue incapable de faire un pas. Elle ne se levait plus, et Jessie prenait soin d'elle, s'occupant de la ferme lorsque sa mère dormait. S'il faisait beau, elle l'aidait à s'installer au soleil, et même si pendant un moment sa respiration s'en était trouvée améliorée, elle était devenue de plus en plus faible, jusqu'au moment où elle n'avait plus été capable de se lever – ou ne l'avait plus voulu.

Lorsqu'elle ne travaillait pas à la ferme ou ne s'occupait pas de sa mère, Jessie aidait les femmes à accoucher, et très vite on avait commencé à la consulter pour des questions qui n'avaient rien à voir avec la grossesse. On profitait de sa présence pour lui montrer des enfants qui toussaient ou présentaient de la fièvre, et elle découvrit que son instinct lui permettait de savoir si un enfant était gravement malade et devait être vu par un docteur ou si un lait de poule ou une tisane suffiraient. Les villageois lui en savaient gré car cela leur permettait de ne payer le médecin que si c'était indispensable.

Elle n'avait même pas pu avertir Archie de la fin proche de leur mère.

Après son départ, elles avaient reçu quelques lettres. À vrai dire, elles pensaient qu'elles étaient d'Archie, parce que les enveloppes contenaient quelques dollars. Il n'y avait ni message ni adresse d'expéditeur. Elles utilisaient l'argent pour payer le loyer de la terre et s'acheter à manger. Ce qu'elles avaient réussi à économiser avait servi à régler les funérailles.

Jessie et sa mère ne parlaient jamais de ce qui était arrivé au fils du comte, comme si elles redoutaient d'évoquer leur crainte qu'Archie ait pu y être impliqué. Jessie décida que une fois Archie en sûreté en Amérique, et puisqu'il était impossible d'interroger Isabel, la meilleure chose à faire était de ne rien faire.

Dès que l'état d'Isabel l'avait permis, les MacKenzie avaient fermé Borreraig House et étaient reparties pour Édimbourg. Le policier de Portree était revenu deux fois pour leur demander si elles avaient des nouvelles d'Archie ou une adresse où le trouver, mais très vite il avait lui aussi cessé de venir. Lord Maxwell était toujours porté disparu et Jessie continuait malgré tout de se demander si Archie avait quelque chose à voir avec son étrange disparition. Elle détestait cette colère contre son frère qui lui rongeait le ventre. Il aurait dû se trouver là, avec elle, à ses côtés. Il aurait dû être là quand sa mère se mourait.

Les hymnes et les prières touchaient à leur fin. Bientôt on porterait sa mère en terre, où elle reposerait à côté de son mari et de son enfant. Au moins, elle ne serait pas seule.

Les hommes s'avancèrent pour soulever le cercueil, et Jessie marmonna une prière : « *Quand soufflera le vent de l'aube et que les ombres fuiront*, je te retrouverai, m'man. »

Droite et digne, elle se dirigea vers le portail de l'église et sentit les regards pleins de compassion posés sur elle. Elle ne s'effondrerait pas maintenant. Plus tard, lorsqu'elle se retrouverait seule. M'man et papa étaient morts. Archie était parti.

Elle n'avait plus qu'une seule chose au monde à présent : ses rêves.

Deuxième partie

Édimbourg, 1909-1914

15

Édimbourg, février 1909

Jessie était à la fois terrifiée et fascinée par Édimbourg.

Elle n'avait jamais pris le train et même la simple démarche consistant à acheter un ticket à la gare de Glasgow était déroutante. Pour finir, elle avait imité une maman avec deux petits et avait demandé un billet de troisième classe pour Édimbourg. Cela lui avait coûté plus de ses précieux shillings qu'elle ne l'avait escompté et elle s'inquiétait déjà de voir ainsi fondre ses économies à une vitesse alarmante. Elle s'était hâtée de suivre la femme avec les deux enfants qui se dirigeait vers le quai, soucieuse de ne pas se tromper de train. Un monsieur aimable l'avait aidée à placer son sac dans le porte-bagages au-dessus de sa tête et elle s'était assise en face de la petite famille.

Jessie était fatiguée, affamée, et sentait naître en elle l'envie de s'apitoyer sur son sort. Elle posa sa tête contre la vitre et regarda la pluie qui coulait comme des larmes sur le verre.

Quand elle pensait au départ d'Archie, la colère réapparaissait. Mais elle ne pouvait s'empêcher de penser qu'il était peut-être pour quelque chose dans la mystérieuse disparition de lord Maxwell, ce qui était bien plus grave. On n'avait jamais retrouvé le fils du comte, mort ou vif.

Sa mère portée en terre, elle n'avait plus aucune raison de rester à Skye. À supposer qu'elle ait pu continuer de payer le loyer, sans son père, sa mère et Archie, l'endroit était à présent insupportable. Plus rien ne l'empêchait de devenir infirmière.

Elle avait vendu tout ce qu'il était possible de vendre, c'est-à-dire pas grand-chose, et avec le produit de la vente et le peu qu'il restait de l'argent envoyé par Archie, elle avait payé son passage en bateau pour Glasgow, puis acheté un billet de train pour Édimbourg. Elle n'avait plus que quelques shillings en poche pour se loger, en attendant de trouver du travail.

« Maman, j'ai faim. »

La voix d'un des enfants assis en face d'elle interrompit le cours de ses pensées. Leur mère sortit des sandwiches d'un morceau de papier kraft froissé. L'estomac de Jessie se rappela à son souvenir. À quand remontait son dernier repas ? Avant son départ, les femmes du village étaient venues lui dire au revoir et lui avaient offert du jambon, du hareng saur, des coques avec des petits gâteaux aux flocons d'avoine, du pain et même un penny ou deux. Leur générosité l'avait touchée, et elle avait eu du mal à retenir ses larmes. Mais le voyage en bateau avait duré trois jours et elle avait fini le peu de nourriture qui lui restait la veille au soir. Elle ne voulait pas toucher à sa petite réserve d'argent avant de savoir combien il lui en coûterait pour se loger.

Sophie, une des femmes du village, lui avait donné l'adresse d'une pension sur High Street. Elle avait été incapable de lui dire le prix d'une chambre ni comment s'y rendre à partir de la gare, mais elle lui avait assuré que ce n'était pas bien loin à pied.

Le train finit par s'arrêter dans un fracas de vapeur et de métal. La femme et ses enfants furent bientôt engloutis par la foule qui se pressait et Jessie se retrouva seule, sans bien savoir ce qu'elle devait faire. Elle serra les dents et attrapa son sac. Elle se sentait forte. S'il le fallait, elle pourrait marcher des kilomètres. Elle demanda son chemin à un homme qui portait un uniforme de contrôleur de train. Ce dernier lui indiqua la direction d'une rue pavée en pente, et lui conseilla de la suivre puis de demander son chemin une fois parvenue en bas.

Après les grands espaces de Skye, les rues étroites et bondées de la ville avaient de quoi l'effrayer. Elle n'avait jamais vu autant de monde réuni dans aussi peu d'espace. Chacun semblait savoir où il allait, et chacun semblait à sa place.

En essayant de ne pas avoir l'air trop ébahie par ce spectacle, elle se fraya un chemin entre les marchands ambulants et les dames élégantes à chapeau à plumes au bras de gentlemen bien mis portant chapeau melon, qui cheminaient en prenant bien soin d'éviter la boue et les immondices. La robe présentable qu'elle s'était confectionnée en vue du séjour était déjà tachée et froissée par les journées de voyage, et son chapeau n'arrêtait pas de se mettre de travers à cause de tous ces gens qui la poussaient du coude comme si elle n'avait pas existé.

Ses nouvelles bottines lui faisaient mal et elle grimaçait de douleur à chaque pas. Elle rêvait de s'en débarrasser pour marcher pieds nus, mais craignait fort d'être alors prise pour une des ces femmes avec leurs enfants qui mendiaient, assises sur le trottoir.

Elle regarda passer avec étonnement un autobus bruyant dont les passagers étaient assis à l'air libre, sur le toit. Les seuls engins motorisés qu'on pouvait voir sur Skye étaient les voitures des gens fortunés. Ici aussi certains bus à impériale étaient encore tirés par des attelages de quatre chevaux et leurs roues faisaient un bruit d'enfer sur le pavé. Les pauvres bêtes qui tiraient leur lourd chargement dans la rue en pente faisaient peine à voir, avec leurs œillères et leurs flancs écumants.

Pour impressionnants qu'ils fussent, les bruits n'étaient rien en comparaison des odeurs. Le charbon et la suie, les déjections animales et toutes sortes d'odeurs inconnues formaient une puanteur fétide qui lui donnait des haut-le-cœur.

La ville n'était cependant pas fondamentalement hostile ou inhospitalière. Une succession de commerces bordaient les trottoirs, des boucheries avec des quartiers de bœuf et de porc suspendus à des crochets en devanture, autour desquels s'agitaient des essaims de mouches, et d'autres encore où l'on vendait de l'argenterie, des vêtements, des tissus et de la porcelaine. Jamais elle n'aurait imaginé que l'on pouvait vendre tant de choses différentes. À Skye, les rares magasins proposaient d'acquérir toutes ces choses en un même lieu. Ni Jessie ni les autres femmes du village n'avaient les moyens de les fréquenter. La nourriture proposée venait de la production locale, quant aux vêtements que portaient les femmes de Skye, ils étaient confectionnés à la main et se transmettaient de génération en génération.

On disait d'Édimbourg : c'est une ville où l'on peut tout s'offrir, à condition d'en avoir les moyens.

Elle serra son sac contre elle, et vérifia que son argent s'y trouvait toujours, emballé dans un petit mouchoir. Elle se demandait ce qu'elle ferait si elle se le faisait voler. Sophie l'avait avertie : elle devrait en permanence se tenir sur ses gardes. Jessie n'avait aucunement l'intention de se laisser délester de ses précieux pennies.

Elle finit par trouver la ruelle qu'elle cherchait sur High Street. Les immeubles noircis par la suie offraient un empilement d'étages en équilibre instable, comme posés par la main d'un enfant facétieux, et Jessie dut tendre le cou pour en apercevoir le sommet. Une petite fille de trois ou quatre ans se tenait à l'entrée de la ruelle. Elle avait de la morve au nez mais ne faisait rien pour l'essuyer. Lorsque Jessie lui demanda si elle savait où se trouvait la pension de Maggie Simpson, la fillette lui jeta un regard morne. Jessie n'insista pas et reposa la question à un garçon plus âgé qui s'amusait à ses côtés avec une vieille roue en bois. Il lui jeta un coup d'œil indifférent et lui désigna une porte. Elle ramassa sa jupe et plissa les yeux pour tenter d'y voir un peu mieux dans la pénombre de l'escalier. De l'intérieur lui parvenaient le bruit étouffé de gens s'affairant derrière les portes et des odeurs rances de cuisine.

L'appartement de Maggie se trouvait tout en haut de l'immeuble. Sans prêter attention aux cris qui s'élevaient de la cage d'escalier, Jessie frappa à la porte.

Une femme à l'air épuisé, avec un enfant dans les bras et un autre accroché à ses jupons, ouvrit la porte. Au même moment, un homme en bras de chemise sortit en frôlant Jessie sans même lui dire bonjour.

« C'est pourquoi ? demanda sèchement la femme, qui se retourna pour crier : Tom, si tu n'arrêtes pas de couiner je vais t'en coller une.

— Vous êtes bien Mme Simpson ? Je suis Jessie MacCorquodale. Sophie, de Skye, m'a dit qu'elle vous préviendrait de mon arrivée. »

Elle se demanda si elle était bien à la bonne adresse. Derrière la femme qui se tenait dans l'encadrement de la porte, Jessie aperçut plusieurs personnes, des enfants assis sur le sol et une jeune fille qui touillait quelque chose dans une casserole, sur la cuisinière.

Maggie Simpson s'écarta.

« *Aye*, c'est moi. Eh bien, ne restez pas plantée là, entrez ! »

Jessie pénétra dans une pièce qui ressemblait assez à celle de sa maison à Skye, un endroit qui servait à la fois de cuisine et de lieu de vie. Elle remarqua même un lit dans le mur. S'il s'agissait bien d'une pension, où dormirait-elle ? Pas avec la famille, tout de même.

Mais si. Au moins n'occuperait-elle pas le lit encastré dans le mur, Dieu merci. Elle partagerait un lit à deux places avec les deux filles de Maggie Simpson, dans une autre pièce.

« Ça te coûtera deux shillings par semaine, dit Maggie Simpson dès que Jessie eut posé son sac par terre. À régler d'avance. »

Deux shillings ! Elle ne pensait pas qu'il lui faudrait dépenser autant, cela lui paraissait beaucoup trop vu l'endroit. Mais elle n'avait pas le choix, en attendant de trouver un hôpital qui accepterait de la loger. Elle pourrait ensuite s'offrir sa propre chambre. En attendant, elle devrait survivre avec ce qu'elle avait.

Maggie Simpson la laissa dans la chambre, « pour que tu puisses t'installer ». Jessie ôta son chapeau et le posa au pied du lit. Il n'y avait ni coffre ni commode pour ses affaires ni même un crochet pour suspendre sa robe. La pièce était crasseuse. Apparemment, elle n'avait pas été nettoyée depuis au moins un mois. Le lit sentait l'humidité et la sueur.

Elle déglutit pour essayer de se débarrasser du nœud qui s'était formé dans sa gorge et tenta de se raisonner : elle ne devait pas être idiote. Ce n'était quand même pas un peu de saleté qui allait la rebuter. Dès demain, elle se mettrait en quête d'un poste d'infirmière. Avec un peu de chance, elle n'aurait pas trop de mal à en trouver un. Elle ouvrit son sac et sortit son tablier. En attendant, il y avait du ménage à faire.

Trouver un poste d'infirmière s'avéra plus compliqué qu'elle ne l'avait escompté. Elle s'adressa d'abord à l'hôpital royal. Ce n'était pas très loin à pied de chez Maggie Simpson, mais le gardien lui rit au nez lorsqu'elle demanda à voir la surveillante-chef. Avait-elle des références ? Elle secoua la tête. Il la détailla de haut en bas et lui déclara d'un ton méprisant :

« On se présente pas à l'hôpital royal en pensant qu'on va décrocher un poste comme ça ! »

Il avait prononcé le nom de l'institution comme s'il s'était agi du palais de Buckingham.

« Vous devez écrire à Mme la surveillante-chef et si elle juge votre candidature digne d'intérêt, vous serez peut-être convoquée pour un entretien. Mais à votre place, je n'y compterais pas trop. Il y a beaucoup de femmes qui souhaitent devenir infirmières et qui sont prêtes à payer pour être admises en formation ici. On ne recrute pas les gens de votre espèce, conclut-il, sauf en tant que femmes de ménage. Ça, on en manque toujours ! »

Les gens de votre espèce ! Payer pour devenir infirmière ? C'était inenvisageable, évidemment. Mais elle n'allait pas faire le ménage non plus. Dans ce cas, autant rentrer tout de suite à Skye.

Elle eut envie de le gifler. Il ne valait pas mieux qu'elle, et pourtant il la traitait comme une moins que rien. Elle eut envie de lui répondre, mais à son air condescendant elle comprit que cela ne servirait à rien, en tout cas pas à la faire recevoir par la surveillante-chef. Elle fit demi-tour et s'éloigna, la tête haute. Elle n'allait pas donner à ce crétin imbu de lui-même le plaisir de voir qu'il l'avait ébranlée.

Jessie entreprit ensuite de faire la tournée des hôpitaux, sans succès, et sans réussir non plus à savoir si les fins de non-recevoir qui lui étaient adressées étaient dues à son manque de qualification ou à son origine sociale, qui n'était pas « comme il faut ». Finalement, quelqu'un lui conseilla de s'adresser à l'hospice pour indigents de Craigleith. Ils cherchaient des infirmières pour leur hôpital, un poste peu prisé. Les filles mieux formées préféraient trouver du travail dans un véritable hôpital.

C'est ainsi que, trois jours après être arrivée à Édimbourg, elle décrocha son premier entretien.

La surveillante-chef Yellowlees était une femme à l'allure sévère, vêtue de noir de la tête aux pieds avec pour seule touche de couleur un col blanc.

« Expliquez-moi pourquoi vous souhaitez travailler ici », lui demanda-t-elle.

Jessie s'efforça de cacher ses mains moites en les posant à plat sur ses genoux.

« Je souhaite me former et je ne vois pas où je pourrais m'adresser ailleurs, reconnut-elle. Depuis toujours, je ne rêve que d'une chose : devenir infirmière. »

La surveillante-chef haussa un sourcil et son expression se radoucit un peu.

« Le travail est dur. Je viens de prendre mes fonctions et la situation est déplorable. Les salles sont une honte, il n'y a qu'une infirmière qui est en charge de tout superviser et qui devra de surcroît assurer votre formation. Une deuxième infirmière s'occupe des salles pour enfants. Vous aurez à la remplacer lors de son jour de congé. Toutes les autres personnes employées sont des pensionnaires, et je dois vous prévenir qu'elles n'aiment pas particulièrement leur travail.

— J'ai l'habitude de travailler dur, madame.

— Vous m'appellerez dorénavant "madame la surveillante-chef", lorsque vous vous adresserez à moi. Vous faites à présent partie du personnel de l'hôpital. »

Elle croisa les mains et étudia Jessie avec un air où l'espoir le disputait à la résignation.

« Quelle scolarité avez-vous accomplie ?

— Je suis allée à l'école jusqu'à quatorze ans, madame. Je veux dire madame la surveillante-chef. Je disposais d'une bourse pour poursuivre jusqu'au certificat d'études, mais ma mère est tombée malade et j'ai dû renoncer. Mais je sais lire et écrire, et j'ai même fait un peu de latin.

— Où se trouve votre mère, à présent ?
— Elle est décédée, de consomption. »

Jessie ne savait pas si c'était là la seule explication. Si papa n'était pas mort et si Archie n'était pas parti, peut-être sa mère se serait-elle battue un peu plus pour rester en vie.

« Ma mère était sage-femme, et je l'aidais. Je n'ai jamais perdu un seul bébé. »

Les lèvres de la surveillante-chef se crispèrent imperceptiblement.

« Pourquoi donc, selon vous ?
— Ma mère me disait toujours que la chose la plus importante était la propreté. Elle disait que si tout était propre, on pouvait s'en remettre à Dieu pour la suite.
— Elle disait cela ? »

La surveillante-chef nota quelque chose sur un bout de papier.

« Eh bien soit, dit-elle en regardant Jessie par-dessus ses lunettes après avoir reposé son stylo. Vous êtes prise à l'essai. Votre salaire sera de vingt-cinq livres par an. Vous devrez faire l'acquisition de votre propre uniforme. Le lever est fixé à cinq heures et demie et vous devrez être en salle à six heures et demie. Vous travaillerez jusqu'à huit heures du soir et aurez droit à deux pauses d'une demi-heure pour déjeuner et pour dîner. Extinction des feux à dix heures et demie. Vous disposerez d'une chambre sous les combles et d'un jour de congé toutes les deux semaines. Vous pourrez étudier, mais seulement pendant votre temps libre. Outre votre travail d'infirmière, vous assumerez également d'autres tâches. L'hôpital compte cinq salles, en plus de la salle pour enfants, et vous aurez à vous occuper de toutes. L'infirmière Hardcastle vous supervisera, mais les pensionnaires qui travaillent à l'hôpital seront sous votre supervision, et vous vous assurerez également que les cuisines fournissent des repas convenables aux malades. Vous aurez aussi la responsabilité de la lingerie. La dure réalité de notre travail aura peut-être raison de votre enthousiasme. Notre dernière élève infirmière n'a pas tenu un mois. »

Le cœur de Jessie battait à tout rompre. Elle allait devenir infirmière. Du moment qu'on s'occupait de la former, aucun travail ne lui faisait peur. Et elle serait logée et nourrie. Elle ne savait pas combien de temps elle aurait pu supporter la promiscuité et le désordre – pour la saleté, les choses s'étaient améliorées – qui régnaient chez Maggie Simpson.

« Je ne partirai pas, madame la surveillante-chef, je vous le promets.

— Dans ce cas, élève infirmière MacCorquodale, quand pouvez-vous commencer ? »

Le lendemain Jessie était de retour avec ses affaires et son uniforme. Elle avait dû dépenser presque tout ce qui lui restait pour l'acheter, mais elle s'en fichait : il était splendide et elle était impatiente de le porter.

Une pensionnaire l'accompagna jusqu'à sa chambre, sous les combles. Il y avait à peine de la place pour un lit en fer, une armoire et une table avec une bassine, mais ici tout était à elle. Pour apercevoir les terrains de l'hôpital, elle devait se hisser sur la pointe des pieds pour regarder par une petite lucarne. Mais l'angoisse et la peur qui la tenaillaient depuis qu'elle était partie de Skye commençaient à disparaître.

« Mme Luck dit que vous pourrez prendre vos repas dans la cuisine. L'infirmière Hardcastle et Mme la surveillante-chef prennent les leurs dans le salon. Le petit déjeuner est servi à six heures, le déjeuner à une heure et le dîner à cinq heures.

— Merci... ? »

Jessie attendit.

« Je m'appelle Sally.

— Depuis combien de temps es-tu là, Sally ?

— Deux ans, mam'zelle. Mon homme s'est retrouvé en taule, et personne ne voulait m'embaucher, pas avec les enfants et sans un toit, alors voilà.

— Et vous vous plaisez ici ? »

Une brève expression d'incrédulité passa sur le visage de Sally.

« Personne n'a envie de venir ici, mam'zelle, mais au moins j'ai un toit et mes petits ont à manger. Ils sont accueillis chez des gens qui s'occupent d'eux et les envoient à l'école. »

Elle essuya ses larmes sur le revers crasseux de sa manche.

« Ils ne sont pas ici avec vous ? demanda Jessie, choquée.

— Non, mam'zelle. Les tout-petits sont placés. Ça fait douze mois que je ne les ai pas vus. Mais je me dis qu'ils sont mieux là où ils se sont. »

C'était affreux. Comment pouvait-on séparer des enfants de leur mère ?

« Et votre famille, elle ne peut pas vous aider ? »

À Skye, quand des parents décédaient, il se trouvait toujours quelqu'un pour s'occuper de leurs enfants. En général, c'était les grands-parents ou une sœur aînée, mais s'il n'y avait plus de famille un voisin s'en chargeait. Édimbourg était un drôle d'endroit.

« Non, mam'zelle. Autrefois, si, mais ils m'ont tourné le dos quand je me suis mariée. Ils m'ont dit que mon homme était un bon à rien et ils avaient raison. Mais je ne vais pas revenir ramper à leurs pieds.

— Combien de gens vivent ici, Sally ? Le sais-tu ?

— Moi et les chiffres... Des centaines, ça c'est sûr. Peut-être même mille. »

Jessie était sidérée. Autant de sans-abri, comment était-ce possible ?

Sally regarda le bout de ses chaussures, puis du côté de la porte.

« Si vous n'avez plus besoin de moi... C'est presque l'heure de déjeuner et je n'ai pas intérêt à être en retard, sinon il ne restera peut-être plus rien. L'infirmière Hardcastle m'a demandé de vous dire qu'elle vous rencontrera à la salle des fièvres demain matin.

— Merci, Sally. Je trouverai bien le chemin de la cuisine après avoir déballé mes affaires. »

Jessie suspendit soigneusement son uniforme à un crochet et recula de quelques pas pour admirer le tablier blanc, le col et les manchettes amidonnés. Puis elle rangea le reste de ses affaires et plaça sa brosse à cheveux sur la table. Pour finir, elle posa à côté de la brosse son cahier et le manuel de médecine que le Dr MacKenzie lui avait offert. Elle savait que sa vie était sur le point de prendre un nouveau départ.

16

Le lendemain matin, Jessie se lava en utilisant le broc rempli d'eau que l'on avait déposé devant sa porte et endossa son uniforme. Ses doigts tremblaient en serrant ses cheveux en chignon. Elle fixa avec des épingles les quelques mèches récalcitrantes puis passa de longues minutes à essayer de positionner correctement sa coiffe d'infirmière. Bien qu'il lui eût fallu plus de temps que prévu pour s'habiller, elle était tout de même en avance d'une vingtaine de minutes pour le petit déjeuner. Elle tint à bout de bras le miroir de sa mère et inspecta sa mise. Le miroir ne lui renvoyait qu'une image fragmentée d'elle-même. Sa coiffe était légèrement de guingois, mais elle trouva que son uniforme bleu ciel lui allait bien, même avec ses bas épais et ses grosses chaussures. Si seulement sa mère, son père et Archie pouvaient la voir ! Ils auraient été fiers d'elle. En pensant à eux, sa gorge se serra et elle dut cligner plusieurs fois des yeux pour chasser les larmes. Dans son esprit, elle vit sa mère penchée au-dessus d'elle, qui lui souriait. Elle l'entendit presque lui dire : « Tu es très bien, ma chérie, mais qu'est-il arrivé à tes cheveux ? » Elle eut envie de rire en se rappelant l'air effaré de sa mère le jour où elle avait tenté de lisser ses cheveux avec le fer à repasser. Elle était bien sotte à l'époque. Aujourd'hui, elle avait dix-sept ans et du plomb dans la cervelle.

Après avoir avalé un petit déjeuner composé d'un plat de porridge grumeleux et de pain grillé, Jessie se dirigea vers la salle des fièvres. Elle s'arrêta devant l'entrée. L'endroit était vaste et sombre comme une caverne. Une pensionnaire passait le balai et des malades mangeaient autour d'une grande table au milieu de la pièce, mais pas d'infirmière en vue.

Elle respira un grand coup et entra. L'odeur d'urine et de sueur la saisit à la gorge. Les fenêtres étaient fermées et la cheminée, à l'autre bout de la salle, produisait davantage de fumée que de chaleur. Jessie se dirigea vers la fenêtre la plus proche et l'ouvrit en grand. L'air était ici plus propre qu'au centre d'Édimbourg et elle l'aspira à grandes goulées.

« Mais qu'est-ce qui vous prend ? » résonna une voix dans son dos.

Elle fit demi-tour et se trouva nez à nez avec une femme à la mine renfrognée en uniforme d'infirmière qui l'assassinait du regard.

« Fermez cette fenêtre immédiatement ! Vous ne voyez donc pas qu'il y a ici des malades qui risqueraient d'attraper la mort ? »

Jessie était certaine que leurs poitrines encombrées pâtissaient bien plus de la fumée qui empoisonnait la salle que de l'air frais, mais elle se garda bien de le dire. Elle se trouvait pour la première fois en présence de l'infirmière Hardcastle, qui pouvait la renvoyer d'un simple claquement de ses doigts noueux si l'envie lui en prenait. Jessie referma la fenêtre à grand regret, lissa son tablier et esquissa une révérence.

L'infirmière Hardcastle la détailla avec attention tandis que les patients regardaient la scène, vaguement amusés.

« Votre coiffe est de travers, élève infirmière Mac-Corquodale ! Arrangez-moi ça de suite ! »

Jessie ne voyait pas comment faire pour la rajuster sans l'aide d'un miroir, mais elle s'efforça de son mieux d'obéir. L'infirmière Hardcastle manifesta son insatisfaction par un bruit de la langue, puis elle saisit de ses deux mains la coiffe de Jessie et la remit en place en quelques gestes adroits.

« Élève infirmière MacCorquodale, si vous n'apprenez pas à mettre convenablement votre coiffe d'ici demain, inutile de vous présenter pour votre service. »

C'était étrange. On aurait dit que l'infirmière Hardcastle se souciait davantage de sa tenue que de l'odeur et de la saleté qui régnaient dans la salle, mais Jessie était bien trop heureuse d'avoir été appelée « élève infirmière » pour s'en soucier. Dans quelques années, si Dieu le voulait bien, on l'appellerait « infirmière MacCorquodale » et les élèves infirmières feraient la révérence devant *elle*. Elle était prête à tout endurer pour y parvenir.

« Je suis désolée, infirmière Hardcastle, cela ne se reproduira pas.

— Je ne sais pas ce que Mme la surveillante-chef vous a expliqué exactement sur la manière dont les choses se passent ici. Commencez par mettre de l'ordre dans cette salle, puis dans celle d'à côté. Je reviendrai un peu plus tard inspecter votre travail. »

Jessie s'inclina une nouvelle fois. Elle n'avait qu'une envie : se mettre au travail.

Dès que l'infirmière Hardcastle fut partie, Jessie jeta un regard circulaire à la salle en se demandant par où commencer. L'odeur était insoutenable. Au milieu de la pièce trônait une grande cuve en étain et lorsque Jessie s'approcha pour en inspecter le contenu elle découvrit avec horreur qu'elle était remplie d'urine.

Les semelles de ses chaussures collaient au sol recouvert d'une couche de crasse. Elle se dirigea vers le patient le plus proche, allongé sur un lit défait qui sentait la sueur, l'urine et les excréments. Visiblement, il n'avait pas été lavé depuis des jours et dans cette seule salle ils étaient une bonne vingtaine dans le même état. L'espace d'un instant, Jessie se demanda comme elle pourrait en venir à bout toute seule. Puis ce que la surveillante-chef lui avait dit à propos des pensionnaires qui étaient là pour l'aider lui revint à l'esprit. Elle aurait besoin d'elles pour mettre de l'ordre – l'infirmière Hardcastle ne lèverait pas le petit doigt.

« Je reviens dans une minute », dit elle, sans s'adresser à quelqu'un en particulier, et elle partit à la recherche de la salle des fièvres destinée aux femmes.

Si son état n'était guère plus reluisant que celui de la salle des hommes, il y avait là au moins six femmes qui papotaient sans rien faire. Elles avaient l'air suffisamment bien portantes pour ne pas rester alitées.

À son soulagement, elle reconnut la femme qui passait sans grand enthousiasme un balai à franges à la propreté douteuse sur le sol.

« Bonjour, Sally. »

Sally s'interrompit et prit appui sur le manche.

« Bonjour, mam'zelle.
— J'ai besoin d'aide, dit Jessie. À qui dois-je m'adresser ?
— Il n'y en a pas beaucoup ici sur qui vous pourrez compter, mais ça ne ferait pas de mal à certaines de se bouger le derrière.
— J'ai besoin que vous m'aidiez à en convaincre le plus grand nombre possible. »

Mais les autres refusèrent comme prévu de les aider, et elles se retrouvèrent seules au bout du compte. Elles commencèrent par vider le pot de chambre commun que les hommes utilisaient durant la nuit. Puis elles lavèrent tous les grabataires, changèrent les draps et demandèrent aux hommes qui n'étaient pas trop mal en point de se lever et de s'habiller. Dans un premier temps, ils rechignèrent, mais en les cajolant, en leur faisant honte ou en les menaçant, Sally réussit à faire se lever environ la moitié d'entre eux. Les autres restèrent alités, dans des draps et sous des couvertures propres.

« Doux Jésus, mam'zelle, pour une p'tiote comme vous, vous abattez un sacré boulot. J'ai mal partout, ça ne m'était pas arrivé depuis des années !
— À côté de ce que je faisais à la ferme, crois-moi, c'est un jeu d'enfant. »

À cet instant précis, l'infirmière Hardcastle fit son apparition mais, si Jessie s'attendait à recevoir des compliments, elle en fut pour ses frais.

« Avez-vous pris la température et le pouls des patients, élève infirmière MacCorquodale ? »

Jessie eut envie de rétorquer qu'elle n'en avait pas encore eu le temps, mais elle n'en fit rien, évidemment.

« Je m'en occupe tout de suite, infirmière Hardcastle, répondit-elle.

— Vous savez comment on s'y prend ?

— Oui, infirmière Hardcastle.

— Très bien. Quand vous en aurez fini, vous vous occuperez de la salle des femmes. Après le déjeuner, vous ferez l'aile nord et l'aile sud. Puisque c'est votre premier jour, je me chargerai de la salle de la coqueluche. »

Au cours des mois suivants, Jessie apprit à panser des blessures et à laver les grabataires. Elle s'occupa d'enfants et d'adultes souffrant de toutes sortes de fièvres et d'infections et assista même à des opérations. Elle lut tous les manuels sur lesquels elle parvint à mettre la main et apprit par cœur symptômes et traitements.

Avec le temps, elle parvint à se faire aider par de plus en plus de pensionnaires. Celles qui traînaient des pieds se rendirent bientôt à l'évidence : Jessie donnait l'exemple ; elle travaillait plus dur qu'aucune d'entre elles et ne s'arrêtait jamais, sauf pour manger. Elles finirent même par s'intéresser véritablement au travail et à plaisanter avec Jessie. Les salles résonnaient souvent des échos de leurs rires.

Le médecin, un homme au visage rubicond affligé d'un strabisme qui troublait Jessie, effectuait sa tournée trois fois par semaine avec le médecin des femmes et l'infirmière Hardcastle. Dès qu'il en avait terminé, Jessie retranscrivait dans ses carnets tout ce qu'il avait dit. Elle en avait déjà rempli trois depuis son arrivée à l'hospice et n'en était pas peu fière.

Le grand air et le ciel bleu de Skye lui manquaient toujours, mais elle s'habitua peu à peu aux bruits et aux odeurs d'Édimbourg. Pendant les premiers mois, elle avait souffert de la solitude. Lorsqu'elle était de congé, elle déambulait dans la ville ou se rendait au jardin botanique pour prendre le thé dans sa nouvelle robe en mousseline à motifs fleuris, comme une vraie dame. Lorsqu'il faisait beau, elle s'installait dans les jardins de l'hospice et regardait les pensionnaires s'occuper du potager. Le jardinier, M. Dickinson, l'aimait bien et elle repartait toujours avec un fruit ou une tomate.

Son endroit préféré était la baie de Newhaven. Quand il ne pleuvait pas, elle s'y rendait à pied pour respirer l'air de la mer. Même les cris des mouettes lui étaient doux. En fermant les yeux, elle avait presque l'impression d'être de retour sur Skye. Elle se déchaussait et trempait les pieds dans l'eau, se délectait de sentir le sable entre ses orteils.

Un peu plus loin, des femmes vendaient des paniers remplis de poissons qu'elles avaient apportés sur leurs épaules jusqu'à la jetée. Jessie n'avait pas les moyens d'en acheter ni de les cuisiner, mais elle aimait parler aux femmes et, pendant ces rares instants, se sentait un peu moins seule.

À l'hospice, elle était tiraillée : à la fois trop supérieure aux pensionnaires pour être leur amie et trop subalterne pour que l'infirmière Hardcastle et la surveillante-chef recherchent sa compagnie, même si depuis quelque temps Mme la surveillante-chef l'invitait à prendre le thé dans le salon.

Si Jessie achetait parfois des friandises à un sou pour les enfants, hormis l'acquisition de sa robe en mousseline, elle se montrait économe de ses deniers. Elle conservait son salaire dans un pot en verre sur sa table, sans trop savoir combien elle mettait véritablement de côté mais certaine qu'un jour elle en aurait l'utilité. Elle avait aussi découvert la bibliothèque, où elle pouvait emprunter des livres sans payer et, le soir, une fois son travail achevé, elle lisait à la lueur d'une chandelle jusqu'à ce que ses yeux se ferment d'eux-mêmes.

Elle se trouvait à Craigleith depuis six mois lorsqu'elle rencontra Tommy.

L'infirmière qui d'habitude s'occupait de l'aile des enfants avait pris son jour de congé et Jessie venait à peine de finir de faire les lits lorsqu'un homme aux cheveux bruns avec un sourire enjôleur fit son apparition. Les enfants se mirent aussitôt à crier ; ils sautèrent de leurs lits et se précipitèrent immédiatement sur lui.

« Tommy ! Tommy ! »

Ils se pressaient autour de lui, s'agrippaient à ses jambes. Même le petit Jock, qui n'avait pas prononcé un traître mot depuis la mort de sa mère trois mois plus tôt, tenait l'homme par la main tout en suçant son pouce.

« Qui êtes-vous ? Que faites-vous là ? demanda Jessie, troublée sans trop savoir pourquoi par cette irruption intempestive. Les visites sont interdites sauf autorisation expresse de la surveillante-chef.

— Mais je ne suis pas un visiteur, n'est-ce pas, Jock ? »

Il prit le garçonnet dans ses bras. Au même moment, Maisy plongea la main dans une de ses poches et en retira un sachet de bonbons avec un air qui laissait à penser que pareille apparition n'avait rien d'exceptionnel en présence de Tommy.

Jessie fut tentée de confisquer les bonbons pour pouvoir les distribuer plus tard mais le spectacle de la mine réjouie des enfants suffit à l'en dissuader. Les occasions de se réjouir étaient suffisamment rares pour ne pas en priver les petits.

Elle détailla l'homme du regard. Il avait enlevé sa casquette en entrant et arborait une chevelure ébouriffée. Il avait un grand nez, presque trop grand pour son visage, et une belle bouche bien dessinée. Son pantalon marron, usé et un peu trop grand, était retenu par une vieille ceinture en cuir. Sa chemise présentait deux trous, l'un à l'épaule, l'autre à côté d'un des boutons, mais ses chaussures, quoique mal entretenues, étaient en assez bon état.

Jessie regarda autour d'elle ; l'infirmière Hardcastle n'était pas dans les parages.

« Je ne sais pas si vous avez vraiment le droit d'être là... Êtes-vous parent d'un des enfants ?

— Non, mam'zelle. »

Il avait une intonation singulière où se mêlaient des traces de l'accent d'Édimbourg et quelque chose qui lui rappelait celui des îles.

« Je travaille sur les docks, à Leith, pas très loin... Comme en général je n'ai rien de mieux à faire le dimanche, j'aime bien venir leur rendre visite. »

Tommy s'assit sur un des lits et prit Jock sur ses genoux.

« J'étais pensionnaire ici entre huit et quatorze ans, poursuivit-il. Je reviens dès que je peux pour dire bonjour à mes amis et aux petiots. »

Il passa la main dans les cheveux de Jock et sourit à Maisy.

« On m'a dit que Maisy était ici. Et je n'aurais pas pu partir sans passer lui dire bonjour. »

Maisy se hissa sur ses genoux, à côté de Jock, et enroula ses bras autour de son cou.

Jessie s'aperçut que Tommy la regardait avec une attention particulière et se sentit rougir. Elle ne connaissait pas grand-chose aux hommes, mais sa façon de la regarder suscitait en elle d'étranges sensations.

« Comment vous appelez-vous ? demanda-t-il en souriant.

— Elle s'appelle Jessie, répondit Maisy avant que Jessie ait pu ouvrir la bouche. On est censés l'appeler élève infirmière MacCorquodale, mais elle veut bien qu'on l'appelle Jessie quand la surveillante-chef n'est pas là. »

Tommy sourit de plus belle.

« Une rebelle, hein ? Il n'y en a pas beaucoup qui osent désobéir à la surveillante-chef. »

Jessie ne savait pas ce qu'elle devait penser de la présence de Tommy, mais il ne faisait rien de mal à première vue et elle avait d'autres choses à faire. La mère de Maisy se trouvait à la buanderie et ne viendrait pas voir les enfants avant un moment.

« Je dois vous laisser », dit-elle. Elle montra du doigt la clochette, sur la table au centre de la salle où les enfants prenaient leurs repas. « Si vous avez besoin de moi, n'hésitez pas à sonner. Je serai dans la salle à côté. »

Depuis, il était revenu chaque dimanche, se montrant toujours poli avec elle et tendre avec les enfants. Au début, Jessie ne savait pas trop quoi penser. Il y avait certainement mieux à faire que passer son temps à l'hospice, non ?

Puis, un jour où elle avait congé, elle le découvrit qui l'attendait près du portail. Il portait un pantalon et une chemise neufs, mais il semblait embarrassé ainsi qu'en témoignait la façon dont il triturait sa casquette entre ses mains.

« Bonjour, dit-elle. Vous n'entrez pas aujourd'hui ?

— C'est vous que je viens voir. Il se passa une main dans les cheveux. Je me demandais si vous accepteriez de vous promener avec moi. »

Jessie hésita, mais pas bien longtemps. Elle se sentait seule. À Skye, il se trouvait toujours quelqu'un à qui parler, et le soir un *ceilidh* où l'on se retrouvait pour chanter et parler. Mais ici, à Édimbourg, quand elle avait fini de travailler, elle n'avait que ses livres pour unique compagnie.

« Je vais au jardin botanique. Si c'est aussi votre direction, je ne vois pas au nom de quoi je pourrais vous empêcher de m'accompagner. »

Une chape de brouillard gris pesait la plupart du temps sur Édimbourg et, même lorsqu'il faisait beau – ce qui était loin d'être le cas ce jour-là, où le ciel était noir et où les averses succédaient aux averses –, on n'y voyait pas bien loin. Jessie ne laissait cependant jamais le temps l'interdire de promenade. Le jardin botanique, près de la baie de Newhaven, était le seul endroit où elle avait l'impression de respirer vraiment.

Tommy marchait à ses côtés. Comme il n'avait pas l'air de savoir comment engager la conversation, Jessie s'en chargea à sa place.

« Comment est-ce, les docks ? demanda-t-elle.

— C'est formidable, dit-il. Bon, formidable n'est peut-être pas le mot exact, mais il y a toujours du travail. Je travaille sur les chantiers navals, dans la construction des bateaux. »

Il avait une pointe de fierté dans sa voix en déclarant cela.

« Vous habitez Leith ? »

Tommy s'assombrit.

« Oui, je partage une chambre avec d'autres. Un jour, j'aurai ma propre chambre. Quand je passerai contremaître. »

Jessie avait l'air un peu sceptique.

« Vous pensez vraiment devenir contremaître ?

— Aussi sûr que je vous parle. »

En raison de la pluie, il n'y avait pas grand-monde dans les allées du jardin botanique. Ils croisèrent une femme qui poussait un landau, puis une autre à bicyclette. Jessie emprunta un chemin qu'elle connaissait, celui qui passait à côté du salon de thé. Elle ne s'y arrêtait pas toujours, parfois elle se contentait de regarder à travers les vitres embuées les dames élégantes siroter avec grâce leur thé dans des tasses de porcelaine fine.

Tommy s'arrêta, fouilla ses poches et en retira une pièce de six pence, qu'il brandit en l'air comme s'il s'agissait d'un billet d'une livre.

« Accepteriez-vous de prendre le thé avec moi, mademoiselle MacCorquodale ? » demanda-t-il avec son habituel sourire enjôleur.

Jessie hésita à nouveau. Cela la gênait un peu de pénétrer dans le salon de thé en sa compagnie. Même avec sa chemise et son pantalon neufs, il n'y serait pas à sa place. Mais elle ne voulait pas le blesser en refusant. Son argent valait autant que celui des autres. Elle lui répondit par un sourire et lui donna le bras histoire de bien montrer à tout le monde qu'eux aussi avaient des manières distinguées.

« J'en serais ravie », affirma-t-elle sur un ton volontairement guindé.

À dater de ce jour, dès qu'elle était en congé, Tommy l'attendait devant le portail. Ils marchaient des kilomètres, grimpaient parfois jusqu'au sommet du Trône d'Arthur, prenaient parfois le thé au jardin botanique ou à Newhaven, et poussèrent même jusqu'aux docks de Leith. Jessie aimait bien Leith. Les femmes qui vendaient du poisson à la criée, le bruit de l'acier martelé, les cris des hommes qui travaillaient sur les chantiers navals et les gamins pieds nus qui jouaient dans les rues et les ruelles étroites.

Tommy ne lui fit pas visiter l'endroit où il logeait, et elle lui en sut gré. Il eût été inconvenant pour elle d'accompagner un homme chez lui.

Peu à peu, elle tomba amoureuse, irrésistiblement. Tommy n'avait pas eu une vie facile – il avait grandi à l'hospice où on l'avait placé quand ses parents étaient morts du typhus, peu de temps après qu'ils eurent quitté l'Irlande pour l'Angleterre. Mais il ne se plaignait jamais et ne disait jamais rien qui aurait pu laisser entendre qu'il était mécontent de son sort. Ses jours de congé, il continuait de l'attendre dans l'entrée, près de la loge du gardien. Un jour il n'était pas venu, et elle avait failli en pleurer, mais deux semaines plus tard il était de retour. Il s'était confondu en excuses : on lui avait demandé de faire des heures supplémentaires et il n'avait pas pu refuser car cela aurait pu lui coûter sa place.

Ce jour-là, il lui avait demandé sa main.

« Je veux qu'on devienne mari et femme, Jessie, dit-il. Je n'ai pas grand-chose à t'offrir, mais je gagne assez pour subvenir à nos besoins et, si Dieu le veut, à ceux de notre bébé, lorsqu'il viendra au monde. »

Elle n'avait pu s'empêcher de rougir. Mais la vérité était qu'elle avait souvent rêvé du jour où il la prendrait dans ses bras. Ensuite, il l'avait embrassée, d'abord sur les lèvres, doucement, puis tandis qu'elle le laissait faire, son baiser était devenu fougueux et l'avait laissée pantelante, hors d'haleine.

« Et mon travail ? avait-elle demandé, en se libérant à regret de son étreinte. Je ne pourrai pas le garder si je t'épouse.

— Tu seras assez occupée avec moi – et les petits, lorsqu'ils arriveront. »

Il lui passa les bras autour de la taille et la serra contre lui.

« Allons, Jessie, dis-moi oui. »

Elle regarda cet homme qu'elle aimait à présent presque plus que la vie elle-même et lui passa affectueusement un doigt sur le visage. Avant de faire sa connaissance, elle n'avait jamais imaginé pouvoir aimer quelque chose ou quelqu'un davantage que son travail d'infirmière, mais elle devait d'abord achever sa formation. Elle ne pouvait pas s'arrêter maintenant. Pourquoi fallait-il choisir ?

« Tommy, tu m'aimes vraiment ?

— Plus que je n'aurais jamais pu l'imaginer, répondit-il, en la dévorant du regard si intensément qu'elle en eut le souffle coupé.

— Dans ce cas, acceptes-tu d'attendre ? Il me reste deux ans avant d'obtenir mon diplôme d'infirmière.

— Deux ans ? Tu me demandes de t'attendre deux ans ? »

Il la pressa contre lui et chuchota à son oreille.

« Tu sens ça, ma grande ? Je te veux dans mon lit. »

Il rit, un peu honteux de sa propre audace.

« Deux ans ? Je ne pourrais pas attendre deux mois ! Voilà à quel point je te veux.

— Moi aussi, je veux être avec toi, répondit Jessie en rougissant. Mais nous sommes encore jeunes et nous avons la vie devant nous pour être ensemble. Je t'en supplie, Tommy, dis-moi que tu veux bien m'attendre. »

Il prit son visage entre ses grandes mains, plongea son regard dans le sien et sourit avec résignation.

« S'il le faut vraiment, je le ferai. Mais je ne pourrai pas t'attendre éternellement. »

Il l'embrassa sur le front.

« Deux années, ma chérie. Pas une seconde de plus. »

17
Édimbourg, octobre 1912

Isabel franchit la porte de l'amphithéâtre avant de s'immobiliser. Ce qu'elle vit l'emplit de dégoût. Les étudiants martelaient le sol du pied et faisaient autant de bruit qu'un troupeau de bétail en débandade. Certains, un sifflet de policier aux lèvres, ajoutaient des hululements stridents, prolongés, au vacarme général. À travers un épais brouillard de fumée de pipe, elle vit un étudiant transporté à bout de bras du haut de l'amphithéâtre jusqu'au premier rang. Ceux qui ne prenaient pas part à la pagaille ou bien bourraient tranquillement leur pipe ou bien se prélassaient sur les bancs, les yeux fermés. Un seul jeune homme à lunettes, à l'allure sérieuse, droit comme un I, son manuel posé devant lui, semblait attendre le début du cours.

Elle remit en place une mèche sous son chapeau à bord étroit, prit une profonde inspiration et s'efforça de sourire. Il ne fallait pas que l'on perçoive son inquiétude à la moindre occasion car les obstacles à franchir seraient encore nombreux. Les femmes étudiantes en médecine se battaient depuis des années pour avoir le droit d'assister aux cours aux côtés des hommes. Si elle renonçait maintenant, elle ne ferait que les renforcer dans leurs préjugés. Aujourd'hui, elle était la seule femme à avoir eu le courage de se présenter.

Ses quatre premières années d'études de médecine à la faculté d'Édimbourg avaient filé à toute allure. Les choses s'étaient avérées bien plus difficiles qu'elle ne l'avait imaginé, en dépit de l'expérience acquise à Skye auprès de son père, pendant les vacances. Elle avait découvert que ses connaissances étaient bien moins étendues qu'elle ne le pensait et avait dû étudier dur, souvent jusque tard dans la nuit. Elle avait passé ses examens en botanique, zoologie, physique ainsi que dans les matières médicales, et avait brillamment réussi partout sauf en physique, discipline pour laquelle elle n'avait aucun goût et où elle avait peiné à obtenir la moyenne. Elle avait arpenté les salles d'hôpital, disséqué des cadavres, appris comment rechercher le sucre dans les urines et bien d'autres choses encore, au point qu'elle se demandait s'il restait assez de place dans son cerveau pour ajouter quoi que ce fût. Au moins le travail et l'étude l'empêchaient-ils de penser aux tristes journées où sa vie avait basculé.

Son père lui manquait toujours autant. Tout ce qui comptait pour elle à présent, c'était la médecine, et la fierté qu'il aurait conçue à la voir aujourd'hui.

Elle descendait les marches vers les premiers rangs lorsqu'un homme la remarqua enfin. Il s'étira sur son banc et plaça ses mains derrière sa tête.

« Messieurs, il y a une dame dans l'assistance. »

Il dut s'y prendre à plusieurs reprises pour se faire entendre par-dessus le tumulte. Après une minute ou deux, les coups de pied sur le sol et les sifflets cessèrent et l'homme que l'on avait porté à bout de bras se retrouva à nouveau sur pied. Cinquante paires d'yeux se tournèrent vers Isabel puis les étudiants se levèrent comme un seul homme. L'espace d'un instant, le cœur d'Isabelle s'arrêta de battre à la pensée qu'ils allaient sortir tous ensemble en signe de protestation. Mais à son grand soulagement ceux qui portaient un chapeau l'ôtèrent et il y en eut même un pour esquisser une révérence à son intention.

Isabel inclina légèrement la tête et trouva une place sur un banc. Au centre de l'amphithéâtre d'anatomie, sur une table de dissection, se trouvait un corps recouvert d'un drap. À côté, sur un chariot, tout un attirail de scies et de scalpels était disposé. En dépit de l'imposante hauteur sous plafond de la salle, l'odeur de formol était omniprésente et brûlait les narines.

Elle sortit son cahier, sa plume et son encre de son sac et les plaça soigneusement devant elle en faisant semblant de ne pas entendre les chuchotements et ricanements, ainsi que quelques « ça devrait être interdit ! ».

La porte à deux battants sur sa droite s'ouvrit pour laisser passer un homme bedonnant à rouflaquettes, vêtu d'une courte veste en laine et d'un pantalon gris froissé. Isabel allait enfin assister au cours du célèbre professeur Forsythe, l'anatomiste en chef de l'hôpital royal.

Sans un mot, faisant mine de ne pas remarquer l'assistance, Forsythe ôta sa veste et enfila un tablier blanc que son assistant l'aida à nouer. D'un geste sec, le chirurgien enleva le drap qui recouvrait la table d'opération et exposa aux regards de tous le corps d'une femme âgée d'une quarantaine d'années, dont le visage émacié laissait penser qu'elle avait dû être longtemps malade avant de mourir.

Isabel ressentit une vive gêne en songeant à la femme que ce cadavre avait naguère été. Entièrement nue, n'était un pagne qui lui recouvrait le bas-ventre, elle était maintenant offerte aux yeux curieux des étudiants, fragile et vulnérable. Isabel s'efforça de ne pas s'imaginer la personne vivante, avec des espoirs et des rêves comme tous ceux qui l'entouraient, la fille, la sœur ou la mère adorée qu'elle avait été. Il fallait penser à elle comme à un ensemble de tissus, d'organes et d'os. On ne cessait de lui rabâcher que les bons médecins, qui certes étaient tous des hommes, devaient s'attacher à la maladie et non à la personne.

Il s'agissait en outre pour Isabel de la partie de sa formation qu'elle attendait avec le plus de hâte : l'autopsie qui permettait de confirmer ou non un diagnostic. Elle connaissait Mme MacGillvary. Celle-ci avait été admise à l'hôpital deux jours plus tôt et Isabel avait aussitôt suspecté une tuberculose, principal motif d'hospitalisation chez les pauvres d'Édimbourg. Cette conclusion ne résultait pas de son instinct médical, hélas, mais de son expérience.

En une cinquantaine d'années, la médecine avait fait des progrès prodigieux, mais elle était encore désarmée face au lourd tribut que la misère imposait à certains habitants de la ville. Si les hommes et les femmes d'Édimbourg avaient pu consulter plus rapidement, la médecine aurait pu sauver davantage d'entre eux, mais ceux qui en avaient le plus grand besoin étaient les sans-travail, les nécessiteux, les paysans les plus pauvres qui avaient quitté leur campagne pour trouver du travail à Édimbourg – c'est-à-dire ceux qui, précisément, ne pouvaient se rendre à l'hôpital ni s'acquitter du prix d'une consultation.

Elle avait testé Mme MacGillvary pour le bacille de la tuberculose, mais elle était morte avant que les résultats fussent connus.

« De nos jours il est bien plus difficile de trouver des cadavres à disséquer qu'aux temps où MM. Burke et Hare nous apportaient leur concours », déclara le professeur Forsythe, en référence aux infâmes meurtriers qui assassinaient des gens pour vendre leur corps aux facultés de médecine. Il rit de sa propre plaisanterie et l'assistance l'imita servilement. Les étudiants savaient qu'il valait mieux ne pas se faire mal voir de cet homme dont le soutien leur serait peut-être indispensable un jour. S'ils décidaient plus tard d'ouvrir un cabinet à Édimbourg, il faudrait compter sur lui et ses collègues pour leur adresser des patients.

« Eh bien, messieurs, poursuivit le professeur tout en enfilant une paire de gants en caoutchouc, que pouvons-nous déduire dès l'abord à propos de cette femme ? »

Isabel leva la main, tout comme plusieurs autres. Mais Philip Montgomery se chargea de répondre sans y avoir été invité :

« Outre qu'elle est morte, monsieur le professeur ? »

Seul Montgomery pouvait se permettre d'encourir la colère de Forsythe en faisant de l'humour. Tout le monde savait que son père était l'un des principaux donateurs de l'hôpital royal d'Édimbourg.

« Elle souffrait de malnutrition et, à en juger par son apparence, elle devait boire aussi, expliqua Forsythe.

— D'autres éléments pourraient entrer en ligne de compte, objecta Isabel. Le test pour dépister la tuberculose s'est avéré positif et cela pourrait expliquer son air décharné. Ne devrait-on pas étudier ses antécédents avant d'avancer des hypothèses ? »

Forsythe la regarda d'un air surpris, comme s'il venait seulement de s'apercevoir de sa présence dans l'assistance.

« Ma foi, dit-il, j'ai dû faire erreur lorsque je vous ai salués en entrant. C'est "messieurs *et madame*" qu'il m'aurait fallu dire. »

Et ce *madame* n'avait rien de respectueux dans sa bouche. Une vraie dame ne se serait pas intéressée à la médecine, et encore moins à l'étude d'un corps nu.

Il examina la liste des présents qu'il tenait en main.

« Mademoiselle MacKenzie, je suppose ? Je dois avouer que je ne pensais pas que vous viendriez vous joindre à nous. »

Ses paroles résonnèrent dans l'amphithéâtre lambrissé et Isabel sentit ses mains devenir moites. Elle se redressa et regarda fixement devant elle. Elle avait le droit de se trouver là.

« Vous ne défilez donc pas avec vos amies suffragettes, mademoiselle MacKenzie ? »

De toute évidence, Forsythe n'en avait pas fini avec elle. Elle se mordit la lèvre et s'efforça de se dominer.

« Je me plais davantage ici, monsieur le professeur. »

Forsythe ne souriait plus, à présent.

« Si vous vous sentiez sur le point de perdre connaissance, n'hésitez pas à vous retirer avant », répondit-il.

Il pouvait toujours attendre. Au cours de sa première année d'études, on lui avait fait disséquer la jambe d'un cadavre. Par la suite, elle avait visité le musée d'anatomie de la Société royale des chirurgiens où le macabre régnait en maître. Si la vue de la tête décapitée d'un enfant, avec un seul œil, ne l'avait pas fait s'évanouir, rien n'y parviendrait.

Forsythe exposa ensuite les antécédents médicaux de Mme MacGillvary, lesquels suffisaient à comprendre qu'elle était atteinte de tuberculose, même en l'absence d'une analyse salivaire. Puis il fit circuler ses radiographies.

Lorsque Isabel les eut entre les mains, elle put y déceler certains creux qui étaient un signe clair de la terrible maladie.

« Lorsque j'étais jeune médecin, nous ne disposions pas de radiographies – nous devions compter sur nos yeux et nos stéthoscopes pour poser le diagnostic », expliqua Forsythe.

Isabel dut se retenir pour ne pas lui répondre : *Et si aujourd'hui nous disposons des rayons X, c'est en grande partie grâce à Mme Curie, une femme, si je ne m'abuse ?*

Forsythe brandit un scalpel.

« À présent, je vais vous montrer comment on procède à une autopsie. Un jour vous aurez peut-être à en effectuer une. Je vais commencer par inciser à partir de la pointe suprasternale jusqu'à l'os pubien, comme ceci. »

Tout en parlant, il effectua une grande incision et la peau se fendit sans difficulté.

« Puis une incision transversale. »

Le torse était à présent ouvert comme s'il s'agissait d'une volaille que l'on venait de découper.

Il jeta le scalpel dans un récipient et tira sur la peau, découvrant les organes. Il fit alors signe à son assistant de découper les côtes.

Le craquement sourd des os était pire que toutes les odeurs et Isabel se concentra de son mieux pour ne pas sursauter chaque fois qu'une côte cédait sous les pinces. Lorsque l'assistant eut enfin terminé son travail et que le contenu de la cavité thoracique se trouva exposé, Forsythe effectua quelques gestes rapides avec son scalpel, plongea les mains à l'intérieur de la cavité et en sortit les poumons, qu'il offrit à la vue des étudiants dans ses mains ensanglantées, comme une sorte d'offrande faite aux dieux.

Isabel plaça ses lunettes sur le bout de son nez et se pencha en avant. Elle n'en avait pas besoin, mais elle trouvait que cela lui donnait un air plus studieux. Pour la même raison, dès qu'elle avait commencé ses études, elle avait troqué ses tenues aux tons pastel pour des jupes et des tailleurs gris stricts.

Comme elle s'y attendait, le mauvais état des poumons était manifeste. De grands trous occupaient une grande partie des deux lobes supérieurs et l'aspect des poumons était scarifié et fibreux, alors qu'il aurait dû être lisse ct brillant.

Forsythe effectua une coupe dans le sens de la longueur.

« Je vais les disposer dans un bassin pour que vous puissiez les inspecter à loisir. Au fur et à mesure que vous les aurez entre les mains, je voudrais que chacun m'indique une partie de l'organe en la nommant. J'aimerais aussi que vous mentionniez une autre caractéristique de cet organe ainsi qu'une maladie pouvant l'affecter, autre que la tuberculose. Le premier d'entre vous qui ne parviendrait pas à satisfaire cette exigence devra quitter la salle. »

Isabel courut ensuite à travers les couloirs, ses chaussures résonnant sur les dalles marron foncé. Elle ne voulait pas être en retard pour la visite de la salle. Le cours de Forsythe avait traîné en longueur, mais cela n'aurait su constituer une excuse valable.

Elle ignora l'ascenseur au bout du couloir, craignant qu'il ne tombe en panne avant d'avoir atteint le troisième étage. Relevant sa jupe, elle monta les marches deux à deux, souriant à l'air étonné des infirmières qu'elle croisait en chemin. Elle arriva juste au moment où ses camarades franchissaient la porte à double battant de l'aile des femmes derrière le Dr Galbraith, le spécialiste des maladies infectieuses et pulmonaires. Elle se lissa rapidement les cheveux. Ses joues étaient certainement rouges, mais qu'y pouvait-elle ?

Les lits métalliques s'alignaient des deux côtés de la salle avec une rigueur toute militaire, aucun pli ne venant troubler l'ordonnancement impeccable des draps. La surveillante faisait toujours en sorte qu'aucun patient ne fût en train de manger ou – Dieu l'en préserve – de faire ses besoins au moment de la visite. Le temps devait s'arrêter pendant celle-ci.

Après avoir jeté un dernier regard exigeant à l'état immaculé de la salle, la surveillante se dirigea vers eux. Les infirmières étaient au garde-à-vous comme à la parade, mains croisées derrière le dos.

« Pouvons-nous commencer ? aboya Galbraith. Qu'avons-nous aujourd'hui, surveillante Logan ?
— Une pneumonie bilatérale au 1, docteur »,

répondit-elle en les conduisant à l'autre bout de la salle.

La femme respirait avec difficulté et elle avait le teint bleu de la mort sur les lèvres. Une perfusion de dextrose et de soluté salin coulait dans ses veines, et sa tête et ses épaules avaient été surélevées pour l'aider à respirer. On ne pouvait pas faire grand-chose de plus. Ou bien elle se remettrait ou bien elle périrait, ce qui semblait le cas le plus probable.

« Qui peut me parler de cette patiente ? » demanda le Dr Galbraith.

Isabel se fraya un chemin jusqu'au premier rang.

« Mme Campbell a trente-trois ans. Elle a quatre enfants, tous âgés de moins de cinq ans. Ils vivent dans une pièce unique, dans un immeuble de Grassmarket. »

Galbraith leva la tête et la regarda par-dessus ses lunettes demi-lune. Il fit la moue.

« Tout ça est fort bien, mademoiselle MacKenzie, mais je voudrais que vous me parliez de son état médical. Être docteur, c'est s'occuper de science. Les médecins doivent garder leur distance vis-à-vis du patient et ne pas se préoccuper de sa situation. Le médecin qui s'implique finira par rechercher des solutions personnalisées et cela va à l'encontre de la démarche scientifique qui doit nous guider. Si vous souhaitez considérer le patient en tant qu'individu, vous devriez plutôt devenir infirmière. Ce qui, au fond, est un métier qui convient davantage au sexe féminin. »

Ses camarades ricanèrent. Isabel se sentit devenir rouge de colère cette fois et dut se retenir pour ne pas lui répondre que l'on ne pouvait faire fi de la condition des patients. Les mineurs attrapaient la silicose parce qu'ils travaillaient dans des mines de charbon, des enfants mouraient parce qu'ils n'avaient pas assez à manger et des femmes pauvres décédaient dix fois plus souvent en couches que les femmes aisées. Et elle savait tout cela non pas parce qu'elle était une femme mais parce que les *statistiques* le démontraient. Les conditions de vie de Mme Campbell étaient on ne peut plus pertinentes pour comprendre sa maladie. Les médecins éclairés comme le Dr Littlejohn l'avaient compris. C'est la raison pour laquelle il avait incité ses étudiants à se rendre dans les quartiers les plus misérables de la ville à la recherche des pauvres tuberculeux afin que ceux-ci puissent bénéficier de traitements avant qu'il soit trop tard. Le Dr Galbraith avait renoncé à cette pratique et depuis, le nombre de gens qui mouraient de la maladie ne cessait de croître à nouveau. Seules les étudiantes en médecine qui travaillaient à l'hôpital pour femmes et enfants de Bruntsfield poursuivaient ce type de visites. Isabel reprit son exposé, en s'efforçant de garder son calme :

« Mme Campbell s'est présentée à la consultation après avoir souffert pendant trois semaines d'essoufflement. Admise au pavillon Lister, elle y a été traitée aux rayons ultraviolets pendant quatorze jours. Au début, elle a présenté des signes d'amélioration mais voilà cinq jours son état s'est aggravé. L'examen clinique a révélé une matité du lobe inférieur droit à la percussion et des crépitements à l'auscultation, autant d'indices de pneumonie. Au cours des dernières vingt-quatre heures, elle a manifesté des signes d'hémoptysie, avec des crachats sanglants sombres.

— Voilà qui est bien mieux, mademoiselle MacKenzie. Quelqu'un a-t-il quelque chose à ajouter ? »

Le Dr Galbraith regarda les autres étudiants. L'un d'entre eux s'aventura :

« Il n'y a pas grand-chose d'autre à dire, monsieur. Le pronostic est un décès dans les quarante-huit heures. »

Isabel savait qu'il avait raison, mais elle ne put s'empêcher de grimacer. Dieu merci, Mme Campbell était inconsciente et ne pouvait entendre la sentence de mort qui venait d'être prononcée. Sans réfléchir, elle saisit sa main et la serra fort dans la sienne.

« Puis-je demander à la surveillante Logan ce que ses infirmières font pour soulager Mme Campbell ? »

Les sourcils broussailleux du Dr Galbraith se hérissèrent aussitôt.

« Je suppose que la surveillante Logan et ses infirmières font tout ce qui est en leur pouvoir, comme il se doit. Je viens de vous le dire, mademoiselle MacKenzie, si vous préférez devenir infirmière, cela peut toujours s'arranger.

— Permettez-moi d'insister, monsieur Galbraith. Les extrémités de la patiente sont froides. Je sais bien qu'il convient de garder les fenêtres ouvertes, mais on gèle ici, même avec le chauffage fourni par le poêle. Les infirmières s'efforcent-elles de faciliter la circulation en massant les extrémités de la patiente ? »

Elle aurait peut-être dû se taire, mais elle savait que personne d'autre qu'elle-même ne prendrait la défense de Mme Campbell.

La surveillante Logan s'avança et arrangea les plis de son tablier.

« J'aimerais répondre, si vous le permettez, docteur Galbraith. Je ne peux pas laisser dire que les patients de ma salle ne sont pas traités de la meilleure manière possible. »

Le regard qu'elle lança à Isabel lui fit comprendre qu'elle ne s'était pas fait une amie.

« Nous sommes sur le point de distribuer les bouilloires, et je ne pense pas que les massages servent à quoi que ce soit. À moins que mon savoir soit insuffisant ? » dit-elle en haussant la voix, incrédule.

Elle désigna de la main le reste de la salle.

« Nous sommes en charge de cinquante-neuf patientes. Et j'estime que le temps de mes infirmières est mieux employé à s'occuper de celles qui ont une chance véritable de rétablissement. »

Elle avait raison. Rien de ce qu'elles pourraient faire ne changerait quoi que ce soit au sort de Mme Campbell.

Le Dr Galbraith regarda Isabel d'un air moqueur.

« Mademoiselle MacKenzie, vous pouvez, si vous le souhaitez, demeurer au chevet de cette patiente et entreprendre ce qui vous plaira. Ou bien vous pouvez décider de poursuivre la visite avec nous. À vous de choisir. »

Quel choix avait-elle ? Le message était clair. Si elle voulait continuer à se former à l'hôpital royal, elle devait faire comme faisaient les hommes.

Elle serra une dernière fois la main de Mme Campbell, et suivit le Dr Galbraith, qui était passé au patient suivant.

18
Édimbourg, octobre 1913

Jessie s'essuya les yeux à l'instant où un nouveau jet de vapeur emplit la pièce. À cette époque de l'année, la chaleur dans le lavoir était insoutenable. Elle plongea ses bras dans l'eau et, saisissant la planche à linge, frotta de toutes ses forces.

Tommy et elle étaient mariés depuis plus d'un an et demi et leur bébé, un petit garçon, était à présent âgé de onze mois. Jessie adorait être épouse et mère, mais elle trouvait les journées longues et sans ce qu'elle gagnait au lavoir ils avaient du mal à joindre les deux bouts.

Tommy n'aurait pas été content d'apprendre qu'elle lavait le linge des familles de Trinity, mais il valait mieux qu'il l'ignore, même si elle détestait avoir des secrets. Cet argent leur serait utile lorsque Seamus irait à l'école.

« Hé, Jessie, qu'est-ce qu'il fiche, ton homme ? Il ne t'a pas encore donné un autre bébé ? » demanda la femme installée à côté d'elle, d'un air grivois.

Lizzie Blackstock était une brave fille, comme la plupart des autres ici. En dépit de leurs remarques souvent grinçantes, elles avaient le cœur sur la main et Jessie appréciait leur sens de l'humour.

« Un bébé, c'est largement suffisant pour l'instant, madame Blackstock. Tout le monde n'est pas capable d'élever six enfants de moins de cinq ans comme vous. »

C'est pourtant ce que faisaient la plupart des autres femmes. Jessie jeta un œil discret à Lizzie. Elle avait trente ans mais on lui en aurait donné au moins cinquante. Ses cheveux grisonnaient déjà, son visage était ridé et les quelques dents qui lui restaient étaient brunes à force de chiquer du tabac. Et à en juger par la taille de son ventre, qui arrondissait sa jupe, un autre enfant serait là d'ici peu. Lizzie habitait à quelques rues de chez Jessie, dans un immeuble semblable au sien. Son appartement comptait une pièce unique, les toilettes étaient sur le palier et le tout donnait sur une petite ruelle aussi sombre et étroite que sale, pas vraiment l'endroit idéal pour une famille de huit personnes. Pas plus que pour une famille de trois personnes d'ailleurs, mais Jessie ferait tout son possible pour qu'un jour Tommy et elle possèdent leur propre maison avec leur chambre à eux. Et peut-être même une entrée.

Elle regarda les autres femmes penchées sur la pierre du grand lavoir. Elles avaient toutes les mêmes mines épuisées, les mêmes mains rouges et des vêtements qui ne dataient pas d'hier. Pourtant, elles trouvaient toujours matière à plaisanter et elles auraient donné jusqu'à leur dernier penny pour venir en aide à une de leurs amies dans le besoin. Elles avaient presque toutes des familles aussi nombreuses que Lizzie. Jessie savait que plus elle aurait d'enfants, moins ils auraient de chances de quitter Pennyworth Row. Grâce à Dieu, elle savait comment se laver après avoir fait l'amour. C'était encore une chose qu'elle n'avait pas dite à Tommy. Ils auraient un autre enfant, mais seulement lorsque Seamus serait un peu plus grand ou quand ils auraient mis de côté assez d'argent pour déménager.

« C'est peut-être que t'es trop maigre ? Peut-être qu'il se blesse contre tes côtes ? lança une des femmes. Tu ne sais pas que les hommes aiment avoir quelque chose à se mettre sous la main ?

— Mes côtes lui conviennent comme elles sont », rétorqua Jessie.

Si elles s'imaginaient qu'elle allait rougir, elles se trompaient lourdement. Après trois années passées à l'hospice, peu de choses étaient susceptibles de la choquer.

« Mes côtes lui conviennent comme elles sont, dit Lizzie en imitant sa réponse. Où tu as appris à parler comme ça, Jessie ? Qu'est-ce que tu nous caches ? »

Jessie éclata de rire.

« Qu'est-ce que vous voudriez que je vous cache ? Que je suis la fille de lady et lord Labouse qui a connu des temps meilleurs ? Tu parles !

— Nan, c'est juste ton accent qui n'est pas d'ici. Allez, Jessie, raconte.

— Il n'est pas d'ici parce que je viens de Skye. Et si je parle comme ça, c'est parce que j'ai appris l'anglais à l'école. À la maison, on parlait gaélique. »

Elle fut prise d'une soudaine nostalgie. Pendant un moment, elle s'imagina de nouveau à Skye. Là-bas, on respirait. Quand il faisait beau, on lavait son linge en plein air, sur le loch, et sa mère et les autres femmes du village se tenaient compagnie. Mais sa mère avait rejoint Dieu. Jessie aurait dû s'en réjouir, mais elle n'y arrivait pas. Au moins elle avait Tommy. Si sa mère n'était pas morte, elle ne serait pas venue à Édimbourg et si elle n'était pas venue à Édimbourg, elle n'aurait pas rencontré Tommy. Sa mère disait toujours qu'on ne savait pas ce que Dieu vous réservait, et qu'on devait donc considérer chaque chose comme une opportunité. Elle aurait préféré que sa mère soit à Édimbourg avec eux, mais à quoi bon regretter ce qu'on ne pouvait pas avoir de toute façon ?

« Ça se trouve où, Skye ? demanda une femme plus jeune, dont le visage était marqué par la variole. C'est loin ?

— Trois jours de bateau », répondit Jessie.

Elle rinça le linge et le transporta jusqu'à l'essoreuse. Elle avait le temps d'utiliser les bains juste à côté pendant que les vêtements séchaient dans la pièce chauffée. Cela lui coûterait quelques précieux pennies, mais ça en valait la peine. Elle avait laissé Seamus à Peggy, sa voisine, et elle n'était pas obligée de rentrer avant une heure ou deux. Tommy ne serait pas de retour avant huit heures, au moins. À ce moment-là, elle aurait déjà rendu le linge à ses propriétaires.

Après avoir essoré les vêtements, elle les suspendit dans le séchoir. Son visage s'assombrit lorsqu'elle se rappela comment Seamus avait toussé la nuit dernière. Jessie n'avait presque pas fermé l'œil. Elle avait fait bouillir de l'eau et la vapeur semblait avoir soulagé Seamus pendant un moment, mais elle resterait inquiète tant que sa toux n'aurait pas entièrement disparu.

Il serait peut-être plus avisé de ne pas perdre de temps à se laver ici. Elle se débrouillerait pour se laver dans la grande bassine devant le feu, à la maison, une fois que Seamus serait au lit. Si elle attendait le retour de Tommy, il insisterait pour lui brosser le dos, une chose en entraînerait une autre et ils finiraient par faire l'amour. Il ne fallait pas qu'elle compte trop souvent sur le fait de bien se nettoyer après.

Elle eut soudain envie de rentrer immédiatement. Peut-être la toux de Seamus avait-elle empiré depuis son départ. Peut-être réclamait-il sa maman. Oui, elle se laverait à la maison avant le retour de Tommy et en profiterait pour lui préparer quelque chose de bon pour accompagner son thé. Une petite assiette de cervelle de mouton sautée ? Elle la préparait exactement comme sa mère le lui avait appris, et Tommy adorait ça. En outre, une tête de mouton ne coûtait pas bien cher et elle servait à faire de la soupe pour une semaine.

Aussitôt qu'elle le put, elle dit au revoir à tout le monde et se dirigea vers sa maison. À trois heures de l'après-midi, les rues grouillaient de monde, passants, marchands ambulants, ménagères qui faisaient leurs courses. Une poissarde vendait à la criée la pêche du jour qu'elle portait dans un panier sur les épaules tout en arpentant la rue dans tous les sens.

Dans la ruelle où se trouvait l'immeuble de Jessie, des enfants pieds nus jouaient avec des bâtons et des déchets qu'ils avaient récupérés dans le tas d'ordures à ciel ouvert. Jessie avait essayé d'expliquer aux autres mères qu'elles devaient interdire aux enfants de faire ça, en vain. Les femmes ne demandaient pas mieux que de se débarrasser de leurs enfants pendant un moment. Tout était tellement différent de son enfance passée à courir sur la lande, à respirer l'air pur et frais et à se baigner dans la mer ! Seamus adorerait Skye. Elle avait hâte de le retrouver. Elle monta en courant l'escalier branlant et frappa à la porte de sa voisine.

« Je suis désolée, j'aurais dû rentrer plus tôt. »

Elle regarda par-dessus l'épaule de Peggy, cherchant son enfant, et sa voisine la laissa passer. Comme celui de Jessie, l'appartement de Peggy ne comptait qu'une seule pièce, avec un lit encastré dans un mur, qui servait à la fois de cuisine et de salon. Lorsque Jessie aperçut Seamus endormi sur le lit, l'angoisse noua son estomac. Seamus était habituellement un petit garçon actif qui aimait jouer sur le sol de la cuisine ou essayer de se lever en s'agrippant à un pied de table.

« Il a été comme ça toute la journée, dit Peggy. Il n'a pas voulu manger son porridge et il a dormi la plupart du temps. »

Jessie se précipita à ses côtés. Seamus respirait avec difficulté et il avait le visage rouge. Mis à part sa toux, quand elle l'avait laissé il avait l'air d'aller bien. Elle sentit la peur s'emparer d'elle. Son fils était malade. Il y avait eu récemment plusieurs cas mortels de diphtérie. Elle priait Dieu de ne pas avoir transporté l'infection depuis le lavoir. Elle faisait vraiment attention à tenir son enfant le plus éloigné possible des endroits où il aurait pu attraper des maladies.

Elle prit Seamus dans ses bras, remercia Peggy et dévala en courant les marches jusqu'à chez elle. Dès qu'elle fut à l'intérieur, elle mit de l'eau à bouillir. Peut-être s'inquiétait-elle à tort. Les choses n'étaient peut-être pas si graves, après tout. Un peu de vapeur lui ferait du bien.

Mais cela ne servit à rien. En fait, sa respiration se faisait de plus en plus malaisée. À un moment, il ouvrit les yeux et lui sourit faiblement, puis il se rendormit aussitôt. Jessie prit sa décision. Elle attrapa une poignée de shillings dans le bocal sur l'étagère. Elle allait l'emmener à l'hôpital de Leith, mais il fallait faire vite. L'hôpital fermait à cinq heures et il était déjà quatre heures et demie passées. Il faudrait prendre un fiacre.

« Je t'en supplie, Seigneur, chuchota-t-elle, protège mon bébé. »

Ils arrivèrent à l'hôpital à presque cinq heures. Elle avait eu du mal à trouver un fiacre : il y en avait rarement du côté des docks, puisque la plupart des gens qui habitaient par là n'avaient même pas de quoi s'offrir le tramway. Elle avait fini par courir jusqu'à l'hôpital avec Seamus dans les bras.

Une vingtaine de personnes attendaient leur tour à la consultation. Seamus allait de plus en plus mal. Sa petite poitrine se soulevait avec difficulté et chaque effort pour respirer le faisait trembler.

Jessie se précipita vers une infirmière derrière un pupitre qui prenait le nom des patients. Elle bouscula les gens qui faisaient la queue, sans prêter attention aux jurons marmonnés sur son passage.

Le visage de l'infirmière se ferma.

« Vous devez attendre votre tour !

— Je vous en supplie, dit Jessie. C'est pour mon petit garçon. Il peut à peine respirer. Il faut qu'un médecin le voie tout de suite.

— Tout le monde a besoin de voir un docteur dans l'instant, répondit l'infirmière sans broncher. Ça ira plus vite si vous faites la queue comme tout le monde. »

Jessie regarda les autres personnes qui faisaient la queue. Aucun ne semblait avoir besoin de voir un docteur de toute urgence. Elle supplia à nouveau l'infirmière :

« Je vous en supplie, mon fils ne peut pas attendre. »

Une vieille femme, non loin d'elle, dit à haute voix :

« Faites-la passer d'abord. On voit bien que son gamin a besoin qu'on s'occupe de lui. »

Plusieurs personnes dans la queue acquiescèrent et l'infirmière céda :

« Votre nom ?

— Jessie Stuart. Mon garçon s'appelle Seamus Stuart. Il a onze mois. S'il vous plaît, faites venir le docteur.

— Avez-vous de l'argent ? » demanda l'infirmière.

Jessie sortit les pièces de sa poche et les lui lança pratiquement au visage.

« C'est tout ce que j'ai.

— Asseyez-vous là, reprit l'infirmière en désignant un banc rempli de monde. Je vais prévenir le docteur. »

Sur ce, elle se tourna vers le patient suivant, sans chercher à faire venir le docteur. Jessie était sur le point d'exploser mais s'efforça de rester calme :

« Mon enfant a besoin de voir un médecin tout de suite.

— Et je vous ai dit que j'allais la prévenir. Elle s'occupe d'un autre cas en ce moment. »

Jessie regarda autour d'elle dans la salle monumentale et aperçut une autre infirmière qui s'affairait autour d'un chariot. Elle se dirigea vers elle.

« Je vous en supplie, dit-elle, mon bébé n'arrive pas à respirer. Il faut qu'il voie un docteur *immédiatement*. »

L'infirmière s'interrompit. L'expression de Jessie parut la convaincre.

« Montrez-le-moi. »

Jessie sortit Seamus de sa couverture. Il ne bougeait plus et était à peine conscient. L'espace d'un instant, elle lut l'inquiétude sur le visage de l'infirmière.

« Suivez-moi. »

Elle conduisit Jessie dans une salle d'examen dotée d'une couchette et d'un chariot à instruments.

« Déshabillez votre enfant, je vais chercher le médecin. »

Soulagée qu'au moins cette infirmière ait compris l'urgence de la situation, Jessie sortit Seamus de sa couverture et le déshabilla avec douceur. Elle l'installa sur la couchette et le recouvrit de son châle.

Après un temps qui lui parut une éternité mais qui n'avait dû durer en réalité que quelques minutes, l'infirmière revint, accompagnée d'une femme en tailleur noir.

« Où est le médecin ? demanda Jessie, paniquée.

— Je suis le docteur Harcourt, répondit sèchement la femme. Si vous voulez bien vous calmer, je vais examiner votre enfant.

— C'est la diphtérie, expliqua Jessie. Je ne sais pas où il a pu l'attraper, je fais toujours très attention. »

Une nouvelle fois, elle pensa au lavoir. Intérieurement, elle promit à Dieu qu'elle n'y mettrait plus jamais les pieds si seulement Il aidait Seamus à guérir.

« Vous êtes peut-être médecin ? demanda le Dr Harcourt.

— Non, mais...

— Dans ce cas, l'interrompit-elle, je vous suggère de me laisser m'occuper du diagnostic. »

Elle se tourna vers l'infirmière, qui regardait Jessie avec compassion.

« Passez-moi une spatule, s'il vous plaît. »

L'infirmière en avait déjà une à la main. Elle la tendit au docteur et sourit à Jessie dans le dos du médecin, pour l'encourager.

Le docteur utilisa un écarteur pour maintenir la bouche de Seamus ouverte. Voyant que l'enfant ne réagissait pas à cette manœuvre intrusive, Jessie eut l'impression que son cœur allait cesser de battre.

« Tampon à prélèvement, s'il vous plaît », demanda le docteur.

Elle effectua un frottis au fond de la gorge puis le glissa dans une éprouvette.

« Je vais faire rechercher le bacille de la diphtérie. En attendant le résultat, il faudra patienter. »

Jessie avait envie de la gifler. Elle savait que c'était la diphtérie, et même si ce n'était pas le cas, son bébé ne respirait presque plus. Quand elle était infirmière, elle avait vu un docteur faire un trou dans la gorge d'un enfant pour lui permettre de respirer. Ça avait marché et l'enfant, qui était sur le point de mourir, s'était rétabli.

« Il respire une fois toutes les trente secondes ! » hurla Jessie.

Elle savait que ça ne servirait à rien, mais elle n'avait pas pu s'en empêcher. Comment cette femme faisait-elle pour ne pas voir ce qui était clair comme le jour ?

« Il faut lui ouvrir la gorge pour l'aider à respirer. Et il faut le faire tout de suite. Si vous ne le faites pas, faites venir un docteur qui le fera – sinon, Dieu me vienne en aide, passez-moi le bistouri et je m'en chargerai.

— Si vous ne vous calmez pas, je vais être obligée de faire appeler la surveillante », répondit le Dr Harcourt.

À cet instant précis, Seamus fut parcouru par un frisson et cessa tout à fait de respirer. L'infirmière s'approcha de lui et prit son pouls. Elle regarda le docteur et secoua la tête.

« Pour l'amour du ciel, faites ça tout de suite, tant qu'il y a encore une chance ! »

Le docteur blêmit. Sans dire un mot, l'infirmière lui tendit un bistouri.

Jessie voyait bien que le Dr Harcourt tremblait. Elle regardait l'instrument comme si c'était la première fois qu'elle en voyait un.

« Je ne sais pas faire une trachéotomie, je dois faire appel à un médecin plus expérimenté.

— Nous n'avons pas le temps d'appeler un autre satané médecin ! » hurla Jessie.

Elle inspira profondément et chassa la colère et la peur de sa voix.

« Il faut faire une incision sous la trachée, juste au-dessus de la thyroïde. »

Le docteur ne se décidait toujours pas. Elle regarda l'infirmière, qui hocha la tête.

« Vite, intima Jessie. Incisez ici. »

Elle lui montra l'endroit avec le doigt et se mordit la lèvre lorsque le bistouri entama la peau de son bébé et que le sang coula.

« Il vous faut un tube, à présent. Écartez la thyroïde et enfoncez le tube dans le trou. Allez-y ! »

Le docteur suivit les instructions de Jessie, et celle-ci poussa un soupir de soulagement lorsque l'air pénétra à nouveau dans les poumons de Seamus. Avec l'aide de Dieu, il s'en sortirait peut-être.

Trois heures plus tard, Jessie tenait son bébé mort dans ses bras.

Peu après le départ du docteur et de l'infirmière, Seamus avait ouvert les yeux un instant puis avait simplement cessé de respirer.

Jessie était sortie en courant pour demander de l'aide mais il était trop tard. On n'avait rien pu faire.

Elle avait enveloppé le petit corps encore tiède dans sa couverture et l'avait serré contre son cœur. Puis, comme elle ne savait pas quoi faire, elle était rentrée chez elle. Elle pleurait tellement qu'elle ne voyait presque rien autour d'elle.

Le docteur avait tardé à agir et Seamus était mort. Jessie ne verrait jamais son petit garçon grandir, elle ne le verrait pas devenir un homme, elle ne le verrait plus jamais sourire, elle ne sentirait plus son odeur si caractéristique ni ne sentirait ses petits doigts potelés sur son visage.

Pourquoi avait-elle décidé de laver du linge, contre l'avis de Tommy ? Avait-elle ramené la maladie du lavoir à la maison ?

Si sa mère avait été en vie, elle lui aurait dit de se réjouir car Dieu avait décidé de rappeler le petit

Seamus à lui. Mais Jessie n'avait aucune envie de se réjouir. C'était comme si on lui avait planté un couteau dans la poitrine et arraché le cœur. Elle ne voulait rien savoir de ce Dieu qui lui avait volé son unique enfant.

Elle aurait voulu avoir sa mère à ses côtés. Mais surtout, elle voulait voir Tommy.

Jessie resta assise à côté de la table avec Seamus dans ses bras. Il était déjà froid, ses petits ongles viraient au bleu.

Son berceau était à côté d'elle et elle prit la couverture pour sentir une nouvelle fois son odeur. Le bol de son petit déjeuner était encore sur la table. Ses petits vêtements, qu'elle avait lavés avant de partir au lavoir, étaient toujours sur la corde à linge.

Quelques heures plus tôt, son enfant était en vie, et à présent elle le tenait mort dans ses bras. Comment était-ce possible ? Qu'était devenue son âme ? Était-elle montée au paradis ? Était-il avec papa et maman à présent ? Elle ne supportait pas l'idée de son bébé se retrouvant seul.

Elle avait croisé des voisins dans l'escalier, mais elle ne leur avait rien dit. Elle ne pouvait rien leur dire, elle n'arrivait pas à croire elle-même que son fils était mort. Si elle avait parlé, quelqu'un se serait précipité pour avertir Tommy, et il aurait été là, à ses côtés. Tommy. Tommy. Son cœur lui faisait tellement mal qu'elle se demandait s'il n'allait pas se briser en mille morceaux. Comment Tommy réagirait-il ? Il adorait Seamus.

Elle entendit son pas dans l'escalier, et respira profondément. Elle avait besoin de tout son courage pour affronter les minutes qui allaient suivre.

La porte s'ouvrit en grand et Tommy entra en sifflotant. Au début, il ne remarqua pas qu'elle ne s'était pas levée pour se pendre à son cou, comme elle le faisait toujours.

Il posa sa gamelle sur la table et se dirigea vers l'évier pour se laver les mains.

« Comment va ma femme chérie, aujourd'hui ? demanda-t-il. Et mon petit bonhomme ? »

Le silence le fit se retourner. Ses yeux s'assombrirent.

« Jessie ? »

Elle ne trouvait pas les mots pour lui dire.

« Jessie ? »

Il se tenait devant elle à présent.

« Qu'y a-t-il, ma chérie ? Dis-moi !

— Seamus est tombé malade, dit-elle. Je n'étais pas là. J'étais au lavoir. La voisine du dessus s'en occupait.

— Le lavoir ? Tommy fronça les sourcils. Que faisais-tu au lavoir ?

— Peu importe. Tout ce qui compte, c'est que je n'étais pas là quand il est tombé malade. »

Elle serrait toujours Seamus dans ses bras. Tommy le lui prit doucement, et écarta la couverture pour voir son visage. Le temps cessa de s'écouler tandis qu'elle regardait son mari. Seconde après seconde, elle le vit comprendre ce qui s'était passé. Il appela tout bas :
« Seamus ? »

Puis il cria :

« Seamus ! Pour l'amour du ciel, Seamus, réveille-toi ! »

Il tourna son visage désespéré vers Jessie.

« Il ne se réveillera plus, Tommy. Il est parti. »

Elle savait que ce n'était pas la peine de le lui expliquer, il avait déjà compris. Son visage était baigné de larmes.

« Pas notre petit garçon, Jessie. Pas notre fils. »

Elle ouvrit les bras en grand et enveloppa son mari, qui serrait encore contre lui le corps sans vie de leur enfant.

19

Édimbourg, printemps 1914

Isabel était percluse de courbatures. La journée avait été longue et éreintante, et l'idée de devoir attendre le tramway lui était tout bonnement insupportable. Elle regarda à tout hasard dans la rue dans l'espoir d'y voir apparaître un fiacre au milieu du flot des cabriolets, des voitures et des automobiles – automobiles qui ne faisaient qu'ajouter au bruit déjà incessant de la ville, sans parler des accidents. Le matin même une femme avait été transportée à l'hôpital après avoir été renversée. Elle présentait une fracture multiple du tibia qu'Isabel avait réduite. Le fameux Dr Inglis elle-même l'avait regardée faire, visiblement impressionnée. Isabel ne lui avait pas avoué qu'elle se souvenait de tout ce que son père lui avait appris autrefois, jusqu'au moindre détail.

Elle était fatiguée certes, mais par-delà l'épuisement elle ressentait une grande fierté. Chaque jour elle apprenait quelque chose de nouveau ; son seul regret : ne pas pouvoir apprendre plus, et plus vite. Bientôt elle volerait de ses propres ailes et ne pourrait compter que sur elle-même. Elle avait obtenu son diplôme de chirurgien de l'université d'Édimbourg et avait le droit de porter le titre de « docteur ». Chaque fois qu'on l'appelait « docteur MacKenzie », un doux frisson s'emparait d'elle.

Après avoir obtenu son diplôme, elle avait pris un poste d'interne à la consultation pour femmes et enfants du Dr Inglis, à l'hôpital royal d'Édimbourg. Puis, elle deviendrait chef de clinique pendant un an à l'hôpital de Leith. Ensuite, eh bien elle aurait tout le temps de voir.

Isabel aperçut un fiacre libre et le héla.

Dix minutes plus tard, elle gravissait le perron de la maison que son frère George avait trouvée pour sa mère et elle. Dans l'entrée, elle se débarrassa de ses gants. Un exemplaire du *Scotsman* se trouvait sur la table. Elle le prit, et ne put s'empêcher de sourire en découvrant les gros titres : *Suffragette arrêtée après avoir brisé les vitres du Kibble Palace au jardin botanique. Emprisonnée à Duke Street.*

Après trois années passées à supporter l'incorrection, voire la grossièreté de ses camarades de classe, la sympathie d'Isabel pour les suffragettes leur était toute acquise. Pour les hommes, il n'y avait que deux types de femmes : celles qu'ils plaçaient sur un piédestal en tant que symbole suprême de la féminité – et les autres. Les seuls à avoir jamais traité Isabel comme leur égale étaient son père et Andrew. Et Archie.

« Ah, te voilà, ma chérie. »

Sa mère venait d'entrer dans le hall et se pinçait le nez.

« Je te suggère de prendre un bain avant le repas. Andrew arrive de Cambridge avec deux de ses amis et je les ai invités à dîner.

— Combien de temps reste-t-il ? » demanda Isabel, ravie.

Elle adorait son frère cadet et regrettait de ne pas le voir plus souvent. Il avait fini sa licence, mais avait décidé de rester à Cambridge pour en obtenir une autre – en droit cette fois.

« Plus d'une nuit, j'espère ?

— Si j'ai bien compris, deux ou trois jours. Mais tu sais qu'il déteste faire des plans. »

En disant cela, un soupçon de reproche passa dans la voix de sa mère, contredit par son regard plein de tendresse.

Elle était encore belle pour son âge, avec son visage presque sans rides et sa longue chevelure brune soyeuse. Elle s'était faite à son veuvage et après la traditionnelle période de deuil elle avait été ravie de renouer avec la vie sociale d'Édimbourg.

Sa femme de chambre avait allumé le feu. Elle venait de poser sur son lit sa robe de soirée.

« Dois-je vous préparer un bain, mademoiselle ? demanda Ellie. Il faudrait vous dépêcher si vous souhaitez être prête à sept heures.

— Oui, s'il te plaît. »

Le temps de se déshabiller, et le bain était déjà prêt.

« Peux-tu donner un coup de brosse à ma robe et m'aider à dégrafer mon corset ? demanda Isabel.

— Certainement, mademoiselle. J'ai sorti votre robe en soie rouge, elle met si bien votre teint en valeur. »

Isabel se recroquevilla dans la baignoire et posa son menton sur ses genoux. Si Andrew n'avait pas été là, elle aurait dîné dans sa chambre et en aurait profité pour réviser ses notes, mais maintenant cela pourrait attendre.

Elle songea à nouveau au titre du journal. Elle aurait aimé se joindre au combat des Pankhurst et autres pour le droit de vote. Elle n'était pas certaine que briser quelques vitres ou jeter de l'acide dans des boîtes à lettres était vraiment efficace mais, vu que les protestations pacifiques ne donnaient rien... Hélas, en tant que médecin elle ne pouvait se permettre d'attirer l'attention sur elle de la sorte.

Elle sortit du bain et commença à s'habiller. Ellie refit son apparition pour l'aider à lacer son corset, puis l'aida à se glisser dans sa robe et entreprit de la coiffer.

« Je ne sais pas pourquoi vous les coupez si court, mademoiselle. Ils ont une si belle couleur. On dirait du miel. Quand vous les portiez longs, cela vous allait bien mieux.

— Voyons, Ellie, je ne peux pas avoir les cheveux qui me tombent sur la figure quand je travaille.

— Si j'étais à votre place, mademoiselle, je ne travaillerais pas. Pas si je n'en avais pas besoin. »

La réflexion de sa femme de chambre fit sourire Isabel.

« Et moi, ma chère Ellie, je ne supporterais pas de ne pas travailler. »

Trois hommes se retournèrent lorsque Isabel ouvrit en grand la porte à deux battants de la salle à manger, mais le seul qu'elle vit, ce fut Andrew. Faisant fi des bonnes manières, elle lui sauta au cou.

« Sœurette adorée ! Tu es vraiment ravissante ce soir ! »

Andrew la prit dans ses bras, puis lui glissa à l'oreille :

« Au moins tu ne portes pas une de ces robes sombres horribles auxquelles tu sembles avoir pris goût ces derniers temps. Je t'en félicite !

— Idiot ! murmura Isabel. Tu sais parfaitement que c'est pour le travail que je dois m'habiller ainsi. »

Même dans une de ses plus belles robes de soirée, Isabel était loin d'être aussi élégante que son frère. Andrew était toujours vêtu selon la dernière mode et ce soir il ne dérogeait pas à la règle. Sa chemise empesée et sa cravate en soie blanche étaient des plus classiques mais sa veste était d'un rouge flamboyant au lieu du noir traditionnel. Ses cheveux étaient coupés avec style et ses traits fins, presque féminins, étaient plus beaux que ceux de toutes les femmes qu'Isabel avait jamais rencontrées.

« Moi aussi, je suis heureuse de te voir, dit Isabel, à voix haute cette fois. Quel bon vent t'amène avec tes amis ? Je croyais que tu préférais passer ton temps libre à Londres ?

— C'est exact. Mais j'ai pensé que ce serait une bonne idée de vous rendre visite pour le week-end et que cela permettrait aussi à Simon de voir sa famille. »

Prenant soudain conscience qu'elle n'avait même pas daigné accueillir convenablement ses hôtes, Isabel se tourna vers eux. Andrew annonça :

« Puis-je te présenter l'honorable Simon Maxwell ? Je crois que maman connaît sa mère, la comtesse Glendale, de Skye. Et dire qu'il m'a fallu un an pour découvrir que nous avions des connaissances en commun ! »

Soudain Isabel se sentit oppressée. Elle prit appui sur un fauteuil, de peur que ses jambes ne la trahissent. Simon Maxwell ? Le fils des Maxwell de Skye ? Le frère de Charles ?

Simon s'avança, prit la main d'Isabelle et se plia en deux. Il ne ressemblait pas du tout à son frère. Charles était beau garçon alors que Simon avait des cheveux rouge tomate et des taches de rousseur. Elle se souvenait de sa sœur jumelle, Dorothea, d'une beauté splendide. Sa chevelure rousse avait des reflets dorés.

« C'est un plaisir de faire votre connaissance », déclara-t-elle en espérant que sa main gantée ne trahirait pas ses émotions. Personne ne semblait avoir remarqué son émoi.

« Moi de même, mademoiselle MacKenzie. Puis-je vous présenter le baron Maximilien Hoffman ? dit Simon en désignant l'homme qui se tenait debout à côté de la cheminée. Un de nos amis londoniens. »

Isabel tourna son regard vers lui. C'était un homme de belle taille aux cheveux d'un blond presque blanc. Il la regardait avec curiosité, d'un air légèrement inquisiteur.

« Docteur MacKenzie, dit-il en s'inclinant. J'ai beaucoup entendu parler de vous. »

Ses yeux étaient d'un bleu inhabituel – semblable à celui froid et vif d'un ciel d'hiver. Il fit un pas dans sa direction.

« Vous sentez-vous bien ? Vous m'avez l'air un peu pâle.

— Isabel a toujours l'air pâle, Maximilien. Elle travaille trop », badina Andrew.

Simon s'était assis et parlait à présent avec leur mère. Il se penchait vers elle comme s'il était absolument captivé par ce qu'elle lui disait. Mon Dieu, pourquoi fallait-il qu'Andrew soit son ami ?

« Votre frère m'a dit que vous étiez médecin », dit le baron qui ne l'avait pas quittée du regard.

Isabel se passa la langue sur les lèvres en s'efforçant de se composer un visage serein. Il lui faudrait puiser au fond d'elle-même pour affronter les heures suivantes sans que personne s'aperçoive de son malaise. Elle s'efforça d'adopter un ton guilleret qui ne correspondait en rien à ce qu'elle ressentait.

« Andrew, ne me dis pas que tu ennuies ton ami avec nos histoires de famille. Franchement, je n'imagine pas que le baron puisse trouver cela intéressant.

— Bien au contraire, protesta ce dernier. Cela m'intéresse au plus haut point. Moi aussi, je suis médecin. Je suis venu à Édimbourg pour travailler avec le Dr Cairn à l'hôpital royal. »

Pour bouleversée qu'elle était, Isabel n'en fut pas moins impressionnée par cette information. Beaucoup souhaitaient travailler avec Cairn et rares étaient les élus.

« Les hôpitaux allemands ne sont-ils donc pas à la hauteur ? »

Elle pencha la tête de côté et réussit à sourire. Le baron eut l'air surpris.

« Ils sont tout à fait à la hauteur. Je suis certain que vous-même n'êtes pas sans savoir que nombre de vos plus éminents professeurs ont étudié dans nos universités et que bien d'autres font de même aujourd'hui. Après tout, c'est bien en Allemagne que Wilhelm Röntgen a découvert les rayons X.

— Et nous, nous avons Joseph Lister, James Simpson et William MacEwen », répondit Isabel en souriant.

Le baron sourit à son tour.

« Vous avez raison. Mais n'est-il pas bon de partager notre expérience ? Je suis venu enseigner les techniques les plus récentes en matière de chirurgie abdominale. J'ai été formé par le successeur de Billroth, à Vienne. C'est pour cela que le plus célèbre hôpital d'Édimbourg m'a invité.

— Vous êtes donc chirurgien ? »

À présent, elle était vraiment impressionnée. Les méthodes mises au point par Billroth comptaient parmi les progrès récents les plus décisifs dans le domaine de la chirurgie. Isabel aurait aimé assister à une des opérations conduites par le Dr Hoffman, mais l'accès à la salle d'opération ne faisait pas partie des rares concessions faites aux femmes par l'hôpital royal.

« En effet, je le suis.

— Et comment avez-vous fait la connaissance de mon frère ?

— Dans un club de Londres. Même les médecins ont le droit de se détendre. »

Son regard azur s'était fait taquin.

« Et ma mère est anglaise. Elle loue une maison à Londres tous les étés. »

Voilà qui expliquait son absence totale d'accent.

« Si nous passions à table ? proposa la mère d'Isabel en se levant et en acceptant de prendre le bras que lui tendait le baron. Ces jeunes gens doivent avoir une faim de loup. »

Isabel s'efforça de ne pas tressaillir lorsque Simon lui tendit le bras. Elle se sentait submergée par la honte et la culpabilité, comme si la simple présence du frère de Charles relevait de l'insulte. Mais pourquoi aurait-elle dû avoir honte ? Elle n'avait rien fait de mal.

En outre, si Andrew et Simon étaient amis, ce dernier était nécessairement quelqu'un de bien. Il ne pouvait en être autrement.

La grande salle à manger était éclairée par des lampes à gaz et des chandeliers : c'était la seule pièce de la maison qui n'avait pas été électrifiée car sa mère trouvait la lumière électrique trop vive pour la table. Isabel pensait sans l'avouer que la lumière chargée de suie déversée par les lampes à gaz sur les meubles sombres et massifs et les rideaux en velours cramoisi rendaient le lieu plutôt oppressant. La seule touche de légèreté était apportée par les reflets de l'argenterie et les verres en cristal impeccablement disposés sur la nappe damassée d'un blanc étincelant.

Comme toujours, le fauteuil de son père, à une des extrémités de la table, resta inoccupé. Andrew s'assit à côté de sa mère, Simon en face de lui, et Isabel et le baron en face l'un de l'autre.

La conversation, comme d'habitude, tourna autour des dernières rumeurs sur qui s'était fiancé à qui, ce qui se passait à Londres et les soirées les plus réussies. La mère d'Isabel était suspendue aux lèvres des jeunes gens. Isabel, quant à elle, avait du mal à avaler le moindre morceau du perdreau fumé ou du rôti de porc qu'on leur avait servis.

« Andrew et moi-même avons une nouvelle à vous annoncer », déclara Simon en adressant un sourire désarmant à son hôtesse.

Il fit une pause pour s'assurer de l'attention générale.

« Nous avons l'intention de devenir pilotes dans le Royal Flying Corps. »

La mère d'Isabel se raidit.

« Mon Dieu, mais pour quoi faire ? Je croyais que vous comptiez aider votre père et Richard à s'occuper de vos propriétés. Quant à toi, Andrew, ne m'avais-tu pas dit que tu voulais t'essayer au journalisme ? »

Andrew soupira.

« Il sera toujours temps de faire cela ensuite, maman. Mais avec Simon, nous sommes certains que nous enrôler dans la brigade est le meilleur moyen de voir du pays avant de nous installer. S'il doit y avoir la guerre, et nous pensons que ce sera le cas, nous voulons y participer dès le début. »

Isabel glissa un regard vers le baron. Jusque-là, il n'avait pas beaucoup parlé. S'il devait y avoir la guerre, et Andrew n'était pas seul à penser qu'elle aurait lieu bientôt, leur ami allemand se trouverait dans le camp opposé. Elle se demanda quelle incidence cela aurait sur leur amitié. Son frère y avait-il seulement pensé ?

« As-tu parlé à George de vos projets ? » demanda sa mère en fronçant les sourcils.

La mine généralement insouciante d'Andrew se rembrunit.

« George est peut-être le chef de famille, maman, mais je prends seul mes propres décisions. Je n'ai pas besoin de son avis pour savoir ce que je peux et ne peux pas faire.

— Et vous, monsieur Maxwell ? Que dit le comte de votre projet ?

— Il pense que c'est une bonne idée, répondit Simon. "Cela fera de vous un homme", telle a été sa réaction.

— J'adorerais voir du pays, moi aussi, intervint Isabel. Les hommes ont bien de la chance. »

Le baron tourna son regard d'un bleu surprenant vers elle.

« J'aurais imaginé que vous trouveriez votre vie ici assez passionnante comme cela. Vous êtes une pionnière. Il n'y a pas beaucoup de femmes médecins à Londres et il n'y en a pas une seule à Cambridge. Pour ma part, je suis impressionné. »

Cette admiration clairement affichée la fit rougir.

« Seriez-vous pour autant du même avis si j'étais votre sœur ? Et vous, Simon ? »

Simon haussa les épaules.

« Je n'imagine pas un instant ma sœur jumelle faire autre chose que courir les soirées et les déjeuners. Dorothea s'estimera satisfaite le jour où elle sera mariée conformément à son rang. Je ne vois aucun point commun entre elle et vous. Je suppose que le mariage et les enfants ne font pas partie de vos priorités.

— J'estime que bien des femmes sont mieux disposées que moi pour devenir des épouses et des mères.

— Et, à mon avis, bien moins le sont à devenir médecins, ajouta le baron en souriant. N'importe quelle femme peut devenir une épouse et une mère. Peu sont capables de devenir médecins. Si le Dr MacKenzie a le don de guérison autant que l'intelligence que nécessite l'apprentissage de ce métier exigeant, alors elle a bien choisi sa voie.

— Mais quelle femme ne souhaite pas devenir un jour épouse et mère ? » protesta Simon.

Isabel avala une gorgée de vin.

« J'ai l'intention de ne jamais me marier. Ma vie, c'est mon travail à présent. D'un autre côté, je ne vois pas pourquoi les femmes ne pourraient pas faire l'une et l'autre chose, travailler mais aussi fonder une famille et avoir des enfants, si elles le souhaitent. Le Dr Elizabeth Garrett Anderson, la première femme médecin de notre pays, avait un mari et trois enfants, et cela ne l'a pas empêchée d'exceller dans l'exercice de la médecine. Nous avons changé d'époque.

— Ne prenez pas mes propos pour une critique, assura Simon. Je trouve votre ambition admirable. Et j'envie votre aspiration à mener votre vie comme bon vous semble. Tout le monde n'a pas cette chance. Lorsque j'en aurai fini avec l'armée, je n'aurai plus grand-chose à faire. La vérité, c'est que Richard n'a pas besoin de moi pour gérer les propriétés de mon père. Il est parfaitement capable de le faire tout seul. »

Ses paroles la firent réfléchir. En un sens, Simon, pour riche et noble qu'il fût, était prisonnier d'une vie qu'il n'avait pas choisie, bien plus que de nombreuses femmes.

« Quels sont vos projets, baron Hoffman ? demanda Isabel. Resterez-vous à Édimbourg pendant un moment ?

— Je suis censé occuper mon poste pendant au moins douze mois. »

Une pause, puis :

« À moins que la guerre n'éclate d'ici là, auquel cas je devrai probablement rejoindre mon hôpital, à Halle.

— Et si la guerre est déclarée, combattrez-vous ? » demanda Isabel.

Il y eut un silence embarrassé et le regard du baron perdit un peu de son éclat.

« J'espère sincèrement que nous n'en viendrons pas là, docteur MacKenzie. Je suis fier d'être allemand, mais je suis avant tout médecin et notre travail consiste à s'occuper des malades et des blessés, quelles que soient leur origine, leur nationalité ou leur condition. Je suis certain que vous en conviendrez comme moi.

— J'ai l'intention de devenir chirurgien un jour, annonça Isabel sans prêter attention à la moue et au hochement de tête réprobateur de sa mère. Mais pour l'instant cela reste pratiquement impossible pour une femme, sauf si elle a la chance d'être admise à la faculté de médecine de Londres. Quand nous aurons obtenu le droit de vote, la manière dont les études médicales pour les femmes sont organisées changera peut-être.

— J'ai lu dans la presse que les suffragettes s'agitent à nouveau, intervint Andrew. Au moins Isabel ne participe-t-elle pas à leurs campagnes d'action.

— Oh, mais je le ferais volontiers, mon très cher frère, si je ne craignais que cela rejaillisse sur ma carrière. »

Elle évita le regard de sa mère.

« Les suffragettes se battent pour les droits de toutes les femmes. Savez-vous seulement combien il est difficile pour une femme de se faire une place dans un monde d'hommes ? Un homme aura beau être moitié moins intelligent qu'une femme, il n'aura aucune difficulté à voir aboutir ses projets. Comme l'a fait remarquer le baron, les femmes ne peuvent être diplômées ni de Cambridge ni d'Oxford. Elles peuvent suivre les cours et passer les examens, mais pas obtenir un diplôme, même si leurs résultats sont meilleurs que ceux des hommes aux côtés desquels elles étudient. Vous trouvez cela juste ? Dans mon cas, au moins, grâce à mes prédécesseurs, je pourrai obtenir mon diplôme et exercer la médecine, même si je ne peux prétendre devenir chirurgien. Nous, les femmes, avons un long chemin à faire avant de devenir maîtresses de notre destin, et nous n'aurons pas voix au chapitre tant que ce seront les hommes qui édicteront les lois de ce pays. Il est légitime que nous ayons le droit de vote, et nous l'obtiendrons un jour. »

Lorsqu'elle se rendit compte que sa diatribe enflammée durait depuis un bon moment et que tout le monde la regardait, elle se sentit rougir. Sa mère la regardait à nouveau d'un air sévère. Si Andrew et Simon semblaient amusés, le baron, lui, paraissait franchement admiratif.

« Je vous prie de m'excuser, dit-elle. J'ai tendance à me laisser emporter lorsque quelque chose m'indigne. »

Le baron rit et leva son verre à son intention.

« Très bien dit, docteur MacKenzie. Je partage entièrement votre avis. Pourquoi la faculté d'Édimbourg n'autorise-t-elle pas les femmes à étudier la chirurgie ? En Allemagne, il y a des femmes chirurgiens et la plupart sont aussi compétentes que leurs collègues masculins.

— À l'hôpital royal, les femmes n'ont même pas le droit de pénétrer dans la salle d'opération, précisa Isabel.

— En attendant, dit Andrew avec un grand sourire, elles se battent pour pouvoir se former à l'hôpital Bruntsfield. Isabel m'a expliqué que par moments la compétition pour assister aux opérations est proche de virer à l'émeute.

— Si vous souhaitez vous former aux nouvelles techniques chirurgicales, dit le baron en souriant, je serai ravi de vous les enseigner. Je dois opérer à l'hospice de Craigleith demain et je serais très honoré si vous acceptiez de m'assister. »

L'opportunité de travailler aux côtés d'un chirurgien tel que le Dr Hoffman n'était pas une occasion qui se présentait tous les jours. Isabel aurait donné sans hésiter tout le contenu de son coffre à bijoux en échange d'une pareille proposition.

« Rien ne me ferait plus plaisir, répondit-elle en s'efforçant de cacher son excitation. J'ai ouï dire que là-bas, la chef de clinique, une de mes consœurs, se retrouve souvent à opérer seule alors qu'elle ne possède pas de véritable formation chirurgicale, comme c'est mon cas. Comme vous ne tarderez sans doute pas à l'apprendre, le chef de service refuse de se faire assister par une femme à l'occasion des interventions importantes.

— Je n'ai nullement l'intention de laisser quiconque me dire qui peut ou ne peut pas m'assister », assura le baron.

Derrière son charme distingué, Isabel distinguait sans peine une détermination farouche. Voici un homme qui n'était pas habitué à s'en laisser conter.

« Mais je vous laisse libre de votre décision. Je serai là-bas à huit heures, au cas où vous décideriez de vous joindre à moi. »

Les serviteurs débarrassèrent l'assiette d'Isabel, qu'elle n'avait presque pas touchée, et la remplacèrent par une coupe de blanc-manger au coulis de framboise. Elle mélangea le blanc-manger et le coulis jusqu'à ce que le plat devînt rose tout en se demandant combien de temps il lui faudrait encore patienter avant de pouvoir se retirer dans sa chambre sans se montrer impolie.

« Depuis quand n'êtes-vous pas retournée à Skye, madame MacKenzie ? demanda courtoisement Simon à la mère d'Isabel.

— Depuis la mort de mon époux. L'endroit m'évoque trop de souvenirs tristes, j'en ai peur. J'ai cru comprendre que le comte et la comtesse délaissaient eux aussi l'île ? » lança-t-elle à l'intention d'Isabel. Puis elle se tourna à nouveau vers Simon. « Nous avons été bouleversées par la disparition de votre frère. »

Simon s'essuya les lèvres, puis reposa sa serviette sur son assiette.

« Comme vous, madame MacKenzie, ma mère ne supporte plus de retourner là-bas, alors que la rénovation de notre résidence de Glendale est achevée et qu'elle est à présent bien plus agréable à vivre que le château. Richard est le seul membre de la famille à se rendre encore sur Skye. En l'absence de Charles, c'est à lui qu'échoit la responsabilité de nos propriétés et mon père est heureux de lui en laisser la conduite. »

Surprise, Isabel laissa tomber sa cuillère dans son bol et éclaboussa la nappe. *Comme une tache de sang*, se dit-elle machinalement, priant de pouvoir se lever et quitter la pièce.

« Comment cela, Charles est toujours porté disparu ? demanda-t-elle, consciente du trouble dans sa voix.

— Oui. Vous n'étiez pas au courant ?

— Je suis navrée ma chérie, dit sa mère. J'ai totalement oublié de t'en parler. Cela s'est passé au moment de la mort de ton père, quand tu étais malade. »

Elle se tourna vers Simon.

« J'aurais volontiers rendu visite à lady Glendale mais... » Elle se mordit la lèvre. « ... avec le décès de mon cher William et Isabel gravement malade...

— Je vous en prie, madame MacKenzie, ne vous tourmentez pas pour cela. Vous aviez vos propres soucis. Je sais que le Dr MacKenzie faisait l'unanimité auprès des villageois.

— Merci pour votre compréhension. Oui, il nous manque terriblement. »

Elle s'essuya le coin de l'œil avec son mouchoir.

« Je crois savoir que vous aviez fait la connaissance de mon frère, mademoiselle MacKenzie ? » poursuivit Simon.

C'était comme si on lui avait versé de l'eau glacée dans le dos. Simon savait-il ce qui s'était passé ? Cherchait-il à lui faire comprendre qu'il en savait plus long qu'il ne voulait bien l'admettre ?

« En effet, ainsi que celle de votre sœur, au bal que votre mère avait organisé pour mes débuts en société. Je ne le connaissais pas bien. »

Isabel fut surprise par le ton normal de sa voix. Elle pria que l'on change de sujet au plus vite. Tout plutôt que ça.

« Un jour, Charles est parti à cheval et l'animal est rentré sans lui. Nous avons remué ciel et terre mais ne l'avons jamais retrouvé. Au début, nous avons pensé que sa monture l'avait désarçonné, expliqua Simon tout en tendant son verre pour qu'on le remplisse à nouveau. Mais je n'ai jamais vu ruisseau ou clôture lui résister quand il montait... Et puis il y a eu cette histoire avec le fils du métayer – ce MacCorquodale. »

Isabel se demandait comment elle faisait pour continuer à respirer normalement.

« Quelle histoire ?

— Le jour de sa disparition, MacCorquodale a été vu en train de se battre avec lui sur la lande. Lorsque la police a cherché à l'interroger, il était parti à Glasgow selon sa mère. Mais on n'a jamais trouvé sa trace là-bas.

— Comme par hasard, lâcha Andrew.

— Archie MacCorquodale ? »

Isabel eut le plus grand mal à prononcer son nom.

« Oui, c'est bien de lui qu'il s'agit.

— Je ne peux pas croire qu'il aurait pu faire une chose pareille... ! »

Tous se retournèrent pour la regarder, surpris.

« Archie MacCorquodale n'aurait jamais fait de mal à personne. »

Mais elle se souvenait parfaitement du visage de Charles. Il avait un bleu sous l'œil et avait déclaré qu'il les avait vus s'embrasser. S'étaient-ils battus ? Si c'était le cas, la querelle avait forcément eu lieu avant l'agression – et il était bien en vie à ce moment-là, pour sûr. Devait-elle en témoigner ? Dans ce cas, il lui faudrait reconnaître qu'elle avait croisé Charles ce jour-là.

« Isabel ! »

La voix de sa mère résonna comme un avertissement.

« Tu connais ce MacCorquodale ? demanda Andrew.

— Nous étions amis, quand nous étions enfants. »

Son cœur battait si fort dans sa poitrine qu'elle pouvait l'entendre retentir dans ses oreilles. Elle avait mal aux tempes et porta une main à son front. Elle jeta un regard dans la direction du baron. Lorsqu'elle aperçut son air inquiet, elle posa ses mains moites sur ses genoux et les frotta vigoureusement.

« S'il n'avait rien à craindre, pourquoi se serait-il enfui ? demanda Simon.

— Je l'ai toujours entendu dire qu'il voulait partir. »

Au prix d'un effort surhumain, Isabel parvint à garder un air impassible.

« Qui sait, Charles reviendra peut-être un jour, en parfaite santé ? »

Simon secoua la tête.

« J'en doute. Cela fait presque cinq ans qu'il a disparu.

— Et si nous changions de sujet ? intervint Mme MacKenzie. Ce souvenir est vraiment trop pénible pour nous tous. »

Simon leva son verre.

« Bien sûr. Je vous prie de m'excuser. J'ai manqué de tact. En tout cas, je suis heureux de constater que vous avez totalement récupéré, docteur MacKenzie. J'en suis ravi. Je sais que votre frère tient énormément à vous.

— Isabel est forte comme un cheval, intervint Andrew. Il faudrait plus qu'une misérable petite scarlatine pour en venir à bout. Et notre père en aurait peut-être lui aussi réchappé s'il n'avait pas été blessé lors de la guerre des Boers.

— Andrew ! Nous avons dit que nous parlerions de choses moins douloureuses, lui reprocha sa mère.

— Je vous prie de m'excuser, mère. »

Andrew se leva pour venir l'embrasser sur la joue.

« Je vous promets de ne plus en dire un mot. »

Toujours prompte à pardonner son fils chéri, sa mère lui tapota la main et sourit.

Le cœur d'Isabel retrouvait peu à peu sa cadence normale. Si Simon ou sa famille avaient eu vent de l'agression que Charles lui avait fait subir, quelqu'un aurait parlé depuis longtemps. Et si Archie avait quitté Skye, c'était certainement parce qu'il en avait toujours eu l'intention.

La mère d'Isabel se leva.

« Isabel, nous devrions laisser ces messieurs à leur porto. Messieurs, peut-être souhaiteriez-vous ensuite vous joindre à nous au salon ?

— Mes parents organisent une petite réception demain soir à Charlotte Square et m'ont prié de vous y convier, dit Simon alors que tous se levaient. Dorothea sera elle aussi présente, je suis certain qu'elle aurait grand plaisir à vous revoir, mademoiselle MacKenzie. Puis-je leur confirmer que vous vous joindrez à nous ?

— Je vous prie de remercier vos parents de ma part, Simon, mais j'ai pour règle de ne jamais sortir, répondit sa mère. Andrew et Isabel seront en revanche ravis d'accepter l'invitation. Isabel peut bien laisser de côté ses fastidieuses études de médecine pour une fois. »

Le pouls d'Isabel était reparti au galop. Rencontrer Simon était déjà assez pénible, mais l'idée d'affronter le reste de sa famille était au-delà de ses forces. Elle se leva et prit appui sur le dossier de son fauteuil.

« Je crains de ne pouvoir être présente, hélas – j'ai... »

Elle porta une main à sa tempe. Elle arrivait à peine

à formuler une pensée. Elle avait atrocement mal à la tête.

« Vous ne vous sentez pas bien, docteur MacKenzie ? demanda doucement le baron.

— Ce n'est rien, un simple mal de tête. Messieurs, vous voudrez bien m'excuser, je pense que je vais me retirer. »

Isabel monta péniblement à l'étage et demanda à Ellie de la laisser seule après qu'elle l'eut aidée à se déshabiller. Elle s'assit devant sa coiffeuse et se brossa les cheveux à petits coups secs et vigoureux.

Ce n'était certes pas bien, mais elle ne pouvait s'empêcher de se réjouir de la mort de Charles. Au moins il ne pourrait plus jamais faire de mal à une femme. C'était la seule chose qui la taraudait encore lorsque son souvenir refaisait parfois surface.

Et Archie était soupçonné d'avoir joué un rôle dans sa disparition. C'était affreux.

La scène avec Charles lui revint en mémoire. Ils étaient par terre. Elle l'avait frappé à la tête avec une pierre et en avait profité pour se dégager et s'enfuir en courant. Peut-être l'avait-elle frappé plus fort qu'elle ne le pensait. Non, c'était impossible Il était bien vivant lorsqu'elle l'avait laissé. Si quelque chose lui était arrivé, cela s'était forcément produit après l'agression. Il avait bu et n'était pas en état de monter à cheval. Sa monture l'avait peut-être désarçonné. Il avait pu tomber dans une tourbière ou du haut d'une falaise.

Devait-elle raconter à quelqu'un ce qui s'était passé ce jour-là ?

Les choses auraient été différentes si Archie avait été arrêté. Elle n'aurait eu d'autre choix que de tout raconter à la police, même si cette idée lui donnait la nausée. Il y a cinq ans, sa réputation et celle de sa famille en auraient été ternies. Mais Archie avait disparu. On le soupçonnait de meurtre, et après ? Aujourd'hui ces révélations ne serviraient qu'à ruiner sa carrière et la réputation de sa famille.

On frappa à la porte et sa mère entra.

« Je voulais voir si tu te sentais bien, dit-elle.

— Ce n'est qu'une migraine, mère. Demain matin, il n'y paraîtra plus. »

Sa mère vint se placer derrière elle.

« Ma chérie, il ne faut pas parler de politique à table. Les hommes te trouvent déjà assez... anticonformiste comme cela. Le jour où tu voudras te marier, on ne sait jamais... » Elle baissa la voix. « J'ai peur que tu ne fasses fuir certains partis convenables. »

Si sa mère savait seulement combien l'idée d'un homme la serrant dans ses bras la rendait malade... Son père n'était plus là et elle aurait dû pouvoir s'ouvrir à sa mère, tout lui dire. Elle l'avait mise au monde et elle avait été à ses côtés sa vie durant – ou presque. Elle mourait d'envie de tout lui raconter, de se débarrasser de ce poids, de dire : « Sais-tu seulement ce que Charles m'a fait ? Sais-tu que je me sens salie à l'intérieur ? » Sa mère la prendrait dans ses bras – non, sans doute pas, mais elle lui caresserait la joue et lui dirait : « Ce n'était pas ta faute, ma chérie. Tu es toujours la jeune fille que tu étais alors. »

Mais c'était exclu. Bien évidemment. Sa mère ne saurait pas quoi faire et papa n'était plus là pour la guider. Elle était même capable de lui adresser des reproches, de lui dire qu'elle n'aurait pas dû se promener toute seule, qu'elle était bien punie pour avoir pensé qu'elle était différente des autres et qu'elle pouvait s'affranchir des règles sociales, qui étaient là pour la protéger.

Non, ce fardeau était le sien.

« Je te promets d'essayer, maman », répondit-elle.

20

Le lendemain matin, Isabel entra en trombe dans l'hospice de Craigleith en secouant son parapluie. Plusieurs personnes attendaient assises sur des bancs, certaines avaient des paquets posés sur les genoux, d'autres le regard vide comme si elles n'avaient plus l'énergie nécessaire pour prêter attention à ce qui se passait autour d'elles.

Le portier, un homme dont la longue barbe blanche lui mangeait la moitié du visage, se leva lentement.

« Que puis-je faire pour vous, madame ?

— J'ai rendez-vous avec le Dr Hoffman, répondit Isabel. Je suis le docteur MacKenzie. »

Elle adorait s'annoncer de la sorte. Elle ne s'en lasserait jamais.

Le portier ne cilla pas. Il était rompu à la présence de femmes médecins. L'hospice de Craigleith était un des rares endroits où celles-ci étaient sûres de pouvoir trouver un poste.

« Vous le trouverez dans la salle des médecins, docteur. Première porte à droite. »

Elle frappa à la porte et une voix féminine lui dit d'entrer. Celle d'une femme d'une trentaine d'années, portant tailleur. Le Dr Hoffman était là, en compagnie d'une infirmière.

« Docteur MacKenzie, dit le Dr Hoffman en s'inclinant légèrement. Je suis ravi que vous ayez pu vous joindre à nous. »

Il se tourna vers les deux autres femmes.

« Mme MacKenzie m'assistera aujourd'hui. »

La femme qui portait un tailleur assez semblable au sien tendit la main à Isabel.

« Enchantée de faire votre connaissance. Je suis le docteur Howse, et voici l'infirmière Goody.

— J'espère que je n'ai pas pris votre place, au moins », déclara Isabel.

Elle ne connaissait pas le Dr Howse mais elle comprendrait très bien sa déception si elle découvrait seulement à l'instant qu'Isabel assisterait Hoffman.

« Absolument pas, répondit le Dr Howse, bien que je reconnaisse que j'aurais aimé l'assister moi-même. Peut-être accepteriez-vous de vous occuper de l'anesthésie pendant que je l'aide ? »

Isabel n'était pas venue pour jouer les anesthésistes, et le Dr Howse le savait très bien. Elle coula un regard à Hoffman, qui assistait à leur échange, bras croisés, avec un sourire légèrement amusé aux lèvres.

« Dans d'autres circonstances, j'aurais volontiers accepté de me charger de l'anesthésie, répondit fermement Isabel, mais aujourd'hui, dans la mesure où le Dr Hoffman m'a personnellement demandé de l'assister, je me vois mal vous laisser cet honneur. »

Une lueur d'hostilité illumina brièvement les yeux du Dr Howse, mais Isabel n'était pas du genre à se laisser impressionner et elle soutint calmement son regard.

« Je suis certaine, poursuivit-elle, que vous aurez d'autres occasions de l'assister. En outre, à en juger par le nombre de patients qui attendent dans le couloir, votre journée s'annonce bien chargée. »

Le Dr Howse était coincée : soit elle protestait et risquait alors de perdre la face, soit elle faisait machine arrière. Si Isabel avait *a priori* de la sympathie pour elle, elle était toutefois certaine que Howse aurait réagi de même à sa place. Les femmes devaient lutter pour se faire une place et Isabel ne verrait jamais son rêve de devenir chirurgien s'accomplir si elle ne profitait pas de toutes les occasions d'opérer qui s'offraient à elle.

« Ceci est tout à fait contraire aux règles, protesta l'infirmière Goody.

— Peut-être, répondit Hoffman, mais j'en ai décidé ainsi.

— Très bien, conclut le Dr Howse. Dans ce cas, je serai heureuse de m'occuper de l'anesthésie, cela va sans dire. En attendant, comme le Dr MacKenzie l'a très bien observé, beaucoup de travail m'attend. Je suppose que vous souhaitez commencer par examiner votre patient ? »

Hoffman acquiesça.

« Parfait, dans ce cas, je vous retrouve en salle d'opération dans une heure. »

Le Dr Howse sortit, suivie de près par l'infirmière Goody, et Isabel échangea un regard avec le Dr Hoffman.

« Vous ne plaisantiez pas lorsque vous prétendiez

que la compétition entre femmes médecins était acharnée, remarqua-t-il.

— Pour devenir chirurgien, assura Isabel en se sentant rougir, il me faut acquérir de l'expérience. Je n'aurai sans doute jamais d'autre occasion d'observer de près quelqu'un de votre niveau.

— Quelque chose me laisse penser que vous ne dites pas cela seulement pour me flatter, docteur MacKenzie. Si nous examinions notre patient ? »

Dans la salle, la plupart des hommes jouaient aux cartes autour de la grande table centrale ou bien étaient assis dans des fauteuils, tandis que trois femmes portant l'uniforme gris de l'hospice faisaient de leur mieux pour les obliger à se coucher. Isabel prit sur elle pour ne pas sourire. Dans tous les hôpitaux où elle était passé, les infirmières s'escrimaient à obliger les patients à regagner leur lit en prévision de la visite du médecin. L'infirmière Goody se dirigea vers eux. Voilà pourquoi elle était tellement pressée de partir. Elle ne se serait certes pas donné tout ce mal pour une femme médecin, mais pour le Dr Hoffman il en allait visiblement autrement.

Elle les conduisit jusqu'à un lit près de la porte. Un homme d'une soixantaine d'années se tenait le ventre en gémissant, couché sur le côté.

« Asseyez-vous, Kennedy, s'il vous plaît, lui ordonna l'infirmière. Le docteur va vous examiner. »

L'homme essaya de s'exécuter, mais le baron lui posa doucement la main sur l'épaule et le fit se recoucher.

« Vous pouvez rester allongé, monsieur Kennedy. »

Il tourna légèrement la tête et s'adressa à l'infirmière.

« Auriez-vous un paravent ?

— Hélas non, mais je suis sûre que cela ne dérange pas Kennedy. »

Le Dr Hoffman prit un air sévère.

« Nous en avons déjà discuté, infirmière Goody. Je souhaite préserver l'intimité de mes patients lorsque je les examine.

— Et comme je vous l'ai déjà dit, notre hospice n'en a pas les moyens. Nous faisons de notre mieux avec les moyens dont nous disposons. Vous voudrez bien m'excuser à présent, j'ai à faire. »

Sa réplique, pour mesurée qu'elle fût, l'avait toutefois fait rougir.

Isabel fut soulagée de la voir s'éloigner. Elle connaissait les hospices. Elle savait qu'il n'y avait la plupart du temps que deux infirmières pour près de quatre cents patients et que les soins étaient le plus souvent dispensés par des nécessiteux sans formation. Elle savait aussi que l'unique médecin devait s'occuper de tous les malades, examiner les indigents avant leur admission à l'hospice et par-dessus le marché se charger des opérations. Une mission impossible.

Le Dr Hoffman s'écarta du lit.

« Voulez-vous bien examiner notre patient et me donner votre avis ? »

Isabel scruta l'homme. Son père répétait toujours que c'était la première chose à faire avant de commencer l'examen proprement dit. M. Kennedy présentait un visage émacié et un peu de sang avait séché à la commissure des lèvres.

« Vomissez-vous du sang depuis longtemps, monsieur Kennedy ? » demanda Isabel en prenant son pouls.

Il était faible et rapide.

« À peu près un mois, madame.

— Et quelle est la couleur du sang ? »

M. Kennedy regarda le Dr Hoffman, comme s'il ne comprenait pas bien la question.

« Rouge, madame. La seule couleur que puisse avoir le sang.

— Rouge rouge ? Ou plutôt rouge très foncé, un peu comme du café ?

— Maintenant que vous m'y faites penser, plutôt comme du café. Moi, je n'aime pas trop ça, le café, rien ne vaut une bonne bière.

— Est-ce que vous avez mal ? demanda-t-elle en reposant son poignet. J'aimerais examiner votre ventre.

— Examinez, examinez, ma bonne dame. Faites ce que bon vous semble, mais pitié, débarrassez-moi de cette douleur. Je souffre le martyre. »

Isabel observait la posture de M. Kennedy et nota la tension de sa sangle abdominale pendant qu'il parlait. Elle palpa le bas de l'abdomen de droite à gauche, puis remonta tout en gardant les yeux fixés sur son visage. À un moment, lorsqu'elle pressa juste sous les côtes, il grimaça.

« Ça vous fait mal ?

— Oui, ma petite dame, pire qu'un coup de pied dans les parties – sans vous manquer de respect, madame.

— À mon avis, il a un ulcère perforé », avança Isabel.

Hoffman acquiesça, l'air satisfait.

« Que préconiseriez-vous ?

— Une opération, tout comme vous, j'imagine.

— Et vous avez raison.

— Pas question de m'opérer ! s'insurgea M. Kennedy, les yeux emplis d'effroi. Si vous me charcutez, je vais sortir d'ici les pieds devant.

— Monsieur Kennedy, répondit calmement le baron. Je vous l'ai déjà expliqué hier, c'est la seule solution. Si nous ne vous débarrassons pas de cet ulcère, il continuera de saigner. Et s'il continue de saigner... Il faut éviter cela à tout prix.

— Je me débrouillerai bien, protesta une nouvelle fois M. Kennedy, terrifié. Donnez-moi quelque chose pour calmer la douleur. C'est tout ce je demande. Vous, les médecins, vous aimez bien vous faire la main sur des gars comme moi, mais je ne suis pas dupe. C'est non, un point c'est tout.

— Monsieur Kennedy, si nous ne faisons rien, vous allez mourir », déclara abruptement le Dr Hoffman.

Isabel lui saisit la main.

« Le Dr Hoffman vous propose de recourir à une opération d'un genre nouveau, qui a été pratiquée avec grand succès en Allemagne. Peu de chirurgiens britanniques ont les compétences et l'expérience du docteur. Vous avez beaucoup de chance de pouvoir être opéré par lui. »

Kennedy regarda Isabel droit dans les yeux.

« Si j'étais votre père, ma jolie, vous me diriez quoi ? De me faire opérer ?

— Si vous étiez mon père, je n'hésiterais pas une seconde. Vous n'avez pas d'autre alternative. Si nous parvenons à arrêter ces saignements, vous aurez encore de belles années devant vous. Il n'y a rien d'autre à tenter, je vous le promets. »

M. Kennedy regarda de nouveau Isabel droit dans les yeux et elle soutint son regard. Elle ne pouvait pas lui promettre qu'il sortirait vivant de l'opération, mais sans opération il n'en avait plus pour longtemps.

Il soupira, prit un bassinet et cracha une glaire sanguinolente.

« Eh bien d'accord, docteur. Faites pour le mieux. »

Le Dr Hoffman lui donna une tape sur l'épaule.

« Je vais vérifier que la salle d'opération est prête à nous accueillir. Je vous retrouverai là-bas. »

Il fit signe à l'infirmière Goody, qui s'approcha d'eux.

« Il faut descendre M. Kennedy en salle d'opération le plus vite possible. »

Et il sortit de la salle, suivi par Isabel.

La salle d'opération n'était pas bien grande, mais correctement équipée.

Le Dr Howse les attendait, elle avait déjà enfilé sa blouse blanche et sa coiffe. Isabel et le Dr Hoffman se lavèrent soigneusement les mains et passèrent leur blouse et leur tablier. Ensuite, ils enfilèrent leurs gants stérilisés en caoutchouc.

Anxieux, mais résigné, M. Kennedy fut introduit dans la salle d'opération par l'infirmière Goody et transféré sur la table d'opération. Il s'agita un peu lorsque le Dr Howse lui administra le chloroforme, mais après une minute ou deux il sombra dans l'inconscience.

Le Dr Hoffman incisa l'abdomen. Le diagnostic fut aussitôt confirmé : M. Kennedy avait bien un ulcère perforé – le contenu de son estomac sortait presque par l'ouverture.

« Voulez-vous bien prendre la suite, docteur Mac-Kenzie ? »

Ravie de l'invitation, Isabel prit le bistouri et, tout en visualisant mentalement les détails de l'anatomie de l'abdomen, elle excisa la partie perforée de l'estomac. Lorsqu'elle eut fini, le Dr Hoffman sutura l'ouverture, puis il se tourna vers elle.

« Souhaitez-vous refermer ? »

Elle hocha la tête, s'empara de l'aiguille et referma l'incision. C'était sa première opération, elle était aux anges.

Si le Dr Hoffman était impressionné, il n'en montra rien. Après qu'elle eut posé le dernier point et pansé la plaie, il dit, pour tout compliment : « C'est bien. » Kennedy commençait à émerger, et le Dr Howse les abandonna pour retourner à ses autres patients.

Après qu'un M. Kennedy groggy eut été remonté en salle, le baron regarda sa montre.

« Je dois retourner à l'hôpital royal. Puis-je vous déposer quelque part ?

— C'est fort aimable à vous, merci, dit Isabel qui venait de voir par une petite fenêtre qu'il pleuvait à verse. Mais je dois d'abord ranger la salle d'opération.

— Et pour ma part je dois laisser des instructions au Dr Howse concernant M. Kennedy. Retrouvons-nous dans l'entrée d'ici quelques minutes. »

Lorsqu'ils eurent pris place dans le fiacre, Isabel étudia discrètement le baron. Il était, selon elle, aussi bon pédagogue que chirurgien.

« Merci de m'avoir permis de vous assister.

— Tout le plaisir était pour moi. Vous avez le doigté précis qui convient à un chirurgien. »

Isabel fut ravie du compliment.

« Si vous souhaitez m'assister à nouveau, ce sera avec grand plaisir, poursuivit-il.

— J'en serais ravie. »

Le Dr Hoffman se pencha vers Isabel au point que ses genoux touchèrent presque les siens.

« Eh bien, dans ce cas, c'est réglé. Dites-moi, aurai-je le plaisir de vous voir ce soir à la réception des Glendale ?

— Vous allez sans doute trouver que je suis ennuyeuse, mais j'ai un important retard à rattraper dans mes lectures. »

Sa mère aurait beau insister, elle refusait de passer une soirée en compagnie de Simon et de sa famille. Comment pourrait-elle sourire et masquer son dégoût s'ils en venaient de nouveau à évoquer Charles ?

Le Dr Hoffman sourit discrètement.

« Chère docteur MacKenzie. Je n'imagine pas pouvoir un jour vous trouver ennuyeuse. »

21

Le baron entreprit de lui faire la cour avec patience et méthode.

Le printemps était déjà là, l'été approchait et il commençait à faire chaud. Plus chaud qu'on n'en gardait souvenir. Isabel n'était plus obligée d'étudier et, retrouvant une liberté à laquelle elle n'avait pas goûté depuis des années, elle acceptait des invitations à des thés, des déjeuners et des bals. Jusqu'alors, elle avait fui les mondanités, prétextant ses études ou son travail, mais avec Maximilien à ses côtés, tout ce que la bonne société d'Édimbourg avait de plaisant à offrir lui semblait bon à prendre. De temps à autre ils faisaient des promenades ensemble, toujours accompagnés par la discrète Ellie, qui se tenait à distance d'eux, et le dimanche il se joignait à Isabel et sa mère pour assister à la messe à la cathédrale St Giles.

L'après-midi, il se présentait presque toujours à Heriot Row à l'heure du thé. Parfois il restait dîner, et Isabel se surprit bientôt à guetter son arrivée. Dès qu'il sonnait à la porte, elle laissait de côté sa lecture du jour et le rejoignait au salon, où il était déjà installé à côté de sa mère et l'écoutait attentivement.

Chaque fois qu'elle le pouvait, elle l'assistait pendant qu'il opérait. De plus en plus fréquemment, c'est elle qui opérait sous sa supervision et il prenait parfois sa main dans la sienne pour la guider si elle semblait hésiter.

Devant la table d'opération, il lui avait fait clairement comprendre qu'il recherchait bien plus que sa simple compagnie, et cela lui avait d'abord fait peur : elle s'était juré de ne jamais se marier. Mais comme il n'en parlait jamais, elle pouvait difficilement aborder le sujet. Elle se disait qu'un jour il rentrerait en Allemagne, mais que d'ici là elle aurait acquis une expérience inestimable. Elle ne lui avait rien promis, et il ne lui avait jamais rien demandé de plus que son amitié. Jamais son comportement n'aurait pu être jugé inconvenant – ce qui ne l'aidait pas véritablement malgré tout à se défaire de l'impression de ne pas être entièrement franche avec lui.

L'expérience acquise auprès de Maximilien lui permit d'opérer de plus en plus souvent par elle-même à l'hôpital Bruntsfield. Si par hasard des images de Charles ou d'Archie lui traversaient l'esprit, elle les chassait sur-le-champ. Cela ne servait à rien de s'y attarder, et qu'aurait-elle pu y faire ?

Andrew et Simon avaient tenu parole, s'étaient engagés dans la brigade aérienne et étaient devenus pilotes. On ne les voyait pas souvent à Édimbourg et depuis que la famille de Simon était retournée à Londres, Isabel n'avait plus à décliner les invitations des Maxwell.

Elle s'efforçait de faire des progrès en allemand et Maximilien en était ravi, même lorsqu'il se moquait amicalement de la manière dont elle écorchait un mot ou se trompait sur son sens. Ils n'étaient jamais seuls, mais sa main frôlait souvent la sienne, ou bien leurs regards se croisaient et ils riaient ensemble de quelque incident dont ils avaient été témoins.

À mesure que l'été avançait, on évoqua de plus en plus sérieusement la possibilité d'une guerre.

Un jour, en juillet, elle rentra à la maison pour trouver Maximilien dans le salon en compagnie de sa mère, comme à son habitude. Mais il n'arborait pas son sourire coutumier et avait l'air soucieux. Son regard était même empreint d'une tristesse qui fit chavirer son cœur.

« Madame MacKenzie, je me demande si vous m'autoriseriez à emmener votre fille en promenade demain. Je ne suis jamais monté jusqu'au sommet du Trône d'Arthur et j'aimerais le faire avant de quitter Édimbourg.

— Vous partez ? »

Isabel eut du mal à déglutir. Bien sûr, elle savait que Maximilien rentrerait un jour chez lui. Mais déjà ? *Je t'en supplie, Seigneur, pas tout de suite.*

Il grimaça.

« Mon hôpital me demande de rentrer au pays.

— Pourquoi ? »

Il jeta son cigare à demi consumé dans la cheminée.

« On rappelle tous les médecins. Le risque d'une guerre ne fait qu'augmenter. »

Isabel s'effondra dans un fauteuil.

« Vous pensez que nous en arriverons là ?

— J'espère encore que ce ne sera pas le cas. »

Mais la gravité de son expression trahissait ses vrais sentiments. Il était persuadé que la guerre était inéluctable.

« Qu'en dites-vous ? Voulez-vous bien m'accompagner demain ? Il fera sans doute aussi beau qu'aujourd'hui.

— Isabel adore marcher, répondit sa mère, ravie et excitée par avance. Mais Ellie devra vous tenir compagnie, bien évidemment. »

Elle s'adressa à Isabel.

« Songe à bien te couvrir ma chérie. Le vent peut être glacé au sommet de ces collines. »

Isabel sourit. Sa mère n'avait toujours pas compris qu'elle avait passé l'âge de recevoir ce type de conseils. Il faisait très bon, elle n'aurait sûrement pas besoin d'un manteau. Si elle l'écoutait, elle risquait de mourir de chaud plutôt que de froid.

« Cela me ferait très plaisir, baron », déclara Isabel.

S'il leur restait peu de temps à passer ensemble, elle comptait bien profiter de sa présence autant que possible.

« Voilà qui est réglé, dit sa mère d'un air satisfait. Dînerez-vous en notre compagnie, baron ? »

Comme Maximilien l'avait prévu, le lendemain fut une nouvelle journée d'été radieuse.

Isabel avait mal dormi. Elle n'avait cessé de penser à l'air soucieux de Maximilien lorsqu'il avait suggéré cette promenade. Allait-il lui demander de l'épouser ? Dans ce cas, que répondrait-elle ? Ils avaient beaucoup d'intérêts communs en dehors de la médecine et sa compagnie était fort agréable. Elle aimait ses yeux qui se plissaient lorsqu'il souriait, son intelligence extraordinaire, son attitude bienveillante envers ses patients et sa manière d'écouter attentivement sa mère comme s'il n'y avait rien de plus intéressant au monde que ses propos. Mais elle aimait par-dessus tout la façon qu'il avait de lui faire sentir qu'elle était la femme la plus intéressante au monde. À bien des égards, il lui rappelait son père.

Mais elle s'était juré de ne jamais se marier. L'idée même de l'amour charnel qu'impliquait le mariage la terrifiait. Comment réagirait-elle ? Faire l'amour avec l'homme que l'on avait choisi était censé être une chose douce et agréable et elle ne cessait de se répéter que jamais Maximilien ne la traiterait comme Charles, pourtant son esprit chancelait à l'idée qu'un homme, quel qu'il fût, pût poser ses mains sur son corps nu.

Maximilien tenait beaucoup à elle, peut-être même l'aimait-il. Pour la première fois, Isabel hésita sur la manière dont elle devait s'habiller. Heureusement, Ellie semblait avoir compris qu'il s'agissait d'une occasion spéciale et elle avait fait livrer cette charmante robe qu'Isabel s'était fait confectionner dans une belle soie bleue aux tons pastel. Isabel n'avait pas vraiment de goût pour la mode, mais le corsage était magnifique et la dentelle de Paris qui ornait les manches et le col ravissante.

D'une main experte, Ellie lui coiffa les cheveux de sorte qu'ils formaient de délicates boucles encadrant son visage. La femme de chambre recula d'un pas et se félicita du résultat.

« Oh, mademoiselle, vous êtes ravissante ! »
Isabel sourit.
« Merci, Ellie. »

En effet, elle se trouvait très belle.

Pendant qu'elle déjeunait, elle avait pris une décision. Si Maximilien demandait sa main, elle accepterait. Elle l'aimerait, le chérirait et serait la meilleure des épouses. Lorsqu'elle s'imaginait avec lui, tous deux vivant et travaillant côte à côte, son âme tout entière s'égayait. Après leur journée de travail, ils parleraient de leurs patients puis... Mais ses pensées s'arrêtaient là. Elle refusait de penser à ce qui venait ensuite.

Elle était reconnaissante à Ellie de lui servir de chaperon. Jamais elle ne commettrait plus l'erreur de se retrouver seule avec un homme avant d'être mariée. En devenant médecin, elle avait déjà presque atteint la limite de ce qui était jugé convenable pour une femme et le moindre soupçon de scandale détruirait sa réputation. Cela avait déjà failli se produire une fois et ses rêves auraient pu être brisés. Non, cela ne se reproduirait jamais plus.

Ellie s'installa à côté du cocher, tandis que Maximilien aidait Isabel à monter dans le cabriolet ouvert, tenant sa robe pour qu'elle n'accroche pas la portière. Ses mains effleurèrent ses cuisses, et même à travers le tissu, elle eut la chair de poule.

« Comment s'est passée votre semaine ? » demanda-t-il sur un ton inhabituel, un peu guindé, alors qu'ils se dirigeaient vers le Trône d'Arthur.

Isabel avait pratiquement effectué la moitié de son clinicat à l'hôpital de Leith. Elle avait eu de la chance : la compétition entre femmes pour les postes à responsabilités était rude et, avec Bruntsfield, Leith était le seul hôpital de la ville à les accepter. Elle avait fait forte impression sur le Dr Inglis – ses compétences chirurgicales grandissantes n'y étaient pas pour rien – et celle-ci lui avait rédigé une belle lettre de recommandation. La plupart des camarades d'université d'Isabel finissaient par accepter des postes de médecins-missionnaires ou de chefs de clinique dans des hospices et des asiles. Les rares qui pouvaient compter sur le soutien financier de leur famille ouvraient leur cabinet.

« Je suis heureuse, dit-elle, rayonnante de sincérité. Savez-vous que j'ai pratiqué une césarienne il y a quelques jours ? La mère et l'enfant se portent si bien qu'ils seront sans doute sortis dans quelques semaines. »

Elle était ravie du tour professionnel que prenait la conversation. Du coup elle sentait moins le nœud à son estomac.

Mais, lorsque Maximilien lui sourit, son cœur s'emballa.

« Oui, je crois bien que vous me l'avez déjà dit, et même plusieurs fois ! »

Il rit lorsqu'elle ouvrit la bouche pour protester.

« Mais cela ne me dérange en rien, vous pouvez vous répéter autant que vous le voudrez. J'aime comme vos yeux s'éclairent lorsque vous le faites. »

Il avança sa main et lui caressa la joue d'un doigt.

« J'espère que cette lumière ne cessera jamais de briller dans votre regard, *liebchen*. »

Puis il se rapprocha et lui chuchota à l'oreille.

« Il y a quelque chose dont j'aimerais vous entretenir. Pourrions-nous nous débarrasser de votre femme de chambre pendant quelques instants lorsque nous serons arrivés au sommet ?

« Si je le lui demande, Ellie se fera invisible, assura Isabel, dont le cœur bondissait comme un oiseau en cage. Je n'ai pas de secrets pour elle. »

C'était faux. Elle avait un secret, qu'elle ne pouvait partager avec personne. Un nuage passa devant le soleil et la lumière s'atténua quelque peu.

« Qu'y a-t-il ? demanda Maximilien, scrutant son visage. Vous avez eu l'air triste, l'espace d'un instant. »

Parfois, c'était comme s'il parvenait à lire directement dans son âme. Elle se força à sourire.

« C'est la perspective de votre départ qui me rend triste. »

Elle n'aurait peut-être pas dû être si directe, mais pourquoi n'aurait-elle pas eu le droit d'exprimer ce qu'elle ressentait ? Si Maximilien tenait à elle, elle devait lui signifier qu'elle tenait également à lui. Et si ce n'était pas le cas ? Eh bien, il valait mieux qu'elle le sache aussi.

« J'aime votre manière de toujours dire ce que vous pensez. C'est rafraîchissant.

— Il est toujours plus facile d'être sincère. J'aimerais vivre dans un monde où les femmes et les hommes iraient droit au but. C'est épuisant de parler en langage codé.

— C'est une autre chose que j'admire en vous. Vous vous moquez des conventions. Je ne pourrais jamais admirer une femme qui s'inquiéterait du qu'en-dira-t-on au lieu de faire ce qui est juste. »

Son cœur battait de plus en plus fort, ce qu'elle n'aurait pas cru possible. Si Maximilien connaissait son secret, aurait-il une si haute opinion d'elle ?

Le fiacre s'immobilisa au pied de la colline, où se pressaient déjà toutes sortes de véhicules de tailles différentes. Le Trône d'Arthur était un lieu de promenade très prisé.

Maximilien l'aida à descendre et Ellie les suivit à bonne distance lorsqu'ils empruntèrent le chemin qui conduisait au sommet. Il y avait du monde et ils croisèrent bien des connaissances. En marchant, ils parlaient des derniers progrès de la chirurgie et de la révolution que le chloroforme et les rayons X avaient provoquée dans leur métier. Isabel se détendit à nouveau.

À mesure qu'ils grimpaient, l'air devenait plus frais et les promeneurs plus rares, sans doute parce qu'ils estimaient être montés déjà assez haut. Maximilien s'efforçait de modérer son allure pour ne pas fatiguer Isabel, mais celle-ci le suivait d'un pas rapide et déterminé.

« Vous voilà bien silencieuse. Est-ce ce que je vous ai dit au sujet du risque de guerre qui vous inquiète ?

— Je refuse d'y croire ! Quel intérêt nos pays peuvent-ils avoir à se battre pour des questions territoriales ? N'avons-nous déjà pas assez de possessions ? La presse raconte que l'Allemagne cherche un prétexte pour s'emparer de l'Empire austro-hongrois. En quoi cela nous concerne-t-il ? »

Ils étaient parvenus au sommet de la colline et s'arrêtèrent pour apprécier la vue. Édimbourg s'étalait à leurs pieds : sur leur droite on découvrait le château, et juste en-dessous d'eux la vieille ville, couverte d'une nappe de brume. Un peu plus loin, on apercevait la ville nouvelle, où Isabel vivait avec sa mère.

« Ma chère, je pense que les risques de guerre sont bien réels. Si on me demande de rentrer, c'est que la chose est pratiquement assurée.

— Devez-vous vraiment partir ? Ne pouvez-vous pas rester ? L'hôpital a besoin de chirurgiens de votre trempe. Et votre mère est bien anglaise, non ? »

Isabel avait fait la connaissance de la mère de Maximilien un jour où elle avait rendu visite à son fils à Édimbourg. Elle était descendue au North British Hotel et avait pris le thé en sa compagnie et celle de sa mère à Hariot Row. Isabel l'avait trouvée charmante – bien qu'un peu condescendante. Sa mère avait appris que la famille de Maximilien était l'une des plus riches d'Allemagne ; la joie qu'elle avait eue de l'apprendre et les espoirs qu'elle fondait n'étaient que trop évidents.

Maximilien regarda par-dessus son épaule.

« Voulez-vous bien demander à votre femme de chambre de nous laisser un moment ? Éloignons-nous un peu. »

Il lui prit la main et elle frissonna.

Maximilien s'inquiéta aussitôt.

« Vous avez froid ? »

Et avant qu'elle ait pu répondre, il avait enlevé sa veste et l'avait posée sur ses épaules. À chaque pas qu'ils faisaient, le vent soufflait plus fort, mais elle savait que ce n'était pas le froid qui faisait trembler ses mains.

Ellie ne fit pas de difficultés et Isabel suivit Maximilien qui s'éloigna du sentier et la conduisit jusqu'à une sorte de recoin où ils seraient à l'abri des regards des passants.

Il la prit dans ses bras et elle posa sa tête sur son torse. Hormis son père et Andrew, c'était la première fois qu'un homme la serrait ainsi contre lui. Sans crier gare, l'image d'Archie se forma dans son esprit. Lui aussi l'avait serrée contre lui et il l'avait embrassée. Ce baiser n'avait rien d'effrayant, même s'il avait suscité en elle des émotions nouvelles. Mais il ne fallait pas penser à Archie.

Maximilien avait posé ses mains au creux de son dos et la pressait contre lui. Une douceur délicieuse envahit son corps. Elle fut surprise de se sentir en parfaite sécurité dans ses bras. Peut-être le moment était-il venu de se défaire à jamais du souvenir de Charles.

« Vous devez savoir que je tiens profondément à vous, Isabel, murmura Maximilien dans ses cheveux. Je vous ai aimée dès que je vous ai vue, et cet amour n'a fait que grandir jour après jour à mesure que j'apprenais à vous connaître. »

Le cœur d'Isabel était au diapason. Elle aussi, elle l'aimait. Jamais Maximilien ne lui ferait de mal.

Elle leva lentement son visage vers le sien. Il le prit dans ses mains et appuya ses lèvres contre les siennes. Soudain, le souvenir dégoûtant de la bouche de Charles la submergea. Sans pouvoir s'en empêcher, elle le repoussa.

Maximilien fut surpris.

« Je vous prie de m'excuser. Je me suis laissé emporter.

— C'est que... »

Mais que pouvait-elle lui dire ?

Il posa un doigt sur ses lèvres.

« Vous n'avez pas à vous expliquer. Je me suis permis d'oublier pendant un instant que vous êtes une jeune fille et que vous n'avez pas d'expérience en amour. Je n'aurais pas dû chercher à vous embrasser avant que nous soyons fiancés. Maintenant, je vous en supplie, dites-moi que vous me pardonnez. »

Il avait l'air si contrit qu'elle eut de la peine pour lui. Peut-être le moment était-il venu de faire preuve de ce courage dont son père était si fier et d'expliquer à Maximilien la raison pour laquelle elle l'avait ainsi repoussé. Mais Maximilien avait dit autre chose, au sujet de leurs fiançailles. Lui avait-il ou non demandé de l'épouser ?

« Je dois reconnaître que je suis quelque peu troublée, reconnut Isabel en riant maladroitement. Je ne sais pas si nous devons nous marier ni même nous fiancer. Comme vous l'avez dit vous-même, j'ai peu d'expérience en la matière. »

Sans poser un genou à terre ni même lui retourner son sourire, Maximilien prit un air grave.

« Ma chérie, dit-il, nous ne pouvons pas nous fiancer. Pas pour l'instant. »

La tête tournait à Isabel.

« Pourquoi donc ? Vous avez dit que vous m'aimiez ! »

Une explication lui vint à l'esprit.

« Est-ce parce que vous êtes baron et que je ne suis qu'une fille de médecin ? »

Il rit, mais pas parce qu'il la trouvait drôle.

« Vous pourriez être une domestique, cela me serait égal. J'épouserai la femme de mon choix, et c'est vous que je veux. »

Il eut une expression attendrie.

« Mais cela est impossible en ce moment. Je ne peux même pas vous demander de promettre que vous accepterez plus tard. Du moins, pas tant qu'il y aura un risque de guerre. »

Isabel était troublée.

« Vous devez finir votre clinicat et je dois rentrer en Allemagne. Même si on vous laissait entrer en Allemagne en tant que mon épouse, que ferez-vous si je suis mobilisé et si je ne reviens pas ? Vous vous retrouverez seule, dans un pays étranger. Je ne peux pas faire cela à la femme que j'aime. »

Il lui souleva le menton pour la regarder au fond des yeux.

« Je suis un égoïste. Un homme meilleur que moi serait parti sans déclarer sa flamme, mais je ne supporte pas l'idée que vous puissiez épouser quelqu'un d'autre en mon absence. Je ne puis vous demander de m'attendre, mais je devais vous dire que je vous aime.

— Et je vous aime aussi, répondit doucement Isabel. J'attendrai votre retour, aussi longtemps qu'il le faudra.

— Nous ne pouvons même pas nous fiancer. Je ne peux rien vous promettre. Je veux seulement que vous sachiez que je vous aime et qu'un jour je reviendrai vous chercher. Si vous tombez amoureuse d'un autre d'ici là, eh bien... » Il hésita. « Même si l'idée de vous imaginer dans les bras d'un autre m'est insupportable, je comprendrai.

— Oh, Maximilien, pensez-vous que je sois aussi désinvolte ? Bien sûr que je n'aimerai personne d'autre. Je serai là à votre retour. Comme vous l'avez dit, je dois m'occuper de ma carrière, j'ai beaucoup à faire, mais si vous partez à la guerre je me rongerai les sangs. Vous devez me promettre de revenir sain et sauf. »

Elle prit sa main dans la sienne.

« Nous avons laissé Ellie seule trop longtemps. Nous devons la rejoindre à présent si nous ne voulons pas que les gens se mettent à causer. »

Avant de repartir, elle lui adressa un sourire.

« Nous pourrons ouvrir un cabinet ensemble en Allemagne lorsque nous serons mariés. Je suis sûre qu'il y a autant de gens là-bas qu'ici qui ont besoin de bons médecins. »

Maximilien fronça les sourcils.

« Que voulez-vous dire ?

— Vous savez bien que je rêve d'ouvrir mon propre cabinet. Mais je n'en ai pas les moyens alors que vous, si. Je sais qu'il n'est pas convenable pour une femme d'évoquer ces questions, mais vous savez également ce que je pense des convenances. Ouvrir un cabinet ne devrait pas être bien compliqué pour nous. »

Maximilien fronça davantage encore les sourcils.

« *Liebchen,* je crains que cela ne soit pas possible. »

Isabel se demanda si elle était allée trop loin en évoquant leur avenir alors qu'ils n'étaient pas officiellement fiancés. Elle bafouilla une réponse :

« Je sais que vous êtes chirurgien, un grand chirurgien et, bien sûr, vous occuperez bientôt un poste prestigieux en Allemagne, mais je pourrais vous adresser les patients aisés et peut-être pourriez-vous consulter un après-midi ou deux au cabinet. Ou peut-être pourrai-je opérer à vos côtés. »

Cette idée l'emplit de joie, et son anxiété se dissipa.

« Nous serons les docteurs Hoffman !

— Mais, ma chérie, lorsque vous serez mon épouse, vous ne pourrez plus exercer la médecine.

— Pardon ? Qu'est-ce qui pourrait bien m'en empêcher ? Je sais qu'il est mal vu pour une femme médecin qui travaille à l'hôpital d'être mariée, mais nous ferons comme il nous plaira, non ? Vous m'avez toujours dit que l'Allemagne était en avance sur nous en ce qui concernait la manière dont les femmes médecins étaient considérées. De toute évidence, je me trompais ! »

Maximilien avait l'air perplexe à présent.

« Isabel, c'est moi qui ne souhaite pas que vous exerciez la médecine. Il va de soi que vous devez achever votre formation, mais ensuite, lorsque nous serons mariés, vous deviendrez la baronne Hoffman, la châtelaine de mes propriétés. Vous pourrez faire du bénévolat autant que vous le voudrez, mais exercer la profession de médecin... Je crains qu'il n'en soit pas question. En outre, et il souleva son menton d'un doigt élégant en souriant, si Dieu le veut, vous devrez vous occuper de nos enfants. Vous comprenez, vous aurez bien trop à faire. »

Isabel n'en croyait pas ses oreilles.

« Mais, Maximilien, c'est ce dont j'ai toujours rêvé ! Je n'ai pas passé cinq ans à apprendre tout ce que j'ai appris pour ne pas en faire usage ! Vous-même ne cessez de dire que je suis un excellent médecin. Je ne suis pas le type de femme qui se contente de passer ses journées à organiser des dîners et des déjeuners. Vous le savez bien. Lorsque nous aurons des enfants, nous prendrons une nourrice et je m'occuperai d'eux le plus possible. »

Son cœur battait fort, cependant, cette fois, ce n'était pas une sensation agréable. Comment se pouvait-il que Maximilien ne comprenne pas qu'elle n'abandonnerait jamais la médecine ?

« Il n'y a pas matière à discussion, ma chérie. Lorsque nous serons mariés, vous n'exercerez plus la médecine. »

Elle se mit alors à hurler :

« Et moi qui vous ai cru lorsque que vous disiez être favorable à ce que les femmes deviennent médecins !

— Mais je le pense. Et vous le savez. En revanche, je ne puis épouser une femme de ce genre. C'est impossible, vous devez le comprendre. Mais vous ne le regretterez pas, Isabel. Lorsque nous serons mariés, je vous donnerai tout ce que votre cœur désire.

— Hormis la seule chose à laquelle je tiens vraiment ! »

Sa gorge était nouée.

« Vous me priveriez de cela, Maximilien ?

— Et vous, me refuseriez-vous le droit, en tant que mari, de vous souhaiter à mes côtés pour vous occuper de notre maison et de nos enfants ? »

L'espoir et l'excitation qu'elle s'était autorisée à ressentir s'évanouissaient peu à peu. Elle avait voulu croire que Maximilien était différent des autres hommes, mais il était tout aussi prisonnier des conventions qu'eux. Il n'était pas l'homme qu'elle avait espéré.

« Je suis désolée, Maximilien mais, si vous m'interdisez d'être médecin, je ne serai pas votre épouse. »

Maximilien rentra en Allemagne quelques jours plus tard – Isabel ne savait même pas s'il l'avait demandée en mariage, et il lui arrivait de douter de sa décision. Avait-elle un problème, était-elle anormale, puisqu'elle était capable de dire non à une maison, des enfants et un homme qui l'aimait ? D'autres femmes auraient été comblées, alors pourquoi pas elle ? Mais elle connaissait la réponse. Elle avait la médecine dans le sang et elle ne serait jamais heureuse si on lui interdisait de l'exercer. Elle priait que Maximilien finisse par le comprendre, avec le temps. S'il l'aimait – s'il l'aimait vraiment –, il devait l'aimer telle qu'elle était. Et cela incluait son désir d'être médecin.

Il était passé la saluer une dernière fois avant son départ pour Londres, d'où il gagnerait l'Allemagne, et elle s'était bercée de l'illusion qu'il aurait changé d'avis, qu'il lui dirait qu'il ne pouvait vivre sans elle. Mais ses espoirs étaient sans fondement. Il lui avait demandé à nouveau si elle était disposée à renoncer à la médecine lorsqu'elle deviendrait sa femme et elle lui avait répété la même réponse, avec tristesse, mais sans hésitation.

Elle se dit qu'il lui écrirait peut-être pour reconnaître qu'il s'était trompé, qu'ils se retrouveraient une fois la guerre finie. Les jours passèrent, rien n'arriva, et sa déception se transforma progressivement en colère. Il lui avait fait croire qu'il n'était pas comme les autres, qu'il partageait son mépris pour les conventions. Il l'avait trompée. Maximilien n'était pas l'homme qu'elle croyait.

22

Édimbourg, août 1914

Deux semaines après le départ de Maximilien, l'impensable se produisit : la Grande-Bretagne déclara la guerre à l'Allemagne.

Andrew fut parmi les premiers à partir pour le continent. Isabel avait terriblement peur pour lui et, même si mère affichait sa fierté d'avoir un fils qui se battait pour son pays, Isabel savait qu'elle était terrorisée à l'idée de ne jamais le revoir. Pour sa part, elle espérait que Maximilien serait à l'abri en Allemagne. Elle ne parvenait pas à croire que les deux hommes qu'elle aimait le plus au monde pourraient se retrouver un jour opposés l'un à l'autre et elle essayait de ne pas y penser. Aussi redoubla-t-elle d'ardeur au travail, ce qui lui procurait un certain réconfort.

Ses journées de médecin résident à l'hôpital de Leith obéissaient à un rituel immuable. Le matin, une élève infirmière frappait à sa porte pour la prévenir de l'arrivée imminente de M. Galbraith et ce matin-là ne fit pas exception à la règle.

Elle repoussa les couvertures et sauta de son lit étroit avant de tirer les rideaux de sa chambre pour laisser entrer la lumière du jour. En tant que médecin résident, elle se devait d'habiter l'hôpital. Sa chambre, à peine plus grande qu'un placard, sommairement meublée, se trouvait sous les combles, au-dessus de l'aile des femmes.

Après s'être débarbouillée au moyen de la bassine d'eau tiède que la femme de service lui avait apportée, Isabel s'empressa d'enfiler sa jupe et son tailleur habituels. Elle rejoignit le haut de l'escalier juste à temps pour accueillir le Dr Galbraith.

Ils entrèrent côte à côte dans la salle.

« Bonjour, dit l'infirmière. Vous prendrez bien un peu de thé avant de commencer, monsieur Galbraith ? »

Isabel pesta intérieurement. Elle espérait qu'il répondrait non. Le rituel du thé était une perte de temps, et elle avait encore tous les prélèvements de la veille à analyser au microscope.

« Non, merci, pas aujourd'hui, répondit-il à son grand soulagement. Je n'ai pas beaucoup de temps, je dois assister à une réunion du conseil d'administration cet après-midi. Maintenant que nous sommes en guerre, nous devons coordonner notre action. »

De l'avis général, la guerre serait finie à Noël, mais Isabel avait des doutes : selon la presse, les combats étaient féroces et les pertes bien plus élevées que prévu. On disait qu'il y aurait bientôt une nouvelle vague de conscriptions.

Dès que la visite fut finie et qu'elle eut réglé les derniers détails en salle, Isabel commença sa consultation. C'était la partie de sa journée qu'elle aimait le plus. Ici, loin des spécialistes qui surveillaient tout ce qu'elle faisait, elle recevait des patients dont elle s'occupait, les traitant en êtres humains. Ils étaient nombreux aujourd'hui à l'attendre, hélas, ce qui signifiait qu'elle aurait moins de temps à leur consacrer qu'elle n'aurait voulu. Elle constata avec plaisir que l'infirmière de service était Maud. Maud Tully avait beau être très efficace, elle avait toujours un mot aimable pour les patients. En plus d'un sens de l'humour bien affûté.

« Docteur MacKenzie, ravie de vous voir. Nous avons la foule des grands jours aujourd'hui.

— Dans ce cas, infirmière Tully, commençons tout de suite, si vous le voulez bien. »

Tully lui sourit.

« À deux, on est forts comme trois. »

Elle avait un nez épaté et une bouche sans doute trop grande pour qu'on ait pu affirmer qu'elle était belle, mais sa spontanéité, sa bonne humeur et son souci de toujours faire de son mieux lui avaient acquis toute l'affection d'Isabel.

« Cela n'en finira donc jamais, infirmière Tully ? demanda Isabel, des heures plus tard. Nous venons d'y passer la journée, et il en arrive encore.

— On pourrait travailler jour et nuit, cela ne changerait rien. »

Elle baissa la voix à la façon d'une conspiratrice :

« Cela dit, c'est plutôt amusant, non ? Si seulement la surveillante nous laissait un peu plus de temps libre, la vie serait parfaite. »

Isabel ne put s'empêcher de penser que la plupart des gens auraient été offusqués d'entendre une infirmière dire que c'était « amusant » de s'occuper de malades ; mais Maud Tully s'en moquait, et dans le fond Isabel était de son avis. Il n'y avait rien de plus intéressant que de combattre la maladie, et rien de plus gratifiant que de sauver des vies.

La journée s'écoula, Isabel et Maud œuvrant côte à côte pour canaliser le flux incessant des malades. Des tuberculeux comme à l'habitude, mais également un certain nombre de patients atteints de la scarlatine, qui furent hospitalisés dans l'aile spécialisée, et encore des blessés et bien d'autres soucis, plus ou moins graves.

Le cas le plus intéressant était celui d'un petit garçon accompagné de sa sœur. Son abdomen gonflé avait aussitôt alarmé Isabel. Lorsque sa sœur, qui n'avait pas l'air mieux nourrie que lui, le déshabilla, ses côtes saillaient sous sa peau.

« Comment t'appelles-tu, bonhomme ? demanda Maud.

— Johnny, répondit sa sœur à sa place.

— Et toi, tu t'appelles... ?

— Patricia.

— Quel âge a Johnny, Patricia ?

— Cinq ans, je crois. Je ne suis pas très sûre, mademoiselle.

— Cinq ans ! »

L'enfant n'avait pas l'air d'en avoir plus de trois.

« Pourrais-tu ouvrir la bouche, Johnny, pour que le docteur puisse regarder à l'intérieur ? »

Johnny serra les lèvres et secoua la tête. La première manifestation de volonté depuis qu'Isabel était en sa présence, et elle reprit courage. S'il n'avait pas réagi, cela aurait voulu dire qu'il était sans doute déjà trop tard.

Isabel n'avait pas besoin d'un examen plus approfondi pour deviner qu'il se mourait de faim. La littérature médicale enseignait qu'il lui fallait une alimentation à base d'aliments sains et de beaucoup de légumes frais, mais où cet enfant pourrait-il se les procurer ?

Isabel se tourna vers sa sœur.

« Où sont tes parents ? »

Patricia parut se recroqueviller sur elle-même. Isabel lui sourit.

« Ne t'inquiète pas, je ne vais pas te faire de mal. Il faut hospitaliser ton frère pendant quelques jours pour qu'il reprenne des forces, et pour cela j'ai besoin de l'autorisation de ton père.

— Je peux m'occuper de lui, madame. Dites-moi juste ce que je dois faire. »

Isabel se raidit.

« Tu ne peux pas t'occuper de lui. J'ai l'impression que vous avez tous les deux besoin d'être convenablement nourris. À quand remonte votre dernier repas ?

— Je ne sais plus, madame », marmonna Patricia.

Isabel ne savait pas quoi faire. Maud se rapprocha de la fillette.

« Ils ne sont plus là, n'est-ce pas, ma chérie ? »

Une larme roula sur la joue de Patricia, qui acquiesça.

« Depuis quand ? insista Maud.

— Il y a un mois. Le typhus. Je vous en supplie, madame, ne le dites à personne, ou on nous enverra à l'hospice. Et Johnny et moi on sera séparés.

— Mais puisque vous ne parvenez pas à vous nourrir seuls... vous ne pouvez pas rester seuls. »

Maud prit la main de Patricia.

« Je sais que ça fait peur, mais c'est le meilleur endroit pour toi et Johnny. Vous aurez de quoi manger et un endroit où dormir.

— Ils vont nous séparer, ils vont confier Johnny à quelqu'un d'autre. Je vous en supplie, mademoiselle, je n'ai que lui au monde. »

Maud et Isabel échangèrent un regard. La fillette avait raison. Même émaciée, la frimousse de Johnny était celle d'un ange. Les hospices plaçaient les enfants de moins de huit ans, et ils n'auraient pas de mal à trouver une famille d'accueil pour le petit garçon. Isabel savait aussi que les gens finiraient peut-être par se lasser du petit garçon adorable, et n'hésiteraient pas à le rendre à l'hospice. Le système était ainsi fait, et il n'y en avait pas d'autre.

« Ne t'occupe pas de ça pour le moment, dit Maud. Pourquoi ne pas rester ici pendant quelques jours, histoire de vous requinquer ? On avisera ensuite. Il faut d'abord que Johnny boive du lait et vous pourrez aussi prendre un bain. »

La fillette n'avait pas l'air rassurée.

« Il faut s'occuper de Johnny, trancha Isabel sur un ton sans appel. Tu as fait de ton mieux, mais tu ne peux pas lui donner ce dont il a besoin. Tu comprends, n'est-ce pas ? »

Une des infirmières vint chercher Isabel, et elle dut laisser les enfants entre les mains de Maud. Lorsqu'elle avait décidé de devenir médecin, elle s'imaginait que soigner les gens consistait à s'occuper de leur cas puis à les renvoyer chez eux. Les choses se passaient souvent comme ça, mais elle devait aussi souvent affronter un ennemi contre lequel la médecine était désarmée : la misère. Les gens qu'elle visitait à Skye avec son père étaient pauvres mais ils mangeaient à leur faim. Et il y avait toujours un adulte pour s'occuper des enfants, quels que soient les sacrifices financiers qu'il lui en coûtât. Des jours comme aujourd'hui, Skye lui manquait terriblement, alors qu'elle n'y remettrait jamais les pieds. Pour elle, l'île était devenue un endroit d'où elle était bannie.

Elle fut très occupée pendant les heures suivantes à réduire des fractures, panser des plaies et prescrire des traitements. Souvent, elle se retirait à l'office pour procéder à des analyses ou réaliser une préparation.

Quand la salle d'attente fut enfin vide, le gardien ferma le portail.

Maud se présenta en salle des médecins, où Isabel était en train de rédiger ses comptes rendus de la journée.

« Une tasse de thé ?

— Volontiers. Comment va Johnny ?

— Il a été admis dans l'aile des enfants avec sa sœur. Mais je ne sais pas combien de temps ils pourront rester. Quelqu'un doit venir de l'hospice demain pour les voir. »

Si Maud était fatiguée, elle n'en montrait rien. L'infirmière commençait pourtant sa journée à cinq heures et demie du matin et il était huit heures du soir passées. Elle avait travaillé sans répit, mais on aurait dit qu'elle venait à peine de prendre son poste.

« Comment faites-vous, infirmière Tully, pour supporter de rencontrer chaque jour des enfants comme Johnny et sa sœur, ou des personnes comme cette jeune femme dont l'avortement a mal tourné ? Vous savez qu'elle va mourir et que nous n'y pouvons rien.

— On ne peut pas se permettre de raisonner comme ça, répondit Maud, sans se départir de son sourire. Tout ce qu'on peut, c'est faire de notre mieux. De toute façon, je ne resterai plus ici très longtemps. Je viens de m'engager au sein de l'Hôpital féminin écossais. Je vais bientôt rejoindre la France ou la Serbie, cela dépendra d'où on décidera de m'envoyer. »

Isabel avait entendu parler de cette organisation. Lorsque la guerre avait éclaté, le Dr Elsie Inglis avait proposé ses services à l'armée britannique. À ce qu'il paraît, on l'avait éconduite, mais Inglis ne s'était pas avouée vaincue et avait proposé aux Français et aux Serbes de monter des hôpitaux de campagne constitués exclusivement de personnel féminin. Les deux gouvernements avaient immédiatement accepté. À présent, elle recrutait des volontaires dans tout le pays.

« Elles ont encore besoin de médecins ? demanda-t-elle.

— À mon avis, oui. Le Dr Inglis sera à Édimbourg demain soir pour une conférence. Pourquoi n'y assisteriez-vous pas avec moi ? »

L'idée était tentante. La guerre lui permettrait d'améliorer sa pratique chirurgicale, une occasion qui ne se présenterait jamais à elle à Édimbourg. Elle se trouverait sur le continent, comme Maximilien, et porterait secours aux soldats blessés, tout comme lui. Et elle verrait peut-être Andrew.

Un frisson lui parcourut l'échine. Sa décision était prise.

« C'est d'accord, dit-elle. J'espère simplement que tous les postes ne sont pas déjà pourvus. »

23

Isabel dut se frayer un chemin à travers la cohue qui bordait le Royal Mile. Si elle n'avait pas été attendue à l'hôpital, elle se serait jointe à la foule en liesse acclamant le régiment en route vers la gare centrale, cornemuses en tête. Ni le crachin ni le vent froid d'automne ne parvenaient à doucher les enthousiasmes. Des femmes riaient en lançant des fleurs aux soldats, tandis que d'autres couraient à leurs côtés, en pleurs, et s'efforçaient de toucher une dernière fois la main d'un être aimé.

L'effervescence suscitée par cette guerre était invraisemblable. Personne n'avait l'air de se rendre compte que nombre de ces hommes, qui avançaient au pas en souriant, n'en reviendraient pas. Personne ne lisait donc les journaux ? Les combats étaient une véritable boucherie.

Le pire, c'est qu'elle-même était victime de cette exaltation. Avant un mois, elle aurait rejoint une unité de l'Hôpital féminin écossais en Serbie. Le Dr Inglis avait accepté sa candidature. Les médecins les moins expérimentés ne recevraient pas de paye, et Isabel devrait se débrouiller pour se rendre en Serbie par ses propres moyens ; si elle y parvenait, le Dr Inglis lui avait déclaré qu'elle serait ravie de l'accueillir.

L'argent n'était pas un problème. Si elle avait dû en demander à son frère George, les choses auraient peut-être été moins simples, mais sa part de l'héritage de son père y pourvoirait. Aurait-il été fier en la voyant se préparer à rejoindre le front ? Ou aurait-il été accablé de la voir emprunter la même voie que lui ? Elle ne se souvenait que trop bien de la manière dont son visage se fermait à l'évocation de la guerre des Boers.

Un officier prit un enfant dans ses bras et le lança dans les airs sous les hourras de la foule. Plus loin, un soldat passa son bras autour de la taille d'une jeune fille qui gloussa tout en jetant à ses amies un regard triomphant.

Le bruit des bottes sur les pavés se mêlait au son des tambours qui accompagnaient les cornemuses. Les hommes s'éloignèrent par le pont George-IV, toujours escortés par la foule. Pendant quelques minutes, la rue redevint silencieuse. Puis les fiacres, les voitures et les carrioles se remirent à circuler, et les commerçants sortirent leurs étals. Il y avait peut-être une guerre sur le continent, mais, comme tout le monde ne cessait de le répéter, la vie devait suivre son cours.

24

Jessie fut réveillée par des coups frappés à la porte. Elle dormait encore à moitié, mais elle savait déjà qu'à n'en pas douter on venait chercher la « tire-mômes ». La chose avait fini par se savoir qu'une infirmière accoucheuse habitait là et, comme les sages-femmes étaient rares dans cette partie de la ville, on avait recours à elle dès qu'une femme avait besoin de son aide. Après la mort de Seamus, elle s'était accrochée au travail pour ne pas sombrer dans le chagrin, mais tenir un nouveau-né entre ses bras lui brisait toujours le cœur. Au moins, se disait-elle, les bébés qu'elle secourait avaient, eux, la vie sauve.

Jessie se leva aussitôt pour ne pas réveiller Tommy et frissonna lorsque ses pieds touchèrent le sol glacial. Leur maison souffrait d'un problème d'humidité que le poêle à charbon ne suffisait pas à éliminer. Elle enroula son châle autour de ses épaules, ouvrit la porte et découvrit un garçon pieds nus, portant casquette et pantalon long. Il sautillait d'un pied sur l'autre et soufflait sur ses doigts pour tenter en vain de se réchauffer.

« C'est vous, la dame à bébés ? demanda-t-il.

— Oui, c'est moi. C'est pour ta maman ? »

Le garçon acquiesça.

« Elle a besoin de vous. Mais faut faire vite.

— Comment s'appelle-t-elle ? » demanda Jessie, sans penser pour autant qu'elle pouvait la connaître.

Elle ne cessait de dire aux femmes de la prévenir dès qu'elles se rendaient compte qu'elles étaient enceintes, mais pour différentes raisons, principalement d'ordre économique, elles le faisaient rarement.

« Mme Morrison. »

Le garçon arrêta de sautiller pendant un instant.

« Nous habitons au 16, ruelle Waters. Dernier étage. Pouvez-vous faire vite, madame ? Maman pousse des hurlements horribles.

— Je sais où ça se trouve, rentre chez toi. Et mets une grande casserole d'eau à chauffer. Dis à ta mère que j'arrive tout de suite. Allez, zou, vas-y ! »

Elle le poussa gentiment dehors et referma la porte. La ruelle Waters donnait sur Waters Street, un des endroits les plus misérables de Leith. On l'appelait aussi la « ruelle pourrie ».

Jessie alluma une bougie et Tommy remua dans son sommeil. Au cours des derniers mois, il s'était habitué à la voir partir à toute heure. Il avait d'abord protesté ; il ne voulait pas que sa femme travaille mais, quand elle lui avait expliqué qu'elle devait s'occuper l'esprit pour s'empêcher de penser tout le temps à Seamus, il avait cédé.

Au début, Tommy se réveillait et la regardait s'habiller, puis partir. Parfois même, il l'accompagnait jusqu'à l'endroit où elle était attendue pour s'assurer qu'il ne lui arriverait rien. Mais depuis la mort de Seamus quelque chose avait changé. Une gêne s'était installée entre eux, ils n'osaient pas parler de leur enfant mort, tout comme ils n'osaient plus aborder les sujets importants. Au bout d'un moment, Tommy avait cessé de l'accompagner. C'était mieux comme ça. Ça ne servait à rien, et il avait besoin de son content de sommeil pour tenir le coup douze heures d'affilée au chantier naval.

Il se retourna et elle rajusta la couverture sur son corps mince, sculpté par le travail.

Autrefois, elle aimait faire l'amour avec Tommy. Elle ne s'était jamais sentie plus proche de lui que lorsqu'ils étaient au lit, enlacés. Aux tout premiers temps de leur mariage, le samedi soir, elle lui préparait un bain chaud. Elle le déshabillait, et le blanc de sa peau contrastait de façon saisissante avec la saleté déposée sur ses bras et son visage. Elle lui savonnait le dos et la nuque. Elle aimait l'odeur de graisse qui s'accrochait à son corps, mais elle insistait toujours pour qu'il prenne un bain pour la messe du lendemain matin. Parfois, tandis qu'elle le lavait, il l'attrapait et la tirait vers lui. Elle protestait, mais il la déshabillait de manière à lui ôter toute envie de résister. Une fois qu'ils étaient nus, il la portait jusqu'au lit. Ensuite, ils restaient allongés et parlaient. Puis il se rhabillait, enfilait des vêtements propres et rejoignait les hommes au pub, la laissant à sa cuisine et aux autres préparatifs en vue du dimanche.

Depuis la mort de Seamus, ils ne faisaient plus vraiment l'amour. Elle repoussait ses avances et protestait qu'elle était trop fatiguée, mais la vérité était qu'elle ne supportait pas l'idée de mettre un autre enfant au monde si c'était pour le voir mourir. Jessie ne faisait pas confiance aux méthodes que lui avait enseignées sa mère pour ne pas tomber enceinte. Si elles étaient efficaces, pourquoi les femmes continuaient-elles à avoir des bébés quand il n'y avait ni place pour eux ni à manger pour tout le monde ? Non, la seule façon de ne pas faire de bébés, c'était de ne pas faire l'amour.

Elle aimait toujours Tommy, il n'y avait pas le moindre doute à ce sujet, mais le fossé qui les séparait s'était encore agrandi lorsque, une semaine plus tôt, il lui avait annoncé qu'il s'était engagé en tant que volontaire. Comment pouvait-il l'abandonner alors qu'elle n'avait pas encore fait le deuil de leur enfant mort ?

Il ne lui fallut que quelques instants pour enfiler sa robe épaisse et ses bas. Sa sacoche était toujours prête au cas où. Elle coinça son épaisse chevelure sous un bonnet, enfila son manteau, embrassa la joue mal rasée de Tommy, puis sortit.

Dehors, les lampadaires à gaz baignaient la rue d'une lumière spectrale mêlée à la fumée des milliers de poêles à charbon qui, dans cette partie de la ville, formaient presque en permanence un brouillard épais. Jessie songea avec nostalgie au ciel bleu et à l'air propre et frais de Skye. S'ils avaient habité là-bas, Seamus ne serait peut-être pas mort. Cela ne servait à rien de raisonner de la sorte. Rien au monde ne ramènerait son bébé. Elle s'emmitoufla dans son manteau et essaya de se frayer un chemin à travers la brume. Elle connaissait bien ces rues désormais pour y avoir aidé des dizaines de femmes à accoucher au cours des derniers mois.

Ses lourdes chaussures résonnaient sur le pavé, et elle se demanda ce qui l'attendait au bout du chemin. Mme Morrison avait déjà au minimum un enfant, le garçon qu'elle avait envoyé la chercher et qui devait avoir dans les sept ans. Cela signifiait très certainement qu'elle en avait au moins trois, sinon quatre autres. Une bonne chose, au fond. Le pire, c'était les premiers accouchements. On ne savait jamais ce qui pouvait arriver. Le travail était en principe plus simple avec une femme qui avait déjà accouché.

L'état de santé de la mère comptait également pour beaucoup. L'argent qui restait en fin de semaine, une fois que son homme s'était rendu au pub, lui suffisait sans doute à peine à habiller et nourrir ses enfants. En outre, beaucoup de femmes souffraient de rachitisme, à cause de la malnutrition dont elles avaient elles-mêmes souffert au cours de leur enfance. Le rachitisme n'était jamais bon signe : le bassin, déformé, tordu, pouvait rendre difficile, sinon impossible, l'accouchement.

Le fils de Mme Morrison l'attendait devant l'entrée de la ruelle. Il était en compagnie de trois autres enfants. Une fillette âgée de cinq ans au plus tenait un bébé dans ses bras, tandis qu'un autre bambin se serrait contre le petit garçon.

« Tu n'as pas demandé à une voisine de vous accueillir ? » s'enquit Jessie.

Il était bien trop tard pour traîner dehors. Un des rares avantages qu'offrait la promiscuité de ces immeubles, c'était la grande solidarité qui existait entre les femmes qui y demeuraient.

« Mon papa me l'a interdit, répondit le garçon. Il est parti au travail, il m'a dit de vous attendre ici. »

Jessie s'agenouilla à côté de lui.

« Comment t'appelles-tu ?

— Billy. Et elle, avec Bébé dans les bras, c'est Annie. »

De la tête, il indiqua le petit gars blotti contre son bras.

« Lui, il s'appelle Charlie – à cause du prince, vous voyez.

— Vous ne pouvez pas rester là, Billy, dit Jessie. C'est dangereux. Suivez-moi, on va trouver une voisine qui puisse vous accueillir. »

Le visage de Billy se figea.

« Je vous ai dit que papa me l'avait interdit. Il dit que c'est rien qu'un tas de méchantes bonnes femmes qui se mêlent de ce qui ne les regarde pas. »

Jessie savait ce que ça voulait dire. Le père des enfants frappait probablement son épouse quand elle lui réclamait de l'argent. La plupart du temps, les femmes ne se mêlaient pas des querelles de famille, mais elles ne se privaient pas de tenir grief au mari violent. Quoi qu'en pense leur père, Jessie veillerait à ce que les enfants soient en sécurité pour la nuit. S'il y avait des complications, ils ne pourraient peut-être pas revenir chez eux avant plusieurs heures. Les appartements étaient trop petits pour que Jessie puisse se permettre de travailler avec quatre enfants dans les pattes. Et puis, c'était une souffrance pour des petits que d'entendre les cris de douleur de leur maman.

Jessie frappa à la première porte de l'immeuble qui se présenta à elle. Au bout d'un moment, une femme imposante à l'air bourru vint leur ouvrir.

« C'est quoi ce raffut ? demanda-t-elle. Vous avez vu l'heure ? »

Elle regarda Jessie, puis poussa un soupir résigné.

« C'est vous, la tire-mômes ? C'est pour Agnes ? Ça a commencé ? »

Elle regarda par-dessus l'épaule de Jessie et remarqua la présence des enfants.

« Vous feriez bien d'entrer, leur dit-elle. Ça peut prendre un moment avant que votre mère vous laisse revenir. »

Les enfants entrèrent en silence, et Jessie ramassa sa sacoche.

« Vous avez besoin d'aide ? demanda la voisine.

— Si c'était nécessaire, je vous ferai appeler », répondit Jessie en souriant.

Cette femme, sous ses dehors bougons, cachait à n'en pas douter un bon cœur.

« Merci pour les enfants.

— Pas de quoi. Elle ferait pareil pour moi. Lui, c'est un sale type. »

Jessie n'était pas vraiment rassurée. Avec un peu de chance, le bébé viendrait au monde avant le retour du mari d'Agnes.

Au dernier étage, elle frappa à une porte et entra sans attendre de réponse. Une seule lampe éclairait la pièce, où il régnait une obscurité quasi totale. C'est seulement en s'approchant du lit qu'elle distingua enfin une femme à la chevelure noire et à l'air résigné.

« Dieu soit loué, vous voilà, lâcha Agnes Morrison. Je pense que ça ne devrait pas tarder, mais ça fait bougrement mal. »

À en juger par son visage cramoisi et la sueur qui perlait sur son front, les contractions devaient être douloureuses et rapprochées.

Jessie sortit ses affaires de sa sacoche tout en considérant la pièce. L'appartement où Agnes vivait avec son mari et leurs quatre enfants n'était pas plus grand que le sien – où, à deux, ils se sentaient déjà à l'étroit.

Mais Jessie savait qu'Agnes n'avait pas le choix, comme la plupart des autres femmes du quartier, dont certaines avaient jusqu'à dix enfants. Cinq personnes se partageaient le grand lit, les autres se débrouillaient avec des lits pliants. Le matin, on rangeait le tout et on envoyait les enfants jouer dehors tandis que les femmes s'occupaient des interminables tâches ménagères, lessive, cuisine et ménage. Le nouveau-né dormirait sans doute dans un tiroir tant qu'il ne serait pas trop grand. Ensuite, il rejoindrait ses parents dans leur lit, cependant qu'un des aînés se retrouverait à dormir à même le sol, le plus souvent dans une caisse à oranges. Ces femmes avaient l'habitude de se débrouiller avec le peu qu'elles avaient. Si elles avaient moins d'enfants leur vie serait sans doute meilleure, mais les hommes ne cessaient jamais d'exiger leur dû et, aussi longtemps qu'ils le feraient, les femmes continueraient, encore et encore, de tomber enceintes.

« Je m'appelle Jessie, dit-elle en se débarrassant de son manteau. Je vois que vous avez de l'eau sur le feu, c'est bien. Maintenant, recouchez-vous et laissez-moi vous examiner. Je vais juste mettre mes instruments à bouillir. »

Jessie plongea ses ciseaux dans la casserole. Ses « instruments » se limitaient à cela, mais laisser entendre qu'elle en possédait d'autres rassurait les femmes. Puis elle prit un tablier propre dans sa sacoche et le passa. Elle avait aussi apporté une serviette propre et un drap, mais à en juger d'après la faible lueur de la lampe, les draps du lit étaient assez propres pour qu'elle n'en eût pas besoin.

« Je vais allumer cette autre lampe, si vous le voulez bien, dit-elle. Je dois voir ce que je fais. »

Pour Agnes, cette exigence s'apparentait à une extravagance, mais elle n'avait pas vraiment le choix.

« Vos enfants sont chez la voisine d'en-bas. »

Agnes gémit au moment où une contraction s'emparait d'elle.

« Mon homme ne va pas être content.

— Il n'est pas là, et ce qu'il pense m'est bien égal. Je me chargerai de lui s'il revient. »

Jessie n'avait pas peur. Un homme pouvait bien battre sa femme, il n'oserait jamais le faire en présence de la sage-femme. Malheureusement, elle ne pourrait pas l'empêcher de recommencer dès qu'elle aurait tourné le dos. S'il lui arrivait de rester un ou deux jours après l'accouchement auprès de la mère, pour l'aider à s'occuper du bébé, dans cette pièce déjà surpeuplée cela ne serait pas possible.

Jessie releva la chemise de nuit d'Agnes et lui palpa doucement l'abdomen. Le bébé était bien positionné.

« Sa tête est en bas, annonça-t-elle à Agnes. Vous avez raison, ça ne devrait plus tarder. »

Agnes gémit à nouveau au moment de la contraction suivante. La première fois, les femmes, sous le choc, se mettaient à hurler de douleur, mais Agnes avait de l'expérience. Et à en juger par son regard noir, elle avait l'habitude de retenir ses cris de douleur.

Jessie aurait aimé fracasser le crâne du mari d'Agnes à coups de tisonnier. Dieu merci, son Tommy n'aurait jamais osé lever la main sur elle.

« Relevez les jambes, demanda Jessie à Agnes après s'être lavé les mains dans de l'eau presque brûlante, et écartez bien les genoux. Je vais jeter un œil pour voir où vous en êtes exactement. »

Agnes, le visage défiguré par la douleur et les contractions, fit ce que Jessie lui demandait.

Celle-ci glissa ses doigts à l'intérieur du vagin et chercha le col de l'utérus. Il était presque entièrement dilaté. Elle avait vu juste, Agnes était sur le point d'accoucher.

« Dans très peu de temps, vous allez pouvoir commencer à pousser. Mais seulement quand je vous le dirai, d'accord ? »

Agnes acquiesça.

Jessie posa la serviette propre sur la table, prête à accueillir le bébé. Le poêle fonctionnait bien et réchauffait la pièce. Souvent, les bébés étaient chétifs et avaient besoin d'être réchauffés. Jessie examina à nouveau Agnes. À présent, le col était entièrement dilaté.

« Si cela vous aide, vous pouvez prendre appui avec vos pieds sur mes épaules, dit-elle. Lorsque vous sentirez la prochaine contraction, je veux que vous poussiez, et quand je dirai stop vous arrêterez. »

Jessie avait découvert qu'aider le bébé à venir au monde en douceur entraînait moins de risques de déchirures, synonymes de douleur des semaines durant chez la mère, qui devrait pourtant reprendre ses activités et s'occuper de sa famille. Sans compter les infections toujours possibles.

Lorsque la contraction suivante arriva, Agnes poussa en prenant appui sur le dos du lit, et Jessie vit une forme noire apparaître dans l'ouverture du vagin. La contraction passa, et le bébé disparut à nouveau. C'était le moment qu'elle préférait. Elle avait l'impression d'être un peu comme le chef d'orchestre d'une de ces fanfares qui se produisaient au jardin botanique.

« Reposez-vous un peu, Agnes, avant que la contraction suivante arrive. »

Elle posa une main sur son abdomen. Elle sentirait la contraction presque en même temps qu'elle.

Après deux ou trois contractions, la tête du bébé sortit. Elle constata avec anxiété que le cordon serrait son cou.

« Poussez encore une fois, Agnes », ordonna-t-elle.

Elle aurait voulu avoir quelqu'un auprès d'elle, sa mère si possible, mais elle était seule et devrait faire face de son mieux. Agnes poussa une dernière fois et le bébé fut expulsé. Jessie dénoua le cordon qui l'asphyxiait. Le bébé était cyanosé. Le cœur de Jessie battait à tout rompre, elle glissa un doigt à l'intérieur de la petite bouche pour vérifier que rien n'obstruait le passage, puis se pencha au-dessus de lui, plaça sa bouche contre celle du bébé et expira doucement.

« Que se passe-t-il ? »

Agnes se redressa sur ses coudes et essaya de voir ce que faisait Jessie.

« Pourquoi ne pleure-t-il pas ? »

Jessie ne pouvait s'interrompre pour lui répondre. Elle souffla encore à plusieurs reprises tout en observant les mouvements du petit torse. Puis la poitrine du bébé se creusa alors qu'il essayait de respirer. Elle releva la tête. Quand le bébé poussa enfin de timides pleurs, elle sentit la tête lui tourner tant elle était soulagée.

Après avoir lavé le bébé, elle l'enveloppa dans la serviette et le passa à sa mère pour qu'elle lui donne le sein.

« C'est une petite fille, Agnes. »

Agnes ne put s'empêcher de manifester sa déception.

« Il voulait encore un garçon. Il ne sera pas bien content d'avoir une fille. »

Quel imbécile ! Comme si le fait d'avoir des garçons était une preuve de virilité. Jessie espérait qu'il ne se vengerait pas sur sa femme.

« Donnez-lui la tétée pendant que je m'occupe de vous nettoyer. Dans une minute, il faudra pousser une toute dernière fois. »

Lorsque le placenta fut expulsé, Jessie coupa le cordon. Puis elle enveloppa le tout dans un papier journal pour qu'Agnes puisse s'en débarrasser plus tard. Elle se lava à nouveau les mains et rangea ses ciseaux. Elle les passerait à l'eau bouillante en rentrant à la maison.

« Il faut que vous restiez couchée le plus longtemps possible et que vous vous reposiez, expliqua Jessie.

— Vous voulez rire ? En rentrant du boulot, il va demander pourquoi son déjeuner n'est pas sur la table, comme d'habitude.

— Dans ce cas, je vais vous préparer une tasse de thé avant de partir. Vous pensez que votre voisine accepterait de garder les enfants encore quelques heures pour vous permettre de dormir un peu ? Je vais lui demander en descendant. »

De son lit, Agnes lui désigna une pile de pièces posées sur la table.

« C'est tout ce que j'ai pour le moment. J'essayerai d'en avoir un peu plus pour quand vous reviendrez. »

Jessie retournait toujours voir les mères et leurs bébés pendant les jours qui suivaient l'accouchement. Elle était payée pour l'accouchement lui-même, et ensuite, en théorie, pour chacune de ses visites. Dans les faits, les femmes ne pouvaient souvent payer que la moitié de ce qu'elles lui devaient. Parfois, elles lui proposaient du haddock ou autre chose quand elles n'avaient pas d'argent, mais en général Jessie refusait. Le bruit avait dû circuler que Jessie avait bon cœur, et elle aurait été incapable d'abandonner des femmes à leur sort alors qu'elle pouvait les aider, tout comme elle n'imaginait pas de ne pas revenir plus tard vérifier qu'elles se portaient bien. N'empêche, elle aurait aimé être payée convenablement de temps à autre. Tommy et elle avaient sacrément besoin de cet argent, s'ils voulaient un jour réussir à quitter leur petite pièce misérable.

« Ne vous inquiétez pas. Ça fera l'affaire. »

Ne pas accepter de recevoir un minimum d'argent aurait été considéré comme une insulte. Ces femmes avaient leur fierté, et tout ce qui pouvait passer pour de la charité les offensait. Au moins, elle pourrait ajouter ces pièces au petit tas qu'elle avait déjà constitué. Dans une dizaine d'années, se dit-elle, ils auraient peut-être de quoi emménager dans un meilleur quartier, dans un appartement plus grand. Si Tommy ne s'était pas engagé, il serait probablement même devenu chef d'équipe aux chantiers navals et ils auraient pu s'offrir une maison dans un lotissement, avec une chambre à coucher séparée. Elle se serait alors peut-être sentie prête à avoir un autre enfant.

Lorsqu'elle eut fini de préparer le thé et de tout ranger, Jessie jeta un dernier coup d'œil vers Agnes. Elle constata avec effroi qu'une tache de sang s'était formée sur le drap et allait en s'élargissant. À ce stade de l'accouchement, les saignements auraient dû être minimes. Si Jessie ne parvenait pas à stopper l'hémorragie, Agnes courait un danger de mort.

« Agnes, je dois faire venir un médecin, lui annonça-t-elle en s'efforçant de rester calme, comme s'il ne s'agissait de rien de bien grave. Je vais vous laisser seule un moment, le temps d'aller le chercher.

— Pourquoi ? Que se passe-t-il ?

— Vous saignez, un peu trop à mon goût. Le docteur pourra faire quelque chose pour arrêter ça. »

Sans s'attarder sur le regard terrorisé d'Agnes, Jessie se précipita chez la voisine et frappa à la porte.

« Il faut envoyer Billy ou quelqu'un d'autre chercher un médecin à l'hôpital. Il devra dire qu'il s'agit d'une hémorragie puerpérale et qu'il y a urgence. »

Billy apparut dans l'encadrement de la porte.

« Je m'en occupe, madame.

— Cours du plus vite que tu peux, Billy, il n'y a pas de temps à perdre. »

Jessie remonta quatre à quatre jusqu'au dernier étage. Elle ne savait pas si le docteur arriverait à temps ni même tout simplement s'il viendrait ; il fallait donc qu'elle entreprenne d'arrêter elle-même l'hémorragie.

« Avez-vous des taies d'oreiller propres, Agnes ? » demanda-t-elle.

Agnes montra la commode du doigt.

« Là-dedans vous en trouverez une ou deux. »

Jessie déchira rapidement les taies en lanières. Puis elle les enroula de façon à former un tampon qui lui permettrait d'obstruer le vagin aussi bien que possible.

Lorsqu'elle eut fini, elle prit à nouveau le pouls d'Agnes. Il était rapide et faible. Si l'hémorragie se poursuivait, Jessie ne pourrait pas faire grand-chose d'autre et les pauvres petits se retrouveraient orphelins de leur mère.

Jessie avait presque perdu espoir lorsqu'on frappa à la porte. Cela faisait des années que Jessie n'avait pas vu la fille du Dr MacKenzie, mais elle reconnut immédiatement Isabel.

« Quelqu'un a fait appeler un médecin ? » demanda Isabel en s'essuyant les pieds sur le paillasson. Puis elle leva les yeux et blêmit. « Jessie MacCorquodale ! C'est donc vous, la sage-femme ! »

Jessie regarda, muette de surprise, Isabel dénouer son fichu et déboutonner son manteau élégant. Elle lui trouva les traits plus fins que dans ses souvenirs ; ses pommettes hautes ressortaient davantage et ses lèvres paraissaient plus pleines. Malgré les cernes qu'elle avait sous les yeux, elle était plus belle que jamais. Pas étonnant qu'Archie se soit épris d'elle.

Le cœur battant, Jessie se dit qu'elle allait enfin pouvoir lui demander ce qui s'était passé ce jour-là, à Galtrigill. Mais ce n'était pas le moment, pas alors qu'Agnes se vidait de son sang.

Elle retrouva l'usage de la parole en la débarrassant de son manteau.

« Je m'appelle Stuart, maintenant, mademoiselle. Je suis mariée.

— Félicitations, Jessie, répondit Isabel en relevant les manches de son corsage à plis surpiqués. Et moi, je suis le docteur McKenzie, maintenant, vous vous rendez compte ? Mais nous discuterons plus tard. Quel est le problème ? »

Jessie lui exposa rapidement le cas d'Agnes et les soins qu'elle lui avait administrés.

Isabel acquiesça d'un hochement de tête tout en prenant le pouls de l'accouchée.

« Vous avez fait tout ce qu'il fallait. Elle a eu de la chance que vous vous occupiez d'elle. Bon, j'ai de l'ergot dans ma sacoche. Ça devrait provoquer la contraction de l'utérus et faire cesser le saignement. Sinon, il faudra que nous l'emmenions à l'hôpital. »

Elle prit une petite bouteille dans sa sacoche, préleva un peu de liquide avec une seringue et l'injecta dans le bras d'Agnes.

« Nous ne devrions pas tarder à être fixées. »

Elles attendirent en silence, les yeux rivés sur la parturiente à la recherche du moindre signe inquiétant. Puis Isabel vérifia le tampon placé dans son vagin et hocha la tête.

« Je crois qu'elle ne saigne plus, annonça-t-elle. Beau travail, Jessie. Si vous n'aviez pas agi aussi vite, elle ne s'en serait peut-être pas aussi bien sortie. Vous avez toujours fait preuve d'un instinct très sûr, ajouta-t-elle avec un sourire. Je me souviens que mon père vous faisait toute confiance. »

Dans le temps, Jessie aurait été transportée par les compliments d'Isabel. Maintenant, en pensant à Archie et à son admiration pour cette femme sûre d'elle et privilégiée, elle les prenait mal ; elle n'y voyait que de la condescendance. Quoi qu'il ait pu se passer à Skye, Isabel n'en avait pas été affectée. Elle avait poursuivi sa vie enchantée. Certes, rien ne prouvait qu'elle ait joué un rôle dans le départ précipité d'Archie ; Jessie en avait juste une intuition profonde, inébranlable.

Dès qu'Agnes fut paisiblement endormie, son bébé langé niché entre ses bras, elle proposa à Isabel une tasse de thé.

Celle-ci ramena une mèche de cheveux vagabonde derrière son oreille.

« Merci, dit-elle après une brève hésitation. Je préfère attendre d'être sûre que l'hémorragie est bien jugulée. » Elle débarrassa un siège en osier des vêtements entassés dessus et s'assit en soupirant. « Quelle journée ! Ça fait du bien de se poser un instant ! »

Jessie mit la bouilloire sur le poêle. Elle devait interroger Isabel sur Archie, mais elle ne voyait pas très bien par quel biais aborder la question. Elle y alla en marchant sur des œufs :

« J'ai toujours le livre que vous m'avez donné la dernière fois que nous nous sommes vues...

— Oh mon Dieu, Jessie ! J'y repense seulement maintenant : je devais vous donner l'adresse des gens que mon père avait trouvés pour vous, et puis ça m'est complètement sorti de l'esprit. Après sa mort, c'était... un tel chaos.

— Même si vous l'aviez fait alors, ça n'aurait rien changé. Finalement, je n'ai pas pu abandonner m'man. Elle était malade, Archie était parti, et je ne pouvais pas la laisser seule. Vous saviez qu'il avait quitté Skye ? »

Isabel passa la pointe de sa langue sur ses lèvres.

« Oui. Où est-il allé ?

— Il est en Amérique. Ou du moins, c'est là-bas qu'il était la dernière fois que j'ai eu de ses nouvelles.

— L'Amérique ! Il en parlait toujours. »

Était-ce une impression, ou Isabel avait-elle paru soulagée ?

« Quoi qu'il en soit, Archie m'avait laissée avec m'man souffrante, et je ne pouvais ni la laisser seule ni l'emmener avec moi. Elle est morte il y a quelques années. »

Elle observa attentivement Isabel, guettant ses réactions mais, en dehors d'un autre léger vacillement, elle ne lut que de la sympathie dans son regard.

« Je suis désolée, répondit Isabel. Enfin, vous avez quand même réussi à devenir infirmière. »

Jessie versa l'eau bouillante dans la théière et laissa infuser le thé.

« Après la mort de m'man, plus rien ne me retenait à Skye et je suis venue à Édimbourg. J'ai essayé de trouver un poste à l'hôpital royal mais ils n'ont pas voulu me prendre parce que je n'avais pas un niveau d'études suffisant. Et puis ils voulaient que je paye ma formation, et je n'avais pas d'argent. J'ai fini par trouver un poste d'infirmière à Craigleith.

— Je ne savais pas que vous étiez à Craigleith ! J'y allais parfois, donner un coup de main en chirurgie.

— J'y suis restée trois ans. L'hôpital royal n'avait pas voulu de moi, mais l'hospice était moins regardant sur les recrutements. »

Toutefois elle ne voulait pas qu'Isabel s'imagine qu'elle n'était pas une infirmière à part entière. Elle recherchait encore son approbation malgré tout.

« J'y ai fait du bon travail. Une nouvelle infirmière-chef était arrivée juste avant moi, et elle n'était pas satisfaite de la façon dont les choses étaient dirigées. Nous avons réussi ensemble à faire en sorte que les salles communes soient au même niveau qu'à l'hôpital royal. L'infirmière-chef avait été formée à l'hôpital de Glasgow et elle connaissait son métier, ce qui m'a permis de recevoir une bonne formation. »

Elle se tourna vers le poêle, versa le thé dans des tasses et prit des soucoupes sur le dessus de cheminée.

« Quand êtes-vous partie ? demanda Isabel en prenant la tasse des mains de Jessie.

— J'ai rencontré mon mari, Tommy. Les infirmières mariées sont mal vues.

— Est-ce que ça vous manque ? D'être infirmière à l'hôpital, je veux dire. Évidemment, vous faites toujours les accouchements, et je suis sûre que les femmes de Leith ont lieu de rendre grâce à Dieu de vous avoir pour les aider.

— Au début, ça ne m'a pas manqué. J'étais trop contente d'être mariée et d'avoir un bébé... »

Elle n'acheva pas sa phrase ; sa voix s'étrangla.

Le bébé d'Agnes remua sans la réveiller et Jessie s'approcha pour regarder comment allaient la mère et l'enfant. Le bébé s'était déjà rendormi, une petite bulle de lait sur la lèvre.

« Vous avez un enfant ? demanda Isabel quand Jessie fut revenue s'asseoir.

— J'ai eu un fils, répondit laconiquement Jessie.

— Vous avez eu... ? releva Isabel. Oh, Jessie, que s'est-il passé ? »

Jessie trempa ses lèvres dans le thé brûlant.

« Il est mort. De la diphtérie. Je l'ai emmené à l'hôpital. Il a été vu par une femme médecin. Une bonne à rien. Je n'arrêtais pas de lui dire qu'il fallait lui faire un trou dans la gorge pour l'aider à respirer, mais il faut croire que pour elle les filles comme moi n'y connaissent rien. Seamus était mon bébé. Si j'avais eu le matériel dont le docteur disposait, je l'aurais sauvé. Je sais que je l'aurais sauvé.

— Je suis vraiment désolée, dit doucement Isabel. Comment s'appelait cette femme ? Vous vous en souvenez ?

— Je ne l'oublierai jamais. C'était le Dr Harcourt.

— Je la connais, répondit Isabel avec une moue expressive. Elle a quitté l'hôpital, maintenant. J'ai cru comprendre qu'elle exerçait dans la ville nouvelle.

— Je plains ses patients. »

Isabel se pencha et posa sa main sur celle de Jessie. Elle avait les doigts glacés, malgré la chaleur qui régnait dans la pièce.

« Les médecins sont humains, Jessie. Nous avons beau faire, si fort que nous le voulions, nous ne pouvons pas sauver tout le monde.

— Elle aurait pu sauver Seamus, mais elle a paniqué. Pas comme vous. Vous n'avez pas paniqué devant l'hémorragie d'Agnes. Le Dr Harcourt aurait perdu ses moyens.

— On ne peut pas savoir ce qu'elle aurait fait, répondit Isabel en se levant pour poser sa tasse à côté de l'évier.

— Où exercez-vous ? » demanda Jessie pour changer de sujet.

Le passé était le passé. À quoi bon ressasser ? On ne pouvait plus rien y changer.

« Je suis résidente à Leith, en ce moment. J'achève mon clinicat en décembre.

— Vous allez rester à l'hôpital ? »

Isabel secoua la tête.

« Les femmes ont du mal à obtenir un poste permanent dans un hôpital, à part en médecine maternelle et infantile ou dans un asile. Et puis j'ai toujours voulu devenir chirurgienne. S'il y a un point positif dans cette guerre, c'est qu'elle donne aux femmes l'occasion d'acquérir une expérience qu'elles n'obtiendraient nulle part ailleurs. Une unité féminine part bientôt pour le front et j'ai demandé à l'intégrer. Comme ça, je pourrai pratiquer la chirurgie.

— Vous n'aurez pas peur là-bas, au milieu des combats, docteur MacKenzie ? Vous n'avez pas d'attaches ici ?

— Voyons, Jessie, appelez-moi Isabel. Nous nous connaissons depuis assez longtemps. Et non, ajouta-t-elle en se rembrunissant, je ne laisserai personne derrière moi, en dehors de ma mère. »

Un bout de bois crépita dans le feu ; un rire retentit dans la rue, en bas.

« Mon Tommy s'est porté volontaire – l'idiot. Je lui ai demandé de ne pas partir, mais il ne veut rien entendre. Il dit que c'est son devoir. Son devoir ? fit Jessie avec un claquement de langue. Qu'est-ce que le gouvernement a jamais fait pour nous ?

— Je suis navrée que vous pensiez ainsi, Jessie. Nous avons tous des devoirs, surtout en ce moment. »

Jessie en avait assez entendu. Qui était Isabel pour lui faire la morale ? Elle sentit monter en elle, comme un orage, la tension et le chagrin des derniers mois.

« Des devoirs ? Je vous en prie, ne me parlez pas de devoir ! J'ai fait mon devoir envers ma m'man. C'est moi qui suis restée quand Archie s'en est allé. C'est moi qui ai mis de côté mes espoirs et mes rêves, par devoir. Vous voilà, qualifiée, riche et heureuse, mais vous ne savez rien des gens comme moi et de nos vies. Vous étiez bien contente, à Skye, de nous regarder de haut, de vous pavaner avec votre papa comme si vous étiez sortie de la cuisse de Jupiter. Est-ce que ça vous faisait plaisir, au moins, de savoir que vous pouviez toujours rentrer chez vous, retrouver votre petit confort ? Vous étiez bien contente d'avoir Archie comme ami quand ça vous arrangeait. Ça vous était bien égal qu'il vous aime. Est-ce que vous vous en étiez seulement rendu compte ? »

Isabel se leva et se cramponna au dossier de sa chaise comme pour ne pas tomber.

« Vous vous trompez, Jessie. Je tenais à Archie. Il était mon ami. Et je n'ai jamais regardé les gens de haut, dans l'île. Tout au contraire, je les enviais, et je vous enviais, vous. Vous ne voudrez peut-être pas me croire, mais je me sentais bien seule. Archie était la seule personne qui me donnait l'impression de compter pour quelqu'un. »

Mais Jessie ne pouvait plus s'arrêter. Elle fit un effort pour ne pas hausser le ton. Elle ne voulait pas réveiller Agnes ni son bébé.

« Le jour où lord Maxwell a disparu, vous y étiez, à Galtrigill, pas vrai ? Mais est-ce que la police vous a interrogée ? Bien sûr que non ! La fille du docteur était au-dessus de ça, alors qu'Archie n'était que le fils d'un métayer. Je ne sais pas ce qui s'est passé ce jour-là, mais s'il était pour quelque chose dans l'affaire, je sais que c'était à cause de vous.

— Je ne vois pas ce que vous voulez dire », rétorqua Isabel, choquée, en ouvrant de grands yeux.

Elle retourna près du lit et se pencha à nouveau sur Agnes, tournant le dos à Jessie.

« Ce jour-là, quand vous êtes allée dire au revoir à Archie, vous avez vu lord Maxwell ? » insista Jessie.

Elle ne laisserait pas partir Isabel sans avoir obtenu certaines réponses.

Cette dernière se raidit.

« Ça fait si longtemps. Quelle importance aujourd'hui ? »

Mais Jessie n'était pas disposée à en rester là.

« Vous étiez à Galtrigill. Tout comme Archie et Sa Seigneurie. Avez-vous vu Archie se battre avec lui ?

— J'ai vu Archie... Nous nous sommes dit adieu. Je suis tombée malade, juste avant que nous quittions Skye. Je ne savais même pas que lord Maxwell avait disparu. Je ne l'ai appris qu'il y a quelques années.

— Archie vous a-t-il avoué son amour, ce jour-là ? Est-ce ce qui s'est passé ? »

Isabel se retourna. Malgré la pénombre, Jessie pouvait deviner qu'elle avait le rouge aux joues.

« De quel droit m'interrogez-vous ainsi ? s'exclama-t-elle, relevant le menton.

— J'ai besoin de savoir ce qui a poussé Archie à nous quitter, m'man et moi ! s'écria Jessie. Archie vous a-t-il demandé d'être à lui, et l'avez-vous repoussé ?

— Oui, en effet », répondit Isabel dans un soupir.

Jessie avait donc vu juste à ce sujet.

« Mais vous ne pouvez pas imaginer qu'Archie ait eu une quelconque responsabilité dans la disparition de Charles Maxwell. Vous ne pouvez pas le croire capable de faire du mal à quelqu'un. Vous êtes sa sœur ! ajouta très vite Isabel. Vous devez savoir qu'il avait toujours voulu aller en Amérique. Il ne parlait que de cela. Il voulait devenir quelqu'un.

— Il était déjà quelqu'un.

— Ça ne lui suffisait pas.

— Et ce n'était pas assez pour vous non plus. »

Isabel secoua tristement la tête.

« Non. Je voudrais bien pouvoir dire le contraire. »

Jessie se renfrogna. Et si c'était pour ça qu'il était parti ? Il avait été rejeté par la femme qu'il aimait. Il y avait assurément là de quoi affermir sa détermination à accomplir son destin. Et donc son départ n'avait rien à voir avec la disparition de lord Maxwell, mais tout avec son amour sans espoir pour Isabel. N'était-ce pas ce qu'elle avait toujours deviné ? Que son ballot de frère était amoureux d'une femme qui ne serait jamais sienne ?

Isabel récupéra son manteau, les mains tremblantes. « L'hémorragie a complètement cessé. Elle se remettra tout à fait, maintenant. Il faut que je retourne à l'hôpital. Si vous avez besoin de moi, envoyez-moi chercher là-bas. » Elle s'arrêta, la main sur la poignée de la porte. « S'il y a quoi que ce soit que je puisse faire pour vous, Jessie, j'habite au 24, Heriot Row. »

Alors que la porte se refermait sans bruit derrière elle, Jessie se rendit compte qu'Isabel n'avait pas démenti avoir vu Charles Maxwell ce jour-là.

Le chauffeur attendait devant la maison pour remmener Isabel à l'hôpital. Elle aurait préféré marcher, surtout ce soir-là, car elle avait besoin de réfléchir à ce que Jessie lui avait dit mais, la nuit, Leith n'était pas un endroit sûr pour une femme seule. Le travail ne cessait pas à la fin du jour dans les chantiers navals, et les prostituées attendaient au coin des rues que les ouvriers fassent une pause. Sans parler des vagabonds et des indigents tapis dans les coins sombres, qui n'attendaient que l'occasion de sauter sur les passants inconscients du danger pour les soulager de leur bourse ou de leur portefeuille. Une règle tacite voulait qu'on ne s'attaquât pas à une infirmière ou à une doctoresse, mais les infirmières étaient reconnaissables à leur uniforme tandis que les femmes médecins étaient habillées en civil.

Ça lui avait fait un choc de revoir Jessie. D'autant que les rumeurs de guerre avaient complètement chassé Charles Maxwell et Archie de son esprit ces dernières semaines. Qui eût cru que leurs chemins se croiseraient à nouveau après tant d'années, et à Leith, en plus ? D'un autre côté, quand elle y réfléchissait, il n'y avait pas tellement d'endroits où les femmes pouvaient acquérir une formation, et Édimbourg ou Glasgow étaient les deux villes que la plupart choisissaient.

Isabel savait qu'elle retardait le moment de penser aux paroles que Jessie lui avait lancées. La Jessie qu'elle avait connue à Skye ne lui aurait jamais parlé sur ce ton. Elle gardait le souvenir d'une fille au sourire coquin et au regard malicieux. Elle était devenue, en grandissant, une infirmière compétente, mais sa légèreté l'avait abandonnée en cours de route. La perte d'un enfant avait souvent cet effet. S'il lui arrivait de se dire qu'elle avait une vie pénible, elle n'avait qu'à songer aux femmes ordinaires d'Édimbourg pour voir ce que c'était qu'une existence difficile.

Mais pourquoi Jessie lui avait-elle demandé si elle avait vu Charles ? Savait-elle que Charles l'avait agressée ? Et comment l'aurait-elle su ?

Archie se trouvait bien dans les parages. Elle marchait depuis un quart d'heure à peine quand il lui était tombé dessus. Et si Archie l'avait entendue crier, ou s'il avait vu Charles la suivre ? Et s'il s'était porté à son secours, avait découvert qu'elle s'était enfuie et s'était battu avec Charles ? Se pouvait-il qu'Archie l'ait tué ? Isabel sentait son cœur cogner douloureusement dans sa poitrine. Ça expliquerait pourquoi il était parti si brusquement pour l'Amérique et n'était jamais revenu. L'Archie qu'elle connaissait n'aurait jamais laissé Jessie s'occuper seule de la ferme et de leur mère malade. Pas à moins de craindre pour sa liberté ou sa vie. C'était visiblement ce que Jessie soupçonnait. L'idée que son ami d'enfance ait été témoin de son déshonneur la rendait malade, mais la pensée qu'il ait eu quelque chose à voir avec la disparition de Charles était pire encore. Si Archie était à blâmer, elle expliquerait à la police ce qui s'était passé ce jour-là. D'un autre côté, bien que ce soit Charles qui l'ait agressée, elle serait perdue de réputation, et sa famille probablement aussi. Il lui serait sans doute interdit de continuer à pratiquer la médecine.

Si Jessie croyait qu'Archie avait fait du mal à Charles à cause d'elle, pas étonnant qu'elle soit tellement en colère.

Elle avait les yeux brûlants de larmes. Jessie lui avait clairement dit qu'elle la trouvait égoïste, arrogante, petite fille gâtée. Et d'une certaine façon elle avait raison. Elle avait fait intrusion dans la vie des habitants de l'île, pas par réel besoin de les aider, mais pour alléger sa propre solitude et satisfaire son intérêt pour la médecine. Elle avait les joues brûlantes. Papa l'avait gâtée, mais depuis, elle avait aidé beaucoup de gens grâce à ses talents et elle était sur le point de trouver une nouvelle occasion de faire passer les besoins des autres avant les siens. *Mais*, lui chuchotait une petite voix, *si tu pars pour la guerre, n'est-ce pas, en vérité, parce que tu veux approfondir ta connaissance de la médecine ?*

Elle se redressa. Ce type de raisonnement ne valait rien. Peu importait la raison pour laquelle elle allait rejoindre le front. Tout ce qui comptait, c'était que, une fois là-bas, elle ferait tout ce qui était en son pouvoir pour sauver la vie des hommes dont elle s'occuperait.

Quant à la vérité au sujet de Charles... Une nausée lui tordit l'estomac. Il fallait qu'elle la découvre, d'une façon ou d'une autre, elle ne savait pas comment, mais il le fallait.

Elle ne pouvait questionner Jessie. Mais Andrew ?

Or Andrew et Simon étaient en France, quelque part sur le front de l'ouest. Ils s'étaient engagés dans l'armée de l'air presque aussitôt après la déclaration de guerre. Andrew écrivait souvent à leur mère, et elle avait l'adresse de sa base dans la Marne. Mais ce n'était pas le genre de chose qu'on pouvait demander dans une lettre. Et si elle se trompait, et si Archie n'était absolument pour rien dans tout ça ? Et d'abord comment pourrait-elle justifier ses questions sur la disparition de Charles sans parler à Andrew de son agression ? Et si elle le faisait, est-ce que ça ne risquait pas d'entacher l'amitié qui unissait Andrew et Simon ? Les deux hommes étaient proches. Andrew parlait toujours de Simon dans ses lettres. Il était même allé jusqu'à écrire qu'il savait que rien ne pourrait lui arriver tant que Simon serait là pour surveiller ses arrières.

Le sang battait à ses tempes, et les secousses de la voiture sur les pavés ne faisaient qu'aggraver son mal de tête. Si seulement papa était encore en vie, elle aurait pu lui demander conseil. Ou si Maximilien avait été là... Mais non, même s'il ne l'avait pas quittée, pour rien au monde elle ne lui aurait parlé de l'agression de Charles. Les mains de Charles l'avaient souillée d'une façon répugnante pour n'importe quel honnête homme.

Non. Si elle voulait connaître la vérité, c'était à elle de la découvrir, et à personne d'autre. Or il fallait qu'elle sache. Si Charles était mort, et si c'était à cause d'elle, d'une façon ou d'une autre, force lui serait d'admettre les faits. Un frisson lui parcourut l'échine. Même si cela devait impliquer qu'elle perde tout.

Jessie attendit avant de partir qu'Agnes soit assez réveillée pour donner le sein à son bébé. Elle s'arrêta chez la voisine, une femme à l'air harassé, pour lui demander si elle pouvait garder les enfants jusqu'à huit heures, moment auquel le mari d'Agnes, qui travaillait de nuit, rentrerait du chantier naval. Par bonheur, la femme accepta.

Dehors, le jour se levait et les rues commençaient à s'animer. Jessie était encore sous le coup de l'émotion et, quand elle pensait à ce qu'elle avait dit à Isabel, elle en était malade. Elle voulait croire qu'Archie était parti parce qu'il voulait faire quelque chose de sa vie afin qu'Isabel y puisse entrer un jour, mais elle ne pouvait se défaire de l'idée que ce n'était pas toute la vérité. Si tel avait été le cas, il aurait écrit pour lui donner son adresse, ou il les aurait fait venir. À moins... à moins qu'il n'ait pas très bien réussi en Amérique et qu'il n'ait été trop fier pour le reconnaître.

C'était possible mais, au plus profond d'elle-même, elle était encore convaincue qu'Isabel savait quelque chose sur la disparition de lord Maxwell. Une chose qui pourrait aider Archie. Certes, en Amérique, il était à l'abri des poursuites mais, s'il essayait de rentrer en Écosse, aucun doute que la police l'arrêterait bien que six années se soient écoulées depuis les événements. Et si Isabel savait quelque chose, elle n'en disait rien.

Les commerçants dressaient le long de la rue les étals apportés dans de lourdes charrettes. Les hommes de l'équipe de nuit rentraient chez eux, le chapeau enfoncé sur la tête pour se protéger de la pluie qui tombait dru à présent. Dans cette partie d'Édimbourg la plupart des hommes étaient, comme son Tommy et comme le mari d'Agnes, employés au chantier naval. Le travail était pénible et mal payé, mais c'était du travail, et la plupart étaient déjà bien contents d'en avoir.

En pensant à Tommy, elle pressa le pas. Si elle se dépêchait, elle serait rentrée avant qu'il parte, et ils auraient peut-être le temps de faire un câlin. Elle ne lui avait jamais parlé de ses craintes concernant Archie, sans trop savoir pourquoi, juste parce qu'il y avait des choses dont il valait mieux ne pas parler. Même avec l'homme qu'on aimait. Et elle l'aimait. Elle avait été bien bête de laisser une distance se creuser entre eux.

Quand elle arriva, elle fut contente de le trouver encore à la maison. Il était habillé, prêt à partir.

« Bonjour, ma douce, lui dit-il, sur la réserve. Comment ça s'est passé ? Tout va bien ? Elle t'a payée ? »

Jessie lui montra les piécettes qu'elle avait dans la main et il fronça les sourcils.

« C'est tout ? On se demande si ça vaut vraiment la peine.

— Ça s'ajoute au reste. Tu verras. Un jour, grâce à ça, on pourra s'offrir quelque chose. C'est mieux que rien, Tommy.

— Je voudrais bien que tu ne sois pas obligée de travailler. Un homme n'aime pas penser qu'il n'arrive pas à subvenir aux besoins de sa femme.

— On en a déjà parlé, Tommy. J'aime bien mettre des bébés au monde. Et puis, si tu n'avais pas une tête de pioche, si tu ne t'étais pas enrôlé dans l'armée, tu aurais pu avoir ce poste de chef d'équipe au chantier. Et nous aurions assez d'argent. »

Il l'attira tout contre lui et enroula ses bras forts autour de sa taille.

« Ne reviens pas là-dessus, ma douce. Tu sais que je n'avais pas le choix. Tous les autres garçons s'engageaient, et la moitié sont tellement bêtes que sans moi ils se retrouveraient refroidis en deux temps trois mouvements. »

Et s'il ne revenait pas ? Est-ce qu'il y avait pensé ? Il lui mordilla l'oreille et chuchota : « Viens au lit, ma chérie. Je me suis réveillé en pensant à toi... » Ses doigts jouaient avec les lacets de sa robe, s'escrimaient à les défaire. Il arriverait bientôt à ses fins. Son Tommy, qu'elle aimait de tout son cœur et de toute son âme. Il y avait longtemps qu'elle n'avait pas couché avec lui, senti sa peau nue sur la sienne, qu'elle ne l'avait pas senti en elle.

Il fit glisser sa robe à bas de ses épaules, déposa des baisers au creux de son cou, et ses lèvres descendirent vers ses seins. Comme le creux doux et chaud entre ses cuisses devenait tout humide, elle plaqua son corps contre le sien. Il releva la tête, lui offrit le grand sourire qui la faisait toujours fondre, la cueillit dans ses bras et la porta vers leur lit.

25

Deux semaines plus tard, Jessie regardait, immobile, Tommy finir d'ajuster son uniforme. Il partait pour un camp d'entraînement en Angleterre. De là, il prendrait le bateau pour la France.

Elle lui trouvait vraiment fière allure.

Tout en boutonnant sa veste, il se tourna vers elle.

« Ça va ? lui demanda-t-il.

— Non », répondit-elle tout bas, se détestant de ne pas réussir à lui pardonner de la quitter.

Il traversa la pièce, s'approcha et s'agenouilla devant elle, son kilt s'épanouissant autour de lui. Elle sentit la rugosité de ses mains calleuses alors qu'il les plaçait de chaque côté de son visage. Elle appuya sa joue sur sa paume.

« Je voudrais que tu ne partes pas, Tommy.

— Je sais, ma douce, mais il le faut. Je ne peux pas rester ici en laissant les autres se battre pour moi. »

C'était une conversation qu'ils avaient eue plusieurs fois depuis le jour où Tommy avait fait irruption dans l'appartement, les joues rouges d'excitation, et lui avait annoncé qu'il s'était engagé dans les Seaforth Highlanders.

« Tu aurais pu rester, fit Jessie, alors même qu'elle savait qu'il ne changerait pas d'avis. Tu t'es porté volontaire, Tommy. Tu aurais pu attendre qu'ils t'appellent.

— Je ne pouvais pas, Jessie. Ça ne durera pas longtemps, et je veux en être pendant qu'il en est temps. »

Il posa sa main sur sa poitrine, et elle lui caressa les cheveux de sa main tremblante. S'il ne revenait pas, comment pourrait-elle le supporter ?

« Si tu avais attendu qu'ils te donnent le poste de chef d'équipe, on aurait pu avoir un appartement avec une pièce en plus. On aurait pu le louer, Tommy, on aurait gagné un peu plus...

— Je sais. Mais ce n'est pas comme si...

— Ce n'est pas comme si on devait encore penser à Seamus. C'est ce que tu allais dire, Tommy ? Mais un jour, si Dieu le veut, il y aura d'autres enfants. Et quand ils seront là, je veux qu'ils vivent mieux que nous. Je veux qu'ils aient une bonne éducation, une chance de faire quelque chose dans la vie. Je ne veux pas qu'ils grandissent en se demandant s'ils auront de quoi manger. Je ne veux pas qu'ils grandissent sans père. »

Elle sentait la culpabilité s'enrouler autour d'elle comme une cape. C'était sa faute si Seamus était mort, c'était à cause de ses ambitions. Si elle n'avait pas voulu mettre de l'argent de côté pour son éducation, elle n'aurait jamais pris ce travail au lavoir et elle n'aurait pas ramené la diphtérie à la maison. Tommy ne lui avait jamais fait de reproches, mais elle s'en voulait. Oh, ce qu'elle s'en voulait ! Peut-être que voir Tommy partir pour la guerre était sa punition. Peut-être qu'elle n'aurait pas dû chercher à en avoir davantage. Pourquoi ne pouvait-elle se contenter de ce qu'elle avait ? Tommy et son bébé. Ils avaient de quoi manger, des vêtements sur le dos, des chaussures à leurs pieds, un penny de temps en temps pour sortir le dimanche. Pourquoi fallait-il toujours qu'elle en veuille plus que Dieu n'avait jugé bon de lui donner ?

« Je reviendrai en permission. Tu verras, Jessie. Et tu toucheras ma solde.

— Je ne veux pas que tu t'en ailles ! »

Jessie repoussa sa tête de ses genoux et se leva.

« Je veux que tu restes avec moi, ici, où tu seras en sécurité.

— Ma douce, tu sais que je ne peux pas. J'ai signé. Il faut que j'y aille maintenant », dit-il en se relevant.

Elle savait qu'il était trop tard, bien sûr. Une fois qu'on avait signé, on ne pouvait pas se dédire. Elle enleva son tablier, le posa en travers de sa chaise et s'obligea à faire bonne figure.

« Je sais, mon chéri. Ne t'en fais pas pour moi. »

Elle parcourut la petite pièce du regard.

« Tu as les encas que j'ai préparés pour toi ? »

Tommy tapota son sac à dos.

« *Aye*. Ceux au bacon, surtout. Je vais me régaler. »

Ils se regardèrent. Jessie le revit comme le jour où elle l'avait rencontré à l'hospice, planté là, son sachet de bonbons à la main, l'air à la fois ravi et coupable. Elle le revit quand il l'avait embrassée pour la première fois, et puis eux deux devant le pasteur, elle dans la robe qu'elle avait cousue en secret pendant des semaines, lui portant son unique costume, ses chaussures neuves le faisant se dandiner d'un pied sur l'autre, ensuite le soir de leur mariage, comment il l'avait prise dans ses bras, doucement au début, puis avec quelle fougue il lui avait coupé le souffle, lui avait fait l'amour ; et le sourire d'une oreille à l'autre qu'il avait eu quand elle lui avait annoncé qu'elle était enceinte ; son regard émerveillé quand il avait pris Seamus pour la première fois dans ses bras... Et son expression quand il avait compris que Seamus était mort. Tant de souvenirs.

La douleur de le laisser partir la dévastait.

Puis ils furent dans les bras l'un de l'autre, et de ses larmes elle trempa sa chemise de toile. Elle sentait sa rugosité, sentait l'odeur particulière qui était tout lui, Tommy. Elle sentait ses bras fermes autour d'elle alors qu'il la serrait contre lui et lui disait qu'il l'aimait, qu'il reviendrait avant qu'elle se soit rendu compte qu'il était parti.

Alors la porte se referma avec un cliquetis, et il n'était plus là.

Tommy n'était en France que depuis quelques semaines quand le télégramme arriva. Jessie l'ouvrit, les mains tremblantes. Elle n'avait pas besoin de le lire pour savoir ce qu'il disait. Les gens comme elle ne recevaient de télégrammes que pour une raison. Enfin, elle déplia la petite feuille de papier.

NOUS AVONS LE REGRET DE VOUS INFORMER QUE LE CAPORAL TOMMY STUART DES SEAFORTH HIGHLANDERS EST PORTÉ DISPARU AU COMBAT ET PRÉSUMÉ MORT. NOUS VOUS PRÉSENTONS NOS SINCÈRES CONDOLÉANCES.

Tommy était mort.

Son cher Tommy ne rentrerait pas. Plus jamais.

Avait-il eu peur pendant les derniers moments ? Avait-il eu mal ? Avait-il appelé son nom ? Elle referma ses bras autour d'elle, serra très fort en essayant de s'empêcher de trembler.

Qu'allait-elle devenir sans lui ?

La souffrance lui réduisait l'âme en lambeaux. Elle eut vaguement conscience d'entendre une plainte sauvage, funèbre, et puis elle se rendit compte que c'était elle qui gémissait. Elle se balança d'avant en arrière, secouée par de rauques sanglots qui lui coupaient le souffle jusqu'à ce qu'elle n'ait plus de larmes à verser.

À la tombée de la nuit, elle était encore assise là. Elle se leva et alluma la lampe à huile. Son regard tomba sur le lit où ils avaient dormi, Tommy et elle. Comment pourrait-elle continuer à vivre dans cette chambre qui avait jadis abrité leur bonheur et qui lui rappellerait désormais, pour l'éternité, tout ce qu'elle avait perdu ?

Elle relut le télégramme. PRÉSUMÉ MORT. Elle sentit renaître l'espoir. Rien n'était sûr. Le John de Mme McPherson n'avait-il pas été présumé mort avant de reparaître tout ce qu'il y a de vivant, dans un hôpital militaire où il se remettait de ses blessures ? Son Tommy pourrait bien connaître le même sort, non ? Peut-être qu'il avait reçu un choc à la tête et ne savait plus qui il était. Ça pouvait arriver. Peut-être qu'ils avaient fait une erreur. Dans toute cette confusion, ça ne pouvait pas manquer d'arriver. Elle le sentirait s'il était mort, tout de même ?

Elle chercha quelque chose au fond du tiroir de la commode, alla à la porte et décrocha son manteau. Elle ne se résignerait pas à la disparition de son Tommy avant d'avoir la certitude qu'il ne reviendrait plus.

26

Isabel dressait la liste de tout ce dont elle aurait besoin pour la Serbie quand Ellie frappa à la porte et fit irruption dans sa chambre.

« Pardon, mademoiselle, mais il y a une femme dans la cuisine qui veut absolument vous parler. Mme Walker a essayé de la faire partir, mais elle ne veut rien entendre.

— Est-ce quelqu'un qui a besoin de mon aide ? demanda Isabel. Mme Walker n'a-t-elle pas encore compris qu'il ne faut pas chasser ces personnes ?

— Cette femme n'est pas blessée, mademoiselle. Elle insiste juste pour parler à la doctoresse.

— Je descends tout de suite. »

En bas, elle reconnut avec angoisse Jessie effondrée à la table de la cuisine, véritable boule de souffrance aux yeux rouges, gonflés, aux joues striées de larmes. Isabel comprit aussitôt qu'un malheur était arrivé. « Que s'est-il passé, Jessie ? C'est l'une de vos mères ? » Elle s'accroupit à côté d'elle et prit entre les siennes, afin de les réchauffer, ses mains gelées malgré la chaleur qui montait des fourneaux.

Jessie eut un soupir hoquetant. « Non, ce n'est pas ça. » Elle lui tendit le bout de papier sur lequel elle avait noté son adresse. « Vous m'aviez dit de venir vous voir si j'avais besoin de quelque chose. »

Intriguée, Isabel tira une chaise près de la table et, ignorant la réprobation des domestiques, s'assit.

« Dites-moi ce que je peux faire pour vous. Prenez votre temps. »

En dehors du fracas des pots et des casseroles entrechoqués par Mme Walker, on n'entendit rien, pendant un moment, dans la pièce.

« C'est mon Tommy, dit enfin Jessie. Il est porté disparu. J'ai reçu un télégramme. Ça dit qu'ils le croient mort.

— Oh, Jessie, je suis vraiment désolée. »

De grosses larmes silencieuses roulèrent sur les joues de Jessie. Le tintamarre de batterie de cuisine cessa, et quelques instants plus tard une tasse de thé apparut sur la table, devant elle.

« Y a-t-il quoi que ce soit que je puisse faire ? » demanda Isabel après que Jessie en eut pris une gorgée ou deux.

Jessie leva les yeux sur elle. Son visage ruisselant de larmes arborait une expression résolue.

« Oui, il y a quelque chose. Vous avez dit que vous vouliez participer à l'effort de guerre. Eh bien, je veux y aller aussi. »

Troisième partie

France et Serbie, 1914-1919

27

France, décembre 1914

Jessie avait froid. Tellement froid que son haleine se condensait en nuages de vapeur, et elle devait taper des pieds pour rétablir sa circulation sanguine. Elle resserra plus étroitement sa capote sur elle. Elle se sentait encore vidée, comme si quelqu'un lui avait arraché les entrailles, mais ni son cœur brisé ni ses doigts ou ses orteils engourdis, gelés, ne réussiraient à doucher son excitation croissante.

Elle avait du mal à croire qu'un petit mois plus tôt elle était encore à Édimbourg, et qu'elle était maintenant en France pour travailler pour l'Hôpital féminin écossais. Deux jours plus tôt, les femmes de son unité s'étaient rassemblées à la gare Victoria, à Londres, toutes reconnaissables à la jupe grise et à la veste aux revers écossais qui étaient leur uniforme. Au début, Jessie avait pensé que sa tenue grise, mal coupée et qui grattait, provenait d'un décrochez-moi-ça, mais quand elle avait vu les autres femmes, tout aussi inélégantes et empruntées, elle s'était dit qu'on avait dû payer une couturière de seconde zone pour les confectionner. Cela dit, malgré leurs uniformes, il ne fallait pas s'y tromper : la plupart des femmes de l'unité étaient des *ladies*.

Jessie en avait encore les joues brûlantes : quand on l'avait présentée à lady Arabella, elle s'était aussitôt fendue d'une révérence. Lady Arabella avait glissé quelque chose à l'oreille de sa compagne et elles s'étaient mises à rire.

Sa gêne avait vite laissé place à l'exaspération. La façon dont, alors que la locomotive vomissait déjà des panaches de fumée noire, les femmes n'arrêtaient pas de sauter sur le quai en ordonnant : « Qu'on retienne le train ! Il faut absolument que je trouve des bonbons », ou : « Ma chère, prévenez ce gentil conducteur qu'il n'est pas question que nous partions tant que je n'aurai pas eu mon thé », aurait eu raison de la plus patiente des filles. Tandis que le retard s'accumulait, Jessie grinçait des dents, au comble de la frustration. Elle savait pourtant qu'il était stupide de croire que plus vite elles arriveraient en France, plus vite elle découvrirait ce qui était vraiment arrivé à Tommy.

Elle avait le cœur gros. Y avait-il la moindre chance qu'il soit encore en vie ? Elle n'était pas prête à perdre espoir. La mort était partout : tant d'hommes, dont on n'avait jamais retrouvé le corps, avaient été soufflés par des explosions. Comment pouvait-on affirmer avec certitude qui était mort et qui était vivant ?

Enfin, après plus d'une journée et une nuit de voyage, elles étaient arrivées à l'abbaye de Royaumont, pas très loin de Paris.

« Ce sera donc ici notre hôpital. » La voix à l'accent raffiné était celle de la femme rousse qui se trouvait à côté d'elle. Elle avait provoqué un certain remue-ménage en arrivant à la gare, vêtue non de son uniforme mais d'un tailleur vert foncé de belle coupe et chaussée d'élégants souliers. Elle avait aussi apporté plusieurs malles, en dépit des instructions claires selon lesquelles elles n'avaient droit qu'à une seule valise. Cela dit, quand on lui avait demandé d'aller se changer et de renvoyer les bagages excédentaires chez elle, avec son chauffeur, elle avait obtempéré sans discuter.

« C'est un bien bel endroit », continua la femme rousse.

Devant elles la pierre crémeuse de l'abbaye étincelait dans les derniers rayons du soleil couchant. Jessie se dit que c'était l'un des plus beaux bâtiments qu'il lui ait jamais été donné de voir, avec au rez-de-chaussée ses vitraux en ogive, séparés à intervalles réguliers par de hautes colonnes. Un petit bois protégeait l'abbaye de la route, et l'allée circulaire qui menait vers l'entrée encadrait une mare où évoluaient des canards et des cygnes.

« Bien, mesdames ! » Le Dr Ludlow, médecin-chef de l'unité, une femme rebondie aux cheveux courts et aux yeux d'un bleu lumineux, frappa dans ses mains pour attirer leur attention. « Comme vous l'avez assurément compris, voilà notre hôpital. Allons voir ce qui nous attend. » Elle entra d'un pas déterminé dans le hall, suivie par le groupe de femmes, surexcitées. Elles regardèrent autour d'elles avec consternation et les bavardages s'interrompirent très vite.

La splendeur qu'elles avaient contemplée du dehors ne se reflétait guère à l'intérieur. Tout était crasseux, festonné de toiles d'araignées, et des gravats jonchaient le sol poussiéreux, couvert de paille. Les bouteilles de vin vides, les papiers et cartons épars, et même, curieusement, une botte à semelle cloutée orpheline, trahissaient un départ précipité.

« Les uhlans allemands bivouaquaient encore ici il y a deux semaines à peine, expliqua le Dr Ludlow. Inutile de vous dire qu'ils n'ont pas trouvé utile de faire le ménage en partant. »

Certaines des femmes jetèrent des coups d'œil anxieux vers les coins sombres, comme si elles craignaient que l'ennemi sorte des ombres.

« Il n'y a plus personne ici, bien sûr », ajouta sèchement le Dr Ludlow.

Il faisait encore plus froid à l'intérieur qu'au-dehors et, au dépit visible du Dr Ludlow, il n'y avait pas de courant. Elle alluma des lanternes qu'elle fit passer à la ronde ; comme les femmes les élevaient pour mieux y voir, leurs mines s'allongèrent et leur excitation initiale acheva de se dissiper.

Elles suivirent le Dr Ludlow dans un labyrinthe d'escaliers qui montaient et descendaient, considérant toutes les pièces en proie à un doute croissant. L'abbaye était un méli-mélo de salles de tailles différentes, aux plafonds voûtés, très hauts, de sorte qu'on devait y geler – il était peu probable que l'antique fourneau des cuisines réussisse à y diffuser beaucoup de chaleur – et les belles fenêtres à vitraux paraissaient impossibles à opacifier.

« Eh bien, nous avons du pain sur la planche. Plus que je ne pensais, déclara le Dr Ludlow quand elles eurent achevé leur exploration. J'imagine que la plupart d'entre vous pensaient s'occuper des blessés en arrivant ici, mais il va d'abord falloir que nous remettions cet endroit en état. Nous devons être prêtes à recevoir nos premiers patients pour Noël. »

Jessie échangea un long regard avec une autre infirmière. Elles avaient du mal à voir comment elles pourraient être prêtes aussi tôt. On célébrerait Noël dans moins de trois semaines.

Comme personne ne pipait mot, le Dr Ludlow poursuivit : « Je sais que beaucoup d'entre vous n'ont jamais eu à effectuer de tâches ménagères, mais tout le monde devra mettre la main à la pâte. »

Des neuf autres infirmières, deux avaient obtenu leur diplôme à l'hôpital royal de Londres, trois à celui d'Édimbourg et une à celui de Glasgow. Les trois autres, pour autant que Jessie ait pu le comprendre, avaient pratiqué chez des particuliers et s'étaient plus ou moins formées sur le tas. Elle les soupçonnait malgré tout de se croire un ou deux crans au-dessus d'elle. Quand elles lui demandèrent où elle avait suivi sa formation et qu'elle le leur dit, elles haussèrent leurs sourcils délicats. La plupart ne savaient même pas qu'il existait une infirmerie à l'hospice.

Avoir travaillé dans un hospice présentait des avantages : si quelqu'un savait comment s'en sortir dans des conditions de vie et de travail difficiles, c'était bien elle.

Elles eurent tant d'ouvrage pendant les journées suivantes qu'elles n'eurent le temps de rien faire à part travailler, manger et s'écrouler sur leur lit. Jessie dormait dans l'une des cellules jadis occupées par les moines qu'elle partageait avec trois autres infirmières. Si elles n'avaient pas été aussi épuisées, jamais elles n'auraient pu trouver le sommeil avec ce froid mordant. La plupart avaient renoncé à se mettre en chemise de nuit et dormaient tout habillées. Celles qui avaient un manteau de fourrure l'utilisaient comme couverture supplémentaire. Celles qui n'en avaient pas se contentaient d'empiler tous leurs vêtements sur elles.

La cuisinière qui, au grand étonnement de Jessie, n'était autre que la fille du comte de Strathaven, leur préparait des repas grâce à trois poêles en tout et pour tout, sans un seul plat, et au moyen d'un unique couteau. Jessie s'amusait secrètement de voir les dames picorer leur dîner avec une simple cuillère, mais elles ne se plaignaient pas, et elle ne pouvait s'empêcher d'en concevoir un certain respect pour elles.

Le matin, pour faire leur toilette, elles devaient casser la couche de glace qui s'était formée dans leur cuvette d'eau. Le peu d'eau chaude à disposition venait de la cuisine, qui se trouvait au sous-sol. Le temps qu'elle leur parvienne, elle était froide.

Mais Jessie ne regrettait pas d'être venue. Le travail ne lui laissait guère le temps de ruminer le passé. Le fait de se retrouver entre les murs de l'abbaye apaisait quelque chose en elle. Pour la première fois depuis la mort de Seamus et la disparition de Tommy elle en était arrivée à penser qu'elle pourrait, un jour, sinon être heureuse, au moins trouver un arrangement avec la vie. Peut-être que dans cet endroit où les moines avaient jadis prié elle trouverait même le moyen de revenir à Dieu.

Cet après-midi-là, Jessie lessivait l'escalier. La femme aux cheveux roux du premier jour était agenouillée à côté d'elle, ses mèches d'ordinaire impeccables retombant en désordre autour de son visage. Le rétablissement de l'électricité n'étant encore pour l'heure qu'une promesse, elles en étaient réduites à s'éclairer à la bougie.

« Mais combien cet escalier a-t-il de marches ? gémit la femme en s'asseyant.

— Plus d'une quinzaine, je dirais », répondit Jessie.

Elle se sentait encore gênée de s'affairer parmi des femmes qui avaient l'habitude d'être dorlotées par des servantes et, à en juger par la façon dont celle-ci caressait chaque marche, elles en auraient bien pour la journée.

Jessie trempa sa serpillière dans l'eau et la tordit.

« Je vous propose quelque chose, Maxwell, reprit-elle. Je donne un premier coup, et vous passez après moi. »

Ça lui faisait encore tout drôle de s'adresser à ces aristocrates par leur nom.

Sa compagne ramena ses cheveux derrière ses oreilles et lui répondit avec un fin sourire : « Dois-je comprendre, mademoiselle, que je ne m'acquitte pas au mieux de cette tâche ? »

Jessie lui rendit son sourire. « Ne le prenez pas mal, Maxwell, mais j'irais plus vite toute seule.

— Je ne le prends pas mal. Néanmoins, je suis venue ici pour donner un coup de main, et ce coup de main, je vais le donner. » Elle regarda ses ongles avec consternation. « Si lord Livingston pouvait me voir à cet instant, je doute qu'il serait si pressé de m'épouser. »

Elle laissa tomber sa serpillière dans le seau, l'essora et reprit son décrassage. Force était à Jessie d'admirer sa persévérance, même si elle trouvait sa technique consternante.

« Votre façon de parler me rappelle les servantes de notre maison de Skye, reprit Maxwell. Viendriez-vous de là ? »

La question prit Jessie par surprise au point qu'elle s'arrêta au milieu de son récurage. Maxwell. De Skye ? Dieu du ciel ! Elle ne connaissait qu'une seule Maxwell qui avait une maison dans l'île, et c'était lady Dorothea Maxwell, la fille du comte et la sœur de l'homme qui avait disparu, et sur la disparition duquel elle voulait interroger Archie. Elle devait l'empêcher de faire le lien.

« Je... j'y ai vécu un moment, quand j'étais beaucoup plus jeune, répondit Jessie, mais j'habite à Édimbourg depuis plusieurs années. C'est là que j'ai obtenu mon diplôme d'infirmière. »

Par bonheur, lady Dorothea sembla se satisfaire de sa réponse et ne lui posa pas d'autre question. Jessie était maintenant l'infirmière Stuart et rien d'autre ; il n'y avait donc aucune raison que quiconque fasse le lien avec Archie MacCorquodale.

Elles s'affairèrent en silence pendant un moment, le cœur de Jessie battant encore la chamade. Pourquoi, oh, pourquoi, entre toutes ces femmes, avait-il fallu qu'elle travaille avec celle-ci ?

« Avez-vous laissé quelqu'un de particulier derrière vous ? lui demanda enfin lady Dorothea.

— Non, lady Maxwell, répondit Jessie d'une voix étranglée. Mon mari était dans les Seaforth Highlanders et il a été porté disparu à la bataille de Mons.

— Allons, infirmière Stuart, oubliez ce stupide "lady". Rappelez-vous que vous êtes censée m'appeler Maxwell, au moins tant que nous serons là, même si ça paraît vraiment ridicule. Je suis navrée pour votre mari, ajouta-t-elle en la regardant. Il y a déjà eu tant de morts

— Je n'ai pas abandonné tout espoir de le revoir vivant. Il n'est que présumé mort.

— Qui sait, vous avez peut-être raison, répondit lady Dorothea avec un doux regard. Il n'est pas interdit d'espérer.

— Et vous, Maxwell ? Vous avez quelqu'un sur le front ? »

Une ombre voila le regard de lady Dorothea.

« Mes frères. Richard et Simon. Simon est pilote dans le Royal Flying Corps et Richard est dans les Scots Guards.

— Et ils vont bien ? fit Jessie, en se mordant aussitôt la lèvre. Je veux dire... vous avez eu des nouvelles d'eux, récemment ?

— Ils écrivent. Surtout à maman et à papa. Ils étaient tous les deux encore sains et saufs il y a dix jours. »

Jessie remonta le seau en fer-blanc de quelques marches.

« Vous devez être inquiète.

— Certes, mais pas autant que maman et papa. Vous voyez, ils ont déjà perdu un enfant – mon frère aîné, Charles –, et ils redoutent d'en perdre un autre. »

Jessie se réjouit que lady Dorothea soit maintenant derrière elle et ne puisse voir son visage. Elle était sûre d'être écarlate.

« Je suis leur seule fille », poursuivit lady Dorothea. Elle releva ses jupes et vint rejoindre Jessie sur la marche suivante. « Il y a des moments où je regrette de ne pas être un homme. J'aimerais bien piloter des avions, moi aussi. »

Bien qu'elle ait l'impression d'avoir un hérisson de glace à la place de l'estomac, Jessie ne put s'empêcher de sourire en imaginant cette femme élégante, aux doigts minces, aux commandes d'un aéroplane.

« Quand pensez-vous que nous recevrons nos premiers blessés ? reprit lady Dorothea.

— Le Dr Ludlow dit que nous devons d'abord nous soumettre à l'inspection des autorités françaises, qui décideront si nous sommes prêtes à accueillir des patients. »

Lady Dorothea passa le dos de sa main sur son front.

« Je voudrais bien qu'ils se dépêchent. Je pense que je m'en sortirais mieux à soigner des blessés qu'à briquer des parquets. Enfin, c'est ce que j'espère. » Elle se massa les épaules en faisant la grimace. « J'ai déjà plus de courbatures qu'après une journée de chasse. *Beaucoup* plus de courbatures. »

Elles étaient arrivées à la dernière marche. Jessie ne ressentait pas la fatigue, mais elles trimaient depuis sept heures du matin et elle se doutait que lady Dorothea n'avait pas dû effectuer beaucoup de travaux de force dans sa vie. Et il leur restait encore trois heures à tirer avant le souper.

« Si on faisait une pause ? On pourrait prendre une tasse de thé ? » suggéra-t-elle.

Il était inutile, voire dangereux, de faire travailler trop dur ces femmes élevées dans du coton – tant qu'elles n'y seraient pas habituées, du moins.

Lady Dorothea lâcha son torchon et se leva avec raideur.

« Quelle excellente idée ! lança-t-elle. Une tasse de thé, c'est exactement ce qu'il nous faut. »

Jessie essora sa serpillière et ramassa le seau.

« Je vous attends au salon, d'accord ? » demanda lady Dorothea en lissant sa jupe froissée.

Jessie se figea. Il était clair que lady Dorothea s'attendait à ce qu'elle fasse le thé. Mais elle était l'aînée, et Dorothea son aide ; c'était donc à celle-ci de s'y coller. Jessie savait que si elle n'affirmait pas tout de suite son autorité, elle ne la retrouverait jamais par la suite. Elle regarda lady Dorothea bien en face, espérant que sa nervosité ne se voyait pas, et haussa un sourcil.

Lady Dorothea lui rendit son regard, intriguée. Et puis, au grand soulagement de Jessie, elle se mit à rire.

« Oh, excusez-moi. Quelle étourdie je fais ! C'est à moi de faire le thé, bien sûr. » Elle prit le seau de la main de Jessie. « Et tant que j'y suis, si j'allais changer l'eau ? »

Jessie se demanda si lady Dorothea avait jamais préparé une tasse de thé de sa vie. Sinon, il était temps qu'elle s'y mette. Mais pour le moment, elle était visiblement épuisée.

« Vous savez quoi, Maxwell, répondit Jessie, en résistant à la tentative de lady Dorothea de lui prendre le seau des mains. Je vais m'occuper de ça pendant que vous préparez le thé. Et je vous rejoins à la cuisine. Nous n'aurons pas volé une bonne tasse de thé avant de nous remettre à la tâche. »

Comme lady Dorothea Maxwell lui répondait par un grand sourire, Jessie eut l'impression quelque peu dérangeante qu'elle allait bien l'aimer.

28
France, janvier 1915

Elles avaient péché par optimisme. L'abbaye n'avait été déclarée apte à recevoir des victimes qu'après Noël. Les femmes avaient travaillé sans trêve ni relâche, ne s'arrêtant que le jour de Noël. Tout le monde avait fait de son mieux pour que ce jour soit festif, en accrochant des guirlandes de houx sur les rampes des escaliers, et la cuisinière leur avait fait la surprise de préparer un vrai réveillon, mais Jessie avait essayé de se persuader qu'il s'agissait d'un jour comme les autres. Elle était contente de ne pas avoir à l'affronter seule à Édimbourg. Sans Tommy et Seamus, ç'aurait été insupportable.

Enfin l'abbaye ressemblait à un hôpital. L'électricité avait été installée et la salle de radiologie équipée – bien qu'avec un vieux faitout pour développer les films –, elles avaient trouvé des poêles à charbon à mettre dans toutes les salles communes, et tous les lits des malades étaient faits au carré, avec des couvertures grises et des courtepointes rouges. Elles avaient aussi créé une salle d'opération dans les étages et un bureau d'admission près de l'entrée. Les instruments, les chariots et la salle de douches étaient tellement étincelants qu'on aurait pu se regarder dans toutes les surfaces – ce qui était aussi bien, attendu que les miroirs étaient rares et très chers.

Cela dit, rien n'aurait pu les préparer à l'état dans lequel arriveraient les soldats blessés. Ils étaient couverts de boue au point qu'on ne distinguait plus leurs traits ni même la couleur de leur pantalon d'uniforme. Leurs pansements improvisés étaient tellement imbibés de sang et teintés de brun qu'il était impossible de distinguer d'abord les plaies de la boue.

Chaque patient était conduit aux admissions où on lui enlevait délicatement son uniforme que l'on plaçait dans un sac pour la fumigation. Trempées de sang, leurs bandes molletières avaient rétréci et il fallait les découper. On découvrait alors leurs pieds marbrés de bleu et de rouge ou, pire, noirs à cause de la gangrène. Les hommes ne se plaignaient pas. Jamais. Même pas quand on leur ôtait leurs bandes gelées, ce qui devait être une torture. Quand l'odeur fétide des excréments emplissait la pièce, Jessie savait tout de suite qu'avant de relever le défi des éclats d'obus, il faudrait relever celui des gelures et de la dysenterie.

Les hommes, dont la plupart n'avaient pas vingt ans, devaient être baignés dans une couverture avant qu'on puisse nettoyer et panser leurs blessures. Son premier patient, un jeune Français, pleura de honte quand il se rendit compte qu'il s'était fait dessus.

« Chut, chut, murmura Jessie en le lavant en tâchant de lui préserver un minimum d'intimité. Ça va aller. Ne vous en faites pas. » Elle était bien consciente qu'il ne comprenait probablement pas ses paroles, mais elle espérait que le ton de sa voix l'apaiserait. L'une des aides-soignantes passa la tête juste à ce moment et rougit en voyant Jessie laver les parties intimes du jeune homme. Jessie réprima un sourire. Elles avaient intérêt à s'y faire

Pendant que les infirmières s'occupaient des patients, les aides-soignantes allaient et venaient avec des tasses de thé, des paquets de cigarettes et des flacons d'urine en main. Lors d'une pause, Jessie releva les yeux et vit lady Dorothea transporter un bassin à bout de bras, l'air horrifiée mais résolue.

Les heures filaient et le soir tous les hommes étaient lavés et les plaies pansées. Ceux qui le pouvaient étaient assis dans leur lit et buvaient du bouillon de bœuf ou fumaient pendant que les aides-soignantes essayaient de faire boire ceux qui étaient trop affaiblis par la dysenterie. Jessie regarda autour d'elle avec satisfaction. Ses compagnes infirmières faisaient leur ronde dans la salle, s'occupant des patients et demandant aux aides-soignantes de se remettre au nettoyage.

C'était un début. Évidemment, pour le moment, elles étaient presque trop nombreuses pour le petit nombre de patients, mais tout le monde s'en était bien sorti. Personne n'était tombé dans les pommes ou ne s'était enfui en courant et, plus important, personne n'était mort. Elle espérait qu'on pouvait en dire autant dans les autres salles.

À partir de ce moment-là, elles reçurent un afflux sans cesse croissant de patients. Et comme le Dr Ludlow avait décidé qu'elles devraient aller chercher les patients avec leurs propres ambulances, cinq des aides-soignantes, dont lady Dorothea, avaient été désignées « chauffeuses », comme elles aimaient à s'appeler. Les aides-soignantes restantes étaient réparties entre les salles de soins et, comme la plupart d'entre elles étaient de garde de nuit, Jessie et ses compagnes ne chômaient pas.

Bientôt l'unité reçut des patients en provenance directe de la gare de Creil et dut s'occuper d'hommes qui avaient des blessures à retourner l'estomac, comme aucune d'entre elles n'en avait vu jusque-là. Les chauffeuses revenaient de la gare indignées des conditions qui y régnaient ; les blessés gisaient sur la paille dans des bâtiments emplis de courants d'air, parfois pendant vingt-quatre heures avant d'être envoyés dans un hôpital.

Les salles communes devaient rester immaculées. Quand les infirmières ne s'occupaient pas des patients, elles nettoyaient ; heureusement c'étaient les aides-soignantes qui s'occupaient de la fumigation des uniformes infestés par les poux.

Les médecins avaient décidé que la meilleure façon de traiter les gelures provoquées par la station debout prolongée, parfois pendant plusieurs jours d'affilée, dans la boue jusqu'aux genoux, consistait à envelopper les pieds dans de la charpie et de la flanelle. Mais apparemment, cela ne faisait qu'empirer les choses : plus souvent qu'à leur tour, les pieds noircissaient au bout de quelques jours et devaient être amputés.

Jessie trouvait qu'on s'y prenait mal. Un hiver, alors qu'il commençait à neiger, elle se trouvait dans la cuisine des MacKinnon avec m'man quand le père et les fils étaient redescendus des collines. Leurs pieds étaient réduits à l'état de masses de chair rouge, gelée, mais quand ils s'étaient approchés de la cheminée pour se réchauffer, m'man les avait arrêtés. À la place, elle leur avait massé les pieds avec une décoction d'alcool et d'herbes, ce qui leur avait bien réussi. Jessie avait fait la même chose plus d'une fois à l'hospice, et ça avait marché là-bas aussi. Mais quand elle suggéra à l'infirmière-chef d'essayer, celle-ci la regarda comme si elle avait perdu l'esprit.

« C'est ce que j'ai fait dans ma dernière place, madame, et ça a paru efficace. Laissez-moi essayer dans ma salle. La moitié des hommes pourront bénéficier du traitement habituel tandis que les autres recevront le mien. Comme ça, vous pourrez voir de vos propres yeux que ça marche. » Jessie avait retenu son souffle. Il n'était pas habituel qu'une infirmière tienne tête à une infirmière-chef, et assurément jamais à un médecin.

L'infirmière-chef lui avait répondu, l'air songeuse : « Essayons toujours. Quoi qu'il arrive, ces hommes ont les pieds tellement abîmés que leur état ne peut qu'empirer. Je vous laisse quatre jours. Si on ne constate pas d'amélioration, vous devrez retourner à l'ancienne méthode. C'est clair ?

— Oui, madame. »

Il s'agissait là d'un surcroît de travail alors que leurs journées étaient déjà bien remplies, mais Jessie demanda à l'aide-soignante de sa salle de se mettre immédiatement à la tâche, avec succès, ainsi qu'elle eut la joie et la satisfaction de le constater – bien qu'elle n'ait eu aucun doute que son traitement était bon, elle se demandait si les gelures des hommes n'étaient pas trop avancées. Seul un tiers de ses patients devraient être amputés ; les autres se remettaient. Bientôt, toutes les infirmières utilisèrent la méthode de Jessie. Et sa réputation n'en avait pas pâti, bien au contraire : certaines des infirmières qui la regardaient de haut avant cela lui demandaient maintenant souvent son avis.

Elle en apprenait tous les jours. Elle devint très habile pour nettoyer des blessures pleines de pus, et elle apprit à prendre sur elle quand elle devait maintenir un patient – avec l'aide des autres femmes – pour soigner ses blessures. Pourtant souvent, la nuit, quand elle n'arrivait pas à dormir, elle pensait aux yeux terrifiés de ces hommes qui n'étaient guère que des enfants et qui appelaient leur mère, leur femme et leurs sœurs en pleurant.

Elle priait pour que, si Tommy était encore en vie quelque part, quelqu'un s'occupe de lui aussi.

29

À la gare du Nord, c'était le chaos.

Isabel descendit sur le quai, s'étira et fit quelques pas pour se dérouiller les jambes. Plus d'une semaine avait passé depuis son départ d'Édimbourg et le voyage s'était fondu en une sorte de brouillard. Le train pour Londres, la longue attente à la gare Victoria, entourée par les femmes au visage défait qui disaient au revoir à leur bien-aimé, la traversée cauchemardesque de la Manche, qui avait pris trois fois le temps normal parce que le capitaine avait dû louvoyer pour éviter les *U-Boote* allemands, tout cela avait été épuisant.

Avant même que le bateau arrive au port, et malgré l'épais brouillard qui drapait l'horizon, les grandes tentes de l'armée britannique étaient apparues sur la ligne de côte telle une vaste cité de bric et de broc. Plantée sur le pont avec les autres passagers qui observaient la scène avec consternation, elle avait pris la mesure de l'énormité de ce qu'elle était en train de faire. Enfin, elle avait fini par y arriver. Sa fatigue et son appréhension se dissipèrent. D'ici quelques jours, elle aurait rejoint son unité en Serbie, et elle jouerait son rôle.

Voyant qu'elle n'avait aucune chance de trouver un porteur, elle saisit son bagage elle-même. En plus des soldats français et britanniques, la gare était pleine de réfugiés et de femmes portant tous les uniformes possibles et imaginables.

« Isabel ! Par ici ! » cria une voix familière, réussissant à se faire entendre malgré le tohu-bohu. Par-dessus les têtes, sur le quai envahi de monde, elle ne vit d'abord qu'une main, et puis, au hasard d'un remous dans la foule, elle l'aperçut : Andrew, son frère.

Elle laissa tomber son bagage et courut vers lui. Il la serra dans ses bras à l'étouffer. Quand il la lâcha, elle fit un pas en arrière pour le regarder. Il avait fière allure dans son uniforme du Royal Flying Corps. Elle ne voyait pas quelle femme ne l'aurait trouvé séduisant avec sa casquette et ses bottes cirées comme des miroirs, même si elle était moins emballée par sa nouvelle moustache fine comme un lacet.

Elle le serra à nouveau sur son cœur.

« Tu as combien de temps devant toi ? lui demanda-t-elle.

— Quatre heures. Ensuite, il faut que je retourne au rapport à la base.

— Que quatre heures ? Je pensais que tu aurais au moins deux jours.

— Je suis désolé, sœurette. Moi aussi, j'aurais voulu avoir plus de temps, mais en ce moment, quand ils ont un pilote sous la main, ils ne le lâchent plus. Ça me fait vraiment plaisir de te voir, ajouta-t-il avec un sourire. Comment va maman ?

— Elle s'en fait mortellement pour toi. Elle t'a envoyé une nouvelle écharpe, du thé, et Mme Walker a insisté pour que je t'apporte des chaussettes qu'elle a tricotées. »

Andrew récupéra sa valise. « Simon nous attend dans la voiture. Il a usé de son charme pour en réquisitionner une pour le week-end. Il a réussi à négocier un peu de temps, lui aussi. » Il riva sur elle ses beaux yeux bruns anxieux. « J'espère que ça ne t'ennuie pas ? Il n'a personne avec qui passer ses permissions ; Dorothea n'arrive pas à trouver le temps de le voir. Tu savais qu'elle s'était enrôlée dans une unité de l'Hôpital féminin écossais ? Elle est aide-soignante dans une abbaye, à une trentaine de kilomètres d'ici.

— Bien sûr que je n'ai rien contre le fait que Simon se joigne à nous. »

Isabel serra le bras d'Andrew. Elle s'attendait à ce que Simon l'accompagne, mais elle était déçue quand même. Elle espérait avoir un peu de temps seule avec son frère.

Et il y avait encore plus ennuyeux : la nouvelle que Dorothea était en France, à l'Hôpital féminin écossais. L'abbaye à laquelle Andrew faisait allusion devait être Royaumont, et c'était là que Jessie avait été envoyée.

Le lendemain du jour où Jessie avait déboulé dans sa cuisine, Isabel l'avait emmenée au quartier général de l'Hôpital féminin écossais et l'avait présentée au sergent recruteur. Qui avait été enchanté de s'adjoindre les services d'une infirmière expérimentée, surtout précédée de la recommandation personnelle d'Isabel. Quelques jours plus tard, elle avait reçu un mot de Jessie lui disant qu'elle avait été engagée et partait avec la première unité pour l'abbaye de

Royaumont, près de Paris. Grands dieux ! Lady Dorothea et Jessie allaient travailler et vivre ensemble. Les deux femmes savaient-elles chacune qui était l'autre ?

Simon n'était pas difficile à repérer. Même avec sa casquette, ses cheveux roux brillaient comme un phare. Il bondit par-dessus la portière de la voiture et vint la saluer, la mine radieuse. « Andrew était sur des charbons ardents à l'idée de votre arrivée. » Prenant son bagage des mains d'Andrew, il le jeta sur la banquette arrière. « Montez à côté de moi, Isabel. Andrew n'aura qu'à se caser à l'arrière. »

Quelques minutes plus tard, ils se frayaient un chemin au milieu des rues grouillantes de soldats et d'infirmières de toutes sortes. On croisait des FANY, les infirmières du secours d'urgence britannique avec leur bel uniforme bien coupé, agrémenté d'un foulard de soie aux couleurs vives, et des VAD, les infirmières du détachement d'aide volontaire, en robe bleue et tablier blanc. À vrai dire, tous les uniformes d'infirmières possibles et imaginables étaient représentés. Au milieu de toutes ces femmes, les soldats français, certains en pantalon garance, d'autres en bleu, se pavanaient avec une décontraction proche de l'arrogance.

Andrew les lui indiqua d'un mouvement de menton. « Quelqu'un devrait leur dire que leur pantalon rouge fait d'eux des cibles idéales pour les Allemands. Si nous pouvons les repérer facilement depuis nos avions, les Boches doivent aussi les voir à des kilomètres. »

Isabel devait se cramponner à son chapeau d'une main et à la portière de l'autre pour ne pas se faire ballotter en tous sens comme un sac de tourbe alors que Simon faisait le tour de l'Arc de triomphe.

« J'ai essayé de vous réserver une chambre à l'hôtel Claridge, dit Simon, mais il a été converti en hôpital par le Women's Hospital Corps, une institution féministe. Et tous les autres hôtels – même le Ritz, le croirez-vous ? – ont été réquisitionnés par l'armée. J'ai dû utiliser le nom de mon père pour vous obtenir une chambre dans un petit hôtel tout près des Champs-Élysées. Pas génial, je sais, mais c'est ce que j'ai pu trouver de mieux compte tenu des circonstances.

— Utiliser les relations paternelles, *et* un tas d'argent, rectifia Andrew avec un petit rire. On ne trouve pratiquement plus un lit dans tout Paris.

— Il faudra que vous me laissiez payer ma chambre », protesta Isabel.

L'idée de contracter une dette envers les Maxwell lui faisait horreur.

Simon secoua la tête. « Laisser payer une dame ? Pas tant qu'il y aura un souffle de vie en moi ! »

Dès qu'ils se furent arrêtés devant l'hôtel, un portier en livrée vint prendre ses bagages. Simon lui lança les clés de la voiture.

Encadrée par Simon et Andrew, Isabel monta les marches quatre à quatre et pénétra dans le hall frais et calme de l'hôtel.

« Que dirais-tu de manger un morceau ? demanda Andrew.

— Je n'en dirais que du bien ! Mais d'abord, je voudrais me rafraîchir un peu. Je suis couverte de poussière.

— Eh bien, vas-y, mais ne traîne pas trop. Nous allons t'attendre au salon, Simon et moi. »

Quand elle les rejoignit, ils étaient tous deux attablés devant un verre de cognac. Elle resta un instant debout là, à les regarder trinquer. Le temps semblait s'être arrêté autour d'eux, deux jeunes gens confiants qui avaient toute la vie devant eux. Isabel ravala la boule qu'elle avait dans la gorge et se fabriqua un air enjoué. Elle n'avait qu'une poignée d'heures à passer avec Andrew et elle était déterminée à ne pas gâcher un seul de ces précieux moments à s'inquiéter de l'avenir. Toutefois, elle avait besoin de l'avoir quelques instants à elle seule afin de pouvoir lui parler de Charles – mais comment ?

Ils déjeunèrent en bavardant et ne virent pas passer le temps. L'espace de quelques instants, Isabel réussit même à oublier que Simon était le frère de Charles et que la guerre faisait rage.

Ils en étaient au café quand Simon aperçut une de ses connaissances de l'autre côté de la rue. Sur un rapide « Vous voulez bien m'excuser un moment ? », il les laissa en tête à tête.

« Ça va vraiment, toi ? » demanda Isabel à Andrew.

Il haussa un sourcil et esquissa un sourire, mais Isabel avait vu passer dans ses yeux quelque chose qui lui donna le frisson.

« Ne t'en fais pas pour moi. » Son regard se fit lointain. « En réalité, il ne se passe pas grand-chose. On survole les lignes ennemies et on revient faire notre rapport sur leurs positions, ça se borne plus ou moins à ça. Pour être honnête, la vie d'aviateur est un luxe par rapport à celle des PBI.

— Les PBI ?

— Les Pauvres Bâtards de l'Infanterie. Au moins, quand on rentre chez nous à la fin de la journée de vol, on trouve un bon lit bien chaud et de quoi manger correctement. » Il se pencha vers elle. « C'est bizarre, là-haut, dans les nuages. On se sent comme si on était le roi du monde. C'est à peine si on se rend compte que c'est la guerre, à moins qu'un Boche nous prenne pour cible.

— Ils vous tirent dessus ? Oh, Andrew !

— Ne t'inquiète pas. Ils visent aussi mal que les nôtres. »

Il fronça les sourcils.

« Cette guerre n'a rien à voir avec ce que nous attendions. Mais je doute que papa, s'il était encore de ce monde, serait heureux de savoir que tu es là. Je me demande vraiment à quoi pensait George en te laissant venir.

— George ne m'a pas laissée venir, Andrew. Si je l'avais écouté, je serais tranquillement restée à Heriot Row, à faire de la broderie ou au mieux à réduire des draps en charpie pour faire des pansements. Par bonheur, il me restait un peu d'argent sur ce que papa m'avait laissé. Pas beaucoup, mais suffisamment pour payer mon billet jusqu'ici. Je ne pouvais pas faire autrement que de venir. Tu ne comprends pas ça ? Les femmes médecins ne retrouveront jamais une occasion pareille.

— Tu crois avoir tout vu, ma chère sœur, mais... Enfin, laissons tomber. Comme tu l'as dit, tu es ici, et je vois que tu es déterminée à rester. Promets-moi seulement de ne pas prendre de risques et d'éviter les combats, ajouta-t-il en lui prenant la main.

— Oh, Andrew, c'est là que nous allons nous retrouver. Aussi près du front que possible. C'est là qu'on a le plus besoin de nous. »

Andrew poussa un soupir et lui lâcha la main. « Fais attention, Is, c'est tout ce que je te demande. »

Isabel jeta un coup d'œil à Simon qui discutait avec animation à une femme en uniforme de FANY. C'était maintenant ou jamais, avant le retour de Simon, qu'elle devait parler à Andrew de Charles.

« Andrew, tu te rappelles la première fois où tu as invité Simon et le baron à dîner à Heriot Row ?

— Oui. Pourquoi ? » Une ombre passa sur son beau visage. « Je me demande où est Maximilien. Cette foutue guerre a fait de nous tous des ennemis. »

Isabel sursauta.

« Tu l'as vu ?

— Non. Et si je l'avais vu, j'aurais probablement été obligé de lui faire sauter la tête.

— Tu ne ferais pas ça !

— Il est plus que probable qu'il ferait de même, s'il n'était pas médecin. Espérons que nous ne nous croiserons pas avant que tout ça soit terminé. » Il porta sa tasse de café à ses lèvres et la vida. « Mais ne parlons pas de ça. Que voulais-tu me dire au sujet de Maximilien et de la soirée où je vous l'ai présenté ? Te serais-tu attachée à lui, par hasard ? »

Isabel fut surprise. C'était la première fois qu'Andrew mentionnait le nom de Maximilien en l'associant au sien.

« Je sais que maman espérait que tu te marierais, continua Andrew. Elle devait penser qu'en l'épousant tu deviendrais baronne, redorant ainsi le blason de la famille. Mais je suis content que ça ne se soit pas passé comme ça. Si tu étais devenue sa femme, nous serions ennemis aujourd'hui.

— Il n'y avait aucune chance que je me marie avec lui, répondit-elle. Dans le temps, j'aurais pu penser... Mais en fin de compte, reprit-elle en baissant les yeux, nous n'étions pas faits l'un pour l'autre.

— Il ne t'aurait pas menée en bateau ? Parce que s'il avait fait ça...

— Non, il m'a toujours traitée avec courtoisie. Maximilien est un homme honorable. Tu ne t'es pas trompé en te liant d'amitié avec lui. »

Andrew la regarda d'un air intrigué mais, sans lui laisser le temps de la questionner plus avant, elle insista : « Andrew, c'est d'autre chose que je voulais te parler... »

Elle devait lui dire ce que Charles avait essayé de lui faire, au risque qu'il lui en veuille de ne pas lui en avoir parlé plus tôt – mais il était ailleurs, il regardait dans le vide, derrière elle. Elle jeta un coup d'œil par-dessus son épaule et vit que Simon avait fini de parler avec sa compagne et revenait vers eux.

« Qu'y a-t-il, Isabel ? » lui demanda Andrew, sans vraiment écouter la réponse. Il se leva et donna à Simon une tape dans le dos. « Qui était cette beauté, mon ami ? Tu n'aurais pas pu nous la présenter ? Ou tu voulais la garder pour toi tout seul ?

— Cette beauté se trouve être lady Millicent, une amie de Dorothea », répondit Simon en se rasseyant. Il s'appuya à son dossier et croisa les bras derrière sa tête. « Elles ont fait le voyage ensemble, et puis leurs chemins se sont séparés. »

Simon commanda un autre café, et elle comprit qu'elle n'aurait plus l'occasion de parler à Andrew de la disparition de Charles. Enfin, c'était peut-être aussi bien. À quoi bon l'ennuyer avec ça alors qu'il allait bientôt retourner au combat ? Ça ne paraissait pas être la chose à faire.

Le moment où les deux hommes devaient retourner à leur base arriva trop vite. Elle en avait le cœur serré. C'était peut-être la dernière fois qu'elle voyait son frère.

Quand ils furent devant l'hôtel, Andrew tomba sur un de ses amis officiers et la laissa seule avec Simon.

« Je compte sur vous pour veiller sur lui », murmura-t-elle.

Simon la regarda droit dans les yeux. « Je donnerais ma vie pour lui. »

Il jeta un coup d'œil à Andrew qui glissait un pourboire au portier et elle lut sur son visage une adoration littéralement renversante.

C'était donc ça. Elle avait entendu dire qu'il y avait des hommes comme lui. C'est ce qui se chuchotait dans les salons, mais personne n'en aurait jamais parlé de vive voix.

« Il connaît vos sentiments pour lui ? demanda-t-elle en essayant de ne pas trahir sa surprise.

— Non. Et il ne doit jamais le savoir. » Simon la prit par le poignet et le serra si fort qu'elle retint un cri. « Promettez-moi, Isabel, de ne jamais lui en souffler un mot. S'il le devinait, et si, dans l'escadrille, on venait à se douter... Pour l'amour du ciel, promettez-moi de ne jamais le lui dire. » Il riva sur elle un regard désespéré. Andrew revenait déjà vers eux. « Je n'aurais jamais dû en parler. C'est peut-être le cognac, ou parce que vous êtes sa sœur et que vous l'aimez aussi. Peut-être aussi parce que je ne sais combien de temps encore je survivrai à cette terrible, horrible guerre sanglante... »

Il s'interrompit alors qu'Andrew les rejoignait. Isabel n'eut que le temps de répondre à Simon d'un léger hochement de tête. Bien sûr qu'elle ne trahirait jamais sa confiance : Dieu sait si elle était capable de garder un secret...

Une frénésie de baisers et d'embrassades, un dernier coup de klaxon, et ils étaient partis.

30

Le lendemain, après un petit déjeuner de viennoiseries et de café français, Isabel décida d'aller explorer Paris. C'était la première fois qu'elle venait dans la capitale française, et elle avait très envie d'y faire un petit tour avant de repartir. Son train pour Rimini n'était qu'à dix-huit heures. De là, elle prendrait le bateau pour Salonique, et un autre train pour Kragujevac, au nord, où elle devait rejoindre son unité.

Elle remonta les Champs-Élysées en direction de l'Arc de triomphe. La large avenue, bordée d'immeubles élégants, grouillait de voitures à chevaux et de vendeurs qui hélaient les passants. Les gens se promenaient sur les trottoirs animés, s'arrêtaient pour admirer les vitrines comme s'ils n'avaient pas le moindre souci. D'un coup d'œil aux devantures des cafés, elle constata que beaucoup trouvaient encore le temps de prendre un verre ou de déjeuner. En dehors des sacs de sable qui protégeaient les maisons et les commerces, il était difficile d'imaginer que, quelques semaines plus tôt, l'armée allemande était aux portes de la ville, ce qui avait obligé le gouvernement français à s'exiler dans le Sud.

Mais il aurait fallu plus que l'agitation de la ville pour chasser les idées noires qui se bousculaient dans sa tête. Si seulement elle avait été au travail, elle n'aurait pas eu le temps de ruminer, de se demander avec angoisse si elle reverrait jamais son frère, si Maximilien pensait encore à elle – à condition qu'il soit toujours vivant.

Quant à Simon... quelle sale blague, la vie ! Quelle sale blague que le meilleur ami de son frère, qui l'aimait visiblement plus qu'un ami ne devrait aimer, soit le frère de l'homme qui l'avait agressée.

Elle s'arrêta alors qu'une ambulance motorisée tournait devant elle. N'était-ce pas la rue François-Ier, où se trouvait l'hôtel Claridge ? Le Claridge, où le Women's Hospital Corps – une unité également constituée uniquement de femmes – installait un hôpital.

Une brève hésitation, et elle décida d'aller y voir de plus près. Elle tomberait peut-être sur une doctoresse de sa connaissance, et il serait intéressant de voir comment elles procédaient. Quand elle vit deux ambulances et des hommes en civil transporter des brancards dans un bâtiment, elle sut qu'elle était arrivée au bon endroit.

Comme elle s'approchait, un homme apparut devant la porte d'entrée et tira un étui à cigarettes de la poche de son blouson. Il prit appui d'un pied contre le mur, tapota une cigarette sur sa main et pencha la tête pour l'allumer.

Ses cheveux bruns ondulés lui étaient étrangement familiers. Quand il releva la tête pour souffler un panache de fumée dans l'air glacé, elle sut qu'elle ne se trompait pas. C'était Archie. Ici ? à Paris ?

Son cœur fit une embardée dans sa poitrine. Elle n'était pas prête à le voir – ou du moins, elle avait besoin de quelques instants pour reprendre ses esprits. Mais avant qu'elle ait eu le temps de se détourner, il posa les yeux sur elle.

« Isabel ? » Sa large bouche s'étira en un sourire. « Isabel MacKenzie ? »

Il jeta par terre sa cigarette à peine allumée et vint à sa rencontre. « Mais oui, c'est bien vous ! J'ai cru un instant que je rêvais. »

Il avait quelque chose de différent, elle n'aurait su dire quoi. C'était peut-être son menton bleu de barbe, ou les rides qui étaient apparues sur son visage, en tout cas il faisait plus que son âge. Il avait les épaules plus larges, aussi, il était plus musclé que dans son souvenir, et son blouson de cuir frappé de l'emblème rouge et blanc de la Croix-Rouge semblait trop petit pour lui.

Il la regardait comme s'il n'en croyait pas ses yeux. « Vous vous êtes coupé les cheveux, dit-il enfin. Ça vous va bien. »

Malgré le tumulte qui faisait rage en elle, ses paroles la firent sourire. Après tout ce temps, il n'avait rien trouvé de mieux à lui dire.

« Merci. Je trouve ça plus pratique pour travailler.

— Vous travaillez ?

— Je suis le docteur MacKenzie, maintenant, répondit-elle non sans fierté.

— Le Dr MacKenzie, hein ? » Il haussa un sourcil et l'observa de ses grands yeux d'un bleu intense. « J'étais sûr que vous y arriveriez. Vous avez toujours été du genre déterminée à obtenir ce que vous vouliez. »

Elle s'empourpra alors que les souvenirs de leur dernière rencontre défilaient dans son esprit. Leur baiser, la dispute – et puis l'incident traumatisant, bouleversant, avec Charles.

« Mais vous, Archie, que faites-vous là ? »

Il fronça les sourcils comme si ses paroles n'étaient pas celles qu'il attendait – ou espérait.

Elle essaya de se rattraper. « Je veux dire... Le monde est vraiment petit !

— Je suis chauffeur pour l'Hôpital américain de Neuilly. Nous transférons les patients de l'hôpital au Claridge. Et vous ? »

Ils se parlaient comme deux étrangers.

« Je suis venue voir mon frère, Andrew. Il est officier dans le Royal Flying Corps. J'ai déjeuné avec lui, hier. J'espérais passer aussi la journée avec lui mais il a été rappelé dans son escadrille. »

Bon sang ! Simon ! Archie savait-il qu'il était ici ? Avait-il seulement jamais su que les Glendale et la police le recherchaient ?

« Vous êtes venue à Paris voir votre frère ? » releva Archie comme s'il n'y comprenait rien.

« Je pars pour la Serbie. Je vais rejoindre un hôpital de campagne, là-bas. »

Une pensée lui passa par la tête. Jessie savait-elle que son frère était à Paris ? Elle serait tellement heureuse de le revoir.

« Archie, j'ai vu Jessie, il n'y a pas longtemps, à Édimbourg. Elle est ici, en France, aussi.

— Vous avez vu Jessie ? s'exclama Archie, son visage s'illuminant. Elle est en France ? Comment va-t-elle ?

— Une question à la fois, fit Isabel en riant. Elle est infirmière et elle a rejoint, elle aussi, une unité qui se trouve à une trentaine de kilomètres au nord de Paris, l'Hôpital féminin écossais.

— Alors elle a réussi à devenir infirmière, finalement ! Je suis content pour elle. Dites, si nous trouvions un endroit où nous asseoir ? Je vous proposerais bien un café, mais je suis de service. » La voyant hésiter, il ajouta : « S'il vous plaît ? Je veux tout savoir sur Jessie. Je veux que vous me racontiez tout. »

Isabel le suivit dans un immense hall de marbre éclairé par des lustres de cristal. Elle s'effaça pour laisser passer deux brancardiers qui transportaient un soldat blessé. Malgré ses deux bras entourés de gros bandages, il fumait une cigarette et il lui lança un sourire impudent, assorti d'une réplique en français qu'elle ne comprit pas, mais qui fit rire les brancardiers. Tout en suivant Archie vers deux fauteuils sculptés dans un coin à l'écart des infirmières affairées, elle réfléchit fébrilement à ce qu'elle allait lui dire.

« Comment vous êtes-vous retrouvé à travailler pour une unité américaine ? demanda-t-elle quand ils furent assis.

— J'étais à Paris pour mes affaires lors de la déclaration de guerre. Je suis Américain maintenant, alors, quand j'ai appris qu'on avait monté une unité à Neuilly et qu'on cherchait des conducteurs d'ambulance, je me suis porté volontaire. Mais peu importe tout ça maintenant. Parlez-moi de Jessie.

— Vous n'avez pas de nouvelles d'elle ? »

Il ferma brièvement les yeux. « Pas depuis des années. »

Isabel se mordilla la lèvre. « Elle n'a pas eu la vie facile, Archie. Elle s'est mariée, et elle a eu un petit garçon – Seamus – mais il est mort. Son mari s'est engagé parmi les premiers. Il est porté disparu, présumé mort au combat. Je suis désolée de devoir vous raconter tout ça. »

Il se flanqua un coup de poing dans la main, paume ouverte, la faisant sursauter. « *A Thighearna !* J'aurais dû être auprès d'elle pour la soutenir ! »

Isabel tendit la main vers lui, sans tout à fait le toucher. « Mais pourquoi êtes-vous parti ? Était-ce à cause de Charles Maxwell ? »

Elle retint son souffle pendant qu'il la regardait, comme sur la réserve.

« Pourquoi me demandez-vous ça ?

— Parce que j'avais entendu dire que la police voulait vous interroger. Il avait disparu et son père pensait que vous n'étiez pas étranger à sa disparition. » Et comme il ne répondait pas, elle poursuivit : « Ce jour-là, le jour où nous nous sommes séparés, vous l'aviez vu ? »

S'il niait, elle saurait qu'elle ne pouvait rien croire de ce qu'il lui dirait.

« Je l'ai vu. Il nous avait vus nous embrasser. Il a dit... Peu importe ce qu'il a dit. Je l'ai tiré à bas de son cheval et je l'ai frappé. » C'était donc à Archie que Charles devait son ecchymose. « Ce type était un lâche. Il n'a pas voulu se battre avec moi, alors je l'ai laissé partir. »

Elle reprit sa respiration et poussa un long soupir. Ainsi donc, Archie s'était battu avec Charles, mais elle le croyait quand il disait qu'il l'avait laissé partir. Cela dit, son explication ne tenait pas debout. Archie avait été vu en train de se battre avec Charles, et alors ? Ce n'était pas une raison pour qu'il prenne la fuite.

« Vous auriez pu dire la vérité. Vous ne faisiez que vous défendre. »

Il eut un vilain rire. « La justice de votre monde n'est pas la même que dans le mien. La parole d'un métayer ne vaut pas grand-chose contre la parole d'un fils de comte. Si lord Maxwell avait dit à la police que je l'avais frappé, on m'aurait arrêté, et ça, il n'en était pas question. J'avais toujours voulu aller en Amérique, ajouta-t-il avec un haussement d'épaules. J'y suis juste allé un peu plus tôt que je ne l'avais prévu. »

Elle le regarda avec intensité. Elle avait l'impression qu'il ne lui disait pas tout.

« C'est vraiment la seule raison de votre départ ? Vous savez qu'on n'a jamais revu Charles après ce jour ?

— Non.

— On croit que... On pense qu'il est mort, et que vous n'êtes pas étranger à sa disparition. »

Son regard ne vacilla pas. « Et vous, qu'en pensez-vous ? »

Devait-elle lui révéler que Charles l'avait agressée ? Toutes les fibres de son être se révoltaient contre cette pensée, mais elle avait juré de lui dire la vérité.

« Le jour où nous nous sommes vus... » Ses joues s'embrasèrent au souvenir de leur séparation... « Je venais de vous quitter quand Charles m'a... » Ses paroles moururent dans sa gorge.

« C'était horrible.

— Continuez, insista Archie.

— Il m'a suivie. Il a essayé de... »

Archie tendit les mains vers les siennes, et elle accueillit avec reconnaissance la chaleur de ses doigts.

« Il vous a fait du mal ?

— J'ai réussi à lui échapper avant qu'il arrive à ses fins. Je pense qu'il voulait... » Elle parla très vite avant de manquer de courage. « J'ai eu de la chance qu'il soit soûl – sans quoi... » Elle retira ses mains de celles d'Archie et les referma l'une dans l'autre pour les empêcher de trembler. « Je n'ai appris qu'il avait disparu ce jour-là que des années plus tard, et c'est là que j'ai découvert qu'on vous recherchait... Et que vous aviez quitté Skye. Et puis je suis tombée sur Jessie. Elle m'a demandé si je vous avais vu vous battre avec Charles. » Elle inspira profondément dans l'espoir d'apaiser les battements de son cœur. « J'y ai réfléchi par la suite. Quand j'ai vu Charles, il s'était battu, ça au moins c'était clair, alors je me suis demandé... » Les yeux d'Archie ne quittaient pas les siens. Elle poursuivit d'une voix étranglée. « ... si vous ne l'aviez pas vu se jeter sur moi, et si... »

Elle ne put achever sa phrase.

« Que vous êtes-vous demandé ? » reprit-il doucement, mais sa voix avait le tranchant de l'acier. Et puis elle lut un éclair de compréhension dans ses yeux bleus. « Vous avez pensé que j'aurais pu le tuer ? Mon Dieu, Isabel, pas vous... », lâcha-t-il avec un rire rauque.

Elle comprit à son expression incrédule qu'il lui disait la vérité et elle se sentit soulagée d'un poids qui pesait sur elle depuis des mois. Quoi qu'il ait pu arriver à Charles, Archie n'y était pour rien, et du coup, elle non plus. Et voilà, elle avait retrouvé Archie, la peur qu'il ait fait du mal à Charles à cause d'elle lui paraissait absurde et elle en était mortifiée.

« Bien sûr que non, mentit-elle. Il avait bu. Il a probablement fait une chute de cheval. Peut-être qu'il est tombé à la mer. Peut-être qu'il s'est enfui. Peut-être qu'il avait honte – ou peur que j'en parle à quelqu'un.

— Sur un certain point, vous avez raison, répondit Archie. Si j'étais tombé sur lui quand il a mis les pattes sur vous, je l'aurais probablement tué. Les types comme ça ne méritent pas de vivre. »

En attendant, la police et le comte recherchaient toujours Archie. Et ils seraient plus difficiles à convaincre qu'elle.

« Mais vous n'avez pas peur que, s'ils vous retrouvent, ils vous interrogent ?

— Ils ne me retrouveront pas. » Il tendit la main et la posa sur celle d'Isabel. « Oubliez lord Maxwell, Isabel. Laissez le passé enterrer le passé. Vous ne pensez pas que nous avons d'autres sujets d'inquiétude aujourd'hui, avec cette satanée guerre ? »

Il avait raison. Le moment était venu de tourner la page.

« Maintenant que j'ai répondu à vos questions, je veux que vous me parliez de Jessie. »

Isabel se sentit aussitôt honteuse. Elle était tellement obsédée par le désir de savoir ce qui s'était passé avec Charles qu'elle avait oublié Archie qui avait, lui aussi, besoin d'avoir des nouvelles de sa sœur.

C'est alors qu'un homme d'un certain âge s'approcha d'eux et salua Isabel d'une inclinaison de son chapeau. « Excusez-moi, m'dame, dit-il d'une voix étrange, comme si chaque syllabe lui était arrachée. Scotty, il faut que tu remontes au front. »

Archie se leva à regret. « Je dois y aller. On se revoit demain ? J'ai tant de choses à vous demander. »

Isabel secoua la tête. « Mon train part ce soir, à six heures.

— Et zut ! » Il hésita. « Et si vous veniez avec moi, tout de suite ? Vous pourriez m'aider à ramener les blessés. Dieu sait qu'ils auraient bien besoin de quelqu'un pour s'occuper d'eux. Et vous pourriez me parler de Jessie en cours de route. »

Ce qu'il suggérait était déraisonnable. Elle n'avait aucune expérience des victimes. Elle n'avait pas sa trousse médicale avec elle... Son cœur cognait dans sa poitrine. Mais c'était pour soigner des blessés qu'elle était venue, et Archie avait mérité qu'elle lui dise tout ce qu'elle savait sur Jessie.

Il inclina la tête sur le côté et son visage s'éclaira d'un grand sourire. « À moins que vous ayez peur ? »

Elle fut aussitôt ramenée à leur première rencontre, à Skye. Ce jour-là, il l'avait mise au défi de le suivre en haut de la falaise et de redescendre. La même excitation enivrante s'empara d'elle, et elle lui rendit son sourire. « Qu'est-ce qu'on attend ? »

Ils avançaient cahin-caha sur la route quand les explosions se rapprochèrent. Archie se tourna alors vers elle. « Ne vous en faites pas, nous n'approcherons pas trop près des combats. Nous n'allons que jusqu'au poste de répartition des blessés. Mais ne vous éloignez pas de moi. »

À son propre étonnement, elle se sentait calme et parée à toute éventualité.

Archie devait parfois se ranger sur le bas-côté de la route pour laisser passer un convoi de véhicules arborant une croix rouge sur les flancs.

« On récupère les brancards qu'ils ont préparés pour nous. Je peux en prendre quatre. La plupart devraient avoir des pansements provisoires – certains auront déjà subi des opérations d'urgence. Mon travail est de les ramener à l'Hôpital américain aussi vite que possible. » Il devait élever la voix pour se faire entendre malgré la canonnade. « Ce sont les nôtres qui reculent. »

Il était difficile de croire que Paris était aussi près.

« Qu'est-il arrivé au bébé de Jessie ? demanda Archie.

— La diphtérie.

— La pauvre petite. Si j'ai le temps, j'irai la voir.

— Ça lui ferait plaisir. »

Archie se concentrait sur la conduite de l'ambulance, un véhicule peu maniable, sur la route verglacée. Isabel le regarda. Pendant toutes ces années où elle ne l'avait pas vu, il avait changé. Il avait toujours été sûr de lui, mais il avait acquis une aisance nouvelle.

« Parlez-moi de l'Amérique, demanda-t-elle.

— C'est un grand pays. Un homme peut faire ce qu'il veut de sa vie là-bas. J'ai commencé avec rien, et maintenant je possède de la terre et j'ai l'intention de cultiver la vigne, dit-il avec une nuance de fierté. C'est pour ça que j'étais venu me renseigner à Paris. Mais quand la guerre a éclaté j'ai su qu'il n'y avait rien de plus important. J'ai un bon associé. Il s'occupera des affaires en attendant mon retour. »

Le véhicule roula dans une ornière, rebondit et Isabel dut se cramponner à son siège.

Archie lui coula un regard en biais.

« Et vous, Isabel ? Vous êtes contente d'être médecin ?

— Vous savez que je n'aurais jamais pu faire autre chose.

— Alors vous n'avez pas lâché prise », conclut-il sèchement.

Ils arrivèrent peu après dans un champ parsemé de toiles de tente. Des hommes portant le brassard de la Croix-Rouge couraient dans tous les sens avec des civières, les déposaient à terre et repartaient au trot. Un médecin, identifiable à la blouse blanche passée sur son uniforme d'officier, se penchait sur les patients, les examinait l'un après l'autre et appelait quelqu'un pour les conduire à l'abri ou marquer quelque chose sur un carton avant de l'accrocher sur la poitrine du blessé. Il lui arrivait parfois de jeter un coup d'œil à un homme et de secouer la tête. Alors quelqu'un enlevait le corps de la civière et l'ajoutait à une rangée de cadavres recouverts d'un drap.

Archie serra le frein à main et bondit du véhicule. « Isabel, attendez-moi à l'arrière. Je vais chercher les patients qu'ils ont préparés pour moi. Essayez de les maintenir en vie jusqu'à ce qu'on arrive à l'hôpital. »

Il se précipita vers une tente et échangea quelques mots avec un médecin. Le cœur d'Isabel battait si fort qu'elle en avait la nausée. Elle se dit que l'adrénaline qui courait dans ses veines affûterait ses sens. Des hémorragies. C'est à cela qu'elle allait être confrontée. Comme le lui avait dit Archie, au poste de répartition des blessés, ils rafistolaient les hommes tant bien que mal en prévision de leur transfert à l'hôpital. Elle allait jeter un coup d'œil à leurs blessures. Surveiller les saignements soudains. Et les comprimer si nécessaire.

Et déjà, on chargeait à l'arrière son premier patient, un gamin d'à peine dix-huit ans, à la cuisse droite bandée. Isabel lui prit le pouls. Un peu rapide, mais stable. Le pansement était encore presque blanc, donc le saignement était contrôlé pour le moment.

Le second blessé avait la tête complètement bandée en dehors de deux petites ouvertures au niveau du nez et de la bouche pour lui permettre de respirer. D'autres bandages lui entouraient le torse et le haut des bras. Il était gravement brûlé et Isabel se dit, navrée, que ses chances de survie étaient pratiquement nulles. Elle se pencha sur lui. « Je suis médecin, dit-elle. Cramponnez-vous. On va vous emmener à l'hôpital et tout ira bien. » Elle lui répéta ces paroles en français. Elle ignorait s'il l'avait comprise, mais si Andrew était grièvement blessé, elle voudrait que quelqu'un tente de le rassurer – même en lui faisant des promesses en l'air.

Quand elle vit apparaître son troisième blessé, son cœur se serra. Il avait été amputé de la jambe gauche en dessous du genou. Le moignon avait été pansé, mais un sang rouge vif avait traversé le bandage et son pouls était rapide et filant. Il aurait eu besoin de solution saline. D'un autre côté, ça n'aurait probablement pas changé grand-chose.

Son dernier patient monta à l'arrière du véhicule sans aide. Il eut un sourire las sous la boue qui lui maculait le visage. « Vous êtes l'infirmière ? » demanda-t-il en français. Isabel ne prit pas la peine de rectifier. Comme il n'était pas gravement blessé, il allait lui donner un coup de main.

« Vous pourriez surveiller ce soldat, ici, pour moi ? lui répondit-elle dans sa langue en indiquant le soldat blessé à la cuisse. Si le sang commence à tremper son bandage, prévenez-moi. »

Archie fit le tour du véhicule par l'arrière. « Ça va aller ?

— Tout ira bien. Emmenez-nous à l'hôpital aussi vite que possible, c'est tout. Et essayez de ne pas trop nous secouer. »

Archie referma l'arrière de l'ambulance qui s'éloigna bientôt en tanguant.

Sur le chemin du retour, Isabel surveilla ses patients, mais sans matériel, ou quasiment, elle ne pouvait pas faire grand-chose. Le garçon brûlé gémissait doucement et elle lui murmurait des paroles apaisantes.

Finalement, le trajet de cauchemar s'acheva et des mains se tendirent pour décharger les victimes.

Un soldat souleva Isabel pour la faire descendre et elle se précipita pour accompagner la civière sur laquelle était allongé le garçon à la jambe coupée.

Comme ils arrivaient à la salle d'opération, elle fut arrêtée par un aide-soignant.

« Je suis désolé, mademoiselle, mais vous ne pouvez pas entrer.

— Elle est médecin », protesta Archie.

L'homme haussa les sourcils. « Pas de femmes à part nos infirmières. »

Isabel retint un hurlement de frustration. Elle aurait voulu accompagner son patient, mais elle savait que discuter ne ferait que faire perdre un temps précieux au gamin que l'on emmenait vers la table d'opération.

On poussait déjà son chariot et les portes se refermaient derrière lui.

Elle était sur le point de faire demi-tour quand un jeune chirurgien en blouse blanche et coiffe sur la tête ouvrit la porte. « Vous pouvez regarder si vous voulez, docteur, dit-il. Mais ne restez pas dans nos pattes. »

À l'intérieur, une infirmière de la Croix-Rouge américaine tendit à Isabel une blouse qu'elle enfila.

« Ma sœur est médecin, reprit le chirurgien. Elle me tuerait si je vous empêchais d'entrer. »

Une autre infirmière accrochait un flacon à une potence près du patient. On aurait dit du sang.

« Vous lui faites une transfusion ? » demanda Isabel, surprise. Pour ce qu'elle en savait, ce genre de tentative primitive s'était presque toujours soldé par la mort du patient jusqu'alors : le sang du donneur s'était coagulé dans ses veines, provoquant une thrombose, un gros caillot.

« C'est sa seule chance. L'un de nos médecins a mis au point une technique qui nous permet d'empêcher la coagulation du sang en y ajoutant une solution de citrate de sodium. Nous avons commencé à l'utiliser sur des patients moribonds dans les postes de répartition des victimes. Ça ne marche pas toujours, mais ce garçon a perdu trop de sang pour survivre, de toute façon. Je vais courir le risque. »

Isabel était intriguée. S'il avait raison, cette méthode ouvrait des perspectives très intéressantes. Le *Lancet* avait publié un article selon lequel la plupart des soldats blessés mouraient pour avoir perdu trop de sang.

« On va lui faire une transfusion maintenant et une autre après l'opération », poursuivit le chirurgien, alors qu'on amenait une autre civière occupée par un homme conscient. « Cet homme, qui a le même groupe sanguin, a accepté d'être notre donneur. »

Fascinée, Isabel regarda le docteur mettre dans la main de l'homme une bande roulée, et lui dire de la serrer et de pomper avec son poing. Ensuite, il incisa la veine de l'homme, y inséra une canule et le sang coula dans un flacon où l'on avait préalablement placé une poudre. Le flacon fut alors agité, et le sang transfusé au patient blessé de la même façon qu'on lui aurait normalement injecté de la solution saline.

Le chirurgien observa le goutte-à-goutte pendant quelques instants, puis, s'estimant satisfait, il indiqua à l'anesthésiste d'endormir le patient et commença à opérer.

Lorsque le moignon du patient amputé eut été nettoyé, les tissus morts excisés et le membre pansé, on lui redonna du sang.

« Maintenant, il est entre les mains de Dieu, dit le chirurgien en enlevant ses gants. On attend et on voit venir. Au moins, on lui a donné une chance. » Il tendit un flacon à Isabel. « Tenez, c'est de la solution de citrate – qui sait, ça pourrait vous être utile. »

À présent que l'excitation était retombée, Isabel n'avait envie que d'une chose, s'allonger et dormir, même sur un banc. Mais elle devait retourner à l'hôtel. Sa robe était tachée du sang des soldats blessés et elle avait les cheveux pleins de poussière. Elle avait désespérément besoin d'un bain, et il allait falloir qu'elle se dépêche si elle ne voulait pas rater son train, qui partait dans deux heures.

Comme elle sortait dans le crépuscule hivernal, elle tomba sur Archie qui apportait un autre brancard.

Il avait le visage gris de fatigue, mais en la voyant il s'illumina.

Il confia son fardeau à un aide-soignant qui était planté devant la porte. « Quand est-ce que je vous reverrai ? » demanda-t-il à Isabel. Il s'écarta pour laisser passer d'autres brancardiers.

« Je ne sais pas... Je ne vois pas comment ce serait possible. »

Ils se regardèrent longuement.

« Vous m'écrirez ? » Il prit dans sa poche un bout de papier, griffonna quelque chose et le lui tendit. « Si jamais vous avez besoin de moi, vous savez où me trouver. » Il promena son regard sur son visage, comme s'il s'efforçait de mémoriser chacun de ses traits.

« J'essaierai, dit-elle, la gorge serrée, en retenant ses larmes. Et Jessie ? Vous irez la voir ?

— J'ai vingt-quatre heures de permission, la semaine prochaine. J'irai à ce moment-là.

— Archie, rappelez-vous qu'elle est avec lady Dorothea Maxwell. Je pourrais peut-être écrire à Jessie pour lui donner votre adresse, afin qu'elle vienne vous voir ?

— Rien ne pourrait m'empêcher d'aller voir ma sœur. »

Ils restèrent quelques instants debout, là, en silence.

« Faites attention à vous, mon vieil ami », dit Isabel, et elle s'éloigna dans la nuit glacée.

31

Alors que la réputation de l'hôpital de l'abbaye allait grandissant, le nombre et la gravité des blessés augmentaient en proportion. Jessie apprenait à surveiller plusieurs patients en même temps, parfois des hommes très mal en point après des amputations de membres gelés ou trop atteints pour qu'on puisse les sauver.

Les infirmières, débordées, volaient de patient en patient et se reposaient de plus en plus sur les aides-soignantes, qui s'occupaient des hommes affreusement blessés avec la même équanimité qu'elles devaient naguère témoigner en société, dans des situations délicates. Quand les aides-soignantes n'aidaient pas à faire la toilette des patients, elles passaient aux hommes des bouteilles pour les faire uriner dedans, les aidaient à boire et à manger, et écrivaient des lettres à leurs êtres chers.

Mais c'est surtout vers Jessie que les *poilus* se tournaient. C'est à peine si elle parlait un mot de français, mais elle paraissait les comprendre, eux et la vie qui était la leur, mieux que les infirmières et les aides-soignantes aristocrates ne le feraient jamais. Elles devaient faire face depuis peu à un afflux de soldats britanniques, et Jessie scrutait tous les visages encroûtés de boue à la recherche de Tommy. Une fois que les soldats avaient été soignés, elle leur demandait si leur route avait croisé celle du Seaforth Highlander. Jusque-là la réponse avait toujours été « non ».

Parfois, quand elle avait fini son service, elle allait s'asseoir un moment dans le cloître. Quand elle levait les yeux vers le ciel nocturne éclaboussé d'étoiles, en écoutant murmurer la fontaine elle arrivait presque à se croire revenue à Skye.

Ce soir-là, le silence fut rompu par un fort reniflement et un sanglot étouffé venant de l'un des bancs de pierre perdus dans les ombres. Jessie s'approcha sans bruit pour voir qui pleurait.

C'était Evans, une aide-soignante. La seule conversation amicale que Jessie avait eue pendant le voyage qui les avait amenées à l'abbaye, elle l'avait eue avec cette femme aux membres déliés, aussi grande qu'un homme et au visage que sa m'man aurait qualifié d'ingrat. Elle s'était assise à côté de Jessie avec sa bible et lui avait demandé si elle voulait prier avec elle. Par la suite, Elizabeth Evans lui avait confié qu'elle était fiancée et prévoyait d'aller en Afrique travailler comme missionnaire avec son futur mari quand la guerre avait éclaté. Leurs plans devraient désormais attendre que tout ça soit fini.

À présent, Evans murmurait tout bas, le visage inondé de larmes, sa bible dans les mains. Pensant qu'elle priait et avait donc droit à un peu de tranquillité, Jessie s'apprêtait à repartir subrepticement quand Evans eut un autre sanglot hoquetant.

Jessie ne pouvait pas la laisser comme ça. Peut-être qu'elle avait reçu de mauvaises nouvelles de chez elle.

Jessie alla s'asseoir à côté d'elle sur le banc. Elle attendit qu'elle cesse de pleurer avant de lui demander : « Qu'y a-t-il, Elizabeth ? Je peux faire quelque chose pour vous ? »

Evans se tamponna les yeux avec son mouchoir et renifla fortement. « Oh, ne vous occupez pas de moi, mademoiselle. Je suis une grosse bête, c'est tout. Ça ira mieux dans une minute. »

Jessie ne savait pas très bien quelle conduite adopter mais elle ne voulait pas la laisser, pas avant d'en savoir davantage.

« Des nouvelles de chez vous ? Votre fiancé ? »

Evans secoua la tête. « Tout le monde va bien.

— Ces dernières semaines ont été pénibles pour nous toutes, dit Jessie. Nous habituer à cet endroit... » En vérité, elle n'avait pas trouvé ça difficile, mais Evans avait quitté la sécurité d'un milieu chaleureux, privilégié.

« Ce n'est pas ça. Je peux supporter n'importe quoi tant que je fais l'œuvre de Dieu, mais pourquoi l'infirmière Lafferty se croit-elle obligée de tout compliquer ? Elle me dit toujours de faire ci et ça, et avant que j'aie seulement à moitié fini la première tâche, elle m'en donne une autre. Et puis elle se plaint que je n'ai rien fini de ce qu'elle m'avait ordonné de faire. Je suis une bonne à rien. Peut-être que l'unité s'en sortirait mieux sans moi. Je suis lente. Je le sais bien. »

Jessie retint un soupir. L'infirmière Lafferty venait de l'hôpital de Londres et se croyait supérieure à toutes les autres infirmières, mais Jessie l'avait vue travailler et soupçonnait son arrogance de dissimuler la crainte de ne pas être aussi compétente qu'elle voulait bien le faire croire.

« C'est normal d'être lente au début. Dieu sait que vous toutes, les aides-soignantes, vous faites un travail formidable. »

Evans se remit à renifler. « Vous le pensez vraiment ?
— Bien sûr. Vous travaillez toutes très dur sans jamais vous plaindre. » Enfin, sans trop se plaindre ; il y en avait de plus geignardes que d'autres.

Evans esquissa un sourire. « Je voudrais bien être dans votre équipe. Vos aides-soignantes disent que vous êtes la meilleure de toutes les infirmières avec qui travailler. Vous ne vous mettez jamais en colère et vous êtes toujours prête à leur montrer comment faire au lieu de leur aboyer dessus. »

Jessie était aux anges. Elle avait dû faire un effort pour se rappeler que la plupart des aides-soignantes étaient novices. Certaines avaient été dans les détachements de VAD, les aides volontaires, avant la guerre, mais aucune ne s'était occupée de blessés. Même quand elle avait envie de hurler d'impatience, elle se mordait la langue et prenait le temps de leur montrer comment elle voulait qu'elles procèdent. Et grand bien lui en avait pris. Aujourd'hui, ses aides-soignantes se montraient habiles à changer des pansements et certaines étaient même capables de nettoyer les blessures quand on les supervisait.

« Je vous admire toutes, dit-elle avec franchise. J'ai été élevée à effectuer des travaux pénibles, alors pour moi ce n'est rien. Au début, à l'infirmerie de l'hospice, je travaillais sous les ordres d'une infirmière qui trouvait toujours à redire à ce que j'accomplissais. Ça me rendait tellement nerveuse que je suis sûre que j'ai fait des bêtises que je n'aurais pas faites autrement. Je me suis juré alors que quand je serais infirmière je traiterais bien mes équipes. Cela dit, reprit-elle sur un ton d'avertissement, je n'ai jamais supporté les tire-au-flanc. Mais vous n'êtes pas une tire-au-flanc, n'est-ce pas, Evans ?

— Je ne crois pas. Je fais de mon mieux. Je suis tellement fatiguée, tout le temps. C'est pour ça que je n'arrête pas de m'endormir.

— Allons, séchez vos larmes, dit Jessie. Et allez vous coucher. Vous verrez que tout ira mieux demain matin. »

Elles recevaient des blessés depuis un mois maintenant. Jessie finissait juste de panser un jeune soldat qui avait reçu des éclats d'obus au visage quand Dorothea Maxwell apparut à côté d'elle.

Jessie ne l'avait guère vue au cours des dernières semaines. Les chauffeuses, les conductrices d'ambulance, étaient hébergées dans des chambres au-dessus des écuries et, comme elles n'avaient pas les mêmes horaires que le personnel soignant, elles avaient tendance à rester de leur côté, mangeant dans la même petite salle à manger, mais pas aux mêmes heures que les autres.

« Il y a quelqu'un dehors qui demande à vous voir. Il n'a pas voulu me dire son nom. »

Le cœur de Jessie s'emballa. Et si c'était Tommy ? Et si elle avait eu raison depuis le début, et s'il était encore vivant ? Et s'il était venu la chercher ?

Mais il semblait que Maxwell avait deviné ce qu'elle pensait. Elle pressa l'épaule de Jessie. « Ce n'est pas un soldat, mademoiselle. Je suis désolée. »

La déception lui noua la gorge.

« Tout ce qu'il a bien voulu me dire, c'est qu'il venait de l'Hôpital américain de Neuilly, poursuivit lady Dorothea, et qu'il fallait absolument qu'il vous voie. »

Une unité américaine ? Se pouvait-il que cet homme ait des nouvelles d'Archie ? C'était la chose qu'elle espérait le plus au monde. Enfin, la seconde ; la première était que Tommy ne soit pas mort.

« Vous voulez bien me couvrir ? chuchota-t-elle. Normalement, je suis de garde pendant encore une heure.

— Allez-y. Si l'infirmière-chef vient vous chercher, je lui dirai que vous êtes à la lingerie, je me débrouillerai. »

Jessie finit rapidement ce qu'elle était en train de faire, borda son patient et s'enroula dans sa cape. Au cours des dernières semaines, la neige avait fondu, mais il faisait encore un froid coupant.

Elle descendit en courant l'escalier qui menait vers la cour où les visiteurs étaient priés d'attendre. Une silhouette de haute taille faisait les cent pas dans le cloître, le dos tourné vers elle. Au début, elle n'en fut pas sûre, mais quand il se retourna son cœur s'emballa.

« Archie ? » murmura-t-elle. Et puis ce fut comme si le soleil explosait en elle, et elle se précipita vers lui. « Archie ! C'est vraiment toi ? »

Il ouvrit les bras et elle se blottit contre lui. « Salut, Jessie. » Sa voix avait changé. Elle avait un léger accent traînant, nouveau pour elle.

Quand il la lâcha, elle le conduisit vers l'un des bancs de pierre et ils s'assirent.

« Qu'est-ce que tu fais là ? » Il n'était pas en uniforme ; il n'était donc pas militaire.

« J'étais à Paris pour affaires au moment de la déclaration de guerre. J'ai décidé de rester et de faire mon devoir en conduisant des ambulances pour l'Hôpital américain. »

À Paris, pour affaires ? Jessie avait tant de questions à poser qu'elle ne savait par où commencer. « Comment m'as-tu retrouvée ? Comme je n'avais pas ton adresse, je ne pouvais pas te prévenir que je partais pour la France. C'est comment, l'Amérique ? Tu vas bien ? Raconte-moi tout ! »

Il rit.

« Waouh ! Du calme. Je vais tout te raconter. Je veux juste te regarder un peu, dit-il en la tenant à bout de bras. Ma petite sœur. Tu es une grande fille, maintenant. Tu te rends compte ! fit-il en secouant la tête, émerveillé. Qui aurait cru qu'on s'occuperait tous les deux des blessés ? Enfin, rectifia-t-il très vite, ce n'est pas que je fasse grand-chose, à part les rafistoler et les conduire vers le plus proche docteur.

— Mais comment as-tu su que j'étais là ?

— Je suis tombé sur Isabel à Paris, et c'est elle qui me l'a dit. »

Jessie essaya de refouler une pointe d'envie. Avait-il été en contact avec Isabel pendant toutes ces années, et pas avec elle ? Sa propre sœur ?

Et puis, la première vague de plaisir de le voir en vie et en bonne santé étant passée, la colère qui bouillonnait en elle depuis son départ l'envahit à nouveau.

« Pourquoi ne m'as-tu pas écrit quand tu es arrivé en Amérique ? J'aurais pu te répondre. Et je n'ai même pas pu... » Elle se mordit la langue. Elle lui en voulait, mais il ne méritait pas qu'elle lui parle de la mort de m'man avant de l'avoir préparé. « Archie, je n'ai même pas pu te prévenir quand m'man est tombée malade. »

Un éclair de crainte passa dans les yeux d'Archie. « Si j'avais su qu'elle était malade, j'aurais essayé de revenir pour la voir. Comment va-t-elle ?

— Elle nous a quittés, Archie. Elle est morte il y a cinq ans. »

Il réprima un hoquet de surprise. « M'man est morte ? Oh non, Jessie. »

Jessie posa sa main sur la sienne et la serra.

« Elle a été longtemps malade. Elle le savait depuis des mois quand tu es parti, mais elle ne voulait pas que je te le dise. Elle ne voulait pas que quoi que ce soit t'empêche de partir.

— Je regrette de ne pas l'avoir su.

— Ça aurait changé quelque chose ?

— Tu as reçu l'argent que je t'avais envoyé ? demanda Archie après un instant.

— Oh oui. Pour ça oui. » Sa colère monta à nouveau. Il n'avait pas répondu à sa question. « Mais tu n'avais pas indiqué ton adresse. Tu avais tourné la page, nous n'existions plus pour toi, ou bien... » Elle hésita. En se parlant ici, même en gaélique, ils risquaient que l'on surprenne leurs paroles. Elle se leva. « Marchons un peu. On sera plus tranquilles pour discuter dans le jardin. »

Dès qu'ils furent hors de portée des oreilles indiscrètes, elle se tourna vers lui. « Il faut que je te le demande. Est-ce que ton départ a quelque chose à voir avec la disparition de lord Maxwell ? »

Archie secoua la tête. « Mais qu'est-ce que vous avez toutes avec ça, les filles ? Quand j'ai vu Isabel, elle m'a demandé la même chose. Bon sang, Jessie, je suis ton frère. Comment peux-tu me demander ça ? »

Isabel ? Pourquoi lui aurait-elle posé cette question ? Parce que Jessie la lui avait posée à elle. Autrement dit, elle en savait aussi peu que Jessie sur ce qui s'était passé ce jour-là. Jessie en secoua la tête de frustration. Avait-elle injustement douté de son frère pendant toutes ces années ?

« Je te le demande parce qu'il a disparu le jour de ton départ. Son cheval est rentré sans lui. Au début, tout le monde a pensé qu'il avait vidé les étriers, et le comte a battu le rappel des troupes pour qu'on parte à sa recherche, mais ils n'ont pas réussi à retrouver son corps ni aucune trace de lui.

— C'est ce qu'Isabel m'a dit. Mais pourquoi me demandes-tu si j'ai été mêlé à cette histoire ?

— Parce qu'un jour ou deux après ton départ, Archie, un policier est venu te chercher. Il semblerait que Lachie McPhee ait raconté une histoire confuse selon laquelle on t'aurait vu le tirer à bas de son cheval. En réalité, il ne faisait que répéter ce que Flora lui avait raconté, et apparemment elle aurait nié avoir jamais déclaré une chose pareille.

— C'est donc ça.

— Et quand m'man a dit au policier que tu n'habitais plus là, il a trouvé ça louche. Elle ne lui a pas avoué que tu étais parti pour l'Amérique, Archie. Elle a inventé une histoire de dispute : tu avais piqué une colère et filé à Glasgow. Elle a menti, et m'man n'aurait jamais menti sans raison. Elle avait bien trop peur de rôtir en enfer. »

Le visage d'Archie s'assombrit un peu plus encore. « M'man a menti pour moi ?

— Elle n'a pas voulu me confier pourquoi. La nuit de ton départ, tu avais les poings en sang et on voyait bien que tu avais pris un coup à la figure, alors j'ai pensé que tu t'étais battu avec lord Maxwell, quoi que Flora ait pu dire. Et puis tu n'as jamais envoyé ton adresse. Pas étonnant que j'aie eu peur que tu aies quelque chose à voir dans sa disparition, non ? »

Archie enfonça ses mains dans ses poches. « Je lui ai tapé dessus. Il avait dit quelque chose... » Il secoua la tête. « Enfin, laisse tomber. Je l'aurais bien massacré, mais il s'est remis en selle et il est parti. »

Jessie avait très envie de le croire, mais il y avait quelque chose dans la façon dont il évitait son regard qui la mettait mal à l'aise.

« La nuit de mon départ, Flora McPhee est venue à la maison, poursuivit Archie. Elle était sur Galtrigill et elle m'avait vu faire tomber ce type de son cheval. Elle était contente que quelqu'un lui dise son fait. Elle le détestait parce qu'il avait refusé de reconnaître le bébé qu'elle avait eu avec lui, mais elle était venue m'avertir qu'elle avait raconté à son père qu'elle nous avait vus nous battre. Et qu'en apprenant que le cheval de Maxwell était rentré sans son cavalier, Lachie avait déclaré qu'il allait rapporter au comte ce qu'elle m'avait confié. Flora savait que la police verrait d'un mauvais œil ma bagarre avec lord Maxwell, même s'il réapparaissait sain et sauf. Et si on avait découvert son corps – même si c'était son cheval qui lui avait fait mordre la poussière –, elle pensait qu'on me mettrait ça sur le dos. Alors elle était venue me prévenir. »

Ça se tenait. Flora avait toujours eu un faible pour Archie, alors que Lachie McPhee les détestait, papa et lui.

« J'ai utilisé le billet du frère de John McPherson, qui était mort, et j'ai gardé son nom, poursuivit Archie. Il avait le même prénom que papa. Maintenant, je suis Calum McPherson, et les hommes de l'unité m'appellent Scotty.

— Mais pourquoi n'as-tu pas écrit ?

— Je me méfiais d'Effie, la postière ; tout le monde sait qu'elle ne peut pas s'empêcher de jeter un œil au courrier qui lui passe entre les mains. C'est pour ça que je n'ai jamais indiqué mon adresse. »

Son histoire se tenait, mais son instinct lui disait qu'il ne lui racontait pas toute la vérité. S'il n'avait rien à voir dans la disparition de lord Maxwell, il lui cachait malgré tout quelque chose.

« Je pensais que tu étais peut-être parti à cause d'Isabel, reprit-elle.

— Je me demande où tu as bien pu aller chercher ça ! lança-t-il sèchement.

— Elle m'a dit que tu lui avais déclaré ton amour, et qu'elle avait repoussé tes avances. »

Archie fronça les sourcils. « Et moi, je dis que vous vous montez le bourrichon, Isabel et toi. »

Jessie s'empourpra. Elle espérait qu'Archie ne saurait jamais tout ce qu'elle avait balancé à la doctoresse. Maintenant, elle avait honte de sa tirade.

« Enfin, ne parlons plus d'eux, Jessie. Parlons de toi. Ma petite sœur, infirmière ! fit-il en la regardant avec admiration.

— Et il n'y a pas si longtemps, épouse et mère. Oh, Archie, je les ai perdus tous les deux.

— Je sais. Isabel m'a raconté ça aussi. Je suis désolé, Jessie. Je regrette de ne pas avoir été là pour t'aider. Et de ne même pas avoir été présent à l'enterrement de m'man..., dit-il en la prenant par les épaules, et ses yeux trahissaient une profonde tristesse. Vous laisser toutes les deux est la chose que je regrette le plus dans mon départ pour l'Amérique. Je regrette de ne pas avoir connu Tommy et ton petit garçon.

— Tu les aurais adorés, Archie, et ils t'auraient adoré.

— Tu pourrais venir avec moi en Amérique, quand tout ça sera fini. Il n'y a plus rien qui te retienne, maintenant. J'ai gagné de l'argent, Jess. J'ai une voiture, ma propre maison avec deux chambres et une salle de bains et un peu de terre. Il faut que tu voies l'Amérique. Tu pourrais vraiment réussir, là-bas.

— Un jour, peut-être, répondit Jessie en souriant, mais je ne suis pas prête à renoncer à chercher Tommy. Tu as dû entendre des histoires de gens qui croyaient leur mari, leur fils ou leur frère mort, et qui avait fini par réapparaître.

— Écoute, Jess..., soupira-t-il – et la compassion qu'elle lut dans son regard lui fit froid dans le dos –, je ne te dis pas de renoncer à tout espoir, mais ne compte pas le retrouver vivant. Tant d'hommes ont été tués, et on n'arrive même pas à retrouver... » Il regarda ses pieds. « Oublie ce que je viens de dire.

— Tu allais dire qu'on n'arrive même pas toujours à retrouver les corps, non ? Tu allais dire que parfois, il ne reste même plus un corps à retrouver. Je sais ça, Archie. Si je l'ignorais avant d'arriver ici, maintenant, je le sais. Mais jusqu'à la fin de la guerre, tant que tous les hommes ne seront pas rentrés chez eux, je croirai qu'il est dans un camp de prisonniers quelque part ou qu'il ne sait plus qui il est. On dit que beaucoup d'hommes ont perdu la mémoire, et Tommy est peut-être l'un d'eux. Son capitaine m'a écrit et il m'a dit que personne n'avait vu ce qui lui était arrivé. C'est à ça que je me cramponne. »

Elle tira sa montre de sa poche. Elle avait pris une longue pause, mais elle se fichait pas mal de ce que l'infirmière-chef pourrait bien dire. Il y avait assez de monde dans la salle pour s'occuper des patients, et on pouvait se passer de Jessie pendant un petit moment encore.

Et puis une autre pensée lui passa par la tête. « Lady Dorothea est ici, Archie. La sœur de lord Maxwell. Elle conduit des ambulances, comme toi. Et si elle découvrait qui tu es, et si elle en parlait à quelqu'un ? La guerre ne les empêcherait pas de t'arrêter. Tu ne devrais pas rester ici. »

Il pinça les lèvres et sa bouche se réduisit à une petite ligne obstinée qu'elle connaissait bien.

« Je ne m'en irai pas, Jessie. Pas tant que la guerre ne sera pas finie.

— Voyons, Archie, tu ne vois pas qu'il le faut ? Pas seulement d'ici, mais de France. C'est trop dangereux. Retourne en Amérique où tu es en sûreté. »

Du bout des doigts, Archie lui souleva le menton afin qu'elle le regarde dans les yeux. « Je ne m'en irai pas, répéta-t-il. Je viens juste de te retrouver, et on a besoin de moi ici.

— Mais...

— Il n'y a pas de mais. Je reste ici, point final. Cela dit, si ça peut te rassurer, je te promets de ne pas revenir à l'abbaye. » Il prit un calepin dans sa poche, en détacha une page et griffonna quelque chose. « C'est mon adresse. Tu n'auras qu'à demander Scotty ; on te dira où me trouver. » Il replia la main de sa sœur sur le bout de papier. « Pour l'amour du ciel, Jess, prends soin de toi. »

32

Serbie, janvier 1915

Isabel releva le bas de sa jupe pour enjamber une flaque de boue. Après trois jours de train, de bateau et à nouveau de train, elle était enfin à Kragujevac, si près de la ligne de front que, de temps en temps, un éclair illuminait le ventre des gros nuages de pluie.

La ville, avec ses pauvres maisons de pierre bordant des ruelles boueuses, n'était pas la plus agréable qu'Isabel ait connue, mais sa situation, au milieu des hautes montagnes, était à couper le souffle.

« Ça me rappelle un peu Skye », confia Isabel à sa compagne, Alice Sinclair. Elle l'avait rencontrée à Salonique, et les deux femmes avaient fini le voyage ensemble, le reste de l'unité étant arrivé la semaine précédente. Alice Sinclair était plus âgée qu'elle et était médecin depuis plusieurs années. C'est ce qu'Isabel avait appris quand elles avaient dîné ensemble dans le train. Elle faisait des vœux pour ne pas décevoir les femmes d'expérience dans son genre.

« Vous êtes originaire de Skye ? lui demanda Alice.
— Pas exactement. Mon défunt père avait un cabinet sur l'île. »

Elles se frayèrent un chemin à travers les rues pavées jusqu'à parvenir à un petit bâtiment. Alice jeta un coup d'œil à l'adresse notée sur une lettre qu'elle avait prise dans sa poche. « C'est bien là, confirma-t-elle. Notre maison pour les mois à venir. »

Dans l'entrée, elles tombèrent sur une femme portant l'uniforme de l'Hôpital féminin écossais qui venait à leur rencontre. Elle était plus jeune que le Dr Sinclair, une trentaine d'années peut-être, et d'aucuns auraient trouvé peu séduisant son long visage austère, mais une lueur malicieuse brillait dans ses yeux vert foncé.

Elle leur serra la main. « Deux nouvelles recrues, à la bonne heure ! Je suis vraiment désolée, j'aurais voulu envoyer quelqu'un vous chercher, mais nous sommes complètement débordées, ici. » Elle jeta derrière elles un coup d'œil plein d'espoir. « Dites-moi que vous avez amené quelques infirmières avec vous.

— Hélas non, nous sommes toutes seules, répondit Isabel.

— Mais je vous informe que le quartier général se charge de vous envoyer des renforts, ajouta Alice. Entre-temps, il faudra nous débrouiller comme nous pourrons. »

La femme se renfrogna, puis sa moue se changea en sourire. « Excusez-moi, je manque à tous mes devoirs : Cecilia Bradshaw, médecin-chef – Dieu sait ce que j'ai fait pour mériter ça. Maintenant, commençons par le commencement, je vais vous montrer votre chambre. Je suppose que vous voudrez prendre un bain. On nous a donné cet endroit comme cantonnement, dit-elle en les entraînant à sa suite dans un couloir. C'est sommaire, mais propre. » Elle ouvrit une porte qui donnait sur une vaste pièce. « C'était l'une de nos salles communes. Nous l'avons convertie en dortoir pour le personnel. La cuisine est à l'extérieur. Trouvez-vous un lit et installez-vous. Nous utilisons la grande pièce du bas comme salle de séjour quand nous avons un peu de temps – ce qui n'arrive pas très souvent. C'est encore un peu la pagaille ici, malheureusement. Nous avons réquisitionné une école que nous avons transformée en clinique chirurgicale et nous avons accepté de prendre la responsabilité de deux autres hôpitaux dès que nous pourrons, ce qui portera le nombre de nos lits à plus de deux cents. Les infirmières serbes, bénies soient-elles, n'ont pas de formation, et ne nous sont donc pas d'un très grand secours. Par bonheur, nous avons des prisonniers autrichiens que nous utilisons comme aides-soignants, et grâce à eux nous arrivons plus ou moins à nous en sortir. » Le Dr Bradshaw regarda sa montre. « Les autres hôpitaux dirigés par les Serbes sont un peu délabrés, alors dès que nous pourrons, il faudra que nous les aidions à se débrouiller aussi. »

À essayer d'intégrer toutes ces informations, Isabel avait le tournis. Elle ne savait pas à quoi elle s'attendait – à des blessés, évidemment, mais aussi à des hôpitaux dignes de ce nom, pas à ce... ce chaos. Elle échangea un regard avec Alice.

Si le Dr Bradshaw remarqua leur désarroi, elle n'en laissa rien paraître. « À vous, maintenant : quelle est votre expérience de la chirurgie ? »

Alice regarda ses pieds. « Aucune, docteur.

— J'ai un peu pratiqué, répondit Isabel. En gynécologie, surtout, mais j'ai aussi effectué quelques interventions abdominales. » Grâce à Maximilien. À sa grande surprise, penser à lui ne l'attristait plus.

Le Dr Bradshaw parut satisfaite. « Eh bien, vous avez plus d'expérience de la chirurgie que la plupart d'entre nous. Vous avez déjà réalisé des amputations ?

— Non, docteur, mais j'ai lu tout ce que je pouvais sur l'anatomie et la chirurgie. »

Une expression amusée s'inscrivit sur le visage du Dr Bradshaw. « Vous découvrirez qu'on arrive très bien à opérer tout en consultant des ouvrages de médecine. Je vais d'abord vous mettre aux pansements jusqu'à ce que je voie de quoi vous êtes capable, docteur MacKenzie. Quant à vous, docteur Sinclair, j'aurai bien besoin de vous à l'hôpital des fiévreux. »

Isabel essaya de ne pas trahir sa déception de ne pas être immédiatement affectée à la salle d'opération. Enfin, les pansements, c'était toujours mieux que la médecine. Alice, quant à elle, arborait encore une expression de stupeur et d'incrédulité mêlées.

Le Dr Bradshaw jeta un nouveau coup d'œil à sa montre. « Excusez-moi, mesdames, on m'attend en chirurgie. Installez-vous. Défaites vos bagages, prenez un bain, explorez la ville. »

Isabel s'apprêtait à protester qu'elle aurait préféré se mettre au travail tout de suite, mais le docteur leva la main, prévenant par avance toute objection. « Profitez de ce moment de liberté. Il se pourrait que vous n'en ayez plus l'occasion avant longtemps, et je préfère que mon personnel soit reposé et ait les idées bien en place quand il prend son poste. Nous dînons à huit heures. La cuisine n'est pas encore opérationnelle, alors nous prenons nos repas à l'hôtel, de l'autre côté de la rue. » Puis, sur un dernier regard perçant de ses yeux verts, elle tourna les talons et quitta la pièce.

« Mon Dieu, dit Alice. C'est une vraie tornade. »

Isabel trouva un lit qui paraissait vide et s'assit. Les ressorts gémirent et la paille du matelas lui piqua les jambes malgré la housse de tissu. Elle enleva son chapeau et le posa à côté d'elle.

Il y avait six lits, dont quatre, à en juger par la présence d'objets personnels, étaient déjà occupés. Alice commença à disposer ses affaires sur la petite table à côté du lit vide restant.

« Plus de deux cents lits. On m'avait parlé d'une centaine... Bon, marmonna-t-elle en prenant sa trousse de toilette, je vais chercher la salle de bains, et puis je ferai un somme. » Elle s'arrêta devant la porte. « Vous pouvez me rappeler où elle se trouve ? Je n'ai vraiment pas le sens de l'orientation.

— Dans la cour, je crois », répondit Isabel.

Après le départ d'Alice, Isabel remit son chapeau. Elle prendrait son bain plus tard. Pour l'instant, elle voulait explorer l'endroit où elle allait passer les mois à venir.

Elle retourna dans la rue animée en faisant bien attention où elle posait les pieds sur les pavés inégaux, tout en essayant d'empêcher le bas de sa jupe de traîner dans la boue. Le cri strident d'un cochon déchira l'air ; un soldat en uniforme serbe passait en traînant le pauvre animal par une patte de derrière. Il lui jeta un grand sourire et effleura sa casquette en un bref salut.

Elle passa devant un hôtel où plusieurs officiers serbes buvaient un coup, plantés sur le trottoir ; elle arrivait au milieu de la rue quand elle entendit une voix familière.

« Non, une dinde ! disait la femme avec un accent écossais. Je ne veux pas de vos poulets faméliques, je veux une dinde et c'est tout ! »

Ravie, Isabel se précipita vers la femme et lui tapota l'épaule. « Maud ? »

La femme fit volte-face. « Docteur MacKenzie ! Eh bien, si je m'attendais ! » Elle ignora la main tendue d'Isabel et la serra sur son cœur.

« Je savais qu'on vous avait envoyée rejoindre une de ces unités, expliqua Isabel, mais je n'aurais jamais rêvé vous retrouver ici. » Maud la serra à nouveau dans ses bras à l'étouffer et Isabel sentit sa gorge se nouer. Elle ne s'était pas rendu compte à quel point elle avait envie de rencontrer quelqu'un qu'elle connaissait, et que ce fût Maud Tully lui faisait d'autant plus plaisir.

« On m'a permis de m'arrêter à Paris en venant ici, alors j'ai pu passer quelques heures avec mon frère. Sans ça, je serais déjà arrivée la semaine dernière. J'ai raté quelque chose ? »

Maud prit Isabel par le bras. « Des tonnes de trucs ! Je vais tout vous raconter, mais d'abord, il nous faut une tasse de thé – enfin, ce qui en tient lieu ici. » Maud la ramena vers l'hôtel, en louvoyant entre les officiers serbes massés devant la porte, et la pilota vers un petit salon.

« Ce coin tranquille nous est réservé. Les officiers serbes sont bien mignons mais ils ont tendance à se montrer un peu trop entreprenants. Ils savent que le Dr Bradshaw se ferait des jarretières avec leurs tripes s'ils nous suivaient ici. Elle est tout ce qu'il y a de gentil, mais plutôt stricte sur le plan des fréquentations masculines. »

Les deux femmes parlèrent de tout et de rien, d'Édimbourg et des gens de leur connaissance jusqu'à ce qu'on leur apporte le thé.

« Dites-moi la vérité. Comment est-ce, ici ? demanda Isabel.

— Affreux, et en même temps plutôt excitant. On travaille tellement dur qu'à la fin de la journée, c'est à peine si on tient encore debout. La plupart du temps, on s'écroule sur notre lit – parfois même tout habillées.

— Vous avez beaucoup de blessés ?

— Tellement qu'on ne sait plus où donner de la tête. Vous êtes vraiment sûre de vouloir entendre tout ça alors que vous venez juste d'arriver ? Ça pourrait vous donner envie de repartir par le premier train, déclara Maud en inclinant la tête avec un grand sourire.

— Repartir ? Pas question ! répondit Isabel. J'ai hâte de m'y mettre. Dites-moi tout. »

Une ombre passa sur le visage de Maud. « Nous sommes arrivées il y a huit jours et nous nous attendions à travailler dans des hôpitaux bien propres et nets. La réalité n'aurait pas pu être plus différente. C'était sordide. »

Isabel se pencha en avant avec avidité, buvant ses paroles.

« Au début, poursuivit Maud, on ne comprenait pas pourquoi les patients se trouvaient dans la rue, sur des civières, alors qu'il gelait à pierre fendre. On avait voyagé toute la nuit et on n'était même pas encore arrivées à nos quartiers. Le Dr Bradshaw a foncé dans l'hôpital serbe, ou ce qui en tenait lieu, et a demandé des explications pendant que nous passions entre les brancards pour examiner les blessés et leur distribuer des boissons chaudes. » Elle eut un frisson. « Certains des hommes étaient morts ou ne valaient guère mieux et les autres donnaient l'impression d'être sur le point de passer de vie à trépas. Quand le Dr Bradshaw est ressortie de l'hôpital, elle était blême. Apparemment, les choses se passaient comme ça depuis quelques mois. Les médecins serbes n'arrivaient tout simplement pas à trouver assez de lits. J'avoue que ça nous a ouvert les yeux. Nous étions toutes tellement impatientes de venir ici ; la situation que nous avons trouvée nous a fait un choc. »

Le regard de Maud se perdit dans le lointain. « Je n'avais jamais vu le Dr Bradshaw avec une mine aussi sinistre. Elle nous a réunies et nous a fait marcher en colonne jusqu'à nos quartiers. Elle nous a demandé de défaire nos bagages et de nous reposer un peu pendant qu'elle se rendait à l'hôpital qui allait être le nôtre ; elle nous ferait son rapport quand nous nous retrouverions, pour le souper. Mais nous ne tenions plus en place, après ce que nous avions vu. Nous avons toutes insisté pour l'accompagner. Nous l'avons fait attendre le temps de revêtir nos uniformes, et nous sommes ressorties comme des canetons suivant leur mère. »

Maud s'interrompit à nouveau, esquissa un sourire et prit une gorgée de thé.

« L'hôpital chirurgical était bondé. Il était censé accueillir une centaine de patients, mais il y en avait bien deux fois plus entassés un peu partout. Les hommes étaient sales, couchés par deux dans les lits. Les infirmières n'avaient pas la moindre idée des soins qu'il fallait leur administrer et donnaient l'impression de ne jamais avoir entendu le verbe "aérer". La puanteur était tellement épouvantable que nous avons dû nous couvrir le visage avec notre mouchoir. Nous avons enlevé nos capes, remonté nos manches et nous nous sommes mises à la tâche. Les fenêtres étaient collées par la peinture, elles n'avaient pas été ouvertes depuis je ne sais combien de temps, alors nous avons commencé par casser les vitres afin de faire entrer de l'air frais – vous auriez dû entendre les grognements de réprobation. Mais le médecin serbe était content de nous voir. Le pauvre homme s'échinait pratiquement tout seul dans les salles communes pendant que deux autres médecins essayaient de s'occuper des opérations.

« Nous nous sommes affairées jusqu'à l'épuisement. La salle commune était tellement crasseuse et les patients tellement négligés que nous nous demandions comment nous allions pouvoir redresser la situation. Nous sommes parties, cette nuit-là, beaucoup moins enthousiastes qu'à notre arrivée. Au souper, nous avons établi un plan de bataille. Nous allions déplacer les patients dans une moitié de l'hôpital pendant que nous réorganiserions l'autre. Nous savions qu'ils seraient les uns sur les autres, mais il n'y avait pas moyen de faire autrement. Les infirmières serbes feraient le ménage tandis que les aides-soignants donneraient le bain aux hommes. Ils sont autrichiens, mais ils sont vraiment gentils. Certains n'ont été capturés que parce qu'ils refusaient de se battre contre les Serbes, vous savez, alors ils ne nous posent pas de problème. Ils n'essaient pas de s'échapper ni rien.

« Bref, pendant une semaine, nous avons récuré et nettoyé à en avoir le dos cassé. Mais j'ai hâte que vous voyiez l'hôpital maintenant. Il est vraiment tout ce qu'il y a de correct.

— Moi aussi, j'ai hâte de voir ça.

— Le problème, ici, ce ne sont pas seulement les blessés. Il y a aussi la typhoïde, le typhus et le choléra. Vous avez vu la maison devant nos quartiers ? »

Isabel hocha la tête et Maud reprit :

« C'est un hôpital pour les fièvres récurrentes, bien que la plupart des patients soient aussi blessés. Il est tenu par un médecin serbe – sauf qu'il n'est même pas médecin, ce n'est qu'un étudiant en cinquième année de médecine. Il est vraiment joli garçon, ajouta rêveusement Maud. Il vient parfois prendre le thé avec nous, alors vous ferez sa connaissance.

— Pourquoi est-ce que nous ne l'aidons pas ?

— Je pense que c'est l'idée du Dr Bradshaw, maintenant que l'hôpital chirurgical est redevenu fonctionnel. Si vous voulez, quand vous aurez fini votre thé, je vous montrerai l'hôpital serbe des fiévreux. À moins, rectifia-t-elle avec un froncement de sourcils, que vous ne préfériez vous reposer d'abord. Vous devez être épuisée.

— Je suis beaucoup trop excitée pour dormir. » Isabel posa sa tasse sur sa soucoupe et se leva. « Allons-y tout de suite. »

La première chose qui la frappa dès l'entrée dans l'hôpital des fiévreux fut l'odeur pestilentielle, un mélange poisseux de désinfectant, de corps mal lavés et de chair corrompue. C'était bien pire que tout ce qu'elle avait vu dans les taudis les plus sordides d'Édimbourg.

Elle suivit Maud dans la première salle commune sur la droite. L'odeur à cet endroit était encore plus terrible. Il n'y avait pas de lits, que des paillasses, si proches les unes des autres qu'on ne pouvait pas passer entre. Certains patients fumaient et bavardaient pendant que d'autres gisaient là, inertes, poussant parfois un gémissement.

« Il y a quatre salles comme celle-ci, lui chuchota Maud, et le médecin s'occupe de tout le monde. Tenez, le voilà. »

Au bout de la salle, un homme à la tignasse noire auscultait un patient, l'oreille collée sur sa poitrine. Il dit quelque chose qu'Isabel n'entendit pas et le patient se mit à rire. Puis un autre patient l'appela, et le docteur se retourna. Apercevant Maud, il eut un large sourire, enjamba les matelas en faisant bien attention à ne marcher sur personne et s'approcha d'elles.

« Mais c'est l'infirmière Tully ! s'exclama-t-il.

— Docteur Popović, permettez-moi de vous présenter le Dr MacKenzie.

— Veuillez m'excuser de ne pas vous serrer la main, il faudrait d'abord que j'aille me les laver.

— C'est le Dr Popović qui fait presque tout ici, dit Maud, qui avait manifestement le béguin pour lui. Il s'occupe de tous les hommes, il leur administre les traitements, il s'occupe de l'appareil à rayons X, il panse les blessures – il voit même des patients à l'extérieur. Vous ne trouvez pas qu'il est formidable ? »

Isabel était consternée. Un seul médecin pour faire tout ça ! Quant aux conditions dans lesquelles il travaillait... Il aurait fallu ouvrir les fenêtres, décrasser la salle à fond, et les patients aussi par la même occasion.

« De quoi ces hommes souffrent-ils ? demanda-t-elle.

— De typhoïde, surtout, mais aussi de choléra et de dysenterie.

— Et comment les traitez-vous ? »

Le Dr Popović haussa les épaules. « On ne peut pas faire grand-chose. Généralement, le patient a la fièvre pendant une semaine. S'il n'est pas blessé, si c'est sa seule affection, le plus souvent il s'en sort. Ensuite, pendant une semaine, il retrouve une température normale, et puis la fièvre revient à nouveau pendant une semaine. Parfois une autre. J'ai des aides-soignantes pour m'aider. Elles donnent à manger aux patients, il arrive qu'elles les lavent, mais elles n'ont aucune formation. » Il eut un sourire navré. « Pardon, mesdames, mais je vais vous demander de m'excuser. J'ai des patients à voir.

— Vous viendrez prendre le thé avec nous demain ? » demanda Maud.

Il inclina la tête. « Si je peux, oui, avec plaisir.

— Il faut que vous preniez un peu de temps pour vous, docteur, dit fermement Maud. Nous vous attendrons. À deux heures ? Je fais une pause de deux à quatre. »

Elle reprit Isabel par le bras. « Laissons le Dr Popović à ses patients. À demain, docteur. »

Dehors, Isabel respira à pleins poumons. « C'est accablant. Comment peut-on espérer guérir des patients dans ces conditions ?

— Vous trouvez ça moche ? répondit Maud. C'est bien pire dans certains des autres hôpitaux. Maintenant, je vais vous montrer le nôtre. Je pense que vous serez impressionnée. »

Après ce qu'elle avait vu, Isabel eut une bonne surprise en découvrant l'hôpital chirurgical où elle allait travailler. C'était un bloc de deux bâtiments avec plusieurs salles communes d'une trentaine de lits chacune. Elles étaient installées dans le style Nightingale auquel Isabel était habituée, avec des lits très espacés. Les patients étaient bien bordés, les courtepointes écarlates si bien tendues qu'on se demandait comment ils auraient pu bouger un orteil. Les salles communes étaient d'une propreté irréprochable ; il n'y avait même pas une tasse sale pour en déparer l'ordonnancement. Un air frais et propre entrait par les fenêtres ouvertes. Il était difficile d'imaginer qu'une semaine plus tôt l'endroit était dans le même état que l'hôpital des fiévreux qu'elles venaient de quitter.

« Les hommes disent que chez nous, ils ont plus de chances de mourir de pneumonie que d'autre chose, raconta Maud avec un petit rire. Ce sont des vilains. Dès qu'on a le dos tourné, ils ferment les fenêtres. Ils n'ont pas l'habitude de l'air frais. Il y a d'autres lits sous des abris dans la cour – surtout occupés par des officiers et des patients convalescents. La salle d'opération se trouve dans le bâtiment du fond. Les médecins opèrent deux par deux, mais c'est un peu plus calme aujourd'hui ; il n'y a pas eu beaucoup de combats la semaine derrière. Cela dit, selon certaines rumeurs, ça ne devrait pas durer bien longtemps. »

Maud porta ses mains à ses reins et s'étira.

« Je suis de garde, cette nuit. Il faut que j'aille me reposer.

— Je suis désolée. Je n'aurais pas dû vous retenir si longtemps, s'excusa Isabel, contrite.

— Je suis tellement contente que vous soyez là, répondit Maud avec enthousiasme. Mais vous devriez aller vous reposer, vous aussi. Vous n'en aurez guère le loisir à partir de maintenant. »

33

Le lendemain, bien que réveillée à six heures, Isabel était apparemment la dernière à se lever. Les autres lits étaient déjà faits, et Alice n'était plus là.

Quand ses pieds nus entrèrent en contact avec le sol, elle eut l'impression de marcher sur de la glace. Une femme rebondie portant une capote militaire poignardait furieusement une cuvette d'eau avec une cuillère. Elle jeta un coup d'œil par-dessus son épaule en entendant grincer le lit d'Isabel. « Bonjour ! Vous devez être l'un des nouveaux médecins. Je suis le docteur Sylvia Lightfoot. Pied léger ! Non, mais regardez-moi un peu ! Je suis diplômée de l'hôpital de Londres. »

Isabel ne put s'empêcher de sourire. « Docteur Isabel MacKenzie. Diplômée de l'hôpital royal d'Édimbourg. »

Le Dr Lightfoot haussa le sourcil.

« L'une des pionnières ? Hum, bravo !

— Que faites-vous ? lui demanda Isabel en passant son manteau sur ses épaules.

— L'eau a regelé, et il n'y a pas de feu pour la faire fondre. Mme Cavendish dit qu'elle en a besoin pour le petit déjeuner et que si j'en veux je n'ai qu'à attendre.

Elle dit qu'elle en a marre qu'on vienne toutes lui piquer son eau chaude, et que la prochaine fois qu'elle constatera la disparition d'une bouilloire, elle fermera la porte de la cuisine à clé. » Elle administra un nouveau coup de cuillère furieux. « La boue, je m'en fous. Je me fous de travailler dur. Je me fous même des paillasses dont les fétus nous rentrent dans les côtes et nous piquent et nous repiquent et nous empêchent de dormir, mais il y a un truc donc je ne me fous pas, et c'est de ne pas pouvoir me laver ! » Elle se tourna vers Isabel. « Pardon. Je ne suis vraiment pas du matin. Comment allez-vous ? demanda-t-elle en lui tendant la main. Je suis ravie de vous voir ici. »

Isabel se composa du mieux qu'elle put un sourire malgré ses dents qui s'entrechoquaient. Il faisait tellement froid dans la pièce que de la glace se formait sur la paroi intérieure des vitres.

« La plupart d'entre nous ne se déshabillent même plus avant de se coucher, poursuivit le Dr Lightfoot. Il fait foutrement trop froid – pardonnez mon franc-parler. Si vous avez un manteau de fourrure, utilisez-le comme couverture.

— Il y a longtemps que vous êtes arrivée ? » demanda Isabel en s'habillant aussi vite que possible, superposant les couches de vêtement au point qu'elle devait ressembler plus à un pudding qu'à un médecin.

Peut-être le Dr Lightfoot n'était-elle pas aussi corpulente qu'elle en avait l'air.

« Comme toutes les autres – une semaine.

— Comment trouvez-vous cet endroit ?

— Je l'adore. En dehors du fait qu'il n'y a pas assez d'eau pour prendre un bain. » Le Dr Lightfoot jeta la cuillère sur son lit. « Je renonce. À moins que...

à moins que ça vous dise de tenter votre chance avec Mme Cavendish, ajouta-t-elle en coulant un regard vers Isabel, et que vous nous rapportiez de l'eau. Oh, dites oui, dites que vous allez le faire ! Si elle vous attrape, vous pourrez lui raconter que vous êtes nouvelle. Elle ne pourra pas vous en vouloir.

— Montrez-moi où c'est ! »

Isabel réussit à subtiliser une bouilloire d'eau fumante, et les deux femmes firent une toilette de chat, à tour de rôle, derrière un rideau, à un bout de la pièce, ne présentant qu'un petit carré de peau à la fois à l'air glacial, après quoi elles mirent le cap sur la salle à manger. Pour autant qu'Isabel puisse en juger, les infirmières étaient logées dans des quartiers séparés.

« C'était le hall d'entrée du temps où c'était un hôpital. Nous en avons fait notre salle à manger. Nous observons une discipline très stricte, ici. Le petit déjeuner est à sept heures pour les médecins de jour, et à sept heures et demie pour celles qui étaient de nuit. On a généralement du porridge, du pain et du thé. Ce n'est pas grand-chose, mais ça suffit pour nous faire patienter jusqu'au déjeuner. »

Isabel s'assit à côté du Dr Lightfoot, et un homme d'un certain âge, portant l'uniforme bleu-gris des soldats autrichiens, leur apporta du porridge et du thé.

« C'est Johannes qui s'occupe de nous ici, expliqua le Dr Lightfoot. Il ne parle pas très bien anglais, mais nous réussissons à nous comprendre quand même. Nous avons de la chance d'avoir des hommes bien pour nous aider. »

Johannes hocha vigoureusement la tête avec un sourire.

Plusieurs infirmières occupaient un bout de la table, des aides-soignantes le centre, et les médecins, dont Isabel, l'autre bout. Tout le monde conversait plaisamment tandis que Johannes faisait le service. Le Dr Lightfoot fit les présentations, mais le seul nom qu'Isabel réussit à retenir fut celui de Margaret Guthrie, une infirmière d'une quarantaine d'années qu'elle avait connue à l'hôpital royal. L'infirmière Guthrie était compétente, exigeante et dotée d'un humour pince-sans-rire. Isabel se réjouissait de l'avoir à ses côtés.

Excitée autant que nerveuse, Isabel essaya d'ignorer la boule qu'elle avait dans l'estomac et se força à manger. Tout le monde avait fini quand Maud fit irruption dans la pièce en achevant de boutonner ses poignets et prit la chaise libre à côté d'Isabel. « J'ai dû attendre un siècle pour avoir un peu d'eau, siffla-t-elle. Sauf que pour l'infirmière-chef, ce n'est pas une excuse ! Maintenant, je vais être obligée de me passer de petit déjeuner. » Elle tendit la main et s'empara d'une tranche de pain noir, épais, abandonnée au milieu de la table. Elle mordit dedans et fit la grimace. « Berk. Enfin, faute de grives... »

À sept heures vingt précises, quelqu'un tapa sur une assiette avec sa cuillère pour rétablir le silence.

« L'infirmière-chef, souffla le Dr Lightfoot à l'oreille d'Isabel. C'est elle qui affecte les infirmières aux différentes salles, après quoi notre médecin-chef nous dira où elle pense avoir besoin de nous. »

La répartition dura moins de cinq minutes. Comme l'avait promis le Dr Bradshaw, Isabel fut affectée aux pansements et Alice Sinclair à la médecine générale. Toutes les femmes se levèrent et débarrassèrent la table du petit déjeuner dans un fracas de cuillères et de tasses entrechoquées.

Maud sourit à Isabel. « On se voit plus tard ? » Et dans un froufrou d'uniforme gris, elle s'éclipsa.

« Venez avec moi, dit le Dr Lightfoot. Vous devriez commencer par la chirurgie générale. Ensuite, je vous suggère de vous rendre aux têtes avant de passer aux abdomens. Après ça, il se peut que vous soyez obligée de revenir en générale pour vous occuper des patients dont il faut refaire le pansement une deuxième fois dans la journée. J'espère toujours qu'on m'affectera aux convalescents pendant un jour ou deux, mais jusque-là, je n'ai pas eu cette chance, ajouta-t-elle avec une grimace. C'est le domaine du Dr Murdoch, qui est une sorte de fléau qu'on n'a pas intérêt à laisser s'approcher de trop près des vrais blessés – elle nous arrive tout droit de son clinicat dans un asile, la pauvre, mais elle n'est même pas très bonne avec les neurasthéniques. »

Isabel avait entendu des rumeurs sur ce nouveau mal étrange qui affectait les hommes sur le front. Ils n'arrivaient pas à dormir, ne parlaient plus, et il fallait souvent les nourrir à la petite cuillère comme des enfants. Certains semblaient incapables de bouger les bras ou les jambes, bien qu'ils ne soient pas blessés aux membres. On commençait depuis quelque temps à dire d'eux qu'ils étaient *commotionnés*.

Isabel se vit affecter une infirmière et une pièce à côté de la salle de chirurgie générale, dotée d'une table d'examen, d'un meuble plein de flacons et de pansements, et d'un chariot sur lequel étaient rangées des seringues. Elliot, l'infirmière, était une Australienne mince et chaleureuse.

« Nous n'avons pas assez de morphine ou de chloroforme pour le moment, dit-elle. Nous avons tout utilisé dès la première semaine rien que pour débarrasser les hommes de leurs bandages. Vous auriez dû voir ça. Ils étaient collés aux plaies comme du ciment. Nous gardons les anesthésiques qui nous restent pour les cas les plus graves et la salle d'opération. Nous commençons avec les patients capables de marcher pour laisser aux infirmières de la salle commune le temps de laver les patients, puis nous faisons les pansements ici. »

Elliot indiqua un homme qui passait la serpillière.

« C'est Kurt, l'un des Autrichiens. Il ne parle pas un mot d'anglais, malheureusement.

— *Sprechen Sie Deutsch ?* » lui demanda Isabel.

Kurt lui offrit un large sourire et répondit dans la même langue.

« Oui, bien sûr. J'habite tout près d'ici.

— Mince alors, vous parlez allemand, s'étonna Elliot. Attendez un peu que les autres apprennent ça. La plupart d'entre nous n'en parlent pas un mot.

— L'un des avantages d'avoir fait mes études en Suisse », répondit laconiquement Isabel.

Elles retroussèrent leurs manches et se retrouvèrent bientôt à panser les blessés. Aucun des soldats ne parlait anglais, mais Kurt réussissait à traduire l'allemand d'Isabel suffisamment bien pour que les Serbes se fendent de sourires radieux.

« Ils n'arrêtent pas de nous parler en serbe, dit l'infirmière Elliot, ses mains douces s'affairant prestement tandis qu'elle pansait les blessures qu'Isabel avait nettoyées. Ils savent pourtant bien que nous ne comprenons pas ce qu'ils racontent. Vous ne trouvez pas qu'ils sont plutôt beaux garçons ? »

Isabel jugea que la question n'attendait pas de réponse.

Quand elles eurent nettoyé, désinfecté et pansé de nouveau les plaies des blessés qui pouvaient marcher, elles se rendirent dans la salle commune, flanquées de Kurt.

Leur premier patient était allongé, ses draps soulevés formant une sorte de tente au-dessus de sa jambe droite. Son bras gauche, entouré d'un épais bandage, avait été amputé sous le coude, mais quand il ouvrit les yeux et vit Isabel il se lança dans un discours en serbe qui amena un large sourire sur les lèvres de Kurt.

« Que dit-il ? demanda l'infirmière Elliot tout en défaisant le bandage de son bras.

— Il dit que le docteur est la plus belle femme qu'il ait jamais vue, et il a décidé de l'épouser, traduisit Kurt.

— Il dit plus ou moins qu'il voudrait m'épouser », traduisit Isabel, les joues brûlantes. Décidant qu'il valait mieux ignorer le commentaire, elle se pencha sur le bras blessé de son patient.

Mais Elliot n'était pas aussi réservée. « Et dites-lui de notre part que s'il continue à raconter ces bêtises, il se retrouvera dehors en deux coups de cuillère à pot. »

Kurt parut déconcerté et Isabel réprima un sourire. Elle s'abstint toutefois de traduire. Sans cesser de sourire, son patient continua à discuter en serbe pendant les trop longues et sans doute très pénibles minutes qu'Isabel mit à nettoyer son bras. Quand elle défit le pansement de sa jambe, elle dut faire appel à tout son professionnalisme pour ne pas traduire le choc qu'elle éprouva. Le moignon était chaud et enflé, et la chair suppurante virait au noir sur le pourtour.

Elle jeta un coup d'œil à l'infirmière Elliot, dont le sourire chaleureux avait disparu. Il revint en quelques secondes. « Inutile de lui montrer à quel point c'est mauvais, docteur, murmura-t-elle. Je vais mettre son nom sur la liste pour la chirurgie, d'accord ? »

Isabel hocha la tête. Elle resta un instant silencieuse. L'un de ses premiers patients, et il n'avait pas l'air fringant. Elle s'éclaircit la voix. « Kurt, pouvez-vous dire à ce soldat que nous allons être obligés de le remmener en salle d'opération pour essayer d'enlever les parties noires de sa jambe ? Je crains fort qu'il faille la lui couper au-dessus du genou. »

Pendant qu'elle refaisait le pansement, Kurt traduisit. Son patient se rembrunit un instant, puis il répondit à Kurt, lequel traduisit, une étincelle dans ses yeux bleus : « Alexandrovitch dit qu'il se fera opérer, mais seulement si vous l'accompagnez dans la salle d'opération. Il dit que s'il doit mourir, ça doit être avec une belle femme qui le regarde dans les yeux. »

Isabel réussit à lui sourire en retour. « Assurez-le que je serai là. Mais d'abord, j'ai d'autres patients à voir. » Elle ôta ses gants. « Oh, et informez-le aussi que je n'ai pas l'intention de le laisser mourir. »

Quand Isabel revint voir Alexandrovitch, le Dr Lightfoot prenait sa température. En voyant la tête qu'elle faisait, elle en eut froid dans le dos.

« Ce patient retourne en chirurgie, docteur, dit Isabel avec un sourire à l'adresse d'Alexandrovitch.

— Je n'ai pas encore pris ma décision.

— Mais... »

Comme Isabel commençait à protester, le Dr Lightfoot la prit par le bras et l'emmena hors de portée de voix.

« Il est trop malade pour survivre à l'opération, lui murmura-t-elle. Il présente déjà des symptômes de septicémie et il y a trop de patients qui ont besoin d'opérations et qui vont, eux, survivre. Je vais le mettre au bas de ma liste, et puis je déciderai. Les choses étant ce qu'elles sont, nous avons à peine assez d'anesthésique.

— Mais vous devez l'opérer ! Si on n'intervient pas, la gangrène va se généraliser et il est quasiment assuré de mourir.

— Je ne peux gaspiller l'anesthésique, répondit le Dr Lightfoot, navrée. Et si nous essayons de l'opérer sans cela, affaibli comme il l'est, je doute qu'il survive au choc.

— On pourrait essayer de lui donner du sang. J'ai regardé les médecins américains le faire à Paris, et ça a marché.

— On a déjà essayé, et ça a tué plus de patients que ça n'en a sauvé. On ne peut pas prendre ce risque. »

Isabel n'était pas disposée à rendre les armes. Elle avait promis à Alexandrovitch qu'il s'en sortirait.

« Je veux bien prendre le risque de l'opérer si ça peut le sauver. »

Le Dr Lightfoot secoua la tête. « Ah, les jeunes médecins ! Vous êtes tellement braves, tellement prêtes à essayer de nouvelles choses. » Elle leva la main pour prévenir les protestations d'Isabel. « Si le choc ne le tue pas, c'est la septicémie qui le fera. Enfin, si vous voulez l'opérer, et s'il accepte qu'on le fasse sans anesthésie, vous pouvez toujours essayer. »

La pensée d'amputer son premier membre était déjà assez terrible, mais à l'idée de le faire sans endormir le patient elle en avait la nausée. D'un autre côté, Alexandrovitch ne survivrait pas si elle ne lui coupait pas la jambe, et c'était à elle de prendre la bonne décision pour le patient. Elle n'avait pas le choix. Il n'y avait pas d'autre moyen de lui sauver la vie.

Elle retourna au chevet de l'homme et, Kurt assurant toujours la traduction, elle lui expliqua ce qu'elle prévoyait de faire.

« Il demande ce qui va lui arriver si vous ne lui coupez pas la jambe », dit Kurt.

Alexandrovitch n'avait même pas tiqué quand on l'avait informé qu'il ne serait pas endormi et qu'il sentirait chaque entaille de son bistouri.

« L'infection envahira tout son organisme et il mourra de septicémie.

— Mais cette opération... pourrait le tuer quand même ? »

Isabel hocha la tête et attendit que Kurt traduise.

« Il veut savoir s'il a une chance de survivre sans ça.

— C'est possible, admit Isabel, mais peu probable.

— Si c'était votre frère, que lui conseilleriez-vous ?

— De se faire opérer. »

Alexandrovitch eut l'air pensif. Il passa la main sous son oreiller et en ramena une petite statue de madone en robe bleue. Il pressa ses lèvres sur la figurine et marmonna tout bas, très vite, quelque chose en serbe.

Kurt regarda Isabel, ses yeux noirs se troublèrent. « Il dit que les docteurs écossaises se sont bien occupées de lui. Il courra ce risque. Il prie la Vierge Marie de veiller sur vous deux. »

L'infirmière Elliot aida Isabel à enfiler ses gants en caoutchouc sur ses mains tremblantes.

Alexandrovitch était allongé sur la table et la regardait avec un demi-sourire. Le Dr Lightfoot procédait à une autre opération à l'autre bout de la salle, et donc, au moins, elle ne serait pas complètement seule pour sa première opération majeure sans assistance.

Elliot passa à Alexandrovitch un bout de tissu stérilisé à serrer entre ses dents. Elle avait demandé à quatre aides-soignants autrichiens d'être là pour le maintenir quand la douleur deviendrait trop insupportable.

Faisant signe à Elliot qu'elle était prête, Isabel souleva la lame spéciale pour les amputations et se prépara à pratiquer sa première incision. Elle devait trancher profondément et d'une main ferme. Toute hésitation ne ferait que causer davantage de douleur au patient. Prenant une profonde inspiration, elle fit signe aux aides-soignants qui s'étaient positionnés de chaque côté de la table.

« Tenez-le bien, ordonna Isabel d'une voix qui ne tremblait pas – à son grand soulagement. Ne le laissez pas bouger, même imperceptiblement. » Elle leva son bistouri et trancha dans la chair d'Alexandrovitch.

L'opération se déroula mieux qu'elle n'aurait osé l'espérer. Le Dr Lightfoot laissa l'une des autres femmes médecins opérer son propre patient et vint l'assister. Pendant qu'Isabel coupait, le Dr Lightfoot cautérisait les vaisseaux sanguins avec le galvaniseur qui fonctionnait sur batterie. Au grand soulagement de tout le monde, Alexandrovitch s'évanouit quand Isabel commença à scier l'os.

« Très bien, murmura le Dr Lightfoot quand ce fut terminé. Beau travail. Aviez-vous souvent opéré avant cela ?

— Un peu. Mais je n'avais jamais réalisé d'amputation. À part un bout de doigt.

— Vous m'étonnez. Vous avez les mains et le sang-froid indispensables à un chirurgien. »

Maintenant que l'opération était terminée, Isabel en ressentait le contrecoup, mais les compliments de cette femme médecin plus expérimentée qu'elle la revigorait. « C'est ce que j'ai toujours voulu faire.

— Eh bien, je vais en parler au Dr Bradshaw et veiller à ce que vous passiez plus de temps en salle d'opération, répondit le Dr Lightfoot. Dieu sait que vous aurez l'occasion, ici, d'acquérir toute l'expérience nécessaire pour devenir une chirurgienne de premier ordre. »

34

France, février 1915

Après le souper, Jessie retourna au chevet des malades en se traînant. Elle était littéralement épuisée, mais dans la journée, on lui avait amené un jeune soldat de Skye amputé des deux jambes et le visage presque complètement bandé. Les médecins ne pouvaient rien faire pour lui, à part nettoyer ses blessures et adoucir ses derniers instants. On ne s'attendait pas à ce qu'il survive, et il avait été envoyé dans la salle de Jessie pour y mourir.

Elle ne l'avait jamais croisé. Il venait de Sleat, au sud de l'île, alors qu'elle était du nord, mais quand il l'avait entendue parler, il s'était cramponné à sa main. « Restez avec moi, mademoiselle, je vous en prie. » Il était terrifié, et Jessie ne pouvait pas lui en vouloir.

Ce n'était pas le travail qui manquait dans la salle et réconforter les patients était une mission qui incombait généralement aux aides-soignantes, mais Jessie tira une chaise à côté de son lit.

« Donald, n'est-ce pas ? » lui demanda-t-elle doucement, en gaélique. La salle n'était éclairée que par des lampes à paraffine. Afin d'économiser l'électricité, elles éteignaient la lumière quand elles n'attendaient pas de victimes. Dans cette pénombre vacillante, c'est tout juste si elles voyaient ce qu'elles faisaient, mais à cette heure de la nuit Jessie préférait ça. C'était plus apaisant quand on souffrait et qu'on n'arrivait pas à dormir.

« Oui, mademoiselle. Donald Stuart.

— Nous portons le même nom de famille, répondit Jessie en souriant.

— Je ne vais pas m'en sortir, hein, mademoiselle ?

— Qu'est-ce que c'est que cette idée, voyons ? rouspéta Jessie, le cœur serré. Vous savez bien, tout de même, que nous ne sommes pas là pour laisser mourir nos soldats ? »

L'étreinte de Donald sur sa main se referma si fort qu'elle retint un cri. « Si vous le dites, mademoiselle », soupira-t-il.

Il savait qu'elle lui mentait, elle en avait bien conscience.

« Parlez-moi de vous, lui demanda-t-elle. Vous avez une amie, au pays ?

— Oui, en effet. Elle s'appelle Mairi. On devait se marier lors de ma prochaine permission.

— Mairi, c'est un joli nom. »

Jessie avait l'impression d'avoir des cailloux dans la gorge.

« Mademoiselle, vous voudrez bien lui dire – enfin, lui écrire – que ça n'a pas été trop dur à la fin et que je n'ai pas souffert ? »

Sa main se crispa à nouveau sur celle de Jessie.

« Au moins, elle n'aura pas à décider si elle s'en ressent d'épouser un homme sans jambes et avec un œil en moins.

— Si elle vous aime, elle sera juste heureuse que vous soyez là.

— Sauf que je ne serai pas là... »

Non, pensa Jessie avec lassitude. Il ne sera pas là. Maudite guerre... « Et si j'écrivais une lettre pour vous ? suggéra-t-elle.

— Que pourrais-je lui dire ? »

Jessie réfléchit un instant. Qu'aurait-elle aimé que Tommy lui dise ?

« Dites-lui que vous l'aimez, qu'elle vous manque et que vous avez hâte de la revoir.

— Même si je repartais d'ici vivant, pour rien au monde je ne la forcerais à tenir sa promesse de m'épouser. »

Au moins, il paraissait plus calme, à présent, et il semblait avoir un peu repris espoir. L'espoir, c'était tout ce que Jessie avait à lui donner.

« Je pense qu'il sera toujours temps de vous inquiéter de ça. On va juste lui écrire une lettre, et on verra bien. »

Jessie se leva. Elle n'avait qu'une envie, aller se coucher, mais elle ne pouvait pas laisser Donald. Pas pour l'instant, du moins. « Je vais chercher du papier et de quoi écrire, d'accord ? Je n'en ai pas pour longtemps. »

Quand elle revint, quelques minutes plus tard, Donald dormait. Elle lui prit le pouls. Faible et filant. Ce ne serait plus long, maintenant. Elle se rassit et attendit.

Une heure plus tard, Donald rendit son dernier soupir. Jessie appela l'une des doctoresses pour rédiger le certificat de décès. Comme elle s'apprêtait à préparer le corps de Donald, elle se rendit compte que quelqu'un était debout derrière elle.

« Je vous ai apporté du thé. »

C'était Evans, l'aide-soignante. Après leur conversation, Jessie était allée trouver le Dr Ludlow et lui avait demandé de la transférer dans sa salle. Elle s'attendait à ce que cela fasse toute une histoire, pourtant, à son grand soulagement, le médecin-chef avait accepté de bonne grâce. « Mais n'y revenez pas, mademoiselle Stuart, l'avait-elle avertie. Nous ne pouvons envoyer toutes les aides-soignantes dans votre salle. » C'était le plus beau compliment que le médecin-chef lui ait jamais fait – si tant est que c'en soit un, mais ça lui suffisait. Evans avait été tout excitée de se voir affecter auprès de Jessie, qui appréciait, quant à elle, sa bonne humeur et son empressement à faire tout ce qu'on lui demandait.

« Le pauvre diable, murmura Evans. Enfin, ça vaut peut-être mieux comme ça. Au moins, il est dans les bras de Dieu. »

Jessie se retourna. La nuit avait été pénible. « Mieux pour qui ? demanda-t-elle amèrement. Mieux pour la fiancée qui n'aura pas besoin d'épouser un homme qui n'aurait jamais pu se remettre au travail ? Mieux pour la mère qui attend une lettre, en priant le Bon Dieu que son fils soit toujours vivant ? Mieux pour ses sœurs ? » Elle noua ses doigts pour retenir leur tremblement. « Maudite guerre qui nous enlève ceux que nous aimons et nous en prend toujours plus ! Jour après jour, inlassablement, nous nous occupons de ces pauvres créatures, tout ça pour les regarder mourir, malgré nos efforts. Nous n'avons même pas assez de morphine pour aider les mourants à rencontrer leur

Créateur sans souffrir et dans la dignité. Oh, je vois bien que c'est mieux pour nous. Chaque fois qu'il en meurt un, ça nous fait un lit pour y mettre un nouveau malheureux. Chaque cas désespéré, c'est autant de morphine gagnée pour ceux qui, un jour, quand nous les aurons rafistolés, pourront être renvoyés à la guerre. Une guerre qui semble ne jamais vouloir finir. » Sa voix mourut dans un sanglot. Elle en avait plus qu'assez de voir des hommes mourir, et elle n'était là que depuis deux mois.

Voyant Evans blêmir, Jessie fit un effort sur elle-même pour se dominer. L'aide-soignante n'avait pas besoin de partager sa détresse. Celle-ci posa la tasse et la soucoupe sur la table de nuit et lui pressa l'épaule. « Courage, mademoiselle. Si nous n'étions pas là, il en mourrait beaucoup plus encore. Voilà ce qu'il faut se dire. Écoutez, vous devez être épuisée. Depuis combien de temps êtes-vous de garde ? Quinze heures ? Seize ? Personne ne peut tenir le coup comme ça. Si vous alliez vous coucher ? Je vais m'occuper du caporal Stuart. »

Jessie secoua la tête, ennuyée et gênée d'avoir perdu son sang-froid. Elles étaient toutes dans la même situation. Elles avaient presque toutes au moins un membre de leur famille au combat, et chaque décès les frappait douloureusement. Mais elle allait rendre les derniers devoirs au caporal Stuart. Elle était à bout de forces, mais elle ferait la toilette du mort. En dehors de la lettre à sa fiancée, c'était la dernière chose qu'elle pouvait faire pour le jeune soldat.

« Merci, mais non. Je vais m'occuper de lui.

— Eh bien, dans ce cas, je vais vous aider », assura Evans.

Ensemble, elles lavèrent le corps de Donald Stuart, doucement, comme s'il était encore vivant et qu'elles craignaient de lui faire mal. Quand elles eurent fini, elles l'enroulèrent dans un suaire et, avec l'aide de l'infirmière de nuit, elles le déposèrent sur une civière. Jessie inscrivit son nom et son régiment sur une fiche et l'attacha au linceul avec un bout de ficelle. Dans son casier, elle trouva une lettre de sa fiancée avec son adresse et la mit dans la poche de sa jupe. L'officier de commandement de Donald écrirait à sa mère, mais c'est elle qui écrirait à la Mairi de Donald, tenant sa promesse de lui dire qu'il était mort courageusement et sans souffrir.

La morgue était assez loin de la salle, et le corps raidi de Donald était lourd, mais à elles deux, elles réussirent tant bien que mal à transporter la civière à travers le cloître baigné par le clair de lune puis à descendre l'escalier de pierre en bas duquel elles le déposèrent près des autres hommes qui avaient quitté ce monde dans la nuit.

Les deux femmes restèrent debout devant la rangée bien nette de cadavres et, tête basse, Jessie prononça une brève prière. C'est alors qu'une main fraîche se glissa contre la sienne et la pressa. Ce geste inattendu lui mit les larmes aux yeux.

« Allez, mademoiselle, il est temps d'aller dormir, chuchota Evans. Vous reprenez votre garde d'ici quelques heures à peine.

— Tout comme vous », répondit Jessie en parvenant à lui sourire.

C'est alors qu'une sirène déchira le silence. D'autres blessés arrivaient. Le sommeil attendrait.

35

« Il faut que vous veniez, un point c'est tout ! » insista Dorothea Maxwell, les mains tendues vers le feu. C'était le milieu de l'après-midi et les infirmières et les aides-soignantes étaient installées dans la salle de séjour, où elles recherchaient la maigre chaleur du feu de bois. En les voyant s'approcher de la cheminée à tour de rôle, Jessie se rappela comment sa mère mettait toujours deux fers à repasser dans les braises. Quand l'un des deux avait refroidi, elle le troquait contre l'autre, brûlant.

Demain, ce serait son premier jour de repos. Celles qui avaient déjà pris leur journée s'étaient aventurées à Paris. Elles avaient dîné dans un restaurant italien avant d'aller à l'Opéra, pendant que d'autres profitaient de cette occasion pour explorer les tranchées.

« Je suis fatiguée, protesta Jessie en dissimulant un bâillement derrière sa main. Je dois laver mon uniforme et j'ai une centaine d'autres choses en retard à faire. » Surtout, elle voulait garder sa journée de repos pour voir Archie. Depuis leurs retrouvailles, il lui avait écrit pour lui demander de venir le voir la semaine dernière, mais comme elle était de garde, elle n'avait pas pu y aller.

« Voyons, mademoiselle, la mort de ce soldat vous a complètement déprimée. Un bon déjeuner vous remontera le moral », reprit Evans.

Comme s'il suffisait d'un déjeuner pour me remettre du baume au cœur, pensa Jessie. D'ailleurs, pourquoi la mort de Donald l'avait-elle ébranlée plus que toutes les autres ? C'était peut-être le lien avec Skye. Ou parce que, avec lui plus qu'avec n'importe lequel des autres blessés, elle avait touché du doigt ce qui avait pu arriver à Tommy. La seule façon de continuer était parfois d'oublier que chaque blessé était un fils, un frère ou un mari.

Lady Dorothea lui adressa un sourire enjôleur. « Vous pourrez faire tout ça à un autre moment. Nous n'avons qu'une journée de repos par mois, nous devons en profiter. Toute une journée et une soirée à Paris – qui pourrait y résister ? Sûrement pas vous, mademoiselle Stuart. Et puis j'ai dit aux Américains que j'amènerais autant de filles que possible. »

Le cœur de Jessie manqua un battement. Quand lady Dorothea avait suggéré une virée à Paris pour passer un petit moment avec un groupe d'officiers qu'elle avait rencontrés, elle avait supposé qu'elle parlait d'Anglais.

« Des Américains ?

— Oui, les médecins de l'Hôpital américain et de l'équipe de Harvard. Nous n'arrêtons pas de tomber sur eux quand nous allons chercher les patients à la gare. Ils sont vraiment charmants. »

Archie faisait-il partie de ceux que lady Dorothea avait rencontrés ? Cela dit, même dans ce cas, elle ne le connaîtrait que sous son nom d'emprunt, Calum McPherson – ou Scotty.

« Si ça peut vous faire plaisir, dites-vous que c'est votre devoir, poursuivit-elle. Ils ont besoin de se changer les idées comme tout le monde. Et puis... » Elle baissa la voix : «... ils sont si séduisants et si amusants. Beaucoup moins collet monté que les officiers de chez nous, je dois dire. »

Dieu du ciel..., pensa Jessie avec lassitude. Archie ne comprenait-il donc pas le danger qu'il courait en restant à Paris ? Les infirmières et les médecins de toutes les unités n'arrêtaient pas de tomber les uns sur les autres. S'il s'obstinait à rester, ils risquaient fort de se rencontrer, lady Dorothea et lui. Maintenant, elle n'avait plus le choix. Elle devait les accompagner. Elle devait l'avertir. Son nouveau nom ne le protégerait pas éternellement.

« Très bien. Je suis partante, se résigna Jessie alors qu'Evans libérait la place devant la cheminée pour la lui laisser. À quelle heure partons-nous ?

— Bravo ! Je propose que nous nous mettions en route vers neuf heures afin d'arriver à temps pour le déjeuner. Les routes sont assez encombrées, et nous pourrions rester coincées derrière un convoi de l'armée. Maintenant, ajouta lady Dorothea en se tapotant la lèvre avec le doigt, comment allons-nous nous habiller ?

— En uniforme, pardi », intervint Evans.

Elles étaient autorisées à se mettre en civil lorsqu'elles n'étaient pas de garde, mais la plupart préféraient rester en uniforme. Il leur procurait trop d'avantages, comme la gratuité des voyages en chemin de fer.

« Pas cette fois ! s'exclama lady Dorothea, horrifiée. J'en ai assez de cet affreux gris. Nous devrions nous mettre sur notre trente et un, pour une fois. »

Jessie n'avait apporté qu'une seule robe, celle qu'elle mettait pour aller à l'église, mais elle commençait à être usée. Avec ça sur le dos, on la prendrait pour la bonne de lady Dorothea, et ça aurait dû lui être égal, sauf que non, justement. Ici, à Royaumont, tout le monde faisait le même travail et portait le même uniforme, et il n'était pas toujours facile de deviner qui était une dame et qui n'en était pas une.

« J'aime bien mon uniforme. Le médecin-chef préfère que nous le portions quand nous sommes de sortie.

— Calembredaines ! s'exclama lady Dorothea. Notre estimée médecin-chef peut dire ce qu'elle veut quand nous sommes en service, mais je refuse tout bonnement d'aller en ville habillée comme une pintade. Et j'y songe ! ajouta-t-elle en se penchant en avant, une étincelle dans ses yeux bleus, j'ai juste le genre de chose qui vous irait bien. Vous êtes un peu plus petite que moi, mais ça devrait vous aller. C'est une jupe et une adorable petite veste feuille-morte qui vous irait parfaitement au teint. Je ne sais pas pourquoi je l'ai apportée. Elle jure affreusement avec mes cheveux roux. »

Ça partait d'un bon sentiment, mais pour rien au monde Jessie n'aurait enfilé les nippes de lady Dorothea. « Merci, mais je préfère quand même porter mon uniforme. » Elle quitta à regret sa place près du feu. « Si je veux vous accompagner, je ferais mieux d'aller chercher de l'eau pour faire ma lessive. »

Le lendemain, Jessie se retrouva coincée sur la banquette avant d'un camion entre lady Dorothea, qui conduisait, et Evans. Elle était tendue. Il était peu probable qu'Archie fasse partie du groupe qu'elles allaient retrouver pour déjeuner, mais les médecins américains le connaissaient peut-être. La veille au soir, elle avait décidé de s'excuser dès leur arrivée à Paris et de retrouver Archie pour éviter le moindre risque qu'ils se rencontrent par inadvertance. Elle devait essayer de le persuader de quitter la France.

« J'espère que vous ne m'en voudrez pas si je vous abandonne pour le déjeuner, dit-elle en se cramponnant à la planche de bord du véhicule au moment où celui-ci faisait une embardée particulièrement inquiétante vers la gauche. Mais j'ai des courses à faire. »

Lady Dorothea redressa le volant avant de répondre. « Des courses ? Quelle merveilleuse idée. Si les garçons ne sont pas encore arrivés, je vous accompagnerai, bien que je doute qu'Evans soit des nôtres. »

La dernière chose que voulait Jessie était bien de faire du lèche-vitrines, et surtout avec lady Dorothea.

« Evans dort comme une bûche, dit-elle. Je n'ai jamais vu quelqu'un en écraser comme ça ! »

L'aide-soignante était avachie contre la portière passager et c'est à peine si les cahots de la route lui arrachaient une faible protestation. Il était peu surprenant qu'elle dorme d'un sommeil de plomb : on l'avait tirée du lit à quatre heures du matin pour accueillir une nouvelle fournée de blessés. Lady Dorothea et Jessie avaient été convoquées aussi, mais le manque de sommeil semblait moins les affecter.

« La pauvre chérie, compatit lady Dorothea. C'est une vraie battante. »

Elles échangèrent un sourire qui se mua en cri strident alors que la roue du véhicule tombait dans une ornière, leur faisant faire un bond sur leur siège.

« Je crois qu'il vaut mieux que j'aille faire mes courses toute seule. Vous ne voudriez pas rater vos amis. »

Lady Dorothea la regarda avec curiosité. « Ma chère petite, venant d'une autre, je jurerais que vous essayez de me fausser compagnie. »

Derrière son apparente frivolité, elle était fine mouche. Comment Jessie pourrait-elle se débarrasser d'elle sans confirmer ses soupçons ?

« Où devons-nous nous retrouver ? demanda-t-elle.

— Au Café Pierre. C'est vraiment le seul endroit où on peut encore manger correctement.

— C'est loin de l'Hôpital américain ? demanda Jessie.

— Six ou sept cents mètres à peu près. Pourquoi cette question ?

— Oh, je me demandais, c'est tout », répondit Jessie.

Elle pourrait aisément parcourir cette distance.

« Ah, je sais pourquoi vous essayez de vous défiler ! À cause de l'homme qui est venu vous voir à l'abbaye. Il portait l'insigne de l'unité américaine, ça me revient, maintenant ! Vous ne m'avez jamais dit de qui il s'agissait. Un bien beau garçon, d'ailleurs. Alors, dites-moi, où l'avez-vous rencontré ? »

Jessie réfléchit à toute vitesse. « À la gare du Nord, le jour de notre arrivée. Vous étiez parties faire un tour, toutes les quatre, et j'étais restée avec les bagages. Je... euh, je m'étais tordu la cheville et il s'est arrêté pour me donner un coup de main. Quand il est venu me voir à l'abbaye, il ne savait pas que j'étais mariée. Je lui ai demandé de ne pas revenir. »

Combien de mensonges serait-elle encore obligée d'inventer ?

« Voyons, Jessie... » Quoi que lady Dorothea lût sur son visage, cela parut lui donner matière à réflexion. « Il sera peut-être au déjeuner.

— J'en doute. Il est conducteur d'ambulance. Vous n'avez pas dit que nous devions retrouver des médecins ?

— Pas seulement. Vous savez quoi ? » Lady Dorothea la regarda, au grand dam de Jessie qui aurait bien préféré qu'elle garde les yeux sur la route. « Mon frère Simon est basé dans la Marne, et on lui a accordé quarante-huit heures de permission à Paris, alors il sera là aussi avec son ami. »

Ses paroles ne firent rien pour atténuer l'angoisse de Jessie.

Lady Dorothea fit la moue. « J'ai demandé au médecin-chef de m'accorder deux journées d'affilée, mais cette tête de pioche n'a rien voulu entendre. »

Jessie savait qu'elle ne pensait pas ce qu'elle disait. Tout le monde adorait le Dr Ludlow. Elle était très à cheval sur la discipline, mais elle était dure au travail, plus que n'importe qui peut-être.

« Vous devez avoir hâte de revoir votre frère, affirma Jessie comme si de rien n'était.

— Pourquoi ne pas nous rejoindre quand vous aurez fini vos courses ? »

Elle cessa de parler le temps de dépasser une colonne de réfugiés qui se traînaient sur la route. « Les pauvres gens, déclara-t-elle. Ces pourris de Boches les obligent à abandonner leur maison.

— On verra », répondit Jessie, le cœur battant. Elle se détestait de cacher à lady Dorothea sa véritable identité.

« Mais vous ne préféreriez pas qu'on vous laisse un peu tranquille avec votre frère ?

— Ne dites pas de bêtises. Son ami sera là aussi, alors ce n'est pas comme si nous devions déjeuner en tête à tête. En outre, je ne suis pas sûre que Simon aura grand-chose à me dire au bout de dix minutes. À part me passer un savon parce que je suis venue en France, évidemment, ajouta-t-elle avec un petit rire. Je n'ai aucun doute que papa et maman lui auront demandé de me convaincre de rentrer à la maison. Ils pensent que je suis folle de ne pas être restée à Londres pour épouser lord Livingston.

— Comment est-il, votre lord Livingston ? » demanda Jessie, sautant sur cette occasion pour changer de sujet.

Lady Dorothea haussa les épaules. « Pas trop mal, à condition de faire abstraction de son strabisme et de sa moustache qui rebique d'une façon fort particulière. Mais j'avoue que j'aurais pu passer sur ces particularités s'il n'était pas ennuyeux au dernier degré. »

Jessie éclata de rire. Elle aimait bien lady Dorothea. Elle ne mâchait pas ses mots et, contrairement à certaines autres, elle ne se donnait pas de grands airs.

« On ne peut sûrement pas vous obliger à l'épouser », assura Jessie.

Dorothea se tourna pour la regarder, quittant la route des yeux si longtemps que Jessie crut que cette fois elles allaient finir dans le fossé.

« Chère mademoiselle Stuart, vous ne comprenez donc pas ? Il faut bien que j'épouse quelqu'un. »

Il était près de onze heures quand elles s'arrêtèrent devant un hôtel à l'air luxueux.

« Je doute que le portier apprécie particulièrement de voir notre camion garé là, remarqua Jessie.

— Je me fiche complètement de ce qu'il peut bien penser », rétorqua lady Dorothea avec un mouvement de menton. C'était dans ces moments-là qu'elle rappelait le plus à Jessie l'aristocrate qu'elle était.

Jessie secoua Evans pour la réveiller pendant que lady Dorothea épinglait son chapeau, un échafaudage compliqué parachevé d'une plume d'autruche, puis les trois femmes descendirent du camion. Lady Dorothea fit au portier l'aumône d'un sourire. « Surveillez notre véhicule, je vous prie. Ne laissez approcher personne. Il y a plus d'une unité qui le volerait si on lui en laissait la moindre occasion. »

Si le portier fut étonné de voir descendre d'un camion couvert de boue et de poussière une femme en tenue de soie vert foncé et bibi exotique, il n'en laissa rien paraître.

« Je vous retrouve tout à l'heure », lança Jessie, se félicitant d'avoir mis son uniforme, tout comme Evans. En civil, à côté de la remarquable Dorothea parée comme un oiseau de paradis, elle aurait eu l'air d'un rat.

« Venez que je vous présente d'abord Simon et son ami. »

Sans lui laisser le temps de protester, elle la prit par un bras, Evans par l'autre, et les cornaqua vers le grand escalier. La dernière personne que Jessie avait envie de rencontrer était bien un autre membre de la famille Maxwell, mais on ne lui donnait pas le choix.

À l'intérieur, le grand salon était plein de soldats alliés et de femmes en uniforme ou vêtues, comme lady Dorothea, de jupes à traîne et de petites vestes ajustées. La salle enfumée retentissait de rires et de tintements de verres. Lady Dorothea s'arrêta derrière un homme de haute taille, aux cheveux roux, entouré de femmes séduisantes qui tenaient de longs fume-cigarette, et lui adressa une petite tape sur l'épaule.

« Simon ! »

L'officier fit volte-face. « Dorothea ! Ma chère sœur, quelle fière allure ! » Il l'embrassa sur la joue. « Andrew est quelque part par-là. » Il parcourut les alentours du regard, mais cet Andrew, quel qu'il soit, avait été avalé par la foule.

« Infirmière Stuart, Evans, permettez-moi de vous présenter mon frère, l'honorable Simon Maxwell. »

Elle lui jeta un sourire aguicheur.

« Sauf que je ne suis pas sûre qu'il se comporte de façon très honorable avec toutes ces charmantes Françaises. Il paraît qu'elles adorent les pilotes.

— Ravi de vous rencontrer, mademoiselle Stuart, mademoiselle Evans, répondit Simon. N'écoutez pas ma sœur. Elle a tendance à dire beaucoup de bêtises.

— Vous êtes pilote ? demanda Evans, l'air soudain bien réveillée. Alors, ça fait peur ? Ou c'est excitant ?

— Un peu des deux, répondit Simon avec légèreté. C'est vous, les infirmières, qui méritez le plus d'éloges, ajouta-t-il aimablement en regardant Jessie. Nous vous sommes tous tellement reconnaissants d'être venues ici. »

Jessie s'empourpra. Elle se sentait un peu gênée. Elle ne voyait pas comment elle pourrait prendre part à la conversation sans se dévoiler. Pire, elle se sentait malhonnête.

Lady Dorothea se dressa sur la pointe des pieds et fit de grands signes. « Les voilà, nos Américains ! »

Par bonheur Archie n'était pas du groupe et Jessie réussit à s'éclipser en promettant de revenir bien avant l'heure de repartir pour l'abbaye. Elle laissa Evans en grande conversation avec Simon et un homme aux cheveux bruns qui portait aussi l'uniforme du Royal Flying Corps, l'unité aérienne de la British Army.

Elle trouva l'Hôpital américain après s'être perdue plusieurs fois. Quand elle demanda Scotty, on la fit entrer dans une petite pièce et on la pria d'attendre. Peu après, son frère ouvrait la porte à la volée avec un grand sourire.

« Jessie ! Je commençais à penser que si je voulais te voir, il faudrait que je retourne à l'abbaye. »

Elle présenta sa joue à son baiser.

« Archie, tu dois me promettre de ne jamais y retourner. Lady Dorothea et son frère déjeunent à deux pas d'ici. Au nom du ciel ! Elle connaît même certains médecins américains. Il faut que tu quittes la France. Elle pourrait tomber sur toi à tout moment.

— Dans ce cas, elle rencontrerait un dénommé Calum McPherson, ou Scotty. Tu t'en fais trop.

— Et toi pas assez. Si on découvrait ton identité, tu pourrais te faire arrêter et te retrouver au tribunal. »

Il se rembrunit. « Eh bien, je vais faire en sorte que ça n'arrive pas. Je n'ai pas l'intention d'être ramené en Écosse enchaîné comme une bête. Mais, Jessie, ne nous disputons pas. Par chance, j'ai quelques heures de liberté avant de devoir reprendre mon poste. Si je te faisais visiter Paris ? »

Jessie connaissait suffisamment son expression déterminée pour savoir qu'il était inutile d'user sa salive. Elle aurait beau dire, rien n'y ferait ; son frère resterait en France. Elle soupira et lui prit la main. « Eh bien, allons-y. Je veux tout voir. »

Jessie adora tout : les Champs-Élysées et leurs boutiques affreusement chères, la Seine, les bateaux-mouches et la tour Eiffel. Ils marchèrent jusqu'à ce qu'elle ait mal aux pieds et s'arrêtèrent dans un petit café pour prendre le thé. Archie lui parla un peu de sa vie en Amérique.

« Rien ne pourrait empêcher un homme disposé à travailler de gagner correctement sa vie ou d'acheter de la terre, s'il a de quoi la payer. Tu me croirais si je te disais que je suis propriétaire terrien, Jessie ? Et cette terre, personne ne me la reprendra.

— Comment as-tu réussi à la payer ? La terre est si bon marché que ça, en Amérique ?

— Pas spécialement. J'ai un associé, et c'est lui qui trouve les fonds. Il est riche, et je suis travailleur. Nous ferons pousser des orangers ou de la vigne. Il se pourrait même que nous construisions des maisons dessus. D'une façon ou d'une autre, d'ici quelques années, je pense être un homme riche.

— Assez riche pour te marier ? »

Il secoua la tête. « Il n'y a jamais eu, et il n'y aura jamais qu'une seule femme pour moi. »

Jessie eut un claquement de langue exaspéré.

« Isabel MacKenzie ! Je pensais qu'après tout ce temps, tu l'aurais oubliée. Pourquoi ne veux-tu pas comprendre qu'elle n'est pas pour toi ?

— Un jour, comme je l'ai toujours promis, je serai son égal, prophétisa-t-il en jouant avec son couteau.

— Et alors ? Même si elle arrive à te voir comme tu le voudrais, elle ne quittera jamais l'Écosse pour l'Amérique – pas pour un homme soupçonné de meurtre. »

Elle était hors d'elle. Archie ne pouvait donc pas se fourrer dans le crâne que courir après Isabel MacKenzie revenait à courir après la lune ?

Apparemment pas. Il la regarda dans les yeux en souriant. « Je suis un MacCorquodale, Jessie. Et les MacCorquodale ont toujours eu un faible pour les causes perdues. »

36

Les mois passant, l'abbaye devait faire face à un afflux toujours croissant de victimes et les femmes avaient rarement le loisir d'aller se promener à Paris. Les esprits s'échauffaient et il y avait parfois des accrochages entre les femmes médecins et les infirmières, les infirmières et les aides-soignantes et même une certaine tension entre le médecin-chef et ses doctoresses. Mais il en aurait fallu davantage pour troubler Jessie ; avec toutes ces femmes qui vivaient les unes sur les autres, seul un miracle aurait pu éviter les disputes. Elle remontait dans sa chambre quand le cri « Courrier ! » retentit dans l'abbaye. L'arrivée du courrier était toujours une grande source d'excitation. À moins qu'il apporte de mauvaises nouvelles, il remontait le moral à tout le monde.

Jessie hésita, la main sur la rampe, avant de faire demi-tour et de rejoindre la foule de femmes qui bavardaient autour du facteur. Peut-être que cette fois il y aurait une lettre apportant des nouvelles de Tommy.

Elle resta en arrière, peu disposée à se fondre dans la mêlée. Au fur et à mesure qu'on appelait les noms, les femmes se jetaient sur leurs lettres et se retiraient soit dans leur chambre soit dans la cour pour les lire tranquillement. Il n'y avait rien pour elle. Déçue, elle se détourna. Elle remarqua que lady Dorothea, qui avait fait partie des chanceuses, s'était assise près de la fontaine. Jessie sourit en voyant son expression d'attente ravie. Et puis, à sa consternation, les mains de la femme tombèrent sur ses genoux et la tristesse remplaça le plaisir.

Jessie se précipita et s'accroupit à côté d'elle. « Qu'y a-t-il, Maxwell ? »

Elle secoua la tête. La main qui tenait la lettre tremblait et elle retenait visiblement ses larmes.

De plus en plus inquiète, Jessie lui redemanda : « Qu'y a-t-il ? Une mauvaise nouvelle ? »

Au cours des deux derniers mois, trois des femmes de l'unité avaient reçu la lettre que tout le monde redoutait, celle qui les informait de la disparition d'un être cher.

« C'est une lettre de papa, répondit tout bas lady Dorothea. Il m'écrit qu'on a retrouvé le corps de mon frère aîné, Charles. »

Jessie eut l'impression qu'un choc électrique lui parcourait l'échine.

« Charles avait disparu depuis des années et, bien que nous nous doutions qu'il devait être mort, j'avoue que je n'avais pas abandonné l'espoir qu'il soit toujours vivant.

— Je suis désolée, assura Jessie en s'efforçant de dissimuler à lady Dorothea le tremblement de ses mains.

— C'est encore pire que nous ne le pensions. Il semblerait que papa ait eu raison depuis le début et qu'il ait été assassiné.

— Qu'est-ce qui vous fait penser ça ? demanda Jessie d'une voix qui sonnait faux, même à ses propres oreilles, mais lady Dorothea paraissait trop désemparée pour le remarquer.

— Le pauvre Charles avait été enterré. Il y a eu une violente tempête sur Skye, la semaine dernière. Une falaise s'est détachée près de Galtrigill et un métayer a découvert ses restes. Il avait dû être enterré là pendant tout ce temps. Je ne veux même pas y penser. Pauvre maman. » En dehors du frémissement de sa voix, elle était d'un calme presque surnaturel. « Papa ne connaîtra pas le repos tant qu'il n'aura pas traîné le meurtrier de mon frère devant la justice. »

Dieu du ciel... « Je suis vraiment désolée », chuchota Jessie. Elle prit l'une des mains glacées de lady Dorothea entre les siennes. « Venez, je vais vous emmener dans votre chambre. Il faut que vous vous allongiez. » Elle croisa le regard de Dorothea et fut saisie par le vide qu'elle lut dans ses yeux bleus.

« Je ne peux pas me reposer. Je dois reprendre mon service.

— Ne soyez pas sotte, voyons. Personne ne vous demandera de travailler aujourd'hui. Pas après une nouvelle pareille. »

Lady Dorothea se leva. « À quoi bon rester allongée dans ma chambre à ruminer ? Et puis, nous ne sommes que trois à pouvoir conduire l'ambulance, et si je ne donne pas un coup de main, qu'arrivera-t-il aux hommes qui attendent sur le champ de bataille qu'on les amène ici ? Je ne peux plus aider Charles, mais je peux aider à sauver les autres. » Elle lissa les plis de sa robe grise et eut un vague sourire. « Je vous demanderai de ne rien dire de tout cela à personne. Pas avant la fin de mon service, du moins.

— Mais...

— Je vous en prie, chère mademoiselle, ne discutez pas. » Elle releva le menton et Jessie se rappela une fois de plus que, derrière son apparente décontraction, elle était en présence d'une femme habituée à ce que les choses se passent comme elle le décidait. Et encore plus habituée à faire son devoir.

Jessie lui serra la main. « Vous savez où me trouver si vous avez besoin d'une amie », dit-elle simplement.

Et sur ces mots, lady Dorothea s'éloigna, la tête haute.

Lorsqu'elle fut hors de vue, Jessie se prit le visage entre les mains. Lord Maxwell avait été tué et son corps enfoui sur Galtrigill. Si ce n'était pas Archie qui l'avait tué, alors, qui était-ce ? Maintenant que les Glendale avaient la preuve que leur fils avait été assassiné, ils n'auraient de cesse de rechercher Archie et de le faire revenir pour l'interroger.

Elle devait l'avertir. Il comprendrait sûrement à présent qu'il devait retourner en Amérique.

37

Serbie, février 1915

Isabel et Maud, pour une fois de repos en même temps, sortirent faire un tour. C'était une belle journée, il faisait doux, un timide soleil s'efforçait de sécher la gadoue dans les rues.

Elles enjambèrent un ruisseau de boue en relevant bien haut leurs jupes, qu'elles avaient raccourcies audacieusement au-dessus des chevilles afin qu'elles ne traînent pas dans la fange. Après qu'elles eurent passé des journées dans des salles communes étouffantes, pleines de mauvaises odeurs, l'air frais était un baume pour l'âme d'Isabel. Elles montèrent au sommet d'une colline et s'arrêtèrent pour regarder dans la vallée. Près de la ville, les collines étaient brunes et dénudées, mais sur les hauteurs elles devenaient d'un vert luxuriant.

Ç'aurait pu être Skye, songea Isabel en se rendant compte pour la première fois depuis l'agression de Charles qu'elle pouvait repenser à l'île avec nostalgie et sans dégoût.

De l'endroit où elles se tenaient elles voyaient les toits rouges de Kragujevac juste en dessous d'elles et, à moitié invisibles dans l'ombre des vallées, d'autres petites villes et des villages.

Maud s'arrêta pour cueillir des primevères.

« Je pourrais en rapporter à Milan, dit-elle lentement. Je doute qu'il ait beaucoup d'occasions d'aller se promener.

— Comment va votre docteur Popović ? demanda Isabel.

— Ce n'est pas mon docteur Popović », répondit Maud en rougissant.

Mais Isabel devinait qu'elle s'intéressait davantage au jeune homme qu'elle ne voulait bien l'admettre. Il n'était pas difficile de voir pourquoi. Milan était grand, bien bâti, avec un regard expressif et un beau sourire. Il était venu prendre le thé deux fois depuis qu'elle était là, et il avait passé tout le temps à couler des regards en biais à Maud avec ses doux yeux bruns.

« Ce serait si terrible s'il l'était ? » demanda Isabel.

Maud détourna le regard pour contempler la vallée. « Je sais que c'est très indiscret, mais avez-vous jamais été amoureuse ? »

Isabel hésita. « Non. Ou du moins, je ne crois pas.

— Alors c'est que vous ne l'avez pas été. »

Maud avait peut-être raison. Si elle avait vraiment eu des sentiments pour Maximilien, elle aurait renoncé à tout pour être avec lui. Elle se rendit compte avec étonnement que c'est à peine si elle avait pensé à lui au cours des dernières semaines.

« Il se pourrait que je sois amoureuse de Milan, continua Maud. Chaque fois que je le vois, je me sens toute lumineuse à l'intérieur, comme si quelqu'un avait allumé une bougie dans mon cœur. »

Isabel ne put s'empêcher de sourire.

« Vous avez déjà embrassé quelqu'un ? poursuivit Maud.

— Ma maman et mon frère », répondit Isabel, non sans ironie. À cet instant, le souvenir des lèvres d'Archie sur les siennes lui revint, si vivement qu'elle eut l'impression de les sentir encore, et le goût de sa bouche, et les embruns sur ses cheveux. « Il y a eu quelqu'un, il y a longtemps... »

Maud se retourna vivement. « Qui ça ? Un amoureux ? Oh, bonté divine, où ? Quand ? Comment était-ce ? »

Isabel se mit à rire, commençant à regretter sa sincérité. D'une façon ou d'une autre, dans cet environnement de mort et de souffrance, les choses qui paraissaient jadis tellement importantes avaient soudain l'air beaucoup moins graves.

« C'était un baiser très bref, mais je dois reconnaître que ça m'avait plu. Évidemment, je n'aurais pas dû embrasser un garçon, mais je n'arrive pas à le regretter. »

Un claquement de sabots de bœufs sur les pavés en bas, dans la ville, monta vers elles, porté par l'air froid de l'hiver. Maud vint se planter à côté d'Isabel et passa son bras autour de sa taille.

« Pensez-vous que ce sera différent quand nous rentrerons chez nous ? Maintenant que nous avons été ici toutes seules, ils ne peuvent pas s'attendre que nous revenions et que ce soit comme avant. Peut-être que papa et maman en viendront à accepter un beau-fils serbe.

— Alors, vous deux, c'est sérieux.

— Oui. » Maud laissa retomber son bras et se tourna face à Isabel. « Je pense que oui. Mais je vous en prie, la supplia-t-elle, et une ombre passa sur ses yeux gris, n'en parlez à personne. Ils me renverraient tout droit chez moi. »

Une fille avait déjà été priée de faire ses paquets pour s'être fiancée avec un officier serbe, et le Dr Bradshaw les avait bien prévenues que le même sort attendait toutes celles qu'on verrait seules avec un homme.

« Ne vous en faites pas, répondit Isabel en lui pressant l'épaule. Vous pouvez compter sur moi pour garder un secret. »

Si seulement Maud savait à quel point...

« Nous n'avons jamais l'occasion de nous voir en privé – à moins, ajouta-t-elle en coulant un regard en dessous à Isabel, que vous acceptiez de nous servir de chaperon.

— J'en serais ravie, si vous pouvez arranger ça pendant un de mes moments de liberté. »

Un sourire illumina le visage de Maud. « J'envisage d'écrire à ma mère pour lui parler de lui.

— Ça me paraît judicieux. »

Elles s'attardèrent encore quelques instants, mais hors de l'abri des collines, il faisait froid, alors elles redescendirent vers le village par un autre chemin. Elles s'arrêtèrent dans une pâtisserie pour acheter des gâteaux et se promenèrent dans le marché, Maud avec ses fleurs et Isabel portant leurs achats. Elles durent s'écarter du chemin pour laisser passer des charrettes à bœufs menées par des Serbes barbus, coiffés de toques en peau de mouton marron pareilles à des essaims d'abeilles.

« Quand nous sommes arrivées, il y avait beaucoup de carrioles comme ça, expliqua doucement Maud.

Elles croulaient sous les cadavres de soldats. Nous les appelions les voitures des morts.

— Il en meurt toujours, répondit Isabel, mais pas autant. »

Ses pensées se tournèrent vers Alexandrovitch, qui s'était remis de son opération et ne présentait aucun signe de septicémie. Depuis qu'elle l'avait amputé, elle passait la moitié de son temps dans la salle d'opération.

Maud eut un sourire attristé. « On contribue à changer les choses, même si on a l'impression de ne pas en faire assez. » Elles s'arrêtèrent devant l'entrée de l'hôpital militaire serbe. « Avez-vous rencontré le Dr Ross ?

— Elle est venue prendre le thé une fois, répondit Isabel. C'est une femme remarquable. »

Le Dr Ross avait abandonné sa clientèle privée pour venir en Serbie. Tout le monde l'avait entendue raconter ses aventures palpitantes. Une fois, elle avait été capturée par des brigands. Elle travaillait maintenant à l'hôpital serbe avec un certain nombre de médecins grecs. Plus de mille patients y séjournaient et ils étaient souvent obligés de faire partager le même lit à trois hommes atteints de maladies infectieuses différentes. La mortalité était énorme.

« Si nous lui apportions une pâtisserie ? suggéra Maud. Ça doit être horrible pour elle d'être tellement isolée. »

Elles entrèrent dans le hall, en hoquetant à cause de l'odeur renversante de crasse et de maladie. Un aide-soignant autrichien alla prévenir le Dr Ross de leur visite.

Isabel eut un choc en la voyant arriver. Depuis la dernière fois qu'elle l'avait vue, elle avait encore maigri alors qu'elle était déjà très mince et elle avait de vilains cernes noirs. Isabel aurait juré qu'en deux semaines ses cheveux avaient grisonné.

« Docteur MacKenzie, infirmière Tully ! Quel plaisir de vous voir. Malheureusement, je n'ai guère le temps de vous recevoir.

— Vous devriez faire une petite pause, docteur Ross. Juste le temps de prendre un thé avec des gâteaux, suggéra Maud, et Isabel comprit que son amie était aussi surprise qu'elle par la métamorphose du Dr Ross.

— Vous n'auriez pas dû venir ici, répondit le Dr Ross. Je m'en voudrais si vous attrapiez une infection.

— C'est un risque que nous courons dans notre propre hôpital, rétorqua Isabel.

— Mais non. Votre hôpital est propre. Vous avez mis en place des procédures sanitaires dignes de ce nom. C'est loin d'être le cas ici.

— Eh bien, venez avec nous, l'implora Maud. Le Dr Bradshaw serait ravie de vous intégrer à son équipe. »

Le Dr Ross porta sa main à son visage. « Vous laisseriez mourir vos patients ?

— Bien sûr que non », répondit Isabel.

C'était impensable.

« Eh bien, mes très chères, vous le comprendrez. Moi non plus, je ne peux pas. »

Une semaine seulement après leur visite au Dr Ross, la nouvelle leur parvint que le typhus frappait à nouveau en Serbie, ravageant des villages entiers et opérant de vastes saignées au sein de l'armée serbe.

Et pas seulement du côté serbe. Deux doctoresses et trois infirmières de leur propre unité avaient été placées en isolement. L'atmosphère dans l'équipe était sombre, et s'assombrit encore quand on apprit que le Dr Ross avait été emportée par la maladie. La situation était encore plus dramatique dans l'équipe médicale serbe. Les médecins serbes, qui travaillaient dans des hôpitaux surpeuplés et n'avaient pas les moyens d'isoler les patients infectés, mouraient presque aussi vite que leurs patients. Milan fut envoyé à l'hôpital militaire de Belgrade prêter main-forte au personnel médical et Maud reconnut que, si elle détestait l'idée d'être séparée de lui, elle était soulagée de le voir s'éloigner de l'épidémie qui faisait rage à Kragujevac et dans toute la région.

Le Dr Bradshaw convoqua son équipe de direction. Elle avait les traits tirés et les yeux vilainement creusés.

« Nous avons besoin d'aide pour lutter contre l'épidémie de typhus, annonça-t-elle. On estime déjà à cinq mille le nombre des victimes rien qu'en Serbie, et pas seulement parmi les soldats ; la population civile est également touchée. On dénombre près de deux cents morts par jour. Notre chère docteur Ross n'est pas le seul médecin à avoir péri. Au cours des trois dernières semaines, les Serbes ont perdu vingt et un médecins rien qu'à Valjevo. J'ai écrit au Dr Inglis pour demander qu'on nous envoie des infirmières et des médecins mais, pour faire face spécifiquement à l'épidémie de typhus, je vais ouvrir une nouvelle salle dans l'un des anciens bâtiments. J'ai besoin d'une infirmière expérimentée pour la diriger. »

Les femmes échangèrent des regards. Elles savaient toutes ce que pouvait impliquer le travail dans un hôpital empli de malades atteints du typhus.

Le regard du Dr Bradshaw tomba sur l'infirmière Guthrie. « Margaret Guthrie s'est portée volontaire pour en assumer la direction. Je suis sûre que vous vous joindrez toutes à moi pour lui souhaiter bonne chance. »

Les femmes sortirent à la queue leu leu dans un silence pesant. Isabel s'approcha de l'infirmière Guthrie et prit ses mains glacées entre les siennes. « Vous êtes sûre de ce que vous faites, Margaret ? »

Celle-ci, son aînée de plusieurs années, réprima un frisson. « Non, mais que voulez-vous ? On ne peut plus tourner le dos au problème. »

38

France, mars 1915

Jessie savait qu'elle devait retourner à Paris prévenir Archie qu'on avait retrouvé le corps de lord Maxwell, mais on refusait de lui accorder un jour de congé. L'abbaye était le théâtre d'une grande excitation : on attendait le Dr Inglis, fondatrice de l'Hôpital féminin écossais et tout le monde devait faire en sorte que l'équipe se présente sous son meilleur jour.

De plus, les infirmières et les aides-soignantes étaient mobilisées nuit et jour par l'afflux ininterrompu de blessés qu'on leur amenait du front, et quand elles ne s'occupaient pas des patients elles frottaient, nettoyaient et récuraient.

Jessie était mortellement inquiète pour Archie, mais elle s'en faisait aussi pour lady Dorothea. Celle-ci avait pris une semaine de congé pour assister à l'enterrement de son frère, mais depuis son retour elle était faible et apathique. Jessie craignait qu'elle soit revenue travailler trop tôt et la tenait à l'œil – non sans mal car elle était débordée.

Et puis, miraculeusement, le Dr Ludlow dut envoyer quelqu'un chercher des fournitures à Paris et accepta que Jessie l'accompagne. Après tout, elle n'avait eu qu'un jour de permission depuis son arrivée. Elle envoya un message à Archie, lui demandant de la retrouver dans le jardin des Tuileries.

Il la repéra assise sur un banc, près de la fontaine, et s'approcha, la mine radieuse. Il ne serait plus aussi heureux sitôt qu'il aurait entendu ce qu'elle avait à lui dire.

« Alors, Jess, où veux-tu aller aujourd'hui ?

— Je me contenterai de rester ici et d'aller admirer le Louvre, répondit-elle, s'en voulant par avance de gâcher sa belle humeur. Je n'arrive pas à imaginer comme ça doit être grand à l'intérieur. Il paraît qu'on pourrait mettre toute l'île de Skye rien que dans une seule aile. Et tu as vu la gare du Nord ? Elle est encore plus grande que le château d'Édimbourg, et ce n'est qu'une gare de chemin de fer.

— Un jour, je construirai des maisons encore plus élégantes que ces immeubles parisiens sophistiqués. Après la guerre, je t'enverrai chercher et nous descendrons dans les plus grands hôtels de Paris. Tu aimerais ça ?

— J'adorerais ! »

Il la prit par la taille et la fit tourner autour de lui.

« Et tu auras toutes les robes que tu voudras, et ta propre voiture automobile. Et des domestiques, aussi, évidemment. Ils te feront la révérence, et tu leur diras : "Une tasse de thé, s'il vous plaît" avec cet accent précieux que tu as depuis que tu fréquentes les aristocrates.

— Je ne parle pas comme eux ! protesta Jessie.

— Oh si ! Enfin, pas trop. Mais pour moi, petite sœur, tu seras toujours une gente dame.

— Grand merci, mon doux sire », répondit Jessie avec une petite courbette.

En dépit de tout, il semblait qu'Archie était enfin heureux. Mais elle ne pouvait plus différer l'annonce qu'elle avait à lui faire.

« J'ai des nouvelles pour toi, Archie. Il s'agit de lady Dorothea et de sa famille.

— Tu commences à bien l'aimer, n'est-ce pas ? demanda-t-il, soudain attentif.

— Oui, répondit Jessie. C'est une femme bien, une femme honorable. J'ai d'autant plus honte de lui faire des cachotteries, ajouta-t-elle avec un haussement d'épaules. Je doute qu'elle me le pardonne jamais, si elle l'apprend.

— Mais elle n'a pas besoin de le savoir, hein ?

— C'est ce dont je dois te parler. On a retrouvé lord Charles – ou du moins, ses restes – dans une tombe improvisée. »

Elle lui jeta un coup d'œil. Il était impassible, son visage sculpté dans la pierre.

« Comment l'a-t-on retrouvé ? »

Jessie éprouva des picotements dans tout le corps. Il n'avait pas l'air étonné d'apprendre que Charles avait été tué.

« Quelle importance ? Ce qui compte, c'est qu'il a probablement été assassiné, et maintenant le comte de Glendale va poursuivre son assassin avec un acharnement renouvelé. »

Le regard d'Archie s'assombrit. « Maxwell méritait de mourir. »

Ce fut comme si un filet d'eau glacée ruisselait dans son cou. « Que veux-tu dire ? »

Il posa ses deux mains sur ses épaules. « Tu te rappelles ce que papa disait toujours ? Un homme sans honneur n'est pas un homme du tout. Tu penses que je suis un homme d'honneur ? »

Elle acquiesça d'un hochement de tête.

Dieu du ciel...

« Tu sais ce qui lui est arrivé, n'est-ce pas ? Je t'en prie, dis-moi que tu n'y es pour rien !

— Je ne peux pas.

— Tu ne peux pas, ou tu ne veux pas ? Seigneur, Archie, tu sais que je ne te trahirai jamais. »

Il fit une grimace expressive.

« Même si tu pensais que ton frère est un meurtrier ?

— Mais tu sais quelque chose, n'est-ce pas ? Archie, j'en ai assez de ces faux-fuyants et de ces demi-vérités. Dis-moi ce qui s'est passé. »

Il lui saisit le bras. « Je ne peux pas te le dire, Jessie. Tu dois me faire confiance.

— Je *dois* ? répéta-t-elle en secouant la tête. Qu'a-t-il bien pu se passer pour que tu n'oses pas me le dire ? » Elle libéra son bras de sa poigne. « Je ne te reverrai plus. Pas avant que tu acceptes de me faire confiance et de me raconter ce qui s'est passé. Tout. Jusqu'au moindre détail. Tant que tu n'auras pas compris que tu me dois bien ça... » Elle chassa d'un battement de cils des larmes amères. « Tu dois faire un choix, Archie. Ton honneur ou ta sœur. »

Il ne répondit pas, et elle connut la réponse.

« Je ne reviendrai pas te voir, dit-elle doucement en lui prenant la main. Ce n'était pas prudent avant et ça l'est encore moins maintenant. Je te le demande pour la dernière fois : assure-moi que tu es innocent de la mort de cet homme. »

Comme il restait muet, elle effleura du bout du doigt son visage bien-aimé. « Alors, adieu, Archie. Je prie Dieu qu'Il veille sur toi. »

Elle le laissa dans les jardins. Et comme il ne la rappelait pas, comme il n'essayait pas de la faire changer d'avis, elle pensa que son cœur allait se briser en mille morceaux.

Pourquoi ne voulait-il pas lui dire ce qui s'était passé ? Il n'avait pas nié avoir tué Charles, et pourtant elle ne pouvait pas croire qu'il était un meurtrier. Il devait protéger quelqu'un. Or il n'y avait qu'une personne pour laquelle il aurait risqué sa vie et sa liberté : Isabel MacKenzie.

Elle longea la Seine, les questions se bousculant dans sa tête. Tant qu'Archie ne lui confesserait pas la vérité, elle ne pourrait pas l'aider.

Le Dr Inglis était beaucoup plus petite que Jessie ne l'imaginait, mais il émanait d'elle une vitalité et une énergie telles qu'elle aurait aussi bien pu mesurer deux mètres. Une fois qu'elle eut inspecté l'abbaye et se fut déclarée satisfaite, elle provoqua une réunion de tous les responsables qui n'étaient pas de service. Lorsque tout le monde se fut assis, on ne s'entendait plus dans la salle à manger. Certaines des femmes avaient déjà rencontré la célèbre femme médecin, mais ceux qui ne la connaissaient pas avaient hâte de rencontrer la fondatrice de l'Hôpital féminin écossais.

Le Dr Ludlow attendit la fin du souper – l'habituel repas de pain et de fromage s'agrémentait d'un rôti de porc en l'honneur du Dr Inglis – pour tapoter sur sa tasse avec une cuillère afin d'obtenir le silence.

« Mesdames, commença-t-elle alors – et Jessie songea avec amusement que pas une fois, depuis qu'elle était arrivée là, elle n'avait entendu toutes les femmes se taire en même temps –, si vous n'avez pas encore eu le privilège de la rencontrer, j'ai l'honneur de vous présenter le Dr Inglis. Je sais que vous mesurez toutes ce qu'elle a réussi à faire en si peu de temps, mais nous avons encore beaucoup de pain sur la planche. Je vais laisser le Dr Inglis vous en dire davantage », conclut-elle sous les applaudissements en se tournant vers la femme assise à sa droite.

Le Dr Inglis se leva. Un sourire détendant son visage austère, elle attendit la fin des acclamations.

« Bonsoir. Au nom du gouvernement français, je vous remercie toutes du fond du cœur de nous avoir rejoints. L'Hôpital féminin écossais comporte aujourd'hui trois unités qui sont toutes en pointe dans leur domaine d'activité. Nous avons les taux les plus bas d'infections et d'amputations. » Elle fut interrompue par de nouveaux applaudissements. « Comme vous le savez assurément, ce n'est pas un mince exploit compte tenu de nos conditions de travail. Mais notre tâche est loin d'être achevée. La guerre ne semble pas près de finir et beaucoup de volontaires au Royaume-Uni attendent avec avidité de pouvoir nous rejoindre. Cela dit, poursuivit-elle en parcourant l'assistance du regard, prenant le temps de poser les yeux sur chacune des femmes à tour de rôle, nous avons aussi perdu du personnel. Notre unité de Serbie, en particulier, a subi de lourdes pertes. Deux médecins et trois infirmières sont mortes du typhus. »

Isabel..., songea Jessie, le cœur battant. Et si elle figurait au nombre des victimes ? Même si elle avait joué un rôle dans la mort de lord Maxwell, elle espérait que non.

« Et donc, poursuivit le Dr Inglis, je suis venue faire un appel aux volontaires pour aller en Serbie afin de compenser les pertes. L'abbaye est si bien dirigée qu'il vaut mieux que les nouvelles recrues se forment ici et que ce soit le personnel médical plus expérimenté qui aille là-bas. Aucune d'entre vous n'est obligée de partir. Je me contente pour le moment de demander des volontaires. Celles qui iront en Serbie n'y trouveront pas la vie facile ni sans danger. Si vous décidez de vous porter volontaire, je préfère que vous le fassiez en pleine connaissance des risques que vous prendrez. Vous n'êtes pas obligées de vous décider tout de suite. La nuit porte conseil. Je souhaite que vous vous accordiez le temps de la réflexion, ou que vous veniez m'en parler. Enfin, je vous informe que je prévois de passer personnellement un certain temps dans l'unité dès que j'en aurai terminé ici. »

Le Dr Inglis avait à peine repris son souffle que lady Dorothea était déjà debout. « Je vous accompagne, si vous voulez bien de moi. »

Le Dr Inglis échangea un regard avec le Dr Ludlow avant de répondre. « Nous n'avons guère besoin de chauffeuses en Serbie, pour le moment. J'ai demandé des fonds pour acheter des ambulances motorisées, et quand nous les aurons reçues j'aurai besoin de vous pour les conduire. En attendant, c'est ici que nous avons besoin de vous. »

Lady Dorothea poussa un soupir, mais elle savait, comme elles toutes, que c'était au Dr Inglis, leur chef, que revenait la décision finale.

Jessie leva la main. « J'y vais. » Elle ne pouvait pas supporter de rester en France, pas si elle devait voir lady Dorothea tous les jours, en sachant qu'elle n'était pas franche à son endroit, et encore moins si elle ne pouvait plus voir Archie.

Dès qu'elle eut lâché ces paroles, Evans se leva d'un bond. « Moi aussi, je voudrais y aller », dit-elle doucement.

Un sourire s'ébaucha sur le visage du Dr Inglis, effaçant la fatigue qui creusait ses traits. « Eh bien, c'est réglé. Préparez vos bagages et tenez-vous prêtes à partir d'ici un jour ou deux. »

Plus tard, Jessie écrivit à Archie pour lui annoncer sa nouvelle adresse. Elle était toujours en colère contre lui et blessée qu'il ne veuille pas se confier à elle, mais elle ne pouvait se résoudre à partir sans le prévenir. Elle se demanda si elle allait lui annoncer que deux femmes médecins étaient mortes, mais qu'elle avait eu confirmation qu'Isabel n'était pas du nombre. Et puis, finalement, elle décida de n'en rien faire. S'il savait que les membres du personnel médical mouraient en Serbie, elle n'excluait pas de le voir foncer à l'abbaye pour tenter de la dissuader de partir.

Elles devaient emballer leurs affaires tout en assurant leur garde de douze heures mais, comme Jessie avait peu d'objets personnels, en dehors de son uniforme et de la petite couverture de laine qui avait été celle de Seamus, elle ne mit pas longtemps à boucler ses bagages. Elle était contente qu'Evans l'accompagne. C'était une femme peu imaginative mais perpétuellement de bonne humeur, pas compliquée et d'une compagnie agréable. De plus, malgré son aptitude remarquable à s'endormir n'importe où dès qu'elle en avait l'occasion, c'était une travailleuse infatigable, qui ne rechignait pas à la tâche. Pas une fois depuis qu'elle était arrivée dans la salle de Jessie elle ne l'avait entendue se plaindre ; les blessés l'adoraient. C'était une fille simple, et malgré la propension qu'elle avait à leur lire la Bible à haute voix, la plupart semblaient retrouver dans sa gentillesse et sa douceur un peu de ceux qu'ils avaient laissés au pays.

Mais surtout, se dit Jessie, elle était contente de l'avoir pour amie.

39

Serbie, mars 1915

Le voyage en train dura plusieurs jours. L'odeur de décomposition mêlée à celle de désinfectant rendait l'atmosphère écœurante et Jessie fut soulagée lorsqu'elles arrivèrent enfin en gare de Kragujevac. Elles étaient attendues par une infirmière qui se présenta sous le nom de Maud Tully.

« Quel plaisir de vous voir ! s'écria-t-elle avec un grand sourire. Tout ce que je regrette, c'est que vous ne soyez pas dix.

— La situation est mauvaise à ce point ? demanda Jessie.

— Épouvantable, absolument épouvantable, mais nous nous en sortons à peu près. On ne saurait en dire autant des hôpitaux serbes. »

Un char à bœufs surmonté d'un grand crucifix de bois et dont les ridelles portaient une croix blanche passa bruyamment devant elles.

« Une charrette des morts, commenta Maud dont les yeux gris se voilèrent. Vous vous habituerez à en voir jour et nuit, malheureusement. »

Evans sortit de sa poche son éternelle bible, l'embrassa et inclina la tête pour prier.

« Si elle fait ça à chaque cadavre qu'elle voit, nous n'arriverons jamais à l'hôpital », chuchota Maud avec un sourire malicieux. Elle attendit tout de même qu'Evans ait fini pour se mettre en route.

« Le Dr Bradshaw vous a affectées toutes les deux à l'équipe de nuit dans la salle des fièvres récurrentes – c'est également là qu'on envoie les cas désespérés. Nous manquons si cruellement de personnel que j'ai bien peur que vous ne deviez commencer dès ce soir. Comme je suis dans l'équipe de jour, je vous remettrai mon rapport. Mais je vais d'abord vous laisser vous installer, mes pauvres. »

À sept heures et demie, après avoir dîné d'un ragoût de légumes et de bouillon de viande, Jessie et Evans se présentèrent pour prendre leur service.

Maud leva les yeux de son bureau, son regard vif assombri par la fatigue. « Parfait. Vous avez pu vous reposer un peu ? »

Jessie, qui n'avait réussi à dormir qu'une heure ou deux, était certaine qu'Evans aurait volontiers sommeillé plus longtemps.

« La plupart des hommes ne vont pas trop mal. Il n'y en que deux qui m'inquiètent – ils sont blessés et en plus ils ont de la fièvre. Le Dr MacKenzie nous rejoindra pour sa visite de la salle dès qu'elle aura fini en salle d'opération. Evans, voulez-vous être un amour et vous occuper de donner leur bouillon aux hommes ? »

Jessie avait sursauté en entendant le nom d'Isabel. Elle savait qu'elles avaient de bonnes chances de se croiser, mais n'avait pas pensé la retrouver aussi rapidement. Elle attendit qu'Evans se soit éloignée.

« Le Dr Isabel MacKenzie ? demanda-t-elle.

— Oui. Vous la connaissez ? C'est un de nos as de la chirurgie, et une excellente amie qui plus est.

— C'est le Dr MacKenzie qui m'a aidée à rejoindre l'unité.

— Dans ce cas, elle sera ravie de vous revoir. » Maud jeta un coup d'œil par-dessus l'épaule de Jessie. « D'ailleurs, la voici. »

Jessie se retourna. Cela faisait des mois qu'elle n'avait pas vu Isabel et elle fut consternée de la trouver aussi émaciée. Il est vrai qu'elles avaient toutes beaucoup maigri depuis leur arrivée.

« Docteur MacKenzie, je crois que vous connaissez Jessie Stuart, dit Maud en inclinant la tête. Elle est infirmière et vient d'arriver de l'unité de Royaumont avec Elizabeth Evans, une aide-soignante, pour nous aider. Quelles braves filles !

— Alors ça, Jessie ! s'exclama Isabel en lui tendant la main. Quelle bonne surprise !

— Je suis, moi aussi, ravie de vous revoir, docteur.

— Nous bavarderons plus tard, quand nous aurons vu nos patients. Je suis certaine, Maud, que vous êtes impatiente de retrouver votre dîner et votre lit.

— Il n'y a rien qui me fasse plus envie, c'est vrai, approuva Maud en souriant. Et si nous commencions par les deux garçons qui me tracassent ? »

Elles s'arrêtèrent au chevet d'un jeune homme dont la tête était entièrement recouverte de bandages, ne ménageant qu'une étroite fente pour la bouche. Il était allongé, inerte ; seuls ses doigts remuaient, triturant le bord du drap.

« Voici Andreas, dit Maud. C'est un soldat autrichien qui a reçu une balle dans la tête. Il souffre aussi de fièvre récurrente. »

Isabel adressa au jeune homme quelques mots qui devaient être de l'allemand, pensa Jessie. Au son de sa voix, l'ombre d'un sourire joua sur les lèvres du soldat.

« Depuis combien de temps est-il hospitalisé ? demanda Jessie.

— Je ne sais plus, répondit Andreas en anglais. Plusieurs mois, je crois. Mais je ne suis ici que depuis quelques jours. »

Sa main se glissa hors des couvertures et Isabel la prit dans la sienne. L'espace d'un instant, l'image du jeune homme pointant un fusil sur Tommy et appuyant sur la détente traversa l'esprit de Jessie, mais elle la repoussa aussitôt. Ce garçon était le frère, le fils, le mari peut-être, d'une femme.

« Vous êtes bien loin de chez vous », remarqua-t-elle doucement.

Les lèvres du jeune homme tremblèrent et il lui sembla qu'il retenait ses larmes.

« Docteur, je vous en prie, est-ce que vous voulez bien faire quelque chose pour moi ?

— Oui, bien sûr, si c'est de mon ressort, répondit Isabel sur un ton conciliant.

— Pourriez-vous écrire à ma fiancée ? Elle est sans nouvelles de moi depuis que j'ai été fait prisonnier. Comme je n'y vois rien, je ne peux pas écrire moi-même et les infirmières ne savent pas l'allemand. Personne d'autre n'accepte de me rendre ce service.

— Les aides-soignantes serbes n'ont rien contre les prisonniers autrichiens qui parlent serbe, expliqua Maud tout bas à Jessie, mais elles ne supportent pas les vrais Autrichiens, les *Schwaba* comme elles les appellent.

— Je le ferai, bien sûr, Andreas, le rassura Isabel, mais je voudrais voir votre blessure. Quand j'aurai terminé avec mes autres patients, je reviendrai écrire votre lettre. »

Il lui serra la main. « Merci. »

Lorsque Maud défit les bandages d'Andreas, Jessie dut se mordre la lèvre pour ne pas crier. Le malheureux avait perdu une bonne moitié de son visage – il n'avait plus de nez, et l'os de sa pommette était partiellement à nu. Ses yeux aveugles restèrent rivés au plafond pendant qu'Isabel examinait la plaie. Elle secoua la tête, et Maud entoura ses blessures d'un bandage propre.

Isabel ajouta quelques mots en allemand, après quoi elles s'éloignèrent du lit.

« On ne peut rien faire de plus pour lui, sinon essayer d'apaiser ses souffrances dans toute la mesure du possible, remarqua Isabel. Il ne faudra pas tarder à écrire à sa fiancée. »

Le patient suivant, à deux lits de celui d'Andreas, était un soldat serbe qui, annonça Maud, avait été transféré dans leur unité pendant la journée. Il avait passé lui aussi plusieurs semaines à l'hôpital militaire serbe.

« C'est Milo, annonça Maud en refermant les paravents autour de lui. Je voudrais que vous examiniez son dos, docteur MacKenzie. »

Couché sur le côté, Milo les regarda avec de grands yeux terrifiés.

« Nous allons faire le plus doucement possible », lui expliqua Maud tout bas.

Le garçon se contenta de cligner des yeux. Il n'avait probablement aucune idée de ce que disait l'infirmière, mais sans doute percevait-il son ton compatissant.

Quand elle souleva sa veste de pyjama, Jessie réprima à nouveau un cri. Elle avait beau être habituée à voir d'atroces blessures, celle-ci était bien pire que tout ce qu'elle avait pu observer jusque-là. Les escarres de Milo remontaient sans doute à plusieurs mois déjà. Près du tiers de la peau de son dos était tombée, découvrant ses vertèbres lombaires.

« Qu'est-ce que vous en pensez ? chuchota Maud à Isabel. Pouvons-nous faire quelque chose pour lui ?

— Je vais consulter les autres médecins, mais malheureusement, je crois qu'il est trop tard. Dans certains cas, nous pouvons exciser la chair infectée s'il reste suffisamment de tissus pour permettre la cicatrisation, mais ici, il n'y a plus rien à retirer. »

Les yeux de Maud s'embuèrent. « Ce n'est qu'un bébé. Il ne pleure même pas – il reste là, comme ça, à me regarder tristement. J'ai vraiment du mal à le supporter. »

Isabel la prit par le bras.

« Il le faut pourtant, pour lui. Je demanderai au Dr Lightfoot de venir le voir, mais je suis convaincue qu'elle dira la même chose que moi. Malgré toute notre bonne volonté, Maud, nous ne pouvons pas sauver tout le monde.

— J'aurais tant voulu sauver celui-ci ! Il me fait penser à mon frère. Ils ont le même âge. Milo n'a que seize ans. Mon Dieu que cette guerre est répugnante, insensée et stupide !

— Je la déteste, moi aussi, approuva Isabel. Mais nous devons faire de notre mieux pour ceux que nous pouvons aider. Elle passa de l'autre côté du lit et s'accroupit à côté de Milo. Je reviendrai, dit-elle. Ça va aller. *Dobra* – vous comprenez ? »

Jessie retrouva enfin sa voix. « Nous ne pouvons quand même pas le laisser mourir comme ça ! »

Maud lui jeta un regard plein de compréhension. « Nous aimerions toutes ne voir mourir aucun de nos garçons. Si seulement il était arrivé ici plus tôt, il aurait peut-être eu une chance de s'en tirer, mais si le Dr MacKenzie dit qu'il n'y a rien à faire, cela signifie généralement qu'il n'y a vraiment rien à faire. Elle est connue ici pour réussir à tirer d'affaire les cas les plus désespérés.

— Je regrette, Jessie. La seule chose qui soit en notre pouvoir, c'est d'essayer de rendre ses dernières heures aussi peu douloureuses que possible. Je vais lui prescrire de la morphine. Administrez-lui en autant qu'il vous paraîtra nécessaire. »

La visite s'acheva peu après. Quand Maud eut quitté son service, Evans fit passer des boissons chaudes et des urinaux dans toute la salle avant de baisser les lumières. Elle proposa au médecin et à l'infirmière une tasse de thé qu'Isabel accepta avec un sourire. « Accompagnez-moi, Jessie. J'écrirai la lettre d'Andreas avant d'aller me coucher. »

Elles prirent place à la table située au fond de la salle. Isabel ferma les yeux un instant et quand elle les rouvrit ils avaient retrouvé l'énergie et la vitalité que Jessie connaissait si bien.

« Alors, comment allez-vous ? demanda celle-ci.

— Bien. Et vous ?

— Ça va. »

Isabel prit un stylo et commença à rédiger son rapport de visite.

« Avez-vous vu Archie pendant votre séjour en France ?

— Il est venu à l'abbaye et je suis allée le voir deux fois à Paris. »

Reposant son stylo, Isabel se pencha vers Jessie.

« Comment va-t-il ?

— Bien, lui aussi.

— Je lui avais conseillé d'éviter l'abbaye, soupira Isabel. J'ai entendu dire que la sœur de Charles Maxwell, Dorothea, s'y trouvait.

— Cela ne l'a pas empêché de venir. »

Isabel sourit.

« Archie n'en a toujours fait qu'à sa tête et il ne changera sans doute jamais. Il avait tellement envie de vous voir que je me suis doutée que rien ne l'arrêterait.

— J'ai failli tomber à la renverse quand j'ai découvert que lady Dorothea faisait partie des aides-soignantes. Enfin, c'était le cas à l'époque. Elle est chauffeuse, maintenant.

— Vous a-t-elle reconnue ?

— Non. Comment l'aurait-elle pu ? Elle ne nous avait jamais rencontrés auparavant, ni Archie ni moi. De plus, je suis l'infirmière Stuart. Elle n'a aucune raison de faire le lien avec Archie MacCorquodale. »

Jessie hésita un instant avant de reprendre : « Vous saviez qu'on a retrouvé le corps de lord Maxwell ? »

Elle observa Isabel attentivement.

« Son corps ? » Isabel poussa un soupir qui semblait jaillir du plus profond de son âme. « Il est donc mort. Où l'a-t-on trouvé ?

— Enterré dans une fosse sommaire à Galtrigill. » Jessie se refusa à enrober ses propos. « Maintenant qu'ils sont certains que lord Maxwell a été assassiné, ils vont rechercher Archie avec plus d'acharnement que jamais.

— Charles a été enterré ? » Isabel avait pâli. « Cela veut dire que quelqu'un l'a effectivement tué, poursuivit-elle presque pour elle-même. Je ne peux pas dire que j'éprouvais une grande affection pour lui, mais de là à lui souhaiter une mort violente... »

Jessie comprit qu'elle ne mentait pas. Si Archie avait tué Charles Maxwell, Isabel n'en savait effectivement rien.

« Je voudrais tout de même bien savoir ce qui s'est réellement passé, reprit-elle presque malgré elle. Je me demande si Archie y a été mêlé. »

Isabel releva la tête brusquement. « Non, Jessie ! Il m'a dit qu'il n'était pour rien dans ce qui avait pu arriver à Charles et je le crois. Vous devez lui faire confiance, vous aussi. »

Jessie garda un visage impassible. Elle ne pouvait partager ses craintes avec personne, et certainement pas avec Isabel. Elle sentait pourtant, à travers toutes les fibres de son corps, que la jeune femme lui cachait quelque chose. Mais quoi ?

« Tout ce que je sais, c'est que ni lady Dorothea ni son frère ne doivent jamais apprendre où est Archie, réussit-elle à dire.

— Je garderai le secret, soyez tranquille, la rassura Isabel. Jamais je ne mettrai Archie en danger. Mais voici Evans avec notre thé. Changeons de sujet. »

40

Serbie, mai 1915

Isabel retira ses gants en caoutchouc et se passa la main sur le front. En plein soleil de midi il faisait de plus en plus chaud dans la petite salle d'opération. Elle avait les aisselles moites et un filet de transpiration ruisselait entre ses seins. Encore un pauvre diable qui devrait se débrouiller pour vivre avec une jambe en moins. Il lui arrivait de se demander si elles rendaient vraiment service à ces jeunes gens. Quel genre de travail trouverait cet homme, ancien ouvrier agricole, maintenant qu'il était aussi cruellement mutilé ?

Mais il était vain de s'inquiéter de ce qu'ils deviendraient à la fin de la guerre. Sa mission était de sauver le plus de vies possible. Elle n'avait jamais été aussi occupée, d'autant que le typhus continuait à faire des milliers de victimes.

L'infirmière dénoua la blouse d'Isabel et la jeta dans la corbeille à linge sale derrière elles. Puis, avec l'aide de deux aides-soignantes, elles soulevèrent le patient et le déposèrent sur une civière pour qu'il puisse être raccompagné dans la salle. Isabel passerait voir comment il allait dans l'après-midi. Pour le moment, n'ayant aucune autre opération au programme, elle disposait d'un peu de temps pour elle. Un lac s'étendait à proximité. Elle décida d'aller chercher Maud pour lui proposer de venir nager avec elle. L'eau destinée à la toilette étant rationnée, elle éprouvait une irrésistible envie de s'immerger entièrement. S'il y avait une chose que toutes les femmes attendaient avec impatience dès que cette guerre cauchemardesque aurait pris fin, c'était de pouvoir enfin prendre un vrai bain.

Un soleil éclatant l'accueillit au-dehors et elle plissa les yeux, éblouie. Au loin, le grondement omniprésent des obus se poursuivait, ébranlant le sol sous ses pieds. Elle ne le remarquait presque plus. Même la nuit, quand le pilonnage redoublait d'intensité, elle dormait profondément. Ce n'était pas tellement étonnant après avoir passé d'aussi longues heures debout.

Elle descendit l'étroite rue, s'arrêtant de temps en temps pour savourer la chaleur du soleil sur son visage. Comme d'habitude à cette heure du jour, la rue était bondée de soldats et de membres du personnel médical qui n'étaient pas de service. Les infirmières de l'hôpital avaient sorti tous les patients en état d'être déplacés, dont certains étaient encore dans leur lit. Le spectacle était incongru, mais elles profitaient de la moindre occasion de faire respirer un peu d'air frais aux hommes. Il arrivait à Isabel de se demander si elles s'imaginaient que cela pouvait guérir n'importe quelle affection.

Un camion s'arrêta devant la caserne et deux hommes en sortirent d'un bond. Ils se retournèrent, et

Isabel eut le souffle coupé. Elle se figea, n'en croyant pas ses yeux.

C'était Andrew et Simon. Elle avait écrit plusieurs fois à son frère, mais n'avait reçu qu'une réponse. Elle avait cherché à se rassurer – pas de nouvelles, bonnes nouvelles, se répétait-elle –, cependant, en le voyant à présent vivant et en bonne santé, elle se rendit compte qu'elle avait vécu dans la terreur.

Elle se précipita vers eux et se jeta dans les bras de son frère.

« Nous étions sûrs que tu n'en reviendrais pas ! » lança Andrew avec un grand sourire dès qu'elle relâcha son étreinte. Il avait autour des yeux et de la bouche de petites rides qui ne s'y trouvaient pas autrefois, mais c'était toujours son frère chéri, son frère si séduisant.

Simon se tenait un ou deux pas en arrière, conservant une distance polie en attendant la fin de leurs effusions.

« Lieutenant Maxwell, quel plaisir de vous revoir ! » Elle constata avec étonnement qu'elle était sincère.

« Tout le plaisir est pour moi, Isabel. »

Isabel glissa son bras sous celui d'Andrew.

« Maintenant dis-moi, qu'est-ce que vous faites ici ?

— Nous sommes venus donner un coup de main à l'aviation militaire serbe. Comme nous avions quelques jours de permission, nous avons eu l'idée de venir te voir. Nous avons laissé nos coucous au quartier général, à Nish, et demandé à ce qu'on nous fasse la grâce de nous prêter un véhicule pendant quelques jours et de nous accorder un peu de place sous une tente de la Croix-Rouge américaine à Mladanovac.

— Vous avez plusieurs jours de permission ?

— Soixante-douze heures. Trop court pour rentrer à la maison, mais assez long pour venir te voir. J'ai toujours su qu'être pilote me serait utile un jour. »

Le Dr Bradshaw donna quartier libre à Isabel pendant le séjour d'Andrew et Simon. Elle avait eu beau protester qu'elle n'avait besoin que de quelques heures, le Dr Bradshaw s'était montrée inflexible.

« J'ai besoin de médecins reposés. Vous n'avez pas encore pris un seul jour de congé et vous êtes épuisée.

— Nous le sommes toutes, avait répliqué Isabel. Et il y a tant à faire avec cette nouvelle épidémie de typhus.

— Je sais, avait acquiescé le Dr Bradshaw avec un sourire las. Cette unité a enduré de rudes épreuves et j'aimerais bien vous renvoyer toutes chez vous pour quinze jours de repos. Malheureusement, c'est impossible.

— Je pourrais travailler le matin, et profiter de mes après-midi.

— Il n'en est pas question. Vous avez soixante-douze heures de congé, docteur MacKenzie, et si je vous aperçois dans les salles je vous colle un blâme. »

Les deux femmes avaient échangé un sourire, sachant parfaitement que c'était une menace en l'air. Le Dr Bradshaw pouvait chercher à diriger son unité selon des méthodes militaires, comme le voulait le Dr Inglis, elle connaissait toutefois suffisamment bien les femmes placées sous ses ordres pour savoir que le meilleur moyen de préserver leur moral était de leur accorder une certaine indépendance – à une limite près : qu'elles ne s'attachent pas à l'un ou l'autre des soldats.

Et Isabel avait envie de passer tous les moments qu'elle pouvait avec Andrew. Comme le temps était radieux, elle soutira un pique-nique à la cuisinière. Andrew et Simon ayant apporté du fromage et de la viande froide de Paris, ils avaient tout ce qu'il leur fallait.

Après le repas, Andrew se mit en caleçon long et plongea dans le lac. Simon secoua la tête quand son ami voulut le persuader de le rejoindre.

« Comment va-t-il ? » demanda Isabel. Elle ne retrouvait plus le jeune homme insouciant qu'avait été Andrew durant quelques instants fugaces. Souvent, quand elle se tournait vers lui, elle le surprenait, les yeux fixés au loin comme s'il se trouvait en un lieu où nul ne pouvait l'atteindre.

Simon jeta à Andrew un regard si brûlant qu'Isabel espéra, par égard pour le jeune homme, qu'elle était seule à y lire un amour flagrant.

« Il ne dort pas. À vrai dire, aucun de nous ne dort. » Les mains de Simon tremblaient lorsqu'il sortit une cigarette française de son paquet. « Les Boches aiment nous canarder quand nous survolons leurs tranchées, et maintenant que leurs ingénieurs ont trouvé le moyen de monter à l'avant de leurs zincs des mitrailleuses capables de tirer à travers le champ de l'hélice, leurs satanés pilotes s'en donnent à cœur joie.

— Ça va très mal ? chuchota Isabel.

— Ça ne va pas bien. Un pauvre type a été abattu hier.

— Oh mon Dieu !

— Pardonnez-moi, se reprit promptement Simon. Je ne voulais pas vous inquiéter. N'allez surtout pas croire que cela pourrait nous arriver. Il n'avait que huit heures de vol derrière lui. Nous avons beaucoup plus d'expérience, Andrew et moi. Votre frère pilote comme s'il n'avait fait que ça toute sa vie. Personne ne le descendra jamais. »

Un frisson parcourut l'épine dorsale d'Isabel. Elle ne supportait pas l'idée que quelque chose pût arriver à Andrew.

« Avez-vous vu Dorothea récemment ? Que devient-elle ? demanda-t-elle.

— Nous nous voyons chaque fois que nous trouvons le temps de le faire. Parfois à Paris, parfois à l'abbaye. » Le regard de Simon se voila de tristesse. « Je l'ai vue aux obsèques de Charles, bien sûr. Papa et maman ne voulaient pas qu'elle reparte. Ils se font du souci pour nous deux. »

Isabel avait la bouche sèche. « Avez-vous une idée plus précise de ce qui a pu arriver à votre frère ?

— Nous avons trouvé sa dépouille enterrée sur Skye. »

Isabel réprima la nausée qui lui était montée à la gorge. « C'est ce que j'ai entendu dire. Une des infirmières de l'unité se trouvait avec Dorothea quand elle a appris la nouvelle.

— Tant que nous n'aurons pas mis la main sur ce MacCorquodale et que nous ne l'aurons pas interrogé, nous ne pourrons pas savoir ce qui s'est réellement passé. En attendant, papa est convaincu que Mac-Corquodale a tué Charles. Il passe le plus clair de son temps à essayer de persuader Scotland Yard de retourner ciel et terre pour le dénicher, mais avec la guerre qui se prolonge personne n'est très enclin à mener une enquête. Papa a engagé un détective privé et je serais surpris qu'il renonce avant d'avoir mis la main sur MacCorquodale. »

À part les bruits d'éclaboussements d'Andrew et le cri des oiseaux, le silence était total. Toute la joie d'Isabel s'était évanouie. Charles la hanterait-il donc jusqu'à la fin de ses jours ?

« Allons, Simon, viens, cria Andrew. Tu ne vas pas te dégonfler quand même ! »

Simon adressa à Isabel un sourire contrit. Se débarrassant de sa veste et de ses chaussures, il sauta dans le lac.

Le reste de la permission d'Andrew s'écoula comme un éclair. Isabel constata que plus elle passait de temps en compagnie de Simon, plus elle appréciait son humour pince-sans-rire. Et l'amour qu'il éprouvait pour Andrew la rassurait. Par bonheur, on ne reparla pas de Charles, pas plus que de la guerre. Rejoints parfois par Maud, Evans ou d'autres, ils s'attachèrent à n'évoquer que des jours plus heureux. Cependant, tout en regardant Simon et Andrew jouer au cricket avec les infirmières, Isabel cherchait inlassablement à chasser de son esprit un pressentiment lugubre qui pesait sur elle comme un linceul. Quand arriva le moment du départ des jeunes gens, elle crut que son cœur allait se briser.

« Reviens vite, Andrew, murmura-t-elle alors qu'il la serrait dans ses bras.

— Aussi souvent que possible. Du cran, ma vieille. Je n'ai aucune intention de laisser les Boches me descendre. »

Lorsqu'il sauta dans le camion avec Simon, elle se demanda pourtant si elle les reverrait un jour.

41

Les semaines passaient rapidement et Jessie ne trouvait pas le travail plus difficile en Serbie qu'il ne l'avait été à Royaumont, bien que les patients qu'elles soignaient fussent différents. Andreas avait surmonté son dernier accès de fièvre et, sans être devenu loquace, il manifestait une reconnaissance bouleversante à Jessie et aux autres infirmières au moindre petit service qu'elles lui rendaient. Milo, au soulagement général, avait succombé quelques jours après l'arrivée de Jessie. Au moins, grâce à la morphine, il était parti paisiblement.

Elle ne voyait pas beaucoup Isabel, qui partageait une chambre avec les autres médecins, et elle en était soulagée. Elle avait découvert avec plaisir qu'elle avait été affectée dans le même logement que Maud, qui dirigeait sa salle d'une main de fer tout en étant toujours gaie et prête à bavarder quand elles étaient libres en même temps.

Les journées se faisant plus chaudes, le flot de patients atteints du typhus diminua. Bientôt, il y eut moins de travail dans les salles et plus de temps pour se détendre. Les dames de l'hôpital passaient une partie de leurs journées à organiser des jeux collectifs et des danses, les convalescents se joignant à elles tandis que ceux qui étaient trop malades pour quitter leur lit étaient transportés à l'extérieur et installés à l'ombre pour assister au spectacle. Elles adoraient toutes les Serbes dont l'un en particulier s'adressait à Jessie à la moindre occasion. Elle avait beau s'efforcer de le décourager en lui disant qu'elle était mariée, il souriait, feignant de ne pas comprendre.

Elle n'avait pas renoncé à tout espoir de rencontrer quelqu'un qui saurait ce qui était arrivé à Tommy. Elle écrivait toutes les semaines au capitaine Steel, son commandant, lui demandant s'ils avaient des nouvelles de son mari, et chaque semaine elle recevait en retour une lettre lui annonçant qu'il regrettait beaucoup d'avoir à l'informer qu'ils ne savaient toujours rien. Elle écrivait également à Archie, lui disant tout ce qu'elle pouvait sur la Serbie sans risquer les foudres de la censure. Cela faisait un moment qu'il n'avait pas donné signe de vie et elle se tracassait.

Elle posa la main sur sa gorge. Elle avait été patraque toute la journée et avait cherché à ne pas en tenir compte, mais elle ne se sentait pas mieux, bien au contraire.

Evans, qui lui avait jeté plusieurs fois des regards soucieux, vint lui demander de bien vouloir vérifier un pansement. Bien que Jessie n'eût qu'une envie, aller se reposer dans sa chambre, elle était encore de service pendant deux heures. Pourvu qu'elle arrive à tenir jusqu'au bout, une bonne nuit de sommeil la remettrait d'aplomb, elle en était sûre.

Cependant, tout en manipulant gauchement le pansement, elle constata qu'elle avait de plus en plus de peine à se concentrer.

« Il y a quelque chose qui ne va pas ? s'inquiéta Evans. Je vous trouve bien rouge.

— J'ai déjà été plus en forme, reconnut Jessie. Je ferais peut-être mieux de m'asseoir un moment. »

Le sol semblait se dérober sous ses pieds et elle fut reconnaissante à Evans du soutien discret de son bras.

« Je vais chercher un médecin, proposa l'aide-soignante.

— Non ! Ils ont assez de travail comme ça. Je suis un peu fatiguée, voilà tout. Un verre d'eau, et ça ira mieux. »

Evans s'éloigna d'un pas vif et Jessie baissa les paupières. Quelques minutes de repos, et elle pourrait se remettre au travail.

Quand elle rouvrit les yeux, elle était allongée dans un lit à l'infirmerie du personnel et Isabel était penchée sur elle, visiblement préoccupée. Evans s'affairait derrière elle, regardant par-dessus l'épaule du médecin.

Jessie chercha à repousser ses couvertures, mais constata qu'elle était trop faible. Il faisait une chaleur infernale dans cette pièce.

« Restez tranquille, Jessie, dit doucement Isabel. Vous êtes malade. Il faut vous reposer. » Un linge froid était posé sur son front. « Restez avec elle, Evans. Je reviendrai faire un saut dès que je pourrai mais en attendant rafraîchissez-la le plus possible. »

Comment pouvait-elle rester couchée alors que des patients avaient besoin de soins ? C'était ridicule. Jessie voulut repousser la main d'Isabel, mais son bras refusa de bouger. Elle ferma les yeux. Un petit somme et elle se lèverait.

Quand elle reprit conscience, Archie était sur une chaise près de son lit. Elle rêvait, forcément. Ça ne pouvait pas être lui. N'était-il pas parti en Amérique ?

« Archie ? C'est vraiment toi ? »

Archie avait les yeux rougis comme s'il s'était penché sur un feu chargé de suie. Il savait pourtant qu'il ne fallait pas faire ça !

« Chut, Jess. Tu as besoin de repos.

— De repos ? Ne sois pas idiot. Alors qu'il y a le pain à faire et Daisy à traire ?

— Jessie, tu n'es pas à la maison, à Skye. Tu es en Serbie. Mais je suis là pour de vrai, et je ne partirai pas avant que tu sois rétablie. »

Une ombre se pencha sur elle, masquant son frère. Des mains fraîches lui prirent le pouls et posèrent une serviette de toilette mouillée sur sa tête. C'était délicieux, mais elle voulait voir Archie. Elle devait vérifier qu'elle n'avait pas rêvé.

Heureusement, la silhouette s'écarta. Elle ressemblait étrangement à la fille du docteur. Que faisait-elle ici ? La migraine qui lui martelait les tempes l'empêchait de réfléchir.

« Je vais aller chercher Evans, Archie. » C'était bien la voix de la fille du docteur. « Je pense que la fièvre ne va pas tarder à baisser.

— Et sinon ? » La voix d'Archie était rauque. Il tendit le bras et attrapa Isabel par le poignet. « Pour l'amour du Ciel, Isabel, ne la laissez pas mourir. »

Mourir ? Qui allait mourir ? Jessie fit un effort surhumain pour ouvrir les yeux.

Si quelqu'un était mourant, il fallait qu'elle l'aide. La porte de l'infirmerie se referma dans un cliquetis. Elle avait beau mobiliser toute son énergie, elle était incapable de faire un geste. Pourtant, quelqu'un était mort.

« Ah, lord Maxwell est mort », dit-elle. Il y avait dans ces mots quelque chose qui la troublait. « Il a été tué. »

Archie, si c'était bien lui et non une apparition, lui parla tout bas en gaélique : « Tu dois te battre, Jessie. J'ai besoin de toi. Tu es tout ce qui me reste. » Sa voix se brisa sur le dernier mot et il s'éclaircit la gorge. « Je t'en prie, Jessie, il faut que tu vives. Je ne vais tout de même pas te laisser mourir convaincue que ton frère a pu commettre un meurtre. »

Jessie ne comprenait pas de qui ni de quoi il parlait. Bien sûr, elle n'avait jamais pris Archie pour un assassin. C'était son frère, le fils d'un martyr de Glendale et s'il avait tué quelqu'un, c'était forcément pour de bonnes raisons. On était en guerre, après tout. Elle s'en souvenait à présent. Elle s'efforçait de rester consciente pour parvenir à trouver du sens aux propos d'Archie, mais elle était tellement fatiguée... Elle avait l'impression d'être entraînée dans un gouffre noir aussi profond que Dunvegan Loch et de n'avoir pas la force de lutter.

« Tu sais, Jessie, je n'ai pas tué lord Maxwell. Il était déjà mort quand je l'ai trouvé. »

Lorsqu'elle se réveilla à nouveau, Isabel était là et Archie était assis sur la chaise, les coudes appuyés sur ses genoux. Il avait l'air presque heureux.

« Comment vous sentez-vous, Jessie ? » demanda Isabel.

Jessie aurait bien voulu parler, mais sa langue était sèche et sa gorge irritée.

Archie passa derrière elle et la releva pour la faire asseoir pendant qu'Isabel approchait une tasse d'eau de ses lèvres. Elle n'avait jamais rien bu d'aussi bon.

Sa soif apaisée, elle se laissa retomber en arrière, épuisée. « Qu'est-ce que j'ai ?

— Vous avez eu le typhus, répondit Isabel, mais vous allez mieux. »

Des bribes de souvenirs lui revenaient à l'esprit. Evans assise à côté d'elle qui lui tenait la main, Isabel penchée sur elle, l'air inquiète, Archie lui parlant en gaélique, d'une voix basse et rassurante qui lui avait fait croire une fois ou deux que c'était son père.

Qu'avait-il dit ? Il avait trouvé Charles mort, c'était bien ça ? Ou avait-elle rêvé ?

« Vous avez été malade pendant deux semaines et il va sûrement vous falloir un bon moment encore avant d'être sur pied », reprit Isabel. Elle avait l'air aussi épuisée que si elle-même était souffrante. « Maintenant, si vous voulez bien m'excuser, je vais vous laisser tous les deux. »

Isabel partie, Jessie se tourna vers Archie. Il avait le teint gris de fatigue.

« Comment se fait-il que tu sois là ? demanda-t-elle.

— Isabel m'a prévenu.

— Et tu as fait tout ce chemin simplement pour me voir ?

— J'aurais traversé l'Atlantique à la nage, Jessie, s'il l'avait fallu.

— J'ai vraiment été malade pendant deux semaines ?

— Oui. Tu as été très mal en point.

— Et tu as passé tout ce temps avec moi ?

— Il m'a fallu trois jours pour venir jusqu'ici après avoir reçu le télégramme d'Isabel. Je suis arrivé il y a dix jours maintenant.

— Et ton travail à Paris ?

— Parce que tu t'imagines que j'aurais pu rester là-bas ? De toute façon, on a autant besoin d'ambulanciers ici qu'à Paris, sinon davantage. L'Hôpital américain est tellement submergé de volontaires qu'ils ont dû mettre en place un système de roulement. Trois mois de service, et c'est au suivant. » Il esquissa un demi-sourire. « Ce qui me permet de rester ici pendant six mois. Les Serbes ont besoin de monde pour chercher leurs blessés sur le champ de bataille et ils ne veulent pas y envoyer de femmes, ce qui se comprend. »

Si Jessie avait eu plus de force, elle n'aurait pas laissé passer ça. Jusqu'à présent, les femmes avaient fait un aussi bon travail – sinon meilleur – que n'importe quelle unité masculine. Mais elle avait autre chose en tête. Quelque chose qui ne pouvait pas attendre.

« Archie, pendant que j'étais malade, tu as dit quelque chose de bizarre. » Elle passa la langue sur ses lèvres sèches. « Tu as raconté que lord Maxwell était déjà mort quand tu l'as trouvé. Qu'est-ce que tu voulais dire par là ? »

Archie se renversa contre le dossier de sa chaise et passa la main dans son épaisse chevelure. « Je croyais que tu allais mourir, Jessie. Oublie ce que j'ai dit.

— Je ne peux pas, Archie. Je ne veux pas oublier. Il faut que tu me dises la vérité cette fois. Je t'en prie. »

Archie se leva et commença à faire les cent pas dans la petite chambre. Ses déplacements étaient limités parce qu'il y avait à peine la place pour le lit de Jessie et sa table de chevet, mais il réussissait tout de même à donner une assez bonne imitation d'un ours en cage qu'elle avait vu un jour à Grassmarket.

« Tu devrais savoir que je n'allais certainement pas te laisser quitter ce bas monde persuadée que ton frère était un assassin. Tu dois aussi savoir qu'Isabel t'a sauvé la vie. Elle a passé tout le temps qu'elle pouvait à te soigner. Si tu veux que je t'explique ce qui est arrivé, tu dois me promettre sur l'âme de tous ceux que tu as aimés que tu ne répéteras jamais ce que je vais te dire. »

Trop faible pour répondre, Jessie acquiesça d'un signe de tête.

« Je me suis battu avec Maxwell – ça, c'est vrai. Il était sorti à cheval. Je suppose aujourd'hui qu'il cherchait Isabel. Il nous a vus nous embrasser. » Il ferma les yeux, comme s'il cherchait à se replonger dans le passé. « C'était un baiser rapide, celui de deux amis qui se disent au revoir pour la dernière fois. »

Jessie en doutait un peu, mais garda le silence.

« Quand nous nous sommes séparés, Isabel et moi, il s'est approché de moi et a tenu à son sujet des propos qu'aucun homme ne devrait jamais tenir sur une femme. Je l'ai tiré à bas de son cheval et lui ai allongé un coup de poing. Il ne s'est pas vraiment défendu. Comme disait toujours papa, les lâches et les brutes se dégonflent facilement quand on les provoque. Mais il avait bu et il avait une lueur mauvaise dans le regard. Quand je l'ai vu repartir dans la direction qu'Isabel avait prise, je l'ai suivi.

« Il était à cheval et moi à pied, alors j'ai eu beau courir, il n'a pas eu de mal à me distancer. Puis j'ai entendu crier. Quelques instants plus tard, Isabel a surgi d'un petit bois – celui qui est près de la falaise. Elle courait comme si elle avait le diable à ses trousses. Il fallait que j'empêche Maxwell de la rattraper. »

Frémissant, il prit une profonde inspiration.

« Et tu l'as trouvé.

— Oui. Il était par terre. J'ai d'abord cru qu'il était évanoui, mais en m'approchant, j'ai constaté qu'il avait les yeux ouverts, le regard fixe. Il y avait une grosse pierre ensanglantée près de sa tête et il tenait encore un morceau de jupon blanc entre ses doigts. C'est à cet instant que j'ai su que Charles avait agressé Isabel et qu'elle l'avait tué. »

Un flot de bile lui monta à la gorge. Quoi qu'elle ait pu penser, jamais elle n'avait envisagé une chose pareille, même dans ses hypothèses les plus insensées.

« *Isabel ?* C'était *elle* ? Comment a-t-elle pu mentir alors qu'elle savait que tu étais soupçonné ?

— Parce qu'elle ne sait pas qu'elle l'a tué – et elle ne doit jamais l'apprendre. Quand je l'ai vue, elle courait comme si elle s'attendait à le voir surgir à tout instant. Elle m'a avoué que Charles l'avait agressée quand je l'ai vue à Paris. Je mettrais ma tête à couper qu'elle n'avait pas la moindre idée de ce qu'elle avait fait et ne s'en doute toujours pas aujourd'hui.

— Et toi, qu'est-ce que tu as fait alors ?

— Je suis resté près du corps à réfléchir. Je savais qu'il était possible qu'Isabel signale cette agression – sinon à la police, du moins à son père. On se serait forcément mis à la recherche de Charles et lorsqu'on l'aurait trouvé, elle aurait été accusée de meurtre.

— Mais si elle l'a tué, c'était un cas de légitime défense, de toute évidence. Pouvait-on le lui reprocher ?

— Je ne voulais pas prendre ce risque. Il y aurait eu un procès, au minimum. Même si elle avait été acquittée, sa vie aurait été ravagée. J'ai attendu un moment, puis je l'ai enterré, sachant que les arbres me masquaient. J'ai enfoui la pierre et le bout de jupon à part. Le cheval de Maxwell était encore attaché à un arbre, alors je l'ai libéré et il est parti au galop. J'espérais qu'on penserait qu'il avait fait tomber son cavalier de la falaise. Et ensuite, je suis rentré à la maison.

— Pourquoi n'as-tu pas jeté le corps à la mer ? Personne n'aurait soupçonné Isabel, dans ce cas.

— Je ne pouvais pas. Si je l'avais transporté depuis le petit bois, n'importe qui aurait pu me voir. Il faisait encore clair. »

Il avait raison. Hors du couvert des arbres, il aurait été visible à des kilomètres.

« Plus tard dans la soirée, Flora McPhee est venue frapper chez nous. Elle nous a dit, à m'man et moi, qu'elle m'avait vu me battre avec Maxwell et qu'elle l'avait raconté à son père. Quand ils avaient appris la disparition de lord Maxwell, Lachie avait juré d'aller trouver le comte pour lui rapporter les propos de Flora. Il avait une dent contre notre famille depuis que papa avait menacé de lui envoyer la police s'il continuait à battre sa femme. Il était trop ivre pour y aller le soir même, mais Flora savait qu'il le ferait dès qu'il aurait dessoûlé.

— Ce n'était pas une raison pour t'enfuir. La police n'avait que la parole de Lachie McPhee. Il était le seul à t'avoir vu. Or tout le monde savait que c'était un ivrogne. En plus, si quelqu'un avait des raisons d'en vouloir à Charles Maxwell, c'était lui. Après tout, il avait déshonoré sa fille.

— Tu ne comprends donc pas, Jessie ? Je ne pouvais pas non plus le laisser accuser. Si j'avais fait ça, j'aurais perdu toute estime pour moi-même. Il secoua la tête. Non, si j'avais voulu me défendre, la seule solution aurait été de dire à la police que Charles avait agressé Isabel. En enterrant le cadavre, j'avais encore aggravé son cas. Plus personne n'aurait cru que c'était une mort accidentelle. Tu saisis ? Au mieux, on aurait pensé que je l'avais tué à cause d'elle, au pire, qu'elle m'avait aidé à dissimuler le corps. Dans un cas comme dans l'autre, sa vie aurait été détruite. Je ne pouvais pas permettre une chose pareille. Pas pour un homme comme lui. Il n'y avait qu'une issue : partir. »

Voilà qui expliquait tout – l'attitude fuyante d'Archie, cette étrange impression, aussi, qu'Isabel lui cachait quelque chose.

« M'man était au courant ?

— Elle était là quand Flora est venue à la maison. Elle était d'accord avec moi pour penser qu'il valait mieux que je m'en aille. »

Jessie avait mal à la tête. Isabel avait tué lord Maxwell et son imbécile de frère avait détourné sur lui tous les soupçons qui auraient pu peser sur elle. Si la police retrouvait sa trace et s'il était jugé, il finirait certainement pendu.

« Tu devais l'aimer beaucoup, remarqua-t-elle.

— Oui – et, bonté divine, je l'aime encore plus aujourd'hui. »

Pendant quelques jours, Jessie balança entre veille et sommeil. Ses rêves étaient parfois remplis de cadavres d'hommes qui la regardaient de leurs yeux vides et implorants, et elle se réveillait en sursaut, le cœur battant, avant que des mains apaisantes la calment et l'aident à retrouver l'oubli. À d'autres moments, des images de Seamus et de Tommy lui envahissaient l'esprit. Ils étaient tous les trois chez eux, à Leith. Seamus jouait par terre tandis qu'elle était assise sur les genoux de Tommy, heureuse et satisfaite. Dans ces cas-là, le réveil était plus douloureux.

Ses périodes de veille s'allongeaient : elle voyait moins Isabel et Archie, au contraire d'Evans, toujours disponible pour satisfaire ses moindres besoins. Quand elle était seule, elle repensait à ce que lui avait confié Archie.

Isabel avait tué Charles Maxwell. La femme que son frère aimait serait, si son secret venait à être connu, jugée en même temps que lui pour assassinat. Qu'aurait-elle fait à la place d'Isabel ? Elle n'avait aucun mal à répondre à cette question. Elle se serait débattue. Elle aurait fait n'importe quoi pour échapper à son agresseur. Comment en vouloir à Isabel ?

Tout de même, c'était la vie d'Archie qui était en danger. S'il était arrêté, Isabel prendrait-elle sa défense ? Le cas échéant, qu'adviendrait-il ? Si le tribunal ajoutait foi à la version d'Archie, Isabel pouvait être arrêtée et risquer la mort. Même si elle était acquittée, sa réputation et celle de sa famille seraient à jamais compromises. Et celle de la famille de Jessie ? Elle ne comptait donc pour rien ? Ils étaient, Archie et elle, les enfants d'un martyr de Glendale. Fut un temps où ils avaient été aussi estimés par la population locale qu'Isabel et sa famille dans leur propre milieu. Dès lors, on se détournerait d'eux, et la mémoire de ses parents serait ternie.

Ses pensées tourbillonnaient, ne lui accordant aucun repos, pour revenir chaque fois à cette réalité immuable : elle avait promis, sur l'âme de son fils mort, le silence à Archie. Rompre cette promesse était impensable. Archie était en sécurité tant que personne ne découvrirait sa véritable identité. Il s'était fait une vie nouvelle en Amérique – une bonne vie, d'après ce qu'il disait. Que gagnerait-elle à dire ce qu'elle savait ? Rien. Isabel pourrait ainsi continuer à mener son existence privilégiée, sans même savoir qu'elle avait commis un crime et laissé un autre en assumer la responsabilité à sa place.

Archie se serait-il conduit honorablement s'il avait dénoncé Isabel pour assurer son propre salut ? Non. Leur père estimait que l'honneur d'un homme était son bien le plus précieux. C'était la seule chose que nul ne pouvait lui retirer. Il aurait, lui aussi, risqué sa vie pour sauver la femme qu'il aimait.

Dans ce cas, comment pouvait-elle en faire le reproche à Archie ? Si seulement il n'avait jamais posé les yeux sur la fille du docteur !

42

Isabel prenait le thé dans la grande salle quand Archie entra.

Au moment où Jessie était tombée malade, elle avait craint le pire. Elle avait immédiatement écrit à son frère et n'avait pas été surprise de le voir arriver quelques jours plus tard. Cependant, à son grand désarroi, dès qu'elle l'avait aperçu, les traits fripés par le voyage et fou d'inquiétude pour sa sœur, elle avait senti son cœur faire des bonds dans sa poitrine.

En revanche, c'est à peine s'il avait eu un regard pour elle.

Elle avait trouvé étrange de le voir tous les jours... étrange et troublant. Elle savait maintenant de quoi parlait Maud quand elle disait avoir l'impression que quelqu'un avait allumé une bougie dans son cœur. Cette guerre abominable... Tout prenait une intensité accrue. Elle ne pouvait pas tomber amoureuse d'Archie. Maud avait beau prétendre que la guerre changeait tout, un mariage entre eux restait impensable, et leur différence de milieu n'était pas seule en cause.

Une fois la guerre finie, elle retournerait à sa vie d'avant, tandis qu'il repartirait en Amérique.

« Comment avez-vous trouvé Jessie aujourd'hui ? demanda-t-elle.

— À mon avis, elle ne va pas tarder à reprendre son service.

— Elle est solide et déterminée, reconnut Isabel.

— Que diriez-vous d'une petite promenade ? » La voix d'Archie semblait venir de très loin. « J'ai un peu de temps libre avant de devoir rejoindre l'hôpital de campagne. »

Isabel était si fatiguée qu'elle n'était pas sûre de pouvoir parler et moins encore marcher, mais elle n'envisagea pas un instant de refuser. Elle voulait passer avec lui toutes les minutes dont ils disposaient encore.

« Bonne idée », approuva-t-elle en se levant.

Ils traversèrent la ville en silence, longeant la route qui s'élevait vers les collines.

« Merci », dit enfin Archie.

Elle le regarda, étonnée.

« De quoi ?

— De vous être occupée de Jessie. De m'avoir prévenu qu'elle était malade.

— C'est mon métier, Archie.

— Vous n'étiez pas obligée de la soigner vous-même.

— J'y tenais. »

Il la prit par le coude lorsqu'elle trébucha sur une pierre. Le contact de sa main sur sa peau la fit frissonner.

« Quand repartez-vous ? » demanda-t-elle. Elle ne voulait pas qu'il la quitte.

« Comme je l'ai annoncé à Jessie, je ne pars pas. Je peux travailler pour la Croix-Rouge américaine à Belgrade aussi bien qu'en France. De plus, ajouta-t-il avec un sourire sans joie, les Serbes ont plus besoin d'aide que quiconque et j'ai toujours eu un faible pour les causes désespérées. »

Au regard oblique qu'il lui jeta, elle comprit qu'il faisait allusion au jour où il avait demandé à pouvoir lui faire la cour. Son cœur tambourinait violemment contre ses côtes. Comptait-elle donc encore un peu pour lui ?

« Je veux rester auprès de Jessie, reprit-il. Je l'ai perdue une fois et ai bien failli la perdre à nouveau. Elle n'a plus que moi, à présent. »

Et moi ? La question brûlait les lèvres d'Isabel. *Tu n'as pas envie d'être auprès de moi ?* Le soleil, haut dans le ciel, bleuissait les collines.

« Vous arrive-t-il de penser à Skye ? demanda-t-elle.

— Souvent.

— Avez-vous du chagrin à l'idée de ne plus y revenir ? »

Archie s'arrêta et baissa les yeux vers la vallée.

« Non, répondit-il enfin. L'Écosse n'a pas été tendre avec moi. C'est en Amérique que je me sens chez moi maintenant.

— Et Jessie ? La guerre ne durera pas éternellement.

— J'espère qu'elle m'accompagnera en Amérique quand tout sera terminé. Elle y trouvera facilement un emploi d'infirmière. Il se tourna vers elle. Vous devez être fatiguée. Voulez-vous que nous nous reposions un instant ? »

Comme elle acquiesçait d'un signe de tête, il retira sa veste et l'étala sur un rocher plat. Ils s'assirent côte à côte ; Isabel était douloureusement consciente du contact de la jambe d'Archie contre la sienne. Elle savait qu'elle aurait dû s'écarter, pourtant elle n'en fit rien. Était-ce l'effet de la chaleur ou bien de la fatigue, elle fut soudain prise d'une étrange envie de pleurer.

« Que ferez-vous après la guerre ? demanda Archie.

— Je continuerai à travailler comme médecin. Je trouverai peut-être même un poste de chirurgien dans un hôpital. C'est ce que j'ai toujours voulu faire. »

Il posa sur elle un regard pénétrant.

« Vous avez changé.

— Vous trouvez ?

— Vous êtes plus douce. Moins sûre de vous. Plus proche de la femme que j'espérais que vous seriez un jour.

— Comment cela ? »

Autrefois, ses paroles l'auraient heurtée, mais à présent, elle était curieuse de savoir ce qu'il voulait dire.

« Vous rappelez-vous le jour où nous nous sommes rencontrés sur la lande ?

— Comme si c'était hier. »

Elle se souvenait pourtant à peine de la très jeune fille qu'elle était alors. Cette fille qui avait cru pouvoir prendre sa vie à bras-le-corps.

« Je n'avais jamais rencontré personne qui vous ressemble, reprit-il. Quant à vous, vous me regardiez comme si j'étais un étrange spécimen d'une espèce animale inconnue. » Il posa son index sur le bout du nez d'Isabel. « Je ne sais pas comment vous arriviez à lever les yeux vers moi, tout en les baissant en même temps. »

Elle se sentit rougir de honte. Elle l'avait trouvé effronté de marcher à son côté, parce qu'elle était la fille du médecin et lui un fils de métayer, et pourtant, il n'avait pas fallu longtemps avant qu'elle se surprenne à le chercher partout. Elle se rappelait l'aisance de ses manières, malgré ses pieds nus et ses vêtements rapiécés.

« Je vous trouvais merveilleux, reconnut-elle, tellement réel, tellement à votre place dans le monde. J'aurais voulu être comme vous.

— Vous me trouviez merveilleux, mais indigne de vous faire la cour, remarqua-t-il d'une voix sans timbre. Et moi, j'espérais que l'Isabel que je croyais connaître aurait le courage de braver les conventions.

— C'est en les bravant que je me suis attiré des ennuis », lui rappela-t-elle tout bas.

Elle frémit au souvenir soudain des mains de Charles sur sa peau. À quoi bon repenser à ce jour et, surtout, rêver à ce qui ne pourrait jamais être ?

Elle se remit debout. « Nous ferions bien de rentrer. Je dois reprendre mon service bientôt. »

Archie se leva à son tour et la saisit par les épaules. « Soyez certaine que je ne vous ferai jamais de mal, Isabel. Vous le savez, n'est-ce pas ? Rien de ce que vous pourrez faire ou dire ne changera jamais les sentiments que j'ai pour vous. »

Ses paroles auraient dû la surprendre, mais curieusement, elle n'en fut pas étonnée. Elle lisait dans ses yeux tout l'amour qu'il éprouvait pour elle. Elle aurait tant voulu avoir la force d'y répondre !

« Il ne faut pas, Archie, murmura-t-elle. Il ne faut pas m'aimer. Je ne peux vous apporter que de la souffrance. »

43

À peine rétablie, Jessie se remit au travail. Elle avait tenu parole et n'avait confié à personne ce qu'Archie lui avait dit mais, persuadée qu'Isabel comprendrait à son regard qu'elle savait ce qui lui était arrivé, elle s'efforça de l'éviter dans toute la mesure du possible, au milieu de cette étrange existence dans laquelle ils avaient tous ensemble été précipités.

Les semaines d'été s'écoulèrent, sans grande activité sur la ligne de front.

Chaque jour, une des dames de l'hôpital faisait un tour en ville et revenait chargée de pâtisseries et presque tous les soirs, avant d'aller se coucher, elles se rassemblaient dans le salon pour prendre le thé en grignotant des gâteaux. Elles parlaient de la vie qu'elles avaient laissée derrière elles, et Jessie écoutait, fascinée. Comment pouvait-on passer ses journées en bals et en réceptions, en dîners, en visites de musées et en organisation de fêtes paroissiales ?

Si elles n'étaient pas très occupées, Archie ne l'était pas davantage. Deux fois par semaine, il venait chercher Jessie, en même temps que toutes les Écossaises qui n'étaient pas de service, dans un des véhicules mis à sa disposition et il les emmenait pique-niquer à la campagne. Tantôt il venait seul, tantôt accompagné d'un autre ambulancier ou d'un des jeunes médecins de l'unité de la Croix-Rouge. Il apportait souvent à Maud une lettre de son Serbe. La jeune fille avait confié à Jessie qu'ils avaient l'intention de se marier dès que la guerre serait finie.

Jessie avait remarqué qu'Isabel ne joignait jamais sa voix au chœur de celles qui suppliaient Archie de les emmener au lac ou à la ville voisine. Elle se tenait à l'écart, l'air mélancolique. Maud et Evans faisaient souvent partie du groupe et cherchaient à la convaincre de les accompagner, mais elle prétextait toujours avoir des lettres à écrire, de la lessive à faire. Jessie la soupçonnait d'éviter Archie, et elle en était heureuse. Si celui-ci le remarquait, cela paraissait le laisser froid. Peut-être avait-il enfin renoncé à elle. Après tout, il ne manquait pas à Kragujevac de jeunes filles qui ne demandaient qu'à meubler sa solitude.

Lorsque l'été laissa place à l'automne et que tout le monde commença à supporter plus difficilement cette oisiveté forcée, les combats redoublèrent de violence. La rumeur courait que les Allemands s'apprêtaient à reprendre Belgrade. Le Dr Inglis était de retour et, une fois de plus, toutes les femmes furent convoquées.

« On nous a invitées à installer un hôpital de campagne à Mladanovac, leur annonça-t-elle. C'est plus près de la ligne de front que nous ne le sommes ici, mais en raison de la reprise des combats, nos services seront plus utiles là-bas qu'ailleurs. Comme la dernière fois, je demande des volontaires. »

La main d'Isabel fut la première à se lever, et le Dr Bradshaw lui sourit.

« Docteur MacKenzie, j'espérais bien pouvoir compter sur vous. Il nous faudra un chirurgien. »

Le Dr Lighfoot leva la main, elle aussi, mais cette fois, le médecin-chef secoua la tête.

« Navrée, docteur, mais le travail à proximité du front convient mieux aux jeunes.

— Je n'ai aucun problème de jambes et je peux parfaitement opérer, grommela le Dr Lightfoot. Je ne vois pas ce qui m'empêche d'y aller, moi aussi.

— Nous avons besoin de vous ici, reprit le médecin-chef. Bien. Maintenant, il me faut des infirmières et des aides-soignantes. Nous attendons des renforts d'un jour à l'autre, mais je préférerais que dans un premier temps, les nouvelles recrues restent ici. »

Maud leva la main. « J'aurai peut-être une chance de voir Milan, chuchota-t-elle à Jessie. Et puisque le Dr MacKenzie est volontaire, comment pourrais-je ne pas la suivre ? » Elle lui donna un petit coup de coude dans les côtes. « Venez avec nous, Jessie. Restons ensemble. »

Jessie sourit et leva la main. Bien sûr, cela l'obligerait à travailler auprès d'Isabel, mais comment résister à la perspective d'être plus proche des combattants et à la possibilité d'obtenir des bribes d'informations à propos de Tommy ?

« Si vous y allez, Jessie, il n'est pas question que je reste, dit Evans. Vous êtes mon talisman. »

Plusieurs autres levèrent la main jusqu'à ce que le nombre de vingt soit atteint.

« Le Dr MacKenzie fera office de médecin-chef, annonça le Dr Bradshaw, mais un des médecins plus expérimentés viendra vous voir aussi souvent que possible. J'aimerais que vous soyez prêtes à partir dès demain. Toute l'installation sera sous tente, je préfère vous prévenir. Mais rassurez-vous, vous disposerez de tout ce dont vous avez besoin, exactement comme ici. »

Elles sortirent en file indienne et Maud glissa son bras sous celui d'Isabel. « Médecin-chef ! Mazette, on peut dire que vous avez fait du chemin ! »

Isabel s'arrêta. « Je suis tellement soulagée que vous veniez toutes avec moi. Ça m'enlève une grande inquiétude. »

Jessie doutait qu'Isabel eût été véritablement inquiète. Tout le monde parlait du calme imperturbable du docteur en salle d'opération. Il lui arrivait de se demander si la jeune femme avait un cœur.

Alors qu'elle s'apprêtait à regagner sa salle, une infirmière s'approcha d'elles avec une pile de courrier. « Il y en a une pour vous, infirmière Stuart. » Elle lui tendit une enveloppe manuscrite et Jessie reconnut immédiatement l'écriture : c'était celle du capitaine Steel, le commandant de Tommy.

Elle prit la lettre et alla s'asseoir sous un olivier. Elle en était venue à redouter d'ouvrir les courriers de Steel. Leur contenu était toujours identique.

Quand elle eut fini de lire, elle enfouit son visage dans ses mains et sanglota. À l'instant même où elle pensait n'avoir plus de larmes à verser, elle sentit une ombre tomber sur elle et, levant les yeux, elle aperçut Isabel, Maud et Evans qui l'entouraient, le visage crispé d'inquiétude.

Isabel se laissa tomber à genoux à côté d'elle. « De mauvaises nouvelles, Jessie ?

— Non. Les meilleures qu'on puisse imaginer. Tommy est vivant. » Elle lui tendit la lettre. « Lisez-la, je vous en prie, pour que je sois sûre que c'est vrai. »

Isabel prit la feuille de papier et en voyant un sourire lui éclairer le visage, Jessie comprit qu'elle ne rêvait pas. Il n'y avait pas d'erreur. Tommy n'était pas mort. Il avait passé un certain temps dans un hôpital en Allemagne pour des blessures dont le capitaine ignorait la nature, avant d'être transféré dans un camp de prisonniers de guerre. La Croix-Rouge avait adressé un courrier à Jessie à Édimbourg, et un autre à Steel.

Elle avait toujours été certaine que Tommy n'était pas mort, que c'était impossible, et elle en avait enfin la preuve. Son Tommy chéri était vivant, et un jour, quand cette satanée guerre serait finie, il lui reviendrait.

44

Serbie, début octobre 1915

Le camp de Mladanovac était effectivement sous toile et, tandis que les Écossaises se débattaient pour planter leurs tentes, le vent leur rabattait obstinément les jupes sur la tête et ébouriffait leurs cheveux. Jessie était bien contente d'avoir coupé les siens.

Le bruit du canon était plus fort ici. Toutes les deux ou trois minutes, une explosion ébranlait le sol, et quand le vent faiblissait on entendait distinctement le crépitement des balles. Des files de soldats passaient devant elles pour rejoindre les combats et il était question que les Alliés viennent renforcer l'armée serbe. Tout le monde priait que ce fût vrai. Il était plus que temps. Les Serbes avaient défendu leur petit pays avec une telle vaillance qu'il était inconcevable qu'il tombe maintenant.

Aussitôt qu'elles eurent installé l'hôpital de campagne, elles furent prises sous une avalanche de patients. Les blessés arrivaient à flot continu, la plupart en char à bœufs, enveloppés dans des couvertures, certains sur le dos d'un camarade, d'autres à quatre pattes même. C'était un spectacle à fendre l'âme :

des hommes aux torses béants, leurs entrailles gisant à côté d'eux dans la boue, des bras et des jambes arrachés, des visages déchiquetés, des yeux crevés. Dès qu'un soldat avait été soigné, il était placé sur une civière et évacué en train vers un autre hôpital. Pendant qu'elle tenait des mains et pansait des plaies, Jessie s'efforçait de ne pas penser aux mourants et aux estropiés, ce qui devenait de plus en plus difficile pour l'ensemble du personnel. Elle avait au moins le réconfort de savoir que Tommy était vivant. Elle aurait bien voulu qu'il lui écrive mais savait qu'elle devrait peut-être attendre la fin de la guerre pour avoir de ses nouvelles.

Bientôt les jours insouciants de l'été ne furent plus qu'un lointain souvenir. Plus de concerts ni de pique-niques : elles travaillaient sans répit pour ne pas se laisser déborder par le flot de victimes. Les nouvelles bouleversantes de l'arrestation d'Edith Cavell soupçonnée d'espionnage leur étaient tout de même parvenues et tous les dimanches elles priaient pour sa libération. L'humeur était sombre au camp, et la multiplication des récits d'atrocités renforçait la haine de l'ennemi.

Jessie et Maud partageaient une tente et, bien que Maud mourût d'envie d'aller voir son médecin serbe à Belgrade, le Dr Inglis, venue prêter main-forte à Mladanovac, le lui avait interdit.

Les médecins, dont Isabel, opéraient sans interruption, retournant souvent au bloc après le dîner. Il leur arrivait d'être obligées de rester debout jusqu'à la fin de la nuit, même si elles avaient travaillé toute la journée. La période de service la plus difficile était l'aube : à la faible lueur du jour naissant, le personnel devait enjamber les patients allongés par terre sur des matelas et, en sortant pour incinérer les bandages souillés et les oreillers imprégnés de sang, il arrivait parfois aux femmes de trébucher sur une cuvette ou un sac. La plupart des blessés mouraient aux petites heures du matin, et il y avait toujours des corps à inhumer avant que les survivants se réveillent.

Elles avaient trop à faire pour prêter attention aux combats, ce qui n'empêchait pas Jessie de s'inquiéter pour Archie. Le plus fort de la bataille se déroulait près de Belgrade, à quelques kilomètres seulement, et il était chargé de ramener les blessés depuis le poste de secours situé sur le front. Il continuait à venir la voir chaque fois qu'il le pouvait, toutefois il avait lui-même perdu un peu de sa crânerie.

Il arrivait à Jessie d'entrapercevoir sa tête brune lorsqu'il conduisait un nouveau blessé jusqu'à leur hôpital, mais à peine avait-il posé la civière par terre qu'il repartait. De temps en temps, il venait au mess et prenait le thé avec elles.

« J'ai l'impression que votre frère et le Dr MacKenzie se voient régulièrement », remarqua Maud un jour où elles refaisaient les pansements d'un soldat touché par des éclats d'obus à l'abdomen, à une jambe et au thorax. C'était Isabel qui l'avait opéré et comme toujours ses sutures étaient impeccables.

Jessie leva les yeux. « J'imagine mal comment ils trouveraient le temps. »

La tête de Maud était inclinée sur leur patient et elle tamponnait les plaies au phénol.

« On arrive toujours à en trouver quand on le veut vraiment. Je leur souhaite beaucoup de bonheur. Nous avons tous besoin de nous changer les idées.

— Je ne pense pas que... »

Jessie s'interrompit. Elle aimait bien Maud et espérait qu'elles resteraient amies après la guerre, mais des commérages associant le nom d'Isabel à celui d'Archie pouvaient leur nuire à tous les deux.

Leurs pansements terminés, elles laissèrent une des aides-soignantes donner au soldat une cigarette et une tasse de thé et rejoignirent la table des infirmières pour rédiger leur rapport.

« Rien ne sera plus jamais pareil après cette guerre, Jessie. Il est impossible de revenir en arrière. Cela n'aurait aucun sens. Il va bien falloir que nos papas et nos mamans comprennent que nous ne sommes plus les femmes qu'ils ont connues. »

Une explosion, si proche que l'on aurait cru qu'elle s'était produite juste devant la tente, les assourdit.

« De nouveaux blessés ! » Evans glissa la tête par le rabat. « Pas de dîner avant un bon moment. »

Elles continuèrent à travailler toute la soirée, jusqu'à ce que l'ensemble des blessés aient été opérés et installés pour la nuit.

Elles se dirigeaient vers la tente du mess, accompagnées par les sifflements et le fracas des explosions d'obus qui illuminaient le ciel, quand Jessie aperçut Archie. Les joues assombries par une barbe de plusieurs jours, éclaboussé de boue et de sang, il marchait au côté d'un des commandants britanniques. Au lieu de s'arrêter pour lui parler, il suivit l'officier dans la tente du Dr Inglis, arrivée quelques jours auparavant pour une de ses visites régulières.

« Continuez sans moi, glissa Jessie à Maud. Je veux savoir ce qui se passe. »

Elle s'attarda devant la tente, attendant qu'Archie ressorte. Quand les deux hommes réapparurent, les lèvres du commandant étaient serrées dans un pli de contrariété.

« Vous connaissez ces femmes, McPherson, n'est-ce pas ? lança-t-il sèchement.

— En effet, confirma Archie.

— Dans ce cas, usez de votre influence, mon gars, et ramenez-les à la raison. Si elles insistent pour rester, nous ne serons pas en mesure d'assurer leur protection. »

Il s'éloigna d'un pas raide sans attendre de réponse. Jessie sourit. Elle n'imaginait que trop bien la scène qui venait de se jouer entre le commandant et le Dr Inglis et n'avait aucun mal à deviner qui en était sorti vainqueur.

Archie se passa la main dans les cheveux dans un geste familier à Jessie. Son visage, si prompt d'ordinaire à sourire, était fermé. « Il a raison, Jessie, il faut que vous partiez. Les Autrichiens ont repris Belgrade. Vous avez fait un travail fantastique, mais c'est fini pour l'armée serbe. Elle a commencé à se replier. L'unité que j'accompagne ne va pas tarder à la suivre. »

Le rabat de la tente s'écarta, laissant passer le Dr Inglis. « Infirmière Stuart, faites savoir aux autres, je vous prie, que je désire leur parler. À huit heures et demie précises, au mess. Seules celles qui sont de garde et doivent rester pour s'occuper des patients sont dispensées. » Elle disparut dans un bruissement de jupe.

« *A Thighearna*, elle est toujours comme ça ? demanda Archie, avec un sourire perplexe. Elle vient de passer un sacré savon au commandant. Elle lui a fait savoir qu'aucun militaire n'était habilité à lui donner des ordres. »

Jessie lui rendit son sourire. « Le Dr Inglis est une dure à cuire, mais tout le monde l'adore ici. Personne ne travaille autant qu'elle. Si elle nous demande de rester, nous resterons. »

Le visage d'Archie redevint grave et il lui jeta un regard noir. « Écoute-moi bien, Jessie. Personne ne sait ce que les Allemands feront s'ils s'emparent de vous. L'exécution d'Edith Cavell ne vous a donc rien appris ? Et vos médecins ne sont même pas en uniforme. » Elles avaient entendu dire deux jours auparavant que la courageuse infirmière avait été fusillée et que jusqu'au bout, elle avait refusé de condamner l'ennemi.

« Bien sûr que si, protesta Jessie, cherchant à le dérider un peu. Tu t'imagines qu'elles porteraient ces horribles jupes et ces affreuses vestes grises si elles n'y étaient pas obligées ? Si tu les entendais se plaindre, tu saurais que c'est un uniforme.

— C'est peut-être un uniforme à leurs yeux, mais ça m'étonnerait que les Allemands soient de cet avis. Ils pourraient parfaitement vous fusiller toutes autant que vous êtes. Vous ne pouvez pas courir ce risque. Jessie, je t'en prie, écoute-moi. Ce n'est pas une plaisanterie. Vous devez partir. »

Jessie observa attentivement le visage d'Archie. Il était parfaitement sérieux. Mais comment pourraient-elles partir alors que tant d'hommes dépendaient encore d'elles ?

« Ça va aller, Archie. Nous partirons quand le Dr Inglis nous dira que le moment est venu, et pas une minute plus tôt. »

Comme Jessie l'avait deviné, le Dr Inglis voulait discuter avec elles de la visite du commandant. Dès qu'elle eut quitté Archie, Jessie passa de tente en tente pour réveiller les femmes. Par chance, la plupart des membres de l'équipe de jour ne dormaient pas encore : elles bavardaient en beurrant des tartines devant le poêle ou écrivaient à leurs familles. Après avoir transmis le message du Dr Inglis, elle passa dans les salles à la recherche de la surveillante de nuit. Celle-ci parut contrariée d'être privée de son personnel – fût-ce pour une heure – mais esquissa un petit signe de tête d'assentiment et promit à Jessie qu'elle pouvait compter sur elle. Personne n'aurait l'audace de passer outre aux ordres du Dr Inglis, pas même la surveillante de nuit.

Les femmes se rassemblèrent au réfectoire. Isabel s'y trouvait déjà, le visage empreint de curiosité, mais sans inquiétude manifeste. Maud et Evans arrivèrent ensemble, cette dernière paraissant plus alerte que d'ordinaire. Plusieurs femmes se massèrent autour de Jessie, lui demandant si elle savait quel était l'objet de cette réunion.

« Il faudra attendre le Dr Inglis, répondit-elle, ignorant leurs prières. Je n'ai pas la moindre information à vous livrer. » Malgré les propos alarmistes d'Archie, Jessie n'avait pas l'intention de chercher à influencer quiconque dans un sens ou dans l'autre.

Elle parcourut du regard les femmes qui discutaient entre elles. Elles lui manqueraient quand tout cela serait fini. Malgré les chicaneries qui accompagnent inévitablement la vie en collectivité, elles formaient une bonne équipe, courageuse et dure à la tâche. Jessie était fière d'en faire partie.

Tout le monde se tut lorsque le Dr Inglis entra, suivie du Dr Bradshaw.

« Bonsoir mesdames. » L'étincelle qui se tapissait habituellement derrière son expression sévère avait disparu. « Merci d'être venues. »

Son auditoire attendait patiemment. Seuls le bruit du vent et le grondement lointain du canon rompaient le silence.

« Je vous ai priées de venir ici afin de faire le point sur la situation et vous demander de prendre une décision. »

La tente s'emplit de chuchotements, et le Dr Inglis attendit que le brouhaha se fût apaisé avant de poursuivre. « Le consul britannique est venu me voir ce soir pour m'annoncer qu'il nous conseillait de partir. L'armée serbe bat en retraite, et notre sécurité ne peut plus être garantie. » Son visage s'éclaira d'un de ses rares sourires. « Si j'avais touché six pence chaque fois que j'ai entendu cette phrase, je serais riche. »

Certaines applaudirent, d'autres s'écrièrent : « Bravo ! Bravo ! » Jessie jeta un coup d'œil en direction d'Isabel qui écoutait, les mains jointes sur ses genoux, la tête inclinée sur le côté. Assise à droite d'Isabel, Maud sourit et leva le poing. Evans avait les yeux fermés tandis que ses lèvres remuaient dans une prière muette.

« Néanmoins, il a peut-être raison cette fois. Si l'armée se retire, nous serons sans protection et il n'est pas exclu qu'avec l'approche de l'ennemi nous nous retrouvions derrière ses lignes. Quoi qu'en dise le commandant, je ne crois pas que l'armée allemande nous traite autrement qu'avec respect. Mais c'est une chose que je ne saurais garantir. Surtout après ce qui est arrivé à notre collègue, la surveillante-chef Cavell. »

La salle replongea dans un silence de plomb.

« Aussi vous demanderai-je de bien réfléchir avant de vous prononcer, dans un sens ou dans l'autre. Si vous estimez préférable de partir, je ne vous retiendrai pas. Il doit s'agir d'une décision personnelle et individuelle. » Elle sourit à nouveau. « Je suis fière de vous toutes, et je suis fière de chacune d'entre vous. Les unités de l'Hôpital féminin écossais se sont montrées inébranlables et, dans bien des cas, elles auront apporté la lumière dans les ténèbres de la guerre. C'est grâce à vous et au niveau des soins que vous assurez. On pourrait dire que nous en avons fait suffisamment, et ce sera le cas de certaines d'entre vous. Je les remercie et que Dieu les bénisse. Pour ma part, j'ai l'intention de rester en Serbie. Je n'ai pas le cœur de partir alors qu'on a encore besoin de moi. Je n'ai pas l'intention de vous faire voter ni même de vous demander de prendre une décision ce soir. Je voudrais que vous y réfléchissiez et que vous me la fassiez connaître demain matin. »

Alors que le Dr Inglis rassemblait ses papiers, Jessie se leva.

« Je n'ai pas besoin de dormir ni d'y réfléchir plus longtemps. Je reste, déclara-t-elle.

— Moi aussi », renchérit une voix familière.

Isabel était debout. Evans et Maud bondirent immédiatement sur leurs pieds. « Moi aussi. » Et puis, une par une, toutes les femmes présentes se levèrent.

« Je reste.

— Moi aussi.

— Je ne partirai pas. Nous n'allons certainement pas fuir devant eux, ils devraient le savoir. »

Jessie avait la gorge serrée et l'espace d'un instant, il lui sembla voir le Dr Inglis essuyer une larme. Mais la petite silhouette tant aimée sourit sur-le-champ. « Je n'en attendais pas moins de vous toutes. Je serai dans mon bureau demain matin si l'une de vous changeait d'avis. » Sur un dernier sourire, le Dr Inglis quitta la pièce.

Il y eut une défection le lendemain matin – une aide-soignante de Royaumont pour qui tout le monde s'inquiétait depuis son arrivée en Serbie quatre semaines auparavant. Incapable d'affronter le sang et la douleur dont elle était quotidiennement témoin, lady Arabella Jones avait été transférée aux tâches de cuisine, et malgré cela une expression terrifiée et hantée n'avait plus quitté son visage. Personne ne lui reprocha de partir, d'autant plus que lady Arabella était visiblement accablée par sa propre faiblesse.

Le Dr Bradshaw et le Dr Inglis étaient sur le départ, elles aussi. Le Dr Bradshaw se rendait à Kruševac et le Dr Inglis devait aller voir le haut-commissaire à Nish. En son absence, Isabel continuerait d'exercer les fonctions de médecin-chef responsable de l'unité. Les femmes devaient être prêtes à plier bagage et à se retirer avec l'armée serbe dès qu'elles en recevraient l'ordre.

En attendant, elles poursuivraient leurs activités comme à l'ordinaire.

45

Quelques jours après le départ du Dr Inglis, Isabel réparait un accroc à sa jupe avant de se retirer pour la nuit quand Maud entra. La compassion qui se lisait dans son regard lui glaça le sang. Laissant tomber son ouvrage, elle bondit sur ses pieds.

« Que se passe-t-il ? demanda-t-elle.

— Il va vous falloir du courage.

— Parlez.

— Un des soldats vient d'apporter des nouvelles de Belgrade. Il paraît que les Allemands tirent sur les équipes de brancardiers. Il dit que deux Américains – un médecin et un brancardier – ont été tués.

— Archie ? »

Ce fut le seul mot qui réussit à franchir ses lèvres engourdies.

« Il n'a pas donné de noms. Tout ce qu'il sait, c'est que les morts sont américains. »

Dieu du ciel ! Je Vous en supplie, faites que ce ne soit pas Archie...

« Jessie le sait ?

— Je l'ai prévenue. Elle refuse de croire que ça puisse être lui. Elle s'obstine à affirmer que Dieu ne lui ferait pas une chose pareille alors qu'elle vient d'apprendre que son mari est vivant. Elle est allée prier à la chapelle.

— Je vais la rejoindre.

— Si j'étais vous, je ne le ferais pas. » Maud tendit la main et la posa sur le bras d'Isabel. « Je ne sais pas pourquoi elle vous en veut, mais j'imagine qu'elle a vu les regards que vous jetez à son frère et que ça ne lui plaît pas. »

Isabel tressaillit. Ses sentiments étaient-ils donc aussi flagrants ?

« Il faut que je retourne dans la salle, poursuivit Maud. Ça va aller ? »

Isabel ne chercha pas à feindre d'ignorer ce que voulait dire Maud. Elle hocha la tête. Après le départ de la jeune femme, elle replia très soigneusement la jupe qu'elle reprisait et la posa dans sa corbeille à ouvrage. Puis elle enfila son manteau par-dessus sa chemise de nuit et remplaça ses chaussures par des bottes en caoutchouc. Tous ses mouvements étaient parfaitement maîtrisés, chaque geste lui apportant un peu de calme comme si, en se comportant comme elle le faisait depuis des semaines, elle pouvait contraindre cette journée à être exactement à l'image des autres.

Elle quitta sa tente et s'éloigna du camp.

C'était un soir comme tous les soirs – le lent défilé de soldats, qui ne chantaient plus cependant. Elle lisait la défaite sur leurs visages. Regardant droit devant elle pour éviter de se faire héler, elle longea le petit sentier qui descendait vers le lac. Le soleil se couchait et il était donc peu probable que quiconque s'y attarde encore. Dans le cas contraire, elle éviterait le lac et se dirigerait vers le bosquet voisin. Cela faisait des semaines, des mois qu'elle supportait d'être constamment en compagnie d'autrui, mais à présent, elle avait besoin de solitude.

Comme elle l'avait espéré, les bords du lac étaient déserts. Elle trouva un gros rocher contre lequel s'adosser et étala son manteau par terre. Et si Archie était mort et qu'elle avait laissé passer la chance de lui dire, une fois seulement, qu'elle l'aimait ? Qu'elle ignorait si elle pouvait vivre avec lui, mais qu'elle l'aimait ?

C'était vrai. Elle le savait désormais. Était-il trop tard ?

Que pouvait bien faire la désapprobation de sa mère – aussi inflexible fût-elle –, pourvu qu'elle pût être auprès d'Archie ? Rien ne l'empêcherait de partir en Amérique avec lui, d'y être médecin, et ils pourraient être heureux.

Ils auraient pu l'être... si elle n'avait pas laissé son stupide orgueil et la conscience de son rang social l'en empêcher. Comment avait-elle jamais pu penser qu'elle serait gênée de présenter Archie comme son mari ? Elle aurait dû en être fière.

Elle resta assise là, frissonnante, bien après le coucher du soleil, incapable de se résoudre à regagner le camp. Elle pensait toujours à Archie quand elle entendit des branches craquer. Elle soupira mais ne se retourna pas. Elle aurait dû se douter qu'on viendrait la chercher.

« Isabel ? »

Elle fit volte-face. Archie, une main bandée, la regardait.

« Tu es vivant », murmura-t-elle, ayant peine à en croire ses yeux. Elle se releva et se jeta contre lui. « Dieu merci. »

Il la serra dans ses bras et elle respira son odeur. La transpiration, le sang, la fumée. Elle ne voulait pas penser à la mort ni aux plaies suintantes et aux membres déchiquetés, elle voulait oublier que la vie pouvait à tout instant être soufflée comme la flamme d'une bougie. Pourtant, si cela devait arriver, elle voulait avoir su ce qu'était être aimée et aimer en retour. Elle voulait que la moindre parcelle de cet homme reste gravée dans sa mémoire.

Elle posa les mains des deux côtés de sa tête et attira son visage vers le sien.

Une seconde plus tard, il l'embrassait et elle se cramponnait à lui, avide de sentir son corps pressé contre le sien. Il gémissait dans son cou, murmurant en gaélique des mots qu'elle ne comprenait pas mais qui étaient, elle le savait, des mots d'amour. Il souleva sa chemise de nuit, et quand il effleura la peau nue de ses cuisses, elle cessa de penser. La seule certitude qui lui restait était qu'elle aurait voulu qu'il continue à la toucher éternellement.

Plus tard, alors qu'ils étaient allongés ensemble dans l'herbe, Isabel prit conscience qu'elle avait fondamentalement changé. Comment, elle n'aurait su le dire, mais elle savait qu'elle ne pourrait pas – ne voudrait pas – reprendre la vie qu'elle avait tant appréciée autrefois. Elle n'avait jamais été plus en paix qu'en cet instant, dans les bras d'Archie. Elle rougit, heureuse qu'il fasse nuit. Elle n'était pas restée passive pendant qu'ils faisaient l'amour – elle avait été exigeante. Son ardeur avait redoublé la passion d'Archie tout comme les paroles d'encouragement qu'elle lui avait murmurées lorsque, d'abord, il avait cherché à se retirer d'elle. Elle n'éprouvait aucune honte avec lui, elle n'avait pas peur qu'il la méprise pour ce qu'ils avaient fait ni pour sa fougue.

La fin de la guerre marquerait la naissance d'un monde nouveau, dont elle ferait partie. Tout ce qui l'avait préoccupée auparavant, tout ce à quoi elle avait attaché tant d'importance avait disparu, comme emporté par la brise. Tout ce qui comptait était ici et maintenant, la main d'Archie dans ses cheveux, la chaleur de son corps, l'air qu'ils partageaient alors qu'ils respiraient d'un même souffle. Elle n'était plus une branche de bois mort inerte, jetée à la mer, poussée là où le vent la portait. Avec lui à ses côtés, elle pouvait être maîtresse de son destin.

« J'aurais peut-être dû te faire croire plus tôt que j'étais mort », murmura-t-il avec un rire dans la voix.

Elle se tourna sur le côté et prit appui sur son coude pour le regarder.

« Peut-être, oui, acquiesça-t-elle. Jessie sait que tu es sain et sauf ?

— Elle m'a dit qu'elle n'en avait jamais douté.

— Comment m'as-tu trouvée ?

— Par Maud. Elle savait que tu avais appris qu'il y avait eu des morts et que tu avais peur que je sois du nombre. Elle a ajouté que je te trouverais ici si je le voulais.

— Tu m'aimes toujours ? » Il fallait qu'elle le sache.

Il suivit le tracé de ses lèvres des doigts de sa main intacte. « Tu as vraiment besoin de le demander ?

— Non. » Prenant son autre bras dans ses deux mains, elle posa les lèvres sur sa peau, juste au-dessus du bandage. « Qu'est-ce que tu t'es fait ?

— Rien. Une simple éraflure. J'ai eu de la chance. Plus que celui qui tenait l'autre extrémité de la civière. » Il l'embrassa sur la bouche. « J'aimerais que tu partes d'ici. C'est très dangereux. Ils ne s'embarrassent pas de savoir sur qui ils tirent. La situation est devenue franchement épouvantable. »

Elle leva les yeux vers lui, souriante, se grisant du désir et de l'amour qu'elle lisait dans son regard. Elle s'étira comme un chat, consciente de le provoquer. « Tu sais que nous ne pouvons pas partir aussi longtemps qu'ils nous amènent encore leurs blessés, murmura-t-elle. Et si nous refaisions l'amour en attendant ? »

46

Jessie se demandait si elle ne risquait pas d'épuiser les faveurs de Dieu. Il lui avait rendu Tommy, puis Archie. Bien sûr, elle n'avait pas réellement pensé que son frère pût être l'un des Américains qui s'étaient fait tuer deux semaines plus tôt. De même qu'elle aurait su, au fond de son cœur, que Tommy était mort, de même quelque chose lui aurait fait comprendre qu'Archie s'était fait tuer. Elle ne manquait toutefois jamais de remercier Dieu dans ses prières du soir.

Elle se dirigeait vers la tente du mess quand une ambulance motorisée s'arrêta. Un des camions qu'on leur promettait depuis des semaines était enfin arrivé. Après tout, mieux valait tard que jamais.

Isabel était venue saluer le chauffeur. Jessie ne l'avait pas beaucoup vue ces derniers jours – pas plus qu'Archie d'ailleurs. Elle fronça les sourcils. À y bien réfléchir, récemment, quand elle avait entendu dire qu'Archie était au camp et qu'elle était partie à sa recherche, elle avait constaté qu'il n'était pas là. Isabel non plus. Rien ne prouvait, bien sûr, qu'ils aient été ensemble, mais... Son estomac se noua. Ses rares rencontres avec Isabel au cours des quinze derniers jours avaient suffi à lui révéler qu'elle avait changé. Malgré son épuisement manifeste, elle était rayonnante, comme si elle détenait un secret qui la faisait jubiler intérieurement. Comment avait-elle pu être aussi aveugle ? Tout était parfaitement clair à présent.

Ainsi, malgré tout ce qui s'était passé, Archie était toujours incapable de renoncer à Isabel. Et pour quoi ? Dès que la guerre serait finie, elle retrouverait sa vie à Édimbourg et Archie la sienne en Amérique. Ici, il était facile d'oublier combien leurs existences étaient différentes. Son frère se trompait s'il croyait qu'il pourrait en être autrement.

Quand le conducteur sauta à bas de l'ambulance, le cœur de Jessie fit un bond dans sa poitrine. Cette chevelure de feu ne pouvait appartenir qu'à une personne au monde. Parmi tous les chauffeurs susceptibles de conduire ce véhicule, il avait fallu que ce fût lady Dorothea. Que Dieu les protège tous ! Isabel ne se doutait pas que la femme qu'elle s'apprêtait à accueillir était la sœur de l'homme qu'elle avait tué, à son insu. Et tout le monde ici savait qu'Archie était le frère de Jessie. Pouvait-on imaginer pire imbroglio ?

Leurs voix portaient dans l'air immobile. « Docteur MacKenzie, je ne me trompe pas ? » Elle s'avança vers Isabel et lui tendit une main effilée. « Qui aurait pu imaginer que nous nous retrouverions ici, après tout ce temps ?

— Dorothea ! » Isabel était manifestement décontenancée. « C'était donc vous la chauffeuse que nous attendions. Bienvenue ! Je peux vous assurer que nous sommes ravies de vous voir, vous et votre ambulance. »

Jessie était paralysée. Il fallait qu'elle fasse passer un message à Archie de toute urgence pour lui conseiller de se tenir à distance. Mais comment ?

Un groupe de soldats serbes se précipita alors vers Isabel et ils se mirent à faire de grands gestes.

Isabel secouait la tête, mais chaque fois les hommes haussaient le ton et tendaient le bras en direction des combats.

Maud s'approcha de Jessie. « Je me demande ce qui se passe. Allons voir, voulez-vous ? » Sans lui laisser le temps de protester, Maud l'avait prise par le bras et l'entraînait déjà.

« Je pourrais prendre une des ambulances, était en train de dire lady Dorothea. Ce n'est pas loin. Je ferai l'aller-retour en un rien de temps.

— C'est trop dangereux, objecta Isabel.

— Nous ne pouvons tout de même pas les laisser mourir là-bas ! L'ennemi ne nous tirera pas dessus.

— Aller où ? interrompit Maud.

— Infirmière Stuart ! Quel plaisir de vous revoir ! » La joie qu'éprouvait lady Dorothea en découvrant la présence de Jessie était visiblement sincère.

« Maxwell ! Ravie de vous retrouver. » Elle n'en pensait pas un mot. C'était une catastrophe.

Les soldats parlaient toujours à Isabel, de plus en plus fort.

« Que se passe-t-il ?

— Il semblerait qu'il y ait eu une terrible bataille à environ cinq kilomètres du poste d'évacuation sanitaire le plus proche. Ils cherchent à vider les lieux tout en soignant les blessés en même temps, mais il reste des soldats gravement atteints sur place et il n'y a plus personne pour les secourir.

— Nous pourrions y aller, intervint Maud. Il faut faire quelque chose ! Nous sommes un hôpital de campagne, après tout. »

Isabel se mordillait la lèvre. « Tout est calme ici en ce moment. Si quelqu'un y va, ce sera moi. »

Les combats qui se déroulaient au nord étaient si violents que les blessés étaient conduits en train jusqu'à un hôpital de campagne situé plus au sud. Les seuls patients qu'elles avaient à traiter pour le moment étaient atteints de blessures légères.

« Je vous accompagne, dit Jessie calmement, malgré son cœur qui battait la chamade. À nous deux, nous nous en sortirons.

— Entendu, approuva Isabel avant d'hésiter. Mais...

— Mais ? répéta lady Dorothea.

— Nous irons jusqu'au poste d'évacuation sanitaire, et pas plus loin, sous aucun prétexte. Je ne veux pas risquer la vie des femmes qui sont sous ma responsabilité. Nous attendrons là-bas que l'armée ait récupéré les blessés, puis nous les ramènerons ici. Si c'est impossible, ou si nous constatons que les combats se rapprochent, nous ferons immédiatement demi-tour. Nous sommes bien d'accord ? »

Maud sourit.

« Bien sûr, docteur MacKenzie. À vos ordres.

— Infirmière Stuart ?

— Je suis prête.

— Dorothea ?

— Je suis de la partie. Mais nous ferions mieux de nous dépêcher, non ? »

Il leur fallut un petit moment pour transférer leur équipement mobile dans l'ambulance et pour qu'Isabel informe les autres médecins de leur destination.

Dès qu'elles furent prêtes, elles s'entassèrent à l'avant du véhicule et démarrèrent. Le moteur protestait bruyamment alors qu'elles suivaient en bringuebalant la piste creusée d'ornières qui gravissait la colline. Dorothea se cramponnait au volant, se concentrant pour maintenir les quatre roues du camion sur la chaussée.
« Vous avez peur ? hurla-t-elle pour couvrir le bruit.

— Affreusement ! De votre conduite, surtout, répondit Isabel en riant. Gardez les yeux sur la route, pour l'amour du ciel ! »

Jessie eut l'impression que comme elle Isabel était plus excitée que terrifiée. Elle avait peine à croire que le danger pût être plus grand qu'il ne l'avait été durant les dernières semaines. Trois jours plus tôt, elles avaient entendu dire qu'un avion allemand avait largué une bombe juste devant l'hôpital de Kragujevac, tuant sept civils, mais épargnant miséricordieusement le bâtiment.

Au bout de vingt minutes de cahots, elles s'arrêtèrent devant le poste d'évacuation sanitaire. Plusieurs camions étaient garés dans le plus grand désordre, les hommes transportant les blessés dans les tentes ou les installant à l'arrière d'ambulances qui devaient les conduire à la gare.

Laissant Dorothea au volant, elles descendirent et se mirent à la recherche du commandant.

« Nous sommes venues vous aider, lui annonça Isabel. Je suis le docteur MacKenzie. Voici les infirmières Tully et Stuart. Nous pouvons transférer des blessés vers notre hôpital. »

Le commandant fut soulagé de les voir. « Nous nous retirons, et il faut vider les lieux. Allez trouver le médecin-major et emmenez tous ceux qu'il jugera en état de supporter le voyage. Et ensuite, revenez, je vous en prie. » Il fit la grimace. « En ce moment, j'ai besoin de toutes les ambulances disponibles. »

Une rangée de civières recouvertes de bâches était posée par terre et Jessie détourna le regard. Partout où elle portait les yeux, ce n'étaient que blessés, certains allongés immobiles, d'autres appelant au secours. À quelques pas de là, des soldats fumaient, assis, contemplant la scène de leur prunelles vides, aveugles.

Accroupi à côté d'un soldat, Archie tenait entre ses dents le corps d'une seringue et se servait de ses deux mains pour poser un garrot autour du moignon ensanglanté qui pendait au bout du bras du blessé. Isabel et Maud passèrent rapidement devant lui et entrèrent dans une tente, tandis que Jessie se laissait tomber à genoux près de son frère. Elle lui retira la seringue de la bouche.

« Bon sang, qu'est-ce que tu fabriques ici ? » Archie était obligé de crier pour se faire entendre au-dessus du bruit du canon.

Calmement, Jessie remplit la seringue de morphine qu'elle injecta dans le bras du soldat blême.

« Nous sommes venues chercher vos blessés pour les conduire à l'hôpital », expliqua-t-elle tout en prenant le pouls de l'homme. Il était faible mais régulier. « Archie, il faut que je te prévienne, le conducteur de notre ambulance est lady Dorothea. »

Archie plissa le front. « C'est le cadet de mes soucis à l'heure qu'il est. » Il se retourna vers l'homme étendu sur la civière. « Reste allongé tranquillement, mon gars. Je reviens dans une minute. »

Il se releva et Jessie suivit son regard qui se posait sur une autre civière, à quelques pas. Le soldat qui s'y trouvait était inconscient, la tache de sang qui allait s'élargissant sur son abdomen bandé indiquant clairement que l'hémorragie n'était pas endiguée. À sa consternation, Archie enjamba le blessé pour aller s'accroupir à côté d'un autre homme, moins gravement atteint.

« Et celui-ci ? lui cria-t-elle. Il faut le soigner de toute urgence. »

Archie secoua la tête. « Nos réserves sont très limitées. Nous devons aider ceux qui ont une chance de s'en tirer. »

Furieuse, elle passa au-dessus des civières pour rejoindre l'homme inconscient. S'agenouillant à côté de lui, elle chercha son pouls. Il était à peine perceptible. Puis elle examina sa blessure. Le rouge vif tournait rapidement au marron sous la chaleur du soleil.

« Ne t'en fais pas, soldat », murmura-t-elle, espérant qu'il sentirait qu'il n'était pas seul et abandonné.

Tout autour d'eux, les bruits d'hommes qui souffraient, des gémissements, des jurons étouffés remplissaient l'atmosphère. Archie passait d'un soldat à l'autre, s'arrêtant de temps en temps pour appeler un brancardier. Bien que le soleil fût encore haut dans le ciel, l'air était lourd d'une odeur de fumée et de cordite.

Jessie baissa à nouveau les yeux vers son patient. Il avait les yeux ouverts, les pupilles fixes et dilatées. Avec une grande douceur, elle lui ferma les paupières et se releva.

Quand elle regagna l'ambulance, lady Dorothea faisait déjà partir le moteur à la manivelle. L'arrière était bourré de civières, sur trois rangées de profondeur et deux de hauteur, et Isabel donnait des ordres à Maud, qui s'était glissée à côté des brancards.

« Vous êtes prêtes à partir ? demanda lady Dorothea.

— Je reste, annonça Isabel. Un médecin supplémentaire ne sera pas de trop.

— Une infirmière non plus. Je reste avec vous, ajouta Jessie.

— Les combats ont l'air de se rapprocher. » Les cheveux de lady Dorothea avaient échappé aux épingles qui les maintenaient et s'enroulaient autour de son visage. « Il serait peut-être plus raisonnable que nous repartions toutes. »

Isabel secoua la tête. « Il faut que vous reveniez en prendre d'autres. Nous monterons avec vous à ce moment-là. Et maintenant, allez-y, Maud et vous ! Vite ! »

Elles n'assistèrent pas à leur départ car deux nouveaux camions s'arrêtèrent, eux aussi chargés de blessés. Dès qu'ils eurent été sortis des véhicules, Isabel examina rapidement chaque blessure. Elle chargea Jessie de poser des garrots ou des pansements compressifs, tandis qu'elle-même dirigeait les plus gravement touchés vers la tente d'opération.

« Ils n'opèrent pas les cas désespérés, lui annonça Jessie. Il ne leur reste pas assez de matériel, paraît-il.

— Je refuse d'abandonner ceux qui paraissent perdus, murmura Isabel. Si les médecins d'ici décident de ne pas intervenir, je ne peux rien faire, mais je ne prendrai pas, je ne peux pas prendre, de décision médicale à partir d'un autre critère que la nature de la blessure. »

Jessie l'aurait volontiers serrée dans ses bras. En cet instant précis, en travaillant avec elle, elle se souciait comme d'une guigne de ce qu'Isabel avait pu faire autrefois. C'était un grand médecin.

Jessie était consciente de la présence d'Archie à proximité, ses grandes mains habiles affairées à bander des plaies ou à injecter de la morphine jusqu'à ce qu'enfin la marée de blessés commençât à se tarir et que la file de soldats qui attendaient se réduisît à trois ou quatre.

Pendant qu'ils travaillaient, elle prit vaguement conscience du retour puis du départ de lady Dorothea et de Maud, mais elle savait que ni Isabel ni elle-même ne s'en iraient avant que tous les hommes aient quitté le poste d'évacuation sanitaire.

Dès qu'elle eut paré aux besoins immédiats des blessés, elle s'accroupit et essuya son visage ruisselant. Bien que plus sporadiques, le crépitement des tirs et le grondement du canon semblaient plus proches.

Jessie releva les yeux pour découvrir Archie, le visage soucieux, en train de discuter avec un soldat qui gesticulait. Il tapota le dos de l'homme avant de s'approcher d'un des capitaines qui se trouvait près d'Isabel.

« Il y a des blessés pas très loin d'ici, capitaine, annonça Archie. Je vous demande l'autorisation de prendre un camion et d'aller voir si nous pouvons les sauver.

— C'est trop dangereux, répondit l'autre. En plus, j'ai besoin de tout le monde ici pour nous aider. Autorisation refusée. »

Le visage d'Archie s'assombrit de colère. « Dans ce cas, permettez-moi de vous rappeler que je ne suis pas sous votre commandement, capitaine. Je vais y aller, mais il me faut un docteur. Le médecin-major du poste de secours est apparemment en piteux état. Et ils n'ont personne d'autre pour les aider.

— C'est impossible, mon vieux. Les chirurgiens sont tous en train d'opérer. Je ne peux pas me passer d'un seul homme. Je ne peux pas non plus vous empêcher d'y aller tout seul, mais franchement, je vous le déconseille. »

Jessie et Isabel échangèrent un regard et firent un pas en avant. « Nous venons. »

Archie secoua la tête. « C'est trop dangereux pour des femmes. »

Jessie contempla le visage qu'elle connaissait presque aussi bien que le sien. « Je n'ai pas peur.

— Vous rappelez-vous le jour où nous nous sommes rencontrés sur les falaises, à Skye ? demanda Isabel tout bas. Vous m'aviez dit alors que la descente le long du rocher était trop dangereuse pour moi, mais cela ne m'a pas arrêtée. Vous ne m'arrêterez pas non plus maintenant. » Elle posa la main sur son bras et le regarda droit dans les yeux. « Je vous en prie Archie, il faut que je le fasse.

— Permettez-moi d'insister pour que vous regagniez immédiatement votre hôpital, intervint le capitaine. Je ne veux pas avoir la mort de femmes sur la conscience. »

Le visage d'Isabel s'empourpra de fureur.

« Si nous n'y allons pas, vous serez responsable d'un bien plus grand nombre de morts.

— Il est hors de question que vous y alliez. C'est mon dernier mot.

— Un des avantages d'être médecin de l'Hôpital féminin écossais est que nous ne sommes pas non plus placées sous votre commandement, capitaine. Si je décide d'y aller, vous ne pouvez pas me l'interdire. »

Le capitaine parut hésiter. Puis il secoua la tête. « Comme vous le dites, je ne peux pas vous l'interdire. Mais je me lave les mains de toute cette affaire. » Il glissa sa badine sous son bras et s'éloigna d'un pas digne.

« On ramasse tous ceux qu'on peut et on file. D'accord ? » demanda Archie.

Isabel fronça les sourcils. Lady Dorothea et Maud étaient de retour et attendaient les instructions. « Nous aurons besoin de notre ambulance motorisée : elle contient tout notre équipement et notre matériel médical – en tout cas de quoi maintenir les hommes en vie jusqu'à ce que nous soyons en mesure de les transférer à Mladanovac. De là, ils pourront voyager en train sanitaire. »

Quand Isabel leur exposa leur projet, Maud et lady Dorothea insistèrent pour les accompagner. Une fois de plus, Archie protesta et une fois de plus, il lui fallut se résigner. Lorsque le camion démarra en faisant une embardée, Jessie essaya d'ignorer les battements de son cœur en pensant aux tâches qu'elle aurait probablement à accomplir au cours des prochaines heures.

« Le poste de secours est à cinq kilomètres d'ici », dit Archie.

Instinctivement, ils baissèrent tous la tête lorsqu'un obus passa au-dessus de leurs têtes en sifflant avant d'exploser près du camion. Archie jura en gaélique.

Lady Dorothea s'accrocha au volant et, sans retirer son pied de l'accélérateur, continua à foncer de plus belle.

Ce furent les vingt minutes les plus longues de la vie de Jessie. Quand elle aperçut le drapeau de la Croix-Rouge au-dessus du poste de secours, elle faillit pleurer de soulagement.

« Nous n'avons pas beaucoup de temps, leur rappela Archie, le visage fermé. Nous ferons ce que nous pourrons et nous repartirons. »

Ils descendirent du camion d'un bond, gardant la tête baissée, et se précipitèrent vers le poste de secours, se laissant tomber d'un bond dans la tranchée. Plusieurs soldats mal en point gisaient dans la boue détrempée et Isabel, Maud et Jessie entreprirent d'établir les priorités pendant qu'Archie et lady Dorothea partaient à la recherche du médecin blessé.

Sur les quatre hommes allongés dans la tranchée, l'un était mort d'une balle dans la tête, deux souffraient de blessures légères et le dernier était atteint d'une blessure abdominale grave qui nécessitait une opération.

« S'il vous plaît, conduisez les deux blessés qui peuvent marcher à l'arrière du camion puis dressez la tente d'opération. Revenez ensuite chercher cet homme. En attendant, je vais chercher à endiguer l'hémorragie de mon mieux », leur expliqua Isabel.

Maud et Jessie acquiescèrent, leurs mains voltigeant tandis qu'elles pansaient prestement les deux hommes plus ou moins valides. Isabel posa un tampon de compresses sur la plaie abdominale de son patient. Jessie savait qu'il faudrait la nettoyer et arrêter les saignements, mais elles ne pourraient le faire que dans la salle d'opération.

Archie et lady Dorothea revinrent de la tranchée-abri du médecin-major. « Il est mort pendant que nous étions avec lui, annonça Archie. Personne n'aurait rien pu faire, je crois. »

Le visage de lady Dorothea était exsangue. Les blessures du médecin, quelles qu'elles aient pu être, avaient dû être vraiment atroces pour l'ébranler à ce point.

« Pouvons-nous sortir cet homme d'ici ? demanda Isabel. Je dois l'opérer.

— Je vais chercher une civière. » Lady Dorothea se tourna vers Archie. « Pardonnez-moi, nous n'avons pas été présentés. Maxwell. » Malgré sa pâleur, elle lui tendit une main poussiéreuse.

« Enchanté, madame. Moi, c'est Scotty. »

Si Dorothea le reconnaissait pour l'avoir vu à l'abbaye, elle n'en montra rien. Jessie se demanda si Archie se rendait bien compte du risque qu'il prenait ; de toute façon, il n'y avait rien à faire, sinon espérer que la jeune femme ne découvrirait jamais qu'elle venait de rencontrer l'homme recherché dans le cadre de la mort de son frère.

Ignorant les bruits des combats, ils réussirent à étendre le blessé sur un brancard et à l'extraire de la boue de la tranchée. Lady Dorothea et Maud avaient mis ce temps à profit pour planter la tente et installer la table d'opération mobile avec une grande bassine dessous pour récolter le sang. Les instruments stérilisés étaient disposés sur une autre table, avec de la morphine et du chloroforme. Lady Dorothea retourna à l'ambulance s'assurer de l'installation des deux blessés légers.

« Je vous servirai d'anesthésiste, proposa Jessie à Isabel. Comme le jour où nous avons aidé votre papa avec Flora McPhee. » Cela paraissait si loin.

Isabel sourit. « Il n'y a personne que j'aimerais davantage avoir à mes côtés. Nous avions fait une bonne équipe ce jour-là. »

Une explosion ébranla le sol, envoyant un instrument tourbillonner en l'air avant de retomber par terre.

« Il faut partir au plus vite, observa Archie. Ces canons ne sont certainement pas à plus de trois kilomètres.

— Nous ne pouvons pas le déplacer, objecta Isabel. Il en mourrait.

— Dans ce cas, que Jessie, Maud et Maxwell rejoignent le campement. Je resterai pour vous donner un coup de main.

— Je ne bougerai pas d'ici, déclara Jessie sèchement en découpant l'uniforme du soldat blessé.

— Vous ne pouvez pas aider Isabel, Scotty, renchérit Maud. Désolée mon gars, mais elle a besoin de nous. Et si vous repartiez à Mladanovac avec Maxwell et les deux hommes qui sont déjà dans le camion ?

— Si vous vous figurez que je vais laisser des femmes toutes seules ici, vous vous trompez. » Archie fit un geste de la main. « Jessie, il faut que tu partes. J'insiste. »

Jessie releva la tête brusquement. « Archie MacCorquodale ! Arrête de jouer au grand frère, tu veux ? Je ne suis plus un bébé ! Je n'abandonnerai pas ce patient, tu m'entends !

— Archie MacCorquodale ? » répéta une voix derrière eux.

Jessie n'avait pas entendu lady Dorothea entrer. Elle était figée, le regard rivé sur eux, les sourcils froncés.

Jessie était atterrée. Égarée par la peur, l'épuisement et l'accablement dû à la mort et à la dévastation qui les entouraient, elle avait oublié toute prudence.

« Et vous êtes sa sœur ? Vous m'aviez pourtant dit avoir fait sa connaissance à la gare du Nord, à Paris.

— Nous reparlerons de tout ça plus tard, coupa Isabel. Pour l'instant, j'ai une opération qui m'attend. »

Le cœur de Jessie battait à tout rompre pendant qu'elle plaçait le masque sur le visage de leur patient. Que ferait lady Dorothea quand elle prendrait conscience, ce qui ne manquerait pas d'arriver d'un moment à l'autre, qu'Archie était l'homme que sa famille recherchait ?

Lady Dorothea pâlit. « Oh, Seigneur ! » murmura-t-elle et elle sortit de la tente en trébuchant. Elle avait compris, songea Jessie. Il n'y avait malheureusement rien à faire pour le moment. Le blessé passait avant tout.

Un silence complet se fit alors que tous se concentraient sur l'opération. À peine celle-ci achevée, Jessie laissa Isabel et Maud s'occuper du patient et partit à la recherche de lady Dorothea.

Elle la trouva assise sur une caisse renversée, les yeux clos.

« Maxwell, murmura Jessie. Je peux tout vous expliquer.

— Quel est votre nom de jeune fille ?

— MacCorquodale. »

Il était inutile de continuer à mentir.

« Je ne peux pas croire que vous m'ayez trompée pendant tout ce temps. Bon sang, Jessie, Archie MacCorquodale – l'homme qui, d'après mon père, a tué Charles –, n'est autre que votre frère ! Pensiez-vous vraiment arriver à me le dissimuler ?

— Je l'espérais, oui. Je vous en prie, Maxwell, croyez-moi. Archie n'a pas tué votre frère. »

Lady Dorothea sourit tristement. « J'aurais pu vous croire si vous m'aviez dit la vérité tout de suite. Comment voulez-vous que j'ajoute foi à ce que vous pourrez me dire à présent ?

— Qu'allez-vous faire ? demanda Jessie tout bas. Laissez-lui au moins le temps de s'enfuir.

— S'il est innocent, il n'a rien à craindre. » Elle repoussa le bras de Jessie et commença à se diriger vers le camion. « Je vous attends dans l'ambulance. »

À cet instant précis, une explosion projeta Jessie en l'air. Elle retomba pesamment sur le ventre et le choc lui coupa le souffle. Le temps parut s'arrêter, tandis qu'une averse de terre et de pierres s'abattait autour d'elle. Elle se couvrit la tête de ses mains. Au bout d'un moment, elle entendit quelqu'un crier son nom.

« Jessie ! Jess, ça va ? » La voix d'Archie était assourdie. « Dieu merci, dit-il quand elle redressa la tête pour lui montrer qu'elle était indemne.

— Et les autres ? » demanda-t-elle dans un murmure. Elle se releva difficilement. La fumée était telle qu'elle n'y voyait presque rien.

« L'obus a manqué la tente. Mais il faut partir tout de suite. Nous aurons peut-être moins de chance la prochaine fois.

— Où est lady Dorothea ? »

Portant les yeux vers l'endroit où elle l'avait vue pour la dernière fois, elle n'aperçut qu'un large trou, là où l'obus était tombé.

« Reste ici, lui ordonna Archie. Je vais la chercher. »

Avec un désespoir croissant, Jessie le suivit du regard tandis qu'il courait, plié en deux, jusqu'au cratère. Il était impensable que lady Dorothea eût survécu à la déflagration. Un bourdonnement se fit entendre, et Jessie leva les yeux. Deux avions serbes les survolaient. L'un d'eux plongea et commença à mitrailler le sol. Cela n'arrêterait pas l'avance de l'ennemi, mais leur assurerait peut-être un léger répit.

Archie s'était arrêté devant ce qui ressemblait à un tas de chiffons. Quelques secondes plus tard, il leva la tête et cria : « Jessie ! Viens m'aider ! » Soulevant le paquet, il regagna la tente en courant. Quand Jessie le rattrapa, elle constata qu'il portait lady Dorothea et que celle-ci était gravement atteinte.

Dans la tente, Isabel et Maud étaient en état de choc, mais indemnes. Lorsque Isabel aperçut Archie, son visage s'illumina et Jessie comprit alors que la fille du docteur aimait son frère autant que lui-même l'aimait.

Toutefois, quand Isabel reconnut Dorothea, inconsciente dans les bras d'Archie, son visage blêmit.

« Vite, Jessie, installons une autre table pour que je puisse l'examiner. Maud, restez avec notre patient. Criez si vous avez besoin de moi. »

Archie déposa son fardeau et Jessie déchira le bas de la jupe de Dorothea avant de couper l'élastique de sa culotte pour la retirer. Un épais flot de sang rouge s'accumulait au niveau de l'aine.

« Approchez la lampe, réclama Isabel avant d'incliner la tête pour examiner la plaie. L'hémorragie est due à un éclat d'obus. Il faut que je l'extraie. » Quand Isabel releva la tête, Jessie croisa son regard angoissé. « Quand je l'aurai retiré, elle saignera encore plus. Il nous reste un peu de solution saline, mais j'ai peur que ça ne suffise pas à la sauver.

— Tu te rappelles la transfusion à laquelle tu as assisté, Isabel ? demanda Archie. Nous pourrions essayer. »

Le visage d'Isabel s'assombrit encore. « Je n'ai rien de ce qu'il faut. Pas de sang. Rien. » Elle regarda autour d'elle et ses yeux s'arrêtèrent sur sa sacoche de médecin.

« Attends... Le médecin de l'hôpital américain m'avait donné un flacon de solution de citrate de sodium. Si nous avions du sang, je pourrais prendre le risque de la transfuser.

— Nous en avons. Tu n'as qu'à utiliser le mien, proposa Archie. Les médecins s'en sont déjà servi. Il semble bien toléré.

— Je ne sais pas, murmura Isabel. Nous risquons de l'achever.

— Si nous ne lui donnons pas de sang, survivra-t-elle ? » demanda Archie.

Isabel secoua la tête.

« Non.

— Dans ce cas, il me semble que nous n'avons pas le choix. » Archie la prit par l'épaule. « Tu peux le faire, Isabel. En tout cas, tu peux essayer. »

Isabel lui adressa un sourire hésitant, puis parut se ressaisir. « Il nous faut des tubes et un flacon. Un flacon stérilisé. Avons-nous cela ? »

Ils n'en avaient pas, mais une idée traversa la tête de Jessie. « Il y a une bouteille d'antiseptique vide – pourquoi ne pas l'utiliser ? »

Pendant qu'Archie remontait sa manche, Isabel rinça la bouteille à l'eau bouillie.

« Jessie, pouvez-vous comprimer la plaie de Dorothea ? » demanda-t-elle. Un bref sourire éclaira son visage quand elle constata que Jessie en avait déjà pris l'initiative. Elle tamponna le creux du coude d'Archie avec un désinfectant et posa un garrot. Avec des gestes rapides, elle fixa une longueur de tuyau à une aiguille de gros calibre. Elle versa un peu de solution de citrate de sodium dans la bouteille, y enfonça l'autre extrémité du tube et la posa par terre. Archie ne tressaillit même pas lorsqu'elle inséra l'aiguille dans sa veine, vérifiant qu'elle était bien en place avant de desserrer le garrot.

« Ça va aller, Maxwell, chuchota Jessie. Tenez bon. »

Seigneur ! Quelle situation impossible ! Lady Dorothea avait appris la véritable identité d'Archie, et pourtant Jessie ne voulait pas qu'elle meure. Elle méritait mieux que ça.

Dès que le sang d'Archie commença à couler dans la bouteille, Isabel nettoya une grosse veine sur le pli de l'aine de Dorothea, en face de sa blessure, et y inséra une canule.

« Maintenant, Jessie, il faut que vous veniez m'aider, dit Isabel d'une voix ferme. Archie, tiens la lampe au-dessus du champ opératoire. Je sais que ce n'est pas facile avec ce tube dans ton autre bras, mais Jessie va avoir besoin de ses deux mains. »

Jessie tamponna soigneusement le sang qui s'écoulait pendant qu'Isabel mettait en place des écarteurs et explorait la plaie à l'aide d'une pince. Elle esquissa un sourire de triomphe en retirant un fragment de métal. « En voilà un. Je vais vérifier s'il n'y en a pas d'autre. »

Ils retinrent leur souffle. De temps en temps, le bruit sourd d'une explosion leur parvenait du dehors, mais, au grand soulagement de Jessie, les obus semblaient tomber moins fréquemment. Le bourdonnement des avions était encore audible, lui aussi, mais selon toute apparence, les appareils s'éloignaient.

« Catgut, Jessie », demanda Isabel et Jessie utilisa une pince stérilisée pour lui passer le fil de suture. Elle posa ensuite les doigts sur la carotide de lady Dorothea. Le pouls était si faible qu'elle le sentait à peine, mais il battait.

Quelques instants plus tard, Isabel se redressa. « Jessie, si vous voulez bien panser la plaie, je vais procéder à la transfusion. »

C'était, devina Jessie, l'étape la plus périlleuse de l'opération.

« Quand saurons-nous si ça marche ?

— Presque dès l'instant où je commencerai à introduire le sang d'Archie dans ses veines. Si quelqu'un a envie de faire une prière, c'est le moment. »

Jessie ferma les yeux et supplia Dieu de lui accorder encore une faveur. Il lui avait pris m'man, papa et Seamus, et même s'Il lui avait rendu Tommy et Archie, elle Lui demanda une vie de plus. Ils attendirent – c'était tout ce qu'ils pouvaient faire –, mais lorsque le pouls de Dorothea commença à battre plus fermement sous ses doigts, elle sut que ses prières avaient été exaucées.

Le bombardement reprit, plus proche cette fois.

« Il faut partir », murmura Maud inquiète.

Isabel retira ses gants en caoutchouc et les laissa tomber par terre.

« Chargeons nos patients dans le camion. »

Dès qu'ils les eurent transportés dans l'ambulance, Archie actionna la manivelle du moteur qui démarra en trépidant. Il venait de grimper sur le marchepied du côté du conducteur, quand il se retourna brusquement, aux aguets, le regard fixé de l'autre côté du champ de bataille.

« Qu'est-ce que tu as, Archie ? demanda Isabel. Vite. Il n'y a pas de temps à perdre.

— Il y a un homme là-bas. Je l'entends appeler au secours. Il faut que j'aille le chercher.

— Non, Archie. Ils te tireront dessus. » Jessie sanglotait presque de terreur. « Tu n'es pas en uniforme. Laisse-moi y aller. Ils ne feront pas de mal à une infirmière. »

Il l'attrapa par le bras. « S'il te plaît, Jessie. Écoute-moi. Il faut que je le fasse. Vous, vous allez partir toutes les trois, tout de suite. » Il se tourna vers Isabel. « Tu sais conduire ? »

Elle acquiesça d'un signe de tête.

Il retira son brassard de la Croix-Rouge et l'enfila au bras d'Isabel. Comme elle cherchait à l'enlever, il lui maintint le coude fermement. « Il faut que tu le portes. Si vous vous faites prendre par les Allemands, ils risquent de ne pas croire que tu es médecin. Et maintenant pour l'amour de Dieu, filez ! »

Ce ne fut qu'à cet instant que Jessie constata qu'Isabel ne portait pas son brassard. Elle avait dû oublier de le mettre dans la précipitation du départ.

Isabel se tourna vers Archie, et l'espace d'un moment leurs regards restèrent soudés l'un à l'autre. Elle esquissa l'ombre d'un sourire. « Oh, Archie », murmura-t-elle seulement.

Avant que Jessie pût parler, Archie lui tendit un revolver. « Prends ça. » Il se pencha et la serra dans ses bras. « Sois prudente, *a gràidgh,* et occupe-toi bien d'Isabel. » Il se força à sourire, mais Jessie lut dans ses yeux un abîme de souffrance. « Je reviendrai, tu verras. » Puis il descendit d'un bond et s'éloigna en courant.

Quand Jessie fit mine de le suivre, Isabel l'agrippa par le bras et la tira sans douceur vers le camion. « Il faut conduire Dorothea et les autres à l'hôpital. Autrement, ils mourront. »

Jessie scruta l'obscurité. Elle pouvait encore le rejoindre.

« Maud a besoin de vous pour s'occuper des blessés, reprit Isabel doucement. Et si quelqu'un est capable de s'en tirer, c'est Archie. »

Jessie ne put qu'acquiescer.

« Et maintenant, infirmière Stuart, dit Isabel en aidant Jessie à monter à l'arrière du camion, débrouillons-nous pour que nos patients soient encore en vie à notre arrivée à l'hôpital. »

47

À leur arrivée, la plus grande confusion régnait au camp de Mladanovac. Des femmes couraient entre les tentes, empilant des effets personnels et du matériel dans des chariots. Des hommes étaient assis à l'arrière de camions, une lumière spectrale se reflétant sur leurs bandages.

Avant même qu'Isabel ait immobilisé l'ambulance, Jessie en était descendue d'un bond. « Il nous faut de l'aide par ici, cria-t-elle. Vite ! »

Des aides-soignantes déchargèrent le soldat gravement blessé et lady Dorothea, et les emportèrent vers les salles sur des civières. Jessie s'apprêtait à les suivre quand Maud la retint. « Je vais rester avec Maxwell et veiller à ce qu'elle prenne le train sanitaire. Vous n'êtes pas en état d'en faire plus. »

Maud avait raison. Jessie jeta un regard las à Isabel lorsque celle-ci les rejoignit. Malgré la faible lumière et la couche de poussière et de boue qui le recouvrait, son visage était blême.

« Il faut que j'y retourne », annonça Isabel.

Jessie soupira, presque trop épuisée pour discuter. « C'est impossible.

— Il le faut. »

Jessie avait l'impression que son cœur était pris dans un étau de glace. « Si j'estimais qu'il y a la moindre chance de sauver Archie, j'irais. Mais ce n'est pas le cas. Il est derrière les lignes ennemies, et s'il est encore en vie il aura forcément été fait prisonnier à l'heure qu'il est. De plus, l'ennemi est juste derrière nous et nous avons des patients qui ont besoin de nous. »

Evans arriva en courant. « Nous avons reçu l'ordre d'évacuer le camp et de nous replier sur Kruševac. Nous ne devons laisser que les blessés qui ne sont pas en état d'être déplacés. Quatre infirmières resteront pour s'occuper d'eux. Le reste du personnel doit partir avec les patients. »

Isabel semblait ne pas écouter. Elle commença à s'éloigner.

« Ils ne me tireront pas dessus. Je suis médecin. »

Jessie l'attrapa par le bras et l'obligea à se retourner. « Le soleil se couche. Ils ne verront qu'une silhouette dans le noir. » Elle était obligée de crier pour couvrir le bruit de la canonnade et les explosions d'obus. « Même s'ils ne vous tirent pas dessus, rappelez-vous ce qui est arrivé à la surveillante-chef Cavell. »

Isabel avait le regard fou, et Jessie se demanda si elle entendait un mot de ce qu'elle lui disait.

« Pour l'amour du ciel, Isabel ! Si vous retournez le chercher, il faudra que je vous accompagne. Et s'il vous arrive quelque chose, il ne me le pardonnera jamais. »

Isabel tomba à genoux, le visage baigné de larmes. C'était la première fois que Jessie la voyait perdre son sang-froid.

« Alors, je reste ici. Je ne peux pas l'abandonner. »

Elles n'avaient pas le temps de discuter. Certains des chariots, chargés de blessés, partaient déjà. Jessie s'accroupit à côté d'Isabel. « Ne comprenez-vous pas que s'il y avait la moindre chance de le sauver, j'irais moi-même ? C'est mon frère ! » Sa voix se brisa et elle prit une profonde inspiration.

« Archie est robuste, reprit-elle d'un ton plus ferme, et il est déterminé, Isabel. Si quelqu'un est susceptible de s'en tirer, c'est lui. Il trouvera le moyen de nous rejoindre, j'en suis certaine.

— Je l'aime, Jessie.

— Je sais. C'est pourquoi il faut que vous viviez. Pour qu'il puisse vous retrouver une fois la guerre finie. »

Quand elle releva la tête, les traits d'Isabel exprimaient une résolution farouche. Elle était encore pâle mais tout autre indice de désarroi avait disparu. Jessie lui tendit les mains et elles se relevèrent.

Evans les attendait, trépignant d'impatience.

« Nous sommes sur le point de partir. J'ai rassemblé toutes vos affaires.

— Et Kragujevac ? interrogea Jessie. Pourquoi ne pas aller là-bas ?

— C'est apparemment impossible. On s'attend à ce que les Allemands prennent la ville d'un instant à l'autre – s'ils n'y sont pas déjà. Une partie du personnel a déjà été évacuée. Nous avons reçu l'ordre d'emmener avec nous autant de blessés que possible et de nous replier sur Kruševac. Les autres nous y retrouveront.

— Et Maud ? Où est-elle ?

— Elle restera ici avec Maxwell pour s'assurer de son transfert dans le train sanitaire. Elle fait partie des infirmières qui ne partent pas. Je pense qu'elle ne veut pas s'éloigner de Milan. »

Jessie parcourut du regard le lieu qui avait été son foyer au cours des dernières semaines. Il s'était passé tant de choses, il s'en passait encore. Quand ce cauchemar prendrait-il fin ? Pivotant sur ses talons, elle se hissa à l'arrière du camion avec Isabel et deux infirmières. Leur convoi comprenait quatre camions transportant autant de blessés qu'ils en pouvaient contenir et un nombre équivalent de chars à bœufs bourrés d'équipement. Les femmes qui avaient choisi de rester avec les patients intransportables assistèrent à leur départ en criant : « À bientôt ! Faites attention, et que Dieu vous bénisse ! » À les entendre, on aurait pu croire qu'elles prenaient congé d'invités à l'issue d'une réception. On n'aurait jamais imaginé qu'elles risquaient d'être faites prisonnières – ou pire.

Lorsque le camion quitta le camp, Jessie observa les silhouettes qui rapetissaient et se fondaient dans les ténèbres. Archie était là-bas, lui aussi. Mort peut-être. Ou blessé, appelant à l'aide. Les doigts d'Evans s'enroulèrent autour des siens. « Prions, murmura l'aide-soignante. Ils sont tous entre les mains de Dieu. »

Jessie ferma les yeux, espérant que Dieu prêterait l'oreille à ses prières, juste une fois de plus.

Aux premières lueurs de l'aube, le camion ralentit et se mit au pas. Evans jeta un coup d'œil derrière elles.

« Mon Dieu ! s'écria-t-elle. Je n'ai jamais rien vu de tel. »

Elles s'approchèrent toutes de l'arrière. À perte de vue, ce n'étaient que vieillards, femmes et enfants qui avançaient à pied ou par les moyens de transport les plus sommaires. Il y avait des charrettes chargées de piles de matelas, de couvertures, de chaises, de bouilloires et même d'oies vivantes. Quelques réfugiés plus chanceux poussaient des carrioles, mais la plupart portaient leurs maigres possessions ou leurs enfants – les deux, parfois – sur leur dos, cheminant péniblement. Un petit garçon conduisait deux veaux qui tiraient un minuscule chariot dans lequel était sanglé un bébé.

Dispersés au milieu d'eux, défilaient, regard baissé, les vestiges déguenillés de l'armée serbe dans leurs uniformes raidis de boue et de sang, dans leurs godillots crasseux. C'était une armée vaincue, une nation vaincue, et le cœur de Jessie se serra de pitié. Malheureusement, elles ne pouvaient pas faire grand-chose pour eux. Le peu de provisions dont elles disposaient était destiné aux blessés placés sous leur garde.

Avec une horreur grandissante, elle aperçut des cadavres au bord de la route, leurs visages blafards et leurs yeux vides tournés vers le ciel.

La route défoncée n'était qu'une rivière de boue et de nids-de-poule. Tandis que les camions progressaient lentement tout au long de cette journée implacable, elles descendirent à tour de rôle apporter le peu d'aide qu'elles pouvaient aux malades et aux mourants. Mais ils étaient trop nombreux. L'un après l'autre, les hommes et les femmes tombaient à genoux d'épuisement et de faim.

Il faisait nuit quand les camions s'arrêtèrent.

Jessie et Isabel sortirent voir ce qui se passait. Les phares des véhicules révélaient les restes brisés d'un pont de bois. Elles le contemplèrent, consternées.

Plusieurs soldats apparurent derrière elles et allèrent aux renseignements. Quand ils revinrent, leurs voix fébriles leur firent comprendre que le problème était grave. Un des médecins, qui comprenait quelques mots de serbe, servit d'interprète.

« Il y a des planches qui manquent au milieu. Un des chariots d'artillerie qui sont passés devant a dû les endommager. Je ne vois pas comment nous pourrons traverser.

— Nous ne pouvons pas rester ici », remarqua Isabel.

Le docteur haussa les épaules. « Ils proposent que nous fassions traverser les chariots. Leurs roues sont moins écartées que celles des camions, et ils devraient arriver à passer. En attendant, ils vont couper des branches et essayer de réparer le pont. »

Jessie regarda derrière elle. Il restait plusieurs camions et chariots de l'armée à faire passer. Les Autrichiens ne devaient pas être très loin, et ils se rapprochaient de minute en minute.

« Il faut décharger le matériel, installer les blessés dans les chariots et les faire traverser immédiatement, intervint Isabel. Au moins, ils seront de l'autre côté du pont. Jessie, vous vous occuperez d'eux avec les autres infirmières. Nous ne pouvons pas abandonner nos camions. Nous n'aurons peut-être pas d'autre abri et je me refuse à laisser notre équipement. Je resterai de ce côté-ci avec les chauffeuses jusqu'à ce que nous puissions les faire passer.

— Je vais m'occuper des chars à bœufs, suggéra Jessie en se forçant à sourire. Je ne pense pas qu'il y ait ici quelqu'un de plus expérimenté que moi pour faire obéir le bétail. »

Les autres s'étaient regroupées autour d'elles, tremblant dans l'air glacé de la nuit. Rapidement et sans discussion, elles déchargèrent le matériel des chariots pour faire place aux patients allongés sur les civières. Puis elles empilèrent sur eux toutes les couvertures qu'elles purent trouver. Ceux qui pouvaient marcher franchirent précautionneusement le pont malgré les craquements menaçants. Evans et trois infirmières les accompagnèrent.

Jessie sauta à l'avant du premier chariot et prit les rênes. Lorsque les bœufs avancèrent pesamment, elle s'efforça de ne pas penser à ce qui se passerait si le pont cédait. Aucun blessé n'avait la moindre chance de réchapper à une chute dans l'eau glacée qui coulait en contrebas. À son grand soulagement, la charrette arriva sans encombre sur l'autre rive.

Elle constata avec bonheur que les soldats, aidés par quelques réfugiés, avaient réussi à couper une grande quantité de bois et à remplacer les planches cassées.

De l'autre côté du pont, les moteurs démarrèrent. Ces réparations de fortune supporteraient-elles le poids des camions ? Tous retinrent leur souffle lorsque le premier passa en trombe. La conductrice sauta alors à terre, visiblement soulagée. « J'ai préféré foncer, dit-elle. Comme quand on fait sauter une haie à un cheval. »

Les autres camions suivirent. Puis chaque patient fut soulevé aussi délicatement que possible et rechargé à l'arrière. Ils se remirent en route.

Les heures s'écoulèrent avec une lenteur torturante jusqu'à ce que le convoi s'arrête dans un village en ruine. Çà et là des femmes étaient assises, serrant leurs enfants contre elles. Leur silence était presque plus atroce que tout.

Une infirmière vêtue de l'uniforme du Fonds de secours serbe se précipita vers elles. « Cet endroit nous a servi de dispensaire jusqu'au mois dernier. Il reste peut-être quelques fournitures mais dans le cas contraire vous pourrez au moins vous abriter dans les maisons pour la nuit. »

De nombreux réfugiés s'étaient arrêtés eux aussi et les regardaient, ne sachant que faire, les visages des enfants crispés de faim, leurs lèvres bleuies par le froid.

« Le mieux serait sans doute de faire dormir les petits dans les maisons, suggéra Evans. Ils ont plus besoin d'abri que nous. Nous serons très bien dans les vérandas, vous ne croyez pas ? »

À en juger par le grondement des canons, l'ennemi n'était plus qu'à quelques kilomètres et progressait plus rapidement que prévu. Mais tout le monde avait besoin de repos.

Elles installèrent autant d'enfants qu'elles pouvaient à l'intérieur des maisons. Quant aux parents, ils devraient se débrouiller avec les moyens du bord. Au moins, ils ne manquaient pas de bois pour faire du feu, ce qui leur assurerait un peu de chaleur. Les Écossaises partagèrent le peu de nourriture qu'elles avaient avec les enfants, et après les avoir bordés, elles déroulèrent leurs matelas dans les vérandas, se blottissant les unes contre les autres pour avoir moins froid. Personne n'avait envie de bavarder, elles étaient toutes plongées dans leurs pensées ou trop épuisées pour parler. Fermant les yeux, Jessie se laissa emporter par une vague de chagrin. Dans les intervalles qui séparaient les explosions lointaines, elle entendait des femmes sangloter et se demandait combien seraient mortes au matin. Mais elles ne pouvaient faire davantage que ce qu'elles faisaient déjà pour les secourir. Elle céda enfin au sommeil.

Le lendemain matin, elles se levèrent avant l'aube. Elles rassemblèrent leurs affaires dans le noir et repartirent. Cette journée ressembla à la précédente. De temps en temps, elles étaient obligées de descendre de camion pour aider à dégager les chariots et les véhicules à moteur des ornières de boue dans lesquels ils s'enfonçaient. Le bruit des tirs et des canons les accompagnait constamment.

Quand elles arrivèrent à Kruševac, il leur avait fallu quarante heures pour parcourir un trajet qui n'en aurait pris que quatre ou cinq en temps normal. Le personnel médical d'autres unités de l'Hôpital féminin écossais en retraite se précipita pour prendre leurs patients en charge. Au moins, les blessés n'auraient pas à passer une nouvelle nuit dans le froid. Pour eux, le voyage était terminé. Des trains les conduiraient en sécurité et ils trouveraient à l'hôpital un confort relatif.

Le Dr Bradshaw, les yeux cernés de fatigue, se précipita à leur rencontre.

« Dieu merci, vous voilà ! Mais il va vous falloir repartir dès demain.

— Nous ne pouvons pas rester ici pour vous aider ? » demanda Jessie.

Le Dr Bradshaw secoua la tête. « Les Allemands risquent de prendre la ville d'une minute à l'autre ; de plus, les soldats en retraite et les réfugiés auront besoin de soins pendant le trajet. J'ai reçu l'ordre d'envoyer le plus de monde possible à Scutari. Je ne conserverai ici que le personnel absolument nécessaire pour s'occuper des hommes qu'on ne peut pas transporter. Nous évacuerons dès que possible. »

Jessie et Isabel échangèrent un regard. Elles n'avaient pas plus envie de partir l'une que l'autre. Chaque pas les éloignerait davantage d'Archie.

« Vous devez y aller. C'est un ordre », conclut le Dr Bradshaw en remarquant leur hésitation.

Elles ne pouvaient pas s'opposer à un commandement direct. Si le Dr Bradshaw estimait qu'on avait besoin d'elles pour s'occuper des malades et des blessés pendant le trajet, elles obéiraient.

Elles réussirent à dérober quelques heures de repos avant le signal du départ.

Les autres femmes se pressèrent autour d'elles, celles qui restaient à Kruševac leur glissant dans la main des lettres écrites à la hâte. Elles étaient quatorze à partir en même temps que Jessie et Isabel : Evans, dix infirmières et trois aides-soignantes. Toutes jeunes et robustes. Les cinq femmes que le Dr Bradshaw avait choisi de garder sur place étaient plus âgées.

Que leur arriverait-il ? L'ennemi les traiterait-il avec le respect qui leur était dû, ou seraient-elles exécutées comme espionnes ? Nul ne pouvait le prévoir.

Après une nouvelle journée éreintante, elles parvinrent dans un village et dressèrent leur camp dans un champ, cherchant à ignorer les obus qui sifflaient au-dessus de leurs têtes. De nouveaux blessés arrivèrent qu'elles soignèrent du mieux qu'elles pouvaient avec le peu de matériel qui leur restait.

Cette nuit-là, elles s'assirent autour du feu, savourant des dindes rôties qu'une villageoise reconnaissante leur avait offertes.

« Je ne me rappelle pas avoir jamais fait un aussi bon repas », lança Evans.

Jessie remarqua pourtant qu'Isabel touchait à peine à sa nourriture. Tant qu'il y avait du travail à abattre, elle paraissait forte, mais aussitôt qu'il était terminé elle donnait l'impression de n'avoir plus aucun ressort.

Jessie ajouta du petit bois dans le feu et brandit la théière noircie. « Qui veut du thé ? »

Sans lâcher son éternelle bible, Evans plissa les yeux dans la lumière faible et vacillante des flammes et lui tendit son quart.

Et les journées se succédèrent ainsi, aussi tristes les unes que les autres. Tous les matins, elles emballaient leurs affaires et reprenaient la route, tous les soirs, elles plantaient leurs tentes et s'occupaient des blessés. Les plaies étaient moins graves que quelques jours auparavant et les officiers serbes leur expliquèrent que les plus gravement atteints avaient été abandonnés sur le champ de bataille car les équipes d'ambulanciers se faisaient canarder. Jessie et Isabel échangèrent un regard. Ce n'était pas une nouvelle pour elles.

Parfois, un afflux de patients les obligeait à rester debout toute la nuit et elles soignaient les hommes à la lueur de lampes-tempête. Quand elles le pouvaient, elles s'occupaient aussi des civils. Mais les réfugiés avaient surtout besoin d'abri et de nourriture et, incapables de leur fournir un toit, elles partageaient avec eux leurs maigres provisions.

Souvent, au moment même où elles s'apprêtaient à reprendre la route, de nouveaux blessés arrivaient et il leur fallait déballer leurs tentes et se remettre au travail.

Cette activité forcenée leur évitait au moins de s'appesantir sur leurs propres malheurs.

L'ennemi les talonnait toujours. Elles apprirent que, deux heures après leur départ d'un village, les Allemands l'avaient traversé. Puis arrivèrent les nouvelles qu'elles avaient tant redoutées. Kragujevac était tombé aux mains de l'ennemi et toutes les dames écossaises qui s'y trouvaient encore avaient été faites prisonnières. Elles s'inquiétaient à l'idée que le même sort n'attende celles qui étaient restées à Kruševac. Ce fut le moment le plus noir de leur retraite. Leur seul espoir désormais était de réussir à poursuivre leur route au-delà des montagnes du Monténégro, en direction de Scutari.

Heure après heure, jour après jour, semaine après semaine, l'horreur n'en finissait pas. Des milliers et des milliers de soldats serbes marchaient, épuisés, à côté des véhicules des Écossaises, ou montés sur les chevaux qui tiraient leurs chariots d'artillerie. Ils avançaient dans un silence de plomb que n'interrompaient ni rires, ni chansons, ni bavardages. La progression de l'armée était entravée par des milliers de femmes, d'enfants et de vieillards, avec, parmi eux plusieurs centaines de prisonniers autrichiens sans gardiens.

Chaque jour, il devenait plus difficile d'acheter de quoi compléter les rations qui leur restaient. Ce qu'elles avaient, elles le partageaient avec les enfants, mais elles ne pouvaient rien donner aux prisonniers.

Tout au long du jour et de la nuit, il fallait pousser chariots et camions à travers la boue. Beaucoup mouraient là où ils tombaient et l'on apprit qu'un millier d'hommes avaient été laissés, morts ou blessés, dans les champs à proximité de Bargan.

Tandis qu'elles cheminaient, la pluie glacée se transforma en neige. Quand la tête du convoi était bloquée, toute la file s'arrêtait. Entendant tonner le canon, des malheureux, terrifiés, cherchaient à passer tout de même, ajoutant encore au chaos. Les chevaux tombaient sur leurs genoux, épuisés et affamés, faisant chuter leurs cavaliers. Les chariots restaient coincés dans la boue profonde et pour les alléger les réfugiés jetaient leurs possessions, laissant sur place des bidons de précieux benzène, des chaises, des tables et même des caisses d'aliments. Si une roue se détachait d'un wagon, celui-ci était abandonné au milieu de la chaussée, ralentissant encore la progression de tous.

À l'approche des montagnes, la route devint impraticable et les Écossaises durent renoncer à leurs camions – leur seule possibilité de s'abriter de la pluie battante et de la neige. Il ne leur restait désormais que les chariots, et elles devraient dormir à la belle étoile.

Ils arrivèrent enfin à l'entrée d'un défilé. Le fond était occupé d'un côté par un cours d'eau, tandis que de l'autre, un sentier escarpé gravissait un versant montagneux presque à pic. Le chemin était trop étroit pour laisser passer les chariots. La nuit était noire, sans lune ni étoiles pour les aider à se repérer. Mais elles n'avaient pas le choix. Les Allemands les talonnant et leur route risquant d'être coupée par les Bulgares qui attaquaient par l'est, la seule solution était d'avancer. Elles scièrent leurs chariots dans le sens de la largeur pour les rendre plus maniables, ne conservant que deux roues, rassemblèrent les quelques chevaux qui leur restaient et se remirent en route.

Avec aussi peu de provisions, sans possibilité d'abri par ce froid mordant, Jessie se demandait combien de temps elles pourraient tenir.

48

Cela faisait presque deux semaines qu'elles marchaient quand Isabel sut avec certitude qu'elle était enceinte. Ce matin-là, comme depuis plusieurs jours, elle avait été prise de nausées après son petit déjeuner. Elle avait d'abord réussi à se convaincre que la nourriture médiocre et l'absence d'hygiène la rendaient malade, mais ses seins devenaient plus sensibles et, malgré le poids qu'elle avait perdu, plus pleins.

Elle était effondrée. Archie et elle n'avaient fait l'amour que deux fois, et il avait fallu qu'elle tombe enceinte. Elle n'était pas mariée et allait être mère, sans pouvoir raisonnablement espérer épouser le père du bébé. Puis elle serra les bras autour d'elle, envahie soudain d'une ardeur farouche. Malgré tout, elle était incapable de regretter la venue de cet enfant. C'était une partie d'Archie qu'elle ne perdrait jamais. S'appuyant contre un arbre, elle s'essuya la bouche de son mieux. Elles étaient encore à des kilomètres d'un lieu sûr et leur ascension se poursuivait. Peut-être mourraient-elles toutes dans les plaines gelées. Ne serait-ce pas préférable après tout ? Personne ne connaîtrait sa honte. Elle ne supporterait jamais d'être mère célibataire.

Elle repoussa aussitôt cette idée. Elle n'avait pas l'intention de mourir, et le bébé qu'elle portait avait besoin d'elle pour vivre.

S'il résistait à cette épreuve... La montagne enneigée était jonchée de cadavres, bras et jambes se dressant en une sorte d'étrange danse macabre. Elle aperçut à côté de la route la dépouille d'un enfant, encore enveloppé dans un châle, son petit visage bleui. Non, elle ne laisserait pas mourir son enfant.

Elle resserra sa capote autour d'elle. Elle ne dirait rien à ses compagnes, sauf si c'était indispensable. Elles avaient suffisamment de soucis sans avoir à l'aider. Elle pensa à Archie et à son père. Celui-ci disait qu'elle était la femme la plus forte qu'il ait jamais connue. Elle imaginait leurs visages, l'exhortant à aller de l'avant. Elle sourit intérieurement, puisant de la force dans cette évocation.

Coûte que coûte, il fallait qu'elle arrive au bout de ce voyage.

49

Elles poursuivirent jusqu'au Monténégro – le pays des montagnes noires –, marchant de nuit jusqu'à ce que l'épuisement les contraigne à s'arrêter. Tant de réfugiés et de soldats étaient morts en chemin ou avaient renoncé à continuer que leur colonne était désormais squelettique.

La piste devenait de plus en plus dangereuse et glissante. Partout où se portaient leurs regards elles ne voyaient que des chevaux, des bœufs et des êtres humains qui trébuchaient et tombaient, restant allongés dans la neige où ils allaient mourir de froid. S'arrêter pour aider un malheureux, c'était condamner à mort tous ceux qui espéraient encore atteindre Scutari vivants.

Elles avançaient toujours, conduisant prudemment leur seul cheval restant attelé à leur unique chariot quand la piste se faisait trop étroite pour être sûre. Le bruit du canon derrière elles leur apprenait que l'ennemi n'était pas à plus d'un jour de marche. Elles ne pouvaient plus se permettre de s'arrêter pour prendre un peu de repos dans la journée. Leur convoi poursuivait son interminable ascension dans la neige, chacun espérant trouver un morceau de pain dans les rares postes militaires serbes disséminés le long du chemin, mais le peu qu'ils avaient était rationné et réservé aux soldats encore sur le front. Finalement, ils furent obligés de manger la chair des bœufs et des chevaux morts.

Les Écossaises escaladaient des rochers déchiquetés à travers la boue et la neige, franchissant des cols, passant entre des sommets d'une altitude vertigineuse, traversant des cours d'eau à gué, avant qu'il fût impossible de marcher une fois la nuit tombée.

« Il va falloir bivouaquer bientôt, dit enfin Isabel. Il est trop risqué d'emprunter ces sentiers dans l'obscurité. »

Jessie savait qu'elle avait raison. Les pistes qui parcouraient la montagne étaient à peine suffisamment larges pour laisser passer leur carriole à deux roues. Le moindre faux pas les précipiterait au fond du précipice d'où personne ne pourrait les retirer.

« Mais où ? » Evans contempla, consternée, l'étendue infinie de neige profonde qui les entourait.

« Vous voyez ces arbres là-haut, sur le versant ? demanda Jessie. Ils nous offriront un peu d'abri. En déblayant la neige, nous devrions même pouvoir faire du feu.

— Nous ne pouvons tout de même pas dormir là, protesta Evans. Nous risquons de dévaler la pente dans notre sommeil, sans rien qui puisse nous retenir.

— Si nous plaçons des rondins derrière nous, ils nous serviront de cales et nous empêcheront de rouler », répondit Jessie.

Malgré leur épuisement, elles entreprirent de dégager la neige et de partir à la recherche de bois mort pour le feu. Elles firent ensuite brouter quelques feuilles à leur cheval étique. Puis elles confectionnèrent du thé avec de la neige fondue et grignotèrent des petits morceaux de pain rassis et un peu de farine de maïs. Au moins, elles avaient de quoi se remplir l'estomac, contrairement aux réfugiés.

Au milieu d'un silence exténué, elles déroulèrent leurs matelas et commencèrent à se préparer pour la nuit, déposant leurs grosses chaussures près du feu pour les faire dégeler. Jessie repensa avec nostalgie aux premiers jours qu'elle avait passés à Royaumont – si elle avait trouvé qu'il y faisait froid, ce n'était rien par rapport à ce qu'elles enduraient à présent.

Malgré son épuisement, elle eut du mal à trouver le sommeil. Elle se réveilla plusieurs fois, frissonnante, avant de finir par se rendormir. À un moment, elle se réveilla et, prise d'un besoin pressant, se glissa à contrecœur hors de ses couvertures. À sa grande surprise, elle distingua la silhouette d'Isabel qui se dessinait contre le ciel obscur. Jessie se dirigea vers elle à tâtons. Elles ne s'étaient pas beaucoup parlé depuis le début de leur expédition.

« Vous devriez être au lit, lui dit Jessie en claquant des dents dans l'air glacial.

— Je n'arrive pas à dormir. N'est-ce pas superbe ? Comment croire qu'autant d'horreurs puissent exister à côté de pareille magnificence ! »

Les montagnes se dressaient de toutes parts, leurs crêtes déchiquetées offrant un spectacle d'une beauté hallucinante.

« Venez vous coucher, supplia Jessie. Une nouvelle dure journée nous attend demain.

— J'attends un enfant », lâcha Isabel à brûle-pourpoint.

Dieu du ciel ! Alors qu'elles avaient déjà tant de mal à survivre !

« Vous êtes sûre ? demanda Jessie. C'est que nous souffrons toutes de la faim. Il ne serait pas étonnant que vos règles soient décalées.

— J'en suis sûre et certaine. »

Elles restèrent longuement muettes.

« C'est... je veux dire, c'est l'enfant d'Archie, évidemment ? murmura enfin Jessie.

— Oui. Cela vous choque ? »

Jessie faillit sourire. Par rapport à un homicide, un enfant illégitime était un péché relativement véniel. Une étrange chaleur l'envahit : Archie continuerait à vivre à travers son enfant.

« Je vais tout perdre, poursuivit Isabel à voix basse, ma réputation, ma carrière, mais ça m'est bien égal. Son enfant grandit en moi, et je suis incapable de le regretter. »

Si Jessie avait pu envisager de révéler un jour à Isabel ce qui était véritablement arrivé à Charles Maxwell, elle sut alors que ce serait à jamais impossible. Si la vérité éclatait, Isabel, la mère de l'enfant de son frère, risquait la corde. Elle devait à Archie de veiller à ce que cela n'arrive jamais.

« Vous devez dormir. Et prendre un supplément de ration. Je vais le dire aux autres. Elles seront heureuses de vous donner un peu de leur part.

— Non. » La voix d'Isabel résonnait dans l'air froid de la nuit. « Ne dites rien. Je risque de perdre cet enfant et, dans ce cas, ma réputation aurait été ruinée pour rien. » Elle baissa le ton. « J'ignore si un bébé peut survivre à l'épreuve que nous traversons, Jessie. Je suis tellement faible, tellement épuisée qu'il m'arrive de me demander si j'arriverai à continuer.

— Il le faut ! Si ce n'est pour vous, au moins pour l'enfant que vous portez. Pour Archie. Vous savez, il m'est arrivé de m'occuper de femmes encore plus mal nourries que vous et qui ont tout de même mis au monde des enfants en bonne santé. Une chose que je sais à propos des bébés, c'est que ce sont des petits démons voraces. Ils prennent à leurs mères tout ce dont ils ont besoin, quitte à les saigner à blanc. Je ne dirai rien aux autres, à condition que vous me promettiez de manger tout ce que vous pourrez. Je suis plus robuste que vous – non... » Elle leva la main pour empêcher Isabel de protester. « Vous savez que c'est vrai. Je suis habituée à avoir moins de nourriture que je n'en ai besoin, habituée à vivre dehors aussi. J'avouerai, ajouta-t-elle avec une grimace, que je ne suis tout de même pas habituée à de telles conditions de vie. Personne ne pourrait jamais s'y habituer. Mais vous devez accepter la moitié de mes rations. Je me débrouillerai. »

Isabel lui sourit. « Vous ai-je déjà avoué, Jessie, combien je vous admire ? Vous êtes la femme que la plupart d'entre nous aspirent à être, sans y parvenir. »

Jessie fut émue. Ce que lui disait Isabel comptait énormément pour elle.

« Calembredaines, répondit-elle, reprenant une des expressions favorites de lady Dorothea, mais merci quand même. Je respecte votre désir et n'en dirai rien aux autres. Cependant, ajouta-t-elle en levant l'index, si vous ne mangez pas correctement, je serai obligée de les prévenir. Nous sommes bien d'accord ? »

Isabel haussa un sourcil. « Je n'ai pas le choix me semble-t-il. Bon, allons nous reposer un peu. Nous aurons besoin de toutes nos forces si nous voulons avoir une chance de nous en sortir. »

50

Jessie pressentit l'imminence du désastre en entendant Isabel hurler.

« Sautez, Evans ! Bon Dieu, sautez ! »

Relevant brusquement la tête, elle vit avec horreur le chariot que dirigeait Evans glisser vers l'arrière, ses roues quittant l'étroit sentier et basculant dans le vide. Le cheval se cabra, son hennissement strident et paniqué déchirant l'air tandis qu'il luttait contre le poids qui l'entraînait vers le bas.

Le chariot, le cheval et Evans disparurent soudain aux regards, sans que l'aide-soignante ait fait la moindre tentative pour sauter à temps. Isabel jeta un regard effaré à Jessie. Elles se précipitèrent aussi vite que le permettaient la neige et les rochers couverts de glace et regardèrent par-dessus bord.

À mi-pente, le cheval, à l'agonie, donnait de faibles coups de sabots. Toutes leurs affaires étaient éparpillées sur le sol, certaines dévalant encore le versant en direction du cours d'eau. Bien pire, Evans était étendue dans la neige, immobile, sa cape étalée autour d'elle telle une nappe grise.

Jessie retroussa ses jupes. À côté d'elle, Isabel l'imita.

« Je vais y aller, dit Jessie. Vous ne pouvez pas prendre ce risque. »

Isabel repoussa son bras.

« Si elle est vivante, elle aura besoin de mon aide. »

Jessie garda le silence. À supposer qu'Evans ait survécu à sa chute, la remonter jusqu'au sentier serait une tâche quasiment impossible, même avec le concours des soldats. D'un autre côté, elles ne pouvaient évidemment pas la laisser là. Et, à en juger par le pli de ses lèvres, la décision d'Isabel était prise.

Les deux femmes descendirent la pente précautionneusement, la neige s'insinuant sous leur manteau. Elles eurent l'impression de mettre un temps fou pour rejoindre Evans, alors qu'il ne s'était sans doute pas écoulé plus de dix minutes quand elles s'arrêtèrent tant bien que mal auprès de leur amie.

Celle-ci était grièvement blessée, comme Jessie le constata immédiatement. Sa jambe formait un angle anormal et elle saignait abondamment de la tête. Isabel l'examina rapidement tandis que les cris affreux du cheval mourant résonnaient à leurs oreilles. Incapable de supporter plus longtemps les souffrances de l'animal, Jessie sortit l'arme qu'Archie lui avait donnée, retira son manteau, le plia plusieurs fois et l'appliqua sur la tête du cheval. Paupières serrées, elle pressa sur la détente. Il y eut un bruit sourd, et le cheval sursauta puis s'immobilisa.

Elle se retourna vers Isabel, toujours penchée sur Evans. Isabel secoua doucement la tête. Jessie les rejoignit en trébuchant, s'enfonçant dans la neige jusqu'aux genoux à chaque pas.

Evans était à peine consciente. « Il ne manquait plus que ça », chuchota-t-elle.

Isabel souleva sa jupe et arracha avec les dents un morceau de jupon qu'elle enroula autour de la tête de la blessée.

« Nous allons vous sortir de là », lui dit Jessie d'une voix rassurante.

Evans tendit le bras et la prit par le poignet. Elle avait perdu ses gants dans sa chute et ses doigts étaient comme des glaçons sur la peau de Jessie.

« Ne dites pas de bêtises, murmura-t-elle.

— Ce ne sont pas des bêtises, répliqua Jessie bien que l'envie de pleurer lui serrât la gorge au point qu'elle pouvait à peine parler. Je vais aller chercher quelques soldats pour nous aider. Ils vont vous remonter sur le chemin en moins de deux.

— Et après ? De toute façon, je vais mourir, alors je peux aussi bien mourir ici. Mais restez, s'il vous plaît, et priez avec moi. » Elle toussa, plissant les yeux de souffrance.

Jessie prit son pouls. Il était rapide et filant. La vie l'abandonnait. Elle regarda Isabel qui secoua une nouvelle fois la tête et lui désigna, en se dissimulant de leur amie blessée, sa jambe brisée. Jessie comprit. À supposer qu'elles réussissent à la hisser jusqu'au sentier, la douleur serait atroce. Elles n'avaient pas de morphine, rien pour apaiser cette torture. Evans était perdue, elles le savaient l'une comme l'autre. À quoi bon gâcher ses derniers instants par tant de souffrance ?

« Je n'ai pas peur, murmura encore Evans. Je vais retrouver mon Créateur. »

Jessie posa son manteau sur Evans – non, pas Evans, Elizabeth –, tandis qu'Isabel retirait ses gants et les enfilait sur les mains gelées de la mourante.

« Ma bible. Elle est dans ma poche. Mettez-la-moi entre les mains », reprit Elizabeth d'une voix heurtée. Chaque mot lui coûtait visiblement un effort surhumain.

Jessie la trouva et l'ouvrit à la page du psaume 23. Bien qu'elle connût les mots par cœur, elle inclina la tête sur le livre et commença à lire. Elizabeth ferma les yeux.

« Est-elle... ? » demanda Jessie à Isabel quand elle eut fini.

Isabel posa les doigts sur la carotide d'Elizabeth. « Pas encore. »

Ensemble, elles restèrent assises près de leur amie jusqu'à ce que sa respiration s'arrête enfin. Elles échangèrent alors un regard, effondrées. *Combien d'autres, Seigneur ?* criait Jessie intérieurement. *Combien d'autres en prendrez-Vous avant d'être satisfait ?*

Lentement Isabel souleva le manteau de Jessie et le reposa sur ses épaules. Puis elle retira ses gants des mains d'Elizabeth et les remit.

« Nous ne pouvons pas la laisser ici, remarqua-t-elle. Peut-être les soldats accepteront-ils de nous aider à remonter son corps pour que nous puissions l'enterrer.

— Quand ils auront fini de dépecer le cheval, sans doute », répondit Jessie avec un petit mouvement du pouce derrière elle.

Isabel soupira. « Nous sommes tous devenus moins humains au cours de cette guerre, Jessie.

— Nous pourrions au moins ramasser quelques morceaux du chariot pour en faire une civière. »

Doucement, comme si Elizabeth pouvait encore éprouver de la souffrance, elles déposèrent son corps sur des planches reliées par leurs écharpes. Les réfugiés s'abattirent alors sur le reste des débris et entreprirent de remonter la pente péniblement, de précieux bouts de bois sous le bras.

Alors qu'elles ne le leur avaient pas encore demandé, plusieurs soldats s'avancèrent vers elles à travers la neige. Sans dire un mot, ils entreprirent de hisser le brancard de fortune en haut du versant, tandis que les deux femmes grimpaient derrière eux. Jessie se demanda un moment si elles y arriveraient. Elle avait les pieds gelés au point qu'elle ne les sentait plus. Peut-être serait-il plus facile de renoncer à lutter. Elle faillit tomber, mais Isabel la retint par la main et la tira. Puis ce fut au tour d'Isabel de trébucher et à celui de Jessie de l'aider, et elles poursuivirent ainsi, chacune ne tombant que pour être rattrapée par l'autre.

Elles parvinrent enfin au sommet de la pente. Le sentier était toujours encombré de réfugiés et de soldats en déroute. Quelqu'un avait pris les chaussures d'Elizabeth et l'image de ses pieds nus faillit avoir raison du courage de Jessie. Elle songea alors que cette paire de souliers pouvait faire la différence entre la vie et la mort pour un enfant, et qu'Elizabeth aurait été la première à les donner spontanément.

Avec l'aide des soldats, elles l'inhumèrent dans une fosse de fortune au bord du chemin et prononcèrent une nouvelle prière. Conscient de ne pouvoir rien faire, le reste du convoi s'était déjà remis en marche.

Elles étaient à présent sans cheval, sans tente, sans même une paire de chaussettes sèches. Il leur restait quelques provisions dans le havresac que Jessie portait sur son dos, c'était tout. Si leur expédition avait déjà paru vouée à l'échec auparavant, seul un miracle leur permettrait désormais d'arriver vivantes à Scutari. Et Dieu, songea amèrement Jessie, ne semblait pas très prodigue en miracles.

« Il faut y aller, dit enfin Isabel. Plus nous attendrons, plus il y a de risques que les Allemands nous rejoignent. Mieux vaut profiter au maximum de la lumière du jour. »

Elles s'écartèrent de la tombe d'Elizabeth et, sous la neige qui commençait à tomber à gros flocons, resserrant leurs manteaux autour d'elles, elles se remirent en marche.

Sept jours encore les femmes poursuivirent leur route, le long d'étroites vallées qui serpentaient entre des montagnes escarpées de roches grises et de pics acérés, à travers le tonnerre, les éclairs et la grêle. À un endroit, elles durent enjamber les corps de trois chevaux, dont l'un n'était pas tout à fait mort. Elles étaient trempées jusqu'aux os et ne pouvaient faire de feu à cause de la pluie ; de plus, Jessie s'inquiétait pour Isabel. Elles campaient toutes les nuits en plein air et se réveillaient pour découvrir un nouveau matin, identique au précédent. Lorsqu'il leur arrivait de parler, ce n'était jamais de leur vie d'avant la guerre ni des êtres chers qu'elles avaient perdus, mais de la période qu'elles avaient passée avec l'Hôpital féminin écossais, se rappelant l'une à l'autre les bons moments qu'elles avaient vécus. Quand l'une chancelait, l'autre glissait son bras derrière son coude jusqu'à ce qu'elle trébuche à son tour. Le peu de nourriture qu'elles avaient, elles le partageaient. Jessie ne sentait presque plus la faim désormais.

À l'instant même où elles se demandaient si elles réussiraient à tenir encore une ou deux nuits de plus, le sentier vira brusquement sur la gauche et soudain, un cours d'eau d'un vert lumineux s'étendit devant elles.

« Nous ne sommes sans doute plus très loin du lac Scutari », murmura Jessie. Ses lèvres étaient gercées et douloureuses, comme celles d'Isabel.

Cette dernière s'efforça de sourire. « Dieu merci. »

Elles continuèrent d'avancer en clopinant jusqu'à la fin de la journée. La neige fondue s'était transformée en pluie, qui commença à diminuer lorsque les montagnes s'effacèrent pour laisser place à une pente douce. Un paysage dégagé se déployait sous leurs yeux et, en contrebas, au pied du versant, le lac miroitait au soleil. Au terme de presque six semaines marquées par la souffrance, la faim et le chagrin, au terme d'épreuves que Jessie n'aurait jamais cru possible d'endurer, elles étaient sauvées.

Elles trouvèrent un bateau qui leur fit traverser le lac Scutari jusqu'au port et au quartier général de l'armée.

Quand elles aperçurent les lumières de la ville, leur épuisement était tel qu'elles ne purent pousser qu'un faible hourra. Elles avaient survécu, mais à quel prix ? Jamais Jessie n'oublierait les images de tous ces cadavres, ceux des enfants, surtout. Et Archie, était-il encore en vie ? Ou était-il mort et enterré, comme tant d'autres ?

Quant à Isabel, elle avait encore maigri. Au lieu de l'épanouissement de la grossesse, elle était émaciée et plus pâle qu'une rose de Noël. Que lui arriverait-il à son retour inévitable en Écosse ? Sa famille la renierait-elle ou lui ouvrirait-elle les bras, heureuse qu'elle leur soit rendue ? Elle serait certainement radiée de l'ordre des médecins. Cela ne faisait guère de doute. Mais quelle que fût la réaction de sa famille, Jessie ne l'abandonnerait jamais. Isabel portait l'enfant d'Archie et elle ferait tout ce qui était en son pouvoir pour veiller sur eux.

À l'hôtel, elles eurent la joie d'être accueillies par plusieurs membres de leur unité qui les avaient précédées. Leurs vieilles amies et compagnes se jetèrent sur elles en poussant des cris d'incrédulité et d'allégresse. Malgré l'affluence, l'hôtel leur trouva des chambres, et Jessie et Isabel se réjouirent à l'idée de pouvoir prendre un bain pour la première fois depuis quatre mois. Si elles avaient souvent parlé nourriture pendant ce long voyage, elles avaient évoqué plus fréquemment encore leur envie de faire une vraie toilette et d'enfiler des vêtements propres.

« Retrouvons-nous pour le dîner, voulez-vous ? suggéra Jessie à Isabel lorsqu'elles purent enfin échapper aux effusions.

— Je vais prendre un bain et me coucher, répondit Isabel avec un faible sourire. Ne vous étonnez pas si vous ne me voyez pas pendant deux ou trois jours.

— Il faut manger, protesta Jessie fermement, et j'ai bien l'intention de veiller à ce que vous le fassiez. » Elle baissa la voix pour éviter que quelqu'un, dans le hall bondé de l'hôtel, ne surprenne ses propos. Isabel ne pourrait pas cacher sa grossesse éternellement, mais il était inutile d'éventer le secret prématurément. « Je tiens à ce que ce soit un beau bébé, en bonne santé, moi.

— Je suis sûre que ce sera le cas. »

Isabel posa la main sur son ventre encore plat.

« Pauvre petit bout de chou. Il n'aura pas eu des débuts très faciles.

— Dès que j'aurai fait ma toilette, reprit Jessie, j'essaierai de vous trouver une place à bord d'un bateau. Il faudra peut-être vous contenter d'un navire-hôpital, mais plus vite vous serez rentrée chez vous, mieux cela vaudra.

— Et vous ?

— Je vous accompagnerai et dès que vous serez à bon port, je reviendrai là où je peux être utile à quelque chose. »

Isabel parut sur le point de protester, mais elle se ravisa et posa la main sur l'épaule de Jessie. « Vous me manquerez.

— Vous aussi. »

51

Le lendemain matin, propres, restaurées et reposées, Jessie et Isabel descendirent au port.

« Plus qu'une semaine tout au plus et nous serons à la maison, soupira Jessie.

— L'idée de revenir ici ne vous rebute-t-elle pas ? »

Malgré tout ce qu'elles avaient enduré, Jessie ne doutait pas que ce fût la bonne décision.

« Je n'ai rien à faire à Édimbourg avant la fin de la guerre et la libération de Tommy. De plus, on va plus que jamais avoir besoin d'infirmières expérimentées.

— Je vous envie, avoua Isabel tandis qu'une ombre passait sur son visage. Je ne sais pas ce que je ferai si on m'interdit d'exercer la médecine. »

Jessie faillit lui rétorquer que c'était le cadet de ses soucis, mais elle se retint. Si Archie était mort, et elle avait bien peur que ce fût le cas, elle était bien aise qu'il ait connu un peu de bonheur avec la femme qu'il aimait. Et au moins, grâce au bébé, une partie de lui continuerait à vivre.

« Quand la guerre sera finie, je vous aiderai avec le petit. Et en attendant, à chaque congé, je viendrai vous voir tous les deux.

— Je ne sais même pas où je vais loger. Ça m'étonnerait que maman ait envie que j'habite chez elle. Enceinte et célibataire...

— Votre maman ne vous chassera jamais de chez elle, protesta Jessie scandalisée. Aucune mère ne ferait ça à sa fille. Surtout si elle porte un enfant.

— Je ne pense pas qu'elle le ferait, vous avez raison, mais j'ai bien peur que mon frère George ne veuille plus rien savoir de moi. » Isabel fit la moue. « Je dois reconnaître que la perte ne sera pas bien cruelle.

— Vous pourrez toujours lui dire que vous vous êtes mariée et que votre mari est mort. Vous ne seriez pas la première à raconter ce genre de chose.

— Non, fit Isabel en secouant la tête. Quelqu'un finirait par découvrir la vérité, tôt ou tard. Les femmes qui étaient avec nous savent que je ne suis pas mariée.

— Vous n'avez qu'à prétendre avoir épousé Archie en cachette. Cela n'aurait rien d'invraisemblable.

— Non, Jessie. Je dois affronter le sort qui m'attend, c'est tout. » Son stoïcisme faiblit soudain. « Si seulement je pouvais continuer à travailler comme médecin, ma vie ne serait pas trop vide. Mais ne vous en faites pas pour moi. Je vous ai déjà créé suffisamment de problèmes. Je trouverai bien une solution.

— Vous avez le bébé. Vous verrez. Ce sera un grand réconfort pour vous. » Tendant le bras, Jessie serra la main froide d'Isabel. « L'enfant d'Archie. Nous sommes liées désormais. Vos problèmes seront toujours les miens.

— Vous êtes bonne, Jessie. Vous le savez, n'est-ce pas ? »

Ma foi, c'était peut-être vrai, ou peut-être pas.

« La solidarité familiale, ça vous dit quelque chose ? Eh bien, maintenant, vous faites partie de ma famille, alors ne vous montrez pas trop indulgente à mon égard. »

Le navire-hôpital était bondé de blessés et de soldats en permission. Jessie n'ayant pas pu obtenir de couchettes, elles se résolurent à se débrouiller vaille que vaille sur le pont mais, lorsque des officiers britanniques s'aperçurent que les deux jeunes femmes n'avaient pas de cabine, ils leur offrirent la leur, en première classe.

« Mesdames, vous avez fait un travail du tonnerre en nous soignant, pas vrai ? lança le jeune capitaine à l'origine de cette initiative. Ma sœur est infirmière et elle ne me pardonnerait jamais, pas plus qu'à William, que nous vous laissions dormir sur le pont. »

Jessie accepta sans hésiter. Après tout ce qu'elles avaient subi, une chaise longue eût été à ses yeux le sommet du luxe, mais Isabel avait besoin d'un vrai lit.

Leur cabine d'emprunt était encombrée mais confortable. Elles déballèrent leurs quelques possessions, puis décidèrent de monter sur le pont respirer un peu d'air.

Sur le quai, les trains sanitaires déchargeaient encore leurs patients. Des infirmières, voiles au vent, s'occupaient d'eux avec une efficacité tranquille.

Jessie entendit soudain Isabel pousser un hoquet de surprise. « Là en bas, voyez-vous ? L'homme qui est assis contre le mur – le roux ? »

Jessie suivit la direction qu'indiquait Isabel. Il aurait été difficile de ne pas repérer de qui elle parlait : il n'y avait qu'une chevelure de cette couleur. Faisant volte-face, Isabel descendit la passerelle en courant.

« Attendez ! » cria Jessie.

Isabel n'entendit pas, à moins qu'elle ne fût trop pressée de rejoindre le soldat blessé pour l'écouter. Elle ne se retourna même pas.

Le temps que Jessie se fraye un chemin à travers la foule, Isabel était déjà à genoux près de l'homme. Il portait l'uniforme du corps des aviateurs britanniques.

« Simon, mon Dieu ! Simon – me reconnaissez-vous ? Je suis Isabel – la sœur d'Andrew. »

C'était donc Simon, le deuxième frère de lady Dorothea. Il avait l'air gravement mutilé. Son bras gauche, amputé au niveau du coude, était enveloppé dans d'épais bandages. Lorsqu'il vit Isabel, son visage s'éclaira. Puis une expression de peine si profonde le traversa que Jessie frissonna.

Isabel ne pouvait que l'avoir remarquée, elle aussi. Elle pâlit encore, si pareille chose était possible.

« Non, Simon. Je vous en prie... Pas Andrew ! »

Les traits de Simon trahissaient qu'Isabel ne s'était pas trompée.

« Oh, Isabel ! Je suis navré. Vous ne le saviez pas ? Cela s'est passé il y a deux semaines. J'ai écrit à votre mère. »

Mais Isabel n'écoutait pas. Les bras serrés autour de son corps, elle se balançait d'avant en arrière. Jessie s'avança et la prit par le bras. « Venez, Isabel. Venez avec moi. Calmez-vous. Ça va aller. Calmez-vous. »

Plus tard, quand elle eut repris le contrôle de ses nerfs, Isabel se dirigea vers la partie du navire aménagée en hôpital, bien décidée à retrouver Simon. Elle avait passé les deux dernières heures à pleurer jusqu'à n'avoir plus de larmes à verser. Elle voulait à présent savoir exactement ce qui était arrivé à Andrew. Pendant qu'elle s'était réfugiée dans sa cabine, on avait fait embarquer les derniers blessés et le navire avait pris la mer. Le roulis était tel qu'elle dut se cramponner au garde-fou pour ne pas perdre l'équilibre.

À l'hôpital, on la fit passer dans un petit salon réservé aux officiers blessés. Simon était assis devant une table, jouant aux cartes de son unique main. L'apercevant, il se leva et lui sourit tristement.

« Ma chère Isabel, comment allez-vous ? demanda-t-il.

— Ça pourrait aller mieux. J'aimerais vous poser quelques questions à propos d'Andrew. Il faut que je sache ce qui lui est arrivé. »

Elle avait toujours peine à croire à la mort de son frère, si beau, si gentil, si intelligent.

« Montons sur le pont, proposa Simon. Nous pourrons y parler plus librement. »

Isabel attendit qu'ils aient trouvé un endroit tranquille près de la poupe. Le vent s'était à nouveau levé, et tous ceux qui étaient condamnés à se trouver un abri de fortune à l'extérieur se pelotonnaient sous des couvertures.

« Racontez-moi tout, supplia-t-elle, si cela ne vous est pas insupportable. »

Le mouvement du bateau lui donnait mal au cœur, mais elle s'efforça de l'ignorer.

Simon tourna les yeux vers le large.

« Quand nous avons rejoint le corps des aviateurs, nous avons commencé par faire essentiellement des sorties de reconnaissance, pour repérer où se trouvait l'ennemi et rapporter ses positions, ce genre de missions. Je ne sais pas si vous vous rappelez que la dernière fois que nous nous sommes vus, je vous ai raconté que les Allemands avaient commencé à installer des mitrailleuses à l'avant de leurs avions ? » Isabel acquiesça. « Ça a été un vrai fléau. Mais, au cours des six derniers mois, nos coucous ont été équipés d'armes plus efficaces, et de vrais combats aériens ont commencé à nous opposer aux Boches. Nous savions bien que tôt ou tard nous allions casser du bois. »

Elle repensa au regard d'Andrew lors de leur dernière rencontre. Il s'en doutait déjà.

« Est-ce qu'Andrew... est-ce qu'il avait peur ?

— Nous avions tous peur, mais nous ne le montrions pas. Et puis, Andrew adorait piloter. Il était excellent, en plus. Meilleur que moi, bien meilleur.

— Continuez, l'encouragea Isabel, bien que l'effort nécessaire pour retenir ses larmes l'oppressât.

— Nous avions décollé pour couvrir la retraite des Serbes. Essayer de compliquer le plus possible la tâche des Boches. Notre seul objectif était de les retenir aussi longtemps que nous pourrions. Mais les avions allemands étaient trop nombreux. J'en ai pris un en chasse, et je l'ai descendu, mais en me retournant, je me suis aperçu que j'en avais un autre à mes basques. Andrew l'avait sûrement repéré parce qu'il a surgi des nuages et l'a abattu. Puis il m'a fait un signe de la main. J'ai vu son visage, Isabel – il était tout près de moi. Il souriait de toutes ses dents. Du coup, notre attention s'est relâchée. Un autre avion est arrivé derrière lui. Andrew souriait toujours quand l'autre pilote l'a descendu. » La voix de Simon se brisa. « S'il n'était pas venu m'aider, il ne serait pas mort. C'est ma faute s'il n'est plus là. »

Isabel posa la main sur la sienne. « Vous n'avez aucun reproche à vous faire. Andrew vous le dirait s'il était avec nous. Vous étiez son ami. Vous souvenez-vous de ce jour, juste après le début de la guerre, où nous nous sommes rencontrés à Paris ? » Simon hocha la tête. « Il m'a dit que voler, c'était être aussi près de Dieu que possible. Il aurait été heureux de mourir en vol, heureux aussi de vous avoir sauvé. Il vous aimait comme un frère.

— Et je l'aimais. Il était tout pour moi. Ma vie même. Je ne sais pas ce que je vais faire sans lui. »

Simon se mit alors à sangloter. Des sanglots profonds, convulsifs, qui lui déchiraient la poitrine. Isabel le prit dans ses bras et le serra contre elle, laissant ses larmes se mêler à celles de l'ami de son frère.

Peu à peu, les sanglots de Simon s'apaisèrent et il se dégagea de son étreinte avec un petit rire gêné.

« Si mes collègues officiers me voyaient, ou s'ils apprenaient les sentiments réels que j'éprouvais pour Andrew, ils m'expulseraient sans ménagement du corps des aviateurs.

— Votre secret est en sécurité avec moi. Dieu sait que j'en ai moi-même plus que je voudrais. Andrew a-t-il découvert que vous l'aimiez... euh... de cette façon-là ?

— Non ! Il aurait été horrifié. Peut-être aurait-il même eu pitié de moi, ce que je n'aurais pas supporté. Si j'avais pu, je serais mort à sa place – volontiers, même. Je mourrais encore avec joie si cela me permettait d'être toujours avec lui.

— Il me semble qu'il y a eu suffisamment de morts, vous ne croyez pas, Simon ? Et vous n'y êtes pour rien. Andrew a fait ce qu'il estimait être son devoir. »

Ils restèrent muets un moment, contemplant les ondulations blanches des vagues.

« À quoi songiez-vous à l'instant, reprit alors Simon, quand vous disiez que nous avons tous des secrets ? Je vous vois mal en avoir. Vous êtes bien trop raisonnable pour cela.

— Si seulement... » Isabel hésita. Après tout, pourquoi ne pas partager ses soucis avec l'ami d'Andrew ? « Promettez-moi de ne pas être scandalisé. »

Simon émit un petit rire sans joie. « J'imagine mal ce que vous pourriez avoir de plus scandaleux sur la conscience que ce que vous savez à mon propos.

— Je vais avoir un bébé. »

Simon siffla entre ses dents. « Ça alors, pour une surprise c'est une surprise ! Suis-je en droit de présumer qu'il n'y a pas de mari ? » Il leva la main en voyant Isabel hausser un sourcil.

« Attendez ! Je n'ai pas dit que je désapprouvais.

— Mais *moi*, je désapprouve. Et, chose plus importante, la société désapprouvera elle aussi. » Elle frissonna. « Je ne peux pas dire que je sois impatiente d'affronter le regard de la société, mais je crois que je pourrais le supporter si cela n'affectait pas maman. Elle a perdu son fils chéri, et maintenant elle va perdre sa place dans le monde. Il ne lui restera rien.

— Aucune possibilité d'épouser le père ? »

Isabel secoua la tête. « Il est probablement mort. » Elle ferma les yeux, laissant le visage d'Archie se dessiner dans son esprit. N'avoir découvert l'amour avec lui que pour le perdre aussitôt... Sans son bébé, elle ne savait pas comment elle pourrait le supporter.

Simon resta silencieux quelques instants.

« Comment allez-vous vous débrouiller ? demanda-t-il enfin.

— Si je le savais ! Je n'ai pas d'argent et aucun moyen d'en gagner – je serai radiée de l'ordre des médecins dès que j'avouerai que je vais avoir un bébé alors que je ne suis pas mariée. » Elle ajouta dans un petit rire tremblant : « J'ai bien peur d'être condamnée à la misère.

— De plus, la mémoire d'Andrew sera ternie, elle aussi, par ricochet. Cette idée m'est insupportable.

— Je ne vois pas comment nous pourrions l'éviter. »

Simon prit l'air songeur. « Il y aurait bien un moyen, murmura-t-il enfin. Marions-nous. »

Isabel fut tellement surprise qu'elle éclata de rire.

« Quoi ? Nous ?

— Vous ne comprenez pas ? C'est une proposition tout à fait sérieuse. Mon frère Richard est mort à la bataille de Loos et mes deux frères n'étant plus, le titre me revient. Si je réchappe à la guerre, bien sûr. Mais dans la mesure où il est peu probable qu'on me renvoie au front avec un bras en moins, et comme je ne peux plus piloter, j'ai de très fortes chances de m'en tirer. Mes parents vont vouloir que je me marie. Je suis certain qu'ils ont déjà dressé une liste de jeunes filles de bonne famille. Vous comprendrez qu'il ne serait pas correct de ma part de prendre une épouse, en raison de ce que je suis, mais vous, je pourrais vous épouser. Je ne veux même pas savoir le nom de l'homme dont vous portez l'enfant.

— Mais je ne vous aime pas, et vous ne m'aimez pas. C'est une idée complètement saugrenue.

— Voilà justement pourquoi c'est la solution idéale. Vous savez ce que je suis et n'attendrez pas que je vous rejoigne dans votre lit. Moi, je retrouve Andrew dans vos traits, dans vos expressions, dans votre sourire. À travers vous et à travers votre enfant je conserverai à jamais un peu de lui. »

Isabel le dévisagea attentivement. C'était ridicule et pourtant... En se mariant, elle éviterait le déshonneur, elle ne serait pas radiée de l'ordre des médecins et l'enfant qu'elle mettrait au monde ne serait pas illégitime et méprisé.

« Vous n'êtes pas obligée de me répondre tout de suite, poursuivit Simon, mais promettez-moi d'y réfléchir. Je serais parfaitement disposé à ce que vous continuiez à travailler comme médecin, à condition que vous soyez prête à accomplir les devoirs de lady Maxwell quand j'aurai besoin de vous. Je reconnaîtrai l'enfant que vous portez, et il sera mon héritier si c'est un garçon. » Ses yeux bleus se posèrent sur elle, lumineux. « Pensez-y au moins. Nous pourrions demander au capitaine de nous marier – je sais que cela s'est déjà fait. Maman ne sera pas contente, remarqua-t-il avec un haussement d'épaules, mais nous n'aurons qu'à prétendre nous être mariés à Paris, sous l'impulsion du moment, juste avant une de mes missions. Il lui faudra un moment pour me pardonner, mais elle le fera, j'en suis sûr. »

C'était de la folie. Elle se condamnerait à jouer la comédie jusqu'à la fin de ses jours.

Et si Archie était encore en vie... ?

Épouser Simon le bannirait de sa vie à jamais. Son cœur se brisait à cette pensée. S'il était vivant et revenait la chercher, comprendrait-il pourquoi elle avait agi de la sorte ? Avait-elle pourtant une autre solution ?

Quelqu'un d'autre savait qu'elle portait le bébé d'Archie et que son mariage serait une imposture – Jessie. Tant qu'elle ne lui aurait pas parlé, elle ne pouvait pas accepter la proposition de Simon.

« Je vais y réfléchir. Vous aurez ma réponse aussitôt que j'aurai pris ma décision.

— Ne tardez pas trop tout de même. Le navire accoste demain après-midi. Si nous voulons nous marier, il faudra que ce soit avant. »

Jessie se préparait pour le dîner, secouant son uniforme usé et loqueteux pour en faire tomber la poussière, quand Isabel regagna leur cabine. Pour la première fois depuis des semaines, elle avait les joues roses.

« Il y a du vent dehors ? demanda Jessie. Nous avons été invitées à rejoindre le capitaine Smith et son ami pour le dîner. Comme nous les avons privés de leur cabine, il m'a paru difficile de refuser.

— Jessie, il faut que je vous parle. »

Elle s'inquiéta immédiatement. « Vous ne vous sentez pas bien ? C'est le bébé ? » Elle conduisit hâtivement Isabel vers la seule chaise de la cabine et la fit asseoir.

« Ne vous tracassez pas comme ça, voyons. Je vais bien. Un peu nauséeuse peut-être, mais oui, c'est à propos du bébé. »

Jessie frémit en relevant dans le regard d'Isabel une lueur inflexible. Elle avait la certitude que, quoi que celle-ci veuille lui dire, ce serait quelque chose qu'elle n'avait pas envie d'entendre. Elle s'assit cependant sur la couchette, croisa les mains sur ses genoux et attendit.

« On vient de me demander en mariage. »

Jessie s'attendait à tout sauf à cela.

« Qui donc ?

— Vous souvenez-vous du pilote blessé ? Celui que nous avons vu sur le quai ? Simon Maxwell ? »

Le cœur de Jessie s'arrêta de battre.

« Le frère de lady Dorothea et de Charles Maxwell ? Le frère de l'homme que... » Elle se mordit la lèvre. « Vous ne pouvez pas envisager d'accepter. Avez-vous perdu l'esprit ? »

Isabel se pencha sur Jessie, ses yeux marron brillant d'une ardeur que Jessie n'y avait pas vue depuis très longtemps.

« Réfléchissez ! C'est la solution à tous mes problèmes.

— Comment cela ? Comment pouvez-vous ne fût-ce que songer à épouser un homme que vous n'aimez pas ? Et Archie ? Je croyais que vous l'aimiez.

— Archie ne nous reviendra peut-être jamais, Jessie. Nous devons nous y résigner.

— Non, certainement pas. Si Archie est en vie, il se débrouillera pour nous retrouver. Pour vous retrouver. Vous et son enfant.

— Est-il encore en vie ? Je sais que Tommy a réussi à s'en sortir, mais deux miracles ne se produisent pas en une seule vie. Et même si, plaise à Dieu, il est prisonnier, il ne sera pas libéré avant la fin de la guerre. Je ne peux pas attendre jusque-là. »

Repoussant Isabel, Jessie bondit sur ses pieds.

« Simon sait-il que vous portez l'enfant de l'homme que sa famille prend pour l'assassin de son frère ?

— Non, et il m'a clairement fait savoir qu'il ne tient pas à savoir qui est le père. Je lui ai dit qu'il était mort.

— Vous vivrez le restant de votre vie dans le mensonge. Comment pouvez-vous envisager une chose pareille ?

— Je le ferai parce que c'est la *seule* chose à faire. Simon sait que je ne l'aime pas.

— Alors pourquoi veut-il vous épouser ? Isabel, prenez le temps de réfléchir.

— Je n'ai pas le choix, Jessie. Je ne peux pas avoir d'enfant hors des liens du mariage et continuer à exercer la médecine. Ce n'est pas seulement ma réputation qui sera ruinée, mais celle de toute ma famille. Si ma mère est mise au ban de la société, elle en mourra. Je ferai tout mon possible pour rendre Simon heureux. Je serai pour lui une épouse fidèle et aimante. Il n'en demande pas davantage. »

Jessie ne pouvait pas croire qu'Isabel fût sincère.

« Et si vous vous trompez ? demanda-t-elle tout bas. Et si Archie est vivant ? Et s'il revient vous chercher pour découvrir que vous êtes l'épouse d'un autre ? Pouvez-vous lui faire ça ? Pouvez-vous lui infliger un tel chagrin ?

— Oui, Jessie, et je le ferai, parce qu'il le faut. »

Jessie fut incapable de dissuader Isabel de revenir sur sa décision. Elle refusa néanmoins d'assister à un mariage qu'elle désapprouvait de tout son cœur. Une froideur qu'elle savait irrémédiable s'installa entre elles. Isabel, comme toujours, n'en ferait qu'à sa tête.

Elle mourait d'envie de donner libre cours à sa colère, de lui dire la vérité, de lui apprendre qu'elle avait tué le frère de l'homme qu'elle s'apprêtait à épouser. Mais elle ne pouvait rompre la promesse faite à Archie. Et si Isabel avait raison, si Archie était mort, elle savait qu'il aurait voulu qu'Isabel assure sa protection et celle de leur enfant par n'importe quel moyen. Son frère avait toujours été fou de cette femme, et il n'y avait aucune raison de penser qu'il pût en être autrement.

Lorsqu'ils débarquèrent à Douvres, Isabel était lady Maxwell et il n'y avait pas de retour en arrière possible.

Isabel attendait son mari au sommet de la passerelle quand elle aperçut Jessie. Elle se dirigea vers elle et lui tendit la main.

« Je vous en prie, Jessie, ne me retirez pas votre amitié. Essayez de comprendre pourquoi j'ai agi ainsi. Je viendrai vous voir avec mon enfant chaque fois que je pourrai. Peut-être pourrez-vous passer chez nous, vous aussi, quand nous serons à Édimbourg ? »

Jessie aurait voulu tourner le dos à la femme qu'elle avait fini par considérer comme une amie et qui n'avait cessé de bouleverser leurs vies, à Archie et elle, mais elle s'en savait incapable.

« Vous me préviendrez quand le bébé sera né ? Promettez-le-moi.

— Je vous le promets », répondit Isabel puis, comme Simon Maxwell la rejoignait, elle se détourna et descendit la passerelle à son bras.

52

Édimbourg, 1919

Jessie s'arrêta un instant devant l'hospice de Craigleith, transformé désormais en hôpital militaire, et glissa sous son chapeau une boucle de cheveux échappée.

Les dernières années de guerre s'étaient écoulées rapidement. Isabel lui avait écrit pour lui annoncer qu'elle avait donné naissance à un petit garçon et que tout s'était bien passé. Jessie en avait été heureuse et cela l'avait aidée à surmonter son chagrin le jour où elle avait, enfin, reçu des nouvelles d'Archie.

Ses doigts se resserrèrent sur la lettre qu'elle avait dans sa poche. Il lui avait demandé de la faire suivre à Isabel, mais les informations qu'elle contenait n'étaient pas de nature à être rapportées par écrit.

Elle avait une autre lettre sur elle, de Tommy, celle-ci. Il ne voulait pas la voir. Il lui disait de l'oublier, d'oublier qu'ils avaient été mariés.

Une sourde angoisse se tapissait sous la joie débordante qu'elle éprouvait à l'idée de revoir bientôt son mari chéri. Cela faisait presque cinq ans qu'ils s'étaient quittés et si elle avait changé, c'était forcément son cas à lui aussi. Réussirait-elle à le convaincre qu'ils formaient toujours un couple ?

Elle poussa les lourdes portes de chêne. Les lieux lui parurent à la fois familiers et différents. Des infirmières couraient en tous sens dans un froufroutement de jupes empesées, leurs cols et leurs manchettes immaculées d'un blanc étincelant avec lequel leurs collègues du front n'auraient jamais pu rivaliser.

L'une d'elles s'arrêta. « Puis-je vous aider ? »

Elle affichait, songea Jessie, cette attitude pleine de morgue et d'assurance qu'elle avait observée chez toutes les infirmières à leur arrivée sur le front, une attitude qui s'effaçait rapidement. Elle sourit.

« Je suis venue voir mon mari, le caporal Tommy Stuart.

— Les visites ne commencent qu'à quatre heures. Revenez plus tard. »

Le sourire de Jessie s'élargit. Si cette infirmière, qui n'avait sûrement pas plus de dix-huit ans, s'imaginait qu'elle allait attendre, elle se trompait lourdement.

« J'aimerais voir mon mari immédiatement. »

Que ce fût le ton de sa voix ou l'autorité qui émanait d'elle, l'expression de la jeune fille changea immédiatement. L'étonnement et l'admiration se peignirent sur son visage. « Vous êtes une des infirmières qui sont parties avec l'Hôpital féminin écossais, n'est-ce pas ? »

Jessie inclina la tête sur le côté. « Oui, en effet. Comment le savez-vous ?

— Votre médaille. »

Dans son agitation, Jessie avait oublié qu'elle l'avait épinglée à sa veste.

« Alors ça ! Quand je vais dire ça aux autres ! C'était comment là-bas ? »

Comment était-ce ? Elle aurait eu bien du mal à l'expliquer et, même si elle avait essayé, cette toute jeune femme aurait-elle pu comprendre, si peu que ce soit, ce qu'elle lui disait ?

« C'était palpitant, répondit Jessie, mais, si ça ne vous fait rien, j'aimerais bien voir mon mari maintenant. »

L'infirmière esquissa une petite révérence. « Bien sûr. Tout de suite. Je vais simplement prévenir l'infirmière-chef. »

Avant que Jessie ait eu le temps de lui faire savoir que l'avis de l'infirmière-chef ne lui faisait ni chaud ni froid, la jeune fille s'était éloignée. Lorsqu'elle poussa les portes intérieures, elle recula pour laisser passer deux médecins. Jessie en eut le souffle coupé.

« Vous me ferez connaître votre diagnostic et vos suggestions de traitement dès que vous aurez vu le patient, docteur Roberts. Je serai dans la salle des affections abdominales. »

Isabel griffonna quelques mots sur un bout de papier, puis leva les yeux. Leurs regards restèrent soudés pendant ce qui leur parut une éternité.

« Ma chère Jessie. » Elle fit un pas en avant. « Quelle joie de vous revoir ! Vous êtes venue rendre visite au caporal Stuart ? Pardonnez-moi – cela va de soi. » Elle s'interrompit, et l'inquiétude envahit ses yeux bruns. Puis elle se reprit. « Comme je vous l'ai écrit, préparez-vous à le trouver changé. Je l'ai prévenu de votre visite, il vous attend. Voulez-vous que je vous conduise jusqu'à lui ? »

La gorge sèche, Jessie fut incapable de prononcer un mot. Elle hocha la tête.

« Quand vous l'aurez vu, nous pourrons bavarder un peu plus longtemps, vous et moi. Une des infirmières vous conduira à mon cabinet de consultation. »

Oui, il fallait qu'elles parlent, mais cette perspective était loin de réjouir Jessie.

Suivant Isabel dans l'escalier, elle passa devant la salle des fièvres où elle avait travaillé autrefois.

« Votre mari est complètement rétabli. Physiquement du moins. » Isabel s'interrompit, la main sur la rampe. « Il ne voulait pas que vous sachiez qu'il était ici, mais nous vous avons prévenue tout de même, évidemment. Il est suffisamment en forme pour rentrer chez lui. Il est actuellement dans la salle des convalescents. »

Jessie n'arrivait toujours pas à parler.

Isabel poussa la porte de la salle, et Jessie l'accompagna à l'intérieur. La pièce était baignée de soleil et les portes du balcon grandes ouvertes laissaient entrer l'air frais à flots. Jessie se rappela les discussions qu'elle avait eues avec l'infirmière Hardcastle à ce sujet autrefois. Alignés d'un côté de la salle, les lits étaient vides. Les patients, dont beaucoup avaient perdu un membre, étaient assis devant une table en train de jouer aux cartes ou de fumer, certains équipés d'encombrantes prothèses. Ils levèrent la tête avec un vague intérêt en voyant passer Jessie et Isabel.

C'est alors qu'elle l'aperçut. Il était dans un fauteuil sur le balcon, un peu à l'écart des autres, une couverture posée à l'endroit où auraient dû se trouver ses jambes. Il avait les yeux fermés et paraissait dormir.

« Je vais vous laisser », dit tout bas Isabel avant de se retirer.

Jessie ne se rassasiait pas de le regarder. Il avait les cheveux plus longs que dans son souvenir, une boucle retombant sur son front. Son visage chéri était toujours le même, et malgré quelques rides qu'elle ne lui connaissait pas au coin des yeux et autour de la bouche, c'était toujours son beau Tommy. Elle s'approcha de son fauteuil et lui effleura l'épaule. « Tommy chéri, c'est moi, Jessie. »

Il ouvrit brièvement les yeux et les referma. « Va-t-en. Je vous ai dit, à toi et aux autres, que je ne voulais pas te voir. »

Jessie repensa au jeune homme en France qui avait tenu les mêmes propos. Ces hommes étaient-ils donc incapables d'admettre que des femmes profondément amoureuses les aimaient quand même, tels qu'ils étaient devenus ?

« Tommy, regarde-moi. »

Quand il secoua la tête, elle répéta les mêmes paroles, plus fermement. Il ouvrit les yeux et elle y lut la peur et la honte.

« Je ne m'en irai pas, monsieur mon mari, tu peux te sortir tout de suite cette idée de la tête.

— Comment peux-tu dire ça ? demanda-t-il amèrement. Je ne suis bon à rien ni à personne. Plus maintenant. Je ne pourrai plus jamais travailler, je ne pourrai plus jamais m'occuper d'une femme. Si tu restes avec moi, Jessie, tu te condamnes à une vie de misère à mes côtés.

— J'ai besoin de toi, Tommy. Je peux travailler. Nous aurons assez d'argent pour vivre tous les deux.

— On ne te laissera pas travailler si tu es mariée. Il faut divorcer. C'est la seule solution.

— Il n'en est pas question, Tommy. Je n'ai jamais rien entendu d'aussi ridicule ! » Elle s'agenouilla à côté de lui et posa ses mains sur les siennes. « Je t'aime. Au cours de ces dernières années, j'ai prié tous les jours que tu me reviennes, et Dieu m'a entendue. Crois-tu que je vais te laisser partir maintenant ? »

Quelque chose changea alors dans le regard de Tommy. Il lui prit les mains et les serra si fort qu'elle faillit crier.

« Tu ne me laisseras jamais ? Parce que si je reviens à la maison avec toi, moi, je ne te laisserai pas repartir. Crois-moi, je suis sincère. Je ne suis plus l'homme que tu as épousé. Je n'ai plus grand-chose d'un homme. La seule chose qui m'ait maintenu en vie au camp était de savoir que tu m'attendais. J'aurais préféré être tué plutôt que de perdre mes jambes, mais tu as peut-être raison. Peut-être Dieu avait-Il quelque chose en tête quand Il a refusé que je meure. »

Jessie pleurait à chaudes larmes, indifférente aux regards des autres. Tommy lui tendit les bras et l'attira contre sa poitrine. C'était toujours Tommy. Le contact de son corps – plus mince qu'autrefois cependant –, son odeur, sa chaleur.

Quand ses larmes se tarirent, elle leva la tête pour découvrir qu'il avait les yeux humides.

« Je ne vais pas pleurer, Jessie, rassure-toi. Je ne suis déjà plus qu'une moitié d'homme. »

Mais cette fois, il le dit avec le sourire. Un sourire hésitant, comme s'il avait oublié comment on faisait, mais un sourire quand même. Elle se blottit contre lui.

« Tu ne trouves pas ça drôle ? C'est ici que nous nous sommes rencontrés, et c'est ici que nous nous retrouvons.

— Mais cette fois, quand je sortirai d'ici, ce sera pour ne plus jamais y revenir. »

Elle sourit au seul homme qu'elle eût jamais aimé et qu'elle aimerait jamais.

« Nous devrions commencer à réfléchir à ton retour à la maison, qu'est-ce que tu en dis ? »

Après avoir laissé Tommy avec la promesse de revenir tous les jours jusqu'à ce qu'il fût prêt à sortir, elle demanda à une infirmière de la conduire à Isabel qui l'attendait dans la salle des médecins. Malgré le soleil radieux qui brillait au-dehors, il y faisait un froid glacial.

« Comment l'avez-vous trouvé ? demanda Isabel.

— Il est d'accord pour rentrer à la maison dès qu'il le pourra. »

Isabel hocha la tête.

« Je savais que si quelqu'un pouvait le persuader qu'il avait encore une vie devant lui, c'était vous.

— Ce ne sera pas facile. Notre appartement est au deuxième étage et je ne sais pas comment je vais me débrouiller pour lui faire monter et descendre l'escalier. Et puis, il va falloir que je trouve du travail. Je vais aller voir la surveillante-chef avant de partir, et lui demander si elle n'aurait pas un poste pour moi. Peut-être acceptera-t-elle de fermer les yeux sur le fait que je suis mariée.

— Quand nous en aurons fini pour de bon avec cette guerre, j'ai l'intention d'ouvrir un petit cabinet, reprit Isabel. Je serais ravie que vous acceptiez d'être mon infirmière.

— Eh bien, ma foi, peut-être. Si je ne trouve rien d'autre. »

Elle sourit pour atténuer la sécheresse de sa réponse. « Comment va le bébé ?

— Richard Calum Andrew Maxwell se porte comme un charme. » Isabel s'interrompit et une ombre voila son visage. « Il ressemble à son père – à Archie. Lady Glendale ne cesse de s'étonner qu'il n'ait pas la chevelure rousse de Simon.

— Vous l'avez appelé Calum ? s'exclama Jessie. C'était le nom de son propre père, celui aussi qu'avait adopté Archie en France et en Serbie.

— Je voulais qu'il ait quelque chose qui ait appartenu à Archie. » Isabel s'humecta les lèvres. « Je... j'imagine que vous n'avez pas de nouvelles ? »

Jessie déglutit péniblement. « Il faut vous préparer. »

Le visage d'Isabel perdit toute couleur.

« Dites-moi, chuchota-t-elle.

— Sa lettre a mis longtemps à me parvenir. Je ne l'ai reçue que tout récemment. Il en a envoyé une pour vous aussi, en me demandant de vous la transmettre. »

Elle sortit l'enveloppe de sa poche et la posa sur le bureau. Isabel ne fit pas un geste pour la prendre.

« Comme nous le craignions, il a été fait prisonnier par les Allemands. Il ne portait pas son brassard.

— Il me l'avait donné, confirma Isabel tout bas.

— Quand il a écrit, il était sur le point d'être jugé comme espion. »

Jessie se pencha par-dessus la table et prit les mains d'Isabel dans les siennes. « Il y a tout lieu de croire, ma pauvre, qu'ils l'ont exécuté. »

Isabel ferma les yeux. Il y eut un long moment de silence. Jessie entendit le bruit du chariot du thé qui passait dans le couloir. Repoussant sa chaise du bureau, Isabel se leva et s'approcha de la fenêtre, où elle s'arrêta, tournant le dos à Jessie.

« S'il ne m'avait pas donné son brassard... »

Évidemment... Mais Archie avait choisir de le faire, pour cette femme. Il devait l'aimer de toute son âme.

« Il a fait ce qu'il avait à faire. Il a toujours cherché à vous protéger. Mon frère était un homme d'honneur. Il n'aurait pas pu agir autrement.

— Êtes-vous certaine qu'il a été fusillé ?

— Cela fait plus de quatre mois que la guerre est finie, Isabel. Ne pensez-vous pas que, s'il était vivant, Archie aurait trouvé le moyen de vous retrouver ? De me retrouver ?

— Si. »

Quand Isabel se retourna, son visage était serein malgré ses lèvres exsangues. Elle prit la lettre et la serra contre sa poitrine avant de la ranger dans sa poche.

« Si cela ne vous fait rien, j'aimerais mieux être seule pour la lire.

— Bien sûr. »

Isabel s'assit.

« Racontez-moi ce qui s'est passé lorsque nous nous sommes quittées.

— J'ai été renvoyée à l'abbaye. Vous avez certainement su que le Dr Inglis et toutes les autres s'étaient fait prendre par les Autrichiens après notre départ, en Serbie ? »

Isabel acquiesça d'un signe de tête.

« Trois mois plus tard, nous avons appris qu'elles avaient été libérées, saines et sauves. Apparemment, elles n'avaient pas été trop mal traitées. Elles ont entrepris le même voyage effroyable que nous, à cette différence près qu'elles s'en sont toutes sorties – mais vous savez certainement tout cela. » Elle haussa les sourcils. « Et lady Dorothea ?

— Elle s'est rétablie, mais boite toujours quand elle est fatiguée. Elle a l'intention d'entreprendre des études de droit. » Isabel esquissa un léger sourire. « C'est fini avec lord Livingston et elle prétend qu'elle épousera qui elle voudra. S'il y en a un qui trouve grâce à ses yeux.

— Comment a-t-elle réagi à votre mariage avec son frère ? »

Isabel joua avec les manchettes de sa robe avant de répondre.

« Elle a été étonnée, bien sûr, mais je ne crois pas qu'elle en ait été contrariée.

— A-t-elle soupçonné que ce n'était pas le bébé de son frère que vous portiez ?

— Si c'est le cas, elle ne l'a jamais dit. Trop bien élevée pour ça. Et puis elle adore son neveu.

— A-t-elle jamais parlé d'Archie à quelqu'un ? »

Isabel secoua la tête. « Elle a tout oublié de ce qui s'est passé ce jour-là. »

Jessie ne prit conscience qu'elle avait retenu son souffle qu'à l'instant où elle exhala un long soupir. Au moins, la mémoire d'Archie ne serait pas ternie davantage.

« Excusez-moi, reprit Isabel après un nouveau silence prolongé. Voulez-vous du thé ?

— Non merci, je ne vais pas pouvoir rester bien longtemps. J'ai une masse de choses à faire avant de pouvoir ramener Tommy à la maison. »

Isabel lui tendit la main. « Je vous en prie, ne partez pas tout de suite. Je voudrais en savoir plus sur ce qui s'est passé quand nous nous sommes séparées. »

Jessie battit des paupières. Elle n'avait pas eu l'intention de repartir sans avoir pris des dispositions pour voir le fils d'Archie.

« Après mon retour à Royaumont, nous avons connu une période vraiment difficile. J'ai retrouvé quelques visages familiers. Maud était là. Elle va épouser son médecin serbe, à propos.

— Tant mieux.

— Plus tard, vers la fin, on nous a envoyées à Villers-Cotterêts, un autre hôpital à proximité du front. Nous y étions quand les Allemands ont repris leur progression, mais nous sommes restées jusqu'au dernier moment. Ça a été, dit-on, l'heure de gloire de l'Hôpital féminin écossais. Voilà comment j'ai obtenu ça. » Jessie tripota sa médaille.

« Votre père aurait été fier de savoir que sa fille avait suivi ses traces.

— Vous connaissez son histoire et celle des autres martyrs ?

— Archie me l'a racontée. Il aurait été fier de vous, lui aussi. »

Jessie garda le silence. Son père se serait retourné dans sa tombe s'il avait su que son fils unique avait été accusé de meurtre. Mais après tout, s'il était au paradis avec Dieu et m'man, il savait la vérité.

Jessie se pencha vers Isabel.

« Avez-vous pris la bonne décision, Isabel ? Êtes-vous heureuse ?

— Heureuse ? Je suppose, oui. Aussi heureuse que j'ai le droit de l'être. Plus heureuse même. J'ai mon fils – une partie d'Archie que personne ne peut m'enlever –, mon travail, un mari tendre et généreux. Mais j'y pense, vous aimeriez certainement voir mon petit garçon ?

— Rien ne pourrait me faire plus plaisir, mais votre mari ne trouvera-t-il pas ça curieux ? La guerre nous a tous changés, mais tout de même. Que lady Maxwell invite la fille d'un métayer à venir chez elle... »

Isabel redressa le menton dans ce geste que Jessie connaissait si bien.

« Vous n'êtes pas simplement la fille d'un métayer, Jessie. Vous êtes la femme la plus remarquable que je connaisse et la plus courageuse. Puisque je ne pourrai jamais être votre sœur, je serais flattée que vous me considériez comme votre amie. »

Son amie ? Les années défilèrent dans l'esprit de Jessie et elle se rappela la première fois qu'elle avait vu Isabel, à l'école, puis le jour où elles avaient travaillé côte à côte pour aider Flora McPhee à mettre son bébé au monde, les patients qu'elles s'étaient battues pour sauver, la longue équipée au cours de laquelle chacune avait assuré la survie de l'autre. Elle repensa à Archie lui disant qu'il se sentait responsable d'un meurtre qu'Isabel avait commis, à la nuit où celle-ci lui avait avoué être enceinte de l'enfant d'Archie, au jour où elle lui avait annoncé qu'elle allait épouser Simon Maxwell. Elle était liée à cette femme par d'innombrables fils, mais pourraient-elles jamais être amies ?

Elle en doutait. L'ombre d'Archie et de Charles Maxwell pèserait toujours sur elles. Elle ne pourrait jamais regarder Isabel sans se rappeler combien Archie avait souffert pour elle. Qu'il ait choisi de le faire, de son plein gré et en toute lucidité, ne rendait pas les choses plus faciles.

D'un autre côté, elle ne pouvait pas se détourner du fils d'Archie. Elle mourait d'envie de le voir, elle voulait le protéger, veiller sur lui, comme Archie l'aurait fait s'il avait vécu.

« Il n'est évidemment pas question de reconnaître que vous êtes la tante de mon fils, poursuivit alors Isabel. Vous vous en rendez bien compte, j'imagine ? »

Ainsi, à présent encore, son dernier lien avec Archie devait être nié. Comme toujours il fallait protéger Isabel.

« Je vous en prie, implora celle-ci. Je voudrais tant que Richard vous connaisse. »

Le marché était clair. Si Jessie voulait voir Richard, ce serait en tant qu'amie de sa mère, et non en tant que tante.

Elle se leva et tendit la main à Isabel. « Vous connaître a été une expérience enrichissante et je vous souhaite beaucoup de bonheur. J'aimerais beaucoup rencontrer mon neveu. Peut-être au parc, un jour. »

Isabel sourit tristement. Elle avait compris.

« Cela me ferait très plaisir à moi aussi. »

Lorsque la porte se referma derrière elle, Jessie repensa à Tommy. *A Thighearna*, elle avait du pain sur la planche. Elle s'aperçut qu'elle souriait. Les années à venir seraient dures, très dures, mais elle avait Tommy et son travail. C'était suffisant.

Isabel était assise dans son jardin de Charlotte Square dans la lumière mourante de l'après-midi. Richard examinait des buissons avec la même intensité déterminée qui caractérisait son père.

La lettre que Jessie lui avait donnée était posée sur ses genoux, son nom écrit sur l'enveloppe d'une main hardie, assurée. Qu'il était curieux qu'elle n'ait jamais vu son écriture auparavant ! Rassemblant son courage, elle la décacheta.

Ma chérie,

Je t'écris pour t'annoncer que j'ai été fait prisonnier et que je vais être déféré devant un tribunal militaire pour espionnage. Si je suis jugé coupable, je serai fusillé. Mais je n'ai pas peur. Mon unique regret est que je ne te reverrai plus jamais – je ne reverrai plus jamais ton sourire, plus jamais ton petit geste obstiné du menton quand tu es fâchée –, et, surtout, que je ne te tiendrai plus jamais dans mes bras.

Mais au moins, j'ai connu ton amour. Beaucoup d'hommes mourront sans avoir jamais su ce que c'est d'être aimé comme je sais que tu m'aimes, et cela me donne la force dont j'ai besoin pour affronter la mort dans l'honneur.

Sois courageuse, mon Isabel. Vis ta vie comme toi seule peux le faire. Sois le meilleur médecin que tu puisses être.

Malgré ce que j'ai écrit, je n'ai pas perdu tout espoir. Ma chérie, quoi qu'il advienne, je sais qu'un jour, nous nous retrouverons. Te rappelles-tu ces mots du Cantique des cantiques *: « Quand soufflera le vent de l'aube et que les ombres fuiront » ?*

En attendant ce jour, mon amour,
je t'aime

Archie

Richard s'était approché d'elle pendant qu'elle lisait. Il la tira par sa jupe.

« Maman, pourquoi tu pleures ? »

Ses traits ressemblaient tant à ceux d'Archie, ses yeux avaient la même nuance bleu cobalt, ses cheveux trop longs, qu'elle n'avait pas eu le cœur de couper, étaient sombres et indisciplinés, comme ceux de son père.

« Je pleure parce que je suis triste. »

Elle lui tendit les bras et hissa son enfant sur ses genoux, le serrant contre elle. Si seulement Archie avait pu savoir qu'il avait un fils, si seulement...

Il fallait cesser à présent de penser aux « si seulement »...

Richard se tortilla pour se dégager et prit le visage de sa mère entre ses deux petites mains. « Je n'aime pas quand tu es triste. Papa dit que c'est mieux d'être courageux. »

Son papa, Simon. Le seul père qu'il eût jamais connu et qu'il connaîtrait jamais. Si seulement elle pouvait lui parler de son vrai père : *Ton papa était un homme courageux, un homme bon et honorable.*

Elle voulait faire quelque chose pour lui rendre hommage. Il l'avait exhortée à être le meilleur médecin qu'elle pût être. Elle avait eu l'intention, lorsque les derniers soldats seraient enfin sortis de Craigleith, d'ouvrir un cabinet privé. Une autre idée se fit alors jour dans son esprit.

Une ombre tomba sur elle et elle leva les yeux pour découvrir Simon debout à côté d'elle. C'était un bon mari, gentil et attentionné, mais ce n'était pas Archie.

« Ma chérie ! Que t'arrive-t-il ?

— Ce n'est rien. Tu sais qu'il m'arrive d'être un peu mélancolique.

— Y a-t-il quelque chose que je puisse faire ?

— Je me disais que j'aimerais bien aller passer quelque temps dans notre maison de Skye. »

Si elle ne pouvait pas parler d'Archie à son fils, elle pouvait au moins lui montrer les lieux que son père avait tant aimés.

« Bien sûr, acquiesça Simon. La maison est toujours à ta disposition.

— J'ai une autre faveur à te demander. Que dirais-tu si ta femme ouvrait son propre petit hôpital pour les pauvres ? Ici, à Édimbourg. Le problème est que ça risque de coûter cher. Très cher. »

Simon sourit. « Dans ce cas, félicitons-nous que je sois un homme riche. » Il souleva Richard toujours assis sur les genoux de sa mère et le posa par terre avant de tendre la main à Isabel. « Il commence à faire froid. Si nous rentrions ? »

Le soleil se couchait, projetant de longues ombres sur le jardin.

« Allez-y. Je vous suis dans un instant. » Elle lui rendit son sourire.

Restée seule, elle s'abandonna à ses souvenirs. Elle enfonça la main dans sa poche pour en sortir un mouchoir soigneusement plié dont elle retira des pétales de rose sauvage. Elle les porta à ses lèvres avant de les ranger dans l'enveloppe contenant la lettre d'Archie. Soudain, un nuage se dissipa et les rayons du soleil couchant tombèrent directement sur elle, la baignant de lumière.

Elle ferma les yeux. *Oui, mon amour chéri. « Quand soufflera le vent de l'aube et que les ombres fuiront. » En attendant, je ferai de mon mieux pour que vous soyez fiers de moi, ton fils et toi.*

Elle se leva et lissa sa jupe.

Elle avait du travail à faire, une vie à vivre.

Note de l'auteur

J'ai eu très tôt envie d'écrire l'histoire d'une Écossaise médecin au début du XXe siècle, mais quand j'ai commencé à faire des recherches sur la formation médicale de l'époque, je suis tombée sur le personnage du Dr Elsie Inglis et sur l'Hôpital féminin écossais.

En tant qu'ancienne infirmière, je connaissais le nom d'Elsie Inglis. J'ai effectué mes études à Édimbourg et à l'époque l'Elsie Inglis Memorial Hospital accueillait encore des patients.

Ce que j'ignorais cependant, c'est qu'au moment où la Première Guerre mondiale a éclaté, le Dr Elsie Inglis s'était rendue dans les bureaux de l'armée britannique pour proposer ses services à l'étranger. « Rentrez chez vous, ma bonne dame, et tenez-vous tranquille », lui avait-on répondu. Voilà qui n'était pas dans la nature de cette Écossaise. Sans se laisser démonter, elle a immédiatement entrepris des démarches auprès des gouvernements français et serbe, lesquels ont accepté son offre avec empressement.

En l'espace de quelques semaines, elle a réussi à recruter des médecins, des infirmières, des aides-soignantes, des cuisinières et des chauffeurs pour son organisation exclusivement féminine, et en décembre les unités de l'Hôpital féminin écossais étaient déployées en France et installaient un hôpital à l'abbaye de Royaumont. D'autres unités partirent ensuite pour la Serbie et à la fin de la guerre l'Hôpital féminin écossais comptait quatorze unités. Ce n'étaient pas les seules unités exclusivement féminines et elles ne rassemblaient pas uniquement des Écossaises mais des femmes de tout le Commonwealth et même des invitées venues des États-Unis.

Si l'histoire des unités féminines envoyées en France est relativement bien connue, on ne peut en dire autant de l'œuvre qu'elles ont accomplie en Serbie. À la suite de l'assassinat de l'archiduc François-Ferdinand, les Autrichiens ont déclaré la guerre à la Serbie et dès le début du mois de décembre ils occupaient Belgrade. Deux semaines plus tard, l'armée serbe avait repris la capitale et quatre mille soldats autrichiens avaient été faits prisonniers. De nombreux prisonniers de guerre autrichiens, surtout ceux qui parlaient serbe, ne se passionnaient pas pour ce conflit et ne demandaient qu'à passer le reste de la guerre en travaillant comme aides-soignants dans les hôpitaux serbes. À l'époque, ces derniers étaient surpeuplés, mal gérés et ne disposaient dans le meilleur des cas que de rares infirmières formées. Ils ont donc accueilli à bras ouverts les membres de l'Hôpital féminin écossais et des autres unités féminines.

En octobre 1915, les armées autrichienne et allemande avaient envahi la Serbie et deux semaines plus tard, la Bulgarie l'a attaquée par l'est. Les femmes de l'Hôpital écossais, en même temps que celle du Fonds de secours serbe, ont été obligées de fuir en passant par les montagnes du Monténégro, ainsi que plusieurs milliers de réfugiés et de soldats, dont beaucoup ont péri en route. Par miracle, une seule infirmière est morte, lorsque son chariot a glissé au bas du versant.

Les représentantes de l'Hôpital féminin écossais restées en Serbie, dont le Dr Inglis, ont été arrêtées par les Allemands et quand elles ont enfin été libérées, elles ont été contraintes de quitter le pays, elles aussi. (En fait, le Dr Inglis a été capturée une deuxième fois durant la guerre, en Russie cette fois.)

Aucun des exploits que je décris dans mon livre ne rend suffisamment justice à la force de résistance et au courage de ces femmes. Il y a cependant quelques faits que j'ai légèrement modifiés pour qu'ils s'intègrent dans mon histoire. Dans la première partie, je décris ainsi le village de Galtrigill, sur l'île de Skye, en prétendant que ses habitants ont été expulsés. En réalité, ces faits se sont produits à Borreraig, le village voisin. On peut encore trouver des témoignages des expulsions dans l'ensemble des Highlands et dans toutes les îles écossaises.

Dunvegan Castle (où sir Walter Scott a effectivement été invité) est toujours la demeure des MacLeod. Le château est néanmoins resté inoccupé pendant un moment. Ayant consacré une partie substantielle de sa richesse pour fournir travail et vivres à son peuple, le vingt-cinquième chef du clan a été obligé de prendre un emploi de bureau à Londres et aucun chef n'a plus résidé au château jusqu'en 1929. Les Maxwell sont évidemment des personnages fictifs, malgré la présence de nombreux grands propriétaires de ce genre à Skye à l'époque. L'histoire des martyrs de Glendale est véridique.

Les Américains ont pratiqué des transfusions sanguines pendant la Première Guerre mondiale – mais elles étaient encore expérimentales et risquées, et donc peu utilisées jusqu'à une date bien plus tardive. Les infections ont tué plus de soldats que les balles, les bombes ou les éclats d'obus.

L'hôpital royal d'Édimbourg (l'Edinburgh Royal Infirmary) était considéré comme un établissement de pointe dans toute l'Europe, et même dans le monde entier, au début du XXe siècle. Les femmes n'ont pas été autorisées à s'asseoir sur les bancs de la faculté de médecine à côté des hommes avant 1916, soit quatre ans après la date que j'indique dans ce livre. Les étudiantes en médecine ont été en butte de la part de leurs condisciples masculins et de leurs professeurs à une hostilité au moins égale à celle que je décris.

Enfin, je reprends l'orthographe des villes telle qu'elle figure dans les journaux intimes des femmes, par exemple Nish et Kragujevac.

Si vous souhaitez en savoir davantage sur les sujets abordés dans ce livre, vous trouverez une courte bibliographie dans les pages qui suivent.

Lectures complémentaires

Adie, K., *From Corsets to Camouflage*, Londres, Hodder & Stoughton, 2004.

Bell, E. M., *Storming the Citadel : The Rise of the Woman Doctor*, Londres, 1953.

Corbett, E., *Red Cross in Serbia 1915-1919 : a Personal Diary of Experiences*, Banbury, 1964.

Crofton, E., *The Women of Royaumont : A Scottish Women's Hospital on the Western Front*, Édimbourg, Tuckwell Press, 1997.

Culter, E. C., *A Journal of the Harvard Medical School Unit to the American Ambulance Hospital in Paris, spring of 1915*.

Eastwood, M. A. & Jenkinson, A., *A History of the Western General Hospital : Craigleith Poorhouse, military hospital, modern teaching hospital*, Édimbourg, John Donald, 1995.

Krippner, M., *The Quality of Mercy : Women at War, Serbia*, Newton Abbot, David and Charles, 1980.

Lawrence, M., *Shadow of Swords : a biography of Elsie Inglis*, Londres, Joseph, 1971.

Leneman, L., *In the Service of Life : The Story of Elsie Inglis and the Scottish Women's Hospitals*, Édimbourg, The Meercat Press, 1994.

MacDonald, L., *The Roses of No Man's Land*, Londres, Penguin, 1993.

McLaren, E. S. (éd.), *A History of the Scottish Women's Hospitals*, Londres, Hodder & Stoughton, 1919.

Marlow, J. (éd.) *The Virago Book of Women and the Great War*, Londres, Little Brown, 2009.

Powell, A., *Women in the War Zone : Hospital Service in the First World War*, Gloucestershire, History Press, 2009.

Stevenson, D., *1914-1918. The History of the First World War*, Londres, Penguin, 2005.

Storey, N. R. & Housego, Molly, *Women in the First World War*, Oxford, Shire Publications, 2011.

Whitehead, I. R., *Doctors in the Great War*, Londres, Leo Cooper, 1999.

Autres sources
The National Library of Scotland, Édimbourg
The Royal College of Surgeons, Édimbourg
The Mitchell Library special collections, Glasgow
Imperial War Museum, Londres
Musée de la Grande Guerre du pays de Meaux, Meaux
The British Medical Journal

Lectures en français
Monographies et témoignages
Dargère, Chr., *Je vous écris de mon hôpital. Destins croisés de six soldats ligériens blessés pendant la Grande Guerre,* Paris, L'Harmattan, 2011.

Joz-Roland, I., *Si loin des landes écossaises*, Val d'Oise Éditions, 2009.

Mann, C., *Femmes dans la guerre, 1914-1945*, Paris, Pygmalion, 2010.

Maufrais, L., *J'étais médecin dans les tranchées, 2 août 1914-14 juillet 1919,* Paris, Pocket, 2010.

Thébaud, F., *Les Femmes au temps de la guerre de 14*, Paris, Payot, 2013.

Articles

« Les dames écossaises », in *Le Figaro*, 9 mai 1917, sur : http://gallica.bnf.fr/ark:/12148/bpt6k291402t/texteBrut (consulté le 19 juin 2014).

« Une visite à l'hôpital de Royaumont », in « Livre d'or des œuvres de guerre », sur : www.royaumont-archives-et-bibliotheque.fr/opacwebaloes/images/paragraphes/BHIG/livre_or_14_18.pdf (consulté le 19 juin 2014).

Remerciements

Merci tout d'abord à mes sœurs Flora et Mairi pour leur aide, leurs encouragements et leurs suggestions. Sans vous, ce livre ne serait pas ce qu'il est.

Merci aussi à ma fille Rachel, qui a lu le livre si souvent qu'elle pourrait presque le réciter par cœur, ainsi qu'à mon autre fille Katie, qui est si fière de moi.

Merci à Stewart, pour son aide concernant les termes médicaux et pour avoir supporté une épouse qui a dû lui sembler par moments vraiment folle.

Merci à mon agent, Judith Murdoch, et à mon éditeur, Manpreet Grewal, pour avoir cru en moi et en mon livre. Merci à Hazel Orme pour son suivi éditorial.

Merci enfin à Karen, Hugh, Sandra, Theona et Isabel. Si une vie d'écrivain peut être solitaire, dans mon cas, ce n'est pas vrai.

Découvrez des milliers de livres numériques chez

12-21

→ *www.12-21editions.fr*

12-21 est l'éditeur numérique de Pocket

 |

Faites de nouvelles rencontres sur pocket.fr

- Toute l'actualité des auteurs : rencontres, dédicaces, conférences...
- Les dernières parutions
- Des 1ers chapitres à télécharger
- Des jeux-concours sur les différentes collections du catalogue pour gagner des livres et des places de cinéma

Un livre, une rencontre.

La photocomposition de cet ouvrage
a été réalisée par
GRAPHIC HAINAUT
30, rue Pierre Mathieu
59410 Anzin

Imprimé en France par

MAURY IMPRIMEUR
à Malesherbes (Loiret)
en mai 2018

POCKET – 12, avenue d'Italie – 75627 Paris Cedex 13

N° d'impression : 227009
S27562/01